KB263705

한일 근대소설의 문체 성립

한일 근대소설의 문체 성립

저자 **안영희**(安英姬, An Young Hee)는 계명대학교 일본학과를 졸업하고, 일본 도쿄대학[東京大學] 초역문화과학전공 비교문학비교문화코스 석사, 같은 대학에서 논문「한일 근대소설의 소설담론과 묘사이론―다야마 가타이·이와노 호메이·김동인」으로 박사학위를 취득했다. 박사논문으로 도쿄대학[東京大學] 비교문학회에서 김소운(金素雲)상을 수상했다. 현재 계명대학교 국제학연구소 연구원으로 있으면서 계명대학교, 대구대학교, 영남대학교에 출강하고 있다.

한일 근대소설의 **문체 성립** 다야마 가타이·이와노 호메이·김동인

초판 인쇄 2011년 8월 20일 **초판 발행** 2011년 8월 30일
지은이 안영희 **펴낸이** 박성모 **펴낸곳** 소명출판 **출판등록** 제13-522호
주소 서울시 서초구 서초동 1621-18 란빌딩 1층
전화 02-585-7840 **팩스** 02-585-7848 **전자우편** somyong@korea.com **홈페이지** www.somyong.co.kr

값 29,000원
ISBN 978-89-5626-612-1 93810
ⓒ 2011, 안영희

한일 근대소설의 문체 성립

다야마 가타이 · 이와노 호메이 · 김동인

The Establishment of the Style in Modern Korean & Japanese Novels :
Tayama Katai, Iwano Hōmei and Kim Dong-in

안영희

소명출판

일본학과를 졸업했지만 일본에 대한 전반적인 지식을 배우는 수준이었고 본격적으로 문학을 공부한 것은 도쿄대학[東京大学]에서이다. 이 책은 박사논문을 수정·보완한 것으로 1993년부터 2003년까지 10년 동안, 도쿄대학 고마바 캠퍼스에서 수업을 듣고 연구방법론을 배운 유학생활의 결과물이라고 할 수 있다. 고마바 캠퍼스에서 비교문학·비교문화를 전공하시는 교수님들은 대부분 외국에 유학한 경험이 있었기 때문에 유학생들을 잘 배려해 주셨다. 비교적 자유로운 분위기 속에서 첨단적인 외국이론을 배울 수 있었다. 또한 도서관에 있는 방대한 자료는 논문 집필에는 최적의 장소였다. 박사논문을 가필하고 한국어로 이 책이 출판되기까지 많은 세월이 흘렀다. 2005년에 이미 초고가 완성되었으나 출판사를 찾고, 자료집 파일을 복원하고 번역하는 과정에서 많은 시간이 걸렸다.

이 주제로 논문을 쓰게 된 것은 김동인의 "일본말로 구상하고 조선어로 썼다"라는 한 구절 때문이었다. 왜 모국어가 아닌 외국어로 소설을 구상할 수밖에 없었나가 논문의 출발점이었다. 김동인이 일본어로 생각할 수밖에 없었던 배경을 찾아보니 이와노 호메이의 일원묘사가 있었고 메이지·다이쇼의 소설문체가 있었다. 구체적으로 보면, 김동인이 일본어로 생각할 수밖에 없었던 배후에는 '그는 깨달았다'라는 근대문체가 있었다. 지금 보면 너무나 당연한 소설문체이고 아무도 그 기원을 물을 생각조차 하지 않는다. 하지만 '그'라고 하는 삼인칭대명사, '쓰다'라고 하는 과거시제, '일 것이다'라고 하는 추량표현이 생략된 이 문체는 일상언어와 소설언어를 구별하는 당시로는 획기적인 소설문체였다. '깨달았다'는 일인칭과 호응하는 주관감정동사인데 '나는 깨달았다'가 아니고 '그는 깨달았다'라고 하면서 추량표현을 생략한다. 이 문체, 삼인칭대명사 '그', 추량표현이 생략된 과거시제 '쓰다'가 일상언어와 소설언어를 구별한다. 이러한 문체는 소설이 허구이고 거짓말이라는 것을 드러내는 문체이다. 동시에 삼인칭을 사용함으로써 화자와 주인공 사이에 거리가 생기고 객관성을 유지한다. 그러나 오로지 작중인물 한 사람만의 내면을 생생하게 묘사하고 있기 때문에 객관성과 주관성을 동시에 유지하는 소설기법이라고 할 수 있다. 이 문체는 삼인칭으로 주인공의 내면을 드러내는 일원묘사이기도 하다. 근대문체인 언문일치체는 말과 글이 일치하는 문체가 아닌 새로운 문체의 탄생이었다. 이 문체를 구사하기 위해서 김동인은 일본어로 생각할 수밖에 없었다. 후타바테이 시메이가 러시아어로 쓰고 일본어로 번역했다라고 했던 것처럼 한일근대초창기의 문학자들은 근대문체를 만들기 위해 수많은 고통을 겪어야만 했던 것이다. 김동인의 이러한 진술도 근대문체를 만들기 위한 고통의 표현이었다. 이 책에는 근대문체를 만든 한일근대초창기 문학자들의 고통이 그대로 드러나 있다.

　한국문학연구가 이론위주의 연구방법론을 주로 사용하고 있는 데

반해 일본에서는 텍스트위주의 연구방법론을 중시하는 것 같다. 이론 위주의 연구방법은 서구이론에 대한 폭넓은 지식과 거시적으로 텍스트를 바라본다는 장점은 있다. 하지만 이론을 먼저 텍스트에 적용하면 모든 연구자들의 텍스트 분석이 똑같아질 것이다. 텍스트 안에 있는 수많은 해석의 가능성이 배제될 우려가 있다. 지도교수님을 비롯한 학과 교수님들께서는 서구 이론에 대한 해박한 지식을 가지고 계셨지만 항상 텍스트를 먼저 분석하고 필요한 곳에 이론을 적용하라고 하셨다. 이 책은 텍스트 위주의 연구방법이다. 자료집이 이를 증명한다. 일본문학연구는 다양한 방면에 다양한 연구가 이루어진 것에 비해 한국문학연구는 유명한 작가나 사회적으로 조명을 받는 쪽으로만 연구가 많이 쏠리는 경향이 있다. 사회적으로 조명을 받지 못하더라도 문학사적으로 중요한 연구는 반드시 이루어져야 한다. 지금은 어느 정도 되고 있지만 처음에 이 논문을 쓸 때만 해도 한국에 문체연구는 거의 없었다. 일본문학연구가 아주 미시적인 것에 비해 한국문학연구의 강점은 거시적인 시각이다. 이 거시적인 시각을 살려서 텍스트 분석이 미시적으로 이루어지면 아주 이상적인 연구방법이 될 것이라고 생각한다. 또한 한국문학연구도 다양한 분야에서 다양한 연구가 이루어져 보편성과 다양성을 지향하는 연구 풍토가 이루어지길 기대해 본다.

　일본 근대문학가들이 대부분 유럽에서 유학했기 때문에 일본 근대문학은 서구문학과의 관련성을 알아야만 그 실체가 정확하게 드러난다. 한국 근대문학자들은 대부분 일본에서 유학했고 한국 근대문학은 서구문학과 일본문학의 관련성에서 그 모습이 명확해질 것이다. 비록 책 출판이 늦었지만 일본에서 배운 연구방법론이 특히 한국문학연구자들과 비교문학연구자, 그리고 일본문학연구자들에게 조금이나마 도움이 되었으면 한다.

　마지막으로 이 책을 출판하게 해 주신 김영민 교수님, 지금은 고인이 되신 지도교수님이셨던 도쿄대학의 오사와 요시히로 교수님, 현재 지도교수님의 역할을 해 주시는 쓰가와라 가쓰야 교수님, 학문적으로 많은 영향을 주신 가와모토 고지 교수님, 다케우치 노부오 교수님, 사에구사 도시카쓰 교수님께 감사드린다. 그리고 항상 옆에서 응원해 주시는 부모님과 예쁜 딸 민송이에게 고마움을 전하고 싶다.

2011년 8월

서장

　고바야시 히데오[小林秀雄]는 "근대소설은 먼저 고백으로써 탄생했다"[1]라고 하고 가라타니 고진[柄谷行人]은 "일본 근대문학은 고백의 형식과 함께 시작되었다"[2]라고 한다. 이들은 근대문학이 고백의 내용과 형식에서 시작되었다고 한다. 하지만 자신의 체험과 내면을 서술한 고백문학은 일기와 편지라는 형식으로 이전부터 이미 있었다. 그럼에도 불구하고 왜 근대에 들어와서 고백소설이 시작되었다고 하는가? 이는 새로운 고백체담론과 작품세계의 탄생을 의미한다.

　근대적 고백의 기원이 되는 루소의 『고백』 서두에는 "이것은 자연대로 진실대로 정확하게 그려진 유일한 인간상"[3]이라 하고 "자신의 있는 그대로의 모습을 나타내었습니다. (…중략…) 당신에게 보인대로 나의 내부를 열어 보인 것입니다. 영원의 존재여, (…중략…) 나의 고백을 그들이 듣는 것이 좋습니다"[4]라고 하고, 『고백』이 자신의 숨김없

1　小林秀雄, 「ペスト」, 『小林秀雄全集第8巻』(東京, 新潮社, 1978), p.334.

2　柄谷行人, 「告白という制度」, 『日本近代文学の起源』(東京, 講談社, 1988), p.97.

3　ルソー, 桑原武夫 訳, 「告白」, 『世界古典文学全集 第49巻 ルソー』(東京, 筑摩書房, 1966), p.5.

4　自分のありのままの姿を示しました。(…中略…) あなた御自身見られたとおりに、わた

는 고백이라고 서술하고 있다. 서구에서 고백은 신에 대한 인간의 신앙심을 나타내는 기독교의 제도였다. 서구 문학은 총체로써 고백이라고 하는 제도에 의해 형성되어 왔고 기독교를 받아들이든 받아들이지 않던, 기독교가 문학에 감염되자마자 그 속에 포함되어 버렸다.[5]

비밀로 하고 있던 자기 자신의 내면을 폭로하는 고백소설은 나를 서술하는 소설이기 때문에, 항상 일인칭으로 나타났다. 고백소설은 일인칭으로 나타나는 것이 가장 자연스러웠다. 왜냐하면 "일인칭담론은 원래 자신의 체험을 표출하는 담론이고 항상 사실성이 내재하고 있기" 때문에 일인칭담론에는 허구성이 희박하기 때문이다.[6] 그러나, 근대에 들어와서 서구 및 한국과 일본의 근대자연주의소설가들은 불가능으로 보이는 삼인칭으로 자기를 서술하는 고백담론에 빠져들었다. 자연주의 및 리얼리즘문학은 인생의 진실을 추구하고, 내면적 자아를 고백하려 하기 때문에 고백과 깊은 관련을 가지고 있다. 그들은 고백을 삼인칭으로 하려 했다. 도대체 삼인칭으로 고백하는 것은 가능한 일인가?

삼인칭고백소설의 기법을 논하는 것으로, 이와노 호메이(1873~1920)의 일원묘사는 매우 중요한 묘사론으로 부상한다. 또 이와노 호메이가 제창한 일원묘사의 소설기법은 김동인(1900~1951)의 소설기법 및 평론에도 보인다. 삼인칭에 의한 새로운 소설묘사법을 주장한 이와노 호메이와 김동인의 일원묘사 및 그 작품을 봄으로써, 한국과 일본의

しの内部を開いて見せたのです。永遠の存在よ、(…中略…) わたしの告白を彼らが聞くがいいのです。위의 책, p.6.

5　柄谷行人, 앞의 책, p.105.

6　三谷邦明 編, 『近代小説の「語り」と言説』(東京, 有精堂, 1996), p.28.

삼인칭 고백담론과 근대문체 형성이 보다 선명하게 떠오를 것이다.

한일근대자연주의 작가들은 삼인칭이라는 이제까지 시험한 적이 없었던 인칭을 사용해 자신의 내면을 이야기해 나갔다. 삼인칭으로 서술하는 새로운 고백담론을 만들기 위해서는 어떤 장치가 필요했다. 삼인칭에 의한 고백소설을 제도로써 정착시키기 위해서 근대소설가들은 수많은 고통을 겪었다.

이 논문에서는 삼인칭 고백담론의 성립을 소설의 묘사기법과의 관계 속에서 밝혀 나가고자 한다. 제1절에서는 일본의 리얼리즘문학에 흐르고 있는 '있는 그대로'의 전통과 그러한 전통이 허구라고 자각하는 일원묘사가 등장하기까지의 과정을 검토한다. 제2절에서는 일본 근대문학과 한국 근대문학과의 관련성을 최초로 리얼리즘을 수용한 잡지인 『창조』와 그 중심인물인 김동인의 묘사론을 통해서 본다. 제3절에서는 선행연구를 종합한다.

1. 일본의 리얼리즘과 '있는 그대로'의 전통

비언어적인 것을 어떻게 언어적인 것으로 바꿀 수 있는가. 현실을 어떻게 언어로 표상할 수 있는가. 이처럼 '소설을 어떤 방법으로 쓸까'를 논하는 것이 묘사방법이다. 미메시스(mimesis)는 플라톤이 제기하고 아리스토텔레스에 의해 완성을 본 문학이론의 근저에 있는 현실묘사 방법이다. 결국 미메시스는 현실을 반영하는 리얼리즘론이다.[7] 플라톤은 예술가가 "한편으로 사람들에게 실재 형상을 보여주면서 다른 한편으로 사람들에게 환상을 가지게 한다"고 했다. 동시에 그는 예술가를 "한편으로는 실재인식에 관련되어 있으나 또 다른 한편으로는 자기 마음대로 실재를 왜곡하는 모방자"로 인식했다. 플라톤은 예술가가 본질적으로 이중성격을 가지고 있다고 생각했으므로 모방자인 예술가를 평가하지 않았다. 이후 이론가들은 이와 다르게 예술가를 실재 형상을 충실하게 그려내는 거울 역할을 하는 것으로 긍정적으로 평가하였다.[8] 플라톤이 "예술창조의 원리는 모방"이라 말한 이래 모방은 문예창작의 기본적인 원리로 간주되어 반복적으로 논의되어 왔다.

'현실을 모두 있는 그대로 묘사한다'는 모방의 묘사방법은 드디어 일본의 리얼리즘 문학에서도 '있는 그대로'라는 착각을 만들어 내었다. 이러한 배경 속에서 '있는 그대로'의 현실묘사에 대해 강렬하게 반기를 들고 이러한 현실묘사가 허구인 것을 자각하라고 호소한 사람이 이와노 호메이이고 그가 '있는 그대로'를 대신하는 묘사론으로 제창한 것이 일원묘사이다. 그러면 이와노 호메이의 일원묘사가 등장하기까지 발표되었던 여러 가지 묘사론을 먼저 보도록 하자. 먼저 일본리얼리즘의 정의를 확인한 후 현실을 소설 속에서 어떻게 그리려고 하는지에 대한 현실재현방법에 대해 보자.

---

7   E・アウエルバッハ, 篠田一士・川村二郎 訳,「序にかえて」,『ミメーシス』上(東京, 筑摩書房, 1967), p. vii 참고.
8   米須興文,『ミメシスとエクスタシス－文学と批評の原点』(東京, 勁草書房, 1984), p.29 참고.

최초로 일본문학에 리얼리즘이론을 도입한 쓰보우치 쇼요[坪内逍遥]
는 『소설신수(小説神髄)』에서 "소설의 중요한 부분은 인정이다. 세태풍
속은 여기에 따른다"[9]라고 말한다. 계속해서 그는 소설의 현실재현방
법으로써 "단지 방관하면서 있는 그대로 묘사하는 것을 명심해야 한
다"[10]고 말하고 『일독삼탄 당대서생기질(一読三歎 当世書生気質)』을 그
이론의 실천으로 발표했다. 쇼요는 발화된 말을 통해 '인정'을 '묘사'할
수 있는 언어 그 자체에 의한 모방은 가능하다고 생각했다. 그에게 있
어 소설을 쓴다는 것이 "인정을 모사하는 것"이었다.

이와 같이 근대리얼리즘 표현방법에의 노력은 「사생문(写生文)」으
로 이어진다. 마사오카 시키의 「사생문」은 "단지 있는 그대로 본 그대
로 그 사물을 모사하는 것을 좋다고 한다"[11]라고 하고 현실의 모사를
만들어 내려고 했다. 있는 그대로의 전통은 사생문에서 자연주의로
이어진다. 일본자연주의의 대표적인 묘사론은 다야마 가타이[田山花
袋, 1872~1930]의 평면묘사이다.

다야마 가타이는 「『생』에 있어서의 시도」(『早稲田文学』, 1908.9)에서
있는 그대로의 표면적 사실만을 충실히 그리려고 한 평면묘사를 주
장하고 있다. 평면묘사는 "현실의 자기 경험을 조금의 주관도 가하지
않고, 내부적 설명 또는 해부를 가하지 않고, 단지 본대로 들은 대로 접
한 대로 쓴 것"[12]이다. 이는 "조금의 주관도 가하지 않고 조금의 구성도

---

9   坪内逍遥, 「小説神髄」, 『逍遥選集別冊第3巻』(東京, 第一書房, 1977), p.42.

10   위의 책, p.45

11   只ありのまゝ見たるまゝに其事物を模写するを可とす. 山本正秀, 『近代文体形成史料集成
     ―成立編』(東京, 桜楓社, 1979), p.204; 초고, 마사오카 시키[正岡子規], 「서사문(叙事文)」, 『日
     本』(1900.1~3).

가하지 않고 단지 객관의 재료를 재료로 써서 보이는 방법"(p.312)이다. 또 평면묘사는 '서술(telling)'과 '제시(showing)'의 대립개념 중에 '제시'에 해당한다. 제시는 독자에게 보이지 않는 화자의 투명성이 요구되고 화자는 자신의 얼굴을 숨긴다. 즉 평면묘사는 '비이상', '비도덕', '비주관'이라는 투명한 화자에 의한 객관적 묘사를 겨냥하고 있다.

평면묘사는 처음부터 그 이전의 오자키 고요[尾崎紅葉]에 의해 대표되는 겐유사[硯友社]에 대한 부정으로써 나타났다. 이와 같은 묘사론에 의해 일본자연주의는 아름다움과 추함을 그대로 나타내는 묘사를 지향하고 인간의 적나라한 진실을 소설의 내용으로 하는 시도를 한다. 결국 평면묘사는 비언어적인 것을 언어적인 것으로 '있는 그대로' 옮길 수 있다는 신화를 강화했다.

한편, 이와노 호메이는 객관성을 지향하는 평면묘사에 대해 주관성을 강조한 일원묘사를 주장한다. 일원묘사는 "작가가 먼저 내면에 들어가 사물의 내부에서 써 간다"[13]는 것이다. 이와노 호메이는 "그 한 사람(갑이라면 갑)의 기분이 되어 그 갑이 본대로의 인생을 묘사하지 않으면 안 된다. 이렇게 되면 작자는 처음으로 취급하는 인물의 감각적 자태를 정지하지 않고 그 심리까지 더구나 구체적으로 들어갈 수 있다"(p.313)고 말한다. 또 이와노 호메이는 "인생은 인생을 방관(평면시 또

---

12 現実における自己の経験を、聊かの主観を加えず又内部的説明若くは解剖を加えずに、たゞ見たまゝ庁いたまゝ触れたまゝに描く。田山花袋, 「『生』における試み」, 『早稲田文学』34号(1908.9), p.312. 이하, 「『생』에 있어서의 시도」의 인용은 잡지에서 하고 이후의 인용은 본문 중에 페이지만을 쓴다.

13 岩野泡鳴, 「現代将来の小説的発想を一新すべき僕の描写論」, 『岩野泡鳴全集』第11巻(京都, 臨川書店, 1996), p.338.

는 조감시도 그것이다)하는 것만으로 인생의 내용을 잡을 수 없다. 인생은 인간자신의 주관에 들어가야만 진실한 인생이 된다"(p.318)라고 논한다. 이와노 호메이가 일원묘사를 역설하는 이유는 "인간의 세계나 인생은 실제로는 만인이 알고 있는 세계와 인생이 아니고 각자 한 사람의 주관에 비추어진 그것이다"(p.315)라고 하는 그의 세계관이 있었기 때문이다.

평면묘사도 일원묘사도 인생의 진실을 그리려고 하는 목적과 리얼리즘의 철저라는 관점에서 일치한다. 그렇지만, 양자가 주장하는 묘사 방법은 전혀 다르다. 가타이는 주관을 배제하는 객관적인 묘사방법을 택한 것에 비해, 호메이는 한 사람의 주관을 거치지 않고 인생을 방관하는 것만으로는 진정한 인생의 내용을 포착할 수 없다고 생각했다. 그에 의하면 방관적 묘사가 아닌 주관적 묘사에 의해 작품세계는 주인공의 자아를 표출하는 것이 가능하다.

가타이는 평면묘사에서 자연을 재현하기 위해 자신의 감정을 일절 배제하고, 높은 수준의 예술 경지를 구하려고 했다. 여기에서 화자는 모든 인물의 외면을 볼 수는 있으나, 개인의 내면에는 들어갈 수 없다. 평면묘사는 외면에서 받는 느낌, 그에 의해 느끼는 인상 이외에 화자의 해석을 필요로 하지 않는다. 개인의 내면을 그리려고 하지 않는 한 평면묘사는 '사생활의 있는 그대로의 묘사'로 끝나버리고, 그 묘사방법에 따르는 한 고백은 성립되지 않는다. 이와 같이 평면묘사에서 실제 고백소설은 성립되지 않고 인생을 방관하는 것만으로 내면이 드러나지 않는 객관소설이 성립한다. 가타이는 『생』에서 자연주의 시대를 대표하는 평면묘사를 확립시키고『시골교사』에서 그 완성을 보게 된다. 가타이는 『이불』 이후 평면묘사를 주장하고 적나라한 내면을 폭로하는 고백소설을 쓰지 않게 된다. 일본자연주의는 자기 자신을 모델로 하면서 내면을 폭로하는 고백소설로 발전해가지만, 그 묘사론은 이와노 호메이의 일원묘사에 위임하게 된다. 유명한 사소설의 대부분이 작가 자신의 수치스러운 부분을 고백하는 방식으로 전개된다. 이와노 호메이는 "일원묘사는 결국 내면묘사이다"라는 일원묘사를 주장하고 이를 『오부작』에서 실천한다. 실제 사소설의 고백담론은 한 사람의 내면을 철저하게 묘사하는 이와노 호메이의 일원묘사로 계승된다. 이와노 호메이는 그의 『오부작』에서 자신을 모델로 자신의 불륜과 가정생활의 파탄을 일원묘사를 이용해 적나라하게 묘사했다. 그는 10년에 가까운 개작과정을 통해 일원묘사를 완벽하게 추구하려 했고 그 결과 그의 묘사가 사소설의 묘사방법으로 이어지게 된다.

다야마 가타이는 "나의 『이불』은 작자에게는 아무것도 아니다. 참회도 아니고 일부러 그러한 추한 사실을 선택해서 쓰지도 않았다. 단지 자신이 인생에서 발견한 사실, 그것을 독자의 눈 앞에 펼쳐 보인 것이다"[14]라고 한다. 가타이는 일상을 있는 그대로 그리는 것이 사실을 쓰는 것이라고 생각하고 사실이라는 허구를 믿었다. 작가의 일상을 있는 그대로 사실에 상응해서 쓴 것이 사소설이다. 가타이를 비롯해 동시대의 작가들은 사실과 허구를 착각했다. 따라서 『이불』은 사실이라고 하는 허구를 성립시키고 허구가 사실화되는 시대를 만들었다.

그러나 한 인물의 주관성을 중시하는 일원묘사의 배후에는 '있는

14　田山花袋,「小説作法」,『定本花袋全集』第26巻(京都, 臨川書店, 1995), p.228.

그대로'가 허구에 지나지 않는다는 인식이 있었다. 이와 관련해서 호메이는 후년에 일원묘사를 관철한 『오부작』을 주인공＝작자로 보는 비평태도에 반박하고 "예를 들어 자전적이라 해도 창작인 이상 작중의 중개적인물을 가지고 곧 작자를 상상하거나 그 태도에 흥미를 가지는 것은 비평자로서 분수에 지나치고 독자는 어리석다. 결국 틀렸다."[15] 계속해서 그는 "일원묘사는 중개자인 주인공이 보고 있는 세계를 쓴다"는 것이기에 "바로 작가 자신의 성격이라고 생각해서는 안된다."(p.332) 즉 호메이는 작가가 살아 있는 현실세계와 소설 속 주인공의 허구세계를 구별해야만 한다고 명언했다. 가타이는 평면묘사를 사용해 현실을 투명한 언어에 의해 '있는 그대로' 소설세계에 모사할 수 있다고 착각했다. 그 때문에 가타이는 현실세계와 소설세계를 명확하게 구별할 수 있는 자각을 가지지 못했다. 이에 비해 호메이는 언어가 현실을 그대로 옮기는 도구가 아니고 언어는 언어 이상의 것이 아니라고 자각했다. 일원묘사에 의해 처음으로 '있는 그대로'의 신화가 허구라는 것이 밝혀졌다.

요약하면 일본에서 리얼리즘의 이론을 최초로 수용한 쓰보우치 쇼요는 소설을 "있는 그대로 모사한다"[16]라고 하고 일본자연주의를 대표하는 다야마 가타이는 평면묘사로 "단지 본대로 들은 대로 접한 대로 쓴다"라고 하는 묘사론을 주장한다. '있는 그대로'가 착각이라고 자각한 묘사론이 이와노 호메이의 일원묘사이다. 그것은 삼인칭을 사용

---

15 岩野泡鳴, 「一元描写論の実際証明」, 『岩野泡鳴全集』 第11巻(京都, 臨川書店, 1996), pp.331~332.

16 坪内逍遥, 앞의 책, p.45.

하면서 내면을 치밀하게 그리는 고백체의 소설기법과 관련되어 있다. 일원묘사는 한국 근대 초기의 소설작가인 김동인의 소설기법에도 보인다. 이 일원묘사는 김동인의 초기소설에 도입된 기법이다.

1) 이와노 호메이의 약력

이와노 호메이(1873~1920)는 시인, 소설가, 극작가, 평론가이다. 1873년 효고현 아와지시마 슈모토[兵庫県淡路島洲本]에서 2남 3녀 중 차남으로 태어났다. 1888년, 아버지의 전근으로 일가는 도쿄 아자부[麻布]에 옮기고 메이지학원[明治学院] 보통학과 본과 1학년으로 입학한다. 1889년 센슈대학[專修大学] 경제학부에 입학하고 기관지『문단』제3호(1890.12)에「에머슨론」과 신체시를 발표한다. 1895년 23살에 세 살 위의 초등학교 여교원인 다케고시 고[竹腰こう]와 결혼, 1896년 장녀인 기요[喜代]가 탄생한다. 이 무렵 시의 창작을 계속해 1901년 제일시집『세월[露じも]』을 출판했다. 다음 해 오쿠라상업대학[大倉商業, 현 일본경제대학]의 영어교사가 되고『묘조[明星]』에 참가해 적극적인 시 창작 활동을 시작한다. 1904년 제2시집『석조(夕潮)』, 제3시집『비련비가(悲恋悲歌)』를 내었지만 순문사(純文社)를 탈퇴해서 발표의 장을 잃는다. 한편, 야나기다 구니오[柳田国男], 다야마 가타이 등을 중심으로 하는 류도가이[龍土会]에 참가해 1906년 3월 처녀소설『게이샤 고다케[芸者小竹]』를 발표하고 자연주의 작가로 지위를 굳힌다. 그후 아내인 고와 이혼하고 엔도 세이코[遠藤清子]와 재혼, 또다시 세이코와 이혼하고 간바라 후사에[浦

原英枝]와 세 번째 결혼했다. 그리고 일원묘사를 이론적으로 정리하고 실제 작품에 사용한『오부작』을 완성한다.『오부작』의 초고는 1910년에 나왔지만 개정판이 완성되었을 때는 1920년이다. 그는 1920년 전염병에 걸려 48세에 이 세상을 떠난다.『오부작』은 단순히 이와노 호메이의 대표작만이 아니고 그가 생을 걸고 완성한 장편이다.

2)『오부작』의 작품세계

『오부작』은 실제 이와노 호메이가 아버지의 죽음 뒤(1908. 5. 10), 애인을 만들어 방랑생활을 하고 도쿄에 돌아오기까지 일 년 반 동안의 자신의 경험을 소재로 한 작품이다.『발전』과『독약을 마시는 여자』는 도쿄를 무대로 한 이야기이고『방랑』,『끊어진 다리』,『악령』은 홋카이도를 무대로 한 이야기이다

『발전』

다무라 요시오는 유산으로 물려받은 아버지의 하숙집 일을 아내 지요코에게 맡기고 자신은 집에 구속되지 않고 자유롭게 살고 싶어한다. 상업학교 영어교사이며 창작활동도 하고 있는 요시오는 아내와 16년간 같이 살았고 6명의 자녀도 있지만, 아내와 아이를 돌보지 않고 집에 대한 애착 역시 전혀 없다. 그런 상황에서 기슈에서 온 시미즈 오토리

라는 여성이 하숙을 하게 된다. 아내 지요코와 그 아이들을 싫어하는 요시오는 오토리와 깊은 관계를 가지게 되고 지요코와 이혼하려 하지만 지요코는 이에 응하지 않는다. 가업을 전부 아내에게 맡긴 요시오는 젊은 애인 오토리와의 관계를 탐닉한다. 요시오와 오토리는 도쿄에서 멀리 떨어진 온천에 여행을 간다. 요시오는 소설을 쓰고 단조한 생활에 질린 오토리는 먼저 도쿄에 돌아온다. 혼자 남은 요시오가 원고료를 받아 도쿄에 돌아왔을 때 오토리는 성병에 걸려 괴로워하며 치료를 받는다. 오토리와 아내와의 귀찮은 관계에서 벗어나고 싶은 요시오는 새로운 사업에 대한 꿈을 가지고 사할린에 가려 결심한다.

『독약을 마시는 여자』

요시오에게 성병을 옮은 오토리가 아내 지요코에게 협박을 받고 악몽에 시달린다. 이 이야기를 들은 요시오는 집념이 강한 아내의 저주라 생각하고 아내를 점점 싫어하게 된다. 첫째 아이와 셋째 아이를 병으로 잃은 지요코는 또 다른 아이가 병에 걸려 위독해지자 요시오와 오토리의 새로운 살림집을 방문한다. 아이에게 애착을 가지고 있지 않은 요시오가 병원에 갔을 때 아이는 이미 죽어 있었다. 요시오는 아이의 죽음이 자기와 관계가 없다고 하고 아이의 죽음을 슬퍼하지 않는다.

어느 날 요시오가 애인 오토리를 데리고 음악 감상에 갔을 때 갑자기 지요코가 나타나 소동을 벌인다. 사태가 커지는 것을 두려워한 요시오는 할 수 없이 아내와 같이 집에 돌아오지만 새엄마 앞에서 지요 코를 매도하고 다음날 오토리 곁으로 돌아온다. 그러나 어느 날 밤, 잠든 척하는 자신에게 칼을 들이대며 아내로 해 주지 않으면 죽인다고 하는 오토리의 말을 들은 요시오는 초등학교 친구인 가슈에게 부탁해 헤어지려 한다. 그러나 가슈와 오토리와의 관계가 점차 깊어짐에 따라 질투심이 불타오른다. 요시오는 가슈에게 자기가 오토리와 관계를 끊겠다고 하고 오토리에게 결별을 선언한다. 그는 오토리가 잡는 것도 뿌리치고 집으로 돌아오지만, 오토리가 마음에 걸려 다시 그녀의 집으로 되돌아간다. 요시오가 걱정했던 것처럼 오토리는 독약을 마시려 하고 있었고, 요시오는 오토리가 아직 자신을 사랑하고 있다는 것을 확인한다. 그리고 오토리의 하얀 피부가 아까운 생각이 들어 나중에 온 가슈와 싸워 오토리와의 관계를 회복하고 그녀를 간호한다. 요시오가 사할린에 가는 날 오토리가 우에노에서 그를 배웅하는 장면에서 이야기는 끝난다.

『방랑』

3개월간 사할린에서 벌였던 사업의 실패로 빈털털이가 된 요시오는 혼자 삿포로 역에 도착해 방랑생활을 시작한다. 요시오는 오타루에서 다른 사업의 활로를 찾으면 사업회복의 자금을 마련하고 사할린에서의 실패를 회복할 수 있을지도 모른다고 생각했다.

그가 머문 곳은 메이지학원 친구이자 삿포로 여학교의 국어와 한문교사인 아리시마 이사무의 집이었다. 한편 도쿄에 있는 요시오의 집은 사업자금으로 저당 잡히고 오토리로부터는 돈을 보내주지 않는 것을 원망하는 편지가 온다. 그때 요시오는 홋카이도 실업 잡지의 주간을 맡고 있는 독신인 효보의 집에 신세를 지고, 생활비를 벌기 위해 효보로부터 의뢰받은 잡지 원고를 쓰기도 한다. 그러나 사할린에서의 나머지 사업도 실패하고 효보가 이사해야 했기 때문에 결국 요시오는 아리시마의 집으로 가 그의 신세를 질 수밖에 없었다.

홋카이도 사업에 실패하고 아리시마와도 관계가 나빠진 요시오는 귀경할 결심을 한다. 그러나 사업 실패로 가슴이 아팠던 요시오는 고독한 마음을 위로해 주고 따뜻하게 맞아 주었던 술집여자 시키시마에게 빠진다. 그는 그녀와의 사랑에 의해 자신의 사상을 실현할 수 있을 것이라 생각한다. 따라서 그는 도쿄에 돌아가지 않고 방랑을 계속해도 좋다고 생각한다. 그러나 어느 날 시키시마는 돈이 많은 다른 손님들 방에 가 버리고 요시오는 방에 혼자 남게 된다. 옆방에서 손님과 게이샤가 노는 소리가 들으며 요시오는 잠들지 못하고 깊은 고독을 느낀다.

『끊어진 다리』

홋카이도 유곽의 유녀 시키시마와의 연애와 그 결말이 그려지는 『끊어진 다리』는 『방랑』과 『악령』의 중간 이야기에 해당한다. 『끊어진 다리』는 『방랑』 후반의 여운이 남아 있는 속편으로, 특히 시키시마가 먼저 온 손님을 접대하는 것에 관한 요시오의 불만과 이로 인한 고독, 홋카이도 순례에서 오는 고독한 방랑자의 비애가 사실적으로 그려져 있다. 『끊어진 다리』는 홋카이도에 있는 가무이고탄[神居古潭]의 낭떠러지에 걸려있는 다리로, '다리를 지탱하고 있는 철사가 끊어지지는 않을까' 하며 불안해하는 요시오의 모습과 홋카이도에서 난관에 봉착한 요시오의 모습이 겹쳐 있다.

삿포로에서의 생활도 가을에 접어들고 시키시마와의 사랑도 끝나려 한다. 그는 예술과 사업 모든 것을 잃은 자신의 상황을 생각하고 눈물을 흘리다가, 그러한 자기연민을 떨치기 위해 도청에서 지원되는 공비로 홋카이도 여행을 하게 된다. 홋카이도 여행은 모든 계획이 좌절로 끝난 그의 마지막 희망이었다. 그는 홋카이도 원시림을 향해 여행을 계속했다. 도중에 오토리로부터 아오모리로 마중을 나와 달라는 연락이 온다. 같이 여행을 떠난 일행들은 먼저 홋카이도에 돌아가고, 혼자 여행을 하는 요시오의 고독감은 웅대한 홋카이도 원시림을 여행하면서 극에 달했다. 여행을 끝내고 삿포로에 있는 아리시마의 집에 돌아오니 오토리가 기다리고 있었다. 오토리는 입원비용을 달라고 조른다. 그는 친구인 엔도에게 빌린 돈으로 그녀를 입원시키고 병원 근처 하숙방으로 옮긴다. 삿포로까지 와서 입원한 오토리는 경제적으로도 정신적으로도 요시오를 괴롭힌다. 요시오는 시키시마를 만나러 갔지만 오토리와 같이 사랑이 없어진 것을 확인하고 고독한 방랑자가 되었다고 실감한다.

『악령』

『악령』은 『오부작』의 끝에 해당한다. 요시오는 사업 실패와 자기 뒤를 따라온 애인과의 끝없는 싸움에 지쳐 있었다. 그 때 이토 히로부미가 하얼빈에서 한국인에게 암살당했다는 호외를 접한다. 요시오는 자신의 독존자아설의 체현자로 이토를 존경했다. 요시오는 친구가 가르치고 있던 중학교에서 연설할 기회를 얻고 이토의 약력으로 시작해 자신의 사상을 이야기한다. 그러나 연설은 실패하고 요시오는 웃음거리가 된다. 화가 난 요시오는 연설을 그만두고 뛰쳐나온다. 오토리는 요시오가 정신이 이상하다는 소문을 효보에게 듣고 운다. 요시오는 그녀에게 자신에 대한 최후의 애정이 남아있는 것을 확인한다. 10월 말에 눈이 내리고 만성화되어 낫지 않는 오토리의 병은 그녀를 히스테릭하게 만든다. 같이 죽자는 그녀의 제안에 둘은 죽을 장소를 찾는다. 두 사람은 다리 하나를 죽을 장소로 정해 같이 끌어안고 어둠 속으로 빠지지만 다리 밑에는 물 대신 굳어진 눈뿐이었다. 죽지 못하고 집에 돌아온 요시오는 자신의 생의 철학을 밤새 쓴다. 오토리도 시집을 가게 되어 두 사람은 같이 도쿄에 돌아온다. 요시오는 오토리와 헤어지는 것을 악령이 떨어져 나간 것이라며 홀가분하게 생각한다.[17]

이와 같이 「발전」에는 아버지의 죽음에서 오는 고독한 요시오의 내면과 붕괴해 가는 집의 모습, 『독약을 마시는 여자』는 애증관계에 고뇌하고 삼각관계에 흔들리는 요시오의 내면, 『방랑』은 삿포로를 배경

---

17 伴悅, 『岩野泡鳴－五部作の世界』(東京, 明治書院, 1982) 참고.

으로 사업에 실패한 방랑자로서 불안, 고통, 슬픔,『끊어진 다리』는 웅대한 홋카이도를 여행하면서 인간세계와 떨어진 자연의 오지에서 오는 고독한 비애,『악령』은 정사에 이르기까지의 요시오의 내면이 고백되어 있다. 결국『오부작』에서는 사할린에서 홋카이도를 건너 다시 도쿄에 되돌아오기까지의 요시오의 내면변화가 주로 그려진다.

2. 한국 근대문학의 성립과 메이지 · 다이쇼문학

한국에서 최초로 발간된 순문예지『창조』(1919)는 도쿄에서 발간되었고 여기에 게재된「약한 자의 슬픔」이 김동인의 문필활동의 출발점이었다는 사실은 한국 근대소설의 성립을 해명하는 중요한 단서가 된다. 또 김동인은 처녀작인「약한 자의 슬픔」이 창작과정에서 "더우기 과거에 혼자에 머리속으로 구상하던 소설들은 모두 일본말로 상상하던 것이라, 조선말로 글을 쓰려고 막상 책상에 대하니 앞이 딱 막힌다"와 "이 때에 있어서 '일본'과 '일본글', '일본말'의 존재는 꽤 큰 편리를 주었다. 그 語法이며 문장 변화며 문법 변화 조선어와 공통되는 데가 많은 일본어는 따라서 先進의 역할을 하게 되었다"[18]라는 진술을 한

18　金東仁,「문단 30년의 자최」, 金治弘 編,『金東仁評論全集』(서울, 삼영사, 1984), p.434; 초고『新天地』(1948.3~1949.8). 이하, 김동인 평론의 인용은 초고에 충실한 金治弘 編의『金

다. 이와 같은 김동인의 증언은 근대 한국문학과 메이지·다이쇼기의 일본문학과의 밀접한 관계를 시사하고 있다.

여기서는 한일 근대문학의 관계를『창조』지 창간과 한국 리얼리즘의 도입, 김동인의 현실재현방법, 한국 리얼리즘의 특징을 통해 본다.

김동인은 15세부터 20세까지 감수성이 풍부한 청소년기에 일본에 유학한다. 이 시기의 교육과 문학수업은 중요한 의미를 가진다. 그의 유학경력을 보자.

1914년(15세) 東京學院 중학부 입학

1915년(16세) 東京學院 폐쇄로 明治學院 중학부 2학년에 편입

1917년(18세) 明治學院 졸업

1918년(19세) 가와바타미술학교[川端畫学校]에 입학. 본격적으로 문학활
동을 시작함.

1919년(20세) 2월 요코하마에서 한국 최초의 순문예지『창조』를 자비로 창
간. 처녀작「약한 자의 슬픔」을 발표[19]

김동인 문학은 14세부터 19세까지 일본유학에서 싹이 트고 성장했다. 그의 작가수업이 일본에서 시작되었다는 것은 "일본서도 시마자끼 도오손[島崎藤村] 이하의 많은 문학자가 명치학원 출신이라, 따라서 문학풍이 전통적으로 학생들에게 흐르고 있었다(그 학교의 자랑인 校歌

東仁評論全集』과『金東仁全集』第15, 16巻(서울, 朝鮮日報社, 1988)에서 인용한다.

19 尹柄魯,『韓国現代批評文学論』(서울, 青鹿出版社, 1982), p.202 참고; 초고『韓国文学大辞
典』(서울, 文元閣, 1973), p.146.

는 시마자끼의 지은 것이다). 그러는 만치 3, 4학년쯤부터는 그 학년 학생
끼리의 回覽雜誌가 간행되고 있었다. 3학년 때에 나도 3학년 회람잡
지에 소설 한 편을 썼다. 지금은 다만 썼었다는 기억밖에는 무슨 소리
를 썼는지 전혀 생각나지 않지만, 이 日本文으로 쓴 소설이야말로 나
의 진정한 처녀작이다"[20]라는 증언에서 알 수 있다. 김동인은 「문단
30년의 자최」에서 "그 때는 일본도 아리시마 다께로오[有島武郎] 기꾸
찌깡[菊地寬] 아꾸다가와 류노스케[芥川竜之介] 등도 출세하기 이전이요,
기꾸찌의 스승인 나쓰메[夏目漱石] 등의 시절이었다"[21]라고 회상하고
있다. 그의 『창조』지 폐간까지의 문학적 기반이 일본에서 만들어진
것은 확실하고 메이지학원의 문학적 분위기와 당시의 일본문학과의
영향을 부정할 수는 없다.

그리고 당시 김동인이 "川幡畫學校에 籍을 두고, 藤島氏의 門下에
美學에 대한 상식을 구하러 다니던"[22] 것 더구나 그가 그림을 배우기
위해 미술학교에 다녔던 것이 아니고 미술에 관한 기초지식과 그림에
관한 개념을 얻기 위해 미술을 배운 것은 근대문학과 미술의 분리되
지 않는 관계를 그가 인식하고 있었다는 것을 알 수 있다.

---

20 金東仁, 앞의 책, p.432.

21 위의 책, p.432.

22 위의 책, p.402. 김동인은 川端畫学校를 川幡畫学校라고 쓰고 있지만, 「幡」가 「端」의 오자
라는 것이 나중에 밝혀진다.

1) 『창조』의 창간과 한국 근대문학 성립

문학전문잡지인 『창조』는 1919년 2월 1일에 도쿄에서 당시 유학생이었던 김동인, 주요한, 전영택, 김환, 최승만의 5명에 의해 창간되었다. 한국 근대문학은 민족적인 독자성을 상실한 일제강점기시대에 근대화 과정을 걷지 않으면 안 되었다. 따라서 여러나라에서 직접 영향을 받기보다는 일단 일본에 들어온 문학을 주로 받아들이는 형태를 취했다. 특히 한국 근대문학 초기에 중심적 역할을 짊어진 작가들은 모두 일본유학생이었지만 그들은 일본어의 번역을 통해 서양문학의 영향을 받았다. 그 중요한 역할을 한 것이 『창조』이다.

다음 인용은 「문단 30년의 자취」에서 『창조』가 창간된 계기를 김동인이 회상한 부분이다.

그 날(1918.12.25) 크리스마스 축하를 핑계삼아 청년회관에 집회하여서 거기서 드디어 커다란 결의까지 한 것이었다.

즉 3.1운동의 씨가 그 밤에 배태된 것이었다. (…중략…) 처음에는 화제가 그 방면으로 배회하였지만 요한과 내가 마주 앉으면 언제든 이야기의 종국은 '문학담'으로 되어 버렸다.

"정치운동은 그 방면 사람에게 맡기고 우리는 문학으로—"

이야기는 문학으로 옮았다.

막연한 '문학담' '문학토론'보다도 구체적으로 신문학운동을 일으켜 보자는 것이 요한과 내가 대할 적마다 나오는 이야기였다.

이 밤도 우리의 이야기는 그리로 뻗었다. 그리고 문학운동을 일으키기 위

하여 同人制로 문학잡지를 하나 시작하자는 데까지 우리의 이야기는 진전되었다.[23]

1918년 12월 25일 밤 도쿄에서 한 김동인과 주요한과의 대화는 두 사람에 의한 『창조』지 창간까지 진전한다. 경제적인 여유가 있었던 김동인이 출판비용을 내고 실무경험이 있는 김환이 사무전반의 책임을 지기로 했다. 편집은 당시 제일고등학교(현 도쿄대학)의 학생으로서 가와지 류코(川路柳虹)가 중심이 되어 만든 잡지 『현대시가』의 편집을 한 경험이 있는 주요한이 담당하게 되었다. 그리고 김동인과 전영택이 소설, 주요한이 시를 쓰고 김환은 희곡을 창작하기로 했다.

『창조』를 재정적으로 책임진 실제의 주역이었던 김동인은 『창조』가 새로운 한국문학을 창조하기 위한 잡지라고 그 성격을 말했다. 『창조』의 문학적 성격이 잘 나타난 것이 "정치운동은 그 방면 사람에게 맡기고 우리는 문학으로—"라는 말이었다. 전세대의 사람들이 문학에 정치적 의미를 부여한 것에 비해 『창조』는 문학자체에 가장 큰 의미를 부여했다. 그것이 『창조』세대와 전세대와의 가장 큰 차이였다. 『창조』파는 종래의 계몽적, 민주주의적 문학에 비해, 『학지광』(1913)의 사람들이 적극적으로 관심을 나타내지 않았던 문학자체의 예술성, 순수성을 찾으려고 했다. 김동인은 『창조』의 새로운 문학을 「한국 근대소설고」에서 "이러틋 우리는 小說의 取材를 區區한 朝鮮 社會 風俗 改良에 두지 안코 '人生'이라 하는 문뎨와 사라가는 苦痛을 그려 보려 하였다. 勸善懲惡에서 朝鮮 社會 問題 提示로—다시 一轉하여 朝鮮 社會

23　金東仁, 「文壇 30年의 자취」, 『金東仁全集』第15卷(서울, 조선일보사, 1988), pp.314〜315.

敎化로—이러한 途程을 밟은 朝鮮小說은 마츰내 人生 問題 提示라는 小說의 本舞臺에 올라섯다"[24]고 했다. 『창조』파들이 소설을 취급하려고 한 것은 종래의 계몽적 요소가 아니고 문학의 예술적 요소였다. 실제 『창조』는 이광수문학의 계몽주의적 문학에 반대하고 문학의 예술 실현이라는 새로운 출발을 보여 한국 근대문학의 길을 여는데 큰 역할을 하였다.

『창조』지의 출판을 계기로 문단에 새로운 바람이 불고 많은 문학지가 속출해 문학이 본격적으로 시작되었다. 김동인의 「약한 자의 슬픔」은 한국 근대문학사상 최초의 자연주의적 수법이다. 「약한 자의 슬픔」이 게재되어 창작에 새로운 전개와 자극을 가져와 새로운 묘사체를 개척했다. 『창조』는 문장 창조의 장으로 기능하고 문학 활동을 활발하게 했다. 김동인은 소설의 기법, 묘사의 시점, 문체의 측면에서 소설의 근대화를 도모했다. 이에 반해 전영택은 소설내용면에서 기존 소설과 대결하고 소설을 근대화하려고 했다. 김동인은 문체를 근대적으로 개혁하려고 하고 전영택은 소설내용을 개혁하려고 했다.

주요한은 17세에 『반주(伴奏)』(「오하루(お春)」 제2집(1917.1)에 작품을 투고해 가와지 류코와 친하게 되고 그가 간행한 『현대시가(現代詩歌)』 1권 1호(1918.2)에 일본시(「낮과 밤의 기도 2(昼と夜の祈祷 2)」를 발표했다. 『창조』 창간호(1919.2)에 주요한은 「일본 근대시초」를 게재하고, 일본의 상징시, 외국의 번역시를 소개하고 「불놀이」를 발표한다. 「불놀이」는 『창조』의 권두시로써 창간호의 최초의 지면을 장식한 『창

24　金東仁, 「朝鮮近代小說考」, 金治弘 編, 『金東仁評論全集』(서울, 삼영사, 1984), p.71.

조』의 대표적인 시이기도 하다. 「불놀이」에서는 평양 대동강에서 밤축제의 축제적인 분위기와 애인의 죽음을 견디지 못하는 젊은이의 고독이 중심테마가 된다. 「불놀이」는 축제적 분위기로 즐겁게 보이는 현실세계와 불안으로 슬픈 과거 때문에 절망하는 젊은이의 내면 대비를 강조하고 기본적으로는 현실세계와 융합할 수 없는 고독한 개인을 그리고 있다. 결국 주요한은 『창조』지라는 장에서 조선의 새로운 근대문학을 창조하고 싶은 의욕을 가지고 기존의 시와는 다른 다양한 시도를 하고 있다. 「불놀이」는 자유시인 점과 상징적인 수법이 사용된 점에서 특히 주목할 만하고 서구적 형태의 한국근대시의 출발점이 되었다. 그리고 그것은 한국 근대문학 성립기에 있어 새로운 형식의 시를 만들어 한국시문학에 새로운 계기를 부여했다.

유학생들이 창간한 『창조』는 이와 같이 한국 근대문학의 성립기반을 형성하게 되었다. 중요한 것은 『창조』가 기존 문학과는 다른 새로운 문학을 만드는 장이었다는 사실이다. 그 과정에서 처음으로 리얼리즘이 도입되고 그 수법으로 소설이 쓰여지기 시작했다.

2) 리얼리즘의 도입

한국의 리얼리즘 및 자연주의는 『창조』가 중심이 되어 소개하였고 그 전개를 보는 것은 『창조』파의 중심적 인물인 김동인의 리얼리즘 및 자연주의를 보면 된다. 이는 또 리얼리즘의 기원을 명확하게 하는 일이기도 하다.

역사적인 개념에서 말하면 유럽, 특히 프랑스의 문예사조는 고전주의, 낭만주의, 리얼리즘(사실주의), 자연주의의 순서로 발전해 왔다. 유럽에서 발생한 리얼리즘(realism)은 현실에서 도피하고 또 현실을 미화하고 이상화하는 낭만주의에 대립하는 형태로 나타났다. 그것은 현실을 존중하고 주관적인 개혁을 가하지 않고 있는 그대로 묘사하는 입장 또는 방법이었다. 리얼리즘에서 시작된 자연주의는 과학적 정신에 기초해 사실자료를 중시했다. 이 과학성의 중시에 의해 인간은 철저하게 유전과 환경에 의해 형성된다고 규정했다. 자연주의의 의의는 문학에 있어 인간적 진실을 존중하고 평범한 서민의 생활현상을 소설의 중심으로 해 과혹한 현실을 파헤치려 한 것에 있다.

19세기 말에 발생한 자연주의는 각국의 사회적, 문화적 토대구조에서 여러 가지 형태를 가지고 나타난다. 자연주의는 19세기 말에서 20세기 초기에 근대문학을 확립한 문화권에서 특히 중요한 의미를 가진다.

일본의 경우, 광의의 사실주의는 메이지 10년대 말에 나타나고 40년 전후에는 자연주의가 주류가 되었다. 일본자연주의는 서구자연주의의 독특한 해석에 의해 일본 독자의 자연주의로 발전해 간다. 가타이, 도손들은 자아내면의 요구에 충실하고 자신의 문제만을 문제시하고 어디까지나 자신에 진실한 것만을 그리려는 태도를 취했다. 그렇기 때문에 많은 자연주의 작품에서는 성욕과 본능의 발동을 그리고 적극적인 사회비판은 보이지 않는다. 그리고 일본자연주의는 자기의 추악한 일면을 정직하게 고백하고 인간성의 진실에 충실하려고 하는 사소설로 발전해 간다.

『창조』에 의해 도입된 한국 자연주의는 서구 자연주의를 명확하게
이해하고 받아들인 것은 아니었다. 각각의 나라가 독자의 민족적 기
질과 사회적인 구조에 의해 상당한 차이를 가지고 자연주의를 전개한
것과 같이 한국에서도 한국 독자의 자연주의로써 나타났다. 한국 신
문학의 중심인물인 이광수를 비롯해 김동인, 현진건, 염상섭의 소설
은 자연주의와 깊은 관계를 가지고 있다. 그들은 모두 도쿄 유학생이
고 그곳에서 문학수업을 계속해 자연주의를 받아들였다. 반자연주의
입장을 표명한 이광수조차도 자신의 소설 기법 중에 자연주의의 영향
을 고백하고 있고[25] 김동리는 김동인에게 "너무나 決定的인 시기에 自
然主義의 洗禮를 받았기 때문이며"[26]라고 말하고, 염상섭도 자연주의
에 관한 이론적 태도를 한국적인 입장에서 제시하고 그에 기초해 의
식적으로 작품 활동을 하고 끝까지 그 방법으로 작품을 쓰기 시작했
다.

여기서 필자는 현실을 있는 그대로 모방한다는 관점에서 리얼리즘
소설과 자연주의소설을 구별하지 않지만 리얼리즘이라고 하는 말은
리얼리즘을 계승한 문예사조라고 하는 좁은 의미의 개념으로 사용하
기로 한다. 단지 일본의 자연주의는 서양의 자연주의와는 다르고 인
간의 태도, 사회생활 등, 있는 그대로의 현실을 직시하고 추악한 것을
피하지 않고 이상화를 행하지 않고 묘사하는 것을 기본으로 하는 사조
이다. 한편, 한국의 경우, 사회와의 관계 속에서 괴로운 생활상을 그린
사회성이 강한 리얼리즘소설이 나타난다. 따라서 일본의 경우, 주로

25　李光洙, 『李光洙全集』第16卷(서울, 三中堂, 1971), p.277.
26　김동리, 『문학과 인간』(서울, 청춘사, 1952), p.25.

‘본능’을 그리기 때문에 자연주의라고 부르고 한국의 경우 주로 ‘현실 (사회성)’을 그리기 때문에 리얼리즘이라 부르기로 한다. 여기서 리얼 리즘에 관해서 ‘현실’, 자연주의에 대해서는 ‘본능’, 사소설에 대해서는 ‘사생활’, 고백소설에 대해서는 ‘내면’을 키워드로 해서 각각 분류한다.

한국자연주의에 관한 오해와 애매성에 관해 말하면 세 개의 점을 들 수 있다. 첫째, 자연주의와 리얼리즘의 어휘개념의 다양성을 들 수 있다. 한국에서는 리얼리즘과 자연주의라는 언어의 명확한 구별을 하지 않고 양자는 많이 혼용되어 왔다. 그 이유에 관해 조연현은 서구의 말 자체의 애매성을 지적하고 있다. 그는 자연주의(Naturalism)와 사실주의(realism)를 “있는 그대로의 人生이나 現實을 있는 그대로 표현한다”[27]라는 원칙에 있어서는 같다. 그러나 그 방법에 있어서 전자는 “실험주의적 과학적 요소가 강한” 것에 비해 후자는 “체험적 생활적 요소가 강한” 점이 다르다고 말한다.[28] 결국, 자연주의와 리얼리즘은 작자의 개인적 주관과 창조력을 벗어나서 객관적 현실을 객관적으로 재현한다고 하는 원칙에 있어서는 같다. 그러나 자연주의는 리얼리즘적 현실재현방법에 과학적 요소를, 즉 과학적인 관찰과 해부, 유전, 환경의 요소를 추가한 점에서 리얼리즘과 다르다.

두 번째, 문예사조 중에서 자연주의라고 하는 속성이 있다. 자연주의는 고전주의에서 낭만주의를 거쳐 그 안티테제로서 일어났으나 한국의 경우 리얼리즘, 자연주의, 낭만주의가 동시에 들어왔다. 세 번째, 근대의 개성 확립과 자연주의가 밀접하게 관계하고 있는 점을 들 수

---

27 조연현, 『한국 근대문학사』(서울, 성문각, 1982), p.227.
28 金允植, 『近代韓國文学研究』(서울, 一志社, 1983), p.169 참고.

있다.[29] 일본과 한국에 있어 자연주의는 자아확립이라는 방향으로 전 개했다는 점에서 공통적이다.[30] 리얼리즘의 발신원인『창조』가 일본 에서 창간되고 일본을 그 발판으로 하기 때문에 당연히 한국 자연주 의와 일본문학과의 관련성을 생각할 수밖에 없다.

리얼리즘의 한국적 특성을 보면 창조파의 리얼리즘문학은 이광수 의 계몽주의적 문학의 반발에서 시작되었다. 전 세대를 대표하는 이 광수는 와세다대학 재학 중에 2·8독립선언문을 작성하는 등 독립운 동 및 정치적 사상의 지도적 존재였다.『학지광』은 1913년 일본에 있 는 7개의 단체와 유학생이 단결해서 창간한 잡지이다.『학지광』의 주요인물들은 유학생중에서도 정치적 방면에서 지도적 존재였다. 이 광수는 연애와 줄거리의 재미를 중시하고 흥미를 위주로 한 소설을 썼다. 그의 최종목적은 사람들의 계몽이었다. 이광수는 어려서부터 문학자가 되려고 생각한 적이 없었지만 그가 문학자가 되었던 큰 이 유는 조선 사람들을 계몽하기 위해서였다. 그는 문학을 효과적으로 설법하기 위한 수단이라고 생각했기에 설법의 방법에 따라 문학 장 르를 바꾸기도 했다.

이는 김동인의 가장 큰 불만이었고 그는 이광수가 소설을 언제나 설교기관으로 사용했다고 비난했다. 이와 같은 춘원문학의 계몽성을 배제하고 문학을 순수하게 예술적 경지에 끌어올리는 것이 한국리얼 리스트들의 과제였다. 춘원까지의 문예에서는 소설의 흥미를 그대로 '소설의 즐거움'과 '연애 또는 사건의 재미'를 만들려고 한데 비해『창

---

29 위의 책, p.166 참고.

30 위의 책, p.173 참고.

조』는 '리얼리즘의 진미'야 말로 소설의 최고 관심이라고 말하고 '소설의 흥미'를 거부해 버렸다.[31]고 동인은 말하고 스스로를 리얼리즘의 실현자라고 자부했다.

3) 김동인의 현실묘사방법

『창조』의 리얼리즘은 이광수 문학의 계몽성을 배제한 문학이고 순수한 문학의 추구를 그 목표로 한다. 『창조』의 편집후기에는 "우리는 다만 忠實히 우리의 생각하고, 苦心하고 煩悶한 記錄을 여러분께 보이는 뿐이올시다"[32]라고 말하고 있다. 여기의 '충실'과 '기록'이라고 하는 단어에서 그들의 작품에 대한 자세가 리얼리즘을 추구하고 있다는 것을 알 수 있다.

그러면 김동인의 리얼리즘인식과 창작관은 어떠한 것인지 그 자신의 말을 통해 보자.

다음은 김동인이 「소설수첩」 중에서 「소설의 묘사」에 대해 쓴 부분이다.

小説手法上 리알이라 하는 것은 (…중략…) '잇슴직한 事実'이라야 된다. (…중략…) 読者가 읽는 도중에 不自然美를 느끼지 안케 하지 안토록 만드는 것, 이것이 小説手法上의 리알이다.[33]

31　金東仁, 「春園研究」, 『金東仁全集』 第16卷(서울, 조선일보사, 1988), p.64.

32　金東仁, 「編集後記」, 『創造』 創刊号(1919.2), p.81.

事實 그대로를 描写했다. 혹은 事實 실제로 경험한 心理를 그대로 小説에 써 너헛다 하는 말은 대개는 실상으로는 부자연한 늣김을 받는 小説이요, 짜라서 부자연한 小説이다. 그와 쏙 같은 意味로, 그와 쏙 反対의 意味로, 그小説은 자연스럽다든가 자연스러운 진전을 보인 小説이라 하는 것은 實在사실―現実과 자세히 대조 検分한다면 부자연한 事實이요, 잇슬 수 업는 現実이다.[34]

이와 같이 김동인은 '사실을 있는 그대로'로 묘사하는 것이 리얼하지 않다는 생각을 확실하게 하고 있다. 김동인은 현실재현방법을 사진과 그림으로 예로 들어 회화의 방법이 더 리얼하다고 한다. 사진은 있는 물체를 '있는 그대로' 재현할 수 있지만 작자의 주관을 나타낼 수 없기에 "'사진'은 小説手法上 리얼이 아니다."[35] 그러나 회화는 작자의 주관을 넣어서 회화 본래의 목적을 달성할 수 있다고 하는 견해이다. 결국 소설은 외부세계의 충실한 모사는 아니다라는 생각이다.

다음으로 김동인의 자연주의 및 리얼리즘에 관한 생각이 보이는 부분을 보자.

룻소의 참회록 같은 것도 룻소 본인은 연방 붓대가 차마 돌아가지 않으니 눈 꾹감고 쓰느니 운운을 하였지만 사실에 있어서는 자연주의라는 긍지를 가지고 자연주의자적 양심으로는 떳떳한 일을 했노라는 뱃심이 紙背에 너

---

33 金東仁, 「小説手帳」, 金治弘 編, 『金東仁評論全集』(서울, 삼영사, 1984), p.260.
34 위의 책, p.261.
35 위의 책, p.260.

무도 명료하게 보인다고 보는 나다.

그런 눈으로 보자니 「나」는 첫머리부터 끝줄까지가 죄 허위다. '사실'이 허위라는 것이 아니라 붓이 허위인 것이다.[36]

리얼리즘이라 하면 흔히 '있는 대로'를 描寫하는 것이라고 오해를 하는 이가 있지만 결코 그렇지 않다. 리얼리즘의 사명은 이 복잡하고 不統一되고 모순 많은 人生生活을 단순화하고 통일화하는 데 있다. 찌꺼기를 모두 뽑아 버리고 骨子만을 남겨 가지고 그것을 정당화시켜서 表現하는 데 있다.[37]

김동인이 루소의 『참회록』을 자연주의소설로 보고 그것을 허구로 보는 것은 결국 자연주의소설을 허구로 인식하고 있다는 것을 의미한다. 또 리얼리즘을 있는 그대로라는 생각은 오해라고 주장하고 인생을 단순화, 통일화하는 것이 리얼리즘의 임무라고 한다. 그는 소설이 현실을 있는 그대로 반영하는 사실의 예술이라고는 생각하지 않았기에 허구로서의 묘사방법을 택한다. 그는 소설의 사실성보다 소설의 개연성을 중시한다. 예술가는 신이고 자기가 창조한 세계를 조종하지 않으면 안 된다고 하는 '인형조종술'에서 말하고 있듯이 그에 있어 소설가는 모방자가 아닌 창조자이다.

김동인의 일원묘사에서 제창된 것은 "작중 주요인물의 눈에 비친 것에 한하여 작자는 쓸 권리가 있지"[38]라는 것과 같이 이와노 호메이와 똑같은 묘사방법이고 그 최초의 작품인 「약한 자의 슬픔」에도 이

36　金東仁, 「春園과 나」, 『金東仁全集』第16卷(서울, 조선일보사, 1988), p.439.
37　金東仁, 「근대소설의 승리」, 金治弘 編, 『金東仁評論全集』(서울, 삼영사, 1984), p.52.
38　위의 책, pp.167~171.

수법이 사용된다. 이와 같이 인형조종설과 일원묘사가 공통되는 부분은 '있는 그대로'의 사실묘사는 있을 수 없고 그것이 허구라는 인식이다. 김동인은 근대소설문체의 확립이라는 과제를 가지고 문학창작을 시작했다. 김동인은 일본자연주의의 대표적인 묘사론인 평면묘사가 주장하는 있는 그대로의 소설기법을 취하지 않고 소설이 허구라고 인식한 일원묘사의 방법을 취한다. 이렇게 해서 그는 리얼리즘을 사용해 근대소설문체를 확립해 간다.

김동인의 리얼리즘을 철저하게 이론적으로 심화시켜 확립해 간 작가는 염상섭이다. 염상섭은 최초 「개성과 예술」 중에서 창작을 개성의 자유로운 발로라고 보고 있었지만 「문예와 생활」에서는 생활의 반영이 예술이라는 대립적인 명제를 제시한다. 이것은 그가 주관에서 객관으로 입장을 전환한 것이다. 그리고 마지막으로 「문학사의 집단의식과 개인의식」에서 작가의 주관과 생활의 진실된 의미에서 관계를 파악할 필요성을 말하고 주관과 객관을 통일한다.

김동인이 일본어로 생각하지 않으면 안 되었던 원인은 김동인자신이 삼인칭대명사 '그' 종결어미 'ㅆ다'를 사용하고 근대문체운동의 선구자라고 자부한 것을 검증하는 것으로 해명되고 김동인과 이와노 호메이의 일원묘사와의 관련을 통해 확실해질 것이다. 단지 본 논문은 이와노 호메이와 김동인의 영향관계를 논하는 것이 아니고 그 기법의 내실 비교를 시도한 것이다. 김동인이 일본어로 생각하고 한국어로 썼다고 하는 내실과 삼인칭고백담론의 단서가 되는 일원묘사를 검토하고 이를 통해서 한국 근대문학과 메이지·다이쇼기의 일본문학과의 관계와 그 내실을 확실하게 한다.

3. 선행연구

먼저 여기서는 리얼리즘 및 자연주의소설의 고백담론, 이와노 호메이와 김동인에 관한 선행연구를 보자.

지금까지의 연구는 이와노 호메이와 김동인의 일원묘사가 고백체 담론이라는 관점에서 논해지지 않았고 또 근대문체 성립과의 관련성에 대해 논하지 않았다. 일본의 고백담론 특히 자연주의소설 및 사소설에 관한 연구는 매우 많음에도 불구하고 리얼리즘의 연장선상에서 이와노 호메이의 묘사론과 그 작품론이 주목되지 못했다. 한국의 경우도 김동인의 연구는 매우 많으나 김동인의 일원묘사를 근대문체 성립이라고 하는 관점에서 주목하지 않았다.

일본의 고백소설 특히 사소설은 허구가 없는 작가의 실생활을 있는 그대로 그린다고 하는 서양 소설과는 완전히 다른 소설 개념에서 성립되었다. 그렇기 때문에 일본 근대리얼리즘은 일본문학의 특수성이라는 관점에서 일본 및 세계의 많은 평론가들에 의해서 논의되어 왔다. 그것은 물론 사소설이라고 하는 개념규정에 관한 논의이기도 하다.

대표적인 일본의 근대리얼리즘비판으로는 고바야시 히데오의 『사소설론』(1935), 나카무라 미쓰오의 『풍속소설론』(1950)이 있다. 고바야시 히데오는 서구의 리얼리즘이 충분하게 '사회화된 나'인 것에 대해서 일본리얼리즘은 표현기법이나 묘사만을 받아들여 '사회화된 나'라고 하는 새로운 사상은 받아들이지 않았다는 것을 비판하고 있다.[39]

나카무라 미쓰오는 『풍속소설론』에서 일본의 '근대', '근대문학'의 결함의 원류가 된 것은 "일본의 근대리얼리즘이 입은 특수한 일그러짐"이라는 것을 지적하고 있다. 또, 이것은 일본자연주의 작가, 즉 최초의 사소설작가들이 서구의 근대문학을 정확하게 이해하지 못했다. 즉, '사실'과 '진실'을 혼동한 것이다.[40]

그리고, 사소설을 일본의 토착적인 문화와의 관계에서 보는 견해는 마루야마 마사오가 1949년에 쓴 논문 「육체문학에서 정치문학까지」에서 시작된다. 마루야마는 서양의 지적전통을 허구 또는 '매개된 현실'에 가치를 부여하는 전통이라 하고, 다른 한편으로는 일본의 전통을 '직접적' '직접성에 있어서의 현실'에 가치를 둔 전통이라고 보았다. 여기에는 '정신이 감성적 자연'에서 '분화·독립하지 않았다'고 하는 견해가 서술되어 있다.[41]

가라타니 고진은 『근대문학의 기원』(1988)에서 비평가들이 사소설을 비판한 것은 고백 그 자체가 아니고, 고백하는 나와 고백되어진 나와의 동일시를 비판한 것이라고 서술한다. 그의 견해는 일본의 근대문학에는 고백이라는 형식이 먼저 있었고, 그 형식이 내면을 만들었고, 고백할 의무가 숨겨야 할 내면을 만들었다는 것이다.[42]

최근의 중요한 사소설연구서에는 이루메라 히지야의 『사소설—자기폭로의 의식』(1981)과 에드워드 파울라의 『고백의 수사학』(1988), 스즈키 도미의 『고백된 나—근대일본의 사소설담론』(2000)이 있다. 세

---

39   小林秀雄, 「私小説論」, 『小林秀雄全集』第3巻(東京, 新潮社, 1968), pp.121~122.
40   中村光夫, 「風俗小説論」, 『中村光夫全集第7巻』(東京, 筑摩書房, 1972), pp.526~615 참고.
41   丸山真男, 「肉体文学から肉体政治まで」, 『現代政治の思想と行動』(増補版)(東京, 未来社, 1964), pp.380~384.
42   柄谷行人, 「告白という制度」, 『日本近代文学の起源』(東京, 講談社, 1988), pp.97~102 참고.

사람은 사회문화적인 측면, 텍스트에 내재하는 특질, 사회적측면이라
고 하는 나름대로의 어프로치로 사소설을 연구하려 했다.

　이루메라 히지야는 일본근대의 리얼리즘, 즉, 허구와는 반대되는
있는 그대로라고 하는 직접성과 사실성이라고 하는 개념을, 일본문학
전통 중에 뿌리 깊게 내려온 토착의 전통과 사소설과의 관련선상에서
봤다.[43] 그녀는 사소설이 두 개의 기본법칙을 제시하고 있다고 한다.
하나는 '사실성의 문제', 즉 작가의 실제 경험이 작품 중에 충실하게 묘
사되어 있는가라는 점에 관해서 작가와 독자와의 상호이해성이고, 두
번째는 '초점인물', 즉 주인공, 화자, 작자가 공유하는 단일시점이다.
사소설은 독자가 이 두 개의 법칙을 받아들였을 때 성립하는 장르이
다. 그녀는 전통적인 일본의 미학을 사실, 진실, 진에 가치를 두고, 만
든 것, 진실이 아닌 것, 허구를 배제하는 미학이라고 보고 있다. 따라
서 그녀는 사소설의 사실성을 일본의 전통에서 찾으려고 했다.[44]

　에드워드 파울라는, 문학을 경험한 상상력의 재건축이라기보다 경
험한 사실의 기술이라 하고, 허구라고 인식하였다. 서양 소설과 정면
에서 대립하는 사소설의 특징은 놀랄 만하다. 파울라는 사소설담론을
수사적인 어프로치로 접근하고, 성실성과 진실의 신화를 떠받치는 수
사 장치를 해명하려 했다. 파울라는 이러한 특징이 '직접적' '실제의 체
험'에 가치를 인정하는 '토착의 언어적 · 인식론적 전통'에 근거하고
있다고 본다. 사소설이 사소설로써 읽혀지는 특질적인 조건을, 텍스

43　イルメラ・日地谷―キルシュネライト, 三島憲一・山本尤・鈴木直・相沢啓一 訳, 『私小説
　　―自己暴露の様式―』(東京, 平凡社, 1992), pp.239〜346 참고.

44　위의 책, pp.455〜462 참고.

트에 내재적으로 포함되어 있다고 보고, 독립된 하나의 문학 장르라고 보고 있다.[45] 사소설을 일본의 토착적 문화와의 연속선상에서 생각해야 한다고 하는 관점에서 에드워드 파울라는 이루메라 히지야와 같은 의견이다. 두 사람은 텍스트에 내재하는 특징과 진실의 중시라는 전통의 연속성을 강조했다.

한편, 스즈키 도미는 "사소설은 작가의 사생활에 충실한 있는 그대로의 묘사 또는 고백이다"[46]라고 하고 사소설을 텍스트에 내재하는 특질에서 규명될 수 없다고 논하고 있다. 스즈키 도미는 사소설의 핵심은 "역사적으로 구축되어진 지배적인 읽음과 해석의 패러다임"이고 "더구나 곧 생성력이 있는 문화담론이 되어버린 패러다임"이라고 했다. 결국, 사소설이라고 정의된 담론의 장, 표준적인 문화사가 태어난 담론의 장의 역사적 생성에 역점을 두고, 사소설담론을 일본의 근대화라고 하는 역사적인 프로세서 중에서 위치 지으려고 했다. 스즈키 도미는 "사소설은 특정의 문학형식 또는 장르라고 하기보다, 대다수의 문학작품이 그에 의해 판정 · 기술되어진 하나의 문학적, 이데올로기적인 패러다임이다. 결국 어떤 텍스트라도 이러한 모드로 읽으면 사소설이 된다"라고 말한다.[47] 스즈키 도미는 사소설을 "1920년대에서 1980년대까지의 시대를 지배한 특정의 이데올로기와 인식론적 패

---

45 Fowler, Edward, *The Rhetoric of Confession: Shishosetsu inEarly Twentieth－Century Japaness Fiction*(Berkeley : University of California Press, 1988), p.12.

46 私小説とは作家の私生活の忠実でありのままの転写あるいは告白である。鈴木登美, 大内和子 · 雲和子 訳, 『語られた自己－日本近代の私小説言説』(東京, 岩波書店, 2000), p.3.

47 私小説は特定の文学形式あるいはジャンルというより、大多数の文学作品がそれによって判定 · 記述された、一つの文学的、イデオロギー的なパラダイムなのである。つまりどんなテキストも、このモードで読まれれば、私小説になりうるのである。위의 책, p.10.

러다임"이라고 보고 있다. 바로 이시기는 '근대적 개인' '자기'에의 관심이 높았던 시기이다. 스즈키는 사소설담론이 나타난 시기는 문학작품이 작가의 직접체험 또는 진실한 자기의 표현이라고 생각해 "소설의 언어가 작가의 자기를 직접적으로 표상할 수 있는 투명한 매체"라고 생각된 시기라고 말했다.[48]

이와 같이 사소설담론이 성립되는 중요한 요인을, 이루메라·히지야는 사회적 특질, 에드워드 파울라는 텍스트의 내재적 특질, 스즈키 도미는 독자의 해석이라고 했다. 또, 가라타니 고진은 고백이 제도이고, 그 제도를 기독교와의 관련에서 분석하고 있다. 그러나 필자는 사소설이 성립되는 중요한 원인을 문체론적 관점에서 검토해 나가겠다.

또한, 근대일본의 고백체 연구 및 자연주의 연구의 대부분은 사소설의 창시로 되어있는 『이불』에 초점이 맞추어져 있다. 이는 『이불』의 사소설담론이 매우 일본적인 특수한 고백체담론이기 때문이다. 그러나, 이들 연구에서는 사소설과 같이 고백기법에 매우 중요한 역할을 한 이와노 호메이의 고백체담론은 제외되었다. 일본 사소설의 길을 연 사람은 다야마 가타이이나 이를 고백체담론으로 발전시키고 완성시킨 사람은 이와노 호메이이다. 일본리얼리즘소설의 고백담론을 논함에 있어 사소설과 동시에 이와노 호메이의 고백소설을 검토하는 것이 보다 고백체담론의 전체상이 명확하게 보일 것이다.

그러면 이와노 호메이의 선행연구를 보도록 하자. 이와노 호메이연구를 보면, 전전의 단행본은 후나바시 세이치[船橋聖一]의 『이와노호메

---

48 위의 책, p.13.

이전[岩野泡鳴伝]』만이 있다. 전후가 되어 요시다 세이치[吉田精一]의 『자연주의의 연구』 중에서 취급했다. 전후의 단행본은 오쿠보 노리오의 『이와노 호메이』(1963, 南北社), 『이와노 호메이의 시대』(1973, 冬樹社), 야나기다 도모쓰네[柳田友常]의 『이와노호메이논고[岩野泡鳴論考]』(1969, 明治書院), 와다 긴고[和田謹吾]의 『묘사의 시대[描写の時代]』(1975, 北大図書刊行会), 반에쓰[伴悦]의 『이와노 호메이 「오부작」의 세계[岩野泡鳴ー「五部作」の世界]』(1982, 明治書院), 가마쿠라 요시노부[鎌倉芳信]의 『이와노호메이연구[岩野泡鳴研究]』(1994, 有精堂)가 있다.

오쿠보 노리오의 『이와노 호메이』는 이와노 호메이의 성격과 사상에 해부의 메스를 넣은 전기연구이고 호메이와 작품과의 유기적관계를 종합적으로 추정하려 한 시도이다. 이 전기연구는 이와노 호메이의 기초적 자료로서 이를 토대로 하지 않고 논하는 것은 불가능할 정도로 중요한 연구이다. 『이와노 호메이의 시대』는 새로운 자료를 더하고 호메이의 실생활과 예술 문제를 집요하게 추적하고 있다. 『오부작』을 사소설로 볼 수 있는가, 없는가와 관련해서 일반적으로 사소설은 『이불』에서 시작되어 치카마쓰 슈에[近松秋江], 이와노 호메이, 시라카바파[白樺派]를 거쳐 다이쇼 후기 문단의 주류가 되었다고 하고 호메이의 일원묘사는 그 형성에 힘을 가세했다고 한다.[49] 그러나 오쿠보 노리오는 호메이의 소설세계를 일원묘사와 관련하여 고찰하고 있다. 그는 호메이의 일원묘사는 결코 자신을 주인공으로 한 사소설의 방법론이 아니기 때문에 『오부작』은 사소설이 아니라는 견해를 갖고 있다.

49　大久保典夫, 『岩野泡鳴の時代』(東京, 冬樹社, 1973), p.56.

『오부작』이 사소설이 아니라고 하는 오쿠보와 같은 견해는 반에쓰의 『이와노 호메이 「오부작」의 세계』와 가마쿠라 요시노부의 『이와노호메이연구』에도 보인다. 그리고 호메이 연구자의 대부분은 일원묘사와 『오부작』을 사소설과 관련시켜 봐서는 안 된다는 생각을 가지고 있다. 이것은 사소설 자체의 정의 문제가 애매하기 때문이다. 필자는 사소설의 정의를 작가 자신의 사생활을 취급하고 작가 자신을 주인공으로 한 소설이라고 보고 『오부작』을 사소설로 보기로 한다. 필자는 『오부작』 및 일원묘사가 사소설의 묘사론 및 작품으로서 아주 중요한 것임을 규명하고 싶다.

물론, 일원묘사는 자기 자신을 모델로 하지 않아도 된다는 소설묘사론이지만 소설묘사론의 측면에서 사소설에서도 아주 중요한 묘사론이다. 지금까지 호메이의 전기와 작품세계의 내용과의 관계가 연구되기는 했지만 초고와 개정판을 비교해서 텍스트의 문체와 변화를 주목한 연구는 거의 없기 때문에 필자는 이 문제를 철저하게 규명하고 싶다.

일본의 고백소설에 있어서 매우 중요한 표현기법을 구사했고, 그 실천가였던 이와노 호메이의 묘사론과 그 작품을 빼고는 일본자연주의의 고백소설의 전체상을 볼 수 없다. 더욱, 그의 묘사론과 작품은 한국 근대문학과 밀접한 관련이 있다. 보다 구체적으로 그의 묘사론은 김동인의 묘사론과 깊은 관련을 가지고 있고, 한일근대문체의 형성과정을 봄에 있어서 중요한 단서가 된다.

한국의 경우, 이와노 호메이와 김동인의 일원묘사의 유사점을 지적하고 있어도 일원묘사를 근대적 소설문체의 성립이라는 관점에서 취급한 논문은 없다. 김동인 문학을 자연주의로 인정하고, 근대문체의 성립에 기여한 김동인의 공적을 인정하는 연구에는 백철의『신문학사조사』와 조연현의『한국현대문학사』가 있다. 김동인이 자연주의 작가라고 인정하고, 김동인 문체의 공적을 부정한 연구는 김우종의 『한국현대소설사』가 있다. 그러나 이와 같은 연구는 전부 과거시제와 삼인칭의 사용이 근대문체인 것만을 말하고 그것을 누가 최초로 사용했나에 초점이 맞추어져 있다. 여기에는 이와 같은 표면적인 문제만이 논의되어 있고, 왜 그것이 근대문체가 되는가에 대한 내실에 관해서는 언급하지 않고 있다. 필자는 일본문학과의 관련성에서 한국 근대문체의 기원을 찾고, 그 내실을 명확하게 할 생각이다.

한일 자연주의 문학을 비교문학적 관점에서 다룬 대표적인 논문은 김춘미의『김동인 연구』(고대 민족문화연구소 출판부, 1985), 강인숙의『한, 불, 일 삼국의 대비연구―자연주의문학론 1』(고려원, 1991), 김윤식의 『김동인연구』(민음사, 1996)가 있다.

먼저, 김춘미의『김동인 연구』에서는 일본자연주의 문학과 김동인 문학을 대비·고찰하고, 김동인 문학이 자연주의가 아니고 탐미주의임을 주장하고 있다. 김춘미는 김동인의『광화사』와 다니자키 준이치로[谷崎潤一郎]의『문신[刺青]』을 비교하고 두 작품의 플롯, 시대설정, 주인공이 화가였다는 유사점에서『광화사』가『문신』에서 암시를 얻었다는 것을 증명하고 있다. 또 김동인이 일본에서 유학한 시기는 1915년 전후이고 이 시기는 이미 자연주의의 전성기를 지나 시라카바파의 문인들이 활약하는 다이쇼기에 해당한다. 김춘미는 김동인 전집에서 김동인이 언급한 작가들을 전부 뽑아서 그가 언급한 작가들이 주로 반자연주 작가, 특히 시라카바파 문인의 이름이 많다는 것을 증명했다. 그렇기 때문에 그녀는 김동인은 탈자연주의를 지향한 다이쇼문인들과 같은 입장에 서 있고 당연 김동인은 다이쇼문학과 깊은 관계가 있다고 주장하고 있다. 그녀에 의하면 김동인이 자연주의 작가보다 탐미주의작가에 매력을 느낀 점은 김동인 문학을 포함하는 기본원리가 예술을 신성시하는 원리이기 때문이다. 그리고 이원리가 형성된 시기는 다이쇼문학기이기 때문이다. 김춘미는 김동인 문학의 또 다른 한 측면인 탐미주의의 특성을 명확하게 해서 김동인 문학연구의 폭을 넓혔다.

다음에 강인숙은 『한, 불, 일 삼국의 대비연구—자연주의문학론 1』에서 프랑스, 일본, 한국의 자연주의의 대비연구를 행하고 있다. 한국자연주의는 복잡한 성격을 가지고 있다. 먼저, 프랑스 자연주의가 일본에 들어와 변용을 일으켰다. 한국자연주의는 일본에서 프랑스자연주의를 받아들였기 때문에, 일본과 프랑스의 자연주의를 이중으로 받아들이는 결과가 되었다. 그녀의 문제의식은 한국의 자연주의가 발신지인 프랑스의 자연주의인가, 아니면 매개지인 일본의 자연주의를 의미하는가를 규명하고 한국자연주의의 양상을 명확하게 하는 것이다. 그녀는 연구대상으로서는 프랑스의 졸라, 일본에서는 시마자키 도손, 다야마 가타이, 한국에서는 김동인과 염상섭을 들고 자연주의의 범위를 한정했다. 강인숙은 한, 불, 일의 자연주의를 비교한 결과 일본 자연주의는 그 원형인 프랑스 자연주의를 변형한 것이고 한국자연주의는 일본자연주의보다 프랑스에 가깝다는 결론에 도달한다.

그녀에 의하면 프랑스 자연주의는 일본과 한국에 들어와 각각 다른 자연주의를 형성해 간다. 일본자연주의는 졸라보다 루소(루소적 자연숭

배의 사상을 의미한다)에 밀착해 있고 자기중심주의, 자연에 대한 사랑, 주관성의 존중 등의 측면에서 낭만주의에 유착하고 있다. 이에 대해 한국의 자연주의는 계몽성의 배제, 개인주의의 존중, 낭만주의의 혼재 등의 특성을 들고 있다.

김동인 문학은 다야마 가타이, 시마자키 도손 문학과 같은 근대소설 형성의 확립이라는 과제를 안고 있었음에도 불구하고 김동인의 자연주의는 일본 자연주의와는 이질적이다. 그 이유로서는 그가 유학한 시기가 다이쇼기라는 점을 들고 있다. 그녀에 의하면 김동인이 유학한 시기는 반자연주의문학이 유행했기 때문에 그는 자연주의보다 반자연주의의 영향을 많이 받았다. 또 그녀는 개인적인 환경이 그의 문학의 이질성의 원인을 형성했다고 지적한다.

지금까지 한국자연주의연구는 일본 및 프랑스 자연주의의 하나를 자국 자연주의와 비교하는 방식을 취해 왔다. 프랑스, 일본, 한국자연주의를 포함해서 포괄적으로 취급하는 본격적인 연구가 이루어지지 않았던 것은 삼국의 방대한 자료와 그 자료를 읽을 수 있는 언어능력과 지식이 요구되었다. 이와 같은 의미에서 강인숙이 삼국의 자연주의를 비교검토하고 정리한 의의는 크다. 그러나 그녀는 김동인과 이와노 호메이의 일원묘사의 유사점에 대해 부분적으로 논하고 있을 뿐 그것은 표면적인 연구(발표연도, 이름의 유사성)에 지나지 않는다. 그렇기 때문에 그 기법과 내실을 명확하게 하는 구체적인 작업이 필요하다.

정인문의 논문『1910~20년에 있어서 한일 근대문학의 영향관계의 연구』는 한국 근대문학에 영향을 미친 일본 근대문학, 주로 김동인 문학을 중심으로 한일 근대문학을 영향의 관점에서 고찰했다. 그 중에서 그는 김동인의 일원묘사가 이와노 호메이의 일원묘사에서 영향을 받았다고 논한다. 그 이유로써 호메이의 전문용어인 일원묘사라고 하는 용어를 김동인이 사용한 점, 호메이의 유형분류의 유사점을 들고 있다.

일원묘사가 이와노 호메이의 영향인 점, 또 그 영향의 내용에 대해서 강인숙과 정인문은 같은 의견이다.[50] 이와 같이 김동인의 일원묘사가 이와노 호메이에서 영향을 받았다는 것은 이미 지적되었다. 그러나 일원묘사의 기법과 그 내실에 관해서는 전혀 언급하지 않고 있으므로 필자는 이 문제를 확실하게 하고 싶다.

한편, 기존연구의 대부분은 김동인 문학을 자연주의라든가, 탐미주의라든가 하는 문예사조로 재단하였고 김동인의 문학작품을 철저하게 분석하지 못했다. 이와 같은 사조적인 측면이 아닌 김동인 문학의 본질에 가까이 가려고 한 연구가 김윤식의 『염상섭연구』이고, 김동인과 염상섭 문학을 근대적 장치로써 고백체가 선행적으로 존재하고 있어 그것이 두 사람에게 고백하게 만들었다고 논하고 있다. 김윤식은 제도적 장치로서 고백체가 있고 그것이 내면을 만들었다는 것으로 가라타니 고진과 같은 의견이다. 김윤식연구는 지금까지의 사조적인 연구에서 벗어나 김동인 문학의 본질을 찾으려고 한 점은 의의가 있다. 그러나 김윤식은 제도적 장치로서의 근대문학이 어떤 것이고 그 제도적 장치인 김동인의 근대문체가 어떤 것인가에 대해서는 논하지 않았다.

김춘미와 강인숙의 연구는, 김동인이 다이쇼시대에 유학했기 때문에 일본자연주의와는 관계가 없다고 하는 결론을 내린다. 그러나, 필

---

50 鄭寅汶, 「1910－20年代における日韓近代文学の影響関係の研究」(東京, 大東文化大学文学研究科博士論文, 1994), p.178 참고.

자는 김동인의 묘사론은 이와노 호메이의 묘사론과 깊은 관련이 있고 김동인 문학과 일본 자연주의문학과의 관련성을 전제로 한다. 그리고, 종래의 김윤식연구에서 결여되어 있던 근대고백체의 내실에 대해서 주로 텍스트의 문체에 주목한다.

본 논문에서는 이와노 호메이와 김동인의 일원묘사 및 그 작품을 통해 삼인칭고백담론의 성립과 한일 근대문학의 관련성에 대해서 명확하게 한다. 더욱, 한일자연주의문학의 삼인칭고백담론이 양국의 근대문체 성립과 어떻게 관련되어 있나를 동시에 검토한다. 이와노 호메이의 작품은 초고의 『방랑[放浪]』(1910), 『끊어진 다리[断橋]』(1911), 『발전(発展)』(1911), 『독약을 마시는 여자[毒薬を飲む女]』(1914), 『악령[憑き物]』(1918)과 개정판인 『오부작』(1919)을 대상으로 한다. 김동인의 작품은 「약한 자의 슬픔」(1919), 「마음이 옅은 자여」(1919), 「배따라기」(1921), 「감자」(1924)를 대상으로 한다. 주로 두 사람의 작품을 검토하지만 전체적 문맥을 알기 쉽게 하기 위해 다야마 가타이의 『이불』과 『오부작』을 비교검토하고 한국의 경우 김동인의 작품 외 이광수 염상섭의 소설을 보면서 일본자연주의의 묘사론과 삼인칭고백소설이 어떻게 전개되는가를 본다.

다야마 가타이, 이와노 호메이, 김동인의 소설과 묘사의 내실 비교를 통해서 한일의 삼인칭고백담론 및 근대문체형성의 모습이 명확해질 것이다. 제1장에서는 김동인과 이와노 호메이의 일원묘사의 관련성에 대해 본다. 제2장에서는 'He' 'She'의 한국어와 일본어의 번역을 통해서 삼인칭대명사의 번역과 삼인칭고백담론의 성립을 본다. 제3장에서는 이와노 호메이의 『오부작』의 초고와 개정판의 비교, 김동인의 「약한 자의 슬픔」과 그 이전의 소설(신소설)의 종결어미의 비교를 통해서 한일 근대소설의 종결어미와 언문일치와의 관련성을 본다. 제 4장에서는 『끊어진 다리』, 『이불』, 「배따라기」를 보면서 화자의 시점과 내면세계를 본다. 제5장에서는 한일 자연주의 및 리얼리즘소설의 작품세계를 비교 검토한다.

이 논문에서는 이와노 호메이와 김동인의 삼인칭고백소설을 주로 묘사론, 번역론, 언문일치, 시점, 작품세계에서 검토하고 한일자연주의 및 리얼리즘소설의 삼인칭고백소설의 전체상을 명확하게 하고 또 그것과 근대문체가 어떻게 관련되어 있는가를 생각한다. 구체적으로 일본에서는 다야마 가타이, 이와노 호메이의 묘사론 중 삼인칭고백소설을 완성시키는 것은 어느 것인가. 다른 한편, 한국에서는 김동인이 이와노 호메이와 같이 일원묘사를 사용한 삼인칭고백담론을 완성한 후에 한국 근대문학 및 그의 문학이 어떻게 전개되는가를 명확하게 한다.

제1장

'그' '쓰다'와 일원묘사

『발전』「약한 자의 슬픔」

일본 근대문학에서는 1910년 전후에 노골적인 묘사(1904), 평면묘사(1909), 일원묘사(1918) 등 묘사에 관한 말이 많이 등장했다. 평면묘사는 다야마 가타이[田山花袋], 일원묘사는 이와노 호메이[岩野泡鳴]가 일본 자연주의문학의 특징으로 든 것이고 그들 고유의 용어였다. 한국문학에서도 1925년에 출간된 김동인의 「소설작법」에 일원묘사, 다원묘사, 순객관묘사라는 말이 보인다. 일본과 한국의 대표적인 자연주의 작가라 불리는 이와노 호메이와 김동인이 일원묘사라는 동일한 소설표현 기법을 제창한 것은 매우 흥미 있는 일이다.

일본 자연주의자의 대표자인 다야마 가타이는 플로베르의 사실적 수법, 콩쿠르가 제창한 프랑스 자연주의자의 태도를 높이 평가하고 그들의 소설기법을 모범으로 삼았다. 다야마 가타이는 현실에 있는 자신의 경험을 단지 평면적으로 묘사하고, 평면적으로 묘사함으로써 독자가 무언가를 깊이 생각할 수 있게 하려 했다.[1] 이와 같은 작풍의 작가를 서양에서 찾아보니 제일 먼저 콩쿠르를 떠올리게 되었다. 가타이는 "콩쿠르의 작품은 보고 듣고 접한 대로의 자연을 있는 그대로 그린다"는 묘사법을 사용한 것을 발견했다.[2] 이와 같은 콩쿠르의 묘사법에서 가타이의 평면묘사가 나온 것이다. 일본 자연주의문학의 대표적 묘사법인 다야마 가타이의 평면묘사는 "단지 작자의 주관을 덧붙이지 않는 것뿐만이 아니고 객관의 사실과 현상에 대해서도 조금도 그 내부에 들어갈 수 없고 또 인물의 내부정신에도 들어갈 수 없고 단지 본 대로 들은 대로 접한 대로의 현상을 그대로 그린다[3]라는 것이다. 그는 평면묘사에 의해 '있는 그대로'의 주관과 기교를 부정하는 자연주의 묘사방법을 규정하고 있다. 가타이는 현실을 묘사함에 있어 "본대로의 현상을 있는 그대로"라는 객관적 묘사의 중요성을 인식했다. 평면묘사는 가타이가 인생의 진상을 그리려고 채용한 리얼리즘의 방법론이었다.

한편 이 객관적 묘사법에 찬성할 수 없었던 이와노 호메이는 주관적 묘사법인 일원묘사를 주장하고 반박했다.

한국과 일본 근대소설 성립기의 작가가 왜 묘사에 이처럼 많은 관심을 가지고, 또 묘사라는 말을 빈번하게 사용하였나? 이와노 호메이와 김동인은 왜 일원묘사를 주목하였는가? 그들은 일원묘사를 통해 현실을 소설에서 어떻게 재현하려고 했는가? 이 논문에서는 두 사람의 일원묘사를 비교하고 그것이 한국 근대문학과 일본 메이지 · 다이쇼문학의 소설표현기법 전개에 어떠한 위치를 차지하고 있는지 고찰해 본다.[4]

---

1   田山花袋, 「「生」における試み」, 『早稲田文学』 34号(1908.9), p.312.
2   위의 책, p.312.
3   위의 책, p.312.

제1절에서는 이와노 호메이와 김동인의 묘사론을 비교하고, 제2절에서는 텍스트 분석, 제3절에서는 일원묘사에 보이는 인칭을 텍스트를 통해 검토한다.

1. 이와노 호메이와 김동인의 일원묘사

이와노 호메이는 1918년 10월 『신쵸』에 발표한 「현대장래의 소설적 발상을 일신할 나의 묘사론」에서 일원묘사론을 주장하고 『오부작』(1919)(『방랑』, 『끊어진 다리』, 『발전』, 『독약을 마시는 여자』, 『악령』)에서 일원묘사를 실천하고 있다. 김동인은 1925년 4~7월 『조선문단』 7~10호에 게재된 『소설작법』에서 일원묘사를 설파하고 「약한 자의 슬픔」(1919)에서 일원묘사를 시도하였다. 두 사람은 일원묘사에 관해 매우 자각적이었다. 이와노 호메이는 자신의 묘사론에 대해서 "톨스토이와 투르게네프에게는 전혀 이러한 종류의 자각은 없었다. 그러나 고리키 이후 러시아소설가가 다소 자각적이었다고 어떤 번역가가 나에게 알려 주었다. 그러나 나는 외국인과 관계없이 나의 독자적인 묘사와 묘사론을 창

---

4   김동인의 일원묘사가 이와노 호메이의 영향이라는 것은 이미 지적된 바 있다. 그러나 일원묘사에 대한 기법의 내실에 관한 연구는 전혀 없기 때문에 필자는 이를 명확하게 밝히고자 한다.

안했다." 그리고 치밀한 인생관과 묘사론은 근대문학 정신이 우리 국민성의 일면인 집착심과 철저함에 접해 처음으로 세계에 출현한 것으로 나는 우리 조국에 감사한다. 보들레르의 내부적 발상법이 프랑스에서 나와 드디어 세계시를 일신한 것처럼 나의 묘사론은 우리나라를 발전시키고 후일 세계소설계를 일신할 거라 믿는다."[5] 이처럼 이와노 호메이는 자신의 묘사론에 대해 대단한 자부심을 가지고 있었다.

한편 김동인은 「소설작법」에서 소설의 구성요소가 사건, 인물(성격), 배경(분위기) 이고, 이러한 요소가 소설작법의 근본임을 설명했다. 그는 같은 논문에서 소설작법에 대해서 설명한 후 문체라는 항목에서 문체를 묘사에 관한 시점의 문제라고 했다. 김동인은 『창조』창간호의 편집후기에 「약한 자의 슬픔」을 일원묘사로 썼다고 설명한다. "여러분은 이 「약한 자의 슬픔」이 아직까지 세계상에 이슨 모든 투의 이야기(작품)—리알리즘, 로만치시즘, 씸볼리즘 들의 이야기—와는 묘사법과 작법에 다른 점이 잇는 거슬 알니이다. 여러분이 이 점을 바로만 발견하여 주시면 작자는 만족의 우슴을 웃겟습니다."[6] 더욱 그는 "筆者의 處女作은 「약한 자의 슬픔」이다. (…중략…) 筆者는 結末로서 女

---

5 トルストイやツルゲネフには全く此種の自覚はなかつた。が、ゴルキイ以後の露西亜小説家には多少これが意識にのぼつてゐたやうだとは、さう云ふ物を翻訳してゐる或人から、僕まで注意して呉れたことだ。が、僕は外国人などの如何に関せず僕独特の描写や描写論をやつてるのである。そしてかかる緻密厳密な人生観や描写論は近代文学の精神がわか国民性の一面なる執着心と徹底心とに触れて初めて世界に出現したもとして、僕はわが祖国に感謝してゐる。ボドレルの内部的発想法が仏蘭西に生まれて、やがて世界の詩を一新したやうに、この僕の描写論は、わが国の発展につれて、他日必ず世界の小説界を一新せしめるものだと信じてゐる。岩野泡鳴、「現代将来の小説的発想を一新すべき僕の描写論」、『岩野泡鳴全集』第11권(京都, 臨川書店, 1996), p.322; 초고는 『新潮』(1918.10). 이하의 인용은 본문 중에서 페이지만 적는다.

6 김동인, 「편집후기」, 『창조』창간호(1919.2), p.81.

主人公의 自殺을 집어 너흐랴 한 것이엇다. 描寫는 一元描寫엇다."[7] 결국 이와노 호메이와 김동인은 일원묘사가 세계의 소설을 일신할 묘사론인 것을 역설하고 그 묘사의 중요성을 주장하였다.

두 사람의 묘사론을 보기 전에 먼저 작품을 분석하는 용어로서 작가, 작자, 화자, 작중인물을 명확하게 구분하고자 한다. 작가는 텍스트 외부에 위치하는 살아있는 혹은 살아있었던 인간이다. 작자와 화자는 동시에 텍스트 내부에 위치하고 있지만 작자는 작품세계 외부에서 작품세계를 구성하고 화자는 작품세계 내부에서 작자의 말을 전하는 기능을 가지고 있다(현대의 작품론에서는 기본적으로 이것을 구분하지만 이전에는 작자와 화자를 구분하지 않는 경우가 많았다. 김동인과 이와노 호메이는 작자와 화자를 구별하고 있지 않다. 필자는 작자와 화자를 구분하지만 두 사람의 말을 인용할 때는 작자라고 하고 필자의 의견을 이야기할 때는 화자라고 표기한다). 제라드 쥬네트(Gerard Genette, 1930~)는 소설의 시점에 관해 초점화(focalization)라는 추상도가 높은 용어를 사용했다.[8]

쥬네트는 화자와 작중인물의 관계에서 서술의 초점을 다음 유형으로 나누고 있다. 제1타입은 비초점화의 소설담론, 또는 초점화제로의 소설담론이라 한다. 이것은 전지적 시점이라 불리는 고전적인 소설담론에 대표되는 타입이다. 이것을 토도로프는 '화자 > 작중인물'(화자는 작중인물이 알고 있는 것보다 많은 것을 알고 있다)이라는 공식으로 나타내고

---

7   김동인, 「나와 소설」, 김치홍 편, 『김동인평론전집』(서울, 삼영사, 1984), p.79.
8   ジェラール・ジュネット, 花輪光・和泉涼一 訳, 『物語のディスクール』(東京, 書肆・風の薔薇, 1985), p.221. 쥬네트는 초점화라는 말을 사용한 것에 대해 다음과 같이 말하고 있다. "視像라든가 시야라든가 시점이라는 용어에는 너무나도 고유의 시각적인 이미지가 붙어있기 때문에 이러한 시각성을 불식하기 위하여 초점화(focalization)라는 더욱 추상도가 높은 용어를 채용하려고 한다.

있다. 제2타입은 내적초점화의 소설담론[9](① 내적고정초점화 ② 내적불확정초점화 ③ 내적다원초점화)이다. 토도로프의 공식으로는 '화자＝작중인물'(화자는 작중인물이 알고 있는 것만 알고 있다)이다. ① 내적고정초점화는 삼인칭으로 지시되는 작중인물 한 사람의 시점을 통해서 이야기되는 방법이다. 여기에는 일원묘사(단지 일인칭소설과 삼인칭소설 중에서 삼인칭소설이 일원묘사에 해당한다)가 해당된다. ② 내적불확정초점화는 초점인물이 변하면서 서술된다. 예를 들면 『보바리 부인』에서는 초점인물은 먼저 샤를르이고 다음에는 엠마, 그리고 다시 한번 샤를르라는 식으로 변해간다. ③ 내적다원초점화는 동일한 사건을 몇 사람의 작중인물 시점을 통해서 이야기 된다. 예를 들면 서간체소설과 『숲 속[藪の中]』과 같은 소설이 그것이다. 제3타입은 외적초점화의 소설담론이다. 토도로프의 공식으로는 '화자 ＜ 작중인물'(화자는 작중인물이 알고 있는 것보다 조금 알고 있다)이다. 화자는 작중인물의 행동과 사건에 대해 관찰한 것만 서술하고 작중인물의 사고와 감정에 대해 결코 서술할 수 없다. 김동인의 순객관묘사, 다야마 가타이의 평면묘사가 여기에 해당한다.[10]

그러면 쥬네트의 이론에 의거하면서 이와노 호메이와 김동인의 묘사론을 살펴보고자 한다.

이하는 이와노 호메이의 제1, 제2, 제3, 제4와 김동인의 일원묘사(A형식과 B형식)다원묘사 순객관묘사(그림은 없음)이다.

---

9   위의 책, p.221 참고. 쥬네트의 내적초점화의 소설담론은 라보크가 말하는 시점을 가진 소설담론, 부란이 말하는 시야를 제한한 소설담론, 부이 욘이 말하는 시상에 해당한다.

10 위의 책, pp.222~223 참고. 木村毅, 『小説研究十六講』(恒文社, 1980), pp.276~283. 일본 최초의 체계적인 근대소설의 이론적 연구서인 기무라 기[木村毅]의 『소설연구16강(小説研究十六講)』(초판, 1925)에서는 ① 전지적 시점 (The Omniscient, point of View), ② 제한적 시점(The Limited, point of View), ③ 순객관적 시점(The Rigidly Restricted, point of View)으로 나누고 있다.

1) 이와노 호메이의 그림과 일원묘사론

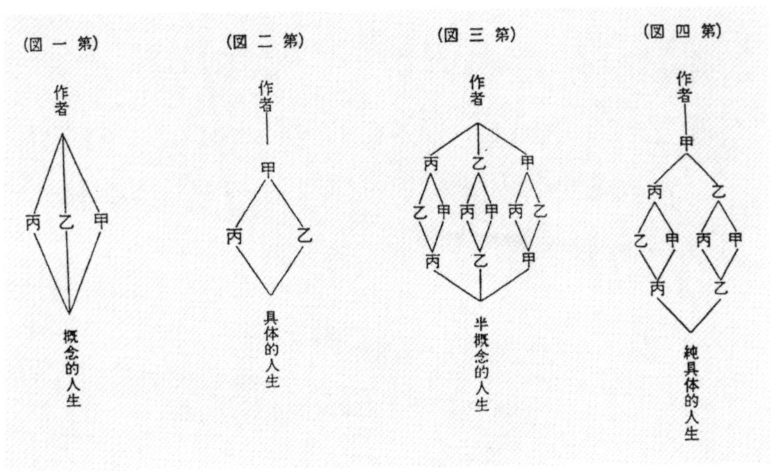

호메이의 그림[11]

호메이의 그림을 정리해 보면 다음과 같다(그림의 설명은 인용자).

그림 제1—작자는 갑을병의 외견과 그 내면을 그린다(개념적 인생).

그림 제2—작자는 갑의 내면과 갑에서 본 을병의 외견을 그린다(구
체적 인생).

그림 제3—작자는 갑을병의 외견과 내면, 그리고 갑을병에서 본 서
로의 외견을 그린다(반개념적 인생).

그림 제4—작자는 갑의 내면과 갑에서 보인 을병의 외견, 을병에서
본 타자의 외견을 그린다(순구체적 인생).

---

11 岩野泡鳴,「現代将来の小説的発想を一新すべき僕の描写論」,『岩野泡鳴全集』第11巻(京
都, 臨川書店, 1996), pp.313~314.

이하 호메이의 묘사론을 인용한다(토도로프의 공식, 쥬네트의 서술의 초점 삽입은 인용자).

제1(화자＞작중인물, 초점화제로)

제1은 작자가 공평하게 그리고 직접 작중인물 모두의 기분과 인생을 달관 또는 방관한다. 비유해서 말하면 직유에 해당하는 것으로 이것은 단순한 조감적 또는 평면적묘사론의 주문이고 (…후략…)

제2(화자＝작중인물, 내적고정초점화)

제2는 작자가 먼저 작중인물 한사람의 기분이 된다. 예를 들어 갑을 주인공이라 하면 작자는 갑의 기분과 갑을 통해 다른 작중인물을 관찰하고 갑이 듣지 못하고, 보지 못하고, 또는 느끼지 못한 것은 전부 그 주인공에게는 발견하지 못한 세계며 외딴섬과 같기 때문에 작자는 알고 있어도 그것을 생략해 버린다. 그리고 만약 생략해 버리고 싶지 않으면 그 부분을 주인공이 보고 듣고 느끼고 알고 있는 것같이 쓴다. 이것이 내가 소설가 및 비평가로서 주장하고 실행해 온 태도이다. (…중략…) 이 태도는 작자가 갑(또는 을 그 외에도 단 한사람에 한한다)에 제 3인칭을 부여해도 실제로는 갑의 자전적 제1인칭으로 이야기한 것과 같다.

제3(화자＝작중인물, 내적다원초점화)

제3은 제1과 제2를 합친 방법이다. (…중략…) 작자가 그 재료로 하는 작중인물 한 사람에 한하지 않고 갑을병 각 개인을 통해서 각 개인의 기분과 인생을 보는 것이다.

제4(화자＝작중인물, 내적고정초점화)

그림 제3에 있는 작자의 위치를 또 한 단계 높여 작자 한 사람에게 접해 얻은 것을 제일위의 갑을병 중 하나로 한정해서 그 위에 작자를 두는 것이다. (…중략…) 제4는 제2와 관계된다.[12]

이상을 보면 호메이의 묘사론은 화자가 모든 작중인물을 내려다보는 제1, 작중인물 한 사람만을 통해 보는 제2의 두 개의 방법으로 크게 나눌 수 있다. 제3은 제1에 제4는 제2에 대응하고 있다. 제1과 제3은 한 사람의 작중인물 시점에 얽매여 있지 않지만 일원묘사인 제2, 제4는 한 사람만의 시점을 통해 서술되는 내적고정초점화이다.

자세히 살펴보면 제1은 "작자가 공평하게 직접 작중인물의 기분과 인생을 달관 또는 방관한다. 그림과 같이 작자는 갑을병의 외면 및 내

---

[12] 第一は、作者が公平にそして直接に仲間の諸分子の気ぶんや人生を達観若しくは傍観するのだ。比喩の例で云へば直喩に当るやうなもので、これは単純な鳥瞰的若しくは平面的描写論の註文であつて(…후략…)
第二は、作者が先づ仲間の一人の気ぶんになつてしまうのである。それを甲乃ち主人公とすれば、作者は甲の気ぶんから、そしてこれを通して、他の仲間を観察し、甲として聞かないこと、見ないこと、若しくは感じないことは、すべてその主人公には未発見の世界や孤島の如きものとして、作者は知つてゐてもこれを割愛してしまうのだ。そして若し割愛したくなければ、その部分をも主人公の見聞感知してゐるやうに書く。これが僕の小説家並に批評家として主張し実行して来た態度である。(…중략…) 此態度は作者が甲(若しくは乙その他のでもただ一人に限る)に第三人称を与へてゐても、実際には甲をして自伝的に第一人称で物を云はせてゐるのと同前だと見れば分りよから。
第三には、第一のと第二のとを併合した行きかたである。(…중략…) 作者がその材料とする仲間の一人を限らず、甲乙丙の各々を通じてその各々互ひの気ぶんなり人生なりを見て行くと云ふわけになるのである。
第三図に於ける作者の位置をまた一段高めて、作者にひとり接し得られるものを一番うへの甲乙丙のうちのどれか一つに限つてしまつて、その上に作者を置くこともできる。(…중략…) 第四は第二のに決してゐるのである。 위의 책, pp.313～315.

심을 이야기한다. 이것은 소위 신의 시점인 전지적 시점이다. 호메이는 이것을 조감적 또는 가타이의 평면적 묘사라고 한다. 그러나 가타이의 평면묘사는 이론상 모든 인물을 보는 신의 시점이지만 작중인물의 내면까지는 들어가지 못하고 외면만을 서술하는 것으로 전지적 시점과는 다르다. 호메이는 작자가 작중인물의 기분(내면)을 서술한다고 설명하기 때문에 가타이의 평면적 묘사와 모순되는 것처럼 보인다. 그러나 호메이는 쥬네트와 같이 내적, 외적을 엄밀하게 구분하지 않고 평면묘사도 전지적 시점의 일부라고 생각한다. 왜냐하면 전지적 시점은 작중인물의 외면 서술, 내면 서술, 외면과 내면의 서술이라는 3가지 양태가 있고 작중인물의 외면만을 묘사하는 평면묘사도 전지적 시점으로 간주했을 것이다. 결국, 호메이는 제1이 신의 시점이라고 간주하고, 외면을 서술하는 평면묘사도 전지적 시점묘사와 같은 선상에서 생각하고 있다.

그러면, 왜 신의 시점인 제1은 개념적 인생이 되는가? 그것에 관해서 호메이는 "다원적 평면론자가 묘사에서 갑의 입장에서 묘사하고 을과 다른 작중인물도 묘사하는 것은 먼저 기성의 갑을 세워 그 갑만으로는 만족할 수 없는 것을 발견하기 때문"이고 "하나의 모르는 면을, 알고 있는 다른 면으로 대조하는 어중간한 계산이 나오기 때문에 결국 인생의 전체화 또는 구체화가 생기지 않는다"(p.319)라고 서술한다. 갑을병 전부를 서술하는 묘사는 개념에 의해 파악하기 때문에 구체성이 없는 일반적, 도식적인 생각이 되어버린다. 결국, "작품의 중심을 이동해도 되는 작풍에는 반드시 언제나 개념적 설명으로 끝나 버리는 경향이 있다(p.334). 그래서 인생의 전체화, 구체화는 되지 않는다. 이와 같은 이유로 제1 묘사는 개념적 인생이 된다. 제2의 일원묘사는 "그 병폐를 없앤다"는 것이다.

제2는 작자가 "작중인물 한 사람의 기분이 되고" 그 갑의 기분이 되어서 갑의 내심과 갑에서 보이는 을과 병의 외견을 그린다. 제2는 "갑 위에서 작자와 떨어지지 않는 것"이기 때문에 작자와 갑은 붙지도 떨어지지도 않는 일정한 거리를 유지한다. 이것은 어떤 "한 사람의 기분을 통해서 인생을 보기" 때문에 신의 시점은 아니고 한 사람의 작중인물과 제한된 시점이 채용되는 쥬네트의 내적고정초점화에 해당한다. 기존의 방법으로 개인의 내면을 고백한 자전소설의 시점 방법이 있지만 이 제2의 방법은 삼인칭으로 내면을 그리는 방법이므로 그것과는 다르다. 이것이 호메이가 말하는 일원묘사이고 "나의 소설가 또는 비평가로서 주장하고 실행해 온 태도이다."

그러면 왜 제2는 구체적 인생이 되는 것인가. 호메이에 따르면 먼저 그것은 "개념의 철망을 찢어서 그 밑에 있는 인생의 심각한 모습을 구체화한 것이다. 그것은 작자가 자신의 독존으로 자신의 실생활에 임하는 것과 같이 창작에서도 작자의 주관을 이입한 인물 또는 주관을 직접 공통의 인물 한 사람으로 정하지 않으면 안 된다. 이것을 하지 않으면 어떤 작자도 그 묘사의 개념과 설명에서 벗어날 수 없다."(p.318)

다음으로 "이 제1 태도는 단순한 직유이고 제2 태도는 복잡함을 순화한 은유적 또는 그것 이상이다" 결국, 제2 방법은 개념, 설명을 배제하기 때문에 은유적으로 된다. 예를 들면 제1에 해당하는 직유는 "당신은 높은 산 위의 꽃과 같다"와 같이 "여자와 꽃을 평면에 나열해서 비유자는 그들과 직접 마주하지만 그 양자는 어디까지나 다른 것이다.”(p.314) 그러나, ‘와 같은’을 없애고 “당신은 높은 산 위의 꽃이다”고 말하면 그 비유자는 꽃에는 간접적이 되지만 여자의 평면을 한층 깊게 꽃에 합일시킨다. 이 직유에는 그 직접관계 때문에 개념과 설명을 피할 수 없으나 그 은유 또는 그것 이상의 발상법에서는 간접적인 것이 오히려 사물에 구체화를 가져오게 한다.”(p.312) 마지막으로 제2는 “어떤 한 사람의 기분을 통해서 인생을 보기 때문에 표면적으로 작자는 인생에 대해서 간접적이 된다. 그러나 이 간접은 오히려 작자의 설명적 개념을 없애고 구체화를 가져오게 하는 이유가 된다.”(p.314)

제3은 제1과, 제2를 병합한 것이기 때문에 제1과 같이 작자는 갑을병 전부의 인물 외견 또는 내심을 보는 것이 되지만 제2와 같이 작자가 갑을 통해 서술할 때는 을병의 내심을 서술하지 못하고 을병을 서술할 때도 같다. 따라서 모든 인물의 내면까지 들어가지만 갑에 대해서 서술할 때는 갑의 내면밖에 서술할 수 없고 동시에 모든 인물의 내면까지 들어갈 수 없다. 따라서 동일한 사건이 몇 사람의 작중인물 시점을 통해서 서술하는 서간체소설과 『라쇼몽』과 같은 내적다원초점화의 소설이 이에 해당한다. 제3은 제1과 같이 전부 신의 시점을 취하지만 부분적으로는 제2와 같이 한 사람의 인물에 시점이 제한되어 버린다. 그러나 제3은 모든 인물을 통해서 보기 때문에 호메이는 그것을 제1과 같은 묘사방법으로 간주하고 있다. 제3이 반개념적 인생이 되는 이유에 관한 설명은 없어도 갑을병 각각의 시점을 통해서 서술되는 것은 구체적인 인생이지만 동시에 갑을병을 또, 신의 시점에서 보기 때문에 그것은 반, 2분의 1, 불완전한 것이 된다. 다시 말하면 제3은 기본적으로 개념적인 생이 되는 제1의 방법에 제2가 병합되는 것으로 반개념적 인생이 된다.

제4를 보면, 제2 시점 방법과 기본적으로 같지만 제4의 방법이 보다 복잡하다. 제4에서 작자는 갑의 내심과 갑에서 보이는 을병의 외견, 더욱 '을병에서 보이는 타자의 외견'을 갑의 입장에서 본다. 따라서 제4는 갑의 기분은 물론 을과 병이 생각한 타자를 갑의 입장에서 보기 때문에 을과 병의 내면도 추측할 수 있다. 제2에서 주로 갑의 기분만을 독자는 읽을 수 있지만 제4에서는 갑에 의해 추측된 을과 병의 기분도 안다. 그러나 제2, 제4는 기본적으로 갑 한 사람의 기분만을 그리는 묘사법이다.

그럼에도 불구하고 제4가 '순'이 덧붙여진 순구체적인생이 되는 이유를 생각해 보자. 제2의 방법은 '갑의 내심과 갑에서 보인 을병의 외견'만을 서술하지만 제4는 그것과 합해서 '을병에서 보이는 타자의 외견'을 서술하고, 독자는 을병의 내면도 추측할 수 있다. 동시에 서술되는 을병의 외견이 갑의 시점을 통해서 서술되기 때문에 독자는 갑의 사고방식이나 인물상에 대해서도 많은 정보를 얻을 수가 있다. 결국 제4는 갑의 내면이 보다 구체적으로 그려지는 것으로 순구체적인생이 된다고 생각된다.

호메이는 여기에서 제1, 제4의 일원묘사만을 채용해야 하고, 제1, 제3은 배제해야 한다고 일관해 주장한다. 그는 내부묘사의 작품으로 한편에 하나의 세계밖에 그리지 못한다. 작품을 바꾸지 않고, 그 한편에 동등한 세계를 두 개 그리면 천박하거나 미완성이거나 또는 비현실적이 된다. 왜냐하면 하나의 세계에서 사물을 내부에서 동시에 무설명으로 파악하기 때문에 설명의 수단이 되는 비교와 대조, 수미조절과 구상―이런 것이 보여도 저절로 생긴 것이기 때문에―개념적 작

용을 필요로 하지 않지만 두 개 또는 세 개의 세계를 그 가족에 보이려
고 하면 그 개념이 필요하게 되고 그것 때문에 인생의 전체화는 방해
되기 때문이다(p.329).

2) 김동인의 그림과 묘사론

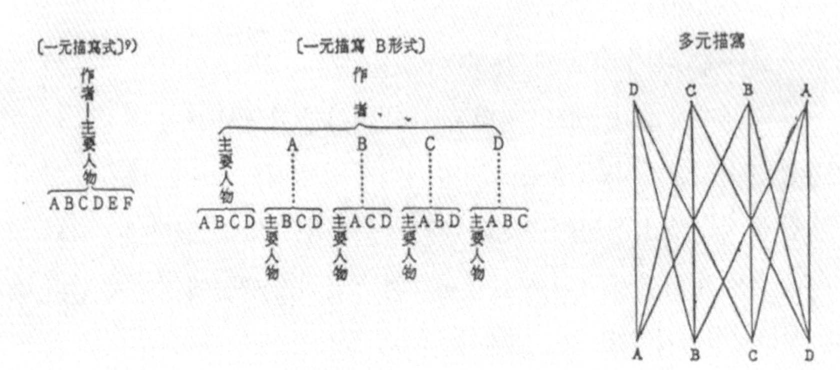

김동인의 그림[13]

김동인의 그림을 정리해 보면 다음과 같다(그림의 설명은 인용자).

일원묘사 A형식—작자는 주요인물의 내심과 주요인물에 보이는
ABCDEF의 외견을 서술한다.

일원묘사B형식—작자는 주요인물과 ABCD의 외견 또는 내심, 그리
고 주요인물과 ABCD에서 보이는 서로의 외견을 서술한다.

13　김동인, 「문체」 김치홍 편, 『김동인평론전집』(서울, 삼영사, 1984), pp.43~45. 더욱, 그는
　　　일원묘사 A형식과 일원묘사 B형식을 구분하고 있다. 그림에 있는 '일원묘사식'은 일원묘
　　　사 A형식이다.

다원묘사—작자는 ABCD의 외견과 내면을 서술한다.

객관묘사—그림은 없음

이하 김동인의 묘사론을 인용한다(토도로프의 공식. 쥬네트의 서술 초점의 삽입은 인용자).

일원묘사 A형식(화자＝작중인물, 내적고정초점화)

간단히 말하자면, 일원묘사라는 것은 경치든 정서든 심리든 작중 주요인물의 눈에 비친 것에 한하여 작자는 쓸 권리가 있지, —주요인물의 눈에 벗어난 일은 아무런 것이라도 쓸 권리가 없는—그런 형식의 묘사이다. (…중략…) 가장 쉽게 말하자면 일원묘사라는 것은 '나'라는 것을 주인공으로 삼은 일인칭소설에 그 '나'에게 어떤 이름을 붙인 자로서 늘봄의 「화수분」의 주인공인 '나'라는 사람을 'K'라든 'A'라든 이름을 급여할 것 같으면 그것이 즉 일원묘사형의 작품일 것이며, 따라서 일원묘사형 소설의 주요인물(「마음이 옅은 자여」의 'K'며 「약한 자의 슬픔」의 '엘리자베트'며 「暴君」의 '순애' 등)을 '나'라는 이름으로 고쳐서 일인칭 소설을 만들 것 같으면 조금도 거트짐 없이 완전한 일인칭소설로 될 수 있는 것이다.

일원묘사 B형식(화자＝작중인물, 내적불확정 초점화)

작품 전체를 여러 도막에 끊어서 (…중략…) 절 혹은 장을 따라서 주요인물을 바꾸어 가면서 쓰는 법이니, 최근의 서양의 장편소설은 대개 이 형식을 좇아한다.

다원묘사(화자＞작중인물, 초점화제로)—작자는 때와 경우를 구별치 않고 아무 데서나 아무 때나 그 작중에 나오는 어느 인물에게든 묘사의 筆을 가할 수 있는 방법으로서 (…중략…) 작자는 작품 중에 나오는 인물의 심리를 통관하며, 일동일정을 다 그려내는 것을 다원묘사라 한다.

순객관묘사 – 작자는 절대로 중립지에 서서 작중인물의 행동 뿐을 묘사하는 것으로 작중에 나오는 인물의 심리는 직접 묘사치 못하며, 다만 그들의 행동으로 심리를 알아내게 하는 것이니 (…후략…)[14]

동인의 묘사론인 일원묘사 A형식은 호메이의 일원묘사(제2)에 해당하고 작자가 한 사람의 주요 인물만을 통해서 본다고 하는 내적초점화(내적고정초점화)이다. 일원묘사 B형식은 장마다 주요인물을 바꾸면서 그리는 내적불확정초점화이다. 다원묘사는 모든 작중인물의 내면과 외면을 그리는 전지적시점이고 초점화제로이다. 순객관묘사는 평면묘사에 해당하고 모든 작중인물의 외면을 서술하지만 내면은 서술할 수 없는 외적초점화이다. 호메이는 전지적 시점묘사, 평면묘사를 구별하지 않고 같은 신의 시점으로 보지만 동인은 작자가 모든 작중인물의 내면에 들어가는 다원묘사와 작중인물의 내면에 결코 들어갈 수 없는 순객관묘사를 구별하고 있다. 두 사람의 묘사 중 동인의 다원묘사, 순객관묘사는 호메이의 제1, 일원묘사 A형식은 제2, 제4, 일원묘사 B형식은 제3으로 분류할 수 있다.

동인의 일원묘사는 호메이의 그것과 같은 고안법으로 그려졌고 그 표현 방법까지 비슷하다. 특히, 필자는 일원묘사 A형식과 제2에 주목하고 싶다.

---

14 김동인, 「소설작법」, 『김동인전집』 제16권(서울, 조선일보사, 1988), pp.167~169.

두 사람의 일원묘사의 공통점을 보면, 첫 번째 제1에서 작자는 주요 인물의 체험과 시야에서 떨어질 수 없고, 주인공이 볼 수 없었던 것에 대해 쓸 수 없다. 이것은 작자와 작중인물의 일원화를 가리킨다. 두 사람의 그림을 비교해보면 호메이는 '작자 → 갑'이라고 표시하고 있지만 동인은 '작자 → 주요인물'이라고 갑을 주요인물에 바꾸고 '을병'을 'ABCDEF'로 바꾸고 있다. 그림에서 알 수 있는 것과 같이 작자와 작중인물의 관계에서 보면 제2가 '작자 → 갑'이고 일원묘사 A형식이 '작자 → 주요인물'인 것과 같이 작자와 주요인물은 떨어질 수 없는 관계에 있고 둘은 공통된 인식을 가진다. 다른 묘사론은 화자의 권리가 큰 것에 비해서 일원묘사에서는 화자와 주요인물은 동등한 권리를 가진다.[15] 단지 일원묘사는 토도로프의 공식에 의하면 '화자＝작중인물'이지만 어떤 이야기라도 완전하게 '화자＝작중인물'이 되지 않고 기본적으로 화자의 시점이 많다. 이것은 어디까지나 소설담론의 시점을 분류하기 위한 이론상의 수단이다.

두 번째로 일원묘사의 시점은 주인공 한 사람에 한정된다. 즉 작자에 의해 전개되는 작품세계가 한 사람의 시점에 한정되기 때문에 일원묘사는 성립하고 작자는 주인공의 눈을 통해서만 볼 수 있다. 일원묘사에서 화자는 화자의 자격으로 알고 있는 것만을 보고하고 어떠한 인식상의 제한도 받지 않는 전지적 서술은 하지 않는다. 그것은 작품세계에서 어떤 특정한 작중인물의 지각·인식 상의 제한을 받는 서술이다. 여기에서 화자는 설명하는 방식에서 작중인물을 보는 방식으로 전환한다.

---

[15] 김동인의 묘사론 중에서 일원묘사 B형식의 그림은 맞지 않다. 작자와 주요인물이 평등한 권리를 가지기 위해서는 ABCD가 주요인물이 되지 않으면 안 된다.

세 번째로 인칭을 보면, 호메이는 제2에서 "작자는 갑에 제3인칭을 부여해도 실제로는 갑이 자전적인 제1인칭으로 말하는 것과 같다"라고 한다. 동인에 의하면 일원묘사는 "'나'를 주인공으로 하는 일인칭소설 '나'에 어떤 이름을 붙인 것"이고 "주요인물을 '나'라는 이름으로 고치면 혼동되지 않고 일인칭소설이 된다"라고 한다. 이와 같이 두 사람의 묘사론인 일원묘사는 실제 일인칭의 주인공에 삼인칭을 부여한 것이고 주인공의 이름을 일인칭의 나로 바꾸면 일인칭소설이 되는 점이 같다. 일반적인 시점분류상에서는 주인공만의 시점으로 씌어진 소설은 일인칭에 해당한다. 그럼에도 불구하고 일원묘사는 "형태상으로는 삼인칭을 취하면서 끊임없이 한 사람의 시점을 통해서 다른 것을 본다"라는 "역사상의 서술법과 구별되는 소설 고유의 일반적인 방법"이라 할 수 있다.[16] 즉 일원묘사는 일인칭에 삼인칭 수법을 사용한 당시로는 참신한 수법이었다.

두 사람의 일원묘사는 같은 소설기법이지만 묘사론에 관한 견해는 큰 차이가 있다. 호메이는 그의 묘사론에서 제2, 제4만을 일원묘사라 부른다. 그리고 그것만을 소설의 묘사법으로서 채용했다. 호메이는 "한 개인의 주관에 비친 개인의 구체적 인생을 그리지 않으면 안 된다"고 하고 "만인이 만인으로서 알고 있는 세계며 인생"인 개념적 인생을 배척했다. 개념은 사물의 본질을 파악하는 방법으로 구체성이 결여되고 설명적, 개념적, 추상적이다. 호메이는 이에 비판적이었다. 호메이가 일원묘사만을 인정하고 다른 묘사론을 배척하지만, 동인은 자신이

---

16 吉田精一, 『自然主義研究 下卷』(東京, 東京堂出版, 1966), pp.455~456 참고. 요시다 세이치는 삼인칭이면서 주인공의 내면을 그리는 제한적 시점이 반드시 호메이의 발견은 아니라고 해도 역사적 서술법을 구별할 근대소설의 표준적 수법이라는 것을 인정하고 있다.

서술한 세 개의 묘사론은 각각의 이점을 가지고 있기 때문에 소설가는 잘 연구해서 적절한 방법을 취해야 한다고 권하고 있다. 호메이가 일관해서 일원묘사만을 사용하고 동인이 초기작에 일원묘사를 사용해 창작활동을 했다고 하는 것은 흥미 있다.

두 사람의 시점인식은 당시로는 선구적이었지만 작자와 화자, 시점과 서술을 명확하게 구분하지 않았다. 그러면 작품을 통해서 보기 전에 시점(point of view), 서술(narration)에 관한 기본적인 용어를 확인해 두자. 시점은 '누가 보고 있는가'의 시선의 문제이고 서술은 '누가 말하고 있는가'의 음성의 문제이다. 더욱, 서술은 서술과 묘사로 나눌 수 있다. 서술(narration)과 묘사(description)의 구별에 관해서 제라드 쥬네트는 초보적인 단계로서 행위와 사건의 재현을 묘사라고 한다.[17] 가타이는 「묘사론」에서 기술(서술)과 묘사를 구별하고 묘사에 관해서

묘사를 하는 목적은 생각을 전하거나 줄거리를 말하는 것은 아니다. 또 사건을 서술하는 것도 아니다. 눈에서 두뇌에 들어가 생생한 광경을 그대로 문장에 재현시켜 보려는 것이다.[18]

---

17 ジェラール・ジュネット, 花輪光・和泉涼一 訳, 「叙述と描写」, 『フィギュールⅡ』(書肆・風の薔薇, 1989), p.65 참고. 여기에서는 쥬네트가 1965년에 쓴 정의에 따른다. 그러나 그는 1972년에 쓴 『이야기의 담론(物語のディスクール)』에서 다음과 같이 정의하고 있다. "의미되는 것, 즉 소설 내용을 '소설내용(histoire)'이라 명명하고 다음에 의미하는 것·언표·소설담론 즉 소설텍스트 그 자체를 고유의 의미로 '소설담론'(recit)이라고 이름붙이고, 마지막으로 소설을 생산하고 서술하는 행위와 넓은 의미에서 그 행위가 놓인 현실 또는 허구의 상황전체를 '서술'(narration)이라고 부를 것을 제안한다." ジェラール・ジュネット, 앞의 책, p.17.

18 田山花袋, 「描写論」, 『定本花袋全集』 제15권(京都, 臨川書店, 초판 1937, 영인본 1994), p.118; 초고는 『早稲田文学』(1911.4).

현실의 재현방법이라고 하는 관점에서 보면 서술이 작품세계의 행위며 사건이 진행하는 시간적 흐름에 관계하면 묘사는 시간의 흐름을 일단 중단시키고 작품세계를 공간적으로 넓히는 기능을 가지고 있다. 그러나 작품은 서술과 묘사 하나로는 뛰어난 소설로 성립하기 힘들고 양자의 상호보완적인 기능에 의해 완성된 이야기가 된다.

일원묘사는 단순한 이론이기 때문에 작품이 이 이론에 완전하게 일치하기는 아주 어렵다. 그러나 실제로 동인이 일원묘사를 썼다고 하는 「마음이 옅은 자여」의 일절을 들어서 일원묘사의 이론을 검토해보자.

> 배가 닿은 다음에 잔교에 내려서 C는 바다를 향하여 돌아선다. K도 같이 돌아서서 그 밝은 바다 빛과 그 넓은 바다 기운을, 가슴껏 들이마시며, 구부러지고 또 구부러져서 저 넓은 조선해(朝鮮海)와 접한 장전항을 바라볼때에, K는, 일종의 외로움과, 무한 큰 상쾌를 깨달았다. (…중략…) 그는 C를 보았다. C도 눈에 난란한 빛을 내고, 아침빛에 반짝거리는 반사광에 낯을 쪼이면서, 퍼졌다 줄어졌다 하는 바다의 해와 만년의 비밀을 감추고 있노라는 새파란 바다의 속삭임을 듣고 있다.
>
> "아―." K는 돌아섰다.[19]

위의 인용을 시점에서 보면 작중인물 K의 눈을 통해 본 것이 서술된다. '서술'에서 보면 K와 C라고 하는 작중인물을 재현하고 있고 시간적인 흐름을 정지시키고 공간적인 넓힘을 보이고 있기 때문에 서술과 묘사 중 묘사에 해당한다. 이와 같이 시점을 설정해 누가 보고 있는가

---

19 김동인, 「약한 자의 슬픔」, 『김동인전집』 제1권(서울, 조선일보사, 1987), p.122.

를 명확하게 하고 본 사람이 증인이 되어서 발언하는 스타일은 플로베르 이후 자연주의 작가들이 발전시킨 소설기법이다. 인간이 무엇을 보고 있나라는 상황묘사는 리얼리즘소설에서 묘사문을 도입하기 위해 많이 사용된 설정이다.[20]

실제로 동인이 제창한 작중인물의 눈에 보이는 것만을 작자가 서술하는 일원묘사라든가, 그가 일원묘사로 썼다고 하는 위의 소설을 잘 살펴보자. 예를 들면 "K도 같이 돌아서서"와 "그는 C를 보았다"는 K의 행동을 관찰하는 화자의 시점에서 그려진다. 자세하게 보면 "그는 C를 보았다"에서는 보는 행위와 서술하는 행위 사이에 미묘한 차이가 있다. 그러나 호메이와 동인은 이러한 차이를 엄밀하게 구분하지 않았다. 이 문제는 꽤 오랫동안 혼동되어 왔다. 이것을 구별한 사람이 쥬네트이다.[21] 여기에서는 이와 같이 이론과 실제작품 사이에 생기는 문제점을 지적한 후 필자의 논을 전개하고자 한다.

---

20 工藤庸子, 『恋愛小説のレトリックー『ボヴァリー夫人』を読む』(東京大学出版部, 1998), p.45 참고.

21 ジェラール・ジュネット, 花輪光・和泉涼一 訳, 『物語のディスクール』(東京, 書肆・風の薔薇, 1985), p.217. 어떤 작중인물의 시점이 서술 퍼스펙티브를 결정하고 있는가라는 문제와, 화자가 누구인가의 전혀 별개의 문제가, 또는 보다 단적으로 누가 보고 있는가의 문제와 누가 서술하고 있는가의 문제를 혼동한 것이다.

2. 작중인물과 내면묘사

두 사람의 일원묘사 중, 먼저 호메이의 "작자가 먼저 작중인물 한 사람의 기분이 되어버린다"라는 부분과 동인의 "작중 주요인물의 눈에 비친 것에 한하여 작자는 쓸 권리가 있지"라는 부분을 화자와 작중인물의 관계에서 분석해보자. 여기서는 기존의 소설, 가타이의 『생』(1908), 이광수(1892~?)의 『무정』(1917)과, 일원묘사를 근거로 해 쓴 호메이의 『발전』, 동인의 「약한 자의 슬픔」을 비교한다. 일원묘사를 통해서 어떤 작품세계가 그려졌는가? 또, 일원묘사가 기존의 소설수법과 어떻게 다른가를 검토해 본다.

『생』은 요시다 가문의 집 문제를 취급하고 있고, 가타이가 제창했던 평면묘사를 실천했다는 작품이다. 다음 인용은 그 일부분이다.

그는 잠시 있다가 집으로 되돌아왔다. 정원에 들어가자 열려 있는 문에서 불빛이 새어나와 처마 끝 가까이에 동백꽃이 반쯤 그 희미한 불빛을 받고 있다. 조용하게 문 쪽으로 걸어갔다. 문이 열려 있어 모기장이 바람에 움직이는 것이 보인다.[22]

『생』에는 많은 작중인물 시점에서 서술되고 더욱 그들을 전부 조감

---

[22] 渠は暫くして家の方に戻つて行つた。庭に入ると、一枚明けた戸から行灯の火が洩れて、檐に近い椿が半ほど其微かな余光を受けて居た。静かに歩いて、戸の傍に近寄つた。障子も明放してあるので、蚊帳の青く風に動くのが見える。田山花袋、『生』『定本花袋全集』第1권(京都, 臨川書店, 초판(1936), 영인본(1993)), p.157.

할 수 있는 화자의 서술이 있다. 『생』에는 작품세계 내부에 있는 작중인물과 작품세계 외부에 있는 작중인물을 관찰하는 화자와의 거리는 항상 일정하게 유지되어 있다. 주인공의 행동과 주위의 배경만을 서술하는 이러한 묘사법은 외적초점화의 소설담론이고 가타이자신은 그것을 평면묘사라고 주장한다. 실제작품과는 다르게 이론적으로 평면묘사에서 화자는 작품세계 전체를 보는 것이 가능하지만 기본적으로 작중인물의 내면에 들어가는 것은 용납되지 않는다. 평면묘사는 작자의 주관이 들어가지 못하고 객관의 대상에 관해서도 그 내부에 들어가지 못한다. 결국 묘사의 평면성을 요구한다. 작자는 어디까지나 방관자적 입장을 취하고 주관성을 배제해 완전한 객관적 묘사를 지향한다. 즉 화자의 독립을 전제로 한 것이다. 사실의 객관적 묘사의 중요성을 인식한 이와 같은 묘사법은 일본의 자연주의 시대를 대표하는 묘사법으로서 성장하게 된다.

이광수는 1917년 『매일신보』에 한국 최초의 근대장편소설인 『무정』을 발표한다. 『무정』은 신교육을 받은 이형식이 신여성인 김선형과 구여성인 박영채 사이에서 갈등하는 삼각관계의 연애를 그리고 있다. 아래의 인용은 영채를 죽었다고 생각하는 형식과 계향이 영채 아버지 무덤에 가는 장면이다.

형식은 영채가 숙천 어느 주막에서 어떤 사람에게 업혀 가다가 사람의 얼굴에 흙을 뿌리던 생각을 한다. 계향은 우뚝 서며 우는 아이를 돌아보더니 두 손으로 형식의 손을 꼭 쥔다. 두 사람은 또 걷는다. 계향은 매 맞던 아이를 생각하다가 버리고 형식과 월향의 관계를 생각한다. [23]

위의 인용에서 화자와 작중인물과의 관계를 보자. "형식은 (…중략…) 생각을 한다"는 이형식이 자신의 과거를 생각하는 장면이고 화자의 시점은 형식과 그의 내면을 향한다. 다음의 "계향은 (…중략…) 생각한다"에서 화자는 계향과 형식의 행동을 관찰하는 시점을 가지고 있다. 다음의 화자 시점은 "계향은 (…중략…) 생각한다"에서 계향으로 향하고 그녀의 내면을 그리고 있다. 시점의 이동을 보면 시점은 형식에서 화자에게, 화자에서 계향으로 옮겨가고 있다. 여기에서는 빈번하게 화자의 개입이 보이고 여기에서 취해지고 있는 방법은 작품전체가 작자의 시야에 있는 초점화제로의 소설담론, 소위 전지적 시점이다. 작자는 신과 같은 절대적인 존재로서 작중인물의 일거일동을 관찰하고 그들 내면까지 서술한다. 따라서 작자의 주관적인 시점에 의해 화자는 작중인물의 행동 및 내면 변화, 사건의 상황과 작품세계의 모든 것을 서술한다. 이와 같은 전지적 시점은 한국문학의 고전적인 서술양식에서 보이는 일반적인 형식이고 고전소설부터 신소설, 이광수 소설까지 지배적으로 사용되었다.

그러면 다음으로 호메이와 동인이 일원묘사를 사용했다고 하는 『오부작』과 「약한 자의 슬픔」의 내용을 보자. 『오부작』은 오토리를 애인으로 삼는 장면부터 시작되어 사할린의 사업에 실패하고 홋카이도 방랑을 거쳐서 동경에 돌아오기까지 호메이 자신의 체험을 그린다. 『발전』은 사건 순서를 말하면 『오부작』의 발단에 해당하고 오토리와의 만남에서 사할린에 가기로 결심하기까지의 경위를 그린다. 한편, 「약한 자의 슬픔」의 줄거리를 보면 K남작 집에서 가정교사로 있

23　이광수, 『이광수전집』 제1권(서울, 삼중당, 1971), p.111.

는 강엘리자베트는 본의 아니게 K남작과 관계를 가지고 임신해 버린
다. 그래서 쫓겨난 그녀는 친자확인 소송을 일으키지만 패소하고 그
충격으로 유산해 버린다. 그 후 자신이 약한 자인 것을 깨닫고 강한 사
람이 되려고 결심한다. 그러면 호메이의『발전』과 동인의「약한 자의
슬픔」을 분석함으로써 일원묘사가 당시 존재하고 있던 기존의 시점
인식과 어떻게 다른가 보자.

요시오는 계모 때문에 아버지와 사이가 나빠서 본가에서 따로 집을 마련
하고 있었다. 단지, 실행찰나주의의 철리를 주장해 점점 문학계에 이름을
알려져 왔기 때문에 귀찮은 하숙집 주인이 되는 것이 싫었다.

그렇지만, 그가 싫어한 것은 아버지 집만이 아니다. 자신의 처자―거의 16
년 만에 6명의 아이를 낳은 아내와 살아있는 3명의 아이도 싫었다.[24]

家庭教師姜엘니자벳트는 가르침을끝내인다음에自己방으로도라왔다. 도
라오기는하엿지만 이잿것快活한児孩들과마조유쾌히지난그는 썸々하고
갑々한自己방에도라와서는無限한寂寞을깨다랏다.

「오늘은 왜이리갑々한고? 마음이 왜이리두근거리는고? 마치 이世上에나혼

---

24 義雄は継母の為めに真の父とも折合が悪いので、元から別に一家を構へてゐた。且、実
行刹那主義の哲理を主張して段々文学界に名を知られて来たのであるから、面倒臭い下
宿屋などの主人になるのはいやであつた。
が、渠が嫌つてゐたのは、父の家ばかりではない。自分の妻子――殆ど十六年間に六人
の子を産ませた妻と生き残つてゐる三人の子――をも嫌つてゐた。「개정판(改訂)」,『岩野
泡鳴全集』第2巻(京都, 臨川書店, 1994), p.3;「초고初出」,『岩野泡鳴全集』第3巻(京都, 臨
川書店, 1995). 이하『오부작』의 개정판과 초고의 인용은 이 전집에서 하고 이후에는 본문
중에 페이지만을 표시한다.

차나마잇는것갓군. 엇지할쬬―어대갈까. 말까. ―아. 혜숙이안테나가보자.
이즈음몃칠가보지도못하엿는데 그의머리에이생각이나자, 그는 갓다나갑々
하든거시더甚하여지고 아모래도혜숙이한테가보여야될것가치생각된다. [25]

『발전』에서는 작중인물인 요시오의 내면과 요시오 눈에 보인 타인
만을 그리고 있다. 화자는 요시오를 통해서 다른 인물들을 관찰하고
그 인물이 느낀 것을 쓰고 있다. 오직 요시오의 주관적 감정과 내면만
이 그려져 있고 독자는 주인공 이외의 인물 내면에 들어갈 수 없고 그
사람 내면은 그 사람의 행동, 말, 표정만으로 추측할 수밖에 없다.
「약한 자의 슬픔」에서는 무한한 적막을 느끼는 주인공의 내면이 잘
그려져 있다. 화자의 시점은 오직 작중인물 엘리자베트에게 고정되
어 있다. 작품세계를 서술하는 형식상의 화자는 숨어있고 작중인물
엘리자베트만이 존재하고 있는 것 같은 착각을 불러일으킨다. 따라
서 작품세계는 그녀의 좁은 내면세계를 통해 전개된다.

『발전』과 「약한 자의 슬픔」에서 주인공 요시오, 엘리자베트의 시
점이 화자 시점과 중복되고 융합된 것처럼 보인다. 일원묘사는 화자
의 시점이 좁혀져서 작중인물 시점에 겹쳐지는 효과를 가진다. 따라
서 화자의 서술을 통하면서도 작중인물의 내면이 작중인물의 입장에
서 표현된다. 화자와 작중인물을 밀착하려 하는 일원묘사의 서술은
작중인물과 화자의 거리가 아주 가깝게 인식된다. 따라서 일원묘사는
주인공의 내면세계를 그리는데 어울리는 수법이라 말할 수 있다.

---

[25] 김동인, 『약한자의 슬픔』, 『창조』 창간호, p.53. 당시, 조선어에는 그녀라는 말이 없고 그,
그녀가 전부 그로 표기되었다. 여기에서 그는 그녀를 의미한다.

이와 같은 일원묘사의 소설수법에 의해 화자와 작중인물의 관계에 중요한 변화가 생긴다. 결국, 신의 위치에 서서 서술하는 화자의 권리가 작중인물에게 옮겨진다. 따라서 화자중심에서 작중인물중심이라는 서술의 변화가 생긴다. 서사(narrative)의 본래 의미는 '알고 있다' '정통하고 있다'라고 하는 라틴어(gnarus)를 어원으로 하기 때문에 모든 것을 알고 있는 화자(narrator)가 그것을 서술하는 것을 의미한다.[26]

일원묘사에서는 화자(작자)는 모든 것을 알고 있는데도 불구하고 타자(작중인물)의 입장에 서서 모르는 채한다. 이것은 지금까지의 서술상식에서 일탈한다. 그러므로 화자를 작중인물 엘리자베트와 요시오라는 인간존재로 바꿔 놓을 수 있다. 즉, 작품세계 외부에 위치하고 있던 작자의 권리를 주인공에 이양함으로써 신과 같은 전지적 화자는 존재하지 않게 된다. 이렇게 해서 작품세계 외부에 위치한 작자의 권리가 주인공에 이동하는 것에 의해 작품내부에 시선이 설정되어 보는 사람과 보인 사람이 명확하게 구분된다. 이 시선의 설정에 의해 작품내부에 주체가 형성된다.

다음 인용을 보면, 주체의 형성이 더욱 명확해 진다. 『발전』에서 요시오와 오토리가 대화하는 장면과 「약한 자의 슬픔」에서 엘리자베트가 자고 있을 때 남작이 방문하는 장면이다.

승부에 패배해 오토리에게 돌아 온 것은 9시가 지나서였다. 그녀는 벌써 잠자리에 들었다.

26　遠藤健一,「物語論の臨界―視点 焦点化 フィルター」, 三谷国明 編,『近代小説の「語り」と言説』』(東京, 有精堂, 1996), p.124 참고.

"어이, 그 원고를 처리하고 왔어" 하고 요시오는 기쁜 듯이 말했다.

"그래요" 그녀는 베개 위에서 조금 미소했지만 곧 고통스러운 웃음으로 변하고 평상시 윤기 있는 얼굴이 형광등 불빛에 푸르스름하게 보였다.

"무슨 일 있었어."

"아파요"

"어디가?"

"……."

『왜?』그는 그녀가 아무 말도 하지 않는 것이 모든 걸 말한다고 생각했다. 그만큼이나 지금까지 주의해 왔건만—

그는 그녀의 베게 맡에 앉은 채로 얼굴을 돌리고 잠시 자신의 3, 4개월 이전까지의 괴로움과 불유쾌함을 생각했다. [27]

엘니자벳트는 갑자기 잠이 수千里 밧게退散하는거슬깨다랏다. 그는, 男爵의 自己를되리다보는눈으로, 男爵의要求를 깨다랏다. 하고 겨우중얼거럿다—

---

[27] 勝負にさんざん負けて、お鳥のもとへ帰つたのは九時過ぎであつた。かの女は、もう、とこに這入つてゐた。
『おい、あの原稿のかたをつけて来たぞ』と、義雄は嬉しさうに云つた。
『さう。』かの女は枕の上でちよツと微笑したが、直ぐそれが苦笑に落ちて、不断、艶のいい顔が電灯の光りに青ざめてゐるやうに見えた。
『どうかしたのか？』
『痛いの。』
『どこが？』
『……』
『えツ？』渠はかの女の無言なのが万事を語ると思つた。あれだけ、これまで用心してかかつてゐたのに——！
渠はかの女の枕もとに座わつたまま顔を反むけて、暫らく自分の三四ケ月以前までの苦しみと不愉快とを考へた。(개정판, p.77)

「夫人이아르시면?」

「앗차!」그는 속으로高城을쳤다. 「夫人이 모르면엇지한단 말인가? (…중략…) 모르면? (…중략…) 이거시許諾의意味가아닐까?그러면너는 그거슬실어하느냐? 勿論실허하지. 무엇? 실허해? 네마음속에, 許諾하라는생각이 조금도업냐 아……. 許諾하면엇젓냐? 그래도 (…중략…)」(p.58)

『발전』의 인용은 요시오와 그의 정부인 오토리와의 대화이지만 그녀에 관한 정보는 요시오 눈에 보이는 것만을 독자는 알 수 있다. 요시오가 집에 되돌아왔을 때 잠자리에 들어간 오토리, 원고가 팔린 것에 마치 관심이 없는 것같이 웃고 바로 고통스러운 웃음으로 변한 오토리, 그 윤기 있는 피부가 빛 아래서 파랗게 보인 오토리는 모두 요시오의 눈을 통해 서술된다.

「약한 자의 슬픔」의 인용은 가정교사인 엘리자베트가 K남작의 방문을 받았을 때 그의 요구를 받아들일까에 대해 고민하는 그녀의 심리를 묘사한 부분이다. 화자는 엘리자베트를 전면에 세워서 K남작에 대해서는 방관자적 입장을 취한다. 화자는 그녀의 눈에 비추어진 K남작의 행동만을 관찰하고 그의 내면에 관해서는 일절 서술하지 않는다. 화자는 엘리자베트의 내면심리를 그녀의 입장에서 표현하고 있다. 이것은 어디까지나 그녀의 내면을 표현하려고 하는 화법이다. 화자는 엘리자베트와 요시오의 인생에 큰 영향을 끼친 인물임에도 불구하고 남작과 오토리의 인생에 관해서는 일절 서술하지 않는다.

이러한 시점 설정은 작품세계 내부에 있는 엘리자베트와 요시오가 보는 주체가 되고, K남작과 오토리가 보이는 대상이 된다. 이와 같은 시점설정에 의해 주인공은 타인을 의식하고 타인을 통해서 자기를 의식하게 된다. 이와 같이 자기와 타자를 구별하는 것에 의해 주체와 대상의 구별이 생긴다. 독자는 이러한 명확한 자기의식을 통해서 엘리자베트와 요시오의 내면세계를 보는 것이 되고 그들의 주관적인 세계만을 안다. 물론, 소설의 작품세계에서 화자를 완전하게 배제할 수는 없다. 그러나 작자는 화자의 권리 일부를 작중인물에게 넘겨줌으로써 화자는 작품세계에서 모든 것을 설명하는 신의 존재에서 인간의 존재로 추락하는 것이 된다. 화자가 작중인물 한 사람의 인간으로 변하는 것에 의해 그 서술은 제한을 받는다. 이것은 화자의 권리를 주인공에 양보하는 것에 의해 화자를 작품 속에 은폐하는 새로운 형식의 고백체라고 말할 수 있다. 즉, 작자의 실체를 감추는 것에 의해 더욱 근대적인 소설기법, 표현형식을 창출하는 것이다. 그것은 내면을 그리는 새로운 형식이고 그것을 가능하게 했던 것이 일원묘사의 방법이다. 이 방법은 서술하는 기술의 혁신이고 근대소설고유의 기법이라고 불려진다. 결국, 이러한 새로운 형식의 고백체가 내면을 탄생시켰다. 일원묘사를 통해서 얻어진 작품세계는 주인공의 생생한 내면세계이다.

3. 삼인칭과 객관묘사

일원묘사는 그에 의해 표현된 삼인칭소설이지만 그를 나로 바꾸면 일인칭소설이 된다고 호메이와 동인은 같이 주장한다. 결국, 일원묘사는 일인칭에 관계된 이야기를 삼인칭으로 쓰는 방법이다. 앞에서 확인한 것처럼 『발전』의 주인공 요시오와 「약한 자의 슬픔」의 주인공 엘리자베트는 요시오와 엘리자베트라는 삼인칭으로 표현된다. 호메이와 동인은 삼인칭을 사용하면서 그의 내면을 표현하고 있다. 원래, 고백 형식에서 작중인물 내면을 나타내기 위해서는 일인칭이 적당할 것이다. 그러나 그들은 주인공의 내면을 삼인칭으로 표현했다. 이와 같이 기존과는 다른 고백소설을 창출하기위해 그들은 많은 고통을 감내해야만 했던 것이다. 이 문제를 동인의 진술에서 생각해 보자.

동인은 「약한 자의 슬픔」을 집필한 당시를 「문단 30년의 자최」에서 다음과 같이 회상하고 있다.

「創造」 창간호에 게재된 나의 처녀작 「弱한 자의 슬픔」에서 비로소 철저한 구어체 過去詞가 사용된 것이었다.

또한 우리말에는 없는 바의 He며 She가 큰 난관이었다. (p.424)

소설을 쓰는 데 가장 먼저 봉착하여―따라서 가장 먼저 고심하는 것이 用語였다. 구상은 일본말로 하니 문제 안 되지만, 쓰기를 조선글로 쓰자니, 소설에 가장 많이 쓰이는 'ナツカシク' ㅣ 'ヲカンジタ' ㅣ '二違ヒナカッタ' ㅣ

ㅋ覚ㅋㅅ'같은 말을 '정답게' '을 느꼈다' '틀림(혹은 다름) 없었다' '느끼(혹 깨
달)었다' 등으로 — 한 귀의 말에, 거기 맞는 조선말을 얻기 위하여서 많은 시
간을 소비하고 하였다.[28]

외국어의 창작이 아니고 모국어에 의한 창작임에도 불구하고 왜 그
는 일본어로 생각했고 말 때문에 그토록 고통스러워하지 않으면 안
되었나? 동인은 「약한 자의 슬픔」에서 'He', 'She'에 상당하는 삼인칭
대명사 '그'(일본어의 '彼'에 해당한다)와 'ㅆ다'라는 완료를 표현하는 종결
어미, 주관을 나타내는 감정동사 '정답게', '느꼈다', '틀림(혹은 다름)없
었다', '느끼(혹 깨달)었다'를 사용했다. 여기에서 그는 그 실천에 따르
는 고통을 피력했다.
그리고 「약한 자의 슬픔」의 서두부분 "그는 껌껌하고 갑갑한 自己방
에 도라와서는 無限한 寂寞을 깨다랏다"에서 삼인칭대명사 '그', 'ㅆ다'
라는 종결 어미, 내면세계를 나타내는 동사 '느낀다'를 하나의 문장 속
에 사용하고 있다. 따라서 작가 자신이 근대적 문체의 실현에 매우 자각
적이었다. 위의 인용에 있는 그의 고민은 삼인칭대명사 '그'와 일인칭
에 부합하는 '느낀다'를 어떻게 같은 문장 속에 구사하느냐의 문제였다.
일본어와 한국어의 주관감정동사 · 형용사 '정답게', '느꼈다', '틀림
(혹은 다름)없었다', '느끼(혹 깨달)었다'는 원래 발화주체의 주관을 나타
내는 말이고 제삼자에 대해 말하는 것은 부자연스럽다. 이와 같은 감
정을 나타내는 동사 · 형용사는 "원래 화자 자신의 그때 기분상태를
주관적으로 표출한다"는 것이고 주관적 감정은 "너무 개인적인 경험

---

28 김동인, 「문단 30년의 자최」, 김치홍 편, 『김동인평론전집』(서울, 삼영사, 1984), p.434.

내용이기 때문에 타인은 관여할 수 없다고 일본어는 주장한다."[29] 이와 같은 것은 한국어에도 말할 수 있다. 이러한 말은 '나는 그립다', '나는 느끼(혹깨달)었다', '나는 틀림(혹은 다름) 없었다'와 같이 일인칭 '나'와 어울리는 언어이다. 그렇기 때문에 일상 언어에서는 이 주관을 나타내는 동사·형용사를 일인칭 '나는 느낀다'라거나 '너는 느꼈니?'의 의문형은 자연스럽지만 삼인칭 '그는 느꼈다'는 부자연스러운 문장이 된다. 만약 삼인칭을 사용하면 '그는 느꼈을 것이다'라는 추량의 표현으로 하지 않으면 안 된다. 그러나 근대소설담론은 그 불가능을 가능하게 했다. 이는 소설담론에만 보이는 허구의 장치이다. 일원묘사는 그 불가능을 가능하게 했다.

강엘리자베트의 내면묘사를 그리는 데에 있어서 일인칭 나에 어울리는 주관감정동사를 어떻게 해서 그라는 삼인칭과 같이 쓸까라는 고민은 일원묘사의 성립에 관계되는 문제였다. 일인칭소설의 경우 작중인물이 화자가 되어서 자신이 실제 경험한 것처럼 서술하기 때문에 양자 사이는 매우 긴밀하다. 그러나 일원묘사와 같은 작중인물이 삼인칭인 경우 주인공과 화자 사이에는 거리가 생긴다. 즉, 말의 내실은 작중인물에 있지만 그것을 화자가 말한다. 즉, 하나의 문장 속에 두 개의 다른 음성이 들린다. 일인칭이 아니고 삼인칭을 사용함으로써 화자와 주인공이 완전히 일치하지 않고 양자 사이에는 거리가 두어진다. 그러나 작자는 작중인물을 삼인칭으로 하면서 동시에 그·그녀의 내면을 그리려고 한다. 따라서 일원묘사 방법은 작중인물의 주관성과 객관성을 동시에 유지하는 방법이다.

---

29 あまりに個人的な経験内容だから他人は関与、干渉出来ないと日本語は主張する。中山真彦, 『物語構造論』(東京, 岩波書店, 1995), p.16.

일원묘사에서 '그는 느꼈다'기 딘직으로 나타나는 것과 같이 화자는 그의 사고내용을 자신의 말로 고쳐서 보고하지 않고 그가 스스로 사고하는 것같이 나타낸다. 화자는 자신의 말이 아니고 작중인물의 말을 전하는 것이기 때문에 그라고 하는 말을 사용한다. 화자는 현재 상황에서 서술하지 않고 떨어진 시점에서 작중인물을 관찰하기 때문에 화자와 작중인물 사이에는 시간적인 거리가 생기고 소설서술은 과거시제 속에 융화된다. 이와 같이 화자는 작중인물의 말을 끌어내기 위해 그의 시점에서 서술하지만 과거시제가 사용되기 때문에 작중인물과의 일체화가 방지되고 거리가 확보된다. 이 거리, 결국, "화자의 위치가 작중인물 측에 끌려들어가는 것을 방지하는 것이 조감적시점이 들어간 소설문체의 구조가 잔존하는 삼인칭이고 과거시제이다."[30] 다시 말하면 일원묘사는 작중인물에 끌려들어가게 하지 않는 장치, 즉, 신의 시점인 삼인칭과 과거시제가 포함된다. 일원묘사를 사용하는 것에 의해 화자는 작중인물의 말을 끌어내지만 비판적인 위치를 잃지는 않는다. 결국, 화자와 작중인물의 거리가 삼인칭과 과거시제에 의해 확보된다. 이것은 일상 언어와 소설언어의 차이를 나타낸다. 일원묘사에서 보이는 삼인칭, 과거형식의 표현과 추량표현의 부재는 허구를 나타내는 하나의 장치이다. 작자 자신의 얼굴을 감추고 작중인물을 삼인칭으로 하면서 동시에 그 내면을 표현하려고 하는 문체는 소설세계의 진실과 허구를 동시에 표현하는 소설기법이다. 또 그것은 삼인칭에 의한 새로운 고백체라고 할 수 있다.

---

[30] 위의 책, p.167.

이상, 김동인과 이와노 호메이의 일원묘사의 비교를 통해 한일 근대소설의 표현기법이 성립하는 과정을 살펴보았다. 당시, 현실의 정확한 재현을 목표로 한 자연주의소설가들의 표현기법에 대한 관심은 묘사라는 말을 유행하게 했다. '있는 그대로의 현실묘사', '무기교', '무각색'을 추구하고 자연주의 소설기법으로 객관적 묘사를 목표로 한 가타이의 평면묘사의 모순점을 인식한 것이 호메이였다. 주관을 중시한 그는 가타이의 방관적 입장을 배제하고 새로운 묘사법을 모색했다. 그것이 일원묘사이다. 호메이는 세계의 모든 사실을 주관에서 파악해야 한다고 생각했다. 동인도 전시대의 작가가 작품 내에 빈번하게 개입하고 모든 작중인물의 시점사이를 자유롭게 이동하는 작품, 작품세계가 전부 작자의 시야에 들어가 있던 고대소설, 신소설, 이광수소설에 대한 비판을 가지고 있었다. 이와 같은 평면묘사와 전지적 시점에 대한 자각과 반성에서 일원묘사가 나타났다. 그들은 일원묘사에서 기존의 소설과는 명확하게 다른 소설기법을 추구했다. 작자에 의한 객관적 시점만이 그려지는 평면묘사와 작자의 주관적 시점이 작품전체를 지배하는 전지적 시점의 모순을 자각하고 그들은 객관과 주관을 동시에 나타내기 위해 일원묘사를 창안했다.

두 사람의 일원묘사는 리얼리즘과 자연주의소설의 근저에 있는 완전한 모방에 대한 도전이라고 볼 수 있다. 소설에 있어서 완전한 모방은 있을 수 없다는 것이 그들 생각이다. 쥬네트에 의하면 언어가 완전하게 모방할 수 있는 것은 사물이 아니고 그 언어와 동일한 언어밖에 없다.[31]

31　ジェラール・ジュネット,「ディエゲーシスとミメーシス」,『フィギュールⅡ』, p.64 참고.

완전한 모방은 사물 그 자체밖에 될 수 없고 소설은 모방이 된다고 해도 그것은 불완전한 모방일 수밖에 없다. 그들은 소설이 어디까지나 허구인 것을 자각하고 있었다. 일원묘사는 현실의 재현이라는 환상으로 보이는 모방의 신격화에 대한 도전이기도 했다. 그들은 자연주의자들의 '있는 그대로'가 불가능하다는 것을 허구의 장치인 삼인칭 '그'와 과거시제 '쓰다'로 표현했다. 허구이지만 어디까지나 진실을 그리지 않으면 안 된다는 과제를 작중인물의 내면세계를 그리는 것에 의해 해결했다. 주인공의 내면을 삼인칭으로 나타내는 일원묘사는 새로운 고백체담론을 만들어내었다. 호메이와 동인은 일원묘사를 통해 주인공의 생생한 내면을 그리는데 성공하고 그것에 의해 일본과 한국의 근대소설기법의 새로운 묘사방법을 창출하였다. 삼인칭에 의한 고백체는 일본과 한국의 자연주의문학의 치밀한 내면세계를 발전시키는 계기가 되었다.

제2장

삼인칭대명사 'He' 'She'의 일본어와 한국어 번역
번역어에 의한 새로운 소설담론과 『독약을 마시는 여자』

서구어의 삼인칭대명사 He, She는 일본어 彼, 彼女, 한국어 그, 그녀로 번역되었다. 일본과 한국에서 彼, 彼女, 그, 그녀는 빈번하게 사용된다. 서구어 He, She의 문법상의 기능은 행위주체인 주어를 명확하게 하는 것이다. 더욱 삼인칭대명사가 많은 문장은 독자에게 친숙하고 자연스러운 문장으로 읽혀진다. 그렇지만 일본어와 한국어의 경우, 반드시 주어를 명시할 필요가 없었기 때문에 인칭대명사는 중시되지 않았다. 주어와 대명사가 없어도 전후의 문장과 동사의 기능으로 주체를 알 수 있기 때문이다. 특별히 사용할 필요가 있을 경우에는 이름이나 이름에 알맞은 고유명사를 사용한다. 따라서 서구어를 모방하거나 의식적으로 사용하지 않는 한 彼, 彼女, 그, 그녀라고 하는 삼인칭대명사는 문장에 빈번하게 나타나지 않는다. 또 일본어와 한국어에서 주어는 문맥상 알 수 있으면 표시하지 않는 것이 오히려 자연스러운 문장이다.[1]

그런데 서구어에서 주체를 명확하게 하기 위해 쓰여 졌던 He, She는 주어를 필요로 하지 않는 문화권인 한국과 일본에 들어와서 어떤 문장의 변화를 일으킨 것일까. 물론 이 문제를 해결하기 위해서는 한일의 모든 근대소설을 찾아볼 필요가 있지만 여기에서는 그 예로서 彼, 彼女, 그, 그녀가 어떻게 사용되고 어떠한 새로운 작품세계를 생성해 왔는가를 다야마 가타이의 『이불』, 이와노 호메이의 『오부작』, 이광수의 『무정』, 김동인의 「약한 자의 슬픔」, 염상섭의 초기 삼부작(「표본실의 청개구리」(1921), 「제야」(1922), 「암야」(1922))을 통해서 보기로 한다. 이 같은 과정을 통해서 삼인칭대명사 He, She의 번역어에 의한 근대문체형성의 구체적인 예를 보기로 한다.

일반적으로 근대문체는 근대문학의 전제조건이 되어 있지만 그 구체적인 답을 제시하는 것은 곤란하다. 왜냐하면 지금까지 근대문체는 너무나도 당연한 것으로 받아들여지고 있었기 때문에 그 기원을 찾을 시도조차 하지 않고 있기 때문이다. 여기에서는 He, She의 번역어인 彼, 彼女, 그, 그녀에 의해 창출되어진 새로운 한일근대문체의 성립과 이로 인해 배제된 것에 대해 본다.

1　エミール・バンヴェニスト，河村正夫・岸本通夫・木下光一・高塚洋太郎・花輪光・矢島猷三共 訳，『一般言語学の諸問題』(東京, みすず書房, 1983), p.204 참고. "조선어 동사의 중요한 구별은 〈사회적〉인 성격에 의한 것이 확실하고 화자와 청자의 신분에 의해 극단적으로 다양화되어 있고 상대가 윗사람인지, 대등한지, 아랫사람인지에 따라 변화한다."

1. 彼(그), 彼女(그녀) -『이불』『오부작』

오늘날 일본어에서는 彼, 彼女가 아주 많이 사용되고 있다. 문장어 뿐만 아니라 일상어에서도 많이 접하는 용어가 되었다. 그러나 지금 사용하는 彼, 彼女의 의미는 처음부터 일본어에 있었던 것이 아니고 He, She의 번역어이다. 彼는 일본어에 있었던 말인데 번역에 의해 그 의미가 변화한 경우이고 彼女는 번역에 의해 새로 만들어진 신조어이 다. 그럼 이들 용어의 기원을 밝히고 이들 용어가 근대문체에 어떤 변 화를 일으켰는지 알아보자.

그러면 먼저 일본의 彼에 대해 보기로 한다. 彼는 이미 만요시대[万葉 時代, 약 759년까지]에 원칭대명사로 사용되고 있었다.[2] 원칭대명사는 화 자와 청자로부터 떨어진 사물, 장소, 방향을 지시하기 위해 사용하는 대명사 '저것' '저쪽' '저곳'을 의미한다. 기쿠자와 슈세이[菊沢秀生]가 『国語研究』(3卷9号)에 발표한 문헌에 의하면 彼는 원칭대명사로『다케 토리모노가타리[竹取物語]』에서 무로마치시대[室町時代, 1392～1573]까지 보이지만 헤이안시대[平安時代, 794～1191]부터 가마쿠라시대[鎌倉時代, 1192～1337]에 걸쳐 구두어에서 사라지고 문장어에만 사용되었다(물론

2　奥村恒哉, 「代名詞「彼、彼女、彼ら」の考察」, 『国語国文』 23卷11号(1954.11), p.64. 여기 에서 지시대명사는 사물과 앞 문장을 가리킬 때 근칭중칭원칭의 거리개념을 가지고 발 신자와의 거리를 구분할 때 사용한다. 여기서는 지시대명사로 사용될 때 '지시성'를 가진 다고 한다. 삼인칭대명사는 앞에 나온 명사 대신으로 사용되고 발신자와의 거리가 문제 되지 않을 때 사용된다. 지금과 같은 삼인칭대명사로서 사용될 때 처음으로 '인칭성'을 가진다고 한다.

이때 사용된 かれ(그)는 동물을 가리키기도 하고 여성을 가리키기도 했다. 현대의 용법과는 다르다). 이 설에 의하면 에도시대[江戸時代, 1600~1867] 특히 말기 이후에는 구두어에서 'かれ' 'かれら(그들)'라는 용어는 존재하지 않는다는 사실을 알 수 있다.[3] 주지하는 바와 같이 일본에서 彼는 옛날부터 인칭대명사의 다른 이름으로 사용되고 그것은 남자도 여자도 가리키지만 존경을 나타낸다고 하기보다 경멸적인 의미로 사용되었다. 그런데 막부말·메이지 초기에 서양어를 접하고 He, She에 남녀의 구별이 있다는 것을 알고 남자에게는 종래와 같이 彼, 여자에게는 彼女(アノオンナ(저 여자), カノオンナ(이 여자))라는 말을 사용했다.

서구어에 있는 삼인칭대명사의 번역인 彼가 최초로 실린 일본 최초의 네덜란드어 사전인 『하루마해석[波留麻和解]』(1796)에는 'zijn'(네덜란드어, 영어의 his(그의 것)의 의미)이 彼人(かのひと, 이 사람), 其人(そのひと, 그 사람)로 되어 있다. 한편 彼女가 처음 등장하는 문헌은 난학자인 후지바야시 후잔[藤普林山]의 『네덜란드어법해석[和蘭語法解]』(1815)에는 네덜란어인 'Zij'가 彼女(カノオンナ, 이 여자)로 되어 있다.[4] 『영일사전[英和字海]』(1887)에는 She가 彼女(カノジョ, 그녀)로 되어 있고 사전에 처음으로 '그녀[カノジョ]'라고 명기된다.[5] 오쿠무라 츠네오[奥村恒哉]는 彼女(カノジョ)가 보이는 예로 쓰보우치 소요의 『당대서생기질[当世書生気質]』(메이지 19(1886)), "흔히 말하는 말괄량이지만 그녀는 활발하다. 그리고 서생들을 즐겁게 해주는 계집아이이다[俗にいふお転婆なれども、彼

---

3 위의 책, p.64

4 柳父章,「彼、彼女―物から人へ、恋人へ」,『翻訳語成立事情』10(東京, 岩波書店, 1982), p.192.

5 広田栄太郎,「「彼女」という語の誕生と成長」,『国語と国文学』30巻(1953.2), pp.48~51.

女(かのじょ)は活発だ、などといつて書生達によろこばれる小娘なり」[6]의 용례가 최초다고 한다. 彼女는 1892년 전후에 사가노야 오무로[嵯峨の屋お室]·기타무라 도고쿠[北村透谷] 등이 소설의 창작에 사용하게 되었다.[7] 또 현재와 같이 언문일치체가 도입되어 대명사적 기능을 가지게 된 彼, 彼女가 사용된 최초의 작품은 사가노야 오무로의 『들가의 국화[野末の菊]』(메이지 22(1879.7))를 들 수 있다. 같은 해 1월에 쓴 『첫사랑[初恋]』에는 용례가 없다.

『들가의 국화[野末の菊]』의 인용을 보면 다음과 같다.

> 그러나 그는 이렇게 생각했습니다.
>
> 이 작은 인형이 그의 친구이고 이 작은 방이 그의 천지입니다. (그는 여성을 가리킨다)
>
> 오케이는 조금도 춥지 않습니다. 불은 그녀의 마음을 따뜻하게 해주지 못하고 사랑은 그 마음을 따뜻하게 해줍니다.[8]

『들가의 국화』에서 彼는 11개이고 이중에서 5개는 'あれ(저것)'라고 읽혀졌고 전부 여성을 가리킨다. 위의 인용의 かれ와 그 외에 남성을 가리키는 것 2개, 여성을 가리키는 것 2개 합쳐서 6개이다. 이와 같은

---

6   奥村恒哉, 앞의 책, p.67.
7   広田栄太郎, 앞의 책, p.52.
8   然し彼(かれ)は斯う思ひました。
此の小さな人形が彼の友達で此の小さな 一室が彼の天地であります。(女性をさす) お糸は少しも寒くありません。火は彼女の心を温めずとも愛は其心を温めて居ます。위의 책, pp.66~67 재인용.

사용은 언문일치와 관련하여 현재와 동일한 삼인칭대명사의 기능을 한다. 彼를 지금과 같은 대명사의 기능으로 정착시킨 작가는 오자키 고요[尾崎紅葉]이다. 그의 작품『청포도(靑葡萄)』(메이지 28(1885))에서 처음으로 彼가 순수한 대명사의 기능을 한다(彼女는 분리되지 않았다).

처음에 彼는 남자도 여자도 가리켰으나 서양의 영향에 의해 彼人(かのひと, 이 사람)·彼女(かのおんな, 이 여자)와 같이 남녀를 구별하고 메이지 20년(1886) 전후의 언문일치운동으로 현재와 같은 彼, 彼女의 번역어가 정착하게 되었다. 현대어의 彼, 특히 문장어의 기원은 메이지 20년 전후의 언문일치운동이다. 메이지 초기까지는 彼, 彼女는 구두어로서는 존재하지 않았다. 일본의 문학자들은 메이지에 들어와서 처음으로 서양어의 He, She에 해당하는 삼인칭의 존재를 알았다. 일본문학이 인칭의 문제와 부딪힌 것은 언문일치와 관련이 있다. 사람들은 번역작업을 통해서 서구어의 삼인칭 He, She의 존재를 의식하게 되었고 일본어에는 이와 같은 역할을 하는 말이 없다는 것을 알아차렸다. 에도시대까지 없었던 삼인칭 彼가 메이지에 들어와서 새로운 형식으로 사용되기 시작했다. 당시 다야마 가타이와 이와노 호메이가 애독했던 서구소설에서는 He, She가 여기저기서 사용되고 있었다. 두 사람은 He, She의 번역어인 彼, 彼女를 사용하고 싶은 유혹을 느꼈을 것이다.

여기서는 근대이후 번역에 의해 만들어진 문장어인 彼, 彼女의『이불』,『오부작』의 용례를 주목해 보기로 한다.『이불』,『오부작』에서는 彼가 He와 같은 번역어임에도 불구하고 각각 다른 사용방법을 하고 있다. 이와 같은 사용방법은 의식하지 않고 보면 아무런 차이도 없는 것처럼 보이지만 실은 이 두 가지의 사용방법은 매우 큰 의미를 시사하고 있다. He가 어떻게 번역되고 어떻게 달라지고 작품 중에서 어떻게 기능하고 어떻게 새로운 소설담론을 창출해 가는가를 보는 단서가 되기 때문이다.

1) 언문일치문장의 완성―다야마 가타이와 이와노 호메이

언문일치운동으로 구어체문장을 완성한 작가들은 자연주의 작가들이었다. 구어체문장이 완성되자 He, She와 같이 대명사의 기능을 하는 그, 그녀의 용어도 소설용어에서 정착하게 되었다. 그러면 현재와 같이 삼인칭대명사의 기능으로 완전하게 정착시킨 다야마 가타이[田山花袋]와 이와노 호메이[岩野泡鳴]의 작품을 보기로 한다.

다음은 다야마 가타이의『한 병졸[一兵卒]』(1908)의 서두 부분이다(이하 밑줄은 필자).

그는 걷기 시작했다.

총이 무겁다. 배낭이 무겁다. 다리가 무겁다. 알루미늄제의 금속제 빈 그릇이 검에 부딪혀 달그락달그락 소리가 난다.[9]

---

[9] 渠は歩き出した。
銃が重い、背囊が重い、脚が重い、アルミニユーム製の金椀が腰の剣に当つてカタカタと鳴る。田山花袋,「一兵卒」,『田山花袋全集』第一卷(京都, 臨川書店, 1993), p.608; 초고, 『早稲田文学』26号(1908.1).

이하에서 『한 병졸』의 주인공은 계속 彼이다. 다음은 나른 병사가 도중에 나타났을 때의 부분이다.

> 피가 줄줄 흘러 더운 석양에 물들고 <u>그 병사</u>는 앞에서 푹 넘어졌다. 가슴에 총알이 박힌 것이다. <u>그 병사</u>는 좋은 남자였다. 쾌활하고 깔끔하고 어떤 일에도 스스럼이 없었다. (…중략…) 그렇지만 <u>그 남자</u>는 곧 이 세상에 없어질 것이다.[10]

사람이나 사물의 이름을 대신 나타내는 대명사에는 지시대명사와 인칭대명사가 있다. 지시대명사는 어떤 사물이나 장소를 가리키는 대명사이고 인칭대명사는 사람을 가리키는 대명사이다. 일본어의 彼(그)는 원래 지시대명사였다. 그러나 He의 번역에 의해 인칭대명사의 기능을 하게 되었다. 일반적으로 He와 彼가 같다고 생각하지만 사실은 다르다고 야나부 아키라[柳父章]는 말한다. 그 차이점은 첫째, He는 삼인칭대명사이고 彼는 지시대명사라는 점이다. 삼인칭대명사 He는 앞에 나온 명사를 반복해서 사용하는 것을 원칙으로 하고 있기 때문에 앞의 명사와 의미가 같다. 그런데 彼는 일본어의 こ, そ, あ(이, 그, 저) 대명사 これ, それ, あれ(이것, 그것, 저것)의 あれ(저것)의 의미로 사용된다. こ, そ, あ는 근칭, 중칭, 원칭으로 불리고 あれ는 원칭을 의미한다. これ, こちら(이것, 이쪽)는 발신자 가까이에 있고, それ, そちら(그것, 그쪽)

---

10 血がだらだらと暑い夕日に彩られて、其の兵士はガツクリ前に踏つた。胸に弾丸が中つたのだ。其の兵士は善い男だつた。快活で、洒脱で、何事にも気が置けなかつた。(…중략…) けれどあの男は最早此世の中に居ないのだ。위의 책, p.611.

는 듣는 사람 가까이, あれ, あちら(저것, 저쪽)는 발신자와 수신자 양쪽 세력범위 바깥에 있는 것을 가리킨다. 그렇기 때문에 彼는 원래 발신자와 수신자의 양쪽 세력범위 바깥에 있는 것을 가리킨다. 따라서 彼는 발신자의 입장에 관련되어 있는 것에 대해 영어의 삼인칭대명사는 발신자와 관계없이 객관적으로 이미 발신된 것을 가리킨다. 원칙적으로 처음 본 것을 彼라고는 할 수 있으나 He라고는 할 수 없다.[11]

만약 이 소설이 영어라면 밑줄 친 부분은 He로 될 것이다. 일반적으로 He는 앞에 나온 고유명사와 동격의 의미를 가진다. 다야마 가타이가 『한 병졸』에서 사용하고 있는 彼가 삼인칭대명사와 같은 사용법을 한다면 '그 병사[其の兵士]' '그 남자[あの男]'는 彼로 되어야 한다. 이 소설에서 彼는 주인공만을 가리키고 있기 때문에 삼인칭대명사의 용법과는 다르다. 그러나 그 특수한 인물을 반복해서 가리키고 있기 때문에 삼인칭대명사와 비슷한 사용법을 하고 있다.

다음은 작품의 마지막 부분이다.

> 병사는 그의 호주머니를 찾았다. (…중략…) 三河国 渥美郡 福江村, 가토 헤이사쿠…… 라고 읽는 소리가 계속해서 들렸다.[12]

이 작품은 처음부터 끝까지 계속해서 주인공의 이름을 밝히지 않는다. 계속 그로 일관하다가 작품의 끝 부분에서 그의 이름이 밝혀진다.

11　柳父章, 앞의 책, p.192.
12　兵士がかれの隠袋を探つた。(…중략…) 三河国渥美郡福江村加藤平作……と読む声が続いて聞えた。田山花袋, 앞의 책, p.630.

서양에서 사용하는 He의 용법과는 다르다. 서양소설이라면 처음에 이름이 나오고 그 다음에 그라는 삼인칭대명사가 쓰였을 것이다. 그러나 근대초기 일본소설에서는 삼인칭대명사의 그가 정착되기 전까지 많은 실험이 이루어졌다는 것을 알 수 있다.

야나부 아키라는 "'彼'라고 하는 것에 작가 다야마 가타이는 어떤 운명을 맡겼다. 그것은 작가 자신의 운명과 닮았다. 그렇지만 일인칭의 작자는 아니다. 彼는 처음에 존재하지만 그 정체를 모른다. '카세트'이다. 의미가 불분명하니까 작자는 그곳에 의미를 부여하는 것이 가능했다"[13]라고 한다.

그러면 『이불』 제1장의 서두부분을 보도록 하자.

고이시카와의 기리시탄자카의 완만한 고개를 내려오면서 그는 생각했다. "이것으로 자신과 그녀의 관계는 일단락되었다."[14]

다음은 제2장의 서두 부분이다.

그는 이름을 다케나카 도키오라고 했다.[15]

『이불』에서도 주인공의 이름이 처음부터 나오지 않고 '그'라고 명

---

13 柳父章, 앞의 책, p.192.

14 小石川の切支丹坂から極楽水に出る道のだらだら坂を下りようとして渠は考へた。『これで自分と彼女との関係は一段落を告げた。(…중략…) 『けれど、もう駄目だ!』と、渠は再び頭髪をむしつた。田山花袋, 앞의 책, pp.521〜525.

15 彼は名を竹中時雄と謂つた。위의 책, p.525.

명된다. 제2장에서 처음으로 이름이 밝혀진다. 이와 같이 이 소설에서 彼의 사용법은 아주 낯설게 느껴지고, 彼를 의식적으로 사용하였다는 것을 알 수 있다.

『이불』 제1장의 서두에 "그는 생각했다彼は考へた"에서 彼의 이름이 알려지지 않았기 때문에 지시대명사에 가깝다. 왜냐하면 원칙적으로 처음 본 것을 彼라고 할 수 있지만 He라고 할 수 없기 때문에 彼는 원칙적으로 He의 사용법과 다르고 일본어 こ, そ, あ(이, 그, 저) 대명사 あれ(저것)의 의미에 가깝다. 제2장 서두의 "그는 이름을 다케나카 도키오라고 했다"에서 彼의 이름이 알려지고 난 후에 彼가 계속해서 나오므로 삼인칭대명사와 비슷한 기능을 한다. 그러나 彼는 오직 주인공인 다케나카 도키오만을 가리키는 기능을 하고 있으며 다른 작중인물을 彼라고 하지 않는다. 처음부터 끝까지 彼는 주인공만을 가리키고 있으므로 彼는 대명사적 의미보다 고유명사의 의미에 가깝다. 이와 같이 『이불』은 거리를 나타내는 전통적인 지시대명사가 나타나는 제1장의 彼의 역할, 그리고 제2장부터 He와 같은 삼인칭대명사의 기능을 하면서도 彼는 오직 도키오만을 가리키는 고유명사의 이중적인 고백기능을 가지고 있다. 주인공 즉 특정 인물만을 가리켜서 彼라고 하는 『이불』의 고백체는 彼의 역할이 중층되는 과정에서 이루어진다.

『이불』의 彼가 오직 다케나카 도키오를 가리키고 있는 것은 작자 다야마 가타이의 생각이 오직 彼(도키오)만을 통해 전해진다는 것이기도 하다. 가타이는 彼를 『이불』 속에 사용함으로써 삼인칭으로 내면을 고백하는 소설문체를 완성해간다. 객관주의를 표방하는 자연주의 작가에게 彼는 어울리는 말이기도 했다. 『이불』에서 彼는 불확정의 역할을 소설의 무대에서 연출하게 되었다. 주지하는 바와 같이『이불』은 일본 사소설의 원조이다. 작자는『이불』에서 자신의 생각을 彼의 형식을 빌어서 표현하게 된다.『이불』에서 사용된 彼의 역할은 작가 가타이 자신인 나를 의미하면서도 나를 삼인칭하고 객관화하는 것이다. 『이불』은 형식적으로는 삼인칭을 사용하는 객관주의를 표방하고 있지만 주인공의 내면표출방식은 주관적이다.『이불』을 쓴 가타이의 전략은 주인공 도키오의 고백을 그대로 작가 가타이의 고백인 것 같이 그리는 것이다. 독자는 허구인 소설을 읽으면서도 마치 작가 가타이의 일기를 읽는 것 같은 착각에 빠진다.『이불』은 주인공인 도키오의 번민하고 고민하는 모습을 그림으로써 자기고백을 중시하는 사소설의 장르를 열었다. 이 사소설을 읽는 코드는 삼인칭을 일인칭으로 읽을 것과 주인공인 나를 작가 자신으로 간주하는 것이다.『이불』에서 彼는 주인공 다케나카 도키오＝화자＝작자 다야마 가타이의 고백이라는 사소설을 읽는 문학적인 콘텍스트를 만들었다. 결국『이불』은 주인공 도키오의 내면을 노골적으로 묘사함과 동시에 삼인칭으로 씀으로써 주인공(작가)을 객관적으로 바라보는 것이 가능하게 되었다.

　다야마 가타이가『이불』,『한 병졸』에 사용한 彼는 특정한 인물만을 가리키고 있기 때문에 He와 같은 삼인칭대명사의 용법과는 다르다. 그러나 그 후『생(生)』(1908.4)과『시골교사[田舎教師]』(1909.10)에서는 삼인칭대명사의 용법으로 사용한다.『생』에서는 센노스케와 그의 동생 히데오 대신에 彼를 사용하고 있다. 등장인물의 이름이 오고 그 다음에 彼가 오는 삼인칭대명사의 용법이다.『시골교사』에서도 마찬가지다. 이러한 거리를 나타내는 지시대명사의 지시적 용법이 없어지고 He와 같이 인칭성을 나타나는 문체가 언문일치이자 근대문체의 특성이다.

彼의 사용법이 서구어의 He와 비슷한 용법으로 정착되는 것은 이와노 호메이의 소설에서이다. 다음은 이와노 호메이의 『오부작』의 서두부분이다.

> 요시오는 계모 때문에 아버지와 사이가 나빠서 본가에서 따로 집을 마련하고 있었다. 단지, 실행찰나주의의 철리를 주장해 점점 문학계에 이름이 알려져 왔기 때문에 귀찮은 하숙집 주인이 되는 것이 싫었다.
>
> 그렇지만, 그가 싫어한 것은 아버지 집만이 아니다. 자신의 처자—거의 16년 만에 6명의 아이를 낳은 아내와 살아있는 3명의 아이도 싫었다.[16]

여기서는 처음에 고유명사 요시오가 오고 다음에 그가 온다. 그는 요시오만을 가리키는 것이 아니고 주인공 요시오 이외의 인물도 경우에 따라서는 먼저 그 인물의 이름이 나오고 다음에 그가 온다. 여기서의 그는 'He'와 같은 삼인칭대명사의 기능을 완수하고 있다. 『오부작』에서는 『이불』과 같이 거리를 나타내는 지시대명사 및 항상 이름과 결부시키는 그는 보이지 않게 되고 지시대명사의 원칭의 의미로 사용되는 그도 없어진다. 그러나 그의 사용방법이 명확하게 다르다고

16　義雄は継母の為めに真の父とも折合が悪いので、元から別に一家を構へてゐた。且、実行刹那主義の哲理を主張して段々文学界に名を知られて来たのであるから、面倒臭い下宿屋などの主人になるのはいやであつた。
　　が、渠が嫌がつてゐたのは、父の家ばかりではない。自分の妻子—殆ど十六年間に六人の子を産ませた妻と生き残つてゐる三人の子—をも嫌つてゐた。岩野泡鳴, 『発展』, 『岩野泡鳴全集』 제2권(京都, 臨川書店, 1994), p.3.

해도『이불』과 같이『오부작』의 그에는 오직 요시오의 내면만을 그리는 일인칭의 기능과 요시오를 객관화하는 삼인칭의 기능이 동시에 주어지고 있다.『오부작』의 인용을 보면 알 수 있듯이 그는 요시오이면서 자신(작가)이기도 하다. 즉 요시오＝그＝자신이라고 하는 불가사의한 역할을 담당하고 있다. 삼인칭도 일인칭도 아닌『이불』의 소설담론 그는 사소설담론의 길을 열게 되었다. 이와 같이『오부작』의 그도 일원묘사로 치밀한 내면묘사를 하게 되고 근대일본문학의 새로운 소설담론을 창출하게 되었다.

『오부작』의 그는 He와 같은 삼인칭대명사의 용법을 사용하게 되고 화자와의 거리를 식별할 수 없는 담론공간이 성립한다. 결국 지시대명사의 기능을 하는 근칭중칭원칭의 거리감은 없어지고 He와 같이 모두 그로 통일된 공간이 성립한다. 지시대명사로 미세하게 분절된 거리는 삼인칭대명사에서는 모두 동질화되어 버린다. 이와 같이 근대문체는 지시대명사의 지시성이 삼인칭 대명사의 인칭성으로 변화는 것에 의해 성립된다. 일본에서는 최초의 만요시대에 그는 멀리 있는 사물을 가리켰지만 근대에 들어와 언문일치운동과 함께 소설의 문장어로서 사용되기 시작하고 사람을 가리키게 되고 현대는 가장 가까운 존재인 애인을 가리키는 일상어로 사용하게 되었다. 서구소설·번역소설의 영향을 받은 일본소설의 문장은 새로운 소설담론을 만들었던 것이다. 메이지 40년대에 시작된 자연주의 문학이 그 전형적인 예이다.

2) 그, 그녀 – 『무정』 「약한 자의 슬픔」

여기서는 그, 그녀의 변천과정을 보기로 하자. 한국의 경우, 기존의 연구에 의하면 중세국어에는 고정된 삼인칭대명사가 없었고 현대국어의 삼인칭대명사는 이광수와 김동인에 그 기원을 찾고 있다. 그러나 중세국어에서도 많지는 않지만 삼인칭대명사의 기능을 하는 '저', '뎌', '그'가 존재하고 있었고 그 중에서도 '뎌'가 일반적으로 사용되었다.[17]

다음은 중세한국어문헌 『번역노걸대』(1517), 『번역박통사』(1517)에 사용된 삼인칭대명사이다.

> 뎌난 漢人이니(『번역노걸대』, 1517, 하, p.6)
>
> 그를 절하여 스승사마(『번역박통사』, 1517, 상, p.74)

일반적으로 중국어문헌에서는 '他'가 삼인칭대명사, '那'가 지시대명사로 구별되어 사용되고 있었다. 위의 인용에서 중국어문헌에서 사용된 '他'는 한국어 '뎌', '그'로 번역된다. 그리고 중세한국어 '뎌'는 지시대명사와 삼인칭대명사로 구분되어 사용되었다. 『번역박통사』에서 삼인칭으로 사용된 '그'는 『박통사언해』에서 '뎌'로 나타난다. 그러나 근

---

17 이숭녕, 『중세국어문법』(서울, 을유문화사, 1961), p.164. 제3인칭은 본시 고정된 것이 없지만 흔히 '뎌'로 쓰인다. 유창돈, 『어휘사연구』(서울, 선명문화사, 1973), p.27. 사물대명사 '뎌'에서 3인칭대명사로 전용한 것으로 보인다. 이기문, 「국어의 삼인칭대명사」(『관악어문연구』 제3집, 1978), p.332. 적어도 중세국어에서 지시대명사를 3인칭대명사로 사용한 흔적이 보인다. 중세어 문헌에서 보면 '뎌'가 3인칭으로 사용된다.

세국어의 대표적인 서적인『노걸대언해』(1670)와『박통사언해』(1677)
에 삼인칭대명사로 사용된 그는 보이지 않는다. 그리고 근세문헌인
『한중록』(1796~1806)에서도 '그'가 나타나지만 삼인칭대명사의 기능은
하지 않는다.[18] 처음에 지시대명사의 역할을 하던 '그'가 인칭대명사의
기능을 하기까지에는 많은 시간이 걸린다.

『소년』(1908~1909)에는 삼인칭대명사의 기능을 하는 그가 보인다.

> 러시아에는 톨스토이라는 유명한 어딘 사람이 잇나니 그의 事跡을 쉬내
> 일터이오(1년 1권, p.56)
> 大體 하날이란 것은 우리 머리 우헤 덥허 잇난 더 둥그럿케 보이난 것인데
> 휘둥그러케 우리땅을 싼 故로 넷사람은 그를 形容하되(1년 1권, p.63)

첫 번째 인용은 톨스토이 대신에 그를 사용하는 삼인칭대명사의 용
법이다. 두 번째의 그는 하늘 대신에 그를 사용하는 지시대명사의 용
법이다.『소년』에서 그는 삼인칭대명사와 지시대명사로 사용되고 인
칭성과 지시성을 동시에 가지고 있었다. 김형철에 의하면 20세기 초
까지 그는 인칭성과 지시성을 동시에 가지고 있고 또 인칭성보다 지시
성이 우세하였다. 그러나 1910년 이후 그는 삼인칭대명사로 보편성을
가지고 지시대명사의 기능은 약화되었다.[19] 결국 근대에 들어와서 서
구문헌의 He, She가 번역되어짐으로써 인칭성과 지시성을 동시에 가

18 　김형철, 「삼인칭대명사에 대하여 – 「뎌」 「그」를 중심으로」(『문학과 언어』 제2집, 1981),
　　pp.7~8.
19 　위의 책, pp.7~8.

지고 있던 그는 지시성은 약화되고 인칭성이 강화되었다고 생각된다.

1910년대 한국어소설에서 최초로 그를 사용한 사람은 이광수이다. 이광수는 일본어소설 『사랑인가(愛か)』(1909)에서 이미 삼인칭대명사 彼를 사용하고 있었다. 『사랑인가』의 서두에서 "분키치는 미사오를 시부야에서 만났다. 무한한 기쁨과 즐거움과 희망이 그의 가슴에 넘쳐흘렀다. (…중략…) 그가 대문에 도착했을 때의 마음은 정말 뭐라고도 할 수 없었다"[20]와 같이 분키치 대신에 그가 오는 삼인칭대명사를 사용하고 있다. 일본어소설에서 이미 삼인칭대명사의 기능을 하는 彼를 사용하지만 같은 시기에 쓴 한국어소설에서는 삼인칭대명사의 기능을 하는 그는 보이지 않는다. 이광수의 초기 단편인 『어린희생』(1910, 2~5호, 『소년』 3권, 2~5호 게재)에는 고유명사를 그대로 표기하고 있으며 그라는 삼인칭대명사는 보이지 않는다. 이광수의 한국어 소설에서 언문일치에 의한 그가 나타나는 것은 좀 더 많은 시간이 지나서이다.

이광수는 메이지·다이쇼 소설의 문체인 그를 체험한 후 한국어소설에서 그라는 소설문체를 사용하기 시작한다. 이와 같은 상황에서 일본어와 조선어라는 두 개의 언어 문제가 얽혀있고 당연히 번역의 문제가 떠오른다.

그러면 한국에서 그, 그녀의 변화과정을 보도록 하자.

단편 「무정」(1910.3~4, 『대한홍학보』 11~12호)에는 삼인칭대명사 '그'의 역할을 하는 '저'가 보인다.

---

[20] 文吉は操を渋谷に訪うた。無限の喜と楽と望とは彼の胸に漲るのであった。(…중략…) 彼が表門に着いた時の心持と云ったら実に何とも云えなかった。黒川創編, 『朝鮮』『〈外地〉の日本語文学選』第3巻(東京, 新宿書房, 1996), p.21; 초고, 李光洙(李宝鏡), 「愛か」, 『白金学報』, 1909.12.

婦人이라 하여 온 사람은 松林 韓座首의 子婦라. (…중략…) 저가 韓明俊
의 아내가 된 것은 去今 八年前, 즉 저가 十六, 明俊이가 十二적이라.

여기서는 송림 한좌수의 자제인 부인을 '저'라고 하고 있다. 중세국
어에서 사용한 '저'를 여기서 사용하고 있다. 저는 중세한국어에서 사
용되었던 삼인칭대명사이다. 저는 원래 '저이'를 축약한 말로 삼인칭
대명사로 사용되고 현대까지 일인칭대명사 나의 겸칭과 재귀대명사
'자기'의 겸칭으로 많이 사용되고 있다. 후기 중세한국어에서 저는 대
표적인 삼인칭대명사로 사용되고 중국어 문헌의 '自', '其'의 번역어이
기도 했다. 근세한국어에서는 대표적인 삼인칭대명사 뎌가 사용되고
이는 他의 번역어였다. 『한중록』에는 삼인칭대명사 '저'만이 보인다.
이때 '뎌'는 '저'로 구개음화되고 이전의 뎌는 전부 저로 나타난다. 개
화기의 교과서에는 삼인칭대명사인 저만이 나타난다. 저가 일인칭대
명사의 겸칭으로 사용된 것은 19세기 말부터이다. 현대 한국어에서
저는 일인칭대명사의 겸칭으로 주로 사용된다.[21] 이광수는 중세한국
어에 있었던 저라고 하는 삼인칭대명사를 참고로 해 자신의 소설에
사용하고 있다.

다음은 『헌신자』(『소년』 3권 8호, 1910)이다. 『헌신자』에서는 최초로
그가 오고 그 다음에 그의 이름이 나온다.

나는 그를 안 것이 昨年이오. (…중략…) 그는 原来 가난하고 門閥로 말하
여도 所謂 校生이라.

(…중략…) 이리하여 <u>金光浩</u>라 하면 아는 사람이 많게 되었소.

여기서도 처음에 이름이 나오고 그 이름 대신에 그를 표기하는 것이 아니고 그가 먼저 나오고 나중에 김광호라는 이름이 나온다. 여기서의 그는 화자와 청자로부터 멀리 떨어진 것을 가리키는 원칭의 의미인 지시대명사로서 사용된다. 일반적인 삼인칭대명사의 기능은 아니다.

다음은 『김경』(『청춘』 6호, 1915.3)에서 그는 삼인칭대명사로 사용된다.

<u>金鏡</u>은 어젯밤에 大邱를 떠나 九月一日 夕陽에 高邑駅에 내리었다. 그는 (…중략…) 장달음을 하였다. (…중략…) 그는 어디든지 갔다가 高邑駅에 내리어 이 포플라 숲과 이 집을 보기를 가장 기뻐한다.

He의 번역어인 그가 삼인칭대명사로 최초로 나타난 것은 이광수의 『김경』이다. 여기에서 그는 김경이라는 이름 대신에 사용된다. 여기에서 처음으로 언문일치체에 의한 삼인칭대명사의 역할을 하는 그가 사용된다. 그러나 다른 사람을 그라고 부르지 않고 오직 김경만을 그라고 부르고 있기 때문에 현재와 같은 완전한 형태의 삼인칭대명사의 기능을 하고 있지는 않다. 그리고 여기서 그는 대명사 그와 함께 주관을 나타내는 동사와 형용사의 종결어미인 '쓰다'의 형태가 아니고 'ㄴ다'의 형태로 사용된다. 이광수는 『김경』에서 김동인의 「약한 자의 슬픔」과 같이 명확한 문체에 대한 자각을 보여주지는 않는다.

다음은 이광수의 장편소설 『무정』(1917)의 일부분이다.

경성 학교 영어 교사 <u>이형식</u>은 오후 두시 사년급 영어 시간을 마치고 내리 쬐는 유월 볕에 땀을 흘리면서 안동 김장로의 집으로 간다. (…중략…) <u>이형 식</u>은 아직 독신이라 (…중략…)

「허허. <u>그</u>가 유명한 미인이라네」(…중략…) 형식은 여태껏 <u>그</u>의 너무 방 탕함을 허물하더니 오늘은 도리어 그 파탈하고 쾌활함이 부러운 듯하다.

<u>그</u>는 하느님이 장차 빛을 만들고 (…중략…) 생각하는 양을 본다.

장편소설 『무정』에서 그는 언문일치에 의한 삼인칭대명사의 역할 을 완전하게 수행하는 것은 아니다. 이 소설의 서두부분은 "경성 학교 영어 교사 이형식"으로 시작되고 다음에도 이형식이 나온다. 이형식 이라는 고유명사가 나오고 다음에 나오는 이형식은 그로 바꾸어도 상 관이 없다. 그러나 여기서는 반복해서 이름을 그대로 쓰고 있다. 그리 고 다음 문장 「허허. 그가 유명한 미인이라네」는 이형식과 그의 친구 신우선의 대화이다. 여기서 김장로의 딸 선형에 대해 처음으로 '그'라 고 하고 있다. 여기서의 그는 こ, そ, あ(이, 그, 저)대명사의 저것과 같이 멀리 있는 것을 가리키고 있다. 이 부분은 형식이 김장로의 딸인 선형 의 가정교사로 고용되어 처음으로 가르치러 갈 때 친구와 만났을 때 의 대화이다. 선형은 두 사람의 대화 속에 나오지만 두 사람이 있는 장 소에 그녀는 없다. 현대 한국어의 회화체에서 '그'는 일반적으로 사용 하지 않는다. 일반적인 대화에서는 '그'나 '그녀' 대신에 '그 남자', '그 여자'를 쓰는 것이 일반적이다. 그 다음 문장 "형식은 여태껏 그의 너 무 방탕함을 허물하더니"에서는 형식의 친구 신우선을 그라고 하고 있다. 여기서의 그는 어디까지나 멀리 있는 것을 가리키는 지시대명

사의 용법이며, He, She와 같은 삼인칭대명사의 용법은 아니다.『무정』에서 그의 사용방법은 지시대명사의 용법이 대부분이고 주인공 이형식을 가리킬 때는 이름을 명시한다. 그러나 마지막 문장 "그는 하느님이 (…중략…) 생각하는 양을 본다"에서 그는 주인공 이형식을 가리키고 있고 He, She와 같은 삼인칭대명사로 사용되고 있다. 이와 같이『무정』의 그는 지시대명사와 삼인칭대명사의 기능을 동시에 가지고 있다. 즉,『무정』에서 사용된 그는 언문일치에 의한 완전한 삼인칭대명사의 기능을 하는 것은 아니고 전통적인 지시대명사의 성격이 짙은 것을 알 수 있다.

이상을 요약하면 이광수는 1909년 일본어소설『사랑인가』에서 언문일치에 의한 삼인칭대명사의 기능을 하는 그를 사용하였지만 한국어소설에서 언문일치에 의한 그의 사용은 1915년『김경』에 이르러서이다.『어린 희생』에 그라는 말은 전혀 보이지 않고 단편「무정」에서는 저가 그의 전단계로 사용되고『헌신자』에서는 원칭으로 그가 사용되고『김경』에서 대명사의 그가 사용되고 있다. 그러나 1910년대 단편에서 그는 여러 가지의 사용방법을 하고 있음에도 불구하고 1917년 장편의『무정』에서 그는 지시대명사와 삼인칭대명사가 섞인 형태로 나타난다. 이광수의 소설에서 그는 지시대명사의 지시성과 삼인칭대명사의 인칭성을 동시에 나타내고 있다. 최초의 근대장편소설이라 불리는『무정』(1917)에서도 언문일치에 의한 그의 사용을 자각적으로 하고 있지는 않다. 완전한 근대문체로서의 그의 사용을 자각적으로 한 작가는 김동인이다. 이와 같이 지시대명사의 지시성이 없어지고 인칭성만이 남은 삼인칭대명사로서 그가 출현한 것은 김동인의 「약한 자의 슬픔」이다. 그리고 김동인은 소설공간에서 새로운 소설담론을 만들었다. 「약한 자의 슬픔」에서 He, She는 남녀구별없이 그로 통일되어 있다.

다음은 김동인의 「약한 자의 슬픔」의 서두부분이다.

> 家庭敎師姜엘리자벳트는 가르침을끝내인다음에自己방으로도라왔다. 도라오기는하엿지만 이잿것快活한兒孩들과마조유쾌히지난그는 썸々하고 갑々한自己방에도라와서는無限한寂寞을깨다랏다.[22]

「약한 자의 슬픔」의 시작부분은 언문일치와 관련해서 많은 문제를 시사해 주는 부분이다. 이 문장을 구상하기 위해 김동인은 일본어로 구상하고 조선어로 썼다고 했다. 따라서 이 부분은 근대문체와 관련하여 삼인칭대명사인 그의 사용도 매우 의식적으로 하고 있다는 것을 알 수 있다.

여기서는 첫 문장인 "家庭敎師姜엘리자벳트는 (…중략…) 도라왔다"에서 姜엘리자벳드라는 이름이 먼저 나오고 그 다음 문장에 "그는 (…중략…) 無限한寂寞을깨다랏다"에서 강엘리자벳드 대신에 그를 사용하고 있다. 따라서 여기서의 그는 멀리 있는 것을 가리키는 지시대명사가 아니고 He, She의 번역어인 삼인칭대명사이다. 1910년대의 이광수의 초기 단편과 『무정』에서 사용한 그를 비교해 보면 김동인의 「약한 자의 슬픔」에서 그를 얼마나 의식적으로 사용하고 있는가

---

22   「약한 자의 슬픔」, 『창조』 1호(1919.2), p.53.

를 알 수 있다. 왜냐하면 이광수는 그를 지시대명사와 삼인칭대명사의 두 가지의 용법을 사용하고 있는 것에 대해 김동인의 「약한 자의 슬픔」에서는 지시대명사의 기능은 없어지고 삼인칭대명사의 기능밖에 보이지 않기 때문이다. 김동인의 「약한 자의 슬픔」과 이와노 호메이의 『오부작』의 그의 사용방법은 거의 같다. 『무정』에서 사용된 지시대명사로서의 그의 그림자는 「약한 자의 슬픔」에서는 거의 그 모습이 사라진다.

더욱 삼인칭으로 자신의 내면을 표현하는 경우, 이광수가 『김경』에서 "그는 (…중략…) 기뻐한다"와 같이 현재시제로 사용하는 것에 반해 김동인은 "그는 (…중략…) 깨다랏다"와 같이 과거시제를 사용하고 있다. 이는 김동인이 삼인칭대명사 '그'와 주관을 나타내는 주관감정동사인 '깨다랏다'와 과거시제를 나타내는 종결어미 'ㅆ다'를 의식해서 사용하고 있고 이는 근대문체를 형성하는 주요한 문제가 되었다. 이는 한국문학에서 처음으로 의식적으로 사용된 '그', 'ㅆ다'이고 「약한 자의 슬픔」이 근대소설로 처음으로 그 표현을 완성한다.

더욱 더 철저하게 He, She를 彼, 彼女로 구별해서 사용한 작가가 염상섭이다. 그러나 염상섭은 한국어의 그, 그녀가 아니고 일본어의 彼, 彼女를 초기삼부작에 그대로 사용하고 있다.[23]

다음은 염상섭의 초기 삼부작(1920~1922)에 보이는 일본어 '彼', '彼女'의 사용이다.

---

[23] 『삼국사기』 열전에는 삼인칭대명사 '其', '他', '彼', '之'가 보인다. 그러나 염상섭의 일본유학과 텍스트 중의 일본어를 생각할 때 彼는 한문에서 온 가능성보다 일본어에서 온 가능성이 높다.

彼는 三層洋室을 어떠케하면 居処에便利하게 房勢를定할까하얏다.

(「표본실의 청개구리」, 『개벽』 16호, 1921, p.122)

彼는 손에들엇던短杖으로, 대번에 모다때려누이고싶다고생각하얏다.

(「암야」, 『개벽』 19호, 1922, p.59)

그러면서도 彼女는 貴君을 背反하지안핫습니가

(「제야」, 『개벽』 20호, 1922, p.59)

그는, 암만해도 그대로 들어업드려서썩고싶지는안핫다.

(「E선생」, 『동명』 19호, 1922, p.57)

염상섭소설에서는 한국어소설 속에 일본어인 彼, 彼女를 그대로 사용하고 있다. 「표본실의 청개구리」는 일인칭소설이지만 김창억을 소개하는 부분이 되면 삼인칭으로 변한다. 여기에서 그의 용법은 "北国의 哲人, 南浦의 狂人 金昌億은"으로 시작되고 처음에 이름이 나오고 다음에 그가 오는 삼인칭대명사의 용법이다. 『암야』에서는 처음부터 끝까지 주인공을 彼로 표시하고 있고 최후까지 이름을 밝히지 않는다. 여기서 彼는 이름을 밝히지 않기 때문에 지시대명사로 볼 수도 있으나 오히려 이화작용(낯설게 하기)으로 볼 수 있다. 왜냐하면 작자는 최후까지 彼의 이름을 밝히지 않고 彼를 독자에게 익숙하지 않은 것으로 보이려고 하는 의식적인 수법을 사용하고 있기 때문이다.

『제야』에서 처음으로 彼女라고 하는 여성의 삼인칭대명사가 나타난다. 염상섭의 소설에서는 남녀 구별 없이 사용된 그가 성별을 구별하는 彼, 彼女로 사용한다. 남녀를 구별하는 것에 의해 처음으로 그는 현재와 같은 남성을 가리키는 삼인칭대명사로 정착하게 된다. 염상섭이 일본어에서 유래한 彼, 彼女를 사용하지 않게 되는 것은『E선생』에서 이다.『E선생』이후에 彼, 彼女는 보이지 않게 된다.『E선생』의 서두 부분에는 "E先生이 X學校에서 敎鞭을 들게 된 것은, 그가 日本에서 歸國한지 半年쯤 지난 뒤의 ㅅ일이었다"와 같이 E先生이 오고 나서 다음에 그가 오는 삼인칭대명사의 용법으로 사용된다.「표본실의 청개구리」,『암야』,『제야』에서 '彼', '彼女'를 사용하고『E선생』에서 한국어인 그를 사용한다. 이와 같이 염상섭소설에서는 서구어에서 일본어로, 일본어에서 한국어로의 번역과정이 그대로 드러난다.

또한 당시의 그와 그녀에 대한 혼동을 잘 나타내는 단서가 되는 책이 중국소설을 번역한 양백화의 소설이다. 양백화는 당시 중국에는 그와 그녀를 구분하는 용어가 있었지만 한국에는 아직 정착되지 않았기 때문에 그를 '그'로, 그녀를 '°그'로 그 나름대로 구분하였다.

그는『중국단편소설』(1929) 서문에 다음과 같이 쓰고 있다.

> 나는 우리글 中에 三人称代名詞가 性別로 간단히 쓰이게 된 것이 업슴을 만히 不便으로 認한 째가 種種 잇슴으로 여긔에서「°그」字를 女性의 三人称代名詞로 하야 한자를 새로 넛코「그」字는 男性代名詞로 쓰게 되엿다. 한데「°그」字에「°」을 加하게 된 것은 다른 寓意가 업고「°」은 우리글에서 無音인 故로 말에는 変動이 생기지 안토록 하기 爲하야서만 뜻이 잇섯든 것이다. 惑은 不必要하다고 생각하는 이도 잇슬 것이나 如何튼지 나는 必要를 늣기엿스닛가 이러케 쓴 것이다.[24]

---

[24] 양백화,「역자의 말」,『중국단편소설』(경성, 개벽사, 1929), p.3.

양백화의 '그', '°그'의 사용방법은 중국어의 그의 해당하는 '他' 그녀
에 해당하는 '她'를 참고했다고 생각된다. 중국어에도 서구의 삼인칭
대명사 He, She의 영향으로 남녀를 구별하지 않고 '他' 만으로 표현했
던 말이 남녀를 구별하고 남성에게는 '他', 여성에게는 '她'로 사용하는
쪽으로 변해 왔다.

다음은 『중국단편소설』「光明」의 서두이다.

> 李四는오래동안各処로단니며장사하는사람이엿다. (…중략…) 그는나히
> 四十이다되지못하얏지만[25]

여기서는 먼저 李四라는 이름이 나오고 그 다음에 이름이 나오는
삼인칭대명사의 용법이 사용된다.

다음은 『船上』(除志摩)의 서두 부분이다.

> °그는이렇케즐겨본적이업엇다. [26]

여기서는 여성인 그녀를 °그'로 표기하고 있다. 여기서도 이름이 먼
저 나오고 그 다음에 °그가 오는 삼인칭대명사의 용법으로 사용된다.

이와 같이 한국에서도 그를 여러 가지 방법으로 사용하고 그는 다
양하게 변화해 간다. 그리고 이러한 사용방법은 여성 삼인칭대명사의
표기법에 관한 여러 가지 시험에 의해 남녀의 구별이 없었던 말에서

---

25 「公明」, 위의 책, p.52.
26 「船上」, 위의 책, p.94.

현재와 같이 남녀를 구별하는 말로 변화해 갔다.

이광수소설에서 삼인칭대명사를 많이 사용하였지만 그는 삼인칭대명사인 동시에 지시대명사의 용법 즉 인칭성과 지시성을 동시에 가지고 있었다. 김동인의 「약한 자의 슬픔」에서는 삼인칭대명사의 용법이 일반화되어 이광수소설에 보이는 지시대명사의 용법은 보이지 않는다. 김동인소설 이후, 삼인칭대명사 그는 He의 번역어와 같은 용법으로 사용되고 지시대명사의 지시성은 배제된다. 그리고 염상섭소설에서 처음으로 여성의 삼인칭대명사가 나타나고 그는 처음으로 남성만을 가리키는 남성의 삼인칭대명사로 정착하게 된다.

일본에서는 He, She를 서양에서 받아들이고 彼가 지시대명사의 용법으로 사용되고 있었기 때문에 언어 자체에 대한 고민은 없었다. 그러나 한국에서는 당시 He의 번역어에 해당하는 말이 없었기 때문에 그에 해당하는 말을 찾으려는 많은 노력이 있었다. 한국의 그에는 영어의 He, She는 물론 일본어의 彼, 彼女의 영향도 받았으리라고 생각된다. 결국 서양과 일본에서 이중으로 받아들인 것이다. 그 과정은 염상섭의 소설에서 드러난다. 한국과 일본에서 사용된 그는 같은 번역어의 영향을 받았고 He와 같은 삼인칭대명사로 바뀌지만 그 과정에서는 다소의 차이가 있었다.

이상과 같이 한일의 근대문체 성립의 공통점을 그, 彼에서 보면 근대이전에는 전통적인 지시대명사는 지시성과 인칭성을 동시에 가지고 있고 지시대명사가 삼인칭대명사의 역할도 하고 있었다. 그러나 He, She의 번역어가 들어오고 삼인칭대명사의 역할만을 하게 된다. 근대이후 He, She의 번역어로서 사용된 삼인칭대명사는 지시성을 가지지 않고 인칭성만을 가지게 된다. 그, 그녀가 지시대명사의 지시성을 없애고 삼인칭대명사의 인칭성만을 나타내는 방향으로 변하는 것에 의해서 존경과 겸양의 표현이 배제되게 된다. 또 그, 그녀가 삼인칭대명사의 기능만을 가지는 것으로 지시대명사의 거리개념이 없어지게 된다. 이와 같이 삼인칭대명사가 정착해 가는 과정은 바로 근대문체의 성립과정이기도 하다.

3) 번역어과 근대소설문체

He의 번역어인 彼, 彼女, 그, 그녀는 한일 근대문학자들에 의해 여러 가지 사용방법을 하게 된다. 그 사용방법은 다르다고 해도 결국 그 번역어는 한일의 소설문체에 침투하고 행위 주체를 나타내게 되었다.

일본에 유학하고 일본어번역으로 서구문학을 접한 이광수·김동인·염상섭과 같은 작가의 예를 볼 때 당연히 서구어에서 일본어로 일본어에서 한국어로의 과정을 생각하지 않을 수 없다. 조선어에 없는 He, She는 그들에게 큰 문제이기도 했다. 그러면 그들은 조선어에 없는 언어를 어떻게 수용하고 또 새로운 담론세계를 만들어 가기 위해 어떠한 고통을 겪었는가.

다음의 인용에는 김동인이 번역의 문제에 따르는 고통을 피력하고 있다. 일본어와 조선어라고 하는 두 개 언어의 문제, 그리고 그에 의해 창출된 새로운 소설담론을 다음의 김동인의 고백으로 생각해 보자.

또 소설을 쓰는데 한 큰 문제는 우리 말에는 없는 He며 She의 대명사 문제
였소. (…중략…) 성적(性的)으로는 남성과 여성의 구별까지는 보류하고,
He나 She를 몰아 '그'로 하기로.

(…중략…) 표현에 있어서, 동사(動詞)의 과거사화(過去詞化)도 어려운
문제의 하나였소. (…중략…)

'깨달았다''느꼈다'등의 야릇형 형용사를 처음 써 볼 때의 주저와 의혹, 이
고심은 전연 보수(報酬)없는 고심이었소.[27]

김동인은『망국일기』에서 He, She의 대명사' '동사의 과거사' '형용
사'를 문제시하고 있다. 그리고『문단 30년의 자최』에서 일본어로 구
상하고 조선어로 썼다고 고백하면서「약한 자의 슬픔」을 쓰는 데 있
어서의 고민을 진술하고 있다. 그것은 구어체와 과거시제의 문제, 그
리고 대명사의 문제였다. 그리고 삼인칭대명사 'He'와 'She'의 번역에
얼마나 많은 고통을 겪었는가를 쓰고 그 해결에 '일본', '일본어', '일본
문장'이 큰 도움이 되었다는 것을 진술하고 있다.

「약한 자의 슬픔」에서 김동인은 He, She의 번역어인 삼인칭대명사
'그', 'ㅆ다'의 과거형, 주관을 나타내는 감정동사를 문제시하고 있다.
그리고「약한 자의 슬픔」의 서두부분 "그는 (…중략…) 깨다랏다"에서
확인할 수 있듯이 김동인은 삼인칭대명사 '그'와 'ㅆ다'의 과거형, 주관
을 나타내는 감정동사 '깨다랏다'를 한 문장 안에서 동시에 사용하고
있고 근대문체의 실천에 작가 자신이 매우 자각적이었다. 이는 "그는

깨다랏다"와 같은 일상언어에서는 사용하지 않는 소설언어에서만 볼 수 있는 허구의 장치를 만드는 시도이기도 했다. 이런 소설담론을 김동인은 일원묘사라고 부른다. 김동인의 헤아릴 수 없는 소설담론에의 고통은 일원묘사가 해결해 주었다. 일인칭이 아닌 삼인칭을 사용하는 것으로 화자와 주인공이 완전하게 일치하는 것을 막고 어느 정도의 거리를 둔다. 일원묘사는 작중인물을 삼인칭으로 하면서 동시에 그의 내면을 그리는 수법이다. 따라서 이는 작중인물의 주관성과 객관성을 동시에 유지하는 방법이다. "그는 깨다랏다"는 일상언어와 소설언어의 차이를 나타내는 것이고 삼인칭과 과거시제, 추량표현의 부재는 허구를 나타내는 하나의 장치이다. 작가가 자신의 얼굴을 감추고 작중인물을 삼인칭으로 하면서 동시에 그 내면을 표현하려고 하는 이 문체는 소설세계의 진실과 허구를 동시에 나타내는 소설기법이다. 이는 또 삼인칭에 의한 새로운 고백체라고 할 수 있다.

전통적인 한국어와 일본어의 문장은 주어와 인칭을 나타내는 단어를 생략할 수도 있고 오히려 그렇게 하는 것이 더 자연스러웠다. 왜냐하면 동사에는 발화상황을 나타내는 화자와 청자의 인칭성이 나타나 있기 때문이다. 예를 들면 한국어와 일본어와 같이 존경어와 겸양어가 있는 언어에서는 연상과 연하에 대한 동사가 달라진다. 그 때문에 이러한 언어권에서는 동사와 형용사의 활용을 최대한 살리고 있기 때문에 주어와 인칭을 나타내는 단어를 생략해도 아무런 지장이 없다. 결국 한국어와 일본어의 소설은 동사의 어미활용을 풍부하게 하는 것에 의해 주어의 생략을 가능하게 하고 있기 때문이다. 근대의 한국어소설과 일본어소설은 이와 같은 동사와 형용사의 다양한 변화와 활용을 없앴다. 그래서 주어를 알기 어렵게 되었고 He와 She의 번역어 彼, 彼女, 그, 그녀가 빈번하게 등장하는 문장으로 변해 왔던 것이다.

번역문에 의한 이 새로운 언어의 출현에 대해 오쿠무라 쓰네아[奧村恒哉]는 「대명사 그, 그녀, 그들의 고찰」에서 그라는 새로운 말이 지금까지 존재했던 말 대신에 출현 한 것이 아니고 지금까지 공백이었던 곳에 주격, 소유격, 목적격을 충전하는 역할을 담당했다고 한다. 이에 대해 야나부 아키라는 「그, 그녀─사물에서 사람으로, 애인으로」에서 하나의 언어체계에 공백이라는 것은 없다고 한다. 서구어를 모델로 하니까 일본어에 없는 공백이 있는 것처럼 보이는 것에 지나지 않는다고 했다. 그라고 하는 번역어는 공백을 메우기 위해 일본문장에 들어온 것이 아니고 불필요한 말로써 침입해 왔다고 한다.[28]

그러나 번역문에 영향을 받았던 그들은 그 번역어 없이는 문장을 쓸 수가 없었다. 삼인칭대명사 그, 그녀는 공백도 불필요한 말도 아니고 필수불가결한 것으로 들어왔다. 왜냐하면 근대문학자에게 새로운 사상을 전달하기 위해 기존의 말과 문법으로는 무리가 있다는 것을 알았기 때문이다. 그들에게 있어 彼, 그는 없어서는 안 될 말이었다. 그 후 이러한 소설담론은 양국에 있어 새로운 소설담론을 생성했다. 동시에 번역어에 의한 새로운 담론체계는 전통적인 소설의 다양한 용법을 없애는 것에 의해 가능하게 되었다.

주어가 필요하지 않았던 문화권에 He, She의 번역어 彼, 彼女, 그,

---

28   柳父章, 앞의 책, pp.201~202.

그녀가 침투한 결과 지금까지 알지 못했던 중요한 역할을 짊어지게
된다. 삼인칭대명사 He, She의 번역어가 들어와서 일본어와 한국어의
문장이 변화하고 새로운 담론체계를 만들고 더욱, 새로운 소설세계를
만들었다. 이 새로운 담론체계는 일본에서는 다야마 가타이 · 이와노
호메이에 의해 한국에서는 이광수 · 김동인에 의해 실현되었다.

He, She가 彼, 彼女, 그, 그녀가 번역되어진 이래 그 의미가 변하고
He, She에 가까운 의미로 되어 왔던 것도 사실이다. 번역문을 모델로
해서 일본어와 한국어가 변한 것이다. 이는 새로운 소설담론의 탄생
과 동시에 기존의 소설담론을 크게 변화시키는 것이기도 했다. 서구
어의 삼인칭대명사 He, She는 이미 발신되어진 것 대신에 사용한다.
이에 대해 일본어와 한국어의 彼, 그는 멀리 있는 것을 가리키는 지시
대명사였다. 일본과 한국에는 He, She와 같은 삼인칭대명사가 아니고
지시대명사가 지시성과 인칭성을 동시에 가지고 있고 삼인칭대명사
의 역할을 하고 있었다. 그러나 근대이후 He, She의 번역어가 들어오
고 지시대명사 彼, 그는 지시대명사의 지시성은 없어지고 인칭성만을
가진 삼인칭대명사로 바뀌었다.

원래 지시대명사는 말하는 사람, 말을 듣는 사람, 제삼자와의 관계
속에서 근칭중칭원칭과 같은 발신자와의 거리에 따라 선택되고 발화
된다. He와 같은 삼인칭대명사는 말하는 사람과의 거리가 없고 경어
를 가지지 않는 언어공간에서 성립한다. 이상과 같이 근대언문일치운
동을 배경으로 서구어 He, She가 도입되는 것으로 원래의 말하는 사
람과 말을 듣는 사람과의 상호관계성에 의거해서 근칭중칭원칭의 거
리에 따라서 발화되었던 지시대명사에서 전통적인 지시대명사의 여

러 가지 요소가 없어지고 삼인칭대명사로 통일된다. 그리고 이와 같
이 순수하게 삼인칭대명사만의 기능을 가진 He, She에 의해서 문장을
쓰는 문장이야말로 근대문체가 지향하는 언문일치체이다. 결국 번역
어에 영향을 받은 이들 용어가 근대문체 및 언문일치를 가능하게 했
던 것이다.

제3장

언문일치체와 종결어미

『방랑』「마음이 엷은 자여」

한일 근대문학자들은 구어체문장을 만들기 위해 많은 고뇌를 했다. 일본에서 구어체소설을 최초로 시도한 쓰보우치 쇼요[坪內逍遙]는 『감꼭지[柿のへた]』(1933)에서 메이지 20년 전후 언문일치운동의 초창기를 「표현의 고통시대」[1]라 했다. 그리고 쇼요에 자극을 받은 후타바테이 시메이도 「나의 언문일치 유래」에서 당시 문체로는 "문장을 쓸 수 없었다"는 것을 인식하고 새로운 문체를 필요로 했다.[2] 후타바테이 시메

1 　坪內逍遙, 「表現苦時代」, 『逍遙選集別 第4巻』(東京, 第一書房, 1977), p.407. 쓰보우치 쇼요는 『감꼭지』의 「표현의 고통시대」에서 "한문과 일본문과 극작문밖에 없었던 시대"의 후타바데이 시메이의 문장을 칭찬하고 "후타바데이 시메이가 여러 가지 의미에서 메이지문학의 선구였던 것을 확실히 하기 위해 메이지 20년 전후는 신문학의 획기적인 산고시대, 표현고시대라는 것을 알아야 한다"고 한다.

2 　二葉亭四迷, 「余が言文一致の由来」(『文章世界』1の3, 1906), 山本正秀, 『近代文体形成資料集成―発生編』(東京, 桜楓社, 1978), pp.558~560. 후타바데이 시메이는 「나의 언문일치 유래」에서 당시의 문체를 "자유롭게 구사할 수 없다"고 회상했다. 초기의 작가들은 지금과는 전혀 다른 새로운 표현을 실현하는 문장이 바킨풍의 7.5, 8.6조로는 발견할 수 없어 고통스러웠다라고 했다.

이는 최초의 구어체 문장인『뜬 구름[浮雲]』(1887~1889)을 집필했지만 구어체 문장을 쓸 수 없어 많은 고통을 겪고『뜬 구름』을 중단했다. 그는 새로운 사상을 표현하는 문장과 문체를 만들 수 없어 문단을 떠났다. 다시『그 모습[其面影]』(1906),『평범[平凡]』(1907)을 쓰고 문단에 복귀했으나『아사히신문』특파원으로 페테르부르크에 가버린다. 쓰보우치 쇼요와 후타바테이 시메이는 확실하게 보이지 않는 새로운 표현형태의 문장을 포착할 수 없어 소설의 붓을 꺾을 결심까지 하게 된다.

예를 들면 김동인은 처음에 소설을 쓸 때 일본어로 생각하고 조선어로 표현했다고 했다. 김동인은 「문단 30년의 발자취」에서 "과거에 혼자에 머리 속으로 구상하던 소설들은 모두 일본말로 상상하던 것이라, 조선말로 글을 쓰려고 막상 책상에 대하니 앞이 딱 막힌다"[3]라고 고백했다. 이것은 후타바테이 시메이[二葉亭四迷]가 「나의 번역의 표준[余が翻訳の標準], 1906」에서 러시아어가 일본어보다 쓰기 쉽고 일본어보다 러시아어를 더 잘 알 수 있는지도 모른다[4]고 진술한 것과 호응하고 있다. 즉 러시아 문학의 영향을 받은 후타바테이 시메이는 러시아어로 쓰고 일본어로 번역했다고 진술했다. 한일 근대초기문학자들은 구어체문장을 만들기 위해 모국어가 아닌 외국어로 생각하지 않으면 안 되었다.

근대초창기 작가들은 근대적인 문체를 만들기 위해 뼈를 깎는 고통을 겪었다. 근대문체를 만들기 위해 각국의 작가들은 모국어만으로는 부족하다는 것을 알았다. 그들은 모국어와 다른 외국어와의 상관관계

---

3 김치홍 편,『김동인평론전집』(서울, 삼영사, 1984), p.434.
4 二葉亭四迷, 「余が翻訳の標準」,『二葉亭四迷全集』第9巻(東京, 岩波書店, 1953), p.153.

속에서 새로운 문장을 만든 것이다. 근대국가가 새로운 문장표현을 구하려고 해도 그 일은 한 나라의 문화전통 속에만 머물지는 않았다. 작가는 외국의 영향을 받고 그것을 자신이 소화해서 새로운 언어표현을 만들었다. 이때 작가는 고유한 언어전통과 더불어 외국어에서도 많은 영향을 받았다. 예를 들면 일본은 유럽의 언어에서 많은 영향을 받았고 조선은 일본어와 유럽의 언어에서 영향을 받았다. 근대 초창기문학자들은 모국어와 외국어와의 상호관련 속에서 새로운 근대문체를 만들었다. 이와 같이 한일 근대초기문학자들의 언문일치 문장의 여러 가지 시도는 일본에서는 자연주의문학자들에 의해 완성되고 한국에서는 김동인이 결실을 맺었다.

선행연구를 보면, 일본에서 이와노 호메이의 작품개작이 언문일치와 어떤 관계가 있는지에 관해 주목하지 않았다. 한국에서는 과거시제 '쓰다'가 근대문체이고 그것을 최초로 쓴 사람이 누구인가에 대해서만 주목했다. 그러나 근대이전의 문체 '더라'와 근대문체 '쓰다'가 어떻게 다른지에 대해서는 주목하지 않았다. 필자는 이 문제의 차이점을 밝힌 후에 종결어미가 한일 근대소설의 언문일치문장에 어떠한 역할을 하는지에 대해 생각해 본다.

먼저, 이와노 호메이의 『오부작』개작을 보면서 자연주의자들에 의해 확립된 구어체문장의 문제를 역으로 추적해 본다. 그리고 김동인의 「약한 자의 슬픔」, 「마음이 옅은 자여」가 어떠한 과정을 거쳐 구어체문장에 도달했나를 종결어미를 보며 검토한다.

1. 『방랑』의 개작[5]과 언문일치체

『오부작』의 초고는 『방랑(放浪)』(1910), 『끊어진 다리(断橋)』(1911), 『발전(発展)』(1911), 『독약을 마시는 여자[毒薬を飲む女]』(1914), 『악령[憑き物]』(1918)의 순서로 발표되었다. 이들의 단행본은 1919년 7월 신쵸사

5 『오부작』 개작의 선행연구를 보면 『오부작』 개작의 서지 조사는 요시다 세이치[吉田精一]의 『자연주의 연구 하권[自然主義の研究下巻]』을 먼저 들 수 있다. 요시다는 이 중에서 2, 3번에 걸쳐서 서지를 정정하고 정밀한 연보를 개정하기 위해 노력했다.
오쿠보 노리오[大久保典夫]는 『이와노 호메이의 시대[岩野泡鳴の時代]』의 「호메이 오부작의 세계[泡鳴五部作の世界]」에서 개작된 곳을 들고 있다. 오쿠보 노리오는 초고의 "소유자가 있다고 들었을 때 왠지 모르게 실망하는 몸이 되었다[所有者のあると聴いた時、何となく失望の体であつた]"와 개정판 "소유자가 있다고 들었을 때 왠지 모르게 실망했다[所有者のあると聴いた時、何と云ふわけでもないが失望した]"를 비교하고 초고에 보이는 가타이풍의 정적인 객관묘사가 개정판에서는 동적이고 힘 있는 묘사로 되었다고 말하고 있다. 大久保典夫, 『岩野泡鳴の時代』(東京, 冬樹社, 1973), p.84
또 오쿠보는 같은 책의 『이와노 호메이전[岩野泡鳴伝]』 중에서 『방랑』 초고의 서두부분에서 "다무라 요시오가 목욕탕에 나가고 부재중인 아리시마부부의 소식을 묘사한 부분"과 "요시오가 술에 취해 자고 있을 때 친구들의 대화를 기술한 부분"(大久保典夫, 『岩野泡鳴の時代』, 84쪽)이 모두 삭제되고 있는 것을 지적하고 있다. 그는 호메이가 일원묘사로 일관되게 하려고 개작한 것으로 결론짓고 있다.
그러나 오쿠보 노리오의 개작 텍스트의 언급은 어디까지나 부분적이고 그는 개작에 큰 관심을 표시하고 있지 않지만 반에쓰[伴悦]는 이 문제에 주목했다. 반에쓰는 『이와노 호메이 ─ 오부작의 세계[岩野泡鳴 ─「五部作」の世界]』에서 『발전』 『끊어진 다리』 『악령』의 초고와 개정판의 주요한 이동을 조사했다. 게다가 반에쓰는 『오부작』 형상화의 과정에서 중요한 요인으로 개재한 '환영'의 문제에 주목하기에 이른다. 특히 『끊어진 다리』에서 매단 다리를 건너는 장면의 개작은 환영의 세계를 형성하는 것과 함께 작품을 주관적인 것에서 객관적인 것으로 바꾸고 있다고 말하고 있다. 그리고 개작하는 것은 "일원묘사의 표준에서 통일"하기 위한 것임을 명확하게 하고 있다. 伴悦, 『岩野泡鳴 ─ 五部作の世界』(東京, 明治書院, 1982), p.29~30 참고.
그렇다고 하지만 반에쓰는 개작에의 이동을 조사할 때 주로 그 내용의 변화에 관심을 가지고 세세한 문체의 변화에는 주목하고 있지 않다. 이상과 같이 『오부작』 개작작업의 연구는 다소 있지만 주로 그 내용에 관한 연구이고 문체 특히 종결어미에 주목하는 연구는 지금까지 없었다. 필자는 주로 개작과정의 종결어미의 변화를 주목하고 작품세계가 어떻게 변화해 가는가를 언문일치와의 관련성에서 검토한다.

[新潮社]에서 개정판『오부작』으로 출판되고,『발전』,『독약을 마시는 여자』,『방랑』,『끊어진 다리』,『악령』의 이야기 순서로 정리했다. 이 와노 호메이는 1910년『방랑』을 쓰고 나서, 1919년『오부작』을 완성 하기까지 10년 정도의 긴 시간을 소비했다. 초고에서 개정판『오부 작』으로 정리하기까지 많은 개작과정을 거쳤다. 이와 같이 호메이는 이 작품에 매우 많은 정열을 쏟은 것이다.

다음은『오부작』의 성립과정이다.

1. 『방랑』메이지 43년[明治, 1910] 7월에 초고 발표, 다이쇼 8년[大正, 1919] 7월에 개정판 출판.

2. 『끊어진 다리』44년(1911) 1월『마이니치덴포[每日電報]』에 연재, 3월 1 일, 신문사가『도쿄니치니치신문[東京日日]』에 매수되었기 때문에, 2일 부터『도쿄니치니치신문』에 연재, 3월 16일, 60회로 종료. 다이쇼 8년 (1919) 9월 단행본 출판.

3. 『발전』44년(1911) 12월 16일부터『오사카신포[大阪新報]』에 실리고, 45 년(1912) 3월 25일 100회로 종료, 메이지 45년(1912) 7월 출판, 발표 금지 된다. 다이쇼 9년(1920) 7월 개작·삭제되어 출판.

4. 『독약을 마시는 여자』다이쇼 3년(1914) 6월『中央公論』에 발표, 같은 해 12월 상, 4년(1915) 2월 하 단행본 출판.

5. 『악령』,『끊어진 다리』의 최후 부분에 첨가한『굳어진 눈[寢雪]』(『신소 설』45년(1912) 5~7월),『가와모토씨[川本氏]』(『趣味』43년(1910) 1월), 『악령』(『신쵸』다이쇼7년(1918) 5월)의 세 편을 이 순서로 모아서 보 완·개정한 것. 다이쇼 9년(1920) 5월 출판.[6]

이와노 호메이는 1910년 『방랑』을 쓰고 나서, 1919년 『오부작』을 완성하기까지 10년 정도의 긴 시간을 소비했다. 초고에서 개정판의 『오부작』으로 정리하기까지 많은 개작과정을 거쳤다. 이와 같이 호메이는 이 작품에 매우 많은 정열을 쏟은 것이다.

이 개작에서는 주로 삼인칭 '그'를 표시하고, 종결어미를 'る(ㄴ다)'에서 'た(ㅆ다)'로 바꾸고, 주인공 이외 작중인물의 감정을 삭제하는 과정이 뚜렷하게 보인다.

그러면 이와노 호메이의 『오부작』의 개작과정을 통해 근대문체를 추적해 보기로 한다.

1) 종결어미―'る(ㄴ다)'형에서 'た(ㅆ다)'형으로

다음은 『발전』의 개작과정이다. 3은 초고이고 2는 개작된 것이다.[7] 그러면 이 작품의 개작과정에서 일어난 종결어미의 변화를 주목해보자.

(a) 그다지 훌륭한 옷차림은 아니지만 요시오의 너무 어울리지 않는 세로로 된 굵은 줄무늬의 매우 얇은 견직물의 하오리(일본옷의 위에 입는 짧은 겉옷)소맷부리에 땀에 배인 때가 있는 것이 <u>오히려 균형이 잡혀 있다.</u> (초고)(余り結構な身なりではないが、義雄の余り構はない棒縞透綾の羽織の袖口に汗じみがあるなどには、<u>却つて釣り合ひが取れてゐる</u>) (3−275)

---

6   吉田精一, 『自然主義の研究 下巻』(東京, 東京堂出版, 1966), p.301.
7   岩野泡鳴, 「초고初出」, 『発展』, 『岩野泡鳴全集』 第3巻(京都, 臨川書店, 1995), pp.275〜348.
     岩野泡鳴, 「개정판改訂」, 『五部作』, 『岩野泡鳴全集』 第2巻(京都, 臨川書店, 1995), pp.38〜106.

그다지 훌륭한 옷차림은 아니지만 요시오의 너무 어울리지 않는 세로로
된 굵은 줄무늬의 매우 얇은 견직물의 하오리(일본옷의 위에 입는 짧은 겉
옷)소맷부리에 땀이 배인 때가 있는 것이 오히려 균형이 잡혀있다고 생각했
다. (개정판)(余り結構な身なりではないが、義雄の余り構はない棒じま透
綾の羽織りの袖口に汗じみがあるなどには、却つて釣り合ひが取れてゐ
ると思へた。(2-38)

(b) 배와 군함이 정박해 있는 것이 멀리 보이지만 역시 좋은 해안은 아니다.
요시오는 여자를 얻은 기세로 바다와 바닷소리를 그리워하고 있다. (초고) (汽
船や軍艦の碇伯してゐるのが遠く見えるが、矢ッ張り、いい海岸はな
い。義雄は女を得た余勢で海と海の音とが恋しくなつてゐるのである) (3
-276)

배와 군함이 정박해 있는 것이 멀리 보이지만 역시 좋은 해안은 아니다. 요
시오는 여자를 얻은 기세로 또 언제나 취미로 가던 바다와 바닷소리를 그리
워하고 있었다. (개정판) (汽船や軍艦の淀伯してゐるのが遠く見えるが、
矢ッ張り、いい海岸はない。義雄は女を得た余勢でまたいつもの趣味な
る海と海の音とが恋しくなつてゐたのである) (2-39)

(c) 그는 맥주로 흥분한 머리를 베개에 뉘이고 상대방이 입을 열지 않으니
까 이쪽도 침묵한 채 고집을 피우며 잠시 동안 부채를 부치고 있다. (초고)
(渠はビールに興奮したあたまを枕に休め、向ふが口を聞かないなら、こ
ちらも黙つてゐて見ようと云ふやうな意地を出し、暫くただ団扇を使つ
てゐる) (3-280~281)

그는 맥주로 흥분한 머리를 베개에 뉘이고 상대방이 입을 열지 않으니까 이쪽도 침묵한 채 고집을 피우며 잠시 동안 부채를 <u>부치고 있었다.</u> (개정판) (渠はビールに興奮したあたまを枕に休め、向ふが口を聞かないなら、こちらも黙つてゐて見ようと云ふやうな意地を出し、<u>暫くただうちはを使つてゐた</u>) (2-43)

(d) 게다가 원고생활을 진지하게 하는 만큼의 노력이 있으면, 그것으로 뭔가 하나라도 크게 벌수 있는 유형적인 사업을 진지하게 해 보고 싶다고 <u>생각하고 있다.</u> (초고) (それに、原稿生活を真剣にするだけの努力があれば、それを以て何か一つ大儲けの出来る有形的な事業を真面目にやつて見たいとも<u>考えてゐる</u>) (3-339)

게다가 원고생활을 진지하게 하는 만큼의 노력이 있으면, 그것으로 뭔가 하나라도 크게 벌수 있는 유형적인 사업을 발전시켜보고 싶다고 하는 <u>생각이 있었다.</u> 그리고 요즘만큼 돈이 필요할 때는 지금까지 없었다. (개정판) (それに、原稿生活を真剣にするだけの努力があれば、それを以つて何か一つおほ儲の出来る有形的な事業に発展して行つて見たいと云ふ<u>考へがあつた</u>) (2-97)

(e) 그는 마음속으로 실제 집을 팔아도 좋다는 생각도 하고 있었다. 그것을 알고 또 <u>가슈는 그 주위를 맴돌고 있다는 것도 알고 있다.</u> (초고) (渠の胸には、実際、家を売つてもと云ふ考へがあつた。それを知つて、また、<u>加集は渠につき纏つてゐるのである</u>) (3-348)

그는 마음속으로 실제 집을 팔아도 좋다는 생각도 하고 있었다. 그것을 알

고 또 가슈가 주위를 맴돌고 있다는 것도 알고 있었다. (개정판) (渠の胸に
は、実際、家を売つてもと云ふ考へがあつた。それを知つて、また加集
がつき纏つてゐるのであることも分つてゐた) (2-106)

  (f) 지금의 가장인 요시오에게 그녀가 만약 마음을 들킨다면 면목이 없다.
그는 이것을 알고 있기 때문에 될 수 있는 한 가만히 두는 것이지만 어느 쪽
이냐 하면 자신을 낳지 않은 어머니보다도 혈육지간인 가오루 편에 가담하
는 쪽에 힘이 실린다. (초고) (今の戸主なる義雄には、かの女は腹を洗へ
ば会はせる顔がない。渠はこれをよく察してゐるから、成るべくそツと
して置くのであるが、どちらかと云えば、腹を痛めさせない母により
も、骨肉のつながる馨の方に加担する力が重い) (3-348)
  지금의 가장인 요시오에 대해 그녀가 만약 마음을 들킨다면 면목이 없을 것이
다. 그는 이것을 알고 있기 때문에 될 수 있는 한 가만히 두는 것이지만 어느 쪽이냐
하면 자신을 낳지 않은 어머니보다 혈육지간인 가오루 편에 가담하는 것은 자연
스러웠다. (개정판) (今の戸主なる義雄に対しては、かの女は若し腹を洗へ
ば会はせる顔がなからう。渠はこれをよく察してゐるから、成るべくそ
ツとして置くのであるが、どちらかと云えば、腹を痛めさせない母によ
りも、骨肉のつながる馨の方へ加担する傾きは自然であつた) (2-106)

  (a)의 초고 "오히려 균형이 잡혀 있다[却つて釣り合ひが取れてゐる]"는
개정판에서 "오히려 균형이 잡혀있다고 생각했다[却つて釣り合ひが取れ
てゐると思へた]"로 바뀌었다. 즉 '고 생각했다[と思へた]'를 추가하여 과
거시제로 바꾸었다.

(b)의 초고 "바다와 바닷소리를 그리워하고 있다[海と海の音とが恋しくなつているのである]"가 개정판에서는 "바다와 바닷소리를 그리워하고 있었다[海と海の音とが恋しくなつてゐたのである]"와 같이 '하고 있다[なつている]'가 '하고 있었다[なつていた]'로 바뀌었다. 역시 과거시제로 바뀌었다.

(c)의 초고 "한참동안 부채를 부치고 있다[暫くただうちはを使つてゐる]"는 개정판에서 "한참동안 부채를 부치고 있었다[暫くただうちはを使つてゐた]"로 변했다. '부치고 있다[使つている]'가 '부치고 있었다[使つていた]'로 변화했다. 역시 과거시제로 바뀌었다.

(d)의 초고 "사업을 진지하게 해 보고 싶다고 생각하고 있다[事業を真面目にやつて見たいとも考えてゐる]"가 "사업을 발전시켜보고 싶다고 하는 생각이 있었다[事業に発展して行つて見たいと云ふ考へがあつた]"로 바뀌었다. 여기서도 '생각하고 있다[考えている]'가 '생각이 있었다[考へがあつた]'로 변한 것이다.

(e)의 초고 "가슈는 그 주위를 맴돌고 있다는 것도 알고 있다[加集は渠につき纏つてゐるのである]"가 개작에서는 "가슈가 주위를 맴돌고 있다는 것도 알고 있었다[加集がつき纏つてゐるのであることも分つてゐた]"로 되어있다. '알고 있었다[分つていた]'라는 과거시제가 추가되었다.

(f)의 초고 "혈육지간인 가오루 편에 가담하는 쪽에 힘이 실린다[骨肉のつながる馨の方に加担する力が重い]"가 개작에서는 "혈육지간인 가오루 편에 가담하는 것은 자연스러웠다[骨肉のつながる馨の方へ加担する傾きは自然であつた]"로 바뀌었다. 여기서 보면 초고(3)의 현재시제가 개정판(2)에서 과거시제로 바뀐 것을 알 수 있다. 개정판에는 전부 과거시제로 바뀌어져 있다. 작가는 왜 이렇게 의식적으로 과거시제를 사용한

것인가. 그것은 과거시제와 근대문체가 밀접한 관계를 가지고 있기 때문이다.

　일반적으로 문학 언어는 일상 언어와는 다른 작용을 하며 그 작용을 통해 일상 언어와는 다른 질서에 속하는 메시지를 전달한다. 문학 언어의 담론 특성, 즉 소설이나 이야기 등의 산문소설은 삼인칭과 과거시제로 표출되는 것이 특징이다. 이 삼인칭과 과거시제는 소설이 허구라는 것을 나타내는 표현도구인 것이다.

　예를 들면 다음의 일상 언어에서 인칭과 과거를 변화시켜 보면,

　1) 어제, (나는) 추웠다.
　2) 어제, (너는) 추웠다.
　3) 어제, (철수는) 추웠다.

가 된다. 여기에서 1)과 같이 1인칭일 경우에는 문제가 없지만 2)와 3)과 같이 2인칭과 3인칭일 경우에는 일상 언어에서는 부자연스럽다. 일상 언어에서 자연스러운 문장이 되려면 2인칭과 3인칭을 표현할 경우에는 '일 것이다' '이겠지' 등과 같은 추량표현을 추가하지 않으면 안 된다. 1) 2) 3)에서 (　)를 생략하면 다음과 같다.

　4) 어제, 추웠다.
　5) 어제, 추웠을 것이다.

　이때에 4)의 주어는 1인칭이라 인지되고 5)의 주어는 2인칭이나 3

인칭으로 인지되는 것이 일상 언어의 문법이다. 그러나 3인칭으로 표출되는 소설에서는 추량표현을 추가한 텍스트는 발견하기 어렵다. 소설언어에서는 삼인칭과 과거시제의 추량표현이 생략된다. 일상 언어에서 금지된 추량표현의 부재는 소설텍스트가 허구인 것을 증명해 준다. 허구는 소설담론에 항상 내재되어 있다. 이것이 일상 언어와 소설언어를 구별해 주는 결정적인 단서이기도 하다. 다시 말하면 허구임을 확인시켜주는 추량표현이 부재하는 과거시제 '쓰다'의 삼인칭적인 표출은 일상 언어에서는 터부시되고 있다. 현재 한국과 일본에서 보통 쓰고 읽히는 소설의 장르는 사실 유럽언어의 영향을 많이 받았다. 또 유럽소설의 대부분은 일본소설에 영향을 주었고 한국소설은 유럽소설과 동시에 일본소설의 영향도 받았다. 근대이전의 소설과 구분할 수 있는 근대소설의 본질적 요소는 삼인칭대명사와 과거시제이다. 이에 대해 롤랑 바르트는 『영도의 문체[零度のエクリチュール]』에서 소설문체의 종착점은 제3인칭과 소설세계에 질서를 부여하는 기호인 단순과거라고 표현하고 있다.[8] 결국 삼인칭과 과거시제가 근대소설을 특징짓는 가장 큰 특징이라 할 수 있다.

따라서 호메이가 개작과정에서 현재시제 'る(ㄴ다)'를 과거시제 'た(쓰다)'로 바꾼 것에는 이러한 유럽소설의 영향이 깊게 개입된 것이라는 것을 알 수 있다. 그러면 현재시제와 과거시제의 차이점은 무엇인가. 예를 들면 (b)의 초고 '그리워하고 있다[恋しくなつている]'와 '그리워하고 있었다[恋しくなつていた]'의 차이점을 보도록 하자. 여기서 '그리워하고 있다[恋しくなつている]'의 '있다[いる]'라는 현재시제는 그 상태가

8　ロラン・バルト, 渡辺淳 訳, 『零度のエクリチュール』(東京, みすず書房, 1971), pp.30～40.

지금도 계속 진행되고 있는 것을 나타내는 종결어미이다. 여기서는 '그립다[恋しい]'라는 상태가 과거의 어떤 시점에서 현재를 거쳐 미래의 'ㄴ다(る)'형으로 되어있기 때문에 어떤 시점까지 계속되는 간격을 가진 지속으로써 표현되고 있다. '있다[いる]'는 '그립다[恋しい]'라고 하는 상태, 요시오가 오토리를 그렇게 생각하는 상태가 지금도 계속 진행중인 것을 나타내는 것만이 아니고 발화주체인 작가도 그 안에 몸을 두고 있다고 생각하게 한다. 따라서 '그리워하고 있다[恋しくなつている]'라고 인지한 것은 장면내의 주어인 요시오이다. 만약 이것을 쓰는 현재의 발화주체가 회상한다면 '그리워하고 있었다[恋しくなつていた]'로 되어야 한다. '있다[いる]'라고 씀으로써 발화주체와 장면내의 주어가 떨어져 장면내의 주어가 발화주체로써 그것을 담론화하고 있는 느낌을 만들고 있다.

오사와 요시히로[大沢吉博]는 「텍스트를 읽다『テクスト』を読む」라는 논문에서 『십일 꿈[夢十夜]』을 영어번역과 비교해서 일본어의 종결어미의 특성을 밝히고 있다. 일본어는 서구어의 영향에 의해 'る'형이 현재형이 되고 'た'형이 과거형이 되었다고 생각하게 되었다. '현재형'은 "현재의 의식을 표현하는 표현방법"이고 '과거형'은 "과거의 의식을 표현하는 표현방법"이다. 그러나 서구어의 동사 어형변화는 확실하게 정해져 있는 '현재형'과 '과거형'은 사실 일본어에는 없다고 한다. 오사와 요시히로는 계속해서 이야기된 사건이 과거임에도 불구하고 현재시제가 사용되는 일본어의 성질을 다음과 같이 진술한다. 그는 'る'형은 시간의 흐름에 있어서 절대적인 현재를 나타내는 것은 아니다. 이야기되고 있는 것이 과거의 사건이라는 것을 지금까지의 서술로 확실하게 알 수 있다. 그렇기 때문에 여기서 'る'형이 사용되어도 이야기 속의 시간이 언젠가를 물으면 말할 것도 없이 과거이다. 단지 화자는 그 과거를 현재에서 거리를 가진 시점에서 바라보려고 하지는 않는다. 이야기되고 있는 과거에 들어가서 이야기를 바라보려고 하고 있다. 이에 한해서 보면 그 사건은 지금 일어나고 있는 것이다. 또 과거의 사건을 '현재형'으로 서술하는 것은 "화자가 그 과거에 들어가 독자에게 지금 일어나고 있는 사건으로 서술하는"것이기도 하다. 결국 "과거를 현재 시점에서 떨어져서 보고 있는 태도에서 과거를 그 장소에서 보는 태도에는 변화가 있다"는 것이다.[9]

이것으로 알 수 있는 것과 같이 개정판의 '그리워하고 있었다(恋しくなっていた)'의 'た'형은 발화주체(작가)가 몸을 두고 있는 장면 안이 아니고 장면 바깥임을 나타내고 있다. 개정판에서 'た'형으로 변할 때 장면 안의 주어가 장면에서 나와 있는 것과 동시에 발화주체(작가)도 장면에서 바깥으로 나와 있다. 개정판에서 과거시제로 많이 바꾼 것은 과거의 행위(작품세계)를 객관화하고 주인공과 작가와의 거리를 일정하게 유지하기 위해서이다. 그렇다고 해도 장면 안의 주어(주인공)와 서술행위를 하는 주체(작가)는 원래대로 같은 위치에 존재하고 있다. 이와 같이 개정판의 'た'형은 주인공과 작가의 감정이 떨어져 있지 않기 때문에 주인공의 주관적인 감정을 나타내는 서술이지만 동시에 주인공과 화자의 사이에는 거리가 생기기 때문에 객관성을 유지하고 있다.

과거의 사건을 쓴다는 것은 사건, 언어, 회상이라는 세 개의 과정이 있고 사건을 회상하고 언어화하는 발화주체(작자)는 자신의 위치를 의

9　大沢吉博 編,『テクストの発見』(東京, 中央公論社, 1994), p.20.

식하고 있다. 'た'는 발화주체가 자신의 행위에서 떨어져 그것을 대상
화하고 있기 때문에 'た'의 배후에는 장면내부에 있던 자신의 모습과
장면내부에서 나온 후 자신의 모습이라는 두 개의 위치가 새겨져 있
다. 개정판에서 'る'에서 'た'의 이행 전략은 어떤 행위를 대상화하고
있는 발화주체 자신의 얼굴을 선명하게 보이게 하는 것이다. 'た'는 어
떤 행위를 표시함과 동시에 그 행위를 바라보고 있는 발화주체 자신도
강하게 의식하고 있고 그 배후에는 회상하고 있는 자신의 모습이 나타
나 있다. 또 어떤 행위와 그것을 대상화하고 있는 자신과의 사이에는
거리가 생기고 이 거리에 의해 소설이 허구라는 것을 밝히고 있다. 개
작에 의해 화자는 어떤 행위를 객관화하는 위치에 서고 그 화자의 이
동이 선명하게 보이므로 소설은 허구성을 강하게 나타내고 있다.

2) 주어의 보충

『오부작』에서는 근대이전의 문체와는 다르게 주어가 명시되고 종
결어미는 대부분이 과거시제임을 알 수 있다.
　다음은 개작과정에서 주어가 표시되는 부분이다.

　　　A (…전략…) 그렇게 해석할 수 없는 것은 아니다.

　　　(…前略…) それと取れないこともない。(초고, p.118)

　　　(…전략…) 요시오에게는 그렇게 해석할 수 없는 것은 아니다.

　　　(…前略…) 義雄にはそれと取れないこともない。(개정판, p.304)

B "응석받이네. 당신은."

그러나 남자가 고통스러운 숨소리로 아무 말 없이 눈물을 주르르 흘리는 것을 보고 여자는 남자의 무릎에 푹 엎드려 울었다. (초고, p.134)

(『だだツ児だ、ねえ、あなたは？』

然し男が苦しさうな息づかひの無言で涙をぽろぽろ落すのを見て、女も男の膝につツ伏して泣いた。)

"응석받이네. 당신은." <u>그녀는</u> 이쪽이 고통스러운 숨소리로 아무 말 없이 눈에 물기가 어린 것을 보고 남자의 무릎에 푹 엎드렸다. (개정판, p.320)

(『だだツ児だ、ねえ、あなたは。』<u>かの女</u>はこちらが苦しさうな息づかひの無言で目をうるませてゐるのを見て、男の膝につツ伏した。)

A의 부분에서는 "요시오에게는[義雄には]"이 보충되어 행위의 주체를 명확하게 표시하고 있다. B의 부분에서도 초고에서는 행위의 주체가 확실하게 나타나 있지 않지만 개정판에서는 행위의 주체인 그녀가 표기되어 있다. 개작에서는 주어가 정확하게 표시되어 있다.

다음은 『발전』의 주어와 종결어미를 조사해 보았다.

요시오는 (…중략…) 마련하고 있었다. 義雄は (…중략…) 構へていた。

그가 싫어하고 있는 것은 (…중략…) 아니다. 渠が嫌つていたのは (…중략…)ない。

자신의 처자 (…중략…) 싫어하고 있었다. 自分の妻子 (…중략…) 嫌つていた。

그는 (…중략…) 결정했던 것이다. 渠は (…중략…) 決めたのである。

자신은(…중략…) 된다고 생각했다. 自分は(…중략…)出来ると思つた。

자신의 가족은 (…중략…) 유감으로 생각되었다. 自分の家族が (…中略…) 残念に思はれた。

자신은 (…중략…) 알 수 없다. 自分も (…중략…) 分からない。

그에게는 (…중략…) 라고 생각한다. 渠には (…중략…) と思ふ。

요시오는 (…중략…) 마음에 떠올렸다. 義雄は(…중략…)思ひ浮かべた。

요시오는 (…중략…) 느꼈다. 義雄は (…중략…) 感じた。

요시오는 (…중략…) 생각했다. 義雄は (…중략…) 考へた。

요시오는 (…중략…) 냉랭했다. 義雄は (…중략…) ひやひやした。

요시오는 (…중략…) 몸속에 넘쳤다. 義雄は (…중략…) からだ中にみなぎつた。

요시오는 (…중략…) 기분이 되었다. 義雄は(…중략…) 気持ちになつた。

요시오는 (…중략…) 생각했다. 渠は (…중략…) 考えた。

요시오는 (…중략…) 생각된다. 渠は (…중략…) 思はれる。

요시오는 (…중략…) 생각했다. 義雄は (…중략…) 思へた。

요시오는 (…중략…) 생각해내었기 때문이다. 義雄は (…중략…) 思い出したからである。

그는 (…중략…) 눈치 챘다. 渠は (…중략…) 気が付いた。

그는 (…중략…) 느꼈다. 渠は (…중략…) 感じた。

그는 (…중략…) 생각이 들었다. 渠には (…중략…) 気が起つた。 (개정판, pp.1~32)

개정판에는 종결어미를 과거시제로 바꾸고 삼인칭대명사나 고유

명사로 빈번하게 주어를 표시한다. 미타니 구니아키[三谷国明]는 『근대소설의 담론 · 서장』에서 "근대소설의 성립은 산문소설의 과거형식을 어떤 형식으로 실현하는가의 고통에서 산출되었다"[10]라고 한다. 그는 계속해서 "『뜬 구름』이 산문소설의 형식인 과거와의 갈등을 통해서 'た'라고 하는 담론을 탄생시킴으로써 근대문학의 주체로서 작자를 자립시킨다"[11]고 한다. 'た'가 등장하기까지 작품 속에서 사용된 "일본어의 경어는 서술하는 대상과 듣는 사람이 같이 화자의 위상을 명시하는 특성"[12]이 있었다. 그러나 근대소설은 경어를 없애고 다양한 종결어미 'き', 'けり', 'つ', 'ぬ', 'たり', 'り'[13]를 총괄해서 근대에 등장한 'た'는 작품세계전체를 지배하는 새로운 작자를 산출시켰다. 그 작자는 "흙발로 등장인물의 심리를 파악하고 확인할 수 있는 전지적인 또는 매우 근대적인 개념이고 그것을 보증한 것이 'た'라는 근대소설의 과거형식"[14]이다. 근대일본의 구어체문장은 'た'라는 통일적 종결어미에 의해 주어가 알기 어렵게 되었다. 따라서 주어를 표시할 필요성이 생겼기 때문에 주어가 빈번하게 나타나는 소설이 등장했다. 언문일치운동은 새로운 작자의 개념을 근대에 등장시키고 근대구어체문장을 확립시켰다. 언문일치운동의 결과 나타난 구어체문장은 역설적이나 말과 글이 일치하는 문장이 아니었고 일상 언어와는 다른 새로

---

10 三谷国明, 「近代小説の言説·序章」, 小森陽一 編, 『近代文学の成立·思想と文体の模索』 (東京, 有精堂, 1986), pp.119~122.

11 위의 책, p.127.

12 위의 책, p.119.

13 위의 책, p.155.

14 위의 책, p.122.

운 근대일본어의 소설문체였다.

호메이의 개작과정을 보면, 첫째 삼인칭 '彼'(그)를 표시하고, 둘째 종결어미를 'る'에서 'た'로 바꾸고, 셋째 주인공 이외의 작중인물의 내면을 삭제한 것이다. 첫 번째, 각각의 작중인물에 있었던 시점을 주인공의 시점으로 바꾸고 주어가 없는 문장에 주어를 보충해 삼인칭대명사를 의식적으로 사용한다. 이러한 것은 주인공의 내면을 삼인칭으로 나타내는 새로운 문체의 시도였다. 노구치 다케히코[野口武彦]는 "문학사상의 근대는 기본적인 시각에서 보면 삼인칭의 발견이었다"[15]라고 말한다. 노구치 다케히코는 언문일치체가 인칭의 문제이고 지문의 일인칭이 어떻게 삼인칭화 되는가의 과정이라고 말한다. 메이지의 문학자들은 번역과 서구어의 지식을 통해서 일본어에는 삼인칭이라는 형태표시가 없다는 걸 알았다. 언문일치문장은 먼저 형태표시가 제로였던 곳에 삼인칭을 의식한 것, 둘째 삼인칭의 형태표시를 담론행위로 쓰기로 자각한 것, 셋째 때로는 형태 표시를 하는 쪽이 좋다는 것을 인지하는 쪽으로 진행되었다. 이와 같이 호메이의 개정판은 삼인칭을 의식한 방향으로 진행된 언문일치운동의 영향 밑에서 행해졌다. 결국 개정판은 언문일치운동의 영향에 의해 만들어진 새로운 근대일본어의 문체였다.

이러한 주어와 과거시제의 개작에 의해, 『오부작』의 개정판은 작자가 가지고 있던 권리를 주인공에게 위임하고 화자는 화자가 아닌 척 발화한다. 즉 초고에서는 화자 및 작중인물의 시점 및 주체와 객체의

---

15 野口武彦, 『三人称の発見まで』(東京, 筑摩書房, 1994), p.191.

구별이 명확하지 않았지만 개정판에서는 작자가 작품세계에서 추방되어 화자와 작중인물의 시점 및 주체와 객체의 구별은 명확하다. 이러한 변화는 소설세계가 화자중심에서 작중인물중심으로의 이행이라 할 수 있다. 『오부작』의 개작은 전지적 서술을 하지 않음으로써 작중인물이 주역이 되는 작품세계를 구현했다. 그것은 언문일치운동에 의한 구어체문장을 구사하는 것에 의해 가능하게 되었다.

2. 근대문체의 시도와 완성 — 이인직 · 김동인

1) 『혈의 누』의 이중표기

초창기 언문일치과정의 하나로 이인직이 소설의 한자읽기 표시인 루비를 시도했다는 것은 근대문체 성립의 과정에서 중요한 문제이다. 사에구사 도시가쓰는 「이중표기와 근대적 문체 형성」에서 신문 연재본 『혈의 누』의 외형적 특색에 대해 띄어쓰기를 사용하는 구두점 사용, 한자사용과 그 한자를 읽는 발음을 지정하는 루비가 사용되었다고 본다. 전자에 관해 말하면 구두점이라고 해도 종지부(.)는 쓰지 않고 오직 쉼표(,)하나만 사용하고 있다.[16] 이런 시도는 일본에서 사용된 과도기적 시도와 일치한다고 할 수 있다.

그러면『만세보』에 연재된『혈의 누』의 본문을 보기로 하자.

昨日朝(어제 아침)에此房(이방)에셔避難(피란)갈時(ᄯᅢ)에ᄂ房(방)가운ᄃ 何物(아무것)도散乱(느러노흔)것업셧더니今日朝(오날아침)에金冠一(김관일)이가外国(외국)에가려고決心(결심)하고, ᄂ갈쌔에何物(무엇)을찻느라고, 다락속壁欌(벽장)속에잇ᄂ器物(시간)을, 낫낫치니여놋코櫃門(괴문)도여러놋코篋門(농문)도여러놋코櫃(괴)짝우에篋(농)짝도놋코篋(농)짝우에櫃(괴)짝도언것ᄂ더, 端正(단정)히노힌것도잇지마는卽너려질듯ᄒ것도잇셧더라, 房門(방문)은何精神(무슨정신)에닷고갓던房內(방안)에壁欌門(벽장문), 다락門(문)은열린치로, 두엇더라(제9회)[17]

한자에 읽기표시(루비)가 없는 것은 원래의 한자발음대로 읽는다. 한자 위에 읽기표시가 있으면 원래 한자발음과 다른 발음으로 지정된 읽기 표시로 읽는다. 이는 일본식의 루비에 해당한다. "昨日朝(어제 아침)에此房(이방)에셔避難(피난)갈時(때)에ᄂ"의 인용 같은 경우에는 한자음 그대로 읽으면 어색하기는 해도 일종의 한문투 문장으로 읽을 수 있다. 하지만 "年(나)히"와 같은 경우에는 "년히"로 읽을 수 없기 때문에 지정된 그대로 읽는 것이 원칙이다. 이인직이 이와 같은 루비를 사용한 것은『혈의 누』가 처음이 아니다. 역시 같은『만세보』에「단편」이라는 작품에도 이러한 시도를 하고 있다. 그리고「단편」의 서두에는 "이小說(소설)은國文(국문)으로만보고 漢文音(한문음)으로ᄂ보지말으시오"[18]와 같이 소설을 국문으로 보고

---

16 사에구사 도시가쓰,「이중표기와 근대적 문체 형성」,『현대문학의 연구』제15집(한국문학연구학회, 2000), pp.46~47.

17 菊初,『血의 淚』,『만세보』(1906.8.1).『血의 淚』의 연재기간은 1906.7.22~10.10이다.

18 菊初,「단편」,『만세보』(1906.7.30). 이 소설의 연재기간은 1906.7.3~4(2회연재)이다.

한자 음으로 보지 말아 달라는 작자의 말이 있다. 따라서 한자는 지시된 대로 읽어야 한다는 것을 알 수 있다.

汗을쑤려雨가더고気을吐ᄒ야雲이되도록人만흔곳은長安路이라廟洞도
都城이언마는何其쓸쓸ᄒ던지[19]

위의 문장은 한자를 그대로 읽으면 뜻이 잘 통하지 않는다. 따라서 루비 속에 지정된 대로 읽어야 뜻이 통한다. 이와 같은 시도는 현대시점에서 보면 아주 낯설고 부자연스러운 시도이다. 이와 같이 근대초창기작가들은 모국어의 지식뿐만 아니라 외국어의 지식까지도 동원해 다양한 시도를 하고 있다. 이인직의 이러한 시도는 일본에서 배운 것을 한국에서 실천한 것은 분명하다. 그러나 그러한 시도를 그 후 그만두었다. 『血의 涙』를 단행본으로 출판할 때 완전히 한자를 삭제하고 한글만으로 변경했다. 그러므로 한자 옆에 붙는 루비의 시도도 신문에 연재된 그 작품만으로 끝난 것이다. 그 후 한자를 사용한 소설도 나왔지만 루비를 붙인 소설의 시도는 없었다. [20]

---

19 위의 신문.

20 지금까지 『만세보』에 보이는 루비(한자읽기표시)는 일본의 영향이라고 생각되었으나 김영민의 「근대계몽기 신문의 문체와 한글 소설의 정착 과정」에서 일본의 영향이 아니고 신문사의 편집방침 때문이라는 점을 들었다. 그리고 이러한 루비는 분명히 일본의 영향도 있지만 단순히 일본식표기의 모방이 아니라 전래 문헌에서도 이러한 루비의 사용을 많이 볼 수 있기 때문에 전통적인 표기방식이라고 보는 편이 옳다고 주장한다. "『만세보』에 연재 발표된 〈혈의루〉가 지금까지, 국한문혼용체로 창작된 후 일본의 문체를 모방한 부속국문체로 발표된 작품으로 이해되어 왔다."(권영민, 「이인직과 신소설 「혈의누」」, 『이인직의 혈의누』, 서울대 출판부, 2001, p.487 참고) 그러나 이 작품은 국한문혼용체가 아니라 원래부터 한글체로 창작된 소설이었다. 한글로 창작된 후『만세보』의 방침에 따라 부속국문체로 발표되었다."(김영민, 「근대계몽기 신문의 문체와 한글 소설의 정착 과

일본표기의 특징으로는 일본에만 있고 다른 나라에는 없는 독특한 것으로 일본어 표기법을 들 수가 있다. 문학뿐만 아니라 일본어로 인쇄된 문장은 그대로 일본어를 표기한 것이 아니다. 이 사실을 간단하게 확인할 수 있는 방법으로 일본어 문장을 낭독하고 녹음한 다음에 그 녹음을 들으면서 그것을 받아쓰기해보면 된다. 이 경우 다시 씌어진 문장은 원래 문장으로 재현시키기는 여간 어렵지 않다. 왜냐하면 일본어 표기는 히라가나, 가타가나, 한자 등 문자 체계가 복수이기 때문이다. 예를 들면 같은 뜻이라도 표기하는 방법은 여러 가지가 있다. 이는 시각적인 효과와도 관련이 있다. 일본문학에서는 글의 내용만이 아니고 글을 어떤 식으로 표기하고 시각적인 효과를 나타내는가가 문학적인 기법과 관련이 있다.

이러한 일본어 표기가 복잡한 만큼 한자를 바르게 읽도록 하기 위해 일본어에는 한자발음을 표시하는 일본어 표기인 히라가나를 세로쓰기의 경우에는 그 한자의 오른편에 붙이는 경우가 있다. 이것을 후리가나 또는 활자 인쇄의 경우에는 루비라고 한다. 사실 이 루비란 한자발음표시라기 보다 '한자읽기지정표시'라는 성격을 갖고 있다. 따라서 이 루비의 도움을 받으면서 한자에 대한 지식이 부족한 사람도 한자를 포함한 상당히 어려운 문장도 소리 내어 읽을 수가 있는 것이다. 그래서 이 루비의 한자읽기표시는 옛날부터 교육적인 역할을 인정받아 많이 사용되어 왔다. 근대에 들어와 일본어에 대한 여러 가지 표기가 시도된 19세기 말부터 20세기에 걸쳐 상당히 많은 인쇄물이 루비의 다양한 사용법을 시도했다.

정」, 『현대문학의 연구』 제22집, 2004), p.67.

『마이니치신포[每日申報]』의 기사에 따르면 이인직은 "메이지 33년 2월 구한국정부의 관비유학생으로 도쿄에 파견되어 도쿄정치학교에 입학, 36년에 졸업, 러일전쟁 때에 육군성 한국어통역에 임명되어, 제1군사령부에 부속·종군했다"[21]고 소개되어 있다. 도쿄정치학교에 유학하고 있을 때 그는 한국공사관의 추천으로 1901년 11월부터 1903년 5월까지『미야코신문[都新聞]』편집국의 견습생으로 파견되었다. 이인직은 이 견습시기에 당시의 시대상황에 대한 인식을 피력하고 한국관련기사, 자신의 심경과 소견을 나타낸 수필, 그리고『과부의 꿈[寡婦の夢]』이라고 하는 창작소설도 발표했다. 귀국 후에도『국민신보(国民新報)』의 주필,『제국신문』의 기자,『만세보』의 주필,『대한신문』의 사장을 역임하는 등 러일전쟁 이후와 한일합방이전의 대한제국의 소위 친일본적저널리즘을 대표하는 신문인으로서 활약했던 것이다. 따라서 이인직은 이 시기에 근대신문 미디어 담론과 소설담론의 양측에서 근대초기에 최첨단에서 일본어와 한국어를 교섭하는 역할을 하고 있었다.

2) 근대문체의 완성 – 김동인

일본에서 종결어미가 크게 문제가 된 것처럼 한국에서도 종결어미는 구어체문장의 중요한 한 요소가 되었다. 일본과 비슷한 현상이 한국근대 초창기의 소설가인 김동인 소설에도 나타난다. 김동인은 구어

21　『每日申報』(1916.11.28).

체문장을 만들기 위해 과거시제의 철저한 사용을 주장하고 「약한 자의 슬픔」에서 시험했다. 그러나 다음 작품의 「마음이 옅은 자여」에서 과거시제와 동시에 현재시제를 사용하고 과거시제만으로 소설을 쓰는 것을 그만둔다. 일본과 같이 한국에서도 종결어미에 대한 고심은 구어체문장형성과 깊은 관계가 있다. 그러면 언문일치가 완전하게 이루어지지 않았던 신소설과 언문일치 소설을 완성했다고 하는 김동인의 초기소설을 살펴보자.

「약한 자의 슬픔」의 종결어미를 보도록 하자.

그는 (…중략…) 깨달았다.

그는 (…중략…) 생각된다.

그는 (…중략…) 나섰다.

그는 (…중략…) 깨달았다.

엘리자베트는 (…중략…) 이렇게 생각하였다.

엘리자베트는 (…중략…) 외면에 나타내게 되었다.

엘리자베트는 (…중략…) 고백하였다.

그는 성이 났다.

그에게는 (…중략…) 부끄러웠다.

그는 (…중략…) 생각하였다.

엘리자베트는 (…중략…) 성을 안 낼 수가 없었다.

그도 (…중략…) 생각이 났다.

그는 (…중략…) 품고 있었다.

그는 (…중략…) 바라고 있다.

엘리자베트의 머리에는 (…중략…) 생각만 나게 되었다.

엘리자베트는 (…중략…) 깨달았다.

그는 돌아가고 싶었다.

그는 (…중략…) 생각이 났다.

엘리자베트는 (…중략…) 깨달았다.

그는 (…중략…) 깨달았다.

그의 머리에 (…중략…) 전광과 같이 지나갔다.

엘리자베트는 (…중략…) 해석하였다.

엘리자베트는 (…중략…) 알았다.

엘리자베트는 (…중략…) 아득하여지고 말았다.

그의 머리에는 (…중략…) 남작이 생각났다.

그의 머리에는 (…중략…) 부활키 시작하였다.

그는 (…중략…) 놀랐다.

그는 (…중략…) 울고 싶었다.

그는 (…중략…) 주저치 않을 수가 없었다.

그는 (…중략…) 주저치 않을 수가 없었다.

그의 마음속에는 쟁투가 일어났다.

그는 상상하여 보았다.

그는 사랑하였다.[22]

「약한 자의 슬픔」의 종결어미를 보면 대부분이 과거시제임을 알 수

---

22 김동인, 「약한 자의 슬픔」, 『김동인전집』 제1권(서울, 조선일보사, 1987).

있다. 그리고 주어를 보면 엘리자베트라는 고유명사와 그라는 삼인칭 대명사가 빈번하게 표기되고 있다. 거의 완전한 근대문체임을 알 수 있다.

그러면 다음은 처녀작인 「약한 자의 슬픔」을 쓰고 난 후에 쓴 「마음이 옅은 자여」의 종결어미를 보도록 하자.

먼저 「마음이 옅은 자여」의 편지부분을 보자.

나는 (…중략…) 바람을 품고 있었다.

나는 (…중략…) 사랑하였다.

나는 그를 사랑하였다.

나는 (…중략…) 초월하였다.

나도 (…중략…) 넉넉히 여겼다.

나는 (…중략…) 기뻐졌다.

나는 (…중략…) 불쌍하게 여겼다.

나는 (…중략…) 생각이 났다.[23]

다음은 일기부분이다.

나는 갑갑하다. 쓸쓸하다.

나는 (…중략…) 미안하여진다.

나는 (…중략…) 무서워한다.

---

23 김동인, 「마음이 옅은 자여」 『김동인전집 제1권』(서울, 조선일보사, 1987).

나는 (…중략…) 감하였다.

나는 (…중략…) 상상할 수도 없었다.

나는 (…중략…) 생각된다.

나는 (…중략…) 생각된다.

나는 (…중략…) 감하였다.

날을 괴롭게 한다.[24]

다음은 편지와 일기가 끝난 이야기부분이다.

K는 (…중략…) 깨달았다.

K는 (…중략…) 깨달았다.

K는 (…중략…) 몰랐다.

그는 (…중략…) 깨달았다.

K는 (…중략…) 깨달았다.

K는 (…중략…) 기쁘지 않을 수가 없었다.

K는 (…중략…) 무서웠다.

K는 맛보았다.

K는 (…중략…) 알아들었다.

K는 (…중략…) 의심하였다.[25]

「마음이 옅은 자여」의 편지와 이야기 부분에서는 대부분 과거시제

---

24   위의 책.
25   위의 책.

가 사용되었으나 일기에서는 대부분이 현재시제로 되어있다. 자신의 솔직한 현재 심정을 토로하는 일기라는 장르 특성상 현재시제가 많이 사용되었다고 본다.

신소설 『혈의 누』에서는 '더라', '이라', '한다', '하다', '잇다', '하얏다' 등의 여러 가지 종결어미를 사용하고 있다. 김동인은 「약한 자의 슬픔」에서 과거시제 'ㅆ다'만을 사용했지만 여기서 부자연스러움을 느꼈기 때문에 「마음이 옅은 자여」에서 현재시제 'ㄴ다'와 과거시제 'ㅆ다'를 같이 사용했다. 한국어에서는 현재시제와 과거시제 양쪽을 쓰는 것이 자연스럽다는 것을 인식했기 때문이다. 김동인은 「약한 자의 슬픔」에서 삼인칭과 과거시제의 근대문체를 창출했다. 「마음이 옅은 자여」에서 일인칭과 삼인칭의 현재시제와 과거시제의 혼합을 시도해 자연스러운 문체를 만들고 한국근대문체를 확립해 간다.

김동인이 구어체문장을 만들기 위해 삼인칭과 과거시제를 의식했던 것은 다음의 그의 말을 들어보면 알 수 있다.

「創造」에서 비로소 소설 용어의 순구어체가 실행되었다.

'구어체'화와 동시에 '과거사'를 소설용어로 채택한 것도 「創造」였다.

모든 사물의 형용에 있어서 이를 독자의 머리에 실감적으로 부어 넣기 위해서는 '現在詞'보다 '過去詞'가 더 유효하고 힘있다.[26]

純 '口語体'로 '過去詞'로—이것은 기정방침이라 '자기 방으로 돌아 온다'

---

26 김치홍 편, 「문단 30년의 자최」, 『김동인평론전집』(서울, 삼영사, 1984), p.434.

가 아니고 '왔다'로 할 것은 예정의 방침이지만 거기 계속될 말이 '彼ノ女'인
데 '머리 속 소설'일 적에는 '彼ノ女'로 되었지만 조선말로 쓰자면 무엇이라
쓰나? 그 매번을 고유명사(김모면 김모, 엘리자벳이면 엘리자벳)로 쓰기는
여간 군잡스런 일이 아니고 조선말에 적당한 어휘는 없고 …….

　이전에도 막연히 이 문제에 대해서 생각해 본 일이 있다. 3人称인 '저'라는
것이 옳을 것 같지만 조선말에 '그'라는 어휘가 어감으로건 관습으로건 도리
어 근사하였다. 예수교의 성경에도 '그'라는 말이 이런 경우에 간간 사용되
었다. 그래서 눈 꾹 감고 '그'라는 대명사를 써버렸다. (p.434)

이 부분에서 김동인이 근대문체인 3인칭대명사와 과거시제를 사용
하는데 있어서의 어려움을 피력하고 있다. 김동인은 『창조』에서 처
음으로 구어체문장이 실행되었고 구어체문장을 만들기 위해서 과거
시제가 필요하였다고 말한다. 또한 과거시제와 더불어 당시에 없었던
3인칭대명사를 한국어로 어떻게 표현할 것인지에 대해 고민했다고
한다. 일본어에는 '그녀(彼ノ女)'라는 말이 있었지만 한국어에는 없었
기에 일본어를 참고했다고 한다.

그렇다면 근대소설문체를 형성하는데 있어서 가장 중요한 소설문
체인 종결어미인 과거시제 '쓰다'는 근대이전의 소설문체인 '더라'와
는 어떠한 차이가 있는가.

고대소설과 신소설에서 주로 쓰인 종결어미 '더라'는 "어떤 사건이
나 이야기를 사실이라고 전달하는 형식적인 역할"[27]을 하고 있다. 여

기서의 '더라'는 작중인물의 내면을 전달하는 화자의 말이기 때문에 소설 속에 있는 화자의 권위는 크고 개입의 빈도도 높다. '더라'형은 화자의 감정과 기분을 강하게 나타내는 종결어미이다. 주인공의 내면을 전달하는 보고자로서의 얼굴이 텍스트의 표면에 노골적으로 나타나고 작중인물의 행동과 사고에 화자가 개입한다. 또 화자는 많은 작중인물의 행동과 내면에 들어가 과장된 서술을 하기 때문에 제시보다 서술 쪽이 우세하다. 이에 비해「약한 자의 슬픔」,「마음이 옅은 자여」의 종결어미 'ㅆ다'에서는 화자의 얼굴은 이야기 속에서 그 얼굴을 숨기고 있기 때문에 제시 쪽이 우세하게 보인다. 신소설에서 주어는 분명하게 나타나지 않고 화자의 얼굴이 부각되지만 근대소설 '그', 'ㅆ다'와 같은 문장에서 주어는 항상 표시되고 종결어미는 통일된다. 신소설『혈의 누』는 화자의 말에 의해 종결어미가 다른 화자중심의 소설이다. 이에 비해 근대소설은 보고자로서 화자의 얼굴은 전면적으로 표시되지 않고 작중인물 뒤에 숨어있는 작중인물중심의 소설이다. 여기에서 소설이 화자중심주의에서 작중인물중심주의로 변하는 과정을 볼 수 있다. 이와 같이 보고자의 얼굴을 작품세계에서 추방한 것이 구어체문장이고 그 추방기능을 한 것이 'ㅆ다'이다. 구어체문장을 확립한 김동인의 문체는 많은 종류의 종결어미를 'ㄴ다', 'ㅆ다'로 통일하는 것에 의해 소설 속에서 경어표현을 없애고 새로운 삼인칭대명사 '그'라고 하는 주어를 표기하였다.

한국 근대문체의 확립에 대해 김동인은「조선근대소설고」에서 구어체문장의 성립의 과제로 다음 네 개의 항목을 들고 있다. ① 불완전한 구어체에서 철저한 구어체로 한다. ② 현재시제를 과거시제로 한다. ③ He, She의 인칭대명사를 그로 통일한다. ④ 방언을 사용한다.

근대문체와 관련해「약한 자의 슬픔」,「마음이 옅은 자여」에서 김동인의 문체를 분석해보면 그의 진술이 전부 과장된 것만은 아니다. 이광수의 소설에서는 아직 비근대적인 문체가 남아있다. ①, ②, ③을 사용한 것은 이광수이지만 이광수와는 달리 김동인은 ①, ②, ③, ④를 근대문체로써 자각해서 사용했다. 여기에 동인의 한국 근대문체형성의 의의가 있다. 근대 문체를 확립한 것은 이광수가 아닌 김동인으로 보는 것이 타당하다. 기존의 가치에 반대한 1920년대의 창조파 작가들은 소외된 개인을 회복하려는 여러 가지의 소설서술방법을 생각했다. 이러한 고심 끝에 1919년에 씌어진「약한 자의 슬픔」,「마음이 옅은 자여」는 한국 근대소설의 획기적인 서술방법의 하나라고 할 수 있다. 삼인칭과 과거시제 '-ㅆ다'를 사용하면서 개인의 내면을 생생하게 그린 묘사양식은 새로운 고백체담론의 선구가 되었다. 그리고 그것은 김동인이 중심이 되었던 창조파의 언문일치운동에 의한 구어체문장의 확립에 의해 가능해졌다.

일본에서는 언문일치운동을 배경으로 한 메이지 20년대에 'だ'는 후타바테이 시메이[二葉亭四迷]', 'です'는 야마다 비묘[山田美妙]', 'でありま す'는 사가노야 오무로[嵯峨の屋お室]', 'である'는 오자키 고요[尾崎紅葉]'라고 말하는 것처럼 종결어미가 크게 문제시되었다. 한국에서도 김동인이 구어체문장을 만들기 위해 '어라', '더라', '이러라', '이더라', '하도다', '이로다'를 'ㄴ다', 'ㅆ다' 등으로 바꿀 필요성을 느낀 것처럼 종결어미가 구어체문장과 큰 관계가 있었다. 한국과 일본의 구어체 문장에 이렇게 종결어미가 문제가 된 것은 주어를 표기하지 않아도 종결어미로 서술의 주체를 알 수 있는 전통적인 한국어와 일본어에서 경어를 추방하고 여러 가지의 종결어미를 통일했기 때문이다. 따라서 주어를 표시할 필요성이 생겼고 삼인칭대명사가 등장했다. 구어체완성의 결과, 일본에서는 'た'의 문어체 'たり', 무로마치 시대 이후의 완료와 존속의 시제를 나타내는 'つ', 'ぬ', 'り', 한편 회상과 과거의 동작을 나타내는 'き', 'けり'가 없어지고 종결어미 'る', 'た'가 그 기능을 수행하게 된다. 한국에서도 구어체문장에 의해 '어라', '더라', '이러라', '이더라', '하도다', '이로다' 등이 전부 'ㄴ다', 'ㅆ다'로 통일되었다. 이와 같은 종결어미의 통일에 의해 화자가 주역이 되는 작품세계에서 작중인물이 중심이 되는 작품세계로 소설은 변했다.

결국 언문일치는 명치 20년대 전후의 근대문학이 추구한 모색·표현고의 시대를 거쳐 메이지 40년대에 자연주의문학을 배경으로 해 부동한 것이 되고 소설상의 구어체문장을 확립한다. 후타바테이와 쇼요의 헤아릴 수 없는 고통은 수십 년의 세월이 흘러 겨우 그 결실을 보게 되었다.

제4장

화자의 시점과 내면

『이불』『끊어진 다리』「배따라기」

일본자연주의는 작가 자신의 사생활을 모델로 '있는 그대로'의 사실을 고백한 문학이 진정한 문학이라는 풍조를 만들어내었다. 하세가와 덴케이[長谷川天渓, 1876~1940]의 「현실폭로의 비애」(『태양』, 1908.1)와 다야마 가타이[田山花袋]의 「노골적인 묘사」(『태양』, 1904.2)가 그 이념의 표출이었다. 하세가와 덴케이는 「현실폭로의 비애」에서 "거짓이 없는 현실을 인정하면 그것을 그려라. 더구나 배경은 심각한 비애의 고해이다"[1]라고 말했다. 그 표제와 논지는 자연주의자들에게 환영되었다. 또, 다야마 가타이는 「노골적인 묘사」에서 "어떤 것도 노골적이지 않으면 안 된다. 어떤 것도 진실이지 않으면 안 된다. 어떤 것도 자연적이지 않으면 안 된다고 하는 절규"[2]를 하고 사실의 적나라한 고백을 하라

---

1 長谷川天渓, 「現実暴露の悲哀」, 『近代文芸評論叢書 第21巻－自然主義』(東京, 日本図書センター, 1992), p.108.
2 田山花袋, 「露骨なる描写」, 『定本花袋全集』第26巻(京都, 臨川書店, 1995), p.156.

고 역설했다. 고백은 말하는 주체의 심정을 토로하는 문학의 원점이기도 하다. 그 자연주의자들의 의도에 적합한 것으로 나타난 것이 『이불』이었다. 꼭 그것을 증명하는 것과 같이 『이불』에서는 다야마 가타이의 실생활이 곳곳에 고백되어 있다. 『이불』은 일본자연주의의 방향을 결정하고 다른 많은 자연주의 작가들에게 영향을 미치게 되었다. 『이불』의 10년 후에 나온 이와노 호메이의 『오부작』에는 주인공의 대담한 행동을 숨기지 않고 고백하고 있고, 『이불』의 영향이 강하게 느껴진다. 『이불』과 『오부작』은 같이 처자 있는 중년남자의 젊은 여성을 둘러싼 자기의 체험과 내면을 노골적으로 폭로한 고백소설이다.

한편 김동인은 일본자연주의 작가인 이와노 호메이와 같은 묘사방법인 일원묘사를 초기작과 그 다음 작품에서 시험했다. 그러나 그 후에 쓴 「배따라기」에서는 일원묘사를 응용한 액자소설이라고 하는 기법으로 작품세계를 그리게 된다. 한국 최초의 근대단편소설이라고 하는 「배따라기」는 형이 동생과 아내와의 관계를 오해하는 것에 의해 일어난 비극적인 고백소설이다.

여기서는 『이불』, 『오부작』, 「배따라기」의 서술과 시점을 명확하게 하는 것으로 내면이 어떻게 나타나고 무엇이 고백됐는가를 검토한다.

1. 『이불』의 소설기법과 작품세계

나카무라 미쓰오는 『이불』이 일본리얼리즘의 길을 왜곡한 원인을 제공했다고 비판하고 있다. 그 이후 『이불』에는 유럽자연주의의 오역이라든가, 사소설의 좋지 않는 원류라고 하는 부정적인 라벨이 붙여져 왔다. 이들 비판의 전제가 된 것은 『이불』이 작자 다야마 가타이의 사생활에 기초한 사실의 고백이라고 하는 것이다. 이미, 다야마 가타이와 동시대의 시마무라 호게츠[島村抱月]가 「『이불』 합평」(『와세다문학』, 1907.10)에서 "이 한편은 육체의 인간, 적나라한 인간의 대담한 참회록이다"라고 비판한 이래, 다케나카 도키오＝화자＝작가 다야마 가타이의 고백이라고 하는 등식이 성립되었다. 그리고, 이와 같은 등식의 고정관념이 『이불』 텍스트 그 자체의 분석을 방해해 왔다고 생각한다.

일본의 사소설은 『이불』 텍스트의 전략과 그것을 둘러싼 해석공동체가 함께 만든 상호 관련적인 것이라고 할 수 있다. 왜냐하면 독자가 사소설이라고 읽지 않는 한 사소설은 사소설로 성립하지 않기 때문이다. 와다 긴고[和田謹吾]는 "『이불』이 자기고백에 결부된 것은 전부 독자의 책임이라고 생각하지 않을 수 없다"[3]라고 비판하고 있다. 한편,

---

3   和田謹吾, 「『蒲団』前後」, 『自然主義文学』(東京, 至文堂, 1966), p.181. 같은 견해가 스즈키 도미[鈴木登美]의 논문에도 보인다. 스즈키 도미는 "사소설은 특정한 문학양식, 또는 장르라고 하기보다 대다수의 문학작품이 그것에 의해 판정·기술된 하나의 문학적 이데올로기적인 패러다임이다. 결국, 어떤 텍스트라도 이 방식으로 읽으면 사소설이 될 수 있다"라고 말하고 있다. 鈴木登美, 大内和子·雲和子 역, 『語られた自己－日本近代の私小

『이불』은 문학텍스트를 작가의 고백이라는 읽기의 체재를 만든 텍스트로 간주되어 왔다. 그러나, 그것은 다야마 가타이만의 책임이 아니고 그 당시 비평가와 독자의 책임도 크다.

그렇지만,『이불』 자체가 허구를 사실로서 읽혀지는 근거를 마련한 것도 부정할 수 없는 사실이다. 이러한 것을 포함해서『이불』이 사소설로 읽히게 된 텍스트의 내재적 요인을 검토하고자 한다. 사소설로서 읽히게 된 내적인 요인, 허구를 사실로 읽게 하는 텍스트의 내적 장치를 찾고 그와 같은 읽기에 의해 소외된 또 다른 하나의 읽기도 동시에 검토한다. 그 문제를 특히 텍스트에 의한 시점 문제에 주목하는 것으로 해결하기로 한다.

1) 흔들리는 시점

많은 비평가들은『이불』 묘사의 결함에 대해서 주인공 다케나카 도키오의 시점만이 그려지고 다른 인물의 시점묘사가 없는 것을 지적하고 있다. 그 대표인 나카무라 미쓰오는 "등장인물은 모두 주인공의 주관적 감회를 표현하는 도구에 지나지 않는다. 그들의 심리묘사가 이 소설에는 한 마디도 없다는 것에 주의한다"[4]라고 말하고 있다. 그는 이와 같은 결함의 원인을 '작자의 주인공에 대한 태도'라고 보고 있다. 그는 "작자와 주인공이 같은 평면에 있고 또 양자의 거리가 거의 영에

説言説』(東京, 岩波書店, 2000).
4 　中村光夫,『吉田精一編』(東京, 河出書房, 1953), p.553.

가깝다. 작자는 주인공의 인물을 조금도 비평하지 않고 또 주인공은
작자에게 더욱 친근한 존재라고 하는 사실에 기분이 좋아서 응석부리
는 것이다”[5]라고 말한다.

그러면 구체적으로 나카무라 미쓰오에 의해 작자(화자)와 주인공이
‘영’에 가깝게 되어 있다고 하는 부분을 인용해 본다.

A 뜨거운 주관의 정과 차가운 객관의 비평이 엉켜진 실처럼 단단히 묶여
져 일종의 이상한 마음 상태를 나타냈다.

B 슬프다. 실로 통절하게 슬프다. 이 비애는 화려한 청춘의 비애도 아니고
단지 남녀의 사랑의 비애도 아니고, 인생의 가장 깊은 곳에 숨어 있는 어떤
커다란 비애다.

C 갑자기 눈물은 도키오의 수염을 타고 흘렀다.[6]

여기에서 작품세계 바깥에 있는 화자는, 작품세계 안에 있는 도키
오를 초점화하고 있다. 화자는 A, B에서 도키오의 내면, C에서 도키오
의 외면을 바라보는 시점에서 서술하고 있다. 모두 작중인물 도키오
를 초점화하고 있지만 화자와 도키오의 거리는 제각기 다르다. 예를

---

5 위의 책, p.553.

6 田山花袋, 『定本花袋全集』 第1巻(京都, 臨川書店, 1993), pp.547~548. 이하 『이불』의 인용
은 이 전집에서 인용한다. 이하는 본문 중에서 페이지만을 쓴다.
A 熱い主観の情と冷めたい客観の批判とか絡り合せた糸のやうに固く結び着けられて、
一種異様の心の状態を呈した。
B 悲しい、実に痛切に悲しい。此の悲哀は華やかな青春の悲哀でもなく、単に男女の
恋の上の悲哀でもなく、人生の最奥に秘んで居るある大きな悲哀だ。
C 汪然として涙は時雄の鬚面を伝つた。

들면, A에서 화자는 도키오에게 거의 동일화될 정도의 근거리에 시점을 두고 있다. B는 도키오의 독백이 지문으로 되어 있기 때문에 도키오의 독백과 지문이 '융합하고 일체'하고, 화자와 도키오의 거리가 영으로 될 것 같은 담론으로 되어 있다. C의 경우, 화자는 도키오를 객관적으로 대상화 할 수 있는 거리에서 그의 내면이 아닌 외면을 보고 있다. 이와 같이 『이불』에서는 A, B, C에 보이는 것과 같이 주인공에게 시점을 고정하고 A, B와 같이 주로 그 내면을 그리고 있다.

따라서, 『이불』은 삼인칭 '그' 소설이면서 항상 일인칭 '나' 소설로써 읽혀왔다. 이러한 읽기 방법이 주인공＝다케나카 도키오라고 하는 읽기의 콘테스트를 만들어 왔다. 동시대 비평을 보면, 「사생이라고 하는 것」(『문장세계』, 1907.7)의 "일인칭으로 그린 장점과 삼인칭으로 그린 장점이 완전하게 일치"하든지, 「소설작법」(『문장세계』, 1907.10)의 "일인칭에 객관적 묘사를 첨가하고, 삼인칭소설에 주관적 묘사를 첨가해서 하나가 된 것 같은 문체"와 같은 평가가 인정된다. 삼인칭으로 이야기되는 『이불』에 일인칭묘사의 수법이 들어감으로써 『이불』의 작풍은 참신한 작품으로 인정받게 되었다. 이와 같이 『이불』의 서술은 일인칭·고백적으로 수용되어 왔다.

위의 인용부분을 예를 들면 나카무라 미쓰오는 "이 주인공이 실생활에서 연기한 사건의 익살스러움이 전적으로 작자의 눈을 피해서 희극의 재료가 무리하게 비극적 독백으로 표현된 것에 우리 나라의 사소설이 탄생했다"[7]라고 서술한다. 또 가와카미 미나코는 "주인공 다

---

7   中村光夫, 앞의 책, p.559.

케나카의 독백에 화자가 주정적으로 겹치고 (…중략…) 다케나카의 내면세계를 감상적으로 긍정하는 것에 그쳤다"[8]라고 서술한다. 삼인 칭으로 서술하는 것임에도 불구하고 일인칭 고백소설로서 수용된 장치에 대해서, 가와카미 미나코는 "주인공을 대상화해서 서술할 지문의 내재적 화자가 모두 주인공과 융합하고 일체화 해 버리는 것에 있다"라고 한다.[9] 히비 요미타카(日比嘉高)는 『이불』의 특징적 읽기방법을 "삼인칭이면서 시점을 주인공에 고정한 서술방법"[10]이라고 서술한다. 그리고 이와 같은 지적은 『이불』이 일인칭적 · 고백적으로 수용되어진 요인을 설명하는 것으로 설득력을 가지고 지금까지 매우 큰 영향력을 가지고 왔다. 결국, 나카무라 미쓰오와 같은 화자와 주인공이 '융합하고 일체화'하는 읽기방법이라든지 히비 요미타카와 같이 "화자가 작품 바깥에 존재하고 서술 시점이 주인공 도키오에게 고정되어 있다"라고 하는 읽기 방법이 일반적이었다.

그렇지만 실은 『이불』에는 주인공 외의 등장인물 시점도 들어있고 또, 전지적인 입장에서 주인공을 보는 화자의 시점도 있다.

A' 요시코는 연인과 헤어지는 것이 괴로웠다. 될 수 있으면 함께 도쿄에 있으면서 가끔 얼굴을 보고 이야기를 하고 싶었다. 그러나, 지금은 그것이 불가능하다는 것을 알고 있었다. 이 년, 삼 년, 남자가 도시샤를 졸업하기까

8　川上美那子, 「自然主義文学の表現構造－田山花袋・「重右衛門の最後」から「生」へ－」(『人文学報』207, 1989.3), p.57.

9　위의 책, pp.54~55.

10　日比嘉高, 「「蒲団」の読まれ方、あるいは自己表象テクスト誕生期のメディア史」, 『文学研究論集』14(筑波大学, 比較理論文学会, 1997), p.169.

지는 가끔 오는 편지만을 의지한 채 공부에만 전념하지 않으면 안 된다고 생각했다. (p.559)

B' 도키오는 때때로 밤에 요시코를 자신의 서재에 불러 문학 이야기, 소설 이야기, 그리고 사랑 이야기를 하곤 했다. 그리고 요시코를 위해 장래에 대한 주의도 주었다. 그럴 때의 태도는 공평하고 솔직하며 동정심으로 가득 차 있어 결코, 만취하여 화장실에 눕거나 땅 바닥에 눕기도 했던 사람으로는 생각되지 않는다. (p.559)

C' 도키오의 뒤에 한 무리의 배웅하는 사람이 있었다. 그 뒤 기둥 옆에 언제 왔는지 낡은 중절모를 쓴 한 남자가 서 있었다. 요시코는 그를 알아보고 가슴이 설레었다. 아버지는 불쾌함을 느꼈다. 그렇지만 공상에 빠져서 서있는 도키오는 뒤에 그 남자가 있는 것을 꿈에도 몰랐다. (p.605)[11]

A'에서 화자는 요시코의 시점에 붙어 있고, B'에서 요시코에 대한 화자의 해석이 보여진다. C'에서 화자는 모든 작중인물의 내면과 외면을 보는 전지적 시점을 가지고 있다. 제각기 초점화되는 내용을 자세하게 보면 A'에서 화자는 애인과 같이 있고 싶다고 생각하는 요시코

---

11 A' 芳子は恋人に別れるのが辛かつた。成らうことなら一緒に東京に居て、時々顔をも見、言葉をも交へたかつた。けれど今の際それは出来難いことゝ知つて居た。二年、三年、男が同志社を卒業する迄は、たまさかの雁の音信をたよりに、一心不乱に勉強しなければならぬと思つた。
B' 時雄は夜などをりをり芳子を自分の書斉に呼んで、文学の話、小説の話、それから恋の話をすることがある。そして芳子の為めに其の将来の注意を与へた。其の時の態度は公平で、率直で、同情に富んで居て、決して泥酔して厠に寝たり、地上に横はつたりした人とは思はれない。
C 時雄の後に、一群の見送人が居た。其の蔭に、柱の傍に、いつ来たか、一箇の古い中折帽を冠つた男が立つて居た。芳子は此を認めて胸を轟かした。父親は不快な感を抱いた。けれど、空想に耽つて立尽した時雄は、其の後に其の男が居るのを夢にも知らなかつた。

의 내면을 보고 있다. B'의 도키오가 요시코에게 문학을 가르치는 장면에서 화자는 도키오의 "그럴 때의 태도는 공평하고 솔직하며 동정심으로 가득 차 있어 결코, 만취하여 화장실에 눕거나 땅바닥에 눕기도 했던 사람으로는 생각되지 않는다"와 같이 서술하고 스승으로서의 얼굴과 여 제자에게 욕망을 가지고 있는 추한 중년남자라고 하는 두 개의 얼굴을 가지고 주인공을 비웃는 화자의 해석이 들어있다. 최후의 장면 C'의 요시코를 시골에 돌려보내는 부분에서 화자는 "도키오의 뒤에 한 무리의 배웅하는 사람이 있었다"와 도키오에게는 보이지 않는 '낡은 중절모를 쓴 한 남자'의 존재를 보고 있다. 그리고 화자는 그 남자 즉 애인을 발견했을 때의 요시코의 내면을 "요시코는 그를 알아보고 가슴이 설레었다"라고 서술하고 있다. 그후 요시코 부친의 내면에 들어가서 "아버지는 불쾌함을 느꼈다"는 부친의 내면을 엿보고 있다. 최후의 "그렇지만 공상에 빠져서 서 있는 도키오는 그 뒤에 그 남자가 있는 것을 꿈에도 알 수 없었다"라고 하는 부분에서 그 남자의 존재를 모르는 도키오를 그리고 있다. 이 부분에서 화자는 도키오 이외에도 아내, 아내의 언니, 요시코의 내면에도 들어가고 또, 화자는 객관적으로 대상화하는 거리에서 도키오를 바라보거나 자유롭게 움직이고 있다.

이처럼 『이불』 비판에 가장 견고한 공식으로는 나카무라 미쓰오가 말한 작가와 주인공의 관계에서 "양자의 거리가 거의 영에 가깝다"라고 하는 견해며, 작가는 주인공에 대해 "그를 넘어선 입장에서 비판하는 자유를 빼앗겨 끊임없이 주인공의 내부에 얽매이지 않으면 안된다"라고 하는 설을 전면적으로 인정할 수는 없다. 다카하시 도시오高

橋敏夫는 이들의 설을 전면적인 오인이라고 하고 "소설의 화자는 그 작가인 가타이에 닮은 주인공 도키오를 어떤 경우에는 관념화하고 소설 마지막 부분에서 '비평하는 자유'의 행사라고 하는 간편함을 훨씬 뛰어넘은 잔인함으로 뒤집어져 있다"[12]고 서술하고 있다.

지금까지의 연구에서는 나카무라 미쓰오의 설에 전면적으로 찬성하거나 또는 전면적으로 부정하는 입장을 취해왔다. 『이불』에 관한 한 어떤 것이 정당한지 단정해 말할 수는 없다. 왜냐하면『이불』은 A, B, C와 같이 도키오 만에게 고정된 시점과 동시에 A', B', C'와 같이 흔들리는 시점을 동시에 가지고 있기 때문이다. 이 두 가지의 시점을 동시에 인정하지 않는 한『이불』텍스트의 정확한 해석을 할 수는 없다. 기본적으로는 주인공에게 시점이 고정되어 있지만, 화자는 경우에 따라서 다른 작중인물의 내면에도 시점을 분배하고 있다. 『이불』의 시점은 모든 권리가 작자에게 있는 전지적 시점도 아니고 엄격하게 제한된 주인공 한 사람 만에게 고정된 일원묘사의 제한된 시점도 아니다. 『이불』은 도키오에 고정되어진 시점과, 도키오에게 떨어져 자유롭게 움직이는 시점을 동시에 가지고 있고, 그것은 이 작품 내용을 결정하게 된다. 더욱, 이 흔들리는 시점의 도입은 주인공의 내면만을 그리고, 다른 등장인물의 내면을 배제하는 것을 피하고 있다. 결국, 이 소설에 있어서 도키오와 쌍을 이루는 중요한 인물인 요시코의 내면도 배제되지 않고 들어가게 된다.

12　高橋敏夫, 「『蒲団』－爆風に区切られた物語－」, 『国文学研究』67巻(1965.10), p.50.

2) 고백과 억제된 내면

지금까지 본 것과 같이 『이불』에서는 A, B, C와 같이 도키오에게 고정되는 시점과 A', B', C'와 같이 흔들리는 시점의 두 가지의 양태가 있다는 것을 알았다. 이 절에서는 전자의 A, B, C와 같이 도키오를 초점화하는 것에 주목하고 그로 인해 고백되어진 내용을 검토해 보기로 한다.

『이불』은 다케나카 도키오라고 하는 중년작가의 자택에 기숙하는 여 제자에 대한 비밀스런 애욕을 그리고 있다. 다야마 가타이는 『이불』을 쓴 후 『동경의 30년』의 「나의 안나 마와르」 중에서 "나도 괴로운 길을 걷고 싶다고 생각했다. 세상에 대해서도 싸우는 것과 동시에 숨겨두었던 것, 감추었던 것, 그것을 밝히고 나서 자신의 정신도 파괴된다고 생각하는 것, 그러한 것을 꺼내 보려고 생각했다"[13]라고 진술하고 있다. 그러면 일체 『이불』에서는 무엇이 고백되어 있는가? 먼저, 도키오의 고백을 보도록 한다.

다음에 인용하는 것은 도키오가 자신의 여 제자에게 애인이 생겼다는 것을 알고 고민하는 장면이다.

> 무엇을 했는지 모른다. (…중략…) 손을 잡았을 것이다. 가슴과 가슴이 닿았을 것이다. 사람이 보지 않는 여관 이층 방, 무엇을 하고 있는지 모른다. 더럽혀지고 더럽혀지지 않는 것은 순간이다. 이렇게 생각하자 도키오는 견딜 수 없었다. "감독자의 책임에 관한 것이다!"라고 마음속에서 절규했다. (p.542)

---

13   田山花袋, 「東京の30年」, 『定本花袋』第15卷(京都, 臨川書店, 1995), p.601.

여기에서 시점은 도키오의 내면에 맞추어져 있고, 요시코와 다나카가 무엇을 했는가에 대해서 집착하고 있는 도키오를 그리고 있다. 여기에서 '무엇'은 육체관계를 가르키는 것이고 도키오는 요시코의 육체관계에 대해서 매우 관심을 가지고 있다. 여기에서는 주체적인 존재로서 행동을 일으키지 못하고 주변적인 존재가 되어서 감독할 수밖에 없는 중년남자의 비애를 그리고 있다. 『이불』의 전편에 그려져 있는 것은 도키오 자신의 행동이 아니고 그의 억제할 수 없는 내면에서 우러나온 욕망의 소리이다.

다음은 요시코가 없는 동안에 숨겨진 편지를 찾아서 읽는 것을 폭로하는 장면이다.

너무나 편지 왕래가 빈번하므로 도키오는 요시코가 없는 틈을 타 감독이라고 하는 구실 하에 양심을 억누르고 살짝 책상 서랍과 편지 상자를 뒤졌다. 찾은 두세 통의 남자 편지를 대충 읽었다.

연인이 하는 것 같은 달콤한 말은 도처에 가득 차 있었다. 그렇지만 도키오는 그것 이상의 어떤 비밀을 찾아내려고 고심했다. 키스의 흔적, 성욕의 흔적이 어딘가에 나타나 있지는 않을까. (pp.580~561)

여기에서 요시코의 편지를 숨어서 읽는 도키오의 외면, 그리고 요시코와 그 애인과의 육체관계를 알려고 하는 도키오의 내면이 그려져 있다. 이 부분이야말로 사랑에 빠진 중년남자의 바보 같은 슬픈 질투의 고백이다. "감독이라고 하는 구실 하에 양심을 억누르고" 살짝 숨어서 편지를 읽었다는 행동, 또 두 사람의 육체관계에 대해서 알려고 하는 욕망을 '쓴다'는 것이 자기폭로이다. 『이불』의 최대 목적은 주인공 자신의 행동도 아니고 사회와의 갈등도 아니고, 주인공의 추한 내면을 독자에게 숨김없이 보여주는 것이었다. 『이불』의 재미는 비겁한 주인공의 내면이며 그 행동을 독자만이 알고 있고 다른 작중인물에게는 알게 하지 않는 것이었다. 겉으로는 좋은 남편, 좋은 아버지, 좋은 스승으로서의 역할을 수행하고 있으면서 도키오는 내면 속에 끊임없이 욕망을 가지고 있는 한심한 중년남자이다.

다음 장면에는 요시코와 다나카가 교토에 여행간 것을 알고 번민하는 주인공의 내면을 그리고 있다.

> 그 남자에 몸을 허락했을 정도라면, 굳이 처녀의 정조를 존중할 필요도 없었다. 자기도 대담하게 손을 내밀어 성욕을 만족시켰으면 좋았을 것이다. 이렇게 생각하자 지금까지 하늘에 올려놓았던 아름다운 요시코는 매춘부인지 뭔지 생각되어 그 육체는 물론 아름다운 태도도 표정도 싫어졌다. 그래서, 그날 밤은 번민하고 번민해서 거의 자지 못했다. (…중략…) 그 약점을 이용하여 내 마음대로 할까 하고 생각했다. (pp.594~595)

여기에서는 도키오의 내면을 초점화하고 있다. 외면적으로는 요시코의 사랑의 감독자로 되어있음에도 불구하고 도키오의 내면은 요시코를 아름다운 여 제자로 생각하지 않고 자신의 성욕의 대상인 매춘부로 보고 있다. "자기도 대담하게 손을 내밀어 성욕을 만족시켰으면 좋았을 것이다"와 같이, 요시코의 약점, 즉, 다나카의 육체관계를 이용해서 그녀를 자신의 여자로 한다는 숨김없이 추하고 비속하고 대

담한 내면을 노골적으로 묘사하고 있다. 이것은 시마무라 호게츠의
"육체의 인간, 적나라한 인간의 대담한 참회록"을 생각하게 하는 대
표적인 부분이다. 그러나 외면적으로는 자신의 욕망에 관해서 어떠
한 행동도 하지 않는다. 참회하지 않으면 안 되는 것은 자신이 한 행
동에 대한 반성이 아니고 오직 내면의 죄이다.『이불』의 전편에는 도
키오의 억누를 수 없는 욕망이 고백되어 있다. 여기까지는 도키오의
내면을 그리고 있지만 최후의 장면이 되면, 화자의 시점은 그의 내면
에서 멀어져 간다.

도키오가 요시코의 이불을 깔고 잠옷을 얼굴에 묻고 우는『이불』의
최후 장면은 '노골적인 묘사'의 정점을 이루고 있다.

성욕과 비애와 절망이 곧 도키오의 가슴을 엄습했다. 도키오는 그 이불을
깔고 잠옷을 덮고 차갑고 더러운 비로드 칼라에 얼굴을 묻고 울었다.
어두컴컴한 방, 집 밖에는 바람이 심하게 불고 있었다. (pp.606~607)[14]

화자는 "성욕과 비애와 절망이 곧 도키오의 가슴을 엄습했다"에서
도키오의 내면을 보고 있지만 다음의 "도키오는 (…중략…) 울었다"
에서 도키오의 외면을 보고 있고, 최후의 "어두컴컴한 방, 집 밖에는
바람이 거칠게 불고 있었다"에서 방과 바깥을 보고 있다. 화자의 시
점은 도키오의 내면에서 도키오의 방으로, 방에서 방 바깥으로, 도키

---

14 性慾と悲哀と絶望とが忽ち時雄の胸を襲つた。時雄は其の蒲団を敷き、夜着をかけ、
冷めたい汚れた天鵞絨の襟に顔を埋めて泣いた。
薄暗い一室、戸外には風が吹き暴れて居た。

오에게서 점점 멀어져간다. 처음 도키오의 내면에 있었던 시점은 마지막에 도키오의 내면에서 완전하게 멀어진다. 이와 같은 시점의 이동, 즉, 화자가 도키오의 내면에서 외면으로 시점을 이동시킴으로써 도키오를 객관화하고, 그의 행동이 해학적으로 묘사된다.

이 부분에서 처음으로 요시코가 돌아간 후 그녀의 방안에서 요시코의 이불 냄새를 맡고 울고 있는 주인공의 행동, 즉 요시코에 대한 애욕 표현이 나타난다. 도키오는 여 제자에게 애욕을 느끼면서도 그녀에 대한 사랑의 표현은 물론, 손을 잡는 것조차 할 수 없는 인간이다. 도키오는 외면적으로는 요시코의 스승인 동시에 '온정이 있는 보호자'이고 요시코의 아버지에 대해서는 분별이 있고 신뢰할 감독자의 자세를 일관해서 지키고 있다. 그러나, 내면적으로는 요시코의 애인인 다나카에게 질투를 느끼고 여 제자인 요시코에게 성욕을 느끼고, 고뇌하는 인간이다. 이 눈물은 자신의 내면을 감추고 최후까지 외면적으로 스승으로서의 '온정이 있는 보호자'의 위치를 계속 지킨 도키오의 번민이 폭발한 감정표현인 것이다.

여기에서 흥미 있는 것은 도키오의 고백이 끝나고 그라고 하는 인간이 숨김없이 드러난 소설의 최후부분이 요시코의 방에서의 풍경으로 되어 있는 것이다. 사회에서 차단되어진 방안에서 육체는 부재하고 냄새만이 부상하고 있다. 요시코가 돌아간 후 그녀의 방에서 흘리는 도키오의 눈물은 대상이 없는 '성욕과 비애와 절망'의 눈물이고 결코 충족할 수 없는 남자의 욕망이 표출되어 있는 것이다.[15] 사회에서

차단된 방안에 틀어 박혀 대상이 없는 육체에의 애욕이 소용돌이치는 중에서 울고 있는 도키오의 모습은 후의 자연주의에 영향을 미친다. 여기에 나타나 있는 것은 사회에서 등을 돌리고 차단되어진 방에서 번뇌하는 인간상이다. 『이불』에서는 전부 사회와의 관계 속에서 싸우지 않고 사회에 진출하지 않고 차단되어진 방안에서 번뇌하는 인간이 그려진다. 즉, 일본자연주의는 『이불』에 의해 현실을 그리는 리얼리즘소설이 아니고 사생활을 소재로 하면서 내면을 그리는 고백소설로 발전해 나가는 것이다.

3) 편지와 내면

앞에서 말한 대로 『이불』에서는 A', B', C'와 같이 화자가 도키오만을 초점화하는 것이 아니고 도키오에게서 멀리 떨어져 자유롭게 움직이는 장면도 있다. 흔들리고 움직이는 시점에 의해 요시코의 내면을 보고 그녀의 고백을 들을 수 있다. 특히. 요시코의 내면의 표출, 고백의 수단으로서의 편지가 사용된다. 이 절에서는 편지를 통한 요시코의 고백을 듣는 것으로 편지에 의한 요시코의 전략 및 텍스트의 전략을 생각해 본다.

요시코가 도키오에게 보낸 편지중에는 시점은 요시코에게 있고, 독자는 그녀의 편지를 통해서 요시코의 내면을 보다 적나라하게 알 수 있다. "고베의 여학교 학생으로 출생은 빗추[備中]의 니미마치[親見町]이고 그의 작품의 숭배자로 이름은 요코야마 요시코[橫山芳子]라는 여학생으로부터 숭배의 정이 가득 담겨진 한 통의 편지를 받은 것은 그 무렵이었다"(p.526)와 같이 최초로 도키오와 사제관계를 맺은 것도 편지를 통해서였다. 요시코는 한 통의 편지로 거절당하자 두 통째, 세 통째의 편지를 보내서 "어떠한 일이 있어도 선생님의 제자가 되어서 일생 동안 문학에 종사하고 싶다는 간절한 소망"(p.526)을 호소했기 때문에 결국 도키오는 그녀를 제자로 한다. 요시코는 편지를 통해서 자신의 주장을 관철하는 여성으로 그려진다. 또, 주목되는 것은 요시코의 경우, 고백은 주로 편지에 의해서이다. 이 경우, 편지의 인용이라는 형태로 그녀의 내면이 표현되고, 화자는 편지에 관해서는 책임을 지지 않아도 된다고 하는 이점이 있다. "편지라고 하는 타자의 형식으로 서술시킴으로써 이야기를 지배하는 화자는 교묘하게 자신에게 올지도 모르는 비난을 회피하고 있다."[16] 이와 같이 요시코의 편지는 작품세계의 화자로부터 독립되어 있다.

요시코가 도키오의 제자가 되고 난 이후, 도키오에게 그녀의 내면을 토로한 편지는 세 통이 있다. 첫 번째 편지는 요시코의 애인 다나카가 상경한 것에 대한 상담, 두 번째는 다나카와의 관계를 인정해 달라는 것, 세 번째는 다나카와의 육체관계를 고백한 것을 쓰고 있다.

만일의 경우, 지난 번 사가에 함께 간 친구를 증인으로 세워, 두 사람의 관계가 결코 부정한 일이 없었다는 것을 변명하고, 헤어진 후 느낀 두 사람의 사랑을 밝혀, 선생님에게 매달려 고향의 부모님에게도 하나하나 자세히 말

---

16   棚田輝嘉, 「田山花袋, 『蒲団』―語り手の位置・覚え書―」, 『国語国文』 56巻5号(1987.5), p.8.

쓰드려 달라고 부탁하기로 결심했습니다. (…중략…) 타인에게 오해받을 일
은 하지 않겠습니다. 결코 하지 않겠습니다. (pp.541~542)

이 편지에서는 다나카를 마중하러 신바시에 간 것에 대해서 "선생
님, 용서해 주십시오. 저는 그 시간에 마중하러 갔던 것입니다"(p.540)
라고 하는 것과 같이 자신의 행위를 고백하고 있다. 그 후, 위의 인용
과 같이 "두 사람의 관계가 결코 부정한 일이 없었다는 것을 변명하
고", 다나카와의 관계가 결백하다고 하는 것을 주장한다. 그러나, 그
것은 거짓말이라는 것이 세 번째의 편지에서 밝혀진다. 실제, 육체관
계가 이미 존재하고 있었지만 주인공이 그것을 알아차리는 것은 세
번째의 편지까지 연장되는 것이다. 이 편지는 "타자의 말을 인용한다
고 하는 방법을 통해서 두 사람의 육체관계가 부재하고 있다는 텍스
트를 형성하고 있다"[17]라고 하는 것과 같이, 여기에서 화자가 편지라
고 하는 텍스트와는 다른 지점에 서있고 진실을 모른 채한다. 여기에
편지라고 하는 텍스트의 전략이 있다. 이 요시코의 편지는 두 사람의
관계를 도키오에게, 아버지에게, 그리고 독자에 대해서 은폐하는 수
단이기도 하다. 구체적으로 이 전략은 자신의 스승인 도키오에게, "신
성하고 진실한 사랑의 증인"으로 만들기 위해, 편지로 "고백하고 부탁
하는 것이 유리한 계책"이라고 생각한 요시코의 책략이다. 도키오가
두 사람의 사랑의 증인이 되는 것에 의해 그 책략은 성공하지만, 그것
은 요시코가 진실을 왜곡한 것에 의해 성공한 것이다.

---

17 위의 책, p.9.

두 통 째의 편지는 요시코가 다나카에게 따라 가겠다고 하는 강한 의지를 표현하고 있다.

> 선생님, 저는 결심했습니다. 성서에도 여자는 부모를 떠나 남편을 따르라고 한 것처럼 저는 다나카를 따르기로 결심했습니다. (p.577)

"저는 결심했습니다"와 같이 요시코의 편지에는 '나'라고 하는 주장이 많이 보여지고, 부모의 반대를 물리치고 자신이 사랑하는 사람과의 관계를 계속하겠다는 강한 의지를 보인다. 또, '선생님'이라고 빈번하게 부르는 것에 의해 '나', '선생님'이라는 두 사람의 특별한 관계를 이용해서 도키오를 자신의 편으로 만들려고 하고 있다. 그러나 세 번째의 편지에서는 자신과 다나카와의 육체관계를 고백하고 있다.

> 선생님
> 저는 타락한 여학생입니다.
> 저는 선생님의 은혜를 이용하여 선생님을 속였습니다. 그 죄는 아무리 빌어도 용서받을 수 없을 만큼 크다고 생각합니다. (p.597)

최초의 편지에서는 거짓말을 해서라도 자신들의 관계를 인정받으려고 하고, 한번은 성공했지만, 세 번째의 편지에서는 진실을 고백해 버린다. 진실을 고백하지 않으면 안 되었던 것은 도키오의 "두 사람 사이에 신성한 영의 사랑만이 성립하고 더러워진 관계는 없다"(p.587)라고 하는 발언에 대한 요시코 부친의 "그렇지만 그쪽의 관계도 있는 것으로 보지 않으면 안 된다"(p.587)라고 하는 발언이 발단이 된다. 부친의 말은 도키오의 인식에 영향을 미치고 구체적인 행동을 일으키는 계기가 되는 힘을 가진다. 부친의 말은 이 텍스트에 있어서 단순한 "작품세계 내에서의 발언 이상의 작용"[18]을 하고 있다. 부친의 대화 뒤에 도키오는 "그 몸의 결백을 증명하기 위해서 그 전후의 편지를 보여달라"(p.593)고 한다. 그 말을 들은 요시코는 얼굴이 빨갛게 되고 편지를 태웠다고 변명하지만 강력하게 요구하는 도키오에게 위의 편지를 쓰고 진실을 고백한다. 결국, 부친의 말을 계기로 도키오는 더욱 의심을 하게 되고 요시코에게 고백을 강요하고, 그녀가 육체관계를 가졌다고 하는 고백을 듣는 행위가 발생한다. 요시코의 육체관계에 관한 진상은 타자의 말인 아버지의 말에 의해 사실을 고백하기에 이른다. 그녀는 "선생님에게 배운 새로운 메이지 여자로서의 임무, 그것을 저는 행하지 못 했습니다"(p.597)라고 하고 진실을 고백함으로써 자신의 꿈을 포기하지 않으면 안 된다. 이와 같은 진실의 고백에 의해 요시코의 꿈은 좌절되고 요시코는 실패와 좌절을 맛본다.

요시코의 편지는 자신과 다나카와의 육체관계를 은폐하는 수단인 동시에, 진실의 고백 수단으로 사용된다. 편지의 시점은 요시코에 있다. 요시코의 편지는 요시코와 다나카와의 육체관계의 드러남이라고 하는 이야기를 생산했다. 편지에서 독자는 요시코의 이야기를 읽고 그녀의 내면을 보는 것이 된다.

---

18 藤森清,「語ることと読むことの間－田山花袋,『蒲団』の物語言説」,『国文学(解釈と鑑賞)』第59巻4号(1994.4), p.85.

『이불』에서는 화자가 도키오를 초점화하는 것에 의해 도키오의 내면을 그린다. 동시에 요시코의 시점을 넣는 것에 의해 요시코의 내면을 표현하게 되었다. 이는 요시코의 내면을 그리는 것으로 여성의 이야기를 배제하지 않는다고 하는 결과를 가져온다. 『이불』의 흔들리는 시점에 의해서 남성의 시점만이 아니고 여성의 시점도 들어가고 여성의 이야기를 그릴 수 있게 되었다. 근대이야기의 대부분이 남성의 시점에 의한 남성중심의 이야기인 것에 대해서 『이불』은 여성의 시점이 들어간 여성의 이야기를 배제하지는 않았다. 그것은 화자의 흔들리는 시점에 의해 얻어진 것이다.

고백의 장에 의존한 작가＝주인공이라고 하는 『이불』 및 사소설의 읽기는 허구를 전제로 한 소설의 개념을 전복시키고 있다고 이야기되고 있다. 그리고 그 전복의 원인으로서 『이불』은 비판받아 왔다. 그것은 이불만의 책임일까? 다야마 가타이는 『이불』에서 자기자신을 모델로 해서 주인공을 그리고 있지만 주로 주인공의 내면에 초점이 맞추어져 있고 다야마 가타이와 그 여 제자의 관계를 사실로 증명할 근거는 어디에도 없다. 즉, 『이불』은 다야마 가타이의 경험을 있는 그대로 한 고백이라고 하는 근거는 어디에도 없는 것이다. 그럼에도 불구하고 『이불』이 항상 다케나카 도키오의 이야기＝다야마 가타이의 이야기라고 하는 사소설의 담론을 만든 원인으로서는 A, B, C와 같은 화자의 특이성을 지적할 수 있다. 결국, 주어가 삼인칭 '그'이면서도 항상 '나' 소설의 수법을 첨가한 것, 즉, 서술의 시점이 도키오에게 고정되어 있는 것이다. 그러나. 다른 한편으로는 일인칭이 아니고 삼인칭으로 쓰고 객관성을 유지하려고 하는 것과 A', B', C'에서 본 것과 같이 화자가 주인공 이외의 인물의 시점 즉 요시코를 초점화하고 그녀의 내면을 그리고 있는 것 등은 사소설로서 읽을 수 없는 근거가 된다. 그럼에도 불구하고 『이불』이 단지 사실의 고백으로서 읽혀져 왔던 것은 A, B, C 와 같은 서술 그 자체의 문제임과 동시에 당시의 비평가들의 읽기 문제라고도 생각된다. 당시의 비평가들은 A', B', C'의 읽기를 배제하고 A, B, C와 같은 읽기만을 부각시켜 실제로는 다야마 가타이를 주인공으로 바꿔 읽었다. 이와 같은 읽기가 없었다면 사소설은 성립되지 않는다. 그리고, 『이불』의 기묘한 서술이 없었더라면 비평가들은 그와 같은 읽기를 하지 않았을 것이다. 결국, 사소설담론은 『이불』 서술과 비평가들의 읽기의 합치에 의해서 생긴 것이다. 그리고 그것은 한 여성의 이야기라고 하는 읽기의 해석을 배제하는 것에 의해 가능하게 되었다.

2. 『오부작』의 소설기법과 작품세계

이와노 호메이는 제일단편소설집 『탐닉(耽溺)』(1910.5)의 「서문에 대신한다」에 다야마 가타이로부터 받은 영향을 다음과 같이 고백하고 있다.

가타이씨 당신에게 나의 첫 단편소설집 『탐닉』을 바치고 싶다. (…중략…) 당신에 의해 신경향에 도달한 것은 고 독보씨도 그렇다. 도손씨도 그렇다. 나도 그 중 한 사람인 것을 부정 할 수 없다. 당신은 연령에 있어서도 나의 연장자인 동시에 새로운 학식에 있어서도 나의 형이다. 당신의 「노골적인 묘사」(태양게재)는 나의 「신비적 반수주의」(단행)에 앞선 것에 2, 3년, 그동안에 나는 당신을 알았다. (…중략…) 불행하게도 당신과 나는 문예의 실행적 성질에 있어서 의견을 같이 할 수 없지만, 당신도 주관의 힘을 전부 없애고, 옛날의 천박한 몰이상론의 정도에 머무르지는 않을 테고, (…중략…) 『탐닉』에 이르러서 뜻밖에도 당신의 『이불』과 같은 제이의 연애를 취급하게 되고, 당신도 나의 소설에 있어서 태도를 인정해 주었지만 『시노하라 선생』을 당신은 어떻게 볼 것인가, 나는 그것이 알고 싶은 것이다.[19]

이 서문은 「오타루에서 배를 기다리면서」(1909.6.23)라는 제목으로 되어 있다. 이와노 호메이가 시인에서 소설가로 전향할 때 쓴 이 서문은 이와노 호메이가 다야마 가타이의 영향을 강하게 받고, 그 감화를 토대로 소설가로서 출발한 이유를 설명하고 있다. 그러나 한편, "문예의 실행적 성질에 대해서 의견을 같이 할 수는 없다"라고 하고, 두 사람의 다른 점을 확실하게 밝히고 있다. 『오부작』은 이와노 호메이가 자신의 사생활을 모델로 해서 아내와 애인과의 싸움, 사업의 실패 등, 호메이 자신이 가지고 있었던 문제의 진상을 숨기지 않고 그린 '고백적'이고 '적나라'한 작품세계인 것이다. 『이불』을 의식하지 않았다면

19　岩野泡鳴, 「『耽溺』の序に代ふ」, 『岩野泡鳴全集』第15卷(京都, 臨川書店, 1997), pp.443～444.

이와노 호메이의 전면적인 고백의 작품세계인『오부작』은 나타나지 않았을 것이다.

여기에서는『오부작』의 서술상의 특징과 시점을 분명하게 하는 것에 의해 내면이 어떻게 나타나고 무엇이 고백되었나를 검토해 보겠다.『오부작』의 초고와 개정판을 통해서 시점과 내면의 변화를 검토해 보기로 한다.

1) 고정되는 시점

『오부작』의 시점에 관한 연구를 보면 먼저 반에씨[伴悅]는『이와노 호메이―오부작의 세계』에서 개정판을 문제 삼고 "일원묘사의 표준에서 어긋난" 부분이 삭제된 것을 언급하고 있다.[20] 그러나 시점에 관한 언급은 없다.

오쿠보 노리오[大久保典夫]는『이와노 호메이의 시대』에서 개정판의 시점 변화에 관한 부분을 소개하고 있다. 그는 개작부분을 문제 삼아 초고『방랑』에서는 "아리시마 부부 측에서 다무라 요시오의 성격묘사를 하거나, 요시오가 술에 취해 잠자고 있는 동안의 텐세이[天声], 효보[永峰], 홋켄[北剣] 등의 친구 생각을 다원묘사로 그리고 있는 부분이 눈에 띄지만 이것은 타무라 요시오를 주인공으로 한 강렬한 '파괴적 주관'의 세계에 어울리지 않게 느껴진다"라고 하고, 이 점이 개정판에

---

20 伴悅,『岩野泡鳴―五部作の世界』(東京, 明治書院, 1982), p.30 참고.

의식되어 있다고 주장한다.[21] 또 그는 "이사무[勇]의 내면에 들어가서 요시오를 외측에서 대상화·객관화해 조형하려고 한 부분이 삭제되었다"[22]고 하고, 이와노 호메이가 『오부작』에서 대폭으로 개작 작업을 한 것은 일원묘사에 있어서 '시점의 혼란과 정리'를 하기 위해서였고, 개정판 쪽이 더 정리된 느낌이 든다고 말한다.[23]

오쿠보 노리오는 부분적으로 개작의 시점 변화에 대해서 지적하고 있지만, 구체적인 문체변화와 그것으로 인한 작품세계의 변화에 대해서는 언급하지 않고 있다. 필자는 일원묘사에 의해 시점이 개작되는 과정을 보면서, 그것에 의해 작품세계가 어떻게 변화하고 있는지에 대해 주목하기로 한다.

『끊어진 다리』는 『방랑』 후반의 여운이 남아 있는 속편으로 홋카이도의 유곽에서 만난 유녀 시키시마와의 연애와 그 사랑의 끝이 그려진다. 여기에서는 특히 시키시마가 먼저 온 손님을 접대하는 것에 대한 요시오의 불만과 고독, 홋카이도 순례에서 오는 고독한 방랑자의 비애가 리얼하게 그려진다. 『끊어진 다리』는 홋카이도에 있는 가무이고탄[神居古潭]의 낭떠러지에 걸려있는 다리이다. 『끊어진 다리』에는 다리를 지탱하고 있는 철사가 끊어지는 것은 아닌가하는 불안함에서 홋카이도에서 난관에 봉착한 요시오의 모습이 겹쳐져있다.

초고 『끊어진 다리』는 개정판 『오부작』으로 개작되는 사이에 많은 시점의 변화가 보인다. 이 변화는 『끊어진 다리』만이 아니고, 초고의

---

21 大久保典夫, 『岩野泡鳴の時代』(東京, 冬樹社, 1973), p.838 참고.

22 위의 책, p.84.

23 위의 책, p.83.

작품전체가『오부작』으로 개정될 때에 일관되게 보인 현상이다. 다시 말해, 여기에서는 시점이 어떻게 변하는가, 그리고 시점이 어떻게 삭제되는가를 본다. 즉, 초고와『오부작』의 개작과정을 비교하고, 그것에 의해 작품세계가 어떻게 변화하는지 보기로 한다.

초고와 개정판『오부작』에는 많은 시점의 변화가 있지만 몇 개의 부분만을 예를 들어본다. 다음은 요시오가 홋카이도에서 만난 유녀 시키시마의 묘사이다.

> "그럼 하나코씨의 곳에 가는거죠"라고 <u>그녀는 원망스러운 듯이 확인한다.</u>[24]
> 『ぢやア、花子さんのところへ行くのでしよう』と、<u>女は恨めしさうに念を押す。</u>(초고, pp.126~127)
> "그럼 하나코씨의 곳에 가는거죠." <u>그녀의 음성은 원망스러운 듯이 들렸다.</u>[25]
> 『ぢやア、花子さんのところへ行くのでしよう。』<u>女の声は恨めしさうにも聴えた。</u>(개정판, p.313)

초고의 "그녀는 원망스러운 듯이 확인한다"에서 화자의 시점은 여자(시키시마)에 향해있고 이 문장의 행위 주체는 여자이다. 그러나, 개정판의 "그녀의 음성은 원망스러운 듯이 들렸다"라고 하는 부분에서 화자의 시점은 여자의 음성이 '들렸다'는 요시오 쪽으로 이동하고, 화자의 행위 주체는 여자의 음성을 듣는 요시오 쪽으로 이동해간다. 개

---

24 岩野泡鳴,「초고」,『岩野泡鳴全集第3巻』(京都, 臨川書店, 1995), pp.126~127. 이하 선은 필자.
25 岩野泡鳴,「개정판」,『岩野泡鳴全集第2巻』(京都, 臨川書店, 1994), p.313.
    이하 본문 중에 페이지만 적는다.

정판인『오부작』에서 여자에게 있었던 시점이 요시오로 이동하고, 여자는 서술 행위 주체로부터 배제되어진다.

다음은 오토리의 묘사이다.

오토리는 겨우 8시 경에 눈을 떴다. 그리고, 요시오가 없는 것을 보고 다시 일어났다. "도망갔을 것이다"라고 생각했기 때문에 가슴이 두근거린다. (…중략…) 병원에서 되돌아왔다. 어제저녁 이후, 어차피 또 나빠진 것이 틀림없다고 생각했지만, 오늘은 아직 진찰과 치료를 받지 않았기 때문에 조금 좋은 기분이 되었다. 그리고 자신이 없을 때에 한통의 편지가 와 있었다.(…중략…) 이것을 계기로 오토리도 귀경하기로 결심했다. (초고, p.491)

お鳥は漸く八時頃に目をさました。して、義雄のゐないのを見て、飛び起きた。

『逃げたのだらう。』かう考へたので、胸がどぎまぎする。……　病院に帰つた。

ゆうべ以来、どうせまたひどくなつたに違ひないと思つてゐたのが、まだけふの診察と治療とを受けないのに、多少いい気持ちになつた。

と云ふのは自分の留守に一つの手紙が来てゐた。……

これをしほに、お鳥も帰京することに決心した。

오토리는 겨우 8시 경에 눈을 떴다. 그리고, 요시오가 없는 것을 보고 다시 일어나 "도망 갔을 것이다"라고 생각했던 것같다. (…중략…) 병원에 돌아왔다고 그녀가 나한테 웃으면서 고백했다. 그리고 계속해서 상담같이 말하는 것에 의하면 그녀가 없을 때에 한통의 편지가 와 있었다. (…중략…) 이것을

계기로 오토리도 귀경하기로 결심한 것 같다. (개정판, pp.443~444)

　　お鳥はやツと八時頃に目をさました。そして、義雄のゐないのを見て、飛び起きて、『逃げたのだらう』と考へたさうだ。…… 病院に帰つたと, かの女が再びやつて来た時にこちらへ笑ひながら打ち明けた。そしてなほ続けて、相談らしく語るによると、かの女の留守に一つの手紙が来てゐた。…… これをしほに、お鳥も帰京することに決心したらしい。

초고의 요시오가 도망간 것은 아닌가 하고 "생각했기 때문에 가슴이 두근거린다"라는 오토리의 내면이 개정판에서는 '생각했을 것이다'와 같이 요시오의 눈에 비친 오토리의 묘사로 변하고 있다. 여기에서 주체는 오토리에서 요시오로 변하고 있다. 또 '병원에 되돌아왔다'는 "병원에 되돌아 왔다고 (…중략…) 고백했다"로 변하고 화자는 직접 오토리를 묘사하지 않고, 오토리가 요시오에게 '고백했던' 것에 의해 그녀가 병원에 되돌아온 것을 아는 요시오의 시점을 통한 묘사로 되어있다. 또 초고의 "어제 저녁이후 (…중략…) 조금 좋은 기분이 되었다"는 오토리의 내면이 개정판에서는 삭제되고 편지가 온 것도 그녀가 그에게 '말하는' 것에 의해 확실해진다. 초고의 "이것을 계기로 오토리도 귀경하기로 결심했다"는 "이것을 계기로 오토리도 귀경하기로 결심한 것 같다"로 변하고 오토리가 '결심한' 것이 요시오에게 '결심한 것 같이' 보이는 방식으로 변해있다. 화자의 시점은 초고에서는 오토리에 있었지만 개정판에서는 요시오로 변해있다. 그것에 의해 서술의 주체는 오토리에서 요시오로 변하고, 오토리의 내면에 대신해서, 요시오의 내면이 그려지게 되었다.

다음은 초고에서는 시키시마에 있었던 시점이, 개정판의 『오부작』에서는 요시오로 변한 부분이다.

얼굴을 들어서 여자가 한참 남자 쪽을 보니까, <u>남자는 단지 말하지 않고 웃고 있다.</u> 여자는 그것이 매우 귀여웠다. 그 집념이 강하고 냉혹한 남자도 이렇게 애정을 가지고 있다고 생각하니 여자는 새 가정을 가진 사람처럼 따뜻한 기분이 되어 먼 곳에 간 남편이 지금 되돌아온 것 같다.

<u>남자가 또 오늘 밤 이후 올지, 안올지 모른다고 생각했기 때문에 여자는 실제로 자기를 생각하고 있는지 최후의 시험을 할 작정이다.</u> (…중략…) 남자의 마음은 생각한 것 같이 역시 변해있다. 변해 있는데 이쪽만이 아직 뜨거운 것 같이 생각되는 것은 싫다고 하는 경계심을 일으킨다. (초고, p.221)

顔をあげて、女がじツと男の方を見ると、男はただ無言で、にこにこしてゐる。女はそれが非常に可愛くなつた。あの執念深い而も冷酷な男も、かう情愛があるのかと思ふと、女は新らしい所帯持ちの様なあツたかい心持ちになつて、遠方に行つてゐた所天が今帰つて来た様だ。

男はまた今夜切りで、この後は来られるか、どうか分らないと考へてゐるのだから、女が実際に自分を思つてゐるか、どうか、最後の試をするつもりだ。……

男の心は思つてゐた通り、矢ツ張り移つてゐるのだ。移つてゐるのに、こちらばかりがまだ熱い様に思はれるのはいやだと云ふ警戒心を起す。

그리고 여자가 얼굴을 들어서 한참 이쪽을 보고 있는 데 <u>요시오는 단지 말하지 않고 웃으면서 생각했다.</u> - 오늘 밤 이후, 올지 안 올지 모른다. 그렇지

만 <u>여자가 지금까지 보인대로 실제로 자기를 생각하고 있는지 어떤지 최후</u>
<u>로 시험하려고.</u> (개정판, p.380)

　そして女が顔をあげて、じツとこちらを見てゐるところで義雄はただ
無言で、にこにこしながら考へた —— 今夜切りで、この後は来られる
か、どうか分らない。が、女がこれまでに見せた通り、実際に自分を思
つてゐるか、どうか、最後の試しをしてやらうと。

　초고를 보면 최초의 문장 "얼굴을 들어서 (…중략…) 지금 되돌아
온 것 같다"에서 "여자가 한참 남자 쪽을 본다"와 같이 확실히 여자쪽
에서 남자를 보고 있다. 여기에서 여자의 눈에 비친 남자는 '말하지 않
고 웃고 있다'와 같이 서술되고 남자의 얼굴을 보는 것은 시키시마이
고 보여지는 것은 요시오이다. 다음 문장의 "남자는 또 오늘 밤 이후
(…중략…) 여자는 실제로 자기를 생각하고 있는지 최후의 시험을 할
작정이다"에서는 여자의 내면을 추측하려고 하는 남자의 내면을 그리
고 있다. 여기에서 보는 것은 요시오, 보여지는 것은 시키시마이기 때
문에 서술의 주체가 여자에서 남자로 변하고 있다. 최후의 문장 "남자
의 마음은 (…중략…) 경계심을 일으킨다"에서는 또 여자쪽에서 남자
의 내면을 엿보고, 서술의 주체는 남자에서 여자로 변한다. 이와같이
초고에서 시점은 여자에서 남자, 남자에서 여자로 변하고 여자와 남
자의 시점이 섞여 있다.

　그러나, 개정판의 "여자가 얼굴을 들어서 한참 이쪽을 보고 있는데 요
시오는 단지 말하지 않고 웃으면서 생각했다"에서 '요시오는 (…중략…)
생각했다'가 추가되어, 화자는 요시오를 초점화하고 있다. 초고의 첫 문

장에서는 시키시마의 내면을 초점화하고 있지만 개정판에서는 요시오의 내면을 초점화하는 것으로 바뀌고, 서술의 주체는 시키시마에서 요시오로 변하고 있다. 그리고, 개정판의 "여자가 지금까지 보인대로 실제로 자기를 생각하고 있는지 어떤지 최후로 시험하려고"의 부분에서는 시점의 이동은 없으나 요시오 쪽에서 시키시마가 자신을 어떻게 생각하고 있는지 시험하려고 하는 강한 의지를 표현하는 그의 내면이 그려져 있다. 그리고, 초고의 "여자는 그것이 매우 귀여웠다. (…중략…) 먼 곳에 간 남편이 지금 뒤돌아 온 것 같다"라고 하는 여자의 내면이 개정판에서는 전부 삭제된다. 동시에 초고의 "남자의 마음은(…중략…) 경계심을 일으킨다"라고 하는 요시오의 자신에 대한 애정이 변해있는가 어떤가 하고 의심하는 시키시마의 내면도 개정판에서는 삭제된다.

초고에서 시점은 통일되어 있지 않고 거의 시키시마를 중심으로 한 작품세계가 전개된다. 그러나, 개정판에서 시점은 요시오에 이동하고 그를 중심으로 한 작품세계가 전개된다. 결국, 호메이는 그녀에게 있었던 시점을 그의 시점으로 이동시키고, 그녀의 내면을 배제하는 것에 의해 여자의 작품세계를 남자의 작품세계로 한 것이다.

2) 배제되는 내면

초고『끊어진 다리』에서 개정판『오부작』으로 개작되었을 때, 많은 부분이 삭제되었다.

다음은 초고에서 개정판『오부작』으로 되었을 때, 삭제되어진 오토리의 내면이다.

오토리는 요시오가 작년 말까지 모 상업학교의 영어교사를 하고 있었던 것을 기억했다. (초고, p.199)

お鳥は義雄の昨年末まで某商業学校の英語教師をもしてゐたことを思ひ出す。

다음은 시키시마의 내면이다.

그녀는 실제 그리워서 견딜 수가 없었다. (…중략…) 여자는 남자 가슴에 울며 매달리고 싶은 것을 견딘다. 그리고, 이것으로 마음이 풀리지 않으면, 그만이라고 생각한다. (초고, p.126)

かの女は実際恋しくつて溜らなくなつたのだ。……　女は男の胸に泣きつきたいのを我慢する。して、これで心が解けなければ、もう、それまでだと思ふ。

다음은 여자의 내면이다.

여자는 남자가 예상 외로 냉혹하다는 것을 생각할 여유가 생긴 것 같다. (초고, pp.129~130)

女は男の案外に冷酷なのを感ずる余地が出来たらしい。

순서대로 보면, 『오부작』에는 초고에 있었던 오토리, 시키시마, 여자의 시점, 즉 그녀들의 내면이 삭제되어 있다. 이와 같이『오부작』은 주인공 요시오 이외의 인물시점으로 그려진 부분을 삭제하는 것에 의해 성립되고 있다. 초고에 있었던 주인공 이외의 모든 인물의 내면묘사가 삭제되는 것에 의해『오부작』에서는 전적으로 요시오의 내면 만을 그리고 있다. 초고에 보인 시점의 흔들림은 없어지고, 개정판인『오부작』의 작품세계는 요시오만에게 시점이 고정되어 그 이외의 타인의 시점이 들어갈 여지가 없다.

초고에서 개정판『오부작』에의 변화는 요시오의 묘사가 주관적인 것에서, 오토리의 묘사가 객관적으로 되는 방향으로 변해있다. 개정판에서는 주관적 감정이 강한 말이 추가되어 있기 때문에 독자는 주인공 요시오의 내면을 깊게 이해할 수 있다. 개정판에서 화자는 요시오의 내면에 가깝고, 오토리로부터는 멀어지려고 한다. 이것은 요시오만의 주관적 감정을 표현하려고 하는 작자의 의도처럼 보인다. 초고와 개정판을 비교해 알 수 있는 것은 개정판에서는 요시오의 주관적 감정을 추가하는 것에 의해 주인공 요시오의 그 순간의 심정을 더 강하게 나타내려고 한다. 그 반면, 오토리의 행동은 객관화되어 보이고 있다. 그것에 의해 요시오와 오토리와의 사이에는 거리가 생기고, 주체와 객체와의 명확한 구별이 생긴다.

그것은 작자와 요시오의 거리를 영에 가깝게 하려는 일원묘사의 목적이고, 일원묘사에 의한 엄격한 시점제한이다.『오부작』의 주인공 요시오만에게 고정된 인칭과 시점은, 요시오만의 내면을 그리고, 다른 작중인물의 내면은 배제되어진다. 개작에 의해『오부작』에서는 요시오의 내면, 즉 그만의 작품세계를 볼 수 있다.

3) 내면과 행동하는 욕망

『오부작』에도 『이불』과 같이 처자 있는 남자와 여제자와의 관계가 적나라하게 고백되고, 노골적인 편력과 연애의 끝이 감춘 곳 없이 대담하게 그려져있다. 『끊어진 다리』는 유녀 시키시마와의 연애와 그 결말이 그려져 있고, 『방랑』, 『악령』의 중간적인 스토리에 위치해 있다. 이 작품에서는 사실과 환상의 융합이 인생이라고 하는 호메이의 주장이 표현되어 있다.

그러면 초고의 시점을 통일하고 삭제하는 것에 의해 작품세계는 어떻게 변화하는가? 『오부작』(악령)의 크라이막스는 요시오와 오토리의 자살미수사건이다. 이 자살사건의 장면도, 『오부작』에 있어서 많은 부분이 개작되어 있다. 『끊어진 다리』의 다리장면과 같이, 이것은 『악령』의 정점을 이루는 부분이고, 호메이가 힘을 쏟은 부분이라고 추측된다.

그러면 개정판의 두 사람의 자살사건 장면을 보도록 하자

"함께 죽자"라고 말하고 나서 처음으로 소리를 내어서

"어디로 할까?"

"토요히라 강의 철교가 좋겠지" (…중략…)

그는 지금 돌연 소집 명령을 받아서 죽음의 침실에서 일어난 도깨비 같다고 스스로 생각했다. 살아서 귀찮은 여자가 그로부터 멀어지는 것을 행복이라고 생각하고 그 죽는 장소까지 안내할 생각이다. 천천히 생각해보면 자신이 그 여자를 버리고 도망가려고 한 것도 자신의 사상적 생활에 관계가 없어

졌기 때문이다. 그런데 그녀 스스로 도망쳐 준 것이다. 이것만큼 좋은 것은 없다. 그것만으로 또 이쪽의 얼굴도 구름사이로 보이는 달빛에 비춰지면 파랗게 되어있을 것이라고 생각된다. (개정판, pp.436~437)

두 사람이 다리에서 떨어져 죽으려고 하는 장면을 보면, 두 사람은 희미한 어둠 속에서 안고 서로 옛날에 관계한 이성을 생각하고 떨어진다. 두 사람은 강에 물이 흐르고 있다고 생각하고 빠졌지만 오래전에 내려 단단해진 눈 속이었다. 안았던 손을 때고 일어선 둘은 눈을 턴다. 오토리는 도쿄에서 받았던 빗이 없어진 것을 알고 우는 소리를 한다. 그런데 방에 돌아와 보니 빗은 이불 옆에서 천정을 향하여 굴러다니고 있었다. 연애가 끝난 남자와 여자가 함께 죽으려는 것과 죽으려고 하는 여자가 빗을 찾으려고 하는 장면은 매우 아이러니컬하고 해학적으로 생각된다. 이 자살사건을 보면, 요시오가 오토리와 헤어지려고 하는 것은 "자신의 사상적 생활에 관계가 없어졌기 때문이다"라고 하는 것에서 알 수 있다. 그의 연애는 전부 자신의 사상적 생활 때문이다.

주인공 다무라 요시오에 있어서 문학·사상·연애는 어떤 관계에 있는가? 연인 오토리는 어떤 존재인가? 그녀는 요시오에 있어서 자기 발전을 위해서 필요한 존재 밖에 되지 않는다. 그것은 다음 인용을 보면 알 수 있다. 요시오가 오토리를 애인으로 한 것에 대해서 "2, 3년 내에 그는 인생의 대부분을 알몸으로 현실에 부딪혀 처음에는 왠지 모를 고상함이 있었던 환영이 전부 소멸해 버렸다. 그런 생활을 하고 있다고 생각하면 곧 40에 가까운 시대를 앞서가는 자신이 불쌍하게 생각되어 하다 못해 젊은 여자의 뜨거운 피에 접해서 지나간 마음을 바

다의 넘치는 메아리로 지금 한번 되돌려보고 싶은 것이다"(개정판, p.39)
라고 언급하고 있다. 그는 오토리라고 하는 젊은 여자의 뜨거운 피에
접해서 가버린 마음의 윤택함을 되돌려보고 싶은 것이다. 주인공에
있어서 연애는 단지 자신의 공허를 메우는 것에 지나지 않는다. 또, 연
애는 그 고독한 자아를 위로해 주고, 자신의 발전을 위해 필요한 것이
다. 『악령』에서 『오부작』 전체를 통해서 나타난 요시오와 오토리와
의 연애는 끝이 난다. 여기에서는 연애의 미화가 아니고, 연애의 환멸
이 그려져 있다고 할 수 있다. 이러한 결말은 그의 사상과 결부해서 이
해할 수 있다. 이와 같은 서술방식은 여자의 시점을 배제하고 그녀에
게 있었던 시점을 요시오에게 옮기는 것에 의해 강화되었다. 예를 들
면 아내 지요코와 애인 오토리는 매우 추한 여자로서 그려진다.
　다음은 오토리의 묘사이다.

　　　요시오는 직접 마주 앉아서 그 얼굴을 보니, 동그랗게 살쪄있고, 색깔은 눈
　　과 같이 희지만 납작한 면적이 어딘지 모르게 느슨하고, 너무 나온 히사시 머
　　리(앞머리를 쑥 내밀게 빗은 것)와 옷 입은 것이 아무리 봐도 촌스럽다. 그 눈
　　길이 의지가 있어 보이는 것도 히사시머리 안에서 보고 있기 때문에 단지 그
　　렇게 보이는 것이라고 생각하면 그렇다고 할 수 있다. 또 그 하얀 눈이 조금 하
　　늘색을 띤 것도 요시오가 봐서 별로 좋은 느낌은 들지 않는다. (개정판, p.33)

　요시오의 얼굴에 비친 오토리의 얼굴 묘사이다. 『오부작』의 히로
인 오토리만큼 추하게 그려진 여자도 많지 않다. 『독약을 마시는 여
자』의 그녀는 요시오의 첩이 되고 그로부터 옮은 성병에 걸린 여자,

독약 아히산을 마시는 독약과 같은 여자로 그려진다. 또, 얼굴의 관찰은 매우 리얼하지만 아름다운 여성으로서가 아니고 세련되지 못한 촌스러운 여자로서 그려진다. 요시오는 오토리에게 좋은 인상을 가지고 있지 않음에도 불구하고 오토리와 사랑에 빠지고 정부관계가 된다. 그것은 그에게 있어서 사상적인 발전에 도움을 주기 때문이다. 더욱, 그의 정직한 내면이 더욱 잘 그려져 있는 것은 "촌스러워도 예를 들어 못생긴 얼굴이라도 그 살이 많은 얼굴이 흰 여자를 도리없이 친구의 슈무[秋夢]에게 건네버리는 것이 갑자기 아까워졌다"(개정판, p.36)라고 하는 부분이다. 자신은 그만큼 그녀에게 애정을 가지고 있지 않고, 친구에게 그녀를 넘기려고 약속했음에도 불구하고 그 약속을 깰 정직하고 노골적인 내면을 그리고 있다.

다음은 사랑이 없어져 버린 남편을 찾으려고 필사적으로 되어 있는 아내의 모습이다.

요시오는 가만히 아내쪽을 봤다. 그리고, 바로 그 잘하는 손바닥으로 뺨을 치려고 기다리고 있었으나 맥이 풀려 버렸다. 그 여자의 얼굴이 바보스러울 정도로 굉장하다. ―라고 하는 것은 이쪽에서 손을 올리면 곧 맞서올 것 같이 득이양양한 주제에 강하게 옆으로 다문 입이 실룩실룩 움직이는 입술에서, 이겨서 자랑스러워하는 모습이 비치고 있었다.

마녀와 같은 웃음―집념강하게 저주하는 여자―심야, 산발한 머리에 초를 3개 꽂고 입에 면도칼을 넣어 한 손에는 집 인형, 다른 손에는 망치를 가지고 야밤중에 오는 것을 상상하고, 요시오는 소름이 끼쳤다. 이와 같이, 히스테리의 절정에 달한 여자이면 그 정도는 시골이라면 불가능하지 않다고. (개정판, p.83)

아내인 지요코를 나타내는 묘사는 '『카사네』[26]가 원망해 죽은 얼굴', '집념 강하게 저주하는 여자', '히스테리가 절정에 달한 여자'이다. 자신의 남편을 빼앗긴 아내가 첩인 오토리를 수단과 방법을 가리지 않고 저주하는 모습을 그리고 있다. 요시오의 눈에 비친 지요코는 독을 마신 후의 모습과 같다. 이와 같이『오부작』에서는 보통의 연애소설이나 호색소설과 같이 여자를 아름답게 묘사하거나 이상화하지는 않았다. 결국,『오부작』전체를 통해서 애인과의 대담한 행동과 연애가 그려져 있지만 여자를 보는 작자의 시선은 일관해서 냉정하다. 자신이 사랑한 여자임에도 불구하고 아내는 혐오감을 일으킬 정도의 히스테릭한 여자로 그려져 있고 오토리는 성병에 걸려 독약을 마시는 추한 여자로 그리고 있다.

이러한 개작은 하나의 작품세계 속에서 두 개 이상의 주관을 가져서는 안 된다고 하는 이와노 호메이의 「일원묘사」를 실현한 것이었다. 개작하는 것에 의해, 여성을 보는 시선은 더욱 차가워지고 그녀들은 한층 더 추하고 히스테릭하게 그려진다. 이러한 여자의 묘사방법은 요시오가 오직 보는 주체이고 그녀들이 보여지는 대상이었기 때문이다. 그것은 여성의 내면을 배제하고 오직 요시오만에게 시점을 주었기 때문에 생긴 결과이다. 초고에 있었던 많은 작중인물의 시점은 『오부작』에서는 배제되고 시점은 전부 요시오의 시점에만 집중된다. 『오부작』은 시키시마와 오토리의 시점을 주인공 요시오의 시점으로 바꾸고 그녀들의 내면을 배제하고 오직 요시오만의 시점, 내면의 노

---

26 괴담의 여주인공. 질투가 강한 못생긴 주부로, 남편에게 강에서 살해당하고, 그 원령이
일족에게 재난을 주었다.

출을 허락하는 것에 의해 성립되고 있다. 개정판에서는 요시오가 주체적인 지위를 점하고 있고, 자신의 생각대로 행동을 옮기는 인물로 그려지고 있다. 요시오만에게 시점을 두었던 엄격한 시점제한은 단지 한 사람만의 내면의 노출을 허락하고 그만의 내면을 나타내는 것에 의해 작품을 더욱 남성적인 작품세계로 만드는 것이다.

3. 「배따라기」의 소설기법과 작품세계

이와노 호메이의 일원묘사는 "인간의 세계나 인생은 (…중략…) 자신 한 사람의 주관에 비추어진"[27] 것이고 "타인의 주관을 허용하지 않는다"[28]는 것이다. 하나의 작품 속에 두 개 이상의 주관을 가질 수 없고 주인공 한 사람의 시점으로 통일한 이와노 호메이와 김동인의 일원묘사에 대한 시점인식은 같았다. 그러나 그 일원묘사의 실천에 있어서는 큰 차이가 있다. 호메이의 일원묘사는 자신의 사상과 인생관을 반영한 묘사론이고 그것을 죽을 때까지 철회하지 않았다. 지금까지 본대로 호메이는 초고『발전』,『독약을 마시는 여자』,『방랑』에 이

27　岩野泡鳴,「現代将来の小説的発想を—新すべき僕の描写論」,『岩野泡鳴全集 第11巻』(京都, 臨川書店, 1996), p.338; 초고,『新潮』(1918.10), p.323.

28　위의 책, p.315.

어서『끊어진 다리』에서도 개정판『오부작』에서 했던 것처럼 시점을
통일하는 작업을 일관했다. 이와노 호메이는『오부작』이후에도 일
원묘사를 계속해서 사용했다. 다른 한편, 김동인은 초기작「약한 자의
슬픔」,「마음이 옅은 자여」에서는 일원묘사를 사용했지만「배따라
기」이후, 일원묘사와는 다른 새로운 시점의 방법론을 구사한다.

　　김동인은 "이「배따라기」야말로 余에게 있어서 최초의 단편소설(형
으로든 양으로든)인 동시에, 아마 조선에 있어서 조선글 조선말로 된 최
초의 단편소설일 것이다"[29]라고 말하고 있다. 이와 같은 표현은「배따
라기」가 작가의 의도대로 높은 수준의 예술적 인식에 도달한 것에 대
한 작가의 자부심의 표현이라 할 수 있다. 또 김윤식은 "초기작「약한
者의슬픔」이나「마음이 옅은 者여」는 자기 말대로 진정한 단편이라
보기 어려우며,「배따라기」(1921)부터 단편의 시작이라 할 수 있다"[30]
라고 말한다.「배따라기」는 단편소설의 패턴확립과 그 뛰어난 예술
성에 의해 높은 평가를 받아 왔다. 그러면「배따라기」에서는 어떤 시
점인식 및 작품세계를 전개해 가는가? 그리고 그것은 일원묘사와 어
떤 관계가 있는가를 고찰해보자.

　　『이불』에서는 도키오와 요시코의 시점에 의해 그와 그녀의 내면을
그리고 두 사람의 고백을 들을 수 있었다.『오부작』에서도 여성의 이야기
가 배제되고 오직 요시오의 시점에 의한 그의 내면 고백만이 나타났다.
그러면「배따라기」에서는 시점과 내면, 고백은 어떻게 나타나는 것일까.

29　柳基竜,「「배따라기」의 심미적 작품구조」, 金烈圭・申東旭 編,『金東仁研究』(서울, 새문
　　사, 1982), p. II −3.
30　金允植,「반역사주의 지향의 과오」,『金東仁全集』第17卷(서울, 조선일보사, 1988), p.41.

1) 이중화되는 시점

「배따라기」는 그의 이야기가 나의 이야기에 포함된 이야기이고 소설의 이야기가 또 하나의 이야기 속에 포함한 액자소설의 수법을 취하고 있다. 여기서 소설의 이야기, 즉 나의 이야기를 '액자이야기'라고 하고 이야기 속의 이야기, 즉 나의 소개로 제시된 그에 관한 이야기를 '액자 내 이야기'라고 부르기로 한다.

「배따라기」의 선행연구는 매우 많지만 이들은 주로 내용에 관한 연구이고 문체연구는 적다. 여기서는 김동인의 액자소설의 선행연구를 보기로 하자. 나병철은 『소설의 이해』에서 근대 이전의 액자소설은 현실적인 이야기를 하기 위해 필요했지만 근대 이후는 '근대적 현실'과는 다른 심미적 세계와 전통세계를 그리기 위해 사용되었다고 말한다. 그리고 「배따라기」를 시작으로 하는 김동인의 액자소설은 대개 무질서한 현실의 대안으로서 심미적 세계를 특권화하기 위해 사용되었다고 논한다.[31]

이재선은 『현대소설—시점의 시학』에서 『광염소나타』, 『광화사』의 액자소설은 일원묘사와 같은 묘사방법이라는 것을 그림으로 설명하고 있다. 그리고 액자소설에의 '액자이야기 서술자'의 개입은 액자 내 이야기가 작가의 심리와 정서, 이념을 효과적으로 전하는 기능을 한다고 말한다.[32] 이재선은 일원묘사와 액자소설의 시점이 일치하고 '나'와 '그'라는 두 개의 시점을 인정함으로써 두 개의 다른 서술자의

---

31 나병철, 『소설의 이해』(서울, 문예출판사, 1966), pp.481~482 참고.
32 李在銑, 『현대소설—시점의 미학』(서울, 한국소설학회, 1996), pp.230~231 참고.

음성이 들린다[33]고 한다. 그러나 그것은 액자소설의 액자이야기와 액자 내 이야기의 서술자가 일치하지 않는 경우에만 말할 수 있다. 예를 들면 '액자이야기 서술자≠액자 내 이야기 서술자'와 같이 액자 이야기와 액자 내 이야기의 서술자가 일치하지 않을 경우는 각각 다른 시점에 의해 다른 서술자의 소리가 들린다. 그러나 '액자이야기 서술자＝액자 내 이야기 서술자'와 같이 액자이야기의 주인공이 액자 내 이야기를 서술하는 「배따라기」와 같은 경우, 기본적으로 액자이야기와 액자 내 이야기의 서술자 '나'의 시점은 액자이야기에서는 '나', 액자 내 이야기에서는 '그'이기 때문에 이재선의 지적은 타당하지 않다. 이재선은 이 차이에 대해 이야기하지 않았다. 필자는 액자소설의 「배따라기」와 일원묘사의 시점의 유사점 및 그 차이를, 그리고 그 소설 속에 들리는 '소리'의 문제를 확인한다.

그러면 간단하게 「배따라기」의 줄거리를 보자. 15살부터 도쿄생활을 한 나는 대동강에 향한 모란봉을 산책할 때 배따라기의 노래 소리를 듣는다. 그리고 그 노래를 부르는 남자와 우연히 만나 그와 그의 아내, 동생의 삼각관계에 관한 이야기를 듣는다. 나는 남자와 헤어진 후 그를 만나고 싶어 다시 그 모란봉에 가지만 슬픈 배따라기의 노래가 가슴에 남아있을 뿐 그와는 두 번 다시 만날 수가 없었다.

액자소설인 「배따라기」, 즉 액자 내 이야기의 시점 제시법은 일원묘사를 응용한 시점화법으로 나타난다. 그러면 액자소설과 일원묘사를 비교해 보자.

---

[33] 위의 책, p.230 참고. 단 「배따라기」에서는 회화문에서 그와 나의 두 개의 소리가 들리지만 지문의 서술자의 소리는 아니다.

다음은 액자소설과 일원묘사를 그림으로 표시했다.[34]

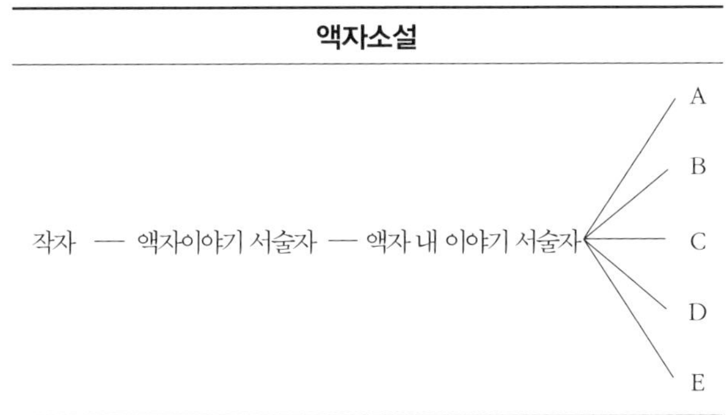

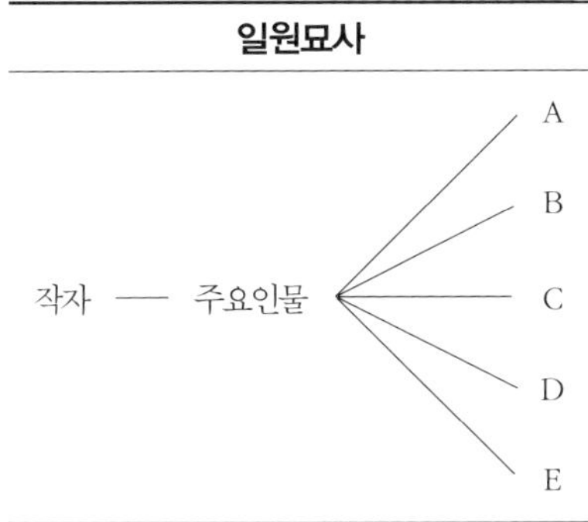

액자소설의 「배따라기」를 일원묘사의 그림에 도입해 보면 액자소설의 '액자이야기 서술자'는 일원묘사에 내포된 '작자'에, '액자 내 이야기 서술자'는 '주요인물'에 대응하고 있다. 액자소설의 「배따라기」에서는 '액자이야기 서술자'의 나는 '액자 내 이야기 제공자'인 그의 눈에 보인 것에 한해 이야기할 수 있기 때문에 작자는 "주요인물의 눈에

보인 것에 한해 쓸 권리"가 있다고 하는 일원묘사와 같은 시점인식을 가지고 있다고 말할 수 있다. 즉, 액자소설의 '액자 내 이야기 제공자'의 그와 일원묘사의 주요인물(주인공)은 똑같이 자신이 인식한 것만이 서술된다. 이야기 안의 이야기인 액자 내 이야기를 전하고 요약하고 평가하는 '액자이야기 서술자'의 나는 일원묘사의 작자와 같은 역할을 완수하고 있다. 단지 액자소설의 액자이야기 서술자는 액자 내 이야기의 바깥에 있고, 액자이야기 속에 있는 인간의 나이지만 일원묘사의 작자는 이야기세계의 바깥에 있다.

그러면 텍스트를 보면서 액자소설의 액자이야기와 액자 내 이야기의 시점과 서술방식을 보도록 하자.

다음은 대동강의 모란봉 산기슭에서 아름다운 경치에 감동하는 주인공 나의 시점에서 그려진 액자소설의 '나의 이야기'이다.

A 나는, 잠시도멋지안코 푸른물을 황해로부어나리는, 대동강은향한, 모란봉기슭, 새파라케도다나는 풀우에 딩굴고 이섯다.[35]

다음은 이야기 제공자인 그의 이야기를 나가 소개하는 액자 내 이야기의 '그에 관한 이야기'의 서두부분이다.

B 그의 살던마을은, 영유고을서 한二十里쩌나잇는 바다를향한 조고만동리이다. 그의살던 그조고만마을 (설흔집쯤되는)에서는, 그는, 꽤 유명한사

---

35 金東仁, 「배따라기」, 『命』(平壤, 創造社, 1924), p.3. 이하, 본문 중 페이지만 적는다.

람이엇섯다. (p.16)

　다음은 액자 내 이야기가 끝나고 다시 나의 시점에서 그려지는 액
자이야기의 '나의 이야기'로 돌아오는 부분이다.

　　C 말을끗내인 그의눈에는, 저녁해에 반샤하여, 몃방울의 눈물이 반득인다.
　　나는, 한참잇다가 겨우무럿다─
　　「로형의 뎨수는?」
　　「모르디요, 二十년을 영유는 안가바스니깐요」
　　「로형은, 이제 어듸루갈테요?」
　　「것도 모르디요, 뎡처가잇나요. 바람부는대루 몰려댕기디요」 (p.34)

　「배따라기」에서 A의 액자이야기는 '나', B의 액자 내 이야기는 '그',
C의 액자이야기는 '나에 관한 이야기'이다. 예를 들면 A에서는 대동강
에서 주인공이 "새파라케도다나는 풀우에 딍굴고 이섯다"와 같이 평
화로운 생활을 즐기고 있는 '나의 이야기'가 있다. B의 "그는, 쫴 유명
한사람이엇섯다"와 같이 영유에서 유명한 뱃사람이라는 '그에 관한
이야기'이다. C의 "나는, 한참잇다가 겨우 무럿다"에서 '그의 이야기'
가 끝나고 다음에 그 이야기를 듣고 슬픔을 느끼는 '나의 이야기'로 들
어간다. 결국 「배따라기」는 A, C의 '나의 이야기' 중에 B의 '그에 관한
이야기'가 포함된 액자소설인 것이다. 이야기전체의 서술자는 나이지
만 액자이야기에서는 나가 자신의 체험을 직접 이야기하고, 액자 내
이야기에서는 이야기의 제공자 '그의 이야기'를 서술자 나가 서술한

다는 형식을 취하고 있다. 단 액자 내 이야기 중에서 나는 액자 내 이야기를 전한다는 기능을 가지고 있지만 삼인칭 그만을 사용해 나의 얼굴이 나타나지 않고 액자 내 이야기는 '그에 관한 이야기'라고 하는 하나의 독립된 이야기로 되어있다.

시점을 보면, 이야기 전체에서 시점의 소유자는 나이지만 액자이야기에서는 '나의 이야기'를 나의 시점에서 이야기함으로써 나의 내적고정초점화가 이루어진다. 그러나 액자 내 이야기에서는 이야기의 제공자 '그의 이야기'를 서술자 나가 전하기 때문에 액자 내 이야기 외부에 서술자 나의 시점에 의한 그의 외적초점화가 이루어진다. 즉 「배따라기」는 액자이야기에서는 내적고정초점화, 액자 내 이야기에서는 외적초점화라고 하는 입체적인 시점이 가능해진다.

이와 같이 일원묘사에서 작자는 주인공의 인식범위를 넘을 수는 없다. 이는 액자 내 서술자인 나가 일원묘사의 작자와 같은 시점인식을 가지고 있다는 것을 보이고 있다. 즉 일원묘사는 주인공이 본 것을 작자가 이야기하고 액자소설의 액자 내 이야기에서는 그가 본 것을 나가 이야기한다고 하는 동일한 시점의 구도이다.

단 일원묘사와 액자소설의 구조에는 차이가 있다. 그 차이로 들 수 있는 것은 일원묘사는 삼인칭이고 액자소설의 액자이야기는 일인칭이다. 그러나 액자소설에서 액자이야기인 일인칭은 그다지 중요한 기능을 하지 않고 줄거리가 있는 중요한 이야기는 액자 내 이야기인 삼인칭이다. 이는 일인칭의 나가 아니고 그의 이야기에 초점이 놓여있다는 것을 의미한다. 그래서 일원묘사를 사용한 작품세계와 작품전체에 중요한 기능을 가진 액자 내 이야기에서는 시점이 닿는 대상의 초점화에 차이가 있다.

　일원묘사의 경우 작자는 작품세계 바깥에 있으면서 주인공의 내면에 자유롭게 들어가는 내적고정초점화가 행해진다. 액자소설의 액자 내 이야기에서는 작자의 기능을 하는 나라고 하는 인간의 시점이 사용되기 때문에 그의 외면을 볼 수 있지만 그의 내면에 들어갈 수 없다. 따라서 그의 외적초점화가 행해진다. 여기서 액자 내 이야기의 전모를 알고 있는 것은 그이지만 화자인 나의 입장에서 그 자신이 이야기한 그의 내면과 외측에서 본 그의 행동에서 그의 내면을 추측할 수밖에 없다. 이러한 액자이야기 서술자인 나의 시점에서 액자 내 이야기를 간접적으로 제시함으로써 나는 그에게 어느 정도 거리를 유지할 수 있다.

　액자이야기와 액자 내 이야기에서 지문의 서술자는 일관해서 나이지만 회화문에서 나, 그의 소리의 차이는 확실하다. 액자 내 이야기에서는 외적초점화가 행해지기 때문에 그라는 인물의 이야기 특질을 유지한 채 그의 이야기를 전하는 것이 가능하다. 「배따라기」의 액자이야기에서 나의 서술에는 주로 표준어가 사용되고 있지만 액자 내 이야기에서는 '그', '남동생', '아내의 대화'는 그 토지의 특색을 살린 평안도방언이 사용된다. 방언의 사용은 나와 그의 말의 차이를 두드러지게 하는 데 유효한 수단이 된다. 액자 내 이야기의 작중인물의 대화는 방언을 사용함으로써 그 인물의 개성이 한층 효과적으로 표현된다. 「배따라기」에서는 나의 발화의 구성요소인 그의 발화가 자립한 이야기로 나의 발화 속에 들어가게 된다. 바흐친은 『언어와 문화의 기호론』 중에서 "나의 구성요소 중에 타인의 발화를 넣은 인용자의 발화는 타인의 발화를 나에게 부분적으로 동화시키고 타인의 발화를 나의 발화의 통사법상, 구성상, 문체상의 통일을 적합하게 하고 더구나 동시에 흔적이라고 하는 형태는 있어도 타인의 발화가 가지고 있는 그 본래의 자립성(통사법상, 구성상, 문체상의 자립성)을 유지할 수 있게 (이러한 자립성의 유지 없이는 타인의 발화 전체가 '인용자에 의해' 그것으로서 파악되는 것은 없다) 독자의 통치법상, 구성상, 문체상의 규범을 완성하려 하는 것이다."[36] 나는 그의 이야기를 능동적으로 받아들이고 이를 통합성 있는 이야기로 전달하기 위해 자신의 말 속에서 상대의 말을 반복하고 있다. 그때 타인의 발화, 결국 전해야 할 말을 전달하는 수단으로 방언이라고 하는 형식이 사용된다. 타인의 말을 두드러지게 개성화하는 방언을 사용함으로써 그와 나의 이야기의 차이가 미묘하게 분화된다. 그때 그의 말은 나의 말의 텍스처를 파괴하지 않고 두 개의 말의 구성상 또는 의미상의 자립성을 유지할 수 있다. 이 액자 안의 '그의 이야기'는 의미상 완전히 독립해 있고 구성상에도 완결한 또 하나의 이야기로 되어 있다.

요약하면 「배따라기」의 액자 내 이야기는 작품세계의 외부에 있는 신의 시점이 아니고 작품세계 내부에 있는 작중인물인 나의 시점에 의해 이야기된다. 이는 화자의 전지적 시점에서 거리를 둔 제한된 인간의 시점에서 현실을 인식하려는 방법이다. 이와 같은 액자 내 작품세계는 사실성을 획득할 수 있는 이점이 있다. 결국 「배따라기」는 나가 액자 내 이야기의 사건내용을 간접적으로 전달하고 삼인칭으로 서

36　ミハイル・バフチン, 北岡誠司 訳,『言語と文化の記号論－ミハイル・バフチン著作集』第
　　4巻(東京, 新時代社, 1980), pp. 251〜252.

술함으로써 액자 내 이야기에 객관성을 얻는다. 이를 통해 독자는 「배따라기」가 리얼리티가 있는 이야기라고 생각하게 된다.

2) 소설의 창조를 그리는 이야기와 내면

「배따라기」와 같은 액자소설은 하나의 텍스트 중에서 액자이야기와 액자 내 이야기라고 하는 두 개의 이야기를 가지게 된다. 액자이야기에서는 일인칭으로 서술되지만 액자 내 이야기에서는 일인칭이 아닌 삼인칭으로 서술된다. 액자 내 이야기는 그가 서술한 이야기를 나가 전하지만 본래 액자 내 이야기도 그 자신이 직접 서술하는 일인칭으로 표현해도 문제는 없다. 왜 삼인칭으로 표현할 필요가 있었는가? 또 액자이야기는 이야기전체에 있어서 어떠한 기능을 하는지에 대해 생각해 보자.

다음은 액자이야기의 주인공인 나가 대동강에 향한 모란봉에서 아름다운 봄 풍경을 만끽하는 장면이다.

> 열다섯살부터의 동경생활에, 마음것 이런봄을보지못하엿든 나는, 늘 이것을보는사람보다, 곱이상의 감명을, 여기서 밧지안을수가업다. ……
>
> 유―토피아를생각지아늘수업다. 우리의 시々각々으로 애를쓰며 수고하는것은―그목덕은 무엇인가, 역시 건설에잇지아늘가. 유―토피아를생각할 때는, 언제던, 그 「위대한인격의 소유자」며 「사람의 위대함을 솟까지즐긴」 진나라 시황을생각지안을수업다. (pp.4~7)

여기서는 나의 내면을 초점화한 내면고정초점화가 행해진다. 일원
묘사에서는 작자는 작품세계의 바깥에 있기 때문에 화자와 주인공의
시점은 매우 밀접하게 접근해 있지만 완전하게 일치하지는 않는다.
그러나 액자소설인 「배따라기」의 액자이야기에서는 화자와 주인공
인 나의 시점이 일치하고 나는 작품세계 중에 직접 참가하고 있다.

「배따라기」의 액자이야기의 서두는 "열다섯살부터의 동경생활에
(…중략…) 여기서 밧지안을수가업다"와 같이 액자이야기의 서술자
인 나 자신의 정보가 간접적으로 제시되고 있다. 이 정보는 15살에 동
경에 유학한 김동인 자신의 경험과 일치하고 있고 액자이야기 서술자
가 원작자임을 간접적으로 암시하고 있다. 이는 작자가 원작자라고
생각하게 하고 원작자의 시점이 액자이야기 서술자 나의 시점과 겹치
는 것과 같은 인상을 준다. 그러나 작가인 김동인이 그 노래의 주인공
을 찾을 때까지의 과정이 실제 사실일 리는 없다. 어디까지나 이 이야
기는 허구이지만 김동인은 인간인 나를 화자로 설정함으로써 이야기
를 현실적으로 보여주려 한 것이다.

그러면 나가 액자 내 이야기의 주인공과 만나 비극적 이야기로 인
도되기까지의 과정을 본다. 인용에서 액자이야기의 주인공인 나는 봄
에 대동강의 한가로운 풍경에 끌려 유토피아를 건설하려 한 진시황제
를 "위대한 인격의 소유자"이고 "사람의 위대함을 끗까지즐긴" 사람이
라 생각하고 시황제의 향략적인 인생관에 경탄하고 있다. 나에게 있
어 진시황제야말로 역사상 유일하게 현실에서 자신의 모든 욕망을 충
족한 인물이다. 여기서 나는 인간의 모든 욕망을 충족할 수 있는 유토
피아라는 이상세계를 구하고 있다.

그러나 이때 영유배따라기(영유의 뱃사람의 노래)의 슬픈 노래 소리가 들린다. 노래 소리를 들은 나는 "나는 무심중, 귀를기우렷다."(p.8) 여기에서 액자 내 이야기가 시작되려고 하는 상황이 그려진다. 다음 장면에서는 호기심에서 노래소리의 주인공을 찾는다. "외인편이구나, 하면서, 소리나는 곳을 더듬어서 소나무틈으로 한참 돌다가, 겨우, 긔 자묘대고는 그등 하눌이넓고밝은곳에, 혼자서 딩굴고잇는 그를 차저내엿다. 나의생각한바와 가튼 얼골이다. 얼골, 코, 입, 눈, 몸집이 모도 네모나고—그의니마의 굵은줄음살과 식컴은눈섭은, 고생만히함과 순전한성격을 나타내인다."(p.15) 주인공 나는 "자, 노형의 경험담이나 한번 드러봅시다. 감출일이아니면 한번 니야기해 보소"(p.15)라고 우연히 만난 사람의 과거 경험담을 들으려 한다. "내가 담배를부치는것을보고, 자긔도 대에 담배를부처물고 니야기를 쓰내인다"(pp.15~16)와 같이 그는 담배를 꺼내어 피우면서 이야기를 한다. 이와 같이 나는 배따라기의 주인공을 만나고 운명적인 그의 이야기를 듣게 되고 소설 속의 이야기인 액자 내 이야기가 창조되는 방향으로 작품은 흘러간다. 여기서 액자이야기의 주인공과 액자 내 이야기의 주인공과의 대화는 끝난다.

여기에서 액자 속의 이야기가 창조되는 순간이 선명하게 드러난다. 이 부분은 독자를 액자 내 이야기세계로 끌어들이려고 함과 동시에 액자 내 이야기가 이야기되어야 할 필연성을 주는 기능을 한다.

그 다음에 "그가 니야기한바는, 대략 이와가튼것이다"(p.16)로 계속되고 액자 내 이야기가 시작되는 것을 알리고 액자 내 이야기로 들어간다. 액자 내 이야기 중에는 형이 동생과 그의 아내와의 관계를 오해해서 생긴 비극적인 운명의 이야기가 숨겨져 있다. 즉 그의 아내와 동생과의 불륜을 오해해 강에 빠져 죽은 아내, 그 충격으로 집을 나가 방랑하는 동생, 이러한 갈등 때문에 배따라기를 부르면서 후회하는 남편의 모습이 있다. 액자 내 이야기의 형제와 아내를 둘러싼 금기의 성은 그의 고백에 의해 나에게 알려지고 그 비밀의 베일이 벗겨진다.

또한 액자 내 이야기는 빛과 어둠의 묘사에 의해 진행된다. "그는 써오르는 새쌀간햇비츨 아프로바드면서 자긔마을을 나섯다"라고 하는 장면에서 시작되고 "그는 니러서々, 싯벌건저녁해를 잔쯕 등으로밧고, 을밀대로향하여 더벅~거러간다"(p.35)는 그의 모습으로 이야기는 끝난다. 여기서 빛은 희망을, 어둠은 절망을 상징하고 있다. 떠오르는 태양과 같이 빛나는 미래를 가지고 있던 그의 인생은 비극적 운명을 피하지 못하고 지는 석양과 같이 어둠 속을 향한다.

이러한 액자 내 이야기를 고려함으로써 작자의 위치를 재인식할 수 있다. 이와 같은 방법은 독자를 자연스럽게 액자 속으로 끌어들여 이야기가 실제 일어나고 있다고 느끼게 한다.

그는 이야기가 끝난 후에도 "그뒤에, 눈오고 비오며 六년이지낫지만, 그는, 다시 아우를만나보지못하고, 아우의 생사까지 알수가업섯다"(p.34)라고 그 후의 이야기도 서술하고 그가 두 번 다시 그의 동생을 만날 수 없었다고 서술한다. 그리고 모든 이야기가 끝난 후 "그의눈에는, 저녁해에 반샤하여, 멋방울의 눈물이 반득인다"(p.34)와 같이 그의 슬픔을 나타낸 눈물묘사가 온다. 그의 눈물은 쥐사건 이후 심경의 변화를 나타내고 행복한 생활이 비극적 운명으로 인도되는 과거를 회상한 슬픔의 눈물이다.

배따라기의 주인공인 '그의 이야기'를 전부 들은 후 다시 나는 액자 이야기로 돌아간다.

다음은 그의 과거의 고백을 들은 후의 심정을 그린 부분이다.

그는 한번다시, 나를위하여 배짜락이를 불럿다. (…중략…)

그날밤, 집에도라와서도, 그 배짜락이와 그의 슉명덕경험담이 귀에 쟁々울리워서, 한잠도 못이루고, 이튿날아츰 째여서, 조반도안먹고 긔자묘로 쒸여가셔, 또다시 그를차저보앗다. (p.35)

그는 나를 위해 배따라기를 부른 후 돌아가 버리고 액자 내 이야기는 끝난다. 그의 노래에 감동한 나는 그를 잊을 수 없어 다음날도 그 다음해에도 봄에 그 장소에 가서 자신을 감동시킨 그 노래를 확인한다. 여기서 그의 고백을 들은 후 나의 내면에 변화가 일어난다. 배따라기에 투영된 슬픔의 정체를 알고 슬픔에 싸인 나는 그날 밤 한숨도 못 잔다. 나는 지금까지 아름답게 느꼈던 봄날이 그의 이야기를 들은 후에는 아름답게 보이지 않고 슬픔에 빠진다. 낙관적인 나의 심경은 그의 이야기가 끝난 후에는 슬픔에 빠진다. 그와의 만남에 의해 나의 내면의 변화에 의해 아름다움 속의 슬픔, 행복 속의 불행, 인생의 복잡한 양상이 액자의 안과 바같을 통해 자연스럽게 전해진다.

이와 같이 배따라기에서 소설의 줄거리가 두 개가 되는 모습, 액자 이야기와 액자 내 이야기의 두 개의 이야기가 만들어지는 그 과정자체를 엿볼 수가 있다. 이는 그림에 비유하자면 "그림을 중심으로 끼워진 다른 하나의 그림과 같이 그 자신이 핵심부분으로써 다시 보여 진다.”[37] 액자이야기는 소설을 그리는 이야기를 보여주면서 나의 내면 변화를 두드러지게 한다.

소설의 창조를 보이는 액자이야기는 나의 내면변화를 선명하게 보여준다. 나라고 하는 인간의 시점을 사용함으로써 액자 내 이야기에 이르는 필연성을 보여준다. 이에 의해 이야기가 실제로 일어난 이야기와 같이 보이는 것에 성공하고 있다.

여기서 이야기는 사실성을 부여하는 소설기법과 액자이야기를 일인칭으로 서술하고 액자 내 이야기를 삼인칭으로 묘사함으로써 양자 사이에 거리를 둔다. 서술자인 나가 액자 내 이야기를 삼인칭으로 그리는 것에 의해 액자이야기의 나와 액자 내 이야기 및 그 주인공 그와의 사이에 일정한 거리를 둘 수 있다. 즉 액자 내 이야기는 이야기의 제공자인 그가 일인칭으로 구술하는 것을 청자인 나가 ‘그에 관한 이야기’로 변환해 객관적으로 서술하고 있기 때문에 나는 그에 대해 거리를 둘 수가 있다. 이 거리에 의해 액자 내 이야기가 허구가 아닌 사실의 이야기라고 느끼게 한다. 액자 내 이야기를 삼인칭으로 바꾸어서 얻은 거리는 액자 내 이야기의 객관성과 사실성을 부여한다.

더욱 액자 내 이야기에서 삼인칭을 사용함으로써 나, 그와의 사이에 거리를 두고 그 거리의 덕분으로 나가 그를 조종할 수 있다. 그러나 그를 조종하는 인물이 인간인 나라고 보여줌으로써 이야기의 사실성은 강해진다.

「배따라기」에서 일원묘사의 신의 시점은 나의 시점으로 변한다.

<hr>

37　T・トドロフ, 管野昭正・保苅瑞穂 訳,『小説の記号学』(東京, 大修館書店, 1974), p.67.

다시 말해 전지적 시점, 조감적인 시점이 인간의 시점으로 전이된 것이다. 여기서 전지적인 신의 시점에서 제한된 인간의 시점으로 옮겨짐으로써 작품세계가 마치 현실 속을 살아가는 개개인의 가까운 곳에서 일어나고 있다는 착각을 가져다준다. 마치 소설이 실제 현실에서 일어났다고 생각하게 하는 소설인식이다. 결국 액자형식은 일인칭 나의 내적초점화, 삼인칭 그의 외적초점화라고 하는 이중적시점을 사용함으로써 거리를 유지한다. 따라서 「배따라기」에서는 나가 그의 이야기를 직접적으로 전하면서 이야기를 객관화하는 것에 성공하고 있다.

3) 금기의 성과 승화된 욕망

액자소설의 액자이야기는 액자 내 이야기에 대한 서술상황, 이야기꾼, 청자에 관한 정보를 제공한다. 액자이야기는 어디까지나 액자 내 이야기를 부각시키려는 기능을 다하고 있고 실제로 줄거리가 있는 중요한 이야기는 액자 내 이야기이다. 「배따라기」에서는 액자이야기와 액자 내 이야기를 통해 처음으로 이야기가 완성된다. 액자이야기와 액자 내 이야기의 관계는 서로 부족한 것을 메우면서 전체 이야기를 완성한다. 김동인은 이와 같은 과정을 통해 이야기 내부의 숨겨진 또 하나의 진실을 그리려고 했다.

그러면 그의 고백에 의해 밝혀진 액자 내 이야기의 작품세계를 보자. 나는 우연히 만난 뱃사람에게 19년전 8월 11일에 그, 그의 아내, 동생과의 삼각관계의 슬픈 운명의 이야기를 듣는다. 그의 이야기에 의하

면 "그의안해는, 촌에는 드물도록 연々하고도 엡부게생겼다."(p.17) 그
리고 "그의안해는 대단히쾌활한성질로서 아모의게나, 말잘하고 애교
를 잘부럿다."(p.17) 그녀는 "그 웃기잘하는입에는, 늘 우슴을흘리고이
섯다."(p.18) 그 뱃사람은 예쁘고 애교있는 성격의 아내를 매우 사랑하
지만 그의 아내가 남동생에게 친절하게 할 때는 질투를 느낀다. 특히
"특별히 안해가 그의아우의게 친절히하는데는, 그는, 속상하여 못견
되엿다."(p.18) 왜냐하면 아우는 시골에서는 보기 드물게 잘 생기고 성
격도 좋았기 때문이다. 어느 날 추석 때 사용할 음식과 아내가 갖고 싶
어한 거울을 사려고 "그는, 쩌 오르는 새빨간햇비츨 아프로바드면서,
자긔마을을 나섯다."(p.17) 시장에서 거울을 사 돌아온 그는 그의 방에
서 이상한 광경을 발견했다.

> 방 가운데는 쩍상이잇고, 그의아우는, 수건이버서저서 목뒤로 느러지고,
> 저리고름이 모도푸러저가지고, 한편모퉁이에 서잇고, 안해도, 머리채가 모
> 도 뒤로느러지고, 치마가 배쏩아레느러지도록 되여이스며, 그의안해와 아우
> 는, 그를보고, 엇지할줄을 모르는듯이, 음쯕도안하고 서이섯다. (pp.25~26)

이는 불행한 사건의 발단이 된다. 자신의 방에서 아내와 아우의 흐
트러진 모습을 본 순간 형은 불륜이라고 단정해 버린다. 형의 질투심
이 아내와 아우에게 직접 향해지고 이야기는 극적으로 전개된다. 늠
름하고 잘생긴 아우에게 열등감을 느끼고 예쁜 아내에게 질투한 형이
동생의 벗겨진 옷과 아내의 흐트러진 모습을 보고 오해한 것은 당연
한 것이라고 생각된다. 사실은 두 사람이 쥐를 잡으려고 했던 것이지

만 오해한 형은 아내를 때리고 아내와 동생을 내쫓는다. 나중에 쥐가 나와서 오해는 풀리고 형은 아내를 기다리지만 예쁜 아내는 익사한 시체로 발견된다.

사에구사 도시가쓰는 "이 뱃군의 운명을 초래한 원인이, 그가 자기 아내에게 너무 집착한 데 있었다. 즉 아름다운 아내를 너무나도 사랑했기 때문에 아내가 죽게 되고, 형제와 이별하게 되고 스스로가 방랑할 운명에 귀착했다고 하는 것은 역설이다"[38]라고 한다. 여기서 알 수 있는 것과 같이 세 사람의 비극의 직접적인 원인은 쥐 사건이었지만 형, 동생, 아내의 삼각관계를 둘러싼 욕망과 질투에 근본적 원인이 있다. 형의 외모에 대해서는 "얼골, 코, 입, 눈, 몸집이 모도 네모나고─그의니마의 굵은줄음살과 식컴은눈섭은, 고생만히함과 순전한성격을 나타내인다"(p.13)라고 묘사하고 있다. 한편, "그의아우는, 촌사람의게는 다시업도록 름々한위엄이이섯고, 맛날 바다ㅅ바람을쏘엿지만 얼골이희엿다."(p.18) 기품이 있고 수려한 외모를 가진 동생은 미운 얼굴을 한 형에게는 항상 선망의 대상이었고 열등감을 느끼는 존재로 형을 위협한다. 형이 동생에게 가지고 있는 콤플렉스는 아름다운 아내를 독점하려 하는 욕망으로 나타나고 동생은 형의 경쟁상대로 부상한다. 그렇기 때문에 미인의 아내를 가진 형은 미적으로 유리한 입장인 동생에게 아내를 뺏기지는 않을까 하고 항상 불안하다.

남편 이외의 남성에 대해서도 애교가 있고 특히 동생에게 친절한 아내의 쾌활한 성격이 아내를 독점하려 하는 형의 욕망과 맞물려 형

---

38 사에구사 도시카쓰[三枝壽勝], 심원섭 역, 『사에구사 교수의 한국문학연구』(서울, 베틀북, 2000), p.247.

의 질투심을 부채질한다. 형은 아내가 마을 젊은이들과 이야기하면서 즐기면 "그는, 한편구석에서 눈만 힐근거리며잇다가, 젊은이들이 도라간뒤에는, 불문곡직하고 안해의게 덤뷔어들어, 발길로차고 째리며"(p.18) 더욱, 아내가 자신이 좋아하는 음식을 동생에게 주었을 때 트집을 잡아서 아내를 집에서 쫓아낸다. 동생이 바람을 피워 며칠씩이나 집에 들어오지 않으면 아내는 동생의 아내와 싸움하고 결국 그가 있는 곳으로 와서 동생이 그런 곳에 다니는 것을 그냥 둔다고 불평을 한다. 아내의 동생에 대한 관심이 마음에 들지 않았던 형은 "네게 상관이 무에가. 듯기실타"(p.22)라며 부부싸움을 한다. 아내의 동생에 대한 친절과 애착은 그의 콤플렉스를 자극한다. 쥐 사건이 일어나기 전에도 이와 같은 작은 사건이 계속해서 일어나고 아름다운 아내를 가진 남편의 질투, 아내와 형제의 삼각관계에 의한 갈등이 감돌고 있었다. 그러나 쥐 사건 후에 형은 모두가 자신의 오해였다는 것을 자각한다. 형은 자신의 오해로 아내는 죽고 동생이 집을 나간 것을 모두 운명이라고 체념한다. 그리고 바다에서 죽은 아내의 혼을 달래고 행방불명이 된 아우를 찾기 위해 슬픈 뱃노래를 부르면서 바다를 방황한다. 어느 날 배가 난파하고 아우가 그를 구하고 모두가 다 운명이라는 말을 남기고 사라졌지만 그 이후 아우를 두 번 다시 만나지 못했다.

「배따라기」에서 형, 동생, 아내는 전부 현실의 욕망을 단념하고 운명에 따르는 생을 선택한다. 아내는 동생과 자신의 관계를 오해한 남편의 오해를 풀기 위해 현실적인 모든 욕망을 포기하고 죽음을 선택한다. 친족집단 사이에서 일어난 삼각관계에 의한 갈등은 현실적으로 극복하기 어려운 장애이다. 아내는 자신을 희생해서 자신 때문에 일어난 갈등을 해결하려고 바다에 몸을 던졌다. 아내가 죽고 난 후 동생은 자신의 집과 가족과의 행복한 생활을 포기하고 스스로 자책과 회한의 생활을 보낸다. 아내의 죽음은 남편의 노래로 승화되고 재생된다. 형의 욕망은 배따라기라고 하는 노래에 의해 승화된다.

액자이야기의 주인공인 나는 액자 내 이야기 사건에 직접 참가하는 것이 아니고 이야기의 제공자인 그의 이야기를 전하는 역할만 한다. 액자 내 이야기를 조종하는 작자의 역할을 하고 있는 나는 인간이기 때문에 일원묘사와 같이 자유롭게 그의 내면에 들어갈 수 없고 외적 초점화가 행해진다. 그의 내면을 될 수 있는 한 삭제하고 이야기의 줄거리만을 전하기 때문에 19년 전부터 시작된 파란만장한 그의 이야기는 낮에 시작되어 저녁에 끝난다.

「배따라기」의 이야기 내부에 숨겨진 이야기는 비밀이야기를 하고 싶은 그의 욕구와 그 이야기를 듣고 싶어하는 나의 욕구가 합치한 고백소설이다. 여기서의 고백은 액자이야기의 청자인 나가 있어서 처음으로 그의 고백이 성립하는 형식을 취하고 있다. 「배따라기」에서 고백은 화자(주체자신)에 의해 억압된 것이 청자가 같이 고백의 장에 참가함으로써 해명되는 과정이다. 결국 듣는 자가 이야기 중에 존재함으로써 처음으로 이야기하는 이의 진실이 폭로된다. 이와 같이 줄거리가 있는 중요한 액자 내 이야기는 액자이야기의 나가 전하는 형식을 취하는 것에 의해 사실성을 획득한다.

『이불』은 나중에 호메이 자신의 사생활을 적나라하게 파헤친『오부작』을 탄생시켰다. 『이불』에서는 고백에 해당하는 행동은 보이지 않고 욕망을 억제할 수밖에 없는 주인공이 그려진다. 오히려 고백할 수밖에 없는 행동을 일으킨 것은 남자친구와 육체관계를 가지면서 숨길 수 없어 고백해 버린 요시코이다. 요시코의 대담한 행동과 고백 그리고 좁은 방에서 훌쩍훌쩍 우는 센티멘털한 도키오의 인간상은 남자와 여자의 입장을 역전시키고 있다. 『이불』은 자유롭게 움직이는 시점의 흔들림에 의해 여성적인 이야기를 생산해낸다.

『오부작』의 요시오는 사회의 윤리와 상식에 얽매이지 않고 자신의 욕망을 그대로 행동에 옮기는 인간으로서 그려진다. 자신의 욕망을 억누르지 않는 요시오의 대담한 행동은 1910년대 일본의 돈키호테라고 말해진다. 『오부작』에서는 『이불』에 보이는 참회와 후회, 반성은 없고 억눌린 욕망도 없다. 이와 같이 겉과 속이 같은 요시오의 인간상은 남성적인 이야기를 생산했다. 이는 철저하게 요시오에게만 고정된 시점에 의해 가능해졌다.

「배따라기」의 액자 내 이야기에는 형이 동생과 아내가 불륜했다고 함으로써 아내는 죽음을 택하고 형과 동생은 방랑생활을 한다. 형은 아내의 죽음과 동생의 가출을 모두 운명이라고 판단하다. 형은 새로운 생활을 바라지 않고 배따라기의 노래를 부르면서 자신의 과오를 반성한다. 그 운명관과 더욱 아내에 대한 죄의식과 동생과의 재회를 위해 방랑생활을 하고 자신의 현실적인 욕망을 체념한다. 아내는 동생과의 관계를 남편이 오해하고 있다는 것을 남편에게 해명하려 하지 않고 죽음을 택하고 동생도 가족과의 행복한 생활을 포기하고 집을 나와 버린다. 세 사람은 자신의 욕망을 달성해 행복한 생활을 하려고 하지 않고 모두가 운명이라고 생각하고 현실적인 행복을 포기한다. 그들의 욕망이 좌절된 형태로 나타난다. 한편, 나는 액자이야기에서 그의 이야기를 듣기 전에는 낙원을 생각하고 있었다. 그러나 낙원에서 추방된 그의 이야기를 들은 후 나는 낙원에서 실낙원으로 떨어진 슬픔을 느낀다. 여기서 나의 내면 변화를 볼 수 있다. 「배따라기」에서는 액자 이야기인 나의 내적고정초점화, 액자 내 이야기인 그의 외적초점화라고 하는 다른 시점제시에 의해 나와 그의 이야기세계를 동시에 볼 수가 있다. 그러나 나는 '그에 관한 이야기'를 전달하는 역할을 완수하고 있고 '그에 관한 이야기'를 부각시킨다. 그의 이야기는 나라고 하는 인간이 전하는 것에 의해 보다 리얼리티가 있는 이야기가 되었다.

『이불』, 『오부작』은 작가 자신의 사생활을 제재로 해 사소설의 수법으로 쓴 것에 비해 「배따라기」는 그와 같은 제재와 수법을 쓰지 않는다. 김동인은 이와노 호메이의 일원묘사의 영향을 받아서 초기작에 그 수법으로 소설을 썼음에도 불구하고 사소설은 거의 쓰지 않았다. 결국, 한국에서 사소설은 정착하지 못했다.

제5장

한일 근대소설의 작품세계
『악령』「감자」

'현실을 있는 그대로' 그리는 것을 본질로 하는 리얼리즘 및 자연주의소설은 일본에 들어와 먼저 작가 자신의 사생활을 모델로 하는 사소설로 나타났다.[1] 일본 자연주의는 결국 주인공의 내면심리와 본능을 고백하거나 또는 평범한 인생을 묘사하는 방법을 택하게 되었다. 일본에서 전자는 작가의 내면을 토로해가는 '고백소설'로, 후자는 인생의 어떤 사실을 충실하게 그려나가는 '객관소설'[2]의 두 종류로 발전해 나간다.

한편, 리얼리즘 및 자연주의소설은 한국에 들어오면, 개인의 어두운 내면세계를 고백하는 소설과 식민지시대의 어려운 생활상을 그리

---

[1] 필자는 현실을 있는 그대로 그린다는 관점에서는 자연주의소설과 리얼리즘소설을 구별하지 않는다. 그러나 이들을 구별할 때, 인간의 본능을 그릴 때 자연주의, 사회적 현실을 그릴 때 리얼리즘소설로 구분한다.

[2] 여기서 말하는 객관소설은 자연주의의 객관주의에 의거해서, 작자의 주관을 드러내지 않고, 관찰한대로 세밀하게 묘사하는 객관묘사(평면묘사)에 의한 것이다. 즉, 객관소설은 주인공의 내면을 드러내지 않는 소설로 고백소설과는 대조적인 의미로 사용한다.

는 두 종류의 소설로 나타난다. 전자는 개인의 내면을 부각시키는 '고백소설', 후자는 사회성이 강하게 나타난 '리얼리즘소설'이다.

여기에서는 한일리얼리즘 및 자연주의의 작품세계 특히 『악령』, 「감자」의 작품세계를 보면서 '현실(사회성)', '사생활', '내면' 중에서 어떤 점이 부각되었는지를 검토한다. 한일리얼리즘 및 자연주의소설에 있어서의 묘사론과 그 작품세계 중에서 어떤 것이 최종적으로 현대까지 계승되어 왔는가? 한일 근대소설의 고백담론의 비교, 그리고 그 후의 전개의 차이를 명확하게 한다. 이하, 제1절에서는 『오부작』의 일원묘사에 의한 작품세계, 제2절에서는 「감자」의 묘사기법과 작품세계, 제3절에서는 한일고백체담론의 전개를 본다.

1. 『오부작』의 작품세계와 자전적 요소

『오부작』의 주인공 요시오의 파란만장한 생활은 실제 호메이자신의 생활이기도 했다. 작중의 문학자이고 사상가인 다무라 요시오, 그의 아내 지요코, 애인 시미즈 오토리의 모델은 이와노 호메이와 그의 아내 고, 애인 마쓰다 시모에이다. 실제『오부작』의 여주인공 시미즈 오토리의 모델인 마쓰다 시모에는 호메이의 집에 하숙하고 있었다. 호메이와 시모에의 관계는 깊어지고 두 사람은 다른 곳에 살림을 차린다. 호메이는 돈이 필요하게 되고 자신의 집을 저당잡고 사할린의 통조림사업에 나선다. 그러나 사촌동생과 동생이 사업에 문외한이었고 동생의 발병이 원인으로 호메이가 현지에 갔을 때는 사업이 재기 불가능한 상태였다. 그는 사업부흥의 자금을 위해 홋카이도에 건너가 방랑생활을 하지만 실패하고 도쿄로 돌아온다. 이와 같이『오부작』은 작가의 사생활을 그렸기 때문에 사소설이라고 불려 왔다.

서장에서 말한 것과 같이 사소설로 발전한 일본리얼리즘 및 자연주의소설은 사회성의 결여라고 하는 측면 및 현실과 허구의 동일시에서 고바야시 히데오와 가라타니 고진 등의 비평가들에 비판되어 왔다. 그러나『오부작』에서는 실제로 사회성의 문제는 어떻게 되어 있는가. 또 정말로 현실과 허구가 동일시되어 있는가를 이하에서 논하고자 한다. 그러면 먼저 일원묘사의 묘사방법에 의해 그려진『오부작』의 작품세계를 사회성의 관점에서 생각해 보자.

『악령』에는 하얼빈에서 암살(1909.10.26)된 이토 히로부미에 대해 아주 큰 관심을 보이고 있다. 여기서는 이토 히로부미의 암살사건을 통해 주인공이 동시대의 현실을 어떻게 받아들이는가를 보자.

다음은『홋카이메일』의 호외로 한국인 독립운동가인 안중근이 하얼빈에서 이토 히로부미를 암살한 것을 알았을 때 요시오의 반응과 주위상황이다.

"이토씨가 어떻게 된 겁니까?" 하고 그녀가 놀란 모습으로 가지고 온『홋카이메일』호외에는 공작이 하얼빈에서 한국인에게 암살당했다는 것이 실려 있다. 모두가 놀랐다.

요시오도 피곤한 몸을 일으켰다.

"정말일까?"

"오문이 아닐까?"

"아직 몰라, 그렇지"

이렇게 이야기하면서 모두 열중하여 의문의 시선을 종이 위에 보냈다. 그러나 아무리 읽어도 암살된 것이 틀림없는 모양이다. (…중략…) 유키노야는 아무렇지도 않게 듣고 있었으나 요시오는 자신의 마음을 뒤섞은 것과 같이 요동치는 것을 기억했다.

그는 자신의 주의에 귀착할 독존자아의 생각을 가지고 신은 물론 위인 호걸도—자신과 관계없이는—인정하지 않는다. 만약 신이나 위인이 있다고 한다면 그것은 즉 자신의 범위 내에 있다고 믿고 있다. 자신과 관계없는 것은 모두 공상이라고.

그러나 그는 괴상함에도 자신의 독존자아설의 생생한 위력 있는 발전주의가 확립할 쯤에 그 예로서 청일전쟁에는 그렇지 않았지만 러일전쟁에는 그 승리가 전부 자신의 발전이라고 믿었다. 그는 한번 사할린의 땅을 밟고 한층 더 그 생각을 강하게 했다. (…중략…) 이토공의 죽음은 요시오에게 자신의 일부를 베어내는 것이었다.[3]

『악령』은 사회문제로서 동시대의 상황과 관련한 이토 히로부미[伊藤博文, 1841~1909]의 암살사건을 취급하고 있다. 이 사건은 당시 하얼빈에서 한국인의 독립운동가 안중근(1879~1910)에 의해 이토 히로부

---

3   岩野泡鳴, 『五部作』(개정판), 『岩野泡鳴全集』第2卷(京都, 臨川書店), pp.400~401. 이하 본문 중에 페이지만 적는다.

미가 암살된 실제사건이다. 안중근은 1909년 동지 11명과 목숨을 걸고 독립운동을 할 것을 혈서로 맹세했다. 그리고 한국 식민지화를 주도한 이토 히로부미가 러시아와 회담하기 위해 만주 하얼빈에 온다는 소식을 듣고 그를 암살할 계획을 세운다. 1909년 10월 26일 일본인으로 가장하고 하얼빈 역에 잠입, 역 앞에서 러시아군대를 주도하고 있던 이토를 암살한다. 실제 사건은 1906년 10월 26일에 일어나고『악령』의 초고인『굳어진 눈[寝雪]』이 발표된 것은 1912년 5, 6, 7월(메이지 45)이니까『악령』은 그 사이에 집필한 것이다. 따라서『악령』의 작품 내 이야기시간은 1909년 10월 26일 이후에 시작되고 그해 겨울 12월에 끝나는 것으로 되어 있다.

이와노 호메이는「『방랑』의 초고 서문」중에서 "횡사의 호외가 삿포로에 나왔을 때 방랑자의 사상과 실제가 공의 죽음을 중대하게 받아들이는 상태가 되었다. 특히 그것이 일본의 발전적 사명을 자각시키는 것과 큰 관계가 있다"[4]고 동시대의 현실에서 이토 히로부미의 죽음을 통해 자신의 사상을 취급한다고 논하고 있다. 이토 히로부미의 암살사건은 역사적인 사실을 이야기한 것이고 이는 작가의 현실인식과 사상을 반영한 것이다.

이야기 중에서 "이 사상을 거의 신의 계시로 체현한 역사상의 인물로 요시오는 옛날에는 도요다 각하[豊田閣], 현대에는 이토 공을 칭찬하고 있었다"(p.401)는 것과 같이 이토 히로부미는 요시오의 사상형태에 큰 영향을 주었다. 이토 히로부미의 암살사건을 알았을 때의 요시오

4　岩野泡鳴,「『放浪』を作つた実感と所信と」,『岩野泡鳴全集』第3卷(京都, 臨川書店, 1995), p.5.

의 심경을 "유키노야는 아무렇지도 않게 듣고 있었으나 요시오는 자신의 마음을 뒤섞은 것과 같이 요동치는 것을 기억했다"로 표현되어 있다. 그리고 "공의 죽음은 요시오에게 있어 자신의 일부를 베어내는 것이었다"고 표현되어 있다. 이토 히로부미의 죽음은 요시오에게 매우 큰 충격을 주었다.

그 후 중학교의 연설을 부탁받은 요시오는 이토 히로부미의 이야기를 하기로 했다. 그는 이토 히로부미의 이야기를 하면서 자신을 이야기하게 되고 시간이 흐름에 따라 비정상적으로 점점 소리가 커졌다. 요시오가 무감동의 생도들에 향해 "도요다 각하도 이토공도 현대의 발전적 사상에 있어 모두 나의 범위 안에 들어 있다. 즉 나 자신인 것이다"(p.403)라고 외쳤을 때 학생들은 일제히 웃었다. 학생들에게 웃음거리가 된 요시오는 상태가 이상해져 버려 "나는 우주의 제왕이다. 아니 우주 그 자체이다. 웃는 것이 뭐냐?"(p.403)라고 외치고 연설을 중지하고 뛰어 나온다. 그리고 그 이야기를 들은 애인 오토리는 요시오의 머리가 이상하게 됐다고 운다. 여기서 이토 히로부미를 이야기하는 요시오의 행동은 매우 골계적으로 그려진다.

『악령』에서는 이토 히로부미의 죽음이라고 하는 동시대의 사건을 문제시하고 있지만 요시오의 캐릭터와 골계에 의해 그 사회적 성격은 옅어져 버린다. 요시오는 자신의 사상에 심각하게 마주하고 있지만 그것을 타인에게 이해시키려고 하지 않는다. 요시오는 동시대의 현실을 자신과 사회의 관계 속에서 확대하지 않고 항상 자신의 사상에 환원시켜 버린다. 아라 마사히토가 "호메이는 사회와 싸울 실체를 더욱 세심하게 그렸어야 했는지도 모른다. 그러나 그러한 것을 하고 있지 않다. 가장 열심히 그린 것은 생명의 불길인 반짝임이었다"[5]라고 한 것과 같이 『오부작』에는 사회적으로 확대되는 것을 보여주지 않는다.

『오부작』은 실제인물을 모델로 하고 또 그의 신변을 썼기 때문에 지금까지 사소설로 간주되어 왔다. 히라노 겐은 "대체적으로 나는 이와노 호메이와 다무라 요시오를 동일인물로 보고 그에 차원의 상이를 인정하지 않았다. 결국 나는 오부작을 하나의 위대한 사소설, 또는 사소설의 원형이라고 간주한다"[6]고 한다. 가와무라 지로는 "『오부작』은 말할 것도 없이 작자 자신의 여성관계에 발단한 가정 내의 다툼과 참담한 실패로 끝난 식품가공사업의 종말을 시간의 순서에 따라 치밀하게 그린 연작소설이다. 부분적으로 어떠한 픽션이 있든 전체가 작자 생활의 거의 충실한 재현기록인 것을 의심하지 않는다"[7]라고 하고 다무라 요시오와 이와노 호메이가 일치한다는 것에 의심을 가지지 않는다.

물론 『오부작』은 작자 자신을 모델로 한 사소설이지만 호메이와 요시오의 동일시, 즉 현실세계와 작품세계를 동일시하는 것에는 필자는 찬성할 수 없다.

그 이유는 먼저 서장에서 말한 것과 같이 이와노 호메이는 현실세계의 작자를 작품세계의 주인공이라고 간주하는 비평태도를 철저하게 비판했다. 또 호메이 자신은 그 자신의 자전적 소설에 대해 다음과 같이 말한다. 그는 "작중의 주인공이 정말로 작자 자신이라고 한다면 자연스러운 모습을 그대로 그렸기 때문에 그와 같이 그 외의 사람들

---

5   荒正人, 「人と文学」, 『筑摩現代文学大系』第5巻(東京, 筑摩書房, 1977), p.494
6   平野謙, 「作品解説」, 『日本現代文学全集29－岩野泡鳴集』(東京, 講談社, 1965), p.391.
7   川村二郎, 「銀河と地獄」, 『群像』28巻7号(1973.7), p.234.

이 그려진 것처럼 다른 사람들도 그렇게 그려졌다고 생각해 줬으면 한다. 그러나 실제로는 주인공의 사건도 불필요한 것을 삭제한 것처럼 다른 사람들도 반드시 표면대로 취급하지는 않았다. 두 사람이 한 사람으로 합체하거나 타인을 다른 한 사람에게 들어가게 하는 것이다"[8]라고 한다. 호메이에 있어 예술(소설)은 "사상과 현실에서 오는 환영"이라는 실생활의 종합체이다.[9] 이는 호메이 자신이 현실세계와 허구세계를 구별하고 있다는 것을 명확하게 하고 있다.

다음에 호메이는 후년 『발전』을 쓴 당시를 되돌아보며 "나의 창작은 『발전』 및 『독약을 마시는 여자』 이후는 모두 사실주의를 심화한 것이고 또 하나 모든 작중인물이 거의 제일인칭에 사물을 이야기하고 있을 정도로 그를 중심으로 쓰여 있다"[10]고 한다. 『오부작』은 삼인칭을 사용하면서도 오직 요시오의 내면을 그리고 있는 일원묘사를 사용하고 있다. 자신을 모델로 해서 쓴 이야기를 일인칭이 아닌 삼인칭으로 썼다고 하는 것은 작품을 허구로 보이려고 한 작가의 의도이다.

마지막으로 이와노 호메이의 일원묘사는 이론상 작가 자신을 모델로 한 사소설과 같이 작가가 주인공일 필요는 없다. 이와 관련해서 오사와 요시히로는 "호메이의 이론에서는 갑이 작자일 필요는 전혀 없으나(호메이에 있어 사소설이 즉 일원묘사의 실현이 되지 않는 것은 이 때문이다) 소설의 묘사 중에서 두 개의 주관이 동시에 존재하는 것은 있을 수 없다"[11]고 말한다. 일원묘사는 소설이 허구라는 것을 명확하게 한 묘사

---

8   岩野泡鳴, 앞의 책, p.5.

9   위의 책, p.4 참고.

10   岩野泡鳴, 앞의 책, p.566; 초고, 「内部事実主義の立脚地」, 『日本主義』(1917.8), p.63.

11   大沢吉博, 「伝統を夢みる「私」－近松秋江『黒髪』の分析」, 中西進, 『日本文学における「私」』

론이다. 따라서 『오부작』은 이와노 호메이의 이야기가 아니고 허구
세계인 다무라 요시오의 세계이다.

　처음부터 『오부작』은 작가 자신을 모델로 한 사소설이 아니어도 상
관없다. 그럼에도 불구하고 그가 자신의 사생활을 모델로 한 것은 생
활과 예술, 그리고 사상이 합치하지 않으면 안 된다고 하는 신념을 가
지고 있었기 때문이다. 그는 자신의 생활을 그대로 예술로 하고 자신
의 사상과 문학을 일상생활 속에서 구현하려 했다. 이와노 호메이는
자신의 사상, 문학, 행동이 모두 일치할 때 만이 홋카이도, 여성, 육욕,
비통의 철리를 그릴 수 있다고 생각했다. 그가 말하는 비통의 철리라
든가, 찰나에서 충실함을 잡자라는 사상에 따르면 그에게는 영원한
아름다운 여성도 영원히 달콤한 사랑도 그릴 수가 없다. 그에게 그러
한 것은 진실이 아니고 속임수에 지나지 않는다. 그가 말하는 비통의
육체인 영은 영원한 것이 아니고 한 찰나만이 진지한 것이었다. 이와
같은 생각에서 그의 문학과 사상이 나왔다. 그리고 이것을 그는 생명
적인 발전이라고 생각했다.

　『오부작』 중에서 『발전』은 발매를 금지당하고 치정소설이라고 생
각하는 이도 있었다. 『오부작』은 오토리라고 하는 여성을 둘러싼 연
애를 그리고 성을 대담하게 묘사하고 있지만 보통의 연애소설도 아니
고 호색소설도 아니다. 『오부작』은 호메이의 결혼생활, 애인관계의
실생활을 모델로 한 적나라한 자기고백이지만 보통의 연애소설도 아
니고 호색소설도 아니다. 왜냐하면 그에 있어 연애도 성욕도 모두 그
의 사상적 필요에 의해 되기 때문이다.

(東京, 河出書房新社, 1993), p.230.

그는 문학자로서 독자적인 사상으로 생활과 문학을 일원적으로 통일하려 했다. 그 사상을 그는 문학뿐만 아니라 실생활에서도 관철하려 했다. 그는 일상생활 중에서 자신의 감성을 수련하는 일본작가에게 반역했다. 주인공은 실행철학가이고 그의 소설은 그 실행철학가의 사상행동의 예술적 구현을 기획한 것이다. 애정이 식은 결혼을 인정할 수 없다는 자신의 사상에 의해 그는 애인 마쓰다 시모에와 헤어지고 아내인 고와 별거해 새롭게 알게 된 엔도 기요코와 동거했다. 그는 후년 아내를 세 번 바꾼 것에 대해 격렬하게 비난 받았지만 그것이 자신의 발전이라고 항의했다. 호메이의 이와 같은 행동 이면에는 생활, 문학, 사상은 항상 공존해야 한다는 태도가 있었다. 이렇게 해서 호메이의 독특한 사상에 의한 창작관은 자신의 생활이 예술(허구세계)을 만들어낸다고 하는『오부작』과 같은 독특한 작품세계를 만들어 낸다.

2. 「감자」의 객관묘사와 현실인식

지금까지 본 것과 같이 『악령』은 이토 히로부미의 암살사건이라는 동시대의 사회문제를 취급했지만 사회적인 확대를 볼 수 없었다. 즉『오부작』은 사회성보다는 요시오의 내면에 초점을 맞춘 고백소설이다.

『이불』,『오부작』의 작품세계는 처자 있는 중년 남자의 삼각관계에 괴로워하는 그들의 내면을 주로 그리고 있다. 『이불』의 요시코는 시골에서 도시에 나와 자신의 꿈을 실현하려 하지만 최후에는 애인과의 육체관계를 고백해버리고 자신의 꿈을 버리고 시골에 돌아가는 결말에 이른다. 『이불』에서 요시코는 자립하리라고 생각하지만 결국 그 꿈을 포기하는 것으로 끝난다. 『오부작』은 요시오가 사업 때문에 사할린까지 가서 자신의 꿈을 실현하려 하지만 결국 실패하고 도쿄에 돌아오는 것으로 끝난다. 『오부작』도 사회에서 등을 돌리는 방법으로 끝난다. 일본 자연주의소설의 주인공은 사회에 나와 함께 살아가는 길보다 좁은 방에 틀어 박혀 항상 고뇌하는 인간상을 그리고 있다. 이는 일본 자연주의소설이 사회성에 등을 돌린 폐쇄적인 이야기의 생산을 의미한다.

이와노 호메이가 일원묘사에 의한 고백소설 만에 집착한 것에 대해 김동인은 여러 가지 묘사 및 작품세계를 시도한다.

김동인은 자신의 작품경향을 대표하는 「감자」, 「명문」이 발표되었을 때 "全作의 任意의 一行을 읽고라도 '이는 東仁의 作이며 東仁만의 作'이라고 認識할 수 잇슬 만한 强烈한 東仁味가 잇는 獨特한 文體와 表現 方式을 發明치 안코는 滿足할 수가 업섯다"[12]라고 회상하고 있다. 그리고 그는 "나는 마츰내 東仁만의 文體 表現 方式을 發明하엿다. 그리고, 거기 대한 完全한 矜持와 意識下에 「明文」과 「감자」를 發表하엿다"[13]라고 한다. 「감자」, 「명문」에서 도달했다는 동인만의 문체, 표현 방식이라는 것은 어떤 묘사인가.

김동인은 「약한 자의 슬픔」 「마음이 옅은 자여」에서 일원묘사에 의

---

12 金東仁, 「朝鮮近代小説考」, 金治弘 編, 『김동인평론전집』(서울, 삼영사, 1984), p.81.
13 위의 책, p.81.

한 고백소설을, 「배따라기」에서는 액자소설이라고 하는 일원묘사와는 다른 묘사를 사용한 고백소설을 시도했다. 이들 작품은 모두 개인의 내면에 초점을 맞춘 고백소설이다. 「감자」에서는 이들과는 다른 새로운 묘사 및 작품세계를 만들어낸다. 그것은 어떤 것일까?

그러면 먼저 김동인 문학의 리얼리즘인식에 관한 선행연구를 이하에서 정리한다.

김동인 문학은 예술의 미적가치를 중시한 연구가들에게는 긍정적 평가를 받고 예술의 역사성과 실천성을 강조한 입장에서는 확실히 부정적인 평가를 받아 왔다.[14] 후자의 예술의 역사성과 실천성을 강조한 입장 중에는 확실히 긍정적인 입장도 있다. 예를 들면 김치수는 복녀라는 한 개인의 비극을 통해 민족적 빈곤이 비극을 이야기하는 「감자」는 생존권이 박탈당한 식민지 서민의 비극적인 생을 그린 작품이라고 지적하고 있다. 결국 그는 김동인 문학에는 식민지 조국에 관한 현실인식이 잘 나타나 있다고 보고 있다.[15]

그러나 부정적인 입장이 많은 것도 사실이다. 권영민은 "金東仁이 식민지 지배하의 민족적 상황을 문제삼기보다는 문학 내적인 미적 가치 문제에 집중적인 관심을 기울였다는 것은, 역사의식의 부재를 뜻하는 것으로 판단할 수 있다"[16]라고 한다. 김윤식은 김동인의 소설창작론인 인형조종설과의 관련에서 "金東仁의 소설 조종설(혹은 支配説)에 의하면 소설은 현실반영론 운운의 리얼리즘 문제는 스며들 여지가

---

14 권영민, 「김동인 문학을 어떻게 볼 것인가」, 『김동인전집』 제17권(서울, 조선일보사, 1988), p.26 참고.

15 金治洙, 「동인의 유미주의와 리얼리즘재고」, 『김동인전집』 제17권, p.266 참고.

16 권영민, 앞의 책, p.27.

없는 불모성이 된다"[17]라고 한다. 김홍규는 김동인의 소설세계가 특정한 역사적 현실의 의의가 희박한 비현실적인 것이라고 지적한다.[18] 이청원은 "植民地라는 특수상황에 대한 갈등과 고뇌라고 하는 知識人의 當爲性이 보이지 않는 데서 주목을 끈다"[19]라고 김동인 문학의 민족의식에 관해 극단의 부정론을 전개했다.

　여기서는 「감자」의 소설기법과 소설세계를 보면서 당시의 현실이 실제로 어떻게 그려졌나, 김동인 문학 전체의 리얼리즘인식은 어떠한 것인가를 검토한다.

1) 객관묘사에 의한 새로운 소설기법

　「감자」(1925)에서는 도덕적인 품성을 가진 복녀가 빈곤한 생활 때문에 타락해 가는 생을 그리고 있다. 김윤식은 "金東仁의 최대 공적은 그가 한국단편소설의 패턴을 확립해 놓았다는 점에 있다고 생각된다. (…중략…) 「감자」의 드라이 터치는 너무 고압적 완결이어서 한국소설사는 아직도 그 높이에 이르지 못하고 있는 것으로 나는 생각한다. 「감자」 한 편을 낳기 위해 그의 소설작법이 헛수고가 아니었다고 한다면 나는 결코 가혹한 편이 아닐 것이다"[20]라고 한다. 이는 김동인이

17　김윤식, 「반역사주의 지향의 과오」, 『김동인전집』 제17권, p.39.

18　김홍규, 「황폐한 삶과 영웅주의 ― 김동인소설의 대결의식구조와 세계인식」, 『김동인전집』 제17권, p.156 참고.

19　李青原, 『韓国民族文学史論』(円光, 円光出版局, 1982), p.413.

20　김윤식, 앞의 책, p.41.

「감자」에서 새로운 소설기법을 구사하고 새로운 작품세계를 만든 것을 평가하고 있다.

「감자」는 1925년 1월에 『조선문단』 제4호에 발표되었지만 1935년 2월 김동인의 단편소설집 『감자』에 수록되었을 때는 약간의 수정이 가해진다. 이 초고와 개정판을 비교한 연구가 없기에 필자는 아주 작은 차이이지만 이 차이점을 지적한 후에 김동인에 의한 새로운 묘사론에 대한 시도를 보고자 한다. 단편소설집의 개정판에서는 초고와 비교해보면 숫자 이외의 한자가 완전히 없어진다. 이외에는 단어를 약간 바꾸는 정도로 내용에 관한 부분은 거의 수정하지 않고 있다. 그러나 다음과 같은 수정을 볼 수 있다.

다음은 송충이잡이 감독과의 만남을 계기로 복녀가 막연하게 가지고 있었던 도덕관념을 버리게 되는 부분이다.

감독은, 한사람쁜이지만, 감독도, 그들의 놀고잇는것을 黙認할뿐 아니라, 째々로는 자긔까지 석겨서 놀고잇는것을 볼때에, 복녀는 이상하다 하엿다. (초고)[21]

감독은 한사람뿐이지만 감독도 그들의 놀고있는것을 묵인할뿐 아니라, 때때로는 자기까지 섞여서 놀고있었다. (개정판)[22]

21　김동인, 「감자」, 『조선문단』 제4호(1921.1), p.321.

22　김동인, 『감자』(경성, 한성도서, 1935), p.7. 이하의 인용은 이 책에서 하며 본문 중 페이지만 표기한다.

초고의 "째々로는 자긔까지 석겨서 놀고잇는것을 볼때에, 복녀는 이상하다 하엿다"가 단행본에서는 "때때로는 자기까지 섞여서 놀고 있었다"로 바뀌었다. 단행본에서는 복녀의 주관적인 감정을 나타내는 "복녀는 이상하다 하엿다"의 부분이 삭제되고 객관묘사로 바뀐다. 이 부분이 복녀의 내면묘사이므로 객관묘사로는 어울리지 않는다고 생각하고 작가가 삭제한 것으로 생각된다. 이와 같이 복녀의 감정이 일절 삭제되는 것으로 작품세계는 객관적인 사실만을 서술한다.

「감자」에서는 작중인물과 화자가 완전하게 분리되는 객관묘사를 창출했다. 이와 같은 객관묘사는 한국 근대소설사에 처음으로 나타났다. 일원묘사가 작중인물과 화자의 서술이라는 중층적인 병존을 목표하고 있는 것에 대해 객관묘사는 양자를 분리하는 것을 목표로 한다. 「감자」에서는 객관묘사를 사용해 복녀의 내면을 일절 배제함으로써 시야를 사회로 넓혀간다. 객관묘사로써 복녀의 윤리적 타락을 "일 안 하고 공전 많이 받는 인부"라는 한 마디로 표현되고 다른 설명은 없다. 또 그녀와 송충이 감독과의 관계 이전의 다른 여인들도 "놀고 있는 인부의 공전은, 일하는 사람의 공전보다 팔 전이나 더 많이 내어주는 것이었었다"와 같이 그 이전의 여자 인부들도 그녀와 같은 길을 걷고 있었다는 것을 그리고 있다. 따라서 「감자」는 복녀를 그리면서 동시대에 살고 있는 다른 여인들도 문제시하고 있다.

2) 방언에 의한 지역성

「감자」의 문체적 특징은 비속어와 방언사용에 의해 당시의 서민생활을 한층 리얼하게 그리고 있다.

다음은 복녀가 남편과 싸우고 있는 장면을 비속어로써 표현하고 있다.

「뻿섬 좀 치워 달라우오」

「남 졸음 오는데. 님자 치우시관」

「내가 치우나요?」

「二十년이나 밥먹구 그걸 못 치워!」

「에이구, 칵 죽구나 말디」

「이년, 뭘」 (p.5)

대담한 비속어의 사용으로 예의바르게 자란 복녀의 변해버린 모습을 잘 알 수 있다. 이광수의 문학이 학생, 선생, 지식인, 연애의 괴로움을 제재로 한 상류계층의 이야기임에 반해 김동인 문학은 일반서민의 생생한 삶을 묘사하고 있다. 일반서민의 리얼한 인생을 그리기 위해서는 방언과 비속어의 사용은 확실히 유효하다고 생각한다. 여기서는 맞벌이를 하는 복녀부부가 칠성문 밖의 빈민굴로 옮겨가지 않으면 안되었던 이유를 간단한 대화로 압축하고 있다. 그것도 대화를 통해 성격을 파악하는 방식이 취해지고 간단한 회화로 복녀의 성격 변화와 태만한 남편의 모습을 정확하게 묘사하고 있다. 이 문장에서 알 수 있는 것은 세부묘사를 생략한 회화에서 사실만을 표현하고 있는 것이다. 김윤식은 "묘사를 거부하고 직설법을 사용함으로써 어떤 묘사법의 효과보다 더 크고 많은 효과를 얻고자 하는 방식이야 말로 김동인식 문체이다"[23]라고 한다. 이와 같은 간결적재한 표현으로 사건의 핵심을 파악하는 방식이야말로 김동인소설문체의 특징이기도 하다.

또「감자」에 나타난 평안도 방언은 당시의 시대현실과 평안도라고 하는 지역성을 강하게 반영하고 있다. 다음은 복녀가 3원의 돈을 왕서방에게 받고 나오다가 근처의 아주머니를 만나는 장면이다.

「복네 아니야?」

복녀는 홱 돌아서 보았다. 거기는 자기 곁집 여편네가 바구니를 끼고, 어두운 밭고랑을 더듬더듬 나오고 있었다.

「형님이댔쉐까? 형님두 들어 갔댔쉐까?」

「님자도 들어 갔댔나?」

「형님은 뉘집에?」

「나? 류서방네 집에. 님자는?」

「난 왕 서방네 …… 형님 얼마 받았소?」

「류서방네 그 깍쟁이놈, 배츠 세페기 ……」

「난 三원 받았디」

복녀는 자랑스러운듯이 대답하였다. (p.12)

---

23 金允植, 『金東仁硏究』(서울, 民音社, 1987), p.247.

표준어로 바꾸면 다음과 같다.

"복녀 아니야?"

복녀는 홱 돌아서 보았다. 거기는 자기 곁집 여편네가 바구니를 들고, 어두운 밭고랑을 더듬더듬 나오고 있었다.

"형님입니까? 형님도 들어갔습니까?"

"임자도 들어갔었나?"

"형님은 누구 집에?"

"나? 육(陸)서방네 집에. 임자는?"

"난 왕 서방네! 형님 얼마 받았소?"

"육 서방네 그 깍쟁이 놈, 배추 세 포기……"

"난 삼 원 받았지."

복녀는 자랑스러운 듯이 대답하였다.

방언에서는 표준어와 다른 지역특유의 단어와 언어적 용법을 사용하기 때문에 방언에서 그 지역과 계층을 알 수 있다. 이광수소설에서는 대개 표준어로 통일되어있는 것에 반해 김동인의 작품은 그 지방의 계급언어를 사용하기 때문에 그 인물의 개성이 살아있다. 이 대화를 통해서 복녀가 어느 지방 출신이고 어떤 계급에 속해 있는지 알 수 있다. 또한 전과는 다르게 변해버린 그녀의 성격을 알 수 있다. 방언을 사용한 대화에서는 그녀의 매춘행위가 아주 대담하게 되어버린 모습을 리얼하게 그리고 있다. 복녀와 같은 상황에 있는 다른 여성들도 육 서방의 집에 가서 매춘을 하고 돈을 받는다. 이와 같이 「감자」는 복녀의 이야기인 동시에 당시의 빈민층 여성의 이야기이기도 하다.

　김동인은 단편을 중심으로 독자적인 표현기법과 문체를 사용한 독자적인 작품세계를 만들었다. 이는 리얼리즘작품 계열의 문체로 어울렸다. 「감자」에서는 복녀의 비극적 생을 제시하고 식민지 서민의 상황을 정확하게 재현하고 있다. 그는 작중인물의 대화를 통해 암시적인 수법을 사용하면서 그 당시 상황을 제시하고 있다. 이에 의해 사회 속에서 살아가는 개인이 그려지게 되었다. 또 「감자」는 당시의 일제강점기 조선의 현실을 리얼하게 재현하는 표현기법으로서 객관묘사와 방언이 사용된다. 이렇게 해서 그는 사회에 희생이 된 인물을 그리는 것으로 현실을 바라보는 확고한 시점을 발견한다.

3) 금전과 관련된 이야기세계

　여기서는 객관묘사와 방언에 의해 어떠한 작품세계가 나왔는가를 상세하게 보도록 하자.

　이 작품을 '감자'라고 제목을 붙인 것은 먹을 것을 중심으로 이야기가 전개되고 있기 때문이다. 여기서 감자는 생존의 의미를 내포하고 있는 절실한 생활의 문제를 상징적으로 나타내었다. 「감자」에서 복녀가 성적으로 타락해 가는 과정은 먹을 것을 얻기 위해서이다. 엄한 가정에서 자란 복녀는 15살에 동네 홀아비에게 80원에 팔려 시집을 갔다. 가난한 그녀의 부모는 먹고 살기 위해 딸을 팔지 않으면 안 되었다. 결혼한 복녀는 남편이 게을렀기 때문에 돈을 벌지 않을 수 없었다.

그녀는 거지짓을 하고 송충이 잡이로 매일 32전의 돈을 벌게 된다. 그러나 그녀는 어느 날 편하게 돈을 버는 방법을 터득한다. 그것은 송충이 잡이 감독과의 정사이다. 이 사건으로 복녀의 도덕관에 변화가 일어났다고 할 수 있다. 복녀는 "그는 아직껏 딴사내와 관계를 한다는것을 생각하여 본 일도 없었다. 그것은 사람의 일이 아니요, 짐승의 하는 짓으로만 알고 있었다"(p.9)라고 생각하고 있었다. 그러나 매음이 사람으로 못할 일이 아니라고 생각하게 된다. "일 안하고도 돈 더받고, 긴장된 유쾌가 있고, 빌어먹는것보다 점잖고 (…중략…) 일본말로 하자면 『三拍子』 갖은 좋은일은 이것뿐이었었다. 이것이야 말로 삶의 비결이 아닐까"(p.9)라고 복녀는 생각하게 된다. 송충이 잡이 감독과의 정사 후에 복녀는 마을의 거지와 매음을 해 돈을 받는 등 돈을 위해서라면 무엇이든 다 하는 여성으로 변하게 된다. 이후 복녀 부부는 더 이상 가난하지 않게 되었다.

마지막으로 감자밭에 감자를 훔치러 갔다가 소작인인 왕서방에게 붙들려 매음으로 그 위기를 모면하고 게다가 돈 3원을 받는다. 그 후도 수시로 왕서방과 관계를 하고 복녀는 유복한 생활을 하게 된다. 왕서방은 남편의 묵인 하에 복녀집에 드나들고 왕서방이 바쁘면 복녀가 스스로 왕서방집에 찾아간다. 복녀의 매음에 관해 남편은 왕서방이 오면 눈치 채고 두 사람만 있게 해주었으며 왕서방이 돌아간 후 "그들 부처는 一원 혹은 二원을 가운데 놓고 기뻐하고 하였다."(p.352) 결국 왕서방이 어떤 처녀를 100원에 사서 결혼하게 되자 질투심에 사로잡힌 복녀가 낫을 들고 왕서방 집에 갔다가 죽게 된다.

다음은 복녀의 주검을 돈으로 거래하는 「감자」의 마지막 부분이다.

사흘이 지났다.

밤ㅅ중, 복녀의 시체는 왕 서방의 집에서 남편의 집으로 옮겼다.

그리고 그 시체에는 세 사람이 둘러 앉었다. 한사람은 복녀의 남편, 한사람은 왕서방, 또 한사람은 어떤 한방의사, 왕서방은 말없이 돈주머니를 꺼내여, 十원짜리 지폐 석장을 복녀의 남편에게 주었다. 한방의의 손에도 十원짜리 두장이 갔다.

이튿날 복녀는 뇌일혈로 죽었다는 한방의의 진단으로 공동묘지로 가져갔다. (p.16)

복녀의 시체는 그녀의 남편이 30원을, 한방의가 20원을 받으면서 해결된다. 80원에 팔려왔던 복녀는 죽으면서 50원에 팔린다. 「감자」는 모두 금전이 지배하는 세계로 그려진다. 빈곤 때문에 농민으로 전락하고 딸을 파는 부모, 돈으로 아내를 사는 복녀 남편과 왕서방, 아내를 돈을 버는 도구로 보는 게으른 남편, 권력으로 마을 아내들을 유린하는 송충이잡이 감독, 복녀의 주검 앞에서 돈을 교환하는 왕서방, 한방의, 남편의 중심에 놓인 것은 돈이다. 여기서는 돈 이외의 가치관은 아무것도 남아 있지 않다. 이와 같이 돈에 관련된 이야기는 모두 객관적으로 묘사되어 나중에는 독자의 상상에 맡긴다. "밤ㅅ중, 복녀의 시체는", "이튿날 복녀는"에 있어서도 복녀를 수식하는 언어로써 '불쌍하다'든가, '젊은 나이에도 불구하고'라는 수식이 들어갈 법 하지만 이러한 수식을 일절 피하고 사실만을 서술한다.

복녀라고 하는 이름은 복을 불러온다는 의미를 가지고 지은 이름이다. 그러나 아이러니컬하게도 작품 속의 복녀는 전형적으로 불행한 인생을 살았다. 이름과 실제 복녀의 삶은 모순된다. 이름과 비극적인 그녀의 죽음과도 대비적이다. 이 작품에는 이러한 비꼬는 재미가 있다. 살아있을 때는 돈을 벌어 남편을 먹여 살리고 죽어서조차 자신의 시체로 남편에게 돈을 벌어준다는 복녀의 생은 너무나도 아이러니컬하다.

사에구사 도시카쓰는 "주인공 복녀의 죽음은 직접적으로는 질투에 그 원인이 있으나, 그것이 돈 때문에 관계를 맺게 된 왕서방을 둘러싸고 벌어진 문제라는 것을 생각하면 역시 아이러니컬하다. 더 깊이 생각해 보면 몰락 양반가 출신에서 끝없이 영락해 간 그 과정 역시도, 악착같이 삶에 집착해 온 주인공이 그 결과 무의미한 죽음에 이르고, 게으른 남편에게 돈을 벌어다 주는 것으로 끝난 것은 아이러니이며 역설일 것이다. 「동인미」가 이 점과 무관하다고는 할 수 없을 것이다"[24]라고 한다. 사에구사 도시카쓰는 「감자」의 비극적 결말을 아이러니라 보고 있고 이 아이러니의 요소는 김동인 문학의 일관하는 특징이라 보고 있다.

「감자」는 김동인의 다른 어떤 작품보다도 일제강점기의 시대적 현실을 잘 그린 작품이기도 하다. 「감자」에서는 복녀가 도덕적으로 타락한 원인을 사회 환경에서 찾고 있다. 리얼리즘적인 경향으로 현실의 추악한 측면만이 샅샅이 파헤쳐져 그 이면이 현실의 전부이다라고 주장해 기존의 인간체면을 유지한 모든 가치를 야유한 작품—그 최초의 대표작이 「감자」라고 한다. 개인의 내면에 초점을 맞춘 것이 아니고 오히려 내면을 배제함으로써 사회현실에 초점을 맞춘 객관묘사는 개인에서 사회로 시야를 넓히는 서술방식이기도 하다. 다시 말하면

---

24 사에구사 도시카쓰三枝寿勝, 심원섭 역, 『사에구사 교수의 한국문학연구』(서울, 베틀북, 2000), pp.250~251.

개인의 인식을 보편적 인식으로 확대하는 서술방식이라고 할 수 있다. 개인의 이야기를 사회의 이야기로 확대하는 「감자」는 객관묘사가 매우 유효하다. 「감자」는 복녀의 타락을 객관묘사로 그림으로써 빈곤한 식민지 현실과 사회 계급관계를 그리고 이에 성공하고 있다. 그 결과 「감자」에서 선명하게 드러난 것은 사회와 개인의 관계이고 생존권을 박탈당한 식민지백성의 비극적 생이기도 하다. 사회현실의 객관적 표출과 탐색에는 「감자」와 같은 서술방식이 한층 효과적이다. 왜냐하면 이 작품에서는 작가의 개인적 주관적 관점이 극복되어 보편성과 객관성이 획득되었기 때문이다. 한국의 리얼리즘에는 빈곤한 농민과 도시의 하층노동자의 세계에 작가가 주목했다. 「감자」는 객관묘사의 결과 사회와의 관계가 부각되고 있다.

3. 한일 고백체담론의 전개

1) 일본의 작품세계와 고백체

문학사적으로 일본 자연주의는 시마자키 도손(島崎藤村)의 『파계(破戒)』(1906)에 의하여 열려진 사회성이 일년 후에 센세이션을 일으켰던 다야마 가타이의 『이불』(1907)에 의해 그 방향이 결정되고 사소설의 장르를 열었다는 것이 통설이다. 『이불』을 비롯한 일본의 자연주의는 사실의 충실한 재현과 '노골적인 묘사'를 깃발로 하는 문학이었다. 일본 자연주의는 개인의 진실한 가치관을 반영한 소설이라기보다 오히려 사실을 그리는 현실묘사의 소설이고 후에 '있는 그대로'의 자기표출이라는 방향으로 발전해간다. 문학을 대상으로 사생활을 중시하는 자연주의의 조류는 일본의 독특한 고백문학을 탄생시켜 장르로서는 사소설이 성립한다. 이후, 고백문학의 미적가치는 어느 정도 있는 그대로의 자신을 드러낼 수 있나 라는 고백의 정도에 따라 측정하게 되었다.

이러한 배경에서 나온 것이 "있는 그대로의 표면적 사실만을 충실히 그리려고 노력했다"[25]는 가타이의 평면묘사이다. 가타이의 평면묘사는 "현실에 있는 자기의 경험을 조금의 주관도 가하지 않고, 내부적 설명 또는 해부를 가하지 않고, 단지 본대로 들은 대로 접한 대로 쓴 것"[26]이다. 평면묘사는 "본대로 들은 대로 접한 대로"만 묘사할 수 있기 때문에 작자는 등장인물의 내면을 묘사할 수 없고, 외면만을 묘사할 수 있다. 이러한 평면묘사에 반대한 것이 "일원적 묘사는 내부에서 해야만 하고 결코 방관의 태도를 가져서는 안 된다"[27]라고 한 이와노 호메이의 일원묘사였다. 일원묘사를 호메이는 "어떤 한 사람(갑이라면 갑)의 기분이 되어 그 갑이 본대로의 인생을 묘사해야만 하는 것"[28]이라고 한다. 일원묘사는 삼인칭을 사용하면서 주인공의 내면을 그리는

---

25 田山花袋, 「『生』における試み」, 『早稲田文学』 34호(1908.9), p.34.
26 위의 책, p.312.
27 岩野泡鳴, 「現代将来の小説的発想を一新すべき僕の描写論」, 『岩野泡鳴全集』第11卷(京都, 臨川書店, 1996), p.322.
28 위의 책, p.313.

묘사방법이다. 그리고 일본자연주의의 현실묘사방법은 평면묘사, 일원묘사의 두 종류로 나타난다.

그러면 일본자연주의소설에서의 묘사이론과 소설세계 특히 가타이와 호메이의 묘사이론과 소설세계를 보면서 고백체담론의 전개를 보도록 한다.

'노골적인 묘사'를 실천한 『이불』에서 가타이는 고통을 각오하고여 제자에게 연애감정을 품었던 자기 자신의 사생활을 적나라하게 폭로했다. 당시, 센세이션을 일으켰던 『이불』은 주인공의 추악한 내면을 드러낸 고백소설이었다. 그러나, 다야마 가타이는 『이불』을 쓴 후 『생(生)』(1908)의 평면묘사에 도달하고 나서부터 등장인물의 내면을 배제해가는 묘사방법을 선택한다. 다야마 가타이는 「『생』에 있어서의 시도」 중에서 "『생』에 있어서 나는 진지하게 어떤 한 시도―그것은 내가 이전부터 소설이라고 하는 것에 대해 가지고 있었던 주장을 될 수 있는 한 충실하게 실현하겠다는 시도를 했다"[29]고 한다. 계속해서 그는 "『생』에서 시도한 것은 역시 콩쿠르나 모파상의 작품에 보이는 것과 같이 재료를 재료 그대로 쓰려고 하는 태도입니다"[30]라고 한다. 그 태도를 그는 "내가 노린 곳은 단지 모든 것을 버린 평면적 묘사입니다"[31]라고 한다.

가타이는 평면묘사를 주장한 후 그것을 자신의 소설에서 실천했다. 또, 가타이의 소설은 『이불』, 『한 병졸(一兵卒)』을 비롯해 대부분이 자

29　田山花袋, 앞의 책, p.31.

30　위의 책, p.34.

31　위의 책, p.34.

기 자신을 모델로 하고 있다. 예를 들면,『생』에서는 작가 자신의 가족, 특히 명치이전에 태어나 가정의 주부가 되었던 자신의 어머니,『아내[妻]』(1908~1909)에서는 명치 초기에 태어나 평범한 주부가 되었던 자신의 아내,『인연[緣]』(1910)에서는 명치중기에 태어나 신여성이 되었던 자신의 제자가 그 모델이 되었다. 이들 작품세계를 보면, 평면묘사를 사용한『생』에서는 죽음을 눈앞에 둔 노모를 둘러싸고, 네 명의 자녀가 사랑하고 미워하고, 또는 결혼하고 연애하고 재혼하고 자녀를 출산하는 등 많은 생의 길을 살아가는 모습을 충실히 그리고 있다.『생』의 속편이라고 하는『아내』,『인연』은 한 여성이 처녀에서 주부로 되면서 인생에 눈떠가는 모습을 그리고 있다.『생』에서는 가족제도의 희생이 된 어머니의 모습이 그려지고,『아내』에서는 어머니가 돌아가신 후, 러일전쟁이 시작되는 것이 배경이 된다.『아내』에서는 주인공의 쓰토무와 오히카루(『생』의 센노스케와 아내 오우메)의 부부생활이 그려진다. 여기에서는 평범한 생을 살아가는 처와 아이들 곁에서 자기 자신의 삶을 잃어가는 남편의 고독이 그려져 있다.『아내』에서는 가타이자신의 부부생활을 그리고 있고, "『아내』가『생』보다 평면묘사에 충실하다."[32]

『인연』의 내용은『이불』에 이어지고, 러일전쟁 후 4년 지난 시대가 배경이 되어 있다.『아내』는 작가인 기요(『아내』의 쓰토무) 옆에 하숙하는 아름다운 문학여성 도시코(『아내』의 데루코)가 연애하고 가출, 임신, 출산해서 가정을 가진다고 하는 내용이다. 평면묘사를 사용한『삼부

---

32 吉田精一,『自然主義の研究』下巻(東京, 東京堂, 1966), p.186.

작』의『생』,『아내』,『인연』의 작품세계는 가족생활의 내실을 그린 것이었다. 가타이는 사생활을 제재로 해 평면묘사를 사용함으로써 현실에 충실하다는 소박한 의미의 사실주의를 실현하고 있다. 그 다음에 나온『시골교사』(1909)는 객관주의문학으로 자연주의의 완성을 본 다야마 가타이의 대표작이다. 주인공인 하야시 세이죠의 모델은 시골교사로서 짧은 인생을 살다 간 문학청년 고바야시 히데오이다. 여기에서 작가 자신은 모델이 아니지만 가타이는 고바야시 히데오의 모습에 자기 자신의 불우한 청년시대를 겹쳐 생각하고 있다.『시골교사』는 하야시 세이죠가 초등학교 교사로서 자신의 입장에 불만을 가지고 초조해 하면서 외롭게 죽어간다는 내용이다. 여기에서는 청일전쟁 후의 비약적인 발전과 자본주의사회에의 기욺, 그것에 의한 국가와 개인의 괴리, 뜻을 가지고 있으면서 시골에 갇혀 사는 청년의 이상과 현실의 갭, 모순된 사회에 희생되는 당시의 청년상이 그려져 있다. 『생』,『아내』,『인연』,『시골교사』는 모두 평면묘사가 사용되고 있다. 가타이는 평면묘사를 전개해 가는데 있어서 평면묘사의 선전에 의해 오히려 자신이 그 평면묘사에 구속된 것같이 보인다. 후지모리는 "가타이의 의도 이상으로 '평면적'이라고 하는 메타포가 명치 40년대의 문학 담론공간에 의해서 '선전되고' 그 후의 가타이를 거꾸로 구속하는 힘을 가지고 말았다"[33]고 한다.

그러나, 가타이의『생』,『시골교사』를 보면, 평론에 있어서의 가타이의 주장과는 다르게 철저하게 평면묘사가 되어있지 않은 부분도 있다.

---

[33] 藤森清,「平面の精神史－花袋「平面描写」をめぐって－」,『日本文学』42권11호(1993.11), p.20.

다음은 센노스케의 내면을 그린『생』의 부분이다.

센노스케의 포부는 군인 따위를 위대하다고 생각하지 않았다. 좀더 지켜봐, 걸작을 만들어 천하를 감동시킬게. 영원한 이름을 명치문학사에 새겨줄게. 이렇게 생각하고 있었다. 그렇지만 군인의 태평하고 쾌활하고 생기있는 생활이 부러웠다. (…중략…) 이렇게 천진난만하고 쾌활한 생이 있다는 것을 알고 <u>뜨거운 눈물을 흘렸던 것을 생각했다.</u>[34](강조―필자)

다음은 하야시 세이죠가 자기대신에 면직이 된 히라타라고 하는 교사의 상황을 보러 간『시골교사』의 한 장면이다.

이번에는 벌써 교직원은 없었다. 수업은 이미 시작되었다. 학생들을 가르치는 교원의 목소리가 각 교실에서 분명하게 들려온다. 여직원의 칼칼한 목소리도 들려왔다. <u>세이죠의 가슴은 왠지 모르게 뛰었다.</u>[35](강조―필자)

『생』의 인용에는 센노스케의 내면에 초점이 맞추어져 있고, 특히 "뜨거운 눈물을 흘렸던 것을 생각했다"와 같이 센티멘털한 센노스케의 내면이 그려져 있다. 이와 같이『생』은 평면묘사와는 상반되는 묘사들이 종종 나온다. 오가타 아키코는 "특히 차남 센노스케의 묘사에서 사람과 자연의 교류는 작자의 센티멘털리즘에 의해 종종 파탄을 보인다"고 하고 "이 센노스케는 너무 가타이에 붙어있고 그것이 너무

---

34 田山花袋,『生』,『田山花袋全集』第1卷(京都, 臨川書店, 1993), p.11.
35 田山花袋,『田舍教師』,『田山花袋全集』第2卷(京都, 臨川書店, 1993), pp.353～354.

센티멘털하기 때문에 평면묘사는 분명하게 일탈하고 있다”고 한다.[36] 『생』의 센노스케를 보면, 객관화를 추구하고 있으면서도 변함없이 가타이자신의 감상과 영탄에 휩싸인다.

『시골교사』는 『생』보다 철저하게 평면묘사가 사용되었지만 “세이죠의 가슴은 왠지 모르게 뛰었다”와 같이, 세이죠의 내면을 묘사한 부분도 나온다. 여기에서도 세이죠의 문학취미와 센티멘털한 세이죠의 내면이 완전히 배제되어 있지는 않다. 소마 쓰네오는 “평면묘사가 더욱 철저하게 구체화한 작품으로, 종래 『시골교사』를 드는 것이 통설인 것 같다. 그러나 『생』만큼은 아니지만 주인공 하야시 세이죠의 ‘내부정신에 들어’간 ‘내부적 설명 또는 해부’가 의연히 곳곳에 남아 있다”[37]고 하고 “『생』이라든가 『시골교사』라든가, 하나의 작품 속에서 평면묘사적인 것과 그렇지 않은 것이 동거하고 있다”[38]고 한다. 가타이자신도 「『생』에 있어서의 시도」 중에서 “지금 생각하면 자신의 좋고 싫음, 동정과 판단 등이(인물이 자신과 밀접한 관계에 있는 것 만에 한해서) 많이 나와 있어서 마음이 괴롭습니다. 게다가 나의 문장 습관도 나타나기 쉬워서 『생』은 자신의 싫은 습관이 눈에 띄어서 곤란합니다”[39] 라고 한다.

이와 같이, 가타이의 문장에서는 『이불』에서 요시코의 이불을 덥고 우는 도키오, 『생』에서 달밤과 저녁노을에서 어머니를 그리며 우는 센노스케, 『시골교사』에서 센티멘털한 문학청년 세이죠 등, 눈물 많

---

[36]　尾形明子, 『田山花袋というカオス』(東京, 沖積舎, 1999), p.118.

[37]　相馬庸郎, 『日本自然主義論』(東京, 八木書店, 1970), p.69.

[38]　위의 책, p.81.

[39]　田山花袋, 「『生』における試み」, 『早稲田文学』 34호(1908.9), p.35.

고, 센티멘털한 작중인물이 일관해서 나온다. 이와 같은 특성 때문에 평면묘사를 사용해도 부분적으로는 센티멘털리즘에 빠져버린다. 이는 서정시인에서 출발한 가타이의 자질에 유래하는 문제이기도 하다. 그럼에도 불구하고 가타이의 묘사는 "콩쿠르와 같이 예민하고 감각이 세련된 것은 아니지만", "인간을 그리는 데 있어서 주위환경을 묘사하고, 그 속에서 인간의 모습을 두드러지게 하는 콩쿠르풍의 인상묘사도 먼저 성공하고 있는 편"[40]인 것은 의심할 여지가 없다. 『생』, 『시골교사』에는 '감상적', '주관적 서정', '센티멘털한 요소' 등 가타이 특유의 특성은 있지만 '단조하고 평탄한 필치', '일상생활 속에 들어간 자연'이 조화되어, 전체적으로 평면묘사는 성공하고 있다고 해도 좋을 것이다.

가타이는 "『생』에 있는 사실은 내가 실제 경험한 사실로써 나는 단지 그 경험한 사실을 사실 그대로 인상적이었던 것을 평범하게 썼던 것이다"[41]라고 한 것같이, 평면묘사를 사용해 자기 자신을 모델로 한 사소설을 계속 썼다. 이러한 묘사방법에는 소설은 '사실의 기록'이 중요하고, 소설가는 "인생의 기록자지 창작자는 아니다"[42]라고 하는 실제 사실에 가치를 둔 가타이의 판단이 있었기 때문이다. 소설이 픽션임에도 불구하고 사실을 그대로 묘사할 수 있다는 환상, 즉 주관을 배제하면, 픽션을 첨가하지 않게 된다고 하는 가타이의 판단에 의한 것이었다. 그리고 가타이는 "현실에 있어서 자신의 경험을 단지 평면적으로 그린다"라고 하는 평면묘사를 자신의 창작 속에서 실천해간 것이다.

---

40 吉田精一, 앞의 책, p.193.
41 田山花袋, 앞의 책, p.34.
42 吉田精一, 앞의 책, p.174.

　이것은 결국, 평면묘사는 비언어적인 것을 언어로써 '있는 그대로'
모사하는 것이 가능하다는 신화를 강화했던 것이다. 소설이 픽션임에
도 불구하고, 일상을 있는 그대로 그리면 '사실'을 모사하는 것이 된다
고 가타이는 믿었다. 가타이는 소설 속에서 일상을 그대로 보여줄 수
있다는 '사실'이라는 신화를 믿었다. 이와 같이 가타이를 비롯한 동시
대의 작가들은 '사실'과 '허구'를 착각했다. 따라서 평면묘사는 '사실'
이라는 허구를 성립시키고, 허구가 사실화되는 시대를 만들어 내었
다. 그러나 한 인물의 주관성을 중시하는 일원묘사의 배후에는 '있는
그대로'가 '허구'에 지나지 않는다는 인식이 있었다. 호메이는 작가가
살아 있는 현실세계와 소설 속 주인공의 허구세계를 구별해야만 한다
고 명언했다. 가타이는 평면묘사를 사용함으로써 현실을 투명한 언어
에 의해 '있는 그대로'를 소설세계에 모사할 수 있다고 착각했다. 그
때문에 가타이는 현실세계와 소설세계를 명확하게 구별할 수 있는 자
각을 가지지 못했다. 그러나, 호메이는 언어가 현실을 그대로 옮기는
도구가 아니고 언어는 언어 이상의 것이 아니라고 자각했다. 일원묘
사에 의해서 처음으로 '있는 그대로'라는 언어가 투명하다는 신화가
허구라는 것이 밝혀졌다.

　평면묘사도 일원묘사도 인생의 진실을 그리려고 하는 목적과 소설
에서 리얼리즘의 철저라는 관점에서 일치한다. 그렇지만, 양자가 주
장하는 묘사의 방법은 전혀 다르다. 가타이는 주관을 배제하는 객관
적인 묘사방법을 택한 것에 비해, 호메이는 한 사람의 주관을 거치지
않고 인생을 방관하는 것만으로는 진정한 인생의 내용을 포착할 수
없다고 생각했다. 그에 의하면 방관적 묘사만이 아닌 주관적 묘사에

의해서 작품세계는 주인공의 자아를 표출하는 것이 가능하다. 가타이는 평면묘사에서 자연을 재현하기 위해 자신의 감정을 일절 배제하고, 높은 수준의 예술 경지를 구하려고 했다. 여기에서 화자는 모든 인물의 외면을 볼 수는 있으나, 개인의 내면에는 들어갈 수 없다. 평면묘사는 외면에서 받는 느낌, 그것에 의해 느끼는 인상 이외에 화자의 해석을 필요로 하지 않는다. 개인의 내면을 그리려고 하지 않는 한 평면묘사는 '사생활의 있는 그대로의 묘사'로 끝나버리고, 그 묘사방법에 따르는 한 고백은 성립되지 않는다. 이와 같이 평면묘사에서 실제 고백소설은 성립되지 않고 인생을 방관하는 것만으로 내면이 드러나지 않는 객관소설이 성립한다. 가타이는 『생』에서 자연주의 시대를 대표하는 평면묘사를 확립시키고 『시골교사』에서 그 완성을 보게 된다. 가타이는 『이불』 이후 평면묘사를 주장하고 적나라한 내면을 폭로하는 고백소설을 쓰지 않게 된다. 일본자연주의는 자기 자신을 모델로 하면서 내면을 폭로하는 고백소설로 발전해가지만, 그 묘사론은 이와노 호메이의 일원묘사에 위임하게 된다. 이와노 호메이는 "일원묘사는 결국 내면묘사이다"[43]라는 일원묘사를 주장하고 그것을 『오부작』에서 실천한다. 실제 사소설에 있어서의 고백담론은 한 사람의 내면을 철저하게 묘사하는 이와노 호메이의 일원묘사에 계승된다.

43　岩野泡鳴, 「現代将来の小説的発想を一新すべき僕の描写論」, 『岩野泡鳴全集』 第11巻, p.338.

2) 한국의 작품세계와 고백체

그러면, 김동인 단편소설 전체를 통해서 그의 소설묘사론과 작품세계가 어떻게 변해 가는지 확인해 보자.

그 기준은 아래와 같다.[44]

일인칭서술자시점	내면묘사
일인칭관찰자시점	객관묘사
삼인칭초점화제로	다원묘사
내적고정초점화	일원묘사
외적초점화	객관묘사

단편소설

제목	연도	인칭	묘사	작품세계
「약한 자의 슬픔」	1919	3	일원묘사	내면 / 고백
「마음이 옅은 자여」	1919	1 / 3	내면 / 일원	내면 / 고백
「목숨」	1921	1 / 1	객관 / 내면	내면
「음악공부」	1921	3	일원묘사	내면 / 고백
「전제자」	1921	3	일원묘사	내면 / 고백
「배따라기」	1921	1 / 3	내면 / 객관	내면 / 고백
「태형」	1922	1	객관묘사	사회성
「이잔을」	1923	3	객관묘사	
「어즈러움」	1923			

---

[44] 일인칭의 경우, 사건의 주요인물이 되어서 서술하는가, 또는 사건을 단순하게 관찰자로써 보고 서술하는가에 따라서 내면묘사 또는 객관묘사라고 한다. 단지, 화자가 자신의 체험을 서술하지만 내면이 나타나지 않고, 객관적 묘사를 행할 때에는 객관묘사라고 한다. 삼인칭의 경우, 일원묘사, 다원묘사, 객관묘사는 김동인의 묘사론 대로 분류했다. 단지 김동인의 순객관묘사는 객관묘사로 바꾼다. 또, 액자소설의 인칭과 묘사는, 마지막의 인칭과 묘사는 생략한다. 예를 들어, '1인칭 · 3인칭 · 1인칭'을 '1 / 3'으로 하고, 묘사 '내면 · 객관 · 내면'을 '내면 / 객관'으로 표기한다.

「겨우 눈을 뜰때」	1923	3	일원묘사	내면/고백
「만찬」	1923			
「거츠른 터」	1924	1/1	객관/내면	내면/고백
「피고」	1924	3	일원묘사	내면/고백
「유서」	1924	1	객관묘사	
「X씨」	1925	3	객관묘사	
「감자」	1925	3	객관묘사	
「명문」	1925	3	객관묘사	
「정희」	1925	3	일원묘사	내면
「시골 황서방」	1925	3	객관묘사	사회성
「원보부처」	1926			
「명화 리디아」	1927	3	객관묘사	
「딸의 업을 이으려」	1927	1	객관묘사	
「광염 소나타」	1929	1/1	객관/객관	공상세계
「눈보래」	1929	3	객관묘사	
「태평행」	1929	3	다원묘사	
「K박사의 연구」	1929	1	객관묘사	
「송동이」	1929	3	객관묘사	사회성
「순정(연애편)」	1930	3	객관묘사	
「순정(부부편)」	1930	3	객관묘사	
「구두」	1930	3	객관묘사	
「포플러」	1930	3	객관묘사	
「배회」	1930	3	객관묘사	
「여인」	1930			
「벗기운 대금업자」	1930	3	객관묘사	사회성
「수정 비둘기」	1930	3	객관묘사	
「화환」	1930	3	객관묘사	
「무능자의 아내」	1930	3	일원묘사	내면
「혼약자에게」	1930	1	내면묘사	내면
「증거」	1930	3	객관묘사	사회성
「죄와 벌」	1930	1/3	객관/객관	사회성
「신앙으로」	1930	3	객관묘사	
「큰 수수께끼」	1931	3	객관묘사	
「결혼식」	1931	1	객관묘사	
「박첨지의 죽음」	1931	3	객관묘사	사회성

「발가락이 닮았다」	1932	1	객관묘사	사회성
「붉은산」	1932	1	객관묘사	사회성
「잡초」	1932	3	객관묘사	사회성
「논개의 환생」	1932	3	객관묘사	역사세계
「적막한 저녁」	1932	3	객관묘사	사회성
「소설급보」	1933	3	일원묘사	고백
「사진과 편지」	1934	3	객관묘사	
「대동강은 속삭인다」	1934	1 / 3	내면 / 객관	공상세계
「최선생」	1934	3	일원묘사	고백
「어떤 날 밤」	1934	1	내면묘사	내면
「형과 동생」	1935			
「광화사」	1935	1 / 3	내면 / 객관	공상세계
「가두」	1938	3	객관묘사	
「가신 어머니」	1938	1	내면묘사	내면
「대양자아줌마」	1938	3	객관묘사	사회성
「산넘어」	1939			
「김연실전」	1939	3	객관묘사	사회성
「선구녀」	1935	3	객관묘사	사회성
「젊은 용사들」	1939	3	다원묘사	역사세계
「집추녀」	1941	3	객관묘사	사회성
「어머니」	1941	3	객관묘사	사회성
「어떤 간호부의 일기」	1941			
「송첨지」	1946	1 / 3	내면 / 객관	사회성
「학병수첩」	1946	1	내면묘사	사회성
「석방」	1946	3	객관묘사	사회성
「반역자」	1946	3	객관묘사	사회성
「망국일기」	1947	1	내면묘사	사회성 / 고백
「속 망국일기」	1948	1	내면묘사	사회성 / 고백
「추춧돌」	1948	1	객관묘사	사회성
「김덕수」	1948	3	객관묘사	사회성
「환가」	1948	3	객관묘사	사회성

김동인 단편소설 전체를 먼저 인칭의 관점에서 보면 전 69편중에서
‘1인칭(16편)’ ‘두 개 이상의 인칭에 의한 액자소설(9편)’ ‘삼인칭(44편)’의

세 가지 형태가 있다. 그 중에서도 3인칭이 가장 많다. 위에서는 단편 소설만을 취급하고 있지만 장편소설의 대부분이 삼인칭 전지적시점 (다원묘사)에 의한 역사소설이기 때문에 김동인 소설은 분량으로 보면 3인칭이 압도적으로 많다는 것을 알 수 있다.

다음에 묘사를 보면, 1인칭에서는 내면묘사, 객관묘사가 보인다. 김동인 소설의 1인칭소설의 특징은 서술자와 주요인물이 일치해서 작가 자신의 개인적이고 신변적인 것을 서술하는 주관적 서술형식과, 서술자와 주요인물이 일치하지 않고 작가 자신의 체험을 서술하지만 객관적으로 묘사함으로로써 개인인식을 보편적 인식으로 확대하는 객관적 서술형식으로 나뉘어 진다.[45] 즉, 전자의 내면묘사는 작가의 자전적 서술형태이고, 후자의 객관묘사는 개인인식이 사회인식으로 확대되는 서술형태이다. 내면묘사의 대표적 예는 동인자신의 경험을 적은 「망국일기」(1947), 「속 망국일기」(1948)이고, 객관묘사의 대표적 예는 「발가락이 닮았다」(1932), 「붉은산」(1932)이다.

두 개 이상의 인칭에 의한 액자소설은 '내면·일원·내면(1·3·1)', '내면·객관·내면(1·3·1)', '객관·내면·객관(1·1·1)', '객관·객관·객관(1·3·1)'의 4종류가 있다. 그 중에서도 제일 많은 것은 「배따라기」와 같이 '내면·객관·내면(1·3·1)'이다. 두 개 이상의 묘사를 가진 대표적인 예는 「배따라기」('내면·객관', 1935), 「광염소나타」('객관·객관', 1929), 「광화사」('내면·객관', 1935)가 있다. 「광염소나타」는 살인, 방화 등 악마적인 행동에서 예술작품을 만드는 천재음악가 백성수를 그린

---

45 윤명구, 『김동인소설연구』(인천, 인하대학교, 1990), pp.42~43 참고.

것이다.「광화사」에서는 못생긴 얼굴 때문에 두 번이나 이혼당한 화가 솔거가 영원한 처녀의 순결한 눈을 그리기 위해 시각장애자인 모델 소녀를 죽이고 자신도 발광하고 마는 스토리다. 이들의 액자소설은 공상세계 즉 비현실적인 작품세계를 그리는 경우가 많다.「배따라기」는 비현실적인 이야기를 실제로 있었던 이야기처럼 보여 주려고 하는 작품인 것에 비해「광염소나타」,「광화사」는 작자의 개입과 주관적인 서술이 눈에 띄고 비현실적인 이야기를 정말로 만든 이야기인 것처럼 보여주는 것이다.

3인칭에서 다원묘사는 보여 지지 않고, 일원묘사, 객관묘사가 보여진다. 일원묘사에 의한 작품세계는 주인공의 내면이 드러난 고백소설이었다. 그러나 객관묘사에 의한 작품세계는 작중인물의 내면을 배제하고, 사회성이 강하게 드러난 리얼리즘소설이다. 일원묘사의 대표적 예가「약한 자의 슬픔」(1919),「마음이 옅은 자여」(1919)이다. 삼인칭의 대표적 예는「감자」(1925),「명문」(1925),「송동이」(1929)이다. 이것으로 알 수 있는 것과 같이 김동인이「명문」,「감자」에서 발견한 '동인만의 문체, 표현방식'은 삼인칭 객관묘사라는 것을 알 수 있다.

그러면, 실제로 김동인의 작품세계를 보면서 그의 현실성(사회성)에 관한 인식을 재확인해 보기로 한다.

다음은 객관묘사에 의한「명문」,「감자」의 서두부분이다. 이하는 전주사와 복녀의 경력을 이야기한 부분이다.

전주사(田主事)는 대단한 예수교인이었습니다.

양반이요, 부자요, 완고ㅡㄴ 자기 아버지의 집안에서, 열 일여덟까지 맹자

와 공자의 도를 배우다가, 우연히 어느날 예배당이라는 곳에 가서, 강도(講

道)하는 것을 듣고, 문득 자기네의 삶의, 이상이라는 것을 모르고 장래라는 것

을 무시하는 것에 놀라서, 그 날부터 대단한 예수교인으로 변하였습니다.[46]

　싸움, 간통, 살인, 도적, 구걸, 징역, 이, 세상의 모든 비극과 활극의 근원지

인, 칠성문밖 빈민굴로 오기 전까지는 복녀의 부처는(사농공상의 제二위에

드는)농민이었었다.

　복녀는, 원래 가난은 하나마 정직한 농가에서 규측있게 자라난 처녀였었다.[47]

　「명문」에서 화자는 크리스트교 신자를 일정한 거리에서 관찰하고

있다. 「감자」에서 화자는 냉정한 시선으로 복녀를 객관적으로 서술

하고 있다. 「명문」, 「감자」는 화자의 주관을 배제한 객관묘사를 사용

하고 있다. 이와 같은 묘사는 주네트의 '외적초점화의 소설담론', 가타

이의 평면묘사에 해당한다. 두 사람의 평면묘사, 순객관묘사는 이론

적으로 같은 '외적초점화'이지만 실제 작품을 보면 서로 다른 점이 보

인다. 위의 인용을 보면, 김동인의 순객관묘사는 다야마 가타이의 평

면묘사에서 보이는 서정적이고 감상적인 경향은 보이지 않고, 작자의

주관은 배제되어 있다. 하지만 「명문」의 후반은 아직 일원묘사가 남

아 있고[48] 화자의 주관적인 서술 개입이 보여 진다. 「감자」는 대부분

객관묘사로 되어있지만 복녀가 처음으로 매춘한 후의 심정을 서술한

46　김동인, 「명문」, 『김동인전집』 제1권(서울, 조선일보사, 1987), p.361.

47　김동인, 『감자』(경성, 한성도서, 1935), p.3.

48　김상태, 「김동인의 단편소설고－작품경향과 관점을 중심으로」, 『김동인전집』 제17권,
　　p.134 참고.

부분 "그는 아직것 딴 사내와 관계를 한다는 것을 생각하여 본 일도 없었다. (…중략…) 그러나 이런 이상한일이 어디 다시 있을가. 사람인 자기도 그런일을 한 것을 보면, 그것을 결코 사람으로 못할 일이 아니었었다"[49]는 조금이기는 하지만 작자의 주관이 개입되어 있다.

평면묘사와 순객관묘사에 있어서의 주관적 서술을 비교하면 가타이의 『생』이 "뜨거운 눈물을 흘린 것을 생각 했다"와 같이 감상적 서술이 많이 나오는 것에 비해, 김동인의 경우는 작중인물에 동정적이지 않고, 전지적인 입장의 서술이 많다. 평면묘사를 사용한 가타이의 작품에서는 작중인물과 화자가 밀착되어, 일원적인 입장에서 작중인물에 동정적이고 센티멘털한 감정을 그리는 서술이 많이 나타난다. 이에 비해 순객관묘사를 사용한 김동인의 작품에서는 작중인물과 화자가 떨어져있고, 전지적 입장에서 작중인물의 내면에 들어가는 경우가 많다. 이와 같은 현상은 독자에게 작품세계를 상상하는 자유를 주는 것이 아니고, 작자의 조종 속에서만 독자에게 작품세계를 이해시키려는 '인형조종술'과 관계가 있다.[50] 인형조종술이란 신이 세계를 창조하듯 예술가가 작품세계를 인형 놀리듯 손바닥 위에 놓고 놀릴 수 있어야 한다는 것이다. 김동인 소설에서는 일원묘사뿐만 아니고 순객관묘사에서도 작자의 개입이 보인다. 김동인은 충실하게 순객관묘사로 소설을 쓰려고 했지만, 그의 창작관인 '인형조종술'을 가지고 있는 이상, 작자의 주관을 완전하게 배제하기는 어려웠을 것이다. 그러나, 가타이와 비교하면 김동인이 객관적인 입장에서 소설을 전개해 나간다.

---

49   김동인, 앞의 책, p.9.
50   윤명구, 앞의 책, p.39 참고.

그것은 가타이의 소설이 장편소설인 것에 비해 김동인의 소설이 단편소설이었기 때문에 객관묘사를 실천하기 쉬웠는지 모른다.

김상태는 "東仁의 모든 소설이 1인칭이었을 때는 narrator-mere ob-server로, 3인칭에서는, point of view of sharp focus로 되어 있다는 것은 흥미있는 일이라고 아니할 수 없다"[51]라고 한다. 이것은 즉 동인에 있어서 1인칭은 성격의 창조를 목적으로 하면서 방관자로서 작품세계를 펼치기 위한 수단이었고, 삼인칭은 한 사람의 주인공에 집중적인 서술로 일관하기 위한 수단이라는 것을 지적하고 있다.[52] 흥미있는 것은 김동인 소설에 가장 많은 묘사 방법은 1인칭에서는 화자가 주요인물이 아니고, 방관자로서 작품세계에 참가해 객관적으로 서술하고 있고, 3인칭에서는 한 사람의 주인공을 설정하여 그 인물을 중심으로 객관적으로 서술하고 있다. 1925년 「명문」, 「감자」를 기점으로 해서 동인의 서술에 변화가 생긴다. 그 이전에는 소위 일원묘사가 대부분이었는데 「명문」, 「감자」에서 순객관묘사로 변한 것을 김상태는 지적하고 있다.[53] 그 일원묘사의 예로 그는 「약한 자의 슬픔」, 「마음이 옅은 자여」, 「배따라기」, 「전제자」, 「목숨」, 「겨우 눈을 뜰때」, 「태형」, 「이 잔을」, 「유서」 등을 들고 있다. 특히 「겨우 눈을 뜰때」, 「태형」, 「이 잔을」, 「유서」 등은 일원묘사에서 순객관묘사로 옮아가는 과도기적수법을 보여주고 있다고 지적하고 있다.[54] 그것에 의하면,

---

51 김상태, 「김동인의 단편소설고―작품경향과 관점을 중심으로」, 『김동인전집』 제17권, p.131.
52 위의 책, p.131 참고.
53 위의 책, p.131 참고.
54 위의 책, p.131 참고.

김동인의 단편소설은 객관묘사가 대부분이고 이러한 경향은 1925년에 정착한 것이라고 볼 수 있다.

마지막으로, 작품세계를 크게 보면, 내면세계, 공상세계, 사회성이 강하게 나타난 현실세계를 그리고 있고, 그 중에서도 현실세계에 있어서의 사회문제를 그린 것이 가장 많다. 그 대표적인 예로 주인공과 사회와의 충돌에 의한 현실세계를 그린 것이 「감자」이다. 「감자」와 같이 사회현실을 그린 계열의 작품으로 윤홍로는 「태형」, 「명문」, 「송동이」, 「배회」, 「죄와 벌」, 「눈보래」, 「붉은산」을 들고 있다.[55] 예를 들면, 「태형」은 독립운동가였던 나가 감옥이라는 고통스러운 환경에서 영원영감에게 태형을 강요해서 죽음에 이르게 한다. 즉 「태형」은 이기주의자로 변모해가는 인간내면의 추악함을 그리고 있다. 「명문」은 열렬한 크리스찬인 전주사가 병으로 고생하는 어머니를 편안하게 한다는 이유로 살해한다는 내용이다. 이것은 당시의 현실문제였던 신구신앙의 대립을 문제로 하면서, 크리스트교의 천박한 수용을 비판·풍자하고 있다. 「송동이」는 주인을 충실하게 지켜준 송동이가 시대적인 변천에 둔감했기 때문에 일어난 비극을 그리고 있다. 이것은 모순된 사회에서 피해를 받는 선량한 시민을 풍자한 것이었다.

결국, 김동인 소설에서 가장 많이 보이는 것은 객관묘사를 사용해 현실세계를 그린 것이었다. 그 대표적인 예가 식민지의 괴로운 생활상을 그린 1인칭의 「붉은산」과 3인칭의 「감자」이다. 3인칭 객관묘사에 의한 「감자」는 이미 본 것과 같이 빈곤 때문에 도덕적으로 타락하

55　윤홍로, 「낭만적 리얼리즘의 전개」, 『김동인전집』 제17권, p.336 참고.

고 죽음에 이르는 복녀와 같은 당시 민중의 생을 그린 것이다. 사에구사는 "주인공 복녀의 죽음은 직접적으로는 질투에 그 원인이 있으나, 그것이 돈 때문에 관계를 맺게 된 왕서방을 둘러싸고 벌어진 문제라는 것을 생각하면 역시 아이러니컬하다. 더 깊이 생각해 보면 몰락 양반가 출신에서 끝없이 영락해 간 그 과정 역시도, 악착같이 삶에 집착해 온 주인공이 그 결과 무의미한 죽음에 이르고, 게으른 남편에게 돈을 벌어다 주는 것으로 끝난 것은 아이러니이며 역설일 것이다"라고 한다.[56] 사에구사는 「감자」의 비극적 결말을 아이러니라고 보고 있고, 이 아이러니의 요소는 김동인 문학을 일관하는 특성이라고 한다.

다음은 「붉은산」의 내용을 간단히 보기로 하자. 「어떤 의사의 수기」라고 하는 부제가 달린 「붉은산」은 1인칭관찰자시점으로 되어있다. 주인공 '여'는 의학연구를 위해 만주를 순례하는 중, 가난한 소작인이 살고 있는 마을에서 목격한 익호의 이야기이다. 익호는 무서운 폭력배이고 마을에 폐를 끼치는 암적인 존재였다. 그러나 어느 날 송씨가 소작료를 적게 냈다고 하는 이유로 만주인 지주에게 불쌍하게 맞고 죽었던 사건이 있었다. 주민들은 송씨의 죽음을 목격하면서도 자신의 일이 없어질 것을 두려워해 항의할 용기조차 없었다. 그러나, 마을사람들과는 달리 분개한 그는 용기를 내서 지주에게 항의하러 갔던 것이다. 마을사람들은 피투성이가 된 익호를 발견한다. 익호가 죽으면서 청했던 절실한 소원은 '붉은산'과 '흰옷'이 보고 싶다는 것이었다. 여기서 익호는 무서운 폭력배에서 민족애가 강한 사람으로 극적

---

56 사에구사 도시카쓰, 『사에구사 교수의 한국문학 연구』(서울, 베틀북, 2000), pp.250~251.

으로 변모한다. '여'는 암적인 존재였던 익호의 죽음을 통해 그가 나라와 민족에 대해 그리움과 사랑을 가지고 있다는 의외의 사실을 발견한다. 이와 같이 '여'는 그가 나라를 잃었던 불쌍한 실향민이었다는 것을 결말에서 알게 된다. 이와 같은 작품세계를 가능하게 했던 것은 그에 관한 정보가 제한된 관찰자시점에서 그려졌기 때문이다. 「붉은산」과 같이 개인의 체험을 보편적 체험으로 확대할 경우는 1인칭을 사용하면서도 객관적 서술을 하는 것으로 3인칭서술의 이점을 얻고 있다.

「붉은 산」은 생활의 근거를 읽고, 이국을 떠도는 사람들의 가슴 아픈 모습, 즉, 식민지시대의 한국인이 이국에서 체험한 유랑의 고통을 그리고 있다. 이국에서도 그들은 시련을 면치 못하고 있다는 것, 익호의 죽음을 계기로 드러난 실향민의 슬픔과 민족애를 그린다. 객관묘사에 의한 「감자」와 「붉은 산」은 작품세계의 시간적·공간적배경은 당시의 현실의 궁핍한 생과 식민지적 상황을 그리고 있다. 「감자」, 「붉은 산」에 나온 당시 시대배경을 보면, 1910년대에 실시한 일본의 '토지조사사업'에 의해 일본은 토지를 국유화하고 한국의 농민을 소작농화 했다. 1916년의 조사에 의하면 전농가의 77.4퍼센트가 소작농화되어 해마다 증가한 소작농은 생활에 쪼들려 이농하는 현상이 일어났다. 1927년의 자료에 의하면, 56만이 만주에 이민하고, 1936년에는 89만이 이민했다.[57] 「붉은 산」의 시대적 배경은 1931년 7월 2일에 일어난 '만보산사건'이라고 장일백은 추측하고 있다.[58] '만보산사건'은 한

---

[57] 李其白, 『한국사신론』(서울, 일조각, 1976), pp.418~419 참고.

[58] 張伯逸, 「붉은 산론−갈등과 분노의 해명」, 申東旭 편, 『김동인연구』(서울, 새문사, 1982), p.Ⅱ−22 참고.

국의 농민(소작농)과 중국인 지주 사이에 일어난 분쟁사건이다. 1932년
에 나온 「붉은 산」은 1930년대의 이국농민의 비극적 현실을 그리고
있다. 즉, 1924년 이후, "식민지경제현실이 피폐의 극으로 달리는 20
년대 중기이후의 사회현실"[59] 을 그린 것이 「감자」와 「붉은 산」이다.

요약하면, 김동인의 고백소설은 「감자」 이후 점점 없어지고, 고백
소설로써 나타나는 경우, 초기에는 3인칭을 사용하고 후기에는 1인칭
을 사용하기 때문에 일원묘사는 거의 나타나지 않는다. 1925년 「감
자」까지의 전기소설은 내면이 나타난 고백소설이 대부분이지만 그
이후 점점 리얼리즘소설이 증가해 1935년 이후 사회성이 강하게 나타
난 리얼리즘소설로 변한다. 김동인은 초기작 「약한 자의 슬픔」에서
는 이와노 호메이와 같이 주인공의 내면이 나타난 일원묘사를 사용한
고백소설을 썼다. 그러나 「감자」 이후 내면이 전혀 들어가지 않는 객
관묘사를 사용한 리얼리즘소설로 변해 간다. 김동인 소설은 일원묘사
의 내면세계와 액자소설의 공상세계에서 벗어나 현실세계에 관심을
나타내는 방향으로 전개해 나간다. 이재선은 「김동인의 문학세계」에
서 "그는 현실을 있는 그대로 객관적으로 파악하거나 기술하고 있는
방법에 있어서는 리얼리스트다"[60]라고 한다. 김동인은 그가 살아온
시대현실에 있어서의 사회인식은 결여되지 않았던 것이다.

『오부작』은 일원묘사의 결과 주인공의 내면을 적나라하게 표현한
고백소설로써 나타났다. 그러나 그 내면은 사회와의 관계 속에서 나

59　윤명구, 앞의 책, p.101.
60　이재선, 「김동인의 문학세계」, 『김동인전집』 제17권, p.85.

타난 것이 아니고 항상 자신의 사상으로 귀결되었다.『이불』,『오부작』은 사회와의 관계 속에서 싸우지 않고, 밀폐된 방에서 고뇌하는 인간이 그려진다. 즉, 일본에서는 ‘현실’을 그리는 리얼리즘소설이 아니고, ‘사생활’를 제재로 하면서 ‘내면’을 그리는 고백소설로 발전해나간다. 결국, 고백체담론을 이와노 호메이의 일원묘사가 그 기능을 수행해나간다.

한국의 경우, 김동인은 처음에 호메이와 같이 일원묘사를 사용해서 내면을 드러내는 고백소설을 썼다. 그러나 그는 「감자」에서 객관묘사를 사용하고 있고, 당시의 빈곤한 생활을 식민지라는 시대상황을 객관적으로 그리는 작품세계에 도달하게 된다. 이렇게 해서, 그는 「감자」 이후, 내면이 전혀 들어가지 않는 객관묘사를 그린 사회성이 강한 리얼리즘소설을 써나간다. 한국에서는 ‘사생활’를 그린 사소설은 거의 나타나지 않고, ‘현실’을 그린 리얼리즘소설이 나타난다. 즉, 한국에서는 자연주의 및 리얼리즘은 개인이 어두운 내면세계를 그리는 고백소설에서 사회현실을 리얼하게 그리는 리얼리즘소설로 변해가는 것이다.

한일근대 삼인칭고백체 담론의 성립과 그 전개

한일 근대소설은 불가능하게 보였던 삼인칭으로 주인공의 내면을 드러내는 삼인칭고백담론을 만들었다. 한국과 일본의 근대에 형성되었던 삼인칭고백담론은 현대독자에게는 아무런 의심없이 당연하게 읽혀져 그 기원조차 잊히고 있다. 그러나 이와 같이 삼인칭고백담론이 위화감없이 현대의 소설언어로 정착하기까지 근대작가들의 말할 수 없는 고통과 노력이 쌓인 것이다. 이와노 호메이와 김동인은 삼인칭고백담론의 묘사론인 일원묘사를 창안함으로써 삼인칭고백담론을 가능하게 하였다. 삼인칭고백담론을 완성하려 한 그들은 일원묘사를 시작해 서구어의 삼인칭대명사의 용법, 종결어미, 시점의 고정, 내면을 드러내는 작품세계 등 수많은 궁리를 했다. 어쨌든 그들의 한국어, 일본어소설은 새로운 고백체소설담론을 만들었고 또 그것을 통해 고백할 내면을 발견했다.

한일 근대소설은 언문일치운동에 의해 근대구어체문장을 확립하고 묘사의 길을 열었다. 한일 근대소설은 언문일치라고 하는 이름하에 삼인칭고백담론을 완성하고 본격적인 근대소설의 길을 연 것이다.

사회적 관심을 보인 『파계』 후에 등장한 『이불』이 개인의 내면고백에 중점을 둔 일본자연주의가 갈 길을 결정했다. 그 후 일본자연주의는 작가가 스스로의 사생활에 허구를 섞지 않고 충실하게 재현한다는 사소설의 길을 열었다. 즉 사소설이 상상력에 의한 허구가 아닌 작가의 실생활을 '있는 그대로' 표현한다고 간주되었다.

다야마 가타이는 「노골적인 묘사」를 실천하고 자신의 사생활을 적나라하게 그린 『이불』을 쓴 후에 보다 철저하게 현실세계를 작품세계에 투명하게 반영하려 한 묘사론인 평면묘사를 만들었다. 일본자연주의의 현실묘사인 평면묘사와 일원묘사는 "본대로 들은 대로 접한대로" 쓴 평면묘사 쪽이 그 당시에 많은 자연주의 작가에 영향을 준 것도 사실이다. 이와 같은 평면묘사의 배후에는 언문일치에의 환상, 즉 언어를 투명한 매개로 생각하고 현실을 소설로 그대로 전사한다고 하는 '있는 그대로'의 신념이 있었다. 그것은 작가의 현실체험을 그대로 소설로 하는 것이 가능하다고 생각했던 1920년대의 사소설담론에 보이는 것과 같은 발상이다. 언문일치에의 신념은 언(이야기하는 말)과 문(쓰는 말)을 일치시키려면 이야기 내부세계와 이야기 외부세계도 일치시킬 수 있다는 것이고 사소설담론을 지지하는 근본적인 것이었다. 일본자연주의에 있어 작가의 실제경험, 결국 현실의 사실을 투명한 언문일치의 말로 표현한다는 방법이 강력했다. 이와 같은 발상을 배경으로 해서 다야마 가타이의 평면묘사가 나왔다.

그러나 이와 같은 발상과 평면묘사를 부정한 것은 개인의 내면을 중시하는 이와노 호메이의 일원묘사였다. 호메이는 가타이와 같이 자신을 모델로 한 사소설을 쓰면서도 묘사와 사소설에 관한 견해는 전혀 다르다. 언문일치, 즉 언과 문이 일치한다고 하는 생각은 시작부터 착각이다. 따라서 현실세계(작가의 사생활)를 그대로 언어로 투영하면 소설세계(사소설)이 된다는 것은 환상이라고 자각한 묘사론이 이와노 호메이의 일원묘사이다. 현실세계의 언어와 소설세계의 언어는 결코 일치시킬 수가 없다는 것이 이와노 호메이의 묘사론이었다. 작가는 살아 있는 현실세계를 언어를 이용해 그대로 투영할 수 없고 투영한다고 해도 그것은 허구일 뿐이라는 입장이 일원묘사이다. 평면묘사에 대한 일원묘사, 결국 객관적 사실에 대한 '심리적 사실'을 중시한 입장은 작품은 자전적이어도 작품과 작중인물과는 완전히 동일하지는 않다는 인식을 표명하고 있다. 이와 같은 인식은 자전소설, 사소설을 포함해서 모든 문학작품은 허구라고 하는 인식이다. 결국 그것은 기존의 일본문학 중에서 전승된 '있는 그대로'의 전통이 허구라는 인식이다.

역설적으로 다야마 가타이는 「노골적인 묘사」를 실천한 『이불』에서 일본자연주의에 의한 삼인칭고백소설이 방향을 결정했음에도 불구하고 평면묘사를 제창하고 그에 의한 작품을 그림으로써 그 길을 막아버린다. 일본에서는 내면을 그리는 일원묘사와 외면을 그리는 평면묘사 중에서 삼인칭고백소설을 성립시킨 것은 일원묘사이다. 왜냐하면 개인의 내면을 그릴 수 없는 평면묘사로 고백소설은 성립되지 않기 때문이다. 이와노 호메이의 일원묘사 및 『오부작』에 의해 일본의 고백체담론은 완성되고 이는 사소설 중에서 개인의 내면을 중시하는 작품세계로 전개해 간다. 그리고 일본고백소설은 작가 자신을 모델로 해서 사회에서 등을 돌리고 오직 개인의 내면만을 폭로해 간다.

다른 한편, 한국에서는 최초로 근대적 리얼리즘을 도입해 삼인칭고백담론 및 근대문체를 확립해간 김동인은 일본근대리얼리즘문학의 현실과 예술을 분리하지 않는다는 인식을 처음부터 받아들이지 않는다. 그렇기 때문에 한국의 경우, 일본자연주의자들이 즐겨 쓰는 사소설은 보기 드물다. 김동인은 일본자연주의의 묘사론, 특히 다야마 가타이의 평면묘사에 반격한 이와노 호메이의 일원묘사를 자신의 창작에 사용했다.

1920년대, 『창조』파들은 이광수소설이 정치 및 시대문제에 관심이 집중되고 개인문제에 소홀히 했던 점에 반발했다. 『창조』의 주역인물인 김동인은 문학을 정치문제에서 예술적 경지로 끌어올리기 위해 사회문제보다 개인의 내면을 중시하고 그것을 소설로써 나타내는 고백체소설을 만들려고 했다. 그러나 김동인은 그와 같은 고백소설을 그리기 위해 "일본어로 생각하고 조선어로 쓰지" 않으면 안 되었고 말할 수 없는 고통을 겪었다. 그는 고뇌하고 전시대의 전지적 시점에서 일원묘사로 또 정치적 문제에서 개인의 내면세계로 입장과 관심을 옮김으로써 삼인칭고백소설을 만들었다. 김동인은 구어체문장을 사용한 삼인칭으로 인간의 내면세계를 그리는 삼인칭고백체담론을 만드는 데에 성공했다.

김동인의 일원묘사 및 객관묘사가 당시 어느 작품에도 볼 수 없는 한국 근대소설에서 최초로 사용되었다는 것은 김동인이 묘사에 관해서 매우 자각적이었다는 것을 증명하고 있다.

김동인은 초기작 「약한 자의 슬픔」, 「마음이 옅은 자여」에서 일원묘사를 사용해 삼인칭으로 한 사람의 내면변화를 보이는 고백체소설을 창출했다. 여기서는 자신의 과오를 자각해 가는 개인이 그려진다. 일원묘사로 그려진 「약한 자의 슬픔」, 「마음이 옅은 자여」는 인간의 어두운 내면세계를 그린 고백소설이었다.

그러나 다음에 김동인은 액자소설 「배따라기」에서 일원묘사를 응용해 나라고 하는 인간의 시점으로 그의 이야기를 전한다는 서술형식을 채택한다. 이렇게 해서 다른 인간의 시점을 이용함으로써 이야기는 객관성을 획득하고 마치 사실인 것처럼 그려진다. 「배따라기」에서 형, 동생, 아내의 삼각관계에 관련된 비애가 그려진 고백소설이다. 「배따라기」에서는 액자소설이라는 이중적 시점을 사용해 안정된 시점을 획득한다. 그럼에도 불구하고 김동인은 「감자」에서는 이러한 형식을 취하지 않는다. 「감자」에서는 화자와 주인공이 완전하게 분리되는 객관묘사가 사용되고 사회현실을 객관적으로 그리는 것에 성공하고 있다. 객관묘사에서는 일원묘사에서 주관적이었던 관심이 객관으로 옮겨가고 개인에서 벗어난 객관적 현실을 발견한다. 객관묘사에 의해 나타난 것은 식민지시대의 피폐한 현실세계를 폭로한 리얼리즘소설이다. 「감자」에서는 금전과 욕망이 지배하는 세계에서 먹고 살기 위해 타락해 가는 복녀를 그리고 있다. 당시의 절망적 시대상황을 그리는 것으로 시대의 사회적 현실을 객관적으로 반영하려고 하는 리얼리즘의 인식이 여기에 있다. 일원묘사에서는 한 인물만을 조종했지만 객관묘사에서 작자는 한 사람의 내면에 들어가지 않고 작중인물을 냉정하게 조종하는 엄격한 현실세계의 대변자로 변한다. 김동인은 「감자」 이후 일원묘사를 사용한 고백소설에서 서서히 멀어지고 객관묘사를 사용한 사회성이 강한 리얼리즘소설을 써간다.

그러면 김동인은 삼인칭고백소설을 만들기 위해 일본어로 생각하지 않으면 안 되었을 만큼 고뇌했음에도 불구하고 왜 일원묘사의 고백소설에서 객관묘사의 리얼리즘소설로 이행해 갔는가.

그 이유는 동인자신의 창작관과 당시의 시대적 상황에서 오는 작가의 현실인식 및 독자에 그 답을 찾을 수 있다. 먼저, 김동인에 있어서 자신의 창작관인 '인형조종술'을 실천하기 위해서는 내면을 그리는 일원묘사보다 내면이 드러내지 않는 객관묘사 쪽이 더 작중인물을 조종하기 쉬웠던 것이다. 그 때문에 김동인은 장편소설에서는 다원묘사(전지적 시점)를 단편소설에서는 객관묘사를 사용하게 되었다. 김동인은 그와 같은 묘사방법을 사용함으로써 작중인물을 자유롭게 조종할 수 있었다.

다음으로, 식민지라고 하는 특수한 시대상황이 있었다. 바로「감자」가 나온 1920년 중기 이후의 식민지경제와 사회현실은 최악의 상태였다. 1910년대에 실시되었던 일본의 토지조사사업에 의해 한국의 농민은 소작농화 되었고, 생활이 어려워져 만주에의 이농이 급증한다.「감자」에서는 토지를 빼앗기고 소작인생활을 하면서 빈곤한 생활을 하는 복녀가 그려져 있고,「붉은 산」에서는 만주에 이농한 실향민의 괴로운 생활상을 그리고 있다. 한국자연주의 및 리얼리즘의 특징은 식민지농촌의 빈곤과 도시의 하층계급의 암담한 생활상을 그리고 있다는 점이다. 김동인 및 한국의 자연주의가 주관성이 강한 고백소설에서 객관성이 강한 리얼리즘소설로 변한 것은 그들이 당시의 식민지시대에 시대현실을 도외시할 수 없었기 때문이다. 김동인을 비롯해 당시

작가들은 그들이 살아 있는 그 시대현실을 리얼하게 그리려고 했다.

최후에, 독자 문제가 있다. 일본의 안정된 사회에서는 작가 자신의 사생활에 관심이 주목되고, 독자는 그들의 내면을 고백하는 고백소설에 공감을 가졌다. 그러나 한국에서는 식민지시대, 그 뒤에 잇는 남북분단 등 매우 변화가 많은 시대를 살아야 했기 때문에 개인의 사생활보다 사회적 현실이 그들에게는 절실한 문제였다. 그 때문에 사회현실을 도외시할 수 없었던 한국의 독자는 사소설과 고백소설보다 현실세계를 반영한 리얼리즘소설을 선호했다. 한국에서는 고백소설 중에서도 작자의 사생활을 그린 사소설은 많지 않고, 대부분의 작품은 사회와의 관계 속에서의 개인이 그려진다. 이와 같이 한국에서 사소설과 판타지(공상)소설이 발달하지 않았던 이유는 사회와 밀접한 관계가 없는 작품세계와 현실에서는 일어날 수 없는 작품세계를 독자가 선호하지 않았기 때문이다. 현실세계에 있어서 사회문제를 그리는 것이 그들에게 감동을 주었다. 이와 같은 이유에서 김동인 소설은 고백소설에서 리얼리즘소설로 이행해갔다고 생각해 볼 수 있다. 그리고 한국에서는 사회와의 관계 속에서 개인을 그리는 리얼리즘소설로써 전개해 나간다.

참고문헌

· 언어별로 정리한다.
· 일본어문헌(저자 오십음도순) · 한국어문헌(저자 가나다순)으로 한다.

일본어문헌

1. 작품·텍스트

李光洙, 「愛か」, 黒川創 編, 『<外地>の日本語文学選第3巻 朝鮮』(東京, 新宿
　　書房, 1996); 初出, 『白金学報』(1909.12)
岩野泡鳴, 「改訂版」, 『五部作』, 『岩野泡鳴全集』第2巻(京都, 臨川書店, 1994)
＿＿＿＿, 「初出」, 『岩野泡鳴全集第3巻』(京都, 臨川書店, 1995)
＿＿＿＿, 『発展』, 『岩野泡鳴全集第3巻』(京都, 臨川書店, 1995)
＿＿＿＿, 『毒薬を飲む女』, 『岩野泡鳴全集第3巻』(京都, 臨川書店, 1995)
＿＿＿＿, 『放浪』, 『岩野泡鳴全集第3巻』(京都, 臨川書店, 1995)
＿＿＿＿, 『断橋』, 『岩野泡鳴全集第3巻』(京都, 臨川書店, 1995)
＿＿＿＿, 『憑き物』, 『岩野泡鳴全集第3巻』(京都, 臨川書店, 1995)
김동인, 長璋吉 訳, 「甘藷」, 『朝鮮短編小説選』上巻(東京, 岩波書店, 1984)
島崎藤村, 『破戒』, 『藤村全集』第2巻(東京, 筑摩書房, 1966)
田山花袋, 「蒲団」, 『田山花袋全集』第一巻(京都, 臨川書店, 1993)
＿＿＿＿, 「生」, 『田山花袋全集』第一巻(京都, 臨川書店, 1993)

2. 단행본

E・アウエルバッハ, 篠田一士・川村二郎 訳, 『ミメーシス上・下巻』(東京, 筑摩
　　書房, 1967)
W・イーザー, 轡田収 訳, 『行為としての読書』(東京, 岩波書店, 1982)
伊藤整, 『小説の方法』(東京, 筑摩書房, 1989)
＿＿＿＿, 『近代日本人の発想の諸形式』(東京, 岩波文庫, 1996)

稲垣達郎,『花袋と白鳥-「主観客観について」の論』(東京, 筑摩書房, 1982)

岩永胖,『田山花袋研究』(東京, 白楊社, 1956)

任展慧,『日本における朝鮮人の文学の歴史』(東京, 法政大学出版局, 1994)

ロバート・オールター, 山形和美・中田元子・田中一隆 訳,『読みの快楽』(東京, 法政大学出版局, 1994)

大久保典夫,『岩野泡鳴』(東京, 南北社, 1963)

__________,『岩野泡鳴の時代』(東京, 冬樹社, 1973)

大沢吉博編,『テクストの発見』(東京, 中央公論社, 1994)

大村益夫,『近代朝鮮文学における日本との関連様相』(東京, 緑蔭書房, 1998)

尾形明子,『田山花袋というカオス』(東京, 沖積舎, 1999)

加藤秀爾,「田山花袋『蒲団』作品論集成第1・2・3巻,『近代文学作品論叢書5』(東京, 大空社, 1998)

鎌倉芳信,『岩野泡鳴研究』(東京, 有精堂出版, 1994)

柄谷行人,『日本近代文学の起源』(東京, 講談社, 1988)

川本皓嗣,『日本詩歌の伝統-七と五の詩学』(東京, 岩波書店, 1991)

________・小林康夫 篇,『文学の方法』(東京, 東京大学出版会, 1996)

小林一郎,『田山花袋研究-館林時代』(東京, 桜楓社, 1976)

小森陽一,『構造としての語り』(東京, 新曜社, 1988)

________ 編,『近代文学の成立・思想と文体の模索』,『日本文学研究資料新集』第11巻(東京, 有精堂, 1986)

レオン・サーメリアン, 西前孝監 訳,『小説の技法-視点・物語・文体』(東京, 旺史社, 1989)

シクロフスキ・ヤコブソン・エイヘンバウム他, 新谷敬三郎・磯谷孝編 訳,『ロシア・フォルマリズム論集』(東京, 現代思潮社, 1971)

F・シュタンツェル, 前田彰一 訳,『物語の構造』(東京, 岩波書店, 1989)

ジェラール・ジュネット, 花輪光・和泉涼一 訳,『物語のディスクール』(東京, 風の薔薇, 1985)

鈴木貞美,『日本の「文学」概念』(東京, 作品社, 1998)

鈴木登美, 大内和子・雲和子 訳,『語られた自己-日本近代の私小説言説』(東京, 岩波書店, 2000)

シーモア・チャットマン, 田中秀人 訳,『小説と映画の修辞学』(東京, 水声社, 1998)

鶴田欣也, 『日本文学における＜他者＞』(東京, 新曜社, 1994)

T・トドロフ, 菅野昭正・保苅瑞穂訳, 『小説の記号学』(東京, 大修館書店, 1974)

中川ゆきこ, 『自由間接話法』(京都, あぽろん社, 1983)

中西進, 『日本文学における「私」』(東京, 河出書房新社, 1993)

中村光夫, 『吉田精一編』(東京, 河出書房, 1953)

中山真彦, 『物語構造論』(東京, 岩波書店, 1995)

野口武彦, 『三人称の発見まで』(東京, 筑摩書房, 1994)

ミハイル・バフチン, 北岡誠司 訳, 『言語と文化の記号論－ミハイル・バフチン著作集』第4巻(東京, 新時代社, 1980)

ロラン・バルト, 渡辺淳・沢村昂一共 訳, 『零度のエクリチュール』(東京, みすず書房, 1971)

伴悦, 『岩野泡鳴論』(東京, 双文社出版, 1977)

____, 『岩野泡鳴－五部作の世界』(東京, 明治書院, 1982)

エミール・バンヴェニスト, 河村正夫・岸本通夫・木下光一・高塚洋太郎・花輪光・矢島猷三共 訳, 『一般言語学の諸問題』(東京, みすず書房, 1983)

イルメラ・日地谷ーキルシュネライト, 三島憲一・山本尤・鈴木直・相沢啓一 訳, 『私小説－自己暴露の様式－』(東京, 平凡社, 1992)

平川祐弘・鶴田欣也 編, 『漱石の『こころ』－どう読むか、どう読まれてきたか』(東京, 新曜社, 1992)

ミシェル・フーコー, 渡辺守章 訳, 『性の歴史』(東京, 新潮社, 1986～1987)

________________, 田村俶 訳, 『快楽の活用』(東京, 新潮社, 1986)

________________, 田村俶 訳, 『自己への配慮』(東京, 新潮社, 1987)

船橋聖一, 『岩野泡鳴伝上・下巻』(東京, 青木書店, 1938)

三谷邦明 編, 『近代小説の「語り」と「言説」』(東京, 有精堂, 1996)

柳田泉, 『花袋の母胎』(東京, 春秋社, 1957)

______, 『少年花袋の文学』(東京, 春秋社, 1958)

柳田知常, 『岩野泡鳴論考』(東京, 明治書院, 1969)

柳父章, 『翻訳の思想』(東京, 筑摩書房, 1995)

山本健吉, 『私小説作家論』(東京, 日本図書センター, 1990)

山本正秀, 『近代文体発生の史的研究』(東京, 岩波書店, 1965)

________, 『言文一致の歴史論考』(東京, 桜楓社, 1971)

________,『近代文体形成史料集成－発生編』(東京, 桜楓社, 1978)

________,『近代文体形成史料集成－成立編』(東京, 桜楓社, 1979)

吉田精一,『自然主義の研究上・下巻』(東京, 東京堂出版, 1966)

________,『自然主義研究』(東京, 桜楓社, 1981)

________・石丸久・岩永胖 編,『花袋・藤村』(東京, 三省堂, 1960)

________,『花袋・秋声』(東京, 桜楓社, 1980)

フィリップ・ルジュンヌ, 花輪光 訳,『自伝契約』(東京, 水声社, 1993)

本間久雄,『明治文学作家論』(東京, 日本図書センター, 1990)

ジラール・ルネ, 古田幸男 訳,『欲望の現象学－ロマンティークの虚偽とロマネ
　　　スクの真実』(東京, 法政大学出版局, 1971)

和田謹吾,『描写の時代』(札幌, 北大図書刊行会, 1975)

3. 논문

石崎等,「『毒薬を飲む女』の虚構性」,『文芸と批評』4巻1号(1973.5)

稲垣直樹,「モーパッサン受容の一局面－田山花袋『蒲団』を読み直す」,『比較文
　　　学』36巻(1993)

岩永胖,「『蒲団』における虚実について」, 加藤秀爾,『田山花袋『蒲団』作品論集
　　　成』第2巻(東京, 大空社, 1998)

岩野泡鳴,「現代将来の小説的発想を一新すべき僕の描写論」,『新潮』(1918.10)

宇佐美毅,「『蒲団』に関する一考察」,『国文学 解釈と鑑賞』44巻10号(1979.10)

宇野浩二,「岩野泡鳴」,『日本文学講座』第11巻(東京, 改造社, 1934)

榎本隆司,「田山花袋の『蒲団』の芳子」,『国文学 解釈と教材の研究』25巻4号
　　　(1980.3)

________,「田山花袋－「小説作法」(現代作家と文体＜特集＞)」,『国文学 解釈
　　　と鑑賞』41巻5号(1976.4)

大久保典夫,「自然主義と私小説『蒲団』をめぐって」,『国文学 解釈と教材の研
　　　究』12巻9号(1966.3)

________,「文学史的位置づけ－蒲団・田山花袋」,『国文学 解釈と教材の研
　　　究』11巻3号(1966.3)

________,「自然主義文学の基点をめぐって－『破戒』と『蒲団』－」,『国文学 解

釈と教材の研究』42巻12号(1967.10)

大沢吉博,「対話から独白へ－複式夢幻能としての『こころ』」, 平川祐弘・鶴田欣也 編,『漱石の『こころ』－どう読むか、どう読まれてきたか』(東京, 新曜社, 1992)

________,「伝統を夢みる「私」－近松秋江『黒髪』の分析」, 中西進 編,『日本文学における「私」』(東京, 河出書房新社, 1993)

________,「『テクスト』を読む」, 大沢吉博 編,『テクストの発見』(東京, 中央公論社, 1994)

大東和重,「読むことの規制－田山花袋『蒲団』と作者をめぐる思考の磁場－」,『比較文学・文化論集』第17号(2000.2)

奥村恒哉,「代名詞『彼、彼女、彼等』の考察」,『国語国文』23巻11号(1954.11)

片岡懋,「田山花袋の『蒲団』をめぐって」,『国文学 解釈と教材の研究』9巻12号(1964.10)

柄谷行人,「告白という制度」,『日本近代文学の起源』(東京, 講談社, 1988)

________,「内面の発見」,『日本近代文学の起源』(東京, 講談社, 1988)

________,「風景の発見」,『日本近代文学の起源』(東京, 講談社, 1988)

剣持武彦,「外国文学と独歩・花袋(独歩と花袋の＜特集＞)」,『国文学 解釈と鑑賞』47巻8号(1982.7)

小林秀雄,「私小説論」,『現代日本文学全集第42巻 小林秀雄集』(東京, 筑摩書房, 1956)

三枝寿勝,「金東仁における近代文学－イロニーの挫折－」,『朝鮮学報』140輯(1991.7)

________,『無情』における類型的要素について－李光洙研究」,『朝鮮学報』117輯(1985.10)

________,「李光洙と仏教」,『朝鮮学報』137輯(1990.10)

丁貴連,「韓国近代文学における国木田独歩の受容の諸様相－田栄沢、金東仁、李光洙を例として－」,『朝鮮学報』156輯(1995.7)

白川豊,「廉想渉の長編小説に見える日本－1930年前後の作品を中心に－」, 大村益夫,『近代朝鮮文学における日本との関連様相』(東京, 緑蔭書房, 1998)

瀬良垣宏明,「岩野泡鳴の初期の評論－『神秘的半獣主義』を中心として－」,『日本近代文学』25巻(1971.5)

曾根博義,「「描写」と「語り手」－田山花袋の描写論とその実際」, 中西進,『日本文学における「私」』(東京, 河出書房新社, 1993)

田栄敏, 山田桂子 訳,「韓国近代小説の形成過程研究－＜叙事的論説＞と＜論説的叙事＞を中心に－」,『朝鮮学報』166輯(1988.1)

高橋敏夫,「泡鳴『一元描写』への視座」,『国文学研究』70巻(1980.3)

________,「『蒲団』の部屋－排除としての近代－」, 加藤秀爾,『田山花袋『蒲団』作品論集成』第3巻(東京, 大空社, 1998)

________,「『蒲団』－"爆風"に区切られた物語－」,『国文学研究』(1985.10), 加藤秀爾,『田山花袋『蒲団』作品論集成』第3巻(東京, 大空社, 1998)

田中保隆,「一元描写論争」,『国文学 解釈と鑑賞』26巻7号(1961.7)

棚田輝嘉,「田山花袋の「蒲団」－語り手の位置・覚え書－」,『国語国文』(1987.5), 加藤秀爾,『田山花袋『蒲団』作品論集成』第3巻(東京, 大空社, 1998)

田山花袋,「露骨なる描写」,『太陽』10巻3号(1905.2)

________,「『生』における試み」,『早稲田文学』34号(1908.9)

________,「描写論」,『早稲田文学』65号(1911.4)

土田杏村,「所謂一元描写を論ず」(『文章世界』, 1918.12),『近代文学評論体系』第5巻(東京, 角川書店, 1972)

野口武彦,「田山花袋『蒲団』」, 加藤秀爾 編,『田山花袋『蒲団』作品論集成』第3巻(東京, 大空社, 1998)

波田野節子,「김동인文学に見る日本との関連様相－『女人』について－」, 大村益夫 編,『近代朝鮮文学における日本との関連様相』(東京, 緑蔭書房, 1998)

__________,「李光洙の民族主義思想と進化論」,『朝鮮学報』136輯(1990.7)

谷沢永一,「一元描写論」,『大正期の文芸評論』(東京, 塙書房, 1962)

中島要一,「「一元描写論」と「間隔論」－泡鳴と漱石の視点論について」,『国文学 解釈と鑑賞』49巻12号(1984.10)

中村光夫,「風俗小説論－近代リアリズム批判」,『中村光夫全集』第7巻(東京, 筑摩書房, 1972)

________,「『蒲団』発掘」,『文学界』33巻11号(1979.11)

橋本佳,「『蒲団』に関するメーモ」,『人文学報』19巻(東京, 都立大学, 1959)

伴悦,「岩野泡鳴『五部作』への距離－『破壊的主観』をめぐって－」,『国文学研究』30集(1964.10)

＿＿, 「岩野泡鳴の『放浪』『断橋』『憑き物』試論」, 『日本文学』17巻7号(1968.7)

＿＿, 「『発展』『毒薬を飲む女』(岩野泡鳴)試論」, 『日本文学』18巻5号(1969.5)

＿＿, 「岩野泡鳴－個人の存立と国家の独立－」, 『日本文学』21巻5号(1972.5)

広田栄太郎, 「『彼女』という語の誕生と成長」, 『国語と国文学』30巻2号(1953.2)

藤森清, 「『蒲団』における二つの告白－誘惑としての告白行為－」, 『日本近代文学』第48集(1993.5)

＿＿＿, 「平面の精神史－花袋「平面描写」をめぐって－」, 『日本文学』42巻11号(1993.11)

＿＿＿, 「語ることと読むことの間－田山花袋「蒲団」の物語言説－」(『国文学 解釈と鑑賞』, 1994.4), 加藤秀爾 編, 『田山花袋『蒲団』作品論集成』第3巻(東京, 大空社, 1998)

森田草平, 「『毒薬を飲む女』」, 『時事新報』(1914.6.9～11)

矢崎弾, 「岩野泡鳴と自我の絶対化」, 『近代自我の日本的形成』(東京, 鎌倉書房, 1943)

柳父章, 「彼、彼女－物から人へ 恋人へ」, 『翻訳語成立事情』(東京, 岩波新書, 1982)

和田謹吾, 「一元描写論の成立」(『国語国文研究』16号, 1960.6), 『自然主義文学』(東京, 至文堂, 1966)

「泡鳴氏『放浪』(合評), 『早稲田文学』(1968.9)

한국어문헌

1. 작품·텍스트

김동인, 「약한 자의 슬픔」, 『창조』 1号(1919.2)
______, 「마음이 옅은 자여」, 『김동인전집』 제1권(서울, 조선일보사, 1987)
______, 「배따라기」, 『목숨』(평양, 창조사, 1924)
______, 『감자』(경성, 한성도서, 1935)
廉想涉, 「표본실의 청개구리」, 『開闢』 14号(1921.8)
______, 「暗夜」, 『開闢』 20号(1922.1)
______, 「除夜」, 『開闢』 20号(1922.2)
______, 「E先生」, 『東明』(1922.9.10)
李光洙, 『無情』, 『李光洙全集』 第1卷(서울, 삼중당, 1971)
李人稙, 「혈의 누」, 『만세보』(1906.7.22~10.10)

2. 단행본

강인숙, 『자연주의문학론』 제1권(서울, 고려원, 1991)
具秀卿, 『한국소설과 시점』(서울, 아세아문화사, 1996)
김영민, 『한국 근대소설의 형성과정』(서울, 소명출판, 2005)
金容在, 『한국소설의 서사론적 탐구』(서울, 平民社, 1993)
金烈圭·申東旭 編, 『김동인연구』(서울, 새문사, 1982)
金宇鍾, 『한국근대소설사』(서울, 成文閣, 1982)
金允植, 『김동인연구』(서울, 민음사, 1996)
______, 『염상섭연구』(서울, 서울대출판부, 1987)
______, 『한일문학의 관련양상』(서울, 一志社, 1974)
______, 『韓国近代文学様式攷』(서울, 아세아문화사, 1980)
金亭子, 『한국근대소설의 문체론적 연구』(서울, 三知院, 1995)
金種均, 『염상섭소설연구』(서울, 국학자료원, 1999)
______, 『廉想涉研究』(서울, 고대출판부, 1974)
金春美, 『김동인연구』(서울, 고대민족문화연구소출판부, 1985)

金治弘 編著, 『김동인평론전집』(서울, 三英社, 1984)

金学東, 『한국문학의 비교문학적 연구』(서울, 一潮閣, 1982)

白鉄, 『新文学思潮史』(서울, 신구문화사, 1970)

사에구사 도시카씨三枝寿勝], 沈元燮 訳, 『三枝寿勝教授의 韓国文学研究』(서울, 베틀북, 2000)

서경석, 『한국리얼리즘문학사연구』(서울, 태학사, 1998)

申東旭 編, 『廉想渉研究』(서울, 새문사, 1982)

鄭明煥, 『졸라와 자연주의』(서울, 민음사, 1982)

尹明求, 『김동인소설연구』(인천, 인하대학교출판부, 1990)

尹柄魯, 『한국현대비평문학론』(서울, 青鹿出版社, 1982)

李光洙, 『無情』, 『이광수전집』 제1권(서울, 三中堂, 1963)

李青原, 『韓国民族文学史論』(익산, 円光大学出版局, 1982)

張伯逸, 『김동인 문학연구』(서울, 人文堂, 1989)

趙東一, 『동아시아문학비교론』(서울, 서울대학출판부, 1993)

韓国小説学会, 『현대소설―시점의 미학』(서울, 새문사, 1996)

2. 論文

강인숙, 「김동인과 자연주의」(『文芸思想』, 1972.11), 『김동인全集』 第17卷(서울, 조선일보사, 1988)

권영민, 「염상섭의 문학론과 리얼리즘인식」, 『廉想渉研究』(서울, 새문사, 1982)

______, 「서문―김동인 문학을 어떻게 볼 것인가」, 『김동인全集』 第17卷(서울, 조선일보사, 1988)

김동인, 「제월씨의 평자적 가치를 논한다」, 『創造』 6号(1920.5)

______, 「제월씨에 대답한다」, 『東亜日報』(1920.6.12~13)

______, 「비평에 관하여」, 『創造』 9号(1921.6)

______, 「小説作法」, 『朝鮮文壇』 第7号～10号(1925.4～7)

______, 「朝鮮近代小説考」, 『朝鮮日報』(1929.7.28～8.16)

______, 「春園研究」, 『三千里』 60号(1935.3)

______, 「망국일기」, 『白民』 7号(1947.2)

______, 「문단 30년의 자최」, 『新天地』(1948.3～8)

김영민, 「근대계몽기 신문의 문체와 한글 소설의 정착 과정」, 『현대문학의 연구』
　　　제22집(2004)

金相泰, 「황폐한 삶과 영웅주의」(『国語国文学』 46号, 1969.12), 『김동인전집』 제
　　　17권(서울, 조선일보사, 1988)

金宇鐘, 「예술지상주의의 허와 실」(『作家論』(서울, 同化文化社, 1973)), 『김동인
　　　전집 제17권』(서울, 조선일보사, 1988)

______, 「「약한 자의 슬픔」에 나타난 약자의 의미」, 『김동인연구』(서울, 새문사,
　　　1989)

金允植, 「반역사주의 지향의 과오」(『문학사상』, 1972.11), 『김동인전집』 제17권(서
　　　울, 조선일보사, 1988)

金春美, 「김동인의 탐미의식의 비교문학적 조명」, 『김동인연구』(서울, 새문사, 1989)

金治洙, 「동인의 유미주의와 리얼리즘재고」(『文芸思想』, 1972.11), 『김동인전집』
　　　제17권(서울, 조선일보사, 1988)

丘仁換, 「김동인소설의 미학」(『李崇寧先生古希記念論叢』(서울, 탑출판사, 1977)),
　　　『김동인전집』 제17권(서울, 조선일보사, 1988)

方仁根, 「朝鮮文壇前後」, 『朝鮮日報』(1933.10.12~15)

申東旭, 「김동인 문학의 형식주의비평」, 『김동인연구』(서울, 새문사, 1989)

尹柄魯, 「염상섭문학의 사실성」, 『成大文学』 1輯(1955.11)

______, 「염상섭문학의 사회적 의미 ― 현실인식의 변화를 중심으로」, 『염상섭연
　　　구』(서울, 새문사, 1982)

尹弘老, 「「표본실의 청개구리」의 해부」, 『文学思想』 106号(1981.8)

李在銑, 「김동인의 문학연구」(『한국현대소설사』(서울, 홍성사, 1981)), 『김동인전
　　　집』 제17권(서울, 조선일보사, 1988)

全光鏞, 「김동인의 창작관」, 『김동인연구』(서울, 새문사, 1989)

全栄沢, 「文壇のその時代を回顧する ― 『創造』時代 ―」, 『朝鮮日報』(1933.9.20~22)

鄭漢模, 「염상섭의 문체와 어휘구성의 특성」, 『文学思想』 6号(1973.3)

______, 「김동인 문학의 문학의 문체론적 해명」, 『김동인연구』(서울, 새문사, 1989)

서양어의 문헌

단행본

Fowler · Edward, *The Rhetoric of Confession: Shishosetsu in Early Twentieth —Century Ja, p.aness Fiction*,
　　(Berkeley, University of California Press, 1988)

자료집

자료집에 대하여

첫째, 이와노 호메이와 김동인의 묘사이론과 실제 작품을 비교하기 위해 『발전』, 「약한 자의 슬픔」의 일원묘사를 발췌했다. 일원묘사의 중요한 요소인 삼인칭, 주관감정동사·형용사, 종결어미의 사용 방법에 주목했다.

둘째, 이와노 호메이의 『오부작』의 초고와 개정판의 텍스트의 차이를 조사했다. 『발전』, 『방랑』, 『끊어진 다리』, 『악령』이 그 대상이 된다. 단, 『발전』에서는 'る(ㄴ다)'형에서 'た(ㅆ다)'형의 이동만을 조사했다.

셋째, 김동인의 작품 전개를 보면서 주어와 종결어미의 사용방법이 어떻게 변화하는가를 조사했다. 「마음이 옅은 자여」, 「배따라기」, 「감자」가 그 대상이 된다. 단, 「마음이 옅은 자여」는 일인칭과 삼인칭에 대한 주어와 종결어미의 사용방법을 특별하게 조사했다.

자료집의 구성

1. 『발전』 ─ 'る(ㄴ대)' 형에서 'た(ㅆ대)' 형으로[1]

余り結構な身なりではないが、義雄の余り構はない棒じま透綾[すきや]の羽織りの
袖口に汗じみがあるなどには、却つて<u>釣り合ひが取れてゐると思へた</u>。(2
−88)

그다지 훌륭한 옷차림은 아니지만, 요시오의 너무 어울리지 않는 세로로 된
굵은 줄무늬의 매우 얇은 견직물의 하오리[2] 소맷부리에 땀이 배인 때가 있는 것
이 <u>오히려 균형이 잡혀있다고 생각했다</u>.

余り結構な身なりではないが、義雄の余り構はない棒縞[ぼうじま]透綾[すきや]の羽織の
袖口に汗じみがあるなどには、却つて<u>釣り合ひが取れてゐる</u>。(3−275)

그다지 훌륭한 옷차림은 아니지만 요시오의 너무 어울리지 않는 세로로 된
굵은 줄무늬의 매우 얇은 견직물의 하오리 소맷부리에 땀에 배인 때가 있는 것
이 <u>오히려 균형이 잡혀 있다</u>.

汽船や軍艦の淳泊してゐるのが遠く見えるが、矢ツ張り、い<u>い海岸</u>は
ない。義雄は女を得た余勢で<u>またいつもの趣味なる海と海の音とが恋し
くなつてゐたのである</u>。(2−39)

배와 군함이 정박해 있는 것이 멀리 보이지만 역시 좋은 해안은 아니다. 요
시오는 여자를 얻은 기세로 또 <u>언제나 취미로 가던 바다와 바다소리가 그리웠
다</u>.

汽船や軍艦の淳泊[ていはく]してゐるのが遠く見えるが、矢ツ張り、い﹅海岸はない
い。義雄は女を得た余勢で<u>海と海の音とが恋しくなつてゐるのである</u>。(3
−276)

배와 군함이 정박해 있는 것이 멀리 보이지만 역시 좋은 해안은 아니다. 요시
오는 여자를 얻은 기세로 <u>바다와 바다소리가 그립다</u>.

---

1   개정판은 이와노 호메이의 전집 2권(岩野泡鳴, 『岩野泡鳴全集』第2巻(京都, 臨川書店,
1994))에서 초고는 3권(岩野泡鳴, 『岩野泡鳴全集』第3巻(京都, 臨川書店, 1995))에서 발췌
했다. 이하 개정판은 (2−페이지)라 하고 초고는 (3−페이지)라 한다. 밑줄과 ( )의 내용
은 필자.

2   일본옷의 위에 입는 짧은 겉옷.

　渠はビールに興奮したあたまを枕に休め、向ふが口を開かないなら、こちらも黙つてゐて見ようと云ふやうな意地を出し、暫らくただうちはを使つてゐた。(2-41)

　그는 맥주로 흥분한 머리를 베개에 뉘이고 상대방이 입을 열지 않으니까 이쪽도 침묵한 채 고집을 피우며 잠시 동안 부채를 부치고 있었다.

　渠はビールに興奮したあたまを枕に休め、向ふが口を開かないなら、こちらも黙つてゐて見ようと云ふやうな意地を出し、暫らくただ団扇を使つてゐる。(3-280～281)

　그는 맥주로 흥분한 머리를 베개에 뉘이고 상대방이 입을 열지 않으니까 이쪽도 침묵한 채 고집을 피우며 잠시 동안 부채를 부치고 있다.

　それに、原稿生活を真剣にするだけの努力があれば、それを以つて何か一つおほ儲けの出来る有形的な事業に発展して行つて見たいと云ふ考へがあつた。そしてこの頃ほどに斯うかねの欲しいことは今までに無かつた。(2-97)

　게다가 원고생활은 진지하게 하는 만큼의 노력이 있으면, 그것으로 뭔가 하나라도 크게 벌수 있는 유형적인 사업을 발전시켜보고 싶다고 하는 생각이 있었다. 그리고 요즘만큼 돈이 필요할 때는 지금까지 없었다.

　それに、原稿生活を真剣にするだけの努力があれば、それを以て何か一つ大儲けの出来る有形的な事業を真面目にやつて見たいとも考へてゐる。(3-339)

　게다가 원고생활은 진지하게 하는 만큼의 노력이 있으면, 그것으로 뭔가 하나라도 크게 벌수 있는 유형적인 사업을 진지하게 해 보고 싶다고 생각하고 있다.

　渠の胸には。実際、家を売つてもと云ふ考へがあつた。それを知つて、また加集がつき纏つてゐるのであることも分つてゐた。(2-106)

　그는 마음속으로 실제 집을 팔아도 좋다는 생각도 하고 있었다. 그것을 알고 또 가슈가 주위를 맴돌고 있다는 것도 알고 있었다.

　渠の胸には、実際、家を売つてもと云ふ考へがあつた。それを知つて、

また、加集は渠にがつき纏つてゐるのである。(3-348)

그는 마음속으로 실제 집을 팔아도 좋다는 생각도 하고 있었다. 그것을 알고 또 가슈는 그에게 주위를 맴돌고 있다는 것도 알고 있다.

今の戸主なる義雄に対しては、かの女は若し腹を洗へば会はせる顔がなからう。渠はこれをよく察してゐるから、成るべくそツとして置くのであるが、どちらかと云へば、腹を痛めさせない母によりも、骨肉のつながる馨の方へ加担する傾きは自然であつた。(2-106)

지금의 가장인 요시오에 대해 그녀가 만약 마음을 들킨다면 면목이 없을 것이다. 그는 이것을 알고 있기 때문에 될 수 있는 한 가만히 두는 것이지만 어느 쪽이냐 하면 자신을 낳지 않은 어머니보다 혈육지간인 가오루 편에 가담하는 것은 자연스러웠다.

今の戸主なる義雄には、かの女が腹を洗へば会はせる顔がない。渠はこれをよく察してゐるから、成るべくそツとして置くのであるが、どちらかと云へば、腹を痛めさせない母によりも、骨肉のつながる馨の方に加担する力が重い。(3-348)

지금의 가장인 요시오에게 그녀가 만약 마음을 들킨다면 면목이 없다. 그는 이것을 알고 있기 때문에 될 수 있는 한 가만히 두는 것이지만 어느 쪽이냐 하면 자신을 낳지 않은 어머니보다도 혈육지간인 가오루 편에 가담하는 쪽에 힘이 실린다.

2. 『발전』의 일원묘사[3]

義雄は継母の為めに真の父とも折合が悪いので、元から別に一家を構へてゐた。且、実行刹那主義の哲理を主張して段々文学界に名を知られて来たのであるから、面倒臭い下宿屋などの主人になるのはいやであつた。が、渠が嫌

がつてゐたのは、父の家ばかりではない。自分の妻子－殆ど十六年間に
六人の子を産ませた妻と生き残つてゐる三人の子－をも嫌つてゐた。そ
の妻子と継母との処分を付ける為め、渠は喜んで父の稼業を継続するこ
とに決めたのである。然し妻にそれを専らやらせて置けば、さう後顧の
憂ひはないから、自分は肩が軽くなつた気がして、これから充分勝手次
第なことが出来ると思つた。(3)

요시오는 계모 때문에 아버지와 사이가 나빠서 본가에서 나와 따로 집을 마
련했다. 단지, 실행찰나주의의 철리를 주장해 점점 문학계에 이름을 알려져 왔
기 때문에 귀찮은 하숙집 주인이 되는 것이 싫었다.

그렇지만, 그가 싫어한 것은 아버지 집만이 아니다. 자신의 처자－거의 16년
만에 6명의 아이를 낳은 아내와 살아있는 3명의 아이－도 싫었다. 그 처자와 계
모를 처분하기 위해 그는 기뻐하며 아버지의 가업을 계속하기로 정했다. 그러
나 아내에게 가업을 전부 맡기면 후환의 걱정은 없으니까 자신은 어깨가 가벼
워진 기분이 되어서 지금부터 충분하게 자기 마음대로 할 수 있다고 생각했다.

紹介者としては、具楽部の諸会員に対して不面目を感じたよりも、自
分の家族が女を連れて帰らない自分を見て冷笑する顔の方が、寧ろ自分
に取つて残念のやうに思はれた。(4)

소개자로서 클럽의 여러 회원에 대해 면목 없다고 느꼈다기보다는 자신의
가족이 여자를 데려와서 돌아가지 않는 자신을 보고 냉소하는 얼굴이 더 자신
에게는 유감인 것처럼 생각되었다.

自分も何どき死んでしまうか分からない。これからますます自分の事
業に発展しようとする前途も、まだまだなかなか長い。親などは子に対
してはあまいもので、子の十年一日の如き思索的努力がその僅かに一部
を世間に認められるやうになつて、多少それが彼れ是れ云はれてきたの
を知つて、内心では非常に喜んでゐた。

父の意志に従つて見せたり、物質的報酬を以つて父に報いたりするこ
とができなかつた渠には、切めて精神的事業の一端をでも見せて、父を
喜ばせたのが所謂孝行の一つであつたのかも知れないと思ふ。(17)

자신도 언제 죽어 버릴지 모른다. 지금부터 자신의 사업이 점점 발전하려고 하는 전도도 아직 좀처럼 보이지 않는다. 부모는 자식에 대해 마음 약하고 아이에게 오랫동안 변함없는 사랑과 같은 사색적 노력의 일부가 세상에 다소 인정되어 그것이 이러쿵저러쿵 이야기 된 것을 알고 내심으로는 매우 기뻐하고 있었다.

아버지의 의사를 따르거나 물질적 보수를 가지고 아버지에게 보답하지 못했던 그에게는 하다못해 정신적사업의 일부분이라도 보여주고 아버지를 기뻐하게 하는 것이 소위 효도의 하나였던 것은 아닐까하고 생각한다.

『あの猫婆アめ、いつもの猫撫で声を出しやアがる』と、義雄は継母の不断を思ひ浮べた。(20)
"저 고양이 같은 할망구. 언제나 간사한 목소리를 내고 있어" 하고 요시오는 계모의 평상시 모습을 떠올렸다.

……義雄は険ある声を最もいやに感じた。(20)
……요시오는 험상궂은 목소리가 가장 싫다고 느꼈다.

義雄は直ぐそんな奴はめかけでもするより仕様がなからうと考へた。(20)
요시오는 그런 여자는 첩으로 할 수 밖에 다른 방법이 없다고 생각했다.

義雄は陰でひやひやした。(20)
요시오는 뒤에서 마음이 조마조마했다.

義雄のむしやくしやした心は袴をつけたまま座わつてゐるからだ中にみなぎつた。(23)
요시오의 속상한 마음은 하카마를 입고 앉아있는 몸 전체에 퍼졌다.

義雄は、自家の後ろの山のおほ桧の木や、八幡山の樹木やに反映する午後の暑い日光をスコツチの鳥打ち帽の上から浴びて、自分の室の涼しいがまた薄暗いところに座つてゐるのよりも、却つてすがすがしい気持ちになつた。

『けふは、思ふ存分玉突きでもして遊んでやれ!』渠はかう決心して、八幡町を芝の西の久保通りに出て、巴町の方へ、われながら亡父の歩き振が思ひ出されるせかせか歩きで、どこへ行かうかと考へた。(23)

요시오는 자기 집 뒷산의 큰 노송나무며 하치만야마의 수목에 빛이 반사하여 비치는 오후의 뜨거운 햇볕을 수제 사냥모자 위에서 쬐며, 시원하지만 좀 어두운 자신의 방에 앉아 있는 것보다도 오히려 상쾌한 기분이 되었다.

"오늘은 마음껏 당구라도 치고 놀자"라고 결심하고 하치만 거리에서 잔디 서쪽에 있는 구보거리로 나와 도모에쵸 쪽으로 가면서 스스로 죽은 아버지의 걷는 모습이 생각나는 성급한 걸음으로 어디에 갈까하고 생각했다.

今、目前に真剣の勝負を見て、渠は今更らの如くそらおそろしい気もするし、又、それをやってゐるもの等の卑劣な熱心にさもしい根性が見え透くやうにも思はれる。(24)

지금 눈앞에 있는 진지한 승부를 보고 그는 새삼스럽게 불안한 기분도 들고 또 그 승부를 하고 있는 사람들의 비급하고 치사한 근성이 환히 보이는 것 같이 생각된다.

義雄は自分の顔に心の弱みが少し赤く染め出されたと思へた。(28)

요시오는 자신의 얼굴에 마음의 약점이 조금 얼굴을 빨갛게 물들였다고 생각했다.

父は非常に喜んだのを、義雄は今思ひ出したからである。……
写真は二三日してできあがつてきた。そのできあがりを見ると、書斎の知何にも暗いのが義雄の現在の心持ちをそのまま現はしてゐるやうで－渠は自分で自分の死と云ふ世界に余り遠ざかつてゐないやうな心を返り見ながら、明け放つた部屋の外に目を放つと、庭前の梅やあんずの枝葉が如何にも繁り過ぎてゐるのに気が附いた。(29)

아버지가 매우 기뻐하던 일을 요시오는 지금 생각났던 것이다. ……
사진이 2,3일 지나 완성된 것을 보자 너무 어두운 서재가 요시오의 현재의 기분을 그대로 나타내고 있는 것 같아서－그는 자신의 죽음이라고 하는 세계가 너무 멀리 않다고 하는 마음을 되돌아보면서 활짝 열어 둔 방 바깥에 시선을 옮기자 정원 앞의 매실이며 살구나무의 가지와 잎이 너무나 무성하게 우거져 있다는 것을 알았다.

　義雄が多年生活に疲れ、奔走に疲れ、放浪に疲れ、生の苦しみ―それが生命であつた―を味はつて来た今、父の建てた家を譲り受けた気持ちは、一と肩おろせただけに、いよいよ無責任なる死の方へ近づいたやうであると思へたからである。(30)
　요시오가 다년생활에 피곤하고 분주하게 뛰어다녀 피곤하고 방랑에 피곤하고 생의 고민―그것이 생명이었다―을 맛본 지금, 아버지가 지은 집을 물려받은 기분은 어깨에 짐을 내린 것만으로 드디어 무책임한 죽음 쪽으로 다가간 것 같다고 생각했기 때문이다.

　渠はあたまがふらふらして自まひを感じた。
　『元来、おれは机を家とする筆の人だ。』こう考へると、渠はこんな植木屋の真似をするやうになつたのは、不断の本分を忘れて随分気がゆるんで来た証拠だ、なと思はれる。(31)
　그는 머리가 빙빙 돌아 현기증을 느꼈다.
　"원래 나는 책상을 집으로 하는 글 쓰는 사람이다." 이렇게 생각하자 그는 이렇게 정원수 흉내를 내는 것은 원래의 본분을 잊고 마음이 매우 해이해진 증거라고 생각된다.

　『……』渠は死人がどうしてもこの木蔭を離れてゐないやうで、そのたましひが今自分に乗り移つて、自分を刈り込ませてゐると云う気が起つた。(32)
　"……" 그는 죽은 사람이 아무래도 이 나무 그늘을 벗어나 있지 않고 그 혼이 자신에게 옮겨져 자신을 조종하고 있는 기분이 들었다.

　神田へ転宿する前にも、お鳥と義雄とはよく縁がはで出くわした。そして出くわす度毎に、二人は互ひに一間ほど離れてから返り見合つた。義雄は向こふにいやな男だと思はれたかも知れないとも考へたが、また

女のこちらを見返す目附きをどうも並みではないとも思つた。(32)

　간다에 집을 옮기기 전에도 오토리와 요시오와는 툇마루에서 우연히 만났다. 그리고 만날 때마다 두 사람은 서로 한 칸정도 떨어져서 되돌아봤다. 요시오는 상대방이 기분 나쁜 남자라고 생각했을지도 모른다고 생각했지만 또 여자가 이쪽을 되돌아보는 눈매가 아무리 생각해도 보통은 아니라고 생각했다.

　度々夜遅く帰つて来たことがあるのを聴いても、義雄は腹で疑へばいろいろの疑ひを出してゐた。(32)

　때때로 밤늦게 돌아왔다는 것을 듣고 요시오는 속으로 의심하자 여러 가지 의문이 생겼다.

　かの女のひたへに大きなゆるい横じわが二三本出来たのに義雄は気がついた。然しまたその皺(しわ)は目が下に向くと同時に消えてしまつて、『まア、そんなことが出来ればえいと思ふてをります。』

　よく考へて見てやれば、さう疑ふべき女でもなからうと云ふ考えが義雄に起らないでもなかつた。(33〜34)

　그녀는 이마에 크고 완만한 주름이 2, 3개 생겼다는 것을 요시오는 알았다. 그러나 그 주름은 눈이 아래로 향할 때는 없어져 버리고 "아, 그렇게 되면 좋다고 생각하고 있습니다."

　잘 생각해 보면 그렇게 의심할 만한 여자는 아니라는 생각이 요시오에게 일어나지 않는 것은 아니었다.

　『ふむ』と、秋夢はむツつりした笑ひを見せただけで、その話は途切れてしまつたが、義雄は今一度女の為めに話して見ようかとも考へてゐたのである。(35)

　"흐음" 하고 슈무는 무뚝뚝한 웃음을 보인 것만으로 이야기는 중단되어 버렸지만 요시오는 지금 한 번 더 여자를 위해 이야기해 볼까 생각하고 있었다.

　『いいですか』と渠が念を押すと、女はまたたやすくいいと答へたので、これは物になるわいと思つた。独り者のところへ若い女－それを平気で承

知するやうなら、渠自身にも点領することが出来ないものでもなからう
と。(36)

"좋습니까" 하고 그가 다짐을 받자 여자는 또 쉽게 좋다고 대답했기 때문에
이 여자는 쓸모가 있겠다고 생각했다. 혼자 있는 곳에 젊은 여자─그것을 태연
하게 승낙한다면 그 자신이 점령해도 좋을 것이라고.

たとへ田舎じみでゐても、たとへ拙い顔でも、このふツくりと肥えた色
の白い女を、むざむざと友人の秋夢に渡してしまうのが急に惜しくなつた。(36)

예를 들어 촌스러워도 예를 들어 못생긴 얼굴이라도 통통하게 살이 찌고 하
얀 피부를 가진 여자를 친구인 슈무에게 쉽사리 넘겨버리는 것이 갑자기 아까
워졌다.

……かの女の癖だと義雄は思つた。(37)
……그녀의 버릇이라고 요시오는 생각했다.

余り結構な身なりではないが、義雄の余り構はない棒じま透綾の羽織りの
袖口に汗じみがあるなどには、却つて釣り合ひが取れてゐると思へた。(38)

그다지 훌륭한 옷차림은 아니지만 요시오가 그다지 상관하지 않는 보지마스
키야[4]의 하오리[5] 소매에 땀이 배어있는 것이 오히려 균형을 잡고 있다고 생각
했다.

汽船や軍艦の碇泊してゐるのが遠く見えるが、矢ツ張り、いゝ海岸は
ない。義雄は女を得た余勢でまたいつもの趣味なる海と海の音とが恋し
くなつてゐたのである。(39)

배와 군함이 정박해 있는 것이 멀리 보이지만 역시 좋은 해안은 아니다. 요시
오는 여자를 얻은 기세로 또 언제나 취미로 가던 바다와 바다소리가 그
리웠다.

---

4   세로로 된 굵은 줄무늬의 매우 얇은 견직물.
5   짧은 겉옷.

渠は曾て自分が作つたかう云ふ浪漫的詩の而もこまやかだと思ふ気持
ちを若い女と共に回復して見たいのである。この二三年来、渠は人生の殆ど素
ツ裸な現実にぶつかつてゐて、もとは何となく奥ゆかしさのあつた幻影など云
ふものは全く消滅してしまつた。そんな生活をしてゐると考へると、やがて四
十歳に近い新時代者の自分が哀れな様にも思はれて、泊めては若い女の熱い
血に触れて、過ぎ去つた心の海の洋々たる響きを今一度取り返して見たいの
である。(39)

그는 예전부터 자신이 만든 이런 낭만적인 시처럼 아기자기한 기분을 젊은
여자와 같이 회복해 보고 싶은 것이다. 최근 2, 3년간 그는 인생을 거의 맨몸으로
현실에 부딪혀 보고 처음에는 평범하고 그윽하고 고상함이 있었던 환영은 모두
소멸해 버렸다. 그런 생활을 하고 있다고 생각하면 곧 40세에 가까운 신시대자
인 자신이 불쌍하게 생각되어 하다못해 젊은 여자의 뜨거운 피에 접해서 흘러가
버린 마음을 넘치는 바다의 울림으로 지금 한번 되돌려보고 싶은 것이다.

それが渠にはまた
『このおやぢめ』と冷笑されたやうに思はれた。(41)
그것이 그에게는 또
"이 영감태기" 하고 냉소하는 듯이 생각되었다.

女が親しみのない様子をしてうちはを使つてゐるに加へて、渠自身も
宿に向つて部屋を換へて呉れろと云ひ出すのが何だか自分の腹を探られ
るやうに思はれたので、どうしようかと考へるばかりで、二人の間に暫
らく言葉がなかつた。(41)
여자가 친하지 않는 모습으로 부채를 사용하고 있자 그 자신도 숙소주인을
향해 방을 바꿔 달라고 말하는 것이 공연히 의심받을 것 같이 생각되어 어떻게
할까 생각만 하고 두 사람 사이는 잠시 말이 없었다.

隣りへは早や芸者も二三名這入つた。そして、その浮ついた言葉やお客の
急にはしやぎ出した調子をこちらから静かに聴いてゐると、二人とも、今、大

きな樫の木か何かの食卓に向つた間よりも、一層の隔絶を生じて来たのである。お鳥には自分も亦賎業婦風情のやつて来るこんなところへ来たのかと云ふ反省心が起つたやうだし、こちらも亦宿のものから処女をここへ誘拐（いうかい）して来たと思はれはしないかと云ふ疑念が先きに立った。自分としてはかの女を、もう処女とも普通の淑女とも思つてゐはしなかつたが─。(41)

옆에는 이미 게이샤도 2, 3명 들어왔다. 그리고 그 들뜬 말이며 손님이 오자 갑자기 까불며 떠들어대는 모습을 이쪽에서 조용히 듣고 있자 두 사람 다 지금 큰 떡갈나무처럼 보이는 식탁을 마주한 사이보다 한층 더 간격이 벌어졌다. 오토리는 자신도 매춘부나 오는 이런 곳에 왔다고 후회하는 것처럼 보였고, 이쪽도 또 숙소의 사람들에게 처녀를 이곳에 유괴해 왔다고 생각하지는 않을까하는 의심이 먼저 일어났다. 자신은 이 여자를 이미 처녀라고 해도 보통의 숙녀라고는 생각하지는 않고 있었지만.

渠もあの女優志願者であつた女を思ひ出した。琴の師匠から聯想して、この女があの女のことを云ふのは、きツと継母からしやべられてゐたに相違ない。それにしても、自分が殆んど全く忘れてゐたものに対し、お鳥はもう競争気を起したのかと思ふと意外に吹き出したくもあつたし、また、若い女のあはれなこゝろ根も思ひやられた。と同時に、あの方は如何にも美人で、これとは丸でしろ物が違つてゐたと云ふ惜しみ気も出た。が、何気なく微笑しながら、『あれは何も心配するにやア及びません。気の変わり易い奴で、もう世話もしてゐませんし、また』と、急に早口になって、『僕が関係したわけぢやアないですよ。』

『⋯⋯⋯⋯』お鳥は顔に冷かすやうな笑ひを浮かべた。(42)

그도 그 여배우 지원자였던 여자를 생각했다. 거문고의 스승을 생각해봐도 이 여자가 그 여자의 일을 말하는 것은 계모한테 들었음이 틀림없다. 그렇다고 해도 자신이 거의 잊어버리고 있었던 일에 대해 오토리가 지금 경쟁심을 나타내자 의외로 웃고도 싶어졌고 또 젊은 여자의 가련한 마음씨를 동정하게도 되었다. 또 동시에 그 여자는 너무 미인이고 이쪽과는 전혀 인물이 달랐다고 하는 아쉬운 생각도 들었다. 그렇지만 아무렇지도 않게 미소하면서 "그 일은 아무것도 걱정하지 않아도 됩니다. 마음이 잘 변하는 녀석이니까 이제는 돌보지도 않고 또 갑자기 빠른 말투가 되어 "내가 관계가 맺은 것은 아닙니다."

"……" 오토리는 놀리는 것 같은 웃음을 얼굴에 띠었다.

渠は一方に詰らないものを背負ひ込んだやうな気もするが、どうせ妻子と別居するとすれば、他の下宿屋生活もいやだし、また、一方には、まだよく分からないこの女の素性を究めて見たくもあった。(42)

그는 한편으로는 하찮은 것을 떠맡은 기분도 들지만 어차피 처자와 별거한다고 한다면 다른 하숙생활은 싫었고 또 한편으로는 아직 잘 모르는 이 여자의 본성을 알아내고도 싶어졌다.

芸者や浜町あたりの女を連れて遠出_{とほで}をしても、それが年の若いのであると、義雄ぐらゐの年輩者には随分恥かしがつたものでもある。義雄はそれが可愛かつた。お鳥もそれらと同じ若さでゐながら、さういふ可愛味を見せないのがこちらの疑問なのである。

どうせ、人のをつとでも構はず、かの女が暫時胡魔化_{ごまか}してゐればいいと云ふ覚悟を持つてゐるなら―そして神田の同郷人や炭屋の主人を胡魔化し損ねたのが事実であつたとすれば―賎業婦の心も同然で、こちらもさう正直にかの女を待遇する必要はないといふ迷ひが生じて来る。(43)

게이샤며 하마마치근처의 여자를 데리고 멀리 나가도 그녀들이 나이가 어리면 요시오 정도의 중년에게는 꽤 부끄러워했다. 요시오는 그것이 귀여웠다. 오토리도 그녀들과 같은 나이이면서도 그러한 귀여움을 보이지 않는 것이 이쪽의 의문이기도 하다.

어차피 다른 사람의 남편임에도 상관하지 않고 그녀가 잠시 동안 속여도 좋다는 각오를 가지고 있다면―그리고 간다의 동향인이며 숯가게의 주인을 속여 마음을 상하게 한 일이 사실이라면―매춘부의 마음과 같고 이쪽도 정직하게 그녀를 대우할 필요가 없다는 망설임이 나온다.

『もう二三回おもちやにした後は、うちの下宿料をふいにしてやつて、追ツ払つてしまはうか?』かうも渠は考へた。(43)

"이제 2, 3번 장난감으로 한 후에 우리 집의 하숙료를 무효로 하고 쫓아내 버릴까." 이렇게도 그는 생각했다.

楽塾は三平坂の中腹に入口が附いてゐる。その坂から、山王の鳥居の
方へかけて、可なり一直線に見通せるので、坂うへの学習院女子部も学
期休業である時節とて、人通りも少く、男が若い女を連れてとほるのが
特に自に立ちはしなかつたかと義雄に思はれた。(46)
극장은 산페이자카의 산중턱에 입구가 있다. 그 고개에서 산노의 기둥문 쪽
으로 일직선으로 한눈에 보이고 고개 위에 학습원여자부도 학기가 쉴 때여서
사람들도 적고 남자가 젊은 여자를 데리고 다니는 것이 특히 눈에 띄지는 않았
을까하고 요시오는 생각했다.

義雄が心配してゐたやうに突ツかかつて来る様子もない。が、それが何
だか思ふまいとしても、かの『累』の恨み死ぬ顔までを思ひ出させる。(47)
요시오가 걱정하고 있었던 것처럼 덤벼 올 태세는 아니다. 그렇지만 그것이
왠지 생각하지 않으려고 해도 그 "가사네"[6]가 원한을 가지고 죽은 얼굴까지 생
각난다.

義雄は心で、どんな美人でも、おのれの物にならないうちは、人と云
ふものは冷笑するものだからと思つた。(47)
요시오는 마음속으로 어떤 미인이라도 내 것이 되지 않는 한 사람들은 냉소
하는 것이라고 생각했다.

もツといい師匠と云つても、そんな人に就けるだけの価うちがあるか、
どうだかまだ分からない上に、友人の笛村をさし置いての仕うちは余り面白
くないと義雄に考へられた。(48)
더 좋은 스승이라도 그 사람에게 따를 만한 가치가 있을지 없을지는 잘 모르
지만 친구인 후에무라를 그냥 제쳐 두는 처사는 그다지 재미없다고 요시오에
게 생각되었다.

6　괴담의 주인공.

渠は温泉へでも出かけたくなつた。(48)

그는 온천에라도 외출하고 싶어졌다.

渠はその手が余り歓迎されないのを知らないのではないが、今回も、そんなことをして見なければ、どうも不断通り一生懸命に執筆する気になれないやうに感じて来た。(49)

그는 그러한 방법이 그다지 환영될 수 없다는 것을 모르는 것은 아니지만 이번에도 그런 방법을 쓰지 않으면 아무래도 보통 때처럼 열심히 집필 할 기분이 들지 않은 것처럼 느껴졌다.

渠は昨年の暮れから今年の初めにかけて関西へ旅行した時、リーテルゴノサンを服用する必要のある病気を受けて来た。その後、熱海へ行つたり、伊香保へ行つたりして、殆んど全く気にしないほどになつたが、まだ全快したとは信じてゐないので、村松の勧めに従ひ、その故郷に近い塩山へ一度入浴しに行きたいとばかり思つてゐたのである。(49)

그는 작년 연말부터 올해 초까지 관서지방에 여행했을 때 리테르고노산을 복용할 필요가 있는 병에 걸렸다. 그후 아타미에 가거나 이세호에 가거나 해서 거의 신경 쓰지 않을 정도가 되었으나 완치되었다고는 생각하지 않았기 때문에 무라마쓰의 권유에 따라 그 고향에 가까운 엔잔에 한번 입욕하러 가고 싶다고 생각하고 있었다.

渠は原稿を書き出すと、そばにゐてルビを打つて呉れるお鳥のことも殆ど忘れたやうになつてしまう。(50)

그는 원고를 쓰기 시작하자 옆에서 루비를 달아주던 오토리를 거의 잊게 되었다.

然し酒の方は、ただ嫌ひだといふばかりでなく、何かそれでかの女が懲りたことがあるのではないかといふ疑ひが、義雄の胸にはわだかまつてゐた。(51)

그러나 술은 단지 싫어하는 것뿐만이 아니고 왠지 술 때문에 그녀가 질린 것이 아닌가하는 의심이 요시오의 가슴에 복잡하게 뒤얽혔다.

かの女は現在の自分に利害関係があるかのやうに考へた。(52)

그녀는 현재의 자신에게 이해관계가 있다고 생각했다.

然し義雄は筆だけは執つてゐなければならない必要を忘れられなかつた。(53)

그러나 요시오는 붓만은 잡고 있지 않으면 안 된다는 필요성을 잊지는 않았다.

渠はかの女が二三日前
『髪の自慢を仕合ふ相ひ手もない』と歎息したのを思ひ出した。(54)

그는 그녀가 2, 3일전
"머리모양을 자랑할 상대도 없다"고 탄식했던 일이 생각났다.

義雄は思つたが、自分の評判がそれが為めに落ちたと聴いては、余りいい気持ちでもなかつた。それに、この頃になるに従つて、渠は自分のやがて四十歳になると云ふことが、老耄その物が近づいたやうに考へられて、いやで々溜らないこともある。(54〜55)

요시오는 자신의 평판이 그일 때문에 떨어졌다고 듣고 그다지 기분이 좋지 않았다. 게다가 최근에 그는 곧 자신이 40세가 되는 것이 노모에 가까워지는 것이라 생각되어 너무 싫어서 견딜 수가 없다.

義雄は顔を引ツ込めて、痛い耳を押さへ、また原稿に向つたが、此間から少し気になつてゐたことを思ひ出した。(56)

요시오는 얼굴을 움츠리고 아픈 귀를 누르고 또 원고를 써려했지만 며칠 전부터 걱정이 되었던 일을 생각해내었다.

……義雄も思つたので、初めて下に客があるのに気が付いた。(56)

…… 요시오는 생각하고 있었기 때문에 처음으로 아래에 손님이 있다는 것을 알아차렸다.

義雄も原稿が終ひになつて来たと云ふ気のゆるみが出たので、且、耳の張れが湿布をしてゐても一向に直らないので、早く帰京して、知り合

ひの博士に見て貰ひたいやうな心にはなつてゐた。(57)

요시오도 원고의 끝이 보이자 마음이 해이해져 왔다. 단지 부은 귀에 찜질을 해도 조금도 낫지 않아 빨리 귀경해서 아는 박사에게 보이고 싶은 마음이 되었다.

その流れを隔てて、お鳥があの男に気取つた応対振りをしてゐた時のことが浮んだ。また、あの時と今とは数日しか違はないが、その間に気候が変化して、夜になると、もう、少し寒いやうな気がするのに思ひ付いた。(57)

그 강을 사이에 두고 오토리가 그 남자에게 점잔 빼는 모습이 떠올랐다. 또 그때와 지금과는 며칠 밖에 지나지 않았지만 그 사이에 기후가 변해서 밤이 되면 이제 조금씩 추워진 것을 알았다.

義雄のあたまは段々その男の様子が浮かんで来た。(58)

요시오의 머리에는 점점 그 남자의 모습이 떠올랐다.

義雄は、お鳥のにこついてゐるのを無邪気のやうだが、うぬぼれにも、この顔を看板に何か出世が出来るとして、実際、再び東京へ出て来たのかと思ふと、いつかもさうしたこころもちになつたと同じやうに、吹き出してみたいほどをかしくなつた。(59)

요시오는 오토리가 웃고 있는 것이 천진난만하게 보이지만 이 얼굴을 간판으로 해서 어떻게든 출세할 수 있을까 자만하고 도쿄에 나왔다고 생각하면 언제나 그러한 생각이 들지만 웃고 싶을 정도로 이상했다.

義雄はこのやうに雨の多い土地のことや、現在もどんどん降つてゐて、裏の小川があふれ出したことなど思ひ及ぶと、甲州一体に於ける去年の大洪水の新聞記事や、汽車の窓から実現することが出来ると云ふ悲惨の跡を、昼間でも戸を締めて引ツ込んでゐる室内で再び考へないではゐられないのである。(60)

요시오는 이처럼 비가 많은 토지며 현재도 계속 비가 내려 작은 냇물이 넘쳐 흘렀던 것을 생각했다. 신슈 일대에 내린 작년 대홍수의 신문기사며 기차 창가

에서 실현할 수 있다고 말했던 비참한 흔적을 낮에도 문을 닫고 틀어박혀 있는
실내에서 다시 한 번 생각하지 않을 수 없다.

　　……かの女は喜んでゐた。(62)
　　……그 여자는 즐거워하고 있었다.

　お鳥のいい目はあの二階に立ってゐるのが小僧でもない、女中でもな
い、宿の主人やおかみさんでもないと嬉しがつた。(62)
　오토리의 좋은 눈은 저 2층에 서있는 사람이 사환 아이도 아니고 하녀도 아
니고 숙소의 주인도 여주인도 아니라고 기뻐했다.

　そして、その稲穂草がどこまでも涼しい風に目ざましい緑りの色を浪打
たせてゐるのが、お鳥と手を連ねた義雄の心に如何にも深く若々しい感じ
を湛へさせた。
　それに海老屋の裏二階から見渡すと、宛で瑠璃色の海だ。そのおもてへ
逆しまに、南の空にそびえて無言、沈黙の輪郭を画がく富士の峰は寂しく映
るが、恋の最も手ごたへある姿はなぜ出ないのだらうと義雄は考へた。(62)
　그리고 그 벼이삭이 어디까지나 시원한 바람에 눈부시게 푸른색으로 물결치
고 있지만 오토리와 손을 잡은 요시오의 마음에는 너무나 깊게 싱싱한 느낌으
로 가득 채워졌다.
　게다가 새우가게의 이층 뒷문에서 바라보면 마치 유리 빛 바다다. 그 집 앞 반대
쪽 남쪽 하늘에 솟은 말없이 침묵의 윤곽을 그리는 후지산의 봉우리는 외롭게 비치
지만 사랑이 가장 충만한 모습은 왜 나오지 않는 것일까라고 요시오는 생각했다.

　渠はかの女が北海道の或町で、金貸しの父と共に、芸者屋の間に育つ
たのであると云ふ話を思ひ出した。(63)
　그는 그녀가 홋카이도의 어느 마을에서 대금업자 아버지와 함께 게이샤집에
서 성장했다는 말을 생각했다.

　お鳥は、毎日のことが単調なのと出水があるかも知れないと云ふおそろ

しい評判との為めに、東京ばかりを恋しがつた。で、来さへすれば帰れる
のだと思つて、原稿の金を頻りに待ち遠しがつた。(63)

오토리는 매일이 단조하다는 것과 홍수가 있을지도 모른다고 하는 무서운
소문 때문에 도쿄만을 그리워했다. 그래서 원고의 돈이 오기만 한다면 돌아갈
수 있다고 생각하고 그 돈을 오랫동안 손꼽아 기다렸다.

義雄はおもてに元気を見せたが、胸は氷の焼いばを擬せられたやうに情
けなくなつた。(63)

요시오는 겉으로는 건강하게 보였으나 마음은 얼음의 칼날을 얼린 것같이
비참해졌다.

然しその回数を－イ、二ウ、三つとまで数へないうちに、渠はモルヒ
ネでも嗅がされてゐたやうにかの女の恋しさで気が遠くなるやうな気持
ちになつた。(65)

그러나 그 횟수를 하나, 둘, 셋까지 세지도 않는 사이에 그는 모르핀 냄새라
도 맡은 것처럼 여자의 그리움으로 정신이 아찔해지는 기분이 되었다.

渠には、なほ別な疑ひが絶えなかつた。(66)

그에게는 더욱 특별한 의심이 끊어지지 않았다.

義雄は考へた－よくよく寂しいと云ふことを覚えたのであらう、誰れ
も彼等を相ひ手にするものがない。…… 渠自身にはよく分つた。(67)

요시오는 생각했다. ―몹시 외롭다고 느꼈을 것이다. 누구도 그들을 상대하
지 않는다. …… 그 자신은 잘 알았다.

渠はそれを二本ともわざわざ横手の窓から下に投げたが、小川のふち
の石垣に当つて、かちやんと毀われたのを見て、この甲州といふ冷淡な
かたきに復讐をしてやつたかのやうに気持ちよく感じた。(69)

그에게는 그것을 2병 모두 일부러 옆쪽의 창에서 밑으로 던졌지만 작은 시내
가장자리의 돌담에 맞아서 쨍그랑하고 깨어지는 것을 보고 이 신슈라고 하는
냉담한 적이 복수하러 온 것 같은 기분이 들었다.

義雄は、

『それだけになるまでの間の、おれの創作的努力と苦心をも知らないで』と思つた。(70)

요시오는 "이 정도 되기까지 나의 창작적 노력과 고심도 모르고"라고 생각했다.

義雄は言葉に詰つた。自分等の宿をするのを断わる気かと思つたのである。(71)

요시오는 말이 막혔다. 자신들이 숙박하는 것을 거절할 생각일지도 모른다고 생각했다.

義雄には最初分らなかつたので、例の道学根性から目かけのやうなことなどよさせるやうにしろと云ふのかとも考へた。(71)

요시오는 처음에 그녀를 잘 몰랐기 때문에 예의 도학근성에서 첩과 같은 행동은 그만두라고 할까 하고도 생각했다.

義雄はかの女が急いで帰つた時の冷淡を思ひ出しながら、意外に感じた。(72)

요시오는 그녀가 급하게 돌아갔을 때의 냉담함을 생각하면서 의외라고 생각했다.

こちらは女の信用を得るには、いつも、この手に限ると思つた。(73)

이쪽은 여자의 신용을 얻기에는 언제나 이 방법에 한정된다고 생각했다.

そこへ附き会へと云ふのは、このおやぢ、今夜は余ほど何うかしてゐると義雄は考へた。こちらの艶ツぽい事実を見せつけられて、渠も亦気を若返らせたのだ、わいと考へられた。(74)

그곳에서 "만나자"라고 하는 것은 이 영감이 오늘 밤 꽤 이상해져 있다고 요시오는 생각했다. 이쪽이 색정적이라는 사실을 과시해서 그도 또 마음은 젊음을 되찾은 것으로 생각하였다.

『……』渠はふり向きもせず、黙つてにがり切つてゐた。…… 義雄の心は落ち付けなかつた。(75)

"……" 그는 되돌아보지도 않고 묵묵히 몹시 불쾌한 표정을 하고 있었다.
…… 요시오의 마음은 안정되지 않았다.

それを見たこちらの心は、心からすすりあげるほどのもろい情に打たれた。が、あの千代子が無邪気な子を使嗾してゐるのだと思ふと、つい、また憎くもなった。(75)

그것을 본 이쪽의 마음은 마음으로부터 흐느껴 울 정도로 정에 약해졌다. 그렇지만 저 지요코가 천진난만한 아이들 배후에서 사주하고 있다고 생각하자 바로 또 미워졌다.

渠はどうしてもうち解ける気になれない。(76)

그는 아무리해도 고백할 기분이 되지 않는다.

義雄は何でも、もう分つてゐるのかと思つた。(76)

요시오는 아무래도 이제 알고 있다고 생각했다.

『えッ?』渠はかの女の無言なのが万事を語ると思つた。……

渠はかの女の枕もとに座わつたまま顔を反むけて、暫らく自分の三四ケ月以前までの苦しみと不愉快とを考へた。そしてお鳥とも絶縁しなければならないことの余りに早く初まつたのを後悔しないではゐられなかつた。

かの女の高まつた呼吸がひどい鼻息に聴える。でも、今夜から別々な眠りだと思ふと、元の他人だと云ふ気もして、どう手をつけてやつていいのか分らなくなつた。(77)

"어?" 그는 그녀의 침묵이 모든 것을 이야기하고 있다고 생각했다. ……

그는 그녀의 머리맡에 앉은 채 얼굴을 돌리고 잠시 자신의 3개월 이전까지의 고통과 불쾌함을 생각했다. 그리고 오토리와는 절연하지 않으면 안 되는데 너무 빨리 시작했던 것을 후회하지 않을 수 없었다.

그녀의 높아진 호흡이 심한 콧숨으로 들린다. 그래도 오늘 밤부터 따로따로 자야된다고 생각하면 원래부터 타인이라는 생각도 들어 어떻게 손을 써야 할지 몰랐다.

義雄は、二三歩あとから附いて来るお鳥が、突然飛びかかつて来て、
ナイフか何かの鋭利な刃物で自分の背中をつき刺しはしないかと云ふ疑
ひも起つた。(79)

요시오는 두세 걸음 뒤에 따라오는 오토리가 갑자기 뛰어와서 나이프나 뭔가
의 첨예한 날붙이로 자신의 등을 찌르는 것은 아닐까하는 의심이 일어났다.

家を出た時も既に筋肉の働らきがとまつたかのやうなこわい顔であつ
たが、一歩一歩、闇を抜けるに従つて、筋肉のうちに蔵してゐた刃物の
やうな骨が現はれて来たのだらうかと思はれた。そして、もツと行くう
ちに、かの女の骨ぐみが全く刃物その物になつて、こちらの身につき刺
さるのではないかと云ふ心配まで起つた。(79)

집을 나온 때도 고기의 힘줄부분의 움직임이 정지된 것과 같은 얼굴이었으나
한 발짝 한 발짝 어둠이 없어짐에 따라서 고기 힘줄부분 속에 품고 있는 칼날과
같은 뼈가 나타난 것일까 생각했다. 그리고 조금 더 간 사이에 그녀의 뼈대가 완
전이 칼날이 되어서 이쪽의 몸을 찌르는 것이 아닌가 하는 걱정까지 일어났다.

…… やうに思はれた。…… 渠はこの中へこの附き物を突き落して、暫
らく身を隠してしまはうかとも思つた。(80)

…… 와 같이 생각되었다. …… 그는 이 안에 있는 악령을 밀어 떨어뜨리고
잠시 몸을 감추어 버릴까하고도 생각했다.

渠はそこでいろんな注入液を買つて来て、私かに不愉快な手療治をや
つて見たことも思ひ出した。(80)

그는 약국에서 여러 가지 주입액을 사와서 몰래 불유쾌한 손의 치료를 해 본
일도 생각났다.

渠は塩山で苦しい目に会ひ、而もつれて行つたかの女には殆ど冷遇さ
れどほしであつたことを思ふと、再び湯治などとしやれる気にはなれな
かつた。(80)

그는 시오야마에서 괴로운 경험을 하고 더구나 데려갔던 여자에게는 거의

냉대를 받았다는 것을 생각하자 두 번 다시 온천에서 치료를 받고 싶은 생각이
들지 않았다.

『……』義雄は横を向いた。相ひ手にするのもいやになつた程かの女を
憎々しく思つた。(82)
　요시오는 고개를 돌렸다. 상대하는 것도 싫을 만큼 그녀가 밉살스럽다고 생
각했다.

　義雄のあたまには …… ひしひしときざみ込まれた。(82)
　요시오의 머리에는 …… 절실히 새겨졌다.

　義雄には、その考へがないでもなかつた。(82)
　요시오에게 그 생각이 없는 것은 아니었다.

　義雄はぎツくりとして考へた。(82)
　요시오는 깜짝 놀라 생각했다.

　義雄は気にならないではない。かの女はさう身づから信ずるやうにな
つてから、絶えず陰陽に関する書物を読み出して—うらなひ師になりた
いも、余ほど何うかしてゐるのではないかとこちらには思はれた。(83)
　요시오는 마음이 쓰이지 않는 것은 아니다. 그녀는 그렇게 스스로 믿게 되고
나서부터 끊임없이 음양에 관한 서적을 읽고—점장이가 되고 싶은 것인지 꽤
이상해졌다고 이쪽에게는 생각되었다.

　…… 義雄は如何にもそれが憎くて溜らないのである。(83)
　…… 요시오는 그것이 너무나 미워서 견딜 수 없었던 것이다.

　…… こちらにはかの女の耳までも届いたやうな気がした。(84)
　…… 이쪽에게는 그녀의 귀에까지 도달한 것 같은 기분이 되었다.

…… 最も甚しく自分の威厳をぶち毀わされた気がした。

さういはれて見ると、中途から忘れてゐた疑ひが再び思ひ出されない
でもない。(84)

…… 대단한 자신의 권위가 파괴되는 기분이 들었다.

그렇게 말하자 도중에 잊고 있었던 의심이 들지 않는 것은 아니다.

かう義雄は今でも高をくくつてゐたのである。(84)

이렇게 요시오는 지금도 대수롭지 않게 여기고 있었던 것이다.

義雄自身はそれを私かに妬ましく思つたことも覚えてゐる。…… かの女の
浮気からの面白半分な捏造だとばかり思つた。…… それは同じくおのれの行
つたのを反対にしやべつたとも考へられる。(85)

요시오 자신도 그것을 몰래 부럽다고 생각한 일을 기억하고 있다. …… 그녀
가 바람기에서 재미 반으로 날조한 것이라고만 생각했다. …… 그것은 내가 한
것과는 반대로 말한 것이라고도 생각된다.

孰れにしても、関係があつたことは、たとへ実際にあつても、云へないに
相違ない。

『若しあれが弟のおふるであつたなら』と、義雄の胸には取り返しのつ
かない様な恨みと怒りとのほのほがごツちやに燃えた。(85)

어느 쪽이라도 관계가 있었던 일은 예를 들어 실제라고 해도 말하지 않는 것
임이 틀림없다.

"만약 그것이 동생이 사용했던 고물이었다고 한다면"이라고 요시오의 가슴에
는 돌이킬 수 없는 원망과 분노의 불꽃이 어지럽게 뒤섞여서 불타올랐다.

継母ばかりなら、丁度都合がいいから、ゆツくりわけの分るやうに自
分のこころ持ちを聴かせられると思つた。(85)

계모뿐이라면 마침 형편이 좋으니까 천천히 영문을 알 수 있도록 자신의 마
음을 들려주고 싶다고 생각했다.

……如何にも不本意に思へた。(86)

아무리 생각해도 본의가 아니라고 생각했다.

……義雄の最も嫌ひなことだのに－語つたに相違ないと思へた。(90)

……요시오는 가장 싫어하는 것임에도 불구하고－말한 것이 틀림없다고 생각했다.

……今夜こそはくやし泣きに泣いてるのだろうと思ひ続けた。(90)

……오늘 밤이야말로 울고 또 우는 것이라고 계속 생각했다.

義雄も、父が亡くなるまで赤坂台町にゐた時、そこを通るたんびに陰気臭いところだと思はないことはなかつた。……義雄は兼てさう思つてゐた。(94)

요시오도 아버지가 죽을 때까지 아카사카다이쵸에 있을 때 그곳을 지날 때마다 음침한 곳이라고 생각하지 않은 것은 아니었다.

義雄も、かの女が遠慮勝ちになつて来たのを可哀さうだと思つて、つい、その気になつた。(94)

요시오도 그녀가 너무 조심하고 있다는 것을 불쌍하다고 생각해 바로 그러한 마음이 들었다.

……義雄はそこまで賛成する気にはなれなかつた。(95)

…… 요시오는 거기까지 찬성할 기분이 되지 않았다.

…… 義雄の本心から云へば、冗談ではなく、寧ろさうなるか、それとも亦くたばつて呉れるかと云ふ風な願ひを絶えず持つてゐながら、向ふから自分を突ツ放すやうなことはされたくないやうな気もする。(95)

…… 요시오의 본심을 말하면 농담이 아니고 오히려 그렇게 되든지 그렇지 않으면 뒈져버리라는 소망을 계속해서 가지고 있으면서 상대편에서 자신과 관계를 끊는 것은 싫다는 마음도 들었다.

そして、あのジツと沈んだ目附き、意地悪さうな目附きには、かの女自身の秘密ばかりでなく、いろんな事件が這入り込んでゐるのだろうと考へた。(95)

그리고 침울한 눈, 심술궂은 눈에는 그녀 자신의 비밀뿐만이 아니고 여러 가지 사건이 파고들어 있을 것이라고 생각했다.

義雄は独り冷やかにほほ笑んで、こちらからかの女を突ツ放してやる時機を考へて見た。(96)

요시오는 혼자 냉담하게 웃고 이쪽에서 그녀를 떼어놓을 시기를 생각해 봤다.

かの女がゐればまだしもだが、かの女のゐない部屋は穢いばかりで、座わつてゐる気になれない。(96)

그녀가 있으면 그런대로 괜찮으나 그녀가 없는 방은 더러워서 앉아있을 기분도 들지 않는다.

義雄はそれを気の加減だ、かの女の神経が独りで病気をよくもしたり、悪くもしたりしてゐるので、実際は決して直る方には向いてゐないのだと思つた。(96)

요시오는 그 병은 마음먹기 나름이고 그녀의 신경이 혼자서 병을 좋게도 하고 나쁘게도 하기 때문에 실제로는 결코 낫는 쪽으로는 움직이지 않는다고 생각했다.

…… 知らんと云ふやうな楽しみを抱かせた。(97)
…… 모른다는 즐거움을 가지게 했다.
義雄はこの頃時間が惜しくて溜らないのである。(97)
요시오는 최근에 시간이 아까워서 견딜 수가 없다.

…… 発展して行つて見たいと云ふ考へがあつた。……馬鹿馬鹿しい気がする。(97)
…… 발전해 가고 싶다는 생각이 있었다.……바보 같은 기분이 든다.

…… 非常に気になつて来た。(99)
…… 매우 신경이 쓰여 왔다.

…… 義雄は自分ながら感づかれた。(99)
…… 요시오는 스스로 느꼈다.

…… 義雄は却つて友人に馬鹿にされるやうな気がした。(99)
…… 요시오는 오히려 친구에게 바보가 된 것 같은 기분이 들었다.

…… 下のもの等がわざとさうするやうにも考へられた。(100)
…… 아랫사람들이 일부러 그렇게 한다고도 생각되었다.

…… にやアとか啼きさうな気がした。(101)
…… 엉엉 울고 싶은 기분도 들었다.

義雄は直ぐ獅子の猛り狂ひの恐ろしさを想像した。が、毎晩、来るものは
きまつてるのに、人を馬鹿にするも程があると思ひ返した。(101)
요시오는 바로 사자의 사납게 날뛰는 공포를 상상했다. 그렇지만 매일 밤 오는
것은 정해져 있는 데도 사람을 바보로 하는 것도 정도가 있다고 고쳐 생각했다.

…… 義雄はただ一瞬間にさまざまと考へて見た。(101)
…… 요시오는 단지 한순간에 여러 가지를 생각해봤다.

…… かう云ふ考へが義雄の心に浮んだ。と同時に、また、顔の輪郭に
どことなく人並みより締つてゐないところがあるのを、紀州には多いと
云ふ穢多に生まれた娘ではないかと思ひ付いた。さう思ふと、顔ばかり
でなく、肉体の肌会ひがどこもすべてすべすべし過ぎて締りがないやう
であつたのに気が付いた。(103)
…… 이런 생각이 요시오의 마음에 떠올랐다. 이와 동시에 또 어딘지 모르게
얼굴의 윤곽이 보통보다 야무지지 않는 사람이 기슈에는 많다고 한다. 에타[7]에

태어난 여자는 아닐까하는 생각이 들었다. 그렇게 생각하자 얼굴뿐만이 아니고 육체의 촉감이 모두가 너무 매끈해서 야무지지 않는 기분도 들었다.

　義雄はこの男を新事業の相談相ひ手にした。口さきばかり上手な男だと思つてるから、無論、さう深いことは打ち明けない。(105)
　요시오는 이 남자를 신사업의 상담상대로 했다. 말만 잘하는 남자라고 생각하자 물론 그렇게 마음속 깊은 마음을 고백하지는 않는다.

　渠の胸には、実際、家を売つてもと云ふ考へがあつた。(106)
　그의 마음에는 실제 집을 팔아도 좋다는 생각이 있었다.

　不断のやうなぼんやりとツ子でない様子も変だと思はれた。(106)
　보통과 같이 멍청한 아이가 아닌 모습도 이상하다고 생각되었다.

　義雄は独りで吹き出して、斯う考へた。(107)
　요시오는 혼자서 웃고 이렇게 생각했다.

　義雄はその弟と弟の溺愛者であつた父とのことを考へつづけた。(107)
　요시오는 그 동생과 동생을 맹목적으로 사랑했던 아버지의 일을 생각했다.

3. 『방랑』『끊어진 다리』『악령』의 개작 — 초고와 개정판의 차이

『방랑』[8]

　渠には、かの女がさきに渠をあやぶんで忠告するやうに語つた話を思ひ出せたが、かの女の兄なる人に木材で失敗した者があつて、かの女はそ

7　중세, 근세의 천민계급. 여기서는 천민계급이 사는 부락을 뜻한다.
8　개정판은 (2)라 하고 초고는 (3)이라 한다.

れを共にゐてよく知つてゐるのであつた。

　　……かの女の兄なる人は天塩の或山林から枕木を切り出し、一と儲けし
ようとした。……

　義雄の失敗もこの家の細君の兄のと殆ど全く同じであることが心に浮ん
だ。

　　……義雄は斯う云ふ申しわけを云ふのさへ残念であつた。

　　……彼等は無職業同な悪辣者を相談相手にして、それに利益の半ばを喰
はれてゐたし、……思ひ返せば、渠は人を信じ過ぎたのだ。(2−202〜203)

　그에게는 그녀가 먼저 그를 걱정해 충고한 말을 생각했지만 그녀의 오빠가
목재로 실패해 그녀는 옆에 있어서 잘 알고 있었다.

　그녀의 오빠는 데시오의 어떤 산림의 침목을 잘라서 한밑천 잡으려 했다.

　　…… 요시오의 실패도 이 집 아내의 오빠와 거의 같다는 생각이 머리에 떠올랐다.

　　…… 요시오는 이런 이유를 설명하는 것도 유감스러웠다.

　　…… 그들은 무직인데다 악랄한 사람을 상담상대로 하고 게다가 이익의 반
을 잃었고 …… 생각하면 그는 사람을 너무 믿었다.

　それも、尤も、かの女は、その兄なる人が木材で失敗した経験を、そばに
ゐたから、よく知つてゐるのだ。

兄なる人は天塩の或山林から枕木を切り出し、一と儲けしようとした。

　　…… 義雄の失敗もこの家の細君の兄のと殆ど全く同じである。

　　…… 義雄は少し申しわけらしく、また残念らしく云ふ。

　　…… 無職業同様な悪辣者を相談相手にして、それに利益の半ばを喰は
れてゐたし、……つまり、渠は人を信じ過ぎたのだ。(3−10〜12)

　그것도 그녀는 오빠가 목재로 실패한 경험을 옆에 있어서 가장 잘 알고 있다.

　오빠는 데시오의 어떤 산림의 침목을 잘라서 한밑천 잡으려 했다.

　　…… 요시오의 실패도 이 집 아내의 오빠와 거의 같은 것이다.

　　…… 요시오는 조금 미안한 듯이, 유감스러운 듯이 말한다.

　　…… 무직인데다 악랄한 사람을 상담상대로 하고 게다가 이익의 반을 잃었
고 …… 결국 그는 사람을 너무 믿었다.

　然しこれは実に最も不結果な失敗を予想して、その最もみじめな状態
から割り出した窮策であつた。さう云ひ含めて置きさへすれば、妻子が
それ以上の失望を経験することはあるまいし、自分の放浪も、自分の事
業に対する思ひ切つた跡始末も、さうして置かなければ、出来ないと思
つたからである。渠の放浪といふ考へにはまだまだ多少の望みが裏付け
られてゐたのだ。(削除) (3－11)

　그러나 이것은 실로 가장 좋지 않은 결과를 예상하고 가장 비참한 상태에서
결론을 이끌어 낸 궁여지책이었다. 그렇게 알아듣게 말해두기만 한다면 처자
가 이 이상의 실망를 경험하는 일은 없을 것이고 또 자신의 방랑도 자신의 사업
에 대한 과감한 마무리도 그렇게 해두지 않으면 안 된다고 생각했기 때문이다.
그의 방랑이라는 생각에는 아직 다소의 소망이 뒷받침되고 있었
다. (삭제)

　…… 憎らしい様な厭気を抱かざるを得ない。(2－204)
　…… 밉살스럽고 진절머리 난다는 생각을 가지지 않을 수 없다.
　…… 憎らしい様な厭気を抱かざるを得ないのだ。(3－12～14)
　…… 밉살스럽고 진절머리 난다는 생각을 가지지 않을 수 없는 것이다.

勇の考え(削除) (3－15)
이사무의 생각(개정판에서 삭제)

　…… 義雄自身には丁度適当だと思はれた。…… 義雄には自分ながら余
り冷淡な口調だと思へた。(2－206)
　…… 요시오 자신에게는 알맞게 적당하다고 생각되었다. …… 요시오는 스
스로 너무 냉담한 어조라고 생각했다.
　…… 義雄には丁度適当な感じだろう。…… 義雄には自分ながら余り冷
淡な口調だと思はれた。(3－14)
　…… 요시오에게는 알맞게 적당하다고 생각할 것이다. …… 요시오는 스스
로 너무 냉담한 어조라고 생각되었다.

　義雄はやわらかに微笑してゐるが、その微笑はアカダモの枝がかぶせた

やわらかさで、幹には犯し難いほどの厳粛な <u>寂しみを感じてゐた</u>。(2－
207)

　요시오는 부드럽게 미소했지만 그 미소는 느릅나무 가지에 씌워진 부드러움
으로 나무의 줄기에는 범하기 어려울 정도의 엄숙한 <u>슬픔을 느꼈다</u>.

　義雄はやわらかに微笑してゐるが、その微笑はアカダモの枝がかぶせたや
わらかさで、幹には犯し難いほどの厳粛な <u>寂しみを持つてゐるのだ</u>。(3－
16)

　요시오는 부드럽게 미소를 지었지만 그 미소는 느릅나무 가지에 씌워진 부
드러움으로 나무의 줄기에는 범하기 어려울 정도의 <u>엄숙한 슬픔을 가지고 있</u>
<u>는 것이다.</u>

　勇は義雄に対して自分の弟が生徒に云つて <u>聴かせる様な口調であつ</u>
<u>た</u>。(2－208)

　이사무는 요시오에 대해 자신의 남동생이 생도에게 <u>들려주는 것 같은 어조였</u>
<u>다.</u>

　勇は義雄に対して自分の弟が生徒に云つ<u>て聴かす様な気持ちになつ</u>
<u>た</u>。(3－17)

　이사무는 요시오에 대해 자신의 남동생이 생도에게 <u>들려주는 것 같은 기분</u>
<u>이 되었다.</u>

　お鳥ともツと自由な生活をして見たいと云うのが <u>原因であつた</u>。(2－
209)

　오토리와 더욱 더 자유로운 생활을 해 보고 싶다고 하는 것이 <u>원인이었다.</u>

　お鳥ともツと自由な生活をして見たいと云うのが <u>原因とも見えるの</u>
<u>だ</u>。(3－17)

　오토리와 더욱 더 자유로운 생활을 해 보고 싶다고 하는 것이 <u>원인으로 보인</u>
<u>다.</u>

　…… さも増らしそうな口真似をして <u>見せた</u>。(2－210)

　…… 정말 밉살스러운 입모양을 하여 <u>보였다.</u>

……さも憎らしそうな口真似に見えるので、(3-19)
…… 정말 밉살스러운 입모양을 하여 보이기 때문에

夫婦は互ひに顔を見合はして苦笑したが、話し手はなかなかそれぐら
ゐで話をとめなかつた。
…… お綱は女の見方をして (2-211)
부부는 서로 얼굴을 마주 보고 쓴웃음을 지었지만 말하는 사람은 좀처럼 그
정도로 이야기를 멈추지 않았다.
…… 오쓰나는 여자의 편을 들고

夫婦は互ひに顔を見合はして苦笑したが、話し手はなかなかそれぐら
ゐで話をとめる様子がない。
…… お綱は少し女の味方をするつもりになり、(3-19)
부부는 서로 얼굴을 마주 보고 쓴웃음을 지었지만 말하는 사람은 좀처럼 그
정도로 이야기를 멈출 모양이 아니다.
…… 오쓰나는 여자의 편을 들 생각으로

お綱も微笑しながら優しく云つたが、その様子にはどことなく悪憎の色
が見えた。(2-211)
오쓰나도 웃으면서 친절하게 말했지만 그 모습에는 어딘지 모르게 못된 승
려의 얼굴 표정이 보였다.

お綱も微笑しながら優しく云つたが、田村さんと云ふ人は実にひどいこ
とを云ふ人だといふ観念を得て、それと語調の強過ぎるのが初めから気にな
つてゐたのとが結び会ひ、かの女の心には渠に対する悪憎の念があきらかに
なつて来た。(3-20)
오쓰나도 웃으면서 친절하게 말했지만 다무라씨라는 사람은 실로 심한 말을
하는 사람이라는 관념을 얻고 어조가 너무 강해서 처음부터 걱정이 되었던 일
과 연관해서 그녀의 마음에는 그가 못된 승려라는 생각이 뚜렷하게 되었다.

『……』勇はにこにこツとして、煙草を煙管につめかける。それが、もツ
ともだが、さう適切に義雄から自分の心をうがたれたくはないと云ふ様子で

あつた。お綱もにこついて、所天（をつと）の顔を瞥見したが、

『そりゃア無理です、わ。』根めしい様子をしたかの女の心持ちを義雄は分らないでは無かつた。かの女は如何に (2-212)

"……" 이사무는 싱글벙글 웃으면서 담배를 담뱃대에 채운다. 그 모습이 그럴듯하지만 그렇게 적절하게 요시오에게 자신의 마음을 꿰뚫어 보이기 싫은 모양이었다. 오쓰나도 웃으면서 남편의 얼굴을 언뜻 보았지만……

"그건 무리입니다." 원망스러운 모양을 한 그녀의 마음을 요시오는 모르는 것은 아니었다. 그녀는 너무……

かう云つて、渠が勇の顔を見ると、勇はにこにこツとして、煙草（たばこ）を煙管（きせる）につめかける。それが、もツともだが、さう適切に自分の心をうがたれたくないと云ふ様子であつた。お綱もにこついて、所天の顔を瞥見（べつけん）したが、心では不断持つてゐる恨みを思ひ浮かべた。

と云ふのは、知何に (3-20)

이렇게 말하고 그는 이사무의 얼굴을 보자 이사무는 싱글벙글 웃으면서 담뱃대를 채운다. 그런 모습이 그럴듯하지만 그렇게 적절하게 자신의 마음을 꿰뚫어 보이기 싫은 모양이었다. 오쓰나도 웃으면서 남편의 얼굴을 언뜻 보았지만 마음속으로는 보통 때 가지고 있는 원망을 떠올렸다.

自分の身を余り安売したのだと思はれてならないが。日本婦人の常套思想（じようたうしさう）なる運命主義からして (2-212)

자신의 몸을 너무 싸게 팔았다고 생각되어 견딜 수 없지만 일본 부인의 상투적인 사상인 운명주의로부터

自分の身を余り安売したのだと思はれてならない。こんな恨みがたまたま義雄の遠慮ない談話から引き起こされて、常になく強く胸を痛めたが、日本婦人の常套思想なる運命主義からして (3-21)

자신의 몸을 너무 싸게 팔았다고 생각되어 견딜 수 없다. 이런 원망이 가끔 요시오의 스스럼없는 담화에서 야기되어 여느 때와 달리 심하게 가슴이 아팠지만 일본 부인의 상투적인 사상인 운명주의로부터

勇の考え・妻の心 (削除) (3-23~25)
이사무의 생각 아내의 생각 (개정판에서 삭제)

勇は不思議さうにかの女に聴いた。
『どうして?……』(2-214)
이사무는 이상하다는 듯이 그녀에게 물었다.
"왜?……"
勇は不思議さうに、
『どうして?』と聴いた。(3-26)
이사무는 이상하다는 듯이
"왜" 하고 물었다.

ここまで読んだ時、渠はかの女の或部分の臭いにほいを思ひ浮かべた。手紙はここからまた訴へになつてゐる。(追加) (2-218)
여기까지 읽었을 때 그는 그녀의 몸 한부분의 심한 악취를 떠올렸다. 편지는 여기에서 또 호소로 되어 있다. (추가)

かの字を略して、疑問点を字のつもりで入れてあると、義雄は笑つた。(2-219)
이 글자를 생략하고 물음표를 글자라고 생각하고 넣어둔 것을 보고 요시오는 웃었다.
かの字を略して、インタロゲーシヨンマークを字のつもりで入れてあると、義雄は笑つた。(3-31)
이 글자를 생략하고 인테러게이션 마크를 글자라고 생각하고 넣어둔 것을 보고 요시오는 웃었다.

渠は、義雄に三ケ月前に初めて直接に会つた時、以上のことを誇りがに語つたのだ。(追加) (2-221)
그는 요시오에게 3개월전에 처음으로 직접 만났을 때 이상의 일을 자랑스러운 모습으로 이야기했다. (추가)

無論、他の二友には分らなかつたのである。(2－222)

물론 다른 두 친구는 몰랐던 일이다.

無論、他の二友にはまだ分らないのである。(3－34)

물론 다른 두 친구는 아직 모르는 일이다.

勇は相談でもかけるやうに云ひ出した。(2－227)

이사무는 상담이라도 하는 듯이 말을 꺼냈다.

勇はきのふから聴きたかつたが遠慮して云ひ出しかねてゐたことに及んだ。(3－39)

이사무는 어제부터 물어보고 싶었지만 삼가하고 말을 하지 못했다.

『三ケ月前のかたきを打たう、少しは強くなつたから。』(2－227)

"3개월 전의 적을 물리치고 조금은 강해졌으니까."

『こないだのかたきを打たう、少しは強くなつたから。』(3－39)

"며칠 전에 적을 물리치고 조금은 강해졌으니까."

自分がその内容であるものの様に思へる。(2－228)

자신이 그 내용물인 것과 같이 생각된다.

自分の内容がそこへ這入るものの様に思ふのだ。(3－40)

자신의 내용물이 그쪽에 들어간 것처럼 생각한다.

北剣は笑ひながら答へをし切れなかつた。(2－229)

홋켄은 웃으면서 대답을 끝내지 못했다.

北剣は笑ひながら答へる。(3－41)

홋켄은 웃으면서 대답한다.

…… と云ふ北剣と氷峰との対応が聴えたかと思ふと、義雄は氷峰にゆり起された。

で、渠は驚いた様に目をさまして起きあがり、……(2－231)

…… 라고 하는 홋켄과 효보와의 대화가 들린다고 생각하자 효보는 요시오

를 흔들어 깨웠다. 그리고 그는 놀란 듯이 눈을 떠 일어나 앉고 ……
　…… と、氷峰は義雄をゆり起すと、義雄は驚いた様に自をさまして起き
あがり、…… (3−44)
　…… 라고 효보는 요시오를 흔들어 깨우자, 요시오는 놀란 듯이 눈을 떠 일어
나 앉고

　…… そして心では余ほど旅と事業上の心配とに疲れてゐる自分である
ことを感じた。(追加) (2−231)
　그리고 마음으로는 자신이 여행과 사업상의 걱정으로 꽤 피곤해 있다고 느
꼈다. (추가)

　あとに残つた影二つは義雄と氷峰とであるが、なほ進んで、店頭の電
気で明るい街へ出た。それから、また一直線に薄暗い道を行き、(2−232)
　나중에 남은 그림자 두 개는 요시오와 효보의 그림자이지만 더 나아가 전기로
밝은 점포가 있는 거리에 나왔다. 그리고 또 일직선으로 약간 어두운 길을 가고,
　あとの影二つはなほ進んで、店頭の電気で明るい街へ出たかと思ふ
と、なほ一直線に薄暗い道を行き、(3−45)
　나중에 남은 그림자 두 개는 더 나아가 점포의 전기로 밝은 점포가 있는 거리
로 나왔다고 생각하자, 더욱 일직선으로 약간 어두운 길을 가고,

　吞牛の考え (削除) (3−50)
　돈큐의 생각 (개정판에서 삭제)

　雑誌第一号に出るのだなど、義雄は直ぐ感づいた。(追加) (2−237)
　잡지 제1호에 나온다는 것을 요시오는 바로 알았다. (추가)

　(作者註、義雄もさすがに妾のあることは、見ず知らずの北海道人に明
す必要はないと思つたらしい。それが為にもとは云はなかつた。)　(削除)
(3−58〜59)
　(작가주: 요시오도 과연 첩이 있다는 것을 전혀 모르는 홋카이도 사람에게는

알릴 필요가 없다고 생각한 것 같다. 그것 때문에 원래는 말하지 않았다.) (개정
판에서 삭제)

何といふわけでもないが失望した。
……　競争することが出来ないでもなからうー金さえあればーだが、(2－259)
왠지 모르겠지만 실망했다.
……　경쟁할 수 없을 지도 모른다. ―돈만 있으면― 그렇지만,
何となく失望の体であつた。
……　競争することが出来ないでもなからうと思ふ。然し現在の不如意
な状態を返り見て、つくつく情けない気がして来る。『何でも金さえあれ
ば、恋も活動も自在だのに』(3－73)
왠지 모르게 실망하는 몸이 되었다.
……　경쟁할 수 없을지도 모른다고 생각한다. 그러나 현재의 생각대로 잘되
지 않는 상태를 곰곰이 되돌아보자 한심한 생각이 든다. "어떻게든 돈만 있으면
연애도 활동도 자유자재로 할 수 있는데."

書いたこともあるさうだ。(2－261)
쓴 것도 있는 것 같다.
書いたこともある。(3－74)
쓴 것도 있다.

そして旅行の問題に移つた時、天声は ……(2－264)
그리고 여행의 문제에 옮겨갔을 때 덴세이는 ……
無風流な天声は、ただ、義雄の表面は快濶らしい態度と言語とに接し、
多少の尊敬と羨望とを以つてうなづくばかりだ。(3－77)
풍류가 없는 덴세이는 단지 요시오의 겉으로 쾌활한 태도와 언어를 접하고
다소 존경과 선망을 가지고 수긍할 뿐이다.

……　などとは、義雄が氷峰から聴かせられてゐた。(追加) (2－256)
……　라는 것은 요시오가 효보에게 들어서 알고 있다. (추가)

　然し今のところ森本は手段だ－渠を使はなければ、義雄自身の発展の
道もつきかねる。(削除) (3－80)
　그러나 지금은 모리모토가 수단이다. －그를 사용하지 않으면 요시오 자신
의 발전의 길은 열리지 않는다. (개정판에서 삭제)

　渠はそばにゐる義雄に冗談半分でだらうが云つた。それから、また、
押しかけてゐる印制屋の主人に向つて『どうせ……』(2－268)
　그는 옆에 있는 요시오에게 반은 농담이지 하고 말했다. 그리고 또 갑자기 밀
어닥친 인쇄가게의 주인을 향해서 “어차피……”
　渠は苦しまぎれの弱音を吐いたが、さりとて、自分一個で苦策してくるか
ねを今の社につぎ込む時ではないと思つてゐる。……『どうせ……』(3－82)
　그는 괴로운 나머지 약한 마음을 토로했으나 그렇다고 해서 혼자서 궁여지
책으로 오는 돈을 지금의 회사에 처넣을 때는 아니라고 생각하고 있다. ……
“어차피……”

　……　道中空前の大雑誌が出ることなどは思い出すものもなかつたので
ある。(2－269)
　…… 여행 중에 유명한 잡지가 나온 것은 생각지도 못한 일이었다.
　…… 道中空前の大雑誌が出ることなどは思い出すものもないのである。
(3－83)
　…… 여행 중에 유명한 잡지가 나온 것은 생각지도 못한 일이다.

　……　社員の広告取りなどを世間が少しも信用しないのは無理もなかつ
た。(2－269)
　…… 사원의 광고모집을 세상이 조금도 신용하지 않는 것은 무리가 아니었다.
　…… 社員の広告取りなどを少しも信用しない。(3－83)
　…… 사원의 광고모집을 조금도 신용하지 않는다.

　勇は、そのくすんだ心のうちでは、頻りに何かしたいといふ血を躍らし
てゐるが、

さうは見せないで、ただおやぢらしく他の二人の話を聴いてゐる。(削除) (3−84)

이사무는 그 선명하지 못한 마음에는 끊임없이 뭔가 하고 싶은 피가 요동치고 있지만

그렇게는 보이지 않고 단지 아저씨처럼 두 사람의 말을 듣고 있다. (개정판에서 삭제)

渠は酒好きで、いくらでも飲むが、何の芸もない。その芸のない無骨な点に惚れ込んで、今の細君は来た。もとは客を振り飛ばすことが有名な女郎だが、渠ばかりには心からうち込んだと見え、北辰新報の難局時代には、かの女の部屋の金屏風までも質屋へまげてしまつた。お豊と云ふが思ひ通り夫婦になれた今日では、自分が資本家ででもあつた様に、

『もう、新開発行などはいやです、なア』と、云つてゐる。ヒステリ的に痩せてはゐるが、顔に美人のおもかげは残つてゐる。北剣の盛んであつた時は、かの女が渠の部下なる記者氷峰に－慰労のつもりで、わざわざ、－薄野遊びの資をつぎ込んだものだと義雄は聴いてゐた。

『物集君の細君には僕も随分世話になつたよ』と、氷峰は度々語つた。(2−273)

그는 술을 좋아하고 얼마든지 마실 수 있으나 아무런 재주도 없다. 그 재주 없는 세련되지 못한 점에 반해서 지금의 아내는 왔다. 원래는 손님을 뿌리치는 유명한 유녀이지만 그에게만은 진심으로 사랑해『호쿠신신포』의 난국시대에 그녀 방의 금병풍까지 전당포에 저당 잡혀버렸다. 오토요가 생각한 대로 부부가 된 지금은 자신이 자본가라도 된 것처럼

"이제 신문발행 같은 것은 싫어요"라고 말한다. 히스테릭하게 말라 있지만 얼굴에는 미인의 모습이 남아있다. 홋켄이 잘 나갈 때는 그녀가 그의 부하인 기자 효보에게－위로할 작정으로 일부러 스스키노 유곽에 놀러 갈 자금을 댄 것을 요시오는 들었다.

"모쓰메군의 아내에게 꽤 많이 신세를 졌어"라고 효보는 사람에게 잘 이야기한다.

例の遊女あがりのお豊といふ細君に、九歳ばかりの貰ひ娘種子があ

る。家族はそれだけで、主人に好きな酒を飲まして置きさへすれば、家
族は無事平穏であるのだ。お豊はヒステリ的に痩せてはいるが、顔に美
人のおもかげは残つてゐる。優しくツて、而もなかなかしツかりした女
で、北劍の盛んであつた時は、かの女が初めて勧めてその部下の記者氷
峰にまで薄野遊びの資をつぎ込んだものだ。
　『物集君の細君には僕も随分世話になつたよ』と、氷峰もよく人に話し
てゐる。(3−86)

　예의 유녀였던 오토요라고 하는 아내에게 9살쯤 된 양녀 다네코가 있다. 가
족은 그것만으로도 주인이 좋아하는 술을 마셔주기만 한다면 가족은 무사 평
온한 것이다. 오토요는 히스테릭하게 말라 있지만 얼굴에는 미인의 모습이
남아있다. 친절하고 게다가 상당히 착실한 여자로 홋켄이 잘 나갈 때는 그녀
가 처음으로 권해 그 부하인 기자 효보에게 스스키노 유곽에 놀러 갈 자금을
대었다.
　"모쓰메군의 아내에게 꽤 많이 신세를 졌어"라고 효보는 사람에게 잘 이야기
한다.

　北劍は義雄の感服してゐるのに輪をかけた。(2−274)
　홋켄은 요시오가 감복하고 있는 사이에 반지를 끼었다.
　北劍は義雄の感服してゐるのに輪をかける。(3−87)
　홋켄은 요시오가 감복하고 있는 사이에 반지를 낀다.

　加集 (2−274)
　TK (3−87)

　勇には話さなかつた。(2−274)
　이사무는 말하지 않았다.
　勇には話さないのだ。(3−88)
　이사무에게는 말하지 않는다.

　天塩の土地のことをまた思ひ出した。(2−275)

데시오의 토지가 또 생각났다.
天塩の土地のことを腹で思ひ出す。(3−89)
데시오의 토지를 속으로 생각한다.

これから遠慮なく思ふ人に近づけるのを喜ぶらしかつた。(2−276)
지금부터 스스럼없다고 생각하는 사람에게 가까이 다가가는 것을 즐거워하는 것 같았다.
これから遠慮なく思ふ人に近づけるのを喜んだ。(3−90)
지금부터 스스럼없다고 생각하는 사람에게 가까이 다가가는 것을 즐거워한다.

自分で心丈夫に思ふ。(2−277)
자신은 마음이 건강하다고 생각한다.
身づから心丈夫に思ふ。(3−90)
스스로 마음이 건강하다고 생각한다.

痛みは即ち自分の真摯な快楽であつた。(2−277)
아픔은 즉 자신의 진지한 쾌락이었다.
痛みは即ち渠の真摯な快楽であるのだ。(3−91)
아픔은 즉 그의 진지한 쾌락인 것이다.

…… 見納めのつもりでぶらついた。(2−280)
마지막으로 보는 것이라고 생각하고 슬슬 거닐었다.
…… 見納めであるかの如くぶらついた。(3−93)
마지막으로 보는 것처럼 슬슬 거닐었다.

どうしても、焼けツ腹だと自分でも思つた。(2−281)
아무래도 자포자기한 것이라고 자신도 생각했다.
万感無量の焼けツ腹だと身づからも思つた。(3−94)
감개무량하여 자포자기한 것이라고 스스로도 생각했다.

…… 焜炉火にしがみ附いてゐる。(2−281)

곤로불에 달라붙어 있다.

…… 焜炉火にしがみ付いてゐる様な様子だ。(3−94)

곤로불에 달라붙어 있는 모양이다.

この件ははなし上手な氷峰自身の詳しい報告を義雄がまた義雄自身で解釈して見たのだが－(追加) (2−283)

이 사건은 이야기를 잘하는 효보 자신의 상세한 보고를 요시오 자신이 해석해 보인 것이지만. (추가)

氷峰はその馴れ馴れしさうにされるのを意外に思ひ、どこで会つたことがあるのか知らんと、さまざまに心では考へて見るが、どうも心当りがなかつた。(2−283)

효보는 그 허물없이 대하는 것을 의외로 생각하고 어디에서 만났는지 마음속으로 생각해 봤지만 아무리 생각해도 짐작 가는 데가 없었다.

氷峰はその馴れ馴れしさうにされるのを意外に思ひ、どこで会つたことがあるのか知らんと、さまざまに心では考へて見るが、どうも心当りがない。(3−97)

효보는 그 허물없이 대하는 것을 의외로 생각하고 어디에서 만났는지 마음속으로 생각해 봤지만 아무리 생각해도 짐작 가는 데가 없다.

…… 砕けた態度でおだてた。(2−284)

스스럼없는 태도로 부추겼다.

…… 砕けた態度でおだてる。(3−97)

스스럼없는 태도로 부추긴다.

…… 男はただそれに説明的返事をするだけであつたが－。(2−284)

…… 남자는 단지 그에 역설적 대답을 하는 것만이었으나 ……

…… 男はただそれに説明的返事をするだけだ。(3−97)

…… 남자는 단지 그에 역설적 대답을 하는 것만이다.

『手ツ取り早く要領に入ればよいに。つまらない』と、氷峰は、こんな時ば
かりの伊達_{だて}に、飲めない酒を女につがせてく。ぐんぐんあふつた。(2-284)

"빨리 요령을 익히면 좋은데. 시시하다"라고 하고 효보는 이럴 때만 호기를
부리고 마시지 않는 술을 따르게 해서 쭉쭉 마셨다.

『手ツ取り早く要領に入ればよいに。つまらない』と、氷峰は、こんな
時ばかりの伊達_{だて}に、飲めない酒を女につがせてぐんぐんあふる。(3-97)

"빨리 요령을 익히면 좋은데. 시시하다"라고 하고 효보는 이럴 때만 호기를
부리고 마시지 않는 술을 따르게 해서 쭉쭉 마신다.

…… と、年増がいい加減に取りつくろつた。

『何を云やアがる、この婆ア』と、氷峰は心でそれをあざ笑ひ、こんな種類
の桂庵的_{けいあんてき}がゐる為め、北海道のをんなの風儀が乱れるのだと憤慨もしかね
なかつた。

その癖、渠は自分にも望みがあつて来たのだが、貞子といふ女も、そ
れについて来たこの年増も、一向話を進めなかつた。(2-284)

…… 라고 도시마가 적당하게 얼버무려 넘겼다.

"뭘 하는 거야. 이 할망구"라고 효보는 마음속으로 비웃고 이런 종류의 소개업
자가 있기 때문에 홋카이도 여자의 풍기가 문란하다고 분개하지 않을 수 없었다.

그런 주제에 그는 자신에게도 희망이 있어서 온 것이지만 사다코라는 여자
도 사다코를 따라온 도시마도 조금도 대화를 진행하지 않았다.

と、年増がいい加減に取りつくろふ。

『何を云やアがる、この婆々ア』と、氷峰は心でそれをあざ笑ひ、こんな種
類の桂庵婆ア的_{けいあんばば}がゐる為め、北海道のをんなの風儀が乱れるのだと憤慨も
しかねないのだ。

その癖、渠は自分にも望みがあつて来たのだが、貞子といふ女も、そ
れについて来たこの年増も、一向話を進めない。(3-97)

…… 라고 도시마가 적당하게 얼버무려 넘긴다.

"뭘 하는 거야. 이 할망구"라고 효보는 마음속으로 비웃고 이런 종류의 소개
업자인 할망구가 있기 때문에 홋카이도 여자의 풍기가 문란하다고 분개하지
않을 수 없는 것이다.

　그런 주제에 그는 자신에게는 희망이 있어서 온 것이지만 사다코라는 여자
도 사다코에게 따라온 도시마도 조금도 대화를 진행하지 않는다.

　年増がさへぎつた。……　必ずしも、恥かしみばかりではなかつたらし
い。(2−284)
　도시마가 말을 끊었다. …… 반드시 부끄러움 때문만은 아니었던 것 같다.
　年増が遮ぎる。…… 必ずしも、駈かしみばかりではない。(3−97〜98)
　도시마가 말을 끊는다. …… 반드시 부끄러움 때문만은 아닌 것 같다.

　自分でその障子を締め返した。(2−285)
　자신이 이 쇼지를 닫아 젖혔다.
　自分でその障子を締め返す。(3−99)
　자신이 이 쇼지를 닫아 젖힌다.

　貞子はそのあとから恥かしさうに少し離れてついて来た。…… 氷峰は
その様子をさかりのついた雌馬の様だと思つた。
　『よく似合ひます、な。』後ろから年増が冷かした。…… 貞子は段々調
子づいて来た ……『それに、あの熱心なのだから』と思つた。…… 氷峰は
笑ひながら炉ばたに座わつた。…… お鈴は涙ぐんだ。…… 氷峰は今の女
は山から来た自分の親戚のものだといふことに云ひくるめてしまつ
た。…… 声をあげですすり泣いた。(2−286〜287)
　사다코는 그 뒤에서 부끄러운 듯 조금 떨어져서 따라왔다. …… 효보는 그 모
습을 한창 때인 암컷 말과 같다고 생각했다.
　“잘 어울립니다.” 뒤에서 도시마가 놀렸다. …… 사다코는 점점 기세가 올랐
다. “게다가 열심이니까”라고 생각했다. …… 효보는 웃으면서 화롯가에 앉았
다. …… 오쓰즈는 울먹였다. …… 효보는 이 여자는 산에서 온 자신의 친척이
라고 말해 버렸다. …… 소리를 내어 훌쩍거리며 울었다.
　貞子はその跡から恥かしさうに離れてついて来る。…… 氷峰はその様
子をさかりのついた雌馬の様だと思ふ。
　『よく似合ひます、な。』後ろから年増が冷かす。…… 貞子は段々調子づ

いて来る。……『それに、あの熱心なのだから』と思ふ。……氷峰は笑ひな
がら炉ばたに座わる。……お鈴は涙をこぼす。……氷峰は今の女は山から
来た自分の親戚のものだといふことに云ひくるめてしまう。……　声をあ
げて鳴咽しかかるのだ。(3−99〜100)

사다코는 그 뒤에서 부끄러운 듯 조금 떨어져서 따라왔다. …… 효보는 그 모
습을 한창 때인 암컷 말과 같다고 생각한다.

"잘 어울립니다." 뒤에서 도시마가 놀린다. …… 사다코는 점점 기세가 오른
다. "게다가 열심이니까"라고 생각한다. …… 효보는 웃으면서 화롯가에 앉는
다. …… 오쓰즈는 눈물을 흘린다. …… 효보는 이 여자는 산에서 온 자신의 친
척이라고 말해 버린다. …… 소리를 내어 울기 시작한다.

氷峰はやツとその意味が分つた。若い女がただ悲しいのではなく、その
生理的経過上制しがたい力のみなぎつて来たのに堪へ兼る訴へだと考へ
た。そして、お鈴を引き寄せて、その頬にあつく接吻してやつたさうだ。
女にかつゑてはゐる義雄だが、氷峰のこんな話を聴いたのでは、人ごと
だからでもあらう、曾て或旅館で隣室のことに目がさめた時と同様、別に
刺戟も挑発も受けなかつた。そして若し神なる物があつて密室に於ける夫婦
の様子を見てゐたら、矢ツ張り、こんな冷静と寛大とを持つてゐるのだらう
と思へた。(2−287)

효보는 겨우 그 의미를 알았다. 젊은 여자가 단지 슬픈 것만이 아니고 그 생
리적으로 절제하기 힘든 힘이 넘치게 된 것에 대한 견딜 수 없는 호소라고 생각
했다. 그리고 오쓰즈를 끌어안고 그 볼에 뜨겁게 키스하고 싶었던 것 같았다.

여자에게 굶주려 있던 요시오지만 효보의 이런 말을 듣고 남의 일이기는 하
지만 옛날에 어떤 여관에서 옆방 때문에 눈을 떴을 때와 같이 별로 자극도 도발
도 받지 않았다. 그리고 만약 신적인 존재가 있어 밀실에 있는 부부의 모습을 보
면 역시 이런 냉정함과 관대함을 가지고 있을 것이라고 생각했다.

氷峰は漸くその意味が分つた。かの女がただ悲しいのではない。これ
は若い女がその生理の経過上制しがたい力のみなぎつて来たのに堪へ兼
る訴へだと考へた。して、お鈴を引き寄せて、その頬にあつく接吻して
やつた。(3−100)

효보는 간신히 그 의미를 알았다. 그녀는 단지 슬픈 것만이 아니다. 이는 젊은 여자가 그 생리적으로 절제하기 힘든 힘이 넘치게 된 것에 대한 견딜 수 없는 호소라고 생각했다. 그리고 오쓰즈를 끌어안고 그 볼에 뜨겁게 키스하고 싶었다.

　…… 渠の自分の人生観とは離れたくなかつた。…… 氷峰も大分義雄に飽きが来たらしい。……　筋肉の一すぢも動かしたくない様になつた。(2－288〜289)

　…… 그 자신의 인생관을 버리고 싶지 않았다. …… 효보는 꽤 요시오에게 싫증이 난 것 같다. …… 근육 하나도 움직이고 싶지 않은 것 같았다.

　…… 人生観とは離れたくないのだ。…… 氷峰も大分義雄に飽きが来た。……筋肉の一すぢも動かしたくない様だ。(3－102)

　…… 인생관을 버리고 싶지는 않다. …… 효보는 꽤 요시오에게 싫증이 났다. …… 근육 하나도 움직이고 싶지 않은 것 같다.

　すると、

『いい友人がなくなつたのぢやないか』との返事だ。

『或いはさうかも知れない。』義雄は、東京へ帰つても、もとの如き立ち場が得られるか、どうかといふこの頃の心配を胸にみなぎらした。然し、自分のやつた文学上の過去の事業は、決して友人で出来たのではない。自分一個の努力だ。そして、その寂しい努力を再びつづけるのが、矢ツ張り自分の仕事だと思ふ。

　……吐いたので、(2－289)

　그러자

"좋은 친구가 없어진 것이 아닌가"라는 대답이다.

"어쩌면 그럴지도 모른다." 요시오는 최근에 도쿄에 돌아가도 원래와 같은 입장이 될 수 있을까 하는 걱정이 되었다. 그러나 자신이 해 왔던 과거의 문학 사업은 결코 친구도움으로 된 것이 아니다. 자신 혼자의 노력이다. 그리고 그 외로운 노력을 다시 계속하는 것도 역시 자신의 일이라고 생각한다.

　…… 라고 토로했기 때문에

　と、義雄が云ふと、

『いい友人がなくなつたのぢやないか』と、氷峰が注意する。

『或はさうかも知れない』と、義雄は、東京へ帰つても、もとの如き立ち場が得られるか、どうかといふこの頃の心配を胸にみなぎらした。然し、自分のやつた文学上の過去の事業は、決して友人で出来たのではない。自分一個の努力だ。して、その寂しい努力を再びつづけなければならないのかと考へると、人間と生まれて、悲痛の現実に執着しなければならないのがつくづくいやになる。

……吐くので、

……氷峰は異様な感じがして、田村もとうとう閉口しかけた、な、と思いながら、『君の説に従へば、死ではないか?』(3－102)

라고 요시오가 말하자

"좋은 친구가 없어진 것이 아닌가" 하고 효보가 주의한다.

"어쩌면 그럴지도 모른다"고 요시오는 도쿄에 돌아가도 원래와 같은 입장이 될 수 있을까 하는 걱정이 되었다. 그러나 자신이 해 왔던 과거의 문학 사업은 결코 친구도움으로 된 것이 아니다. 자신 혼자의 노력이다. 그리고 그 외로운 노력을 다시 계속하지 않으면 안 된다고 생각하자 인간은 태어나서 비통한 현실에 집착하지 않으면 안 된다는 것이 절실하게 싫어진다.

……라고 토로했기 때문에

……효보는 이상한 생각이 들고 다무라도 드디어 입을 다물어 버렸다고 생각하면서 "당신의 설에 따르면 죽음이 아닌가?"

氷峰はいつも義雄に語つてゐる。(2－290)

효보는 언제나 요시오에게 말하고 있다.

氷峰はいつも云つてゐる。(3－103)

효보는 언제나 말하고 있다.

…… 義雄の熱心な滑稽的口調や態度にも酔はせられたらしく見える。

『やア、万歳』と冷かす。然し氷峰がちよツと苦い顔をしたのは、こちらが先に越した故だらう。

…… 直接に融和して行く様におぼえられた。(2－292)

…… 요시오의 열성적이고 골계적인 어조나 태도에도 어쩔 수 없이 취한 것처럼 보인다.

“야 만세”라고 놀린다. 그러나 효보가 조금 괴로운 얼굴을 한 이쪽이 먼저 점령했기 때문일 것이다.

…… 義雄の熱心な滑稽的口調や態度にも酔はされた。

『やア、万歳』と冷かす。然し氷峰は義雄に先を越された、なと思つて、鳥渡苦い顔をした。

…… 直接に融和して行く様におぼえられる。(3−105〜106)

…… 요시오의 열성적이고 골계적인 어조나 태도에도 어쩔 수 없이 취했다.

“야 만세”라고 놀린다. 그러나 효보는 요시오가 먼저 점령했다고 생각하고 조금 괴로운 얼굴을 했다.

呑牛に云つて聴かせられたらしく (2−293)
돈큐에게 말해서 들은 것 같이
呑牛に云つて聴かされた通り、(3−106)
돈큐에게 말해서 들은 대로

と云つて、急にとぼけた様子をする。(削除) (3−106)
라고 말하고 갑자기 얼빠진 모양을 한다. (개정판에서 삭제)

手の握り拳に受けて見せた。(2−294)
주먹을 쥐어 보였다.
手の握り拳に受ける。(3−107)
주먹을 쥐어 보인다.

して、この無邪気に苦労もなく見える男を何となく可愛くて、可愛くて溜まらないので、その上に押しかぶさつてやりたい様な気になつた。然し男の方の様子が、ほんの出来ごころで遊びに来たばかりで、お前の様なものは二度と相手にしないぞ、といふ様な冷淡なところもあるので、惚れツぽい女と見られるのも馬鹿臭いと思つて、座わつたままさし

控へる。(削除) (3-108)

　그리고 이 천진난만하고 고생도 하지 않아 보이는 남자가 왠지 모르게 귀여워서 견딜 수가 없다. 게다가 억지로라도 넘어오게 하고 싶다는 기분이 들었다. 그러나 남자 쪽의 모습이 단순한 우발적인 충동으로 놀러 온 것뿐이기 때문에 너 같은 여자는 두 번 다시 상대하지 않아. 라고 하는 냉담한 마음도 있기 때문에 쉽게 반하는 여자라고 보여 지는 것도 바보 같다고 생각했기 때문에 앉은 채로 조심하고 있다. (개정판에서 삭제)

　『……』たツたおひるまでのゐ残りに何だか一ケ年も二ケ年も一緒に住んでて別れたやうな親しみがあつた。(追加) (2-296)
　"……" 겨우 점심때까지 혼자 남아있는데 왠지 1, 2년 같이 살고 헤어지는 것 같은 친근함이 있었다. (추가)

　かの女はそれに満足しないで、男が見えなくなると、角—その側に、かの女が暇さへあれば通ふ裁縫師匠の宅がある—まで進み出て、その跡を見送りながら、
　『あんなさつぱりした、苦労のない人がまた来て呉れればよい』と思つた。(削除) (3-109)
　그녀는 그에 만족하지 않고 남자가 보이지 않게 되자 귀퉁이—그 옆에 그녀가 틈만 있으면 다니는 재봉스승의 집이 있다—까지 나와서 그 뒤를 배웅하면서
　"저런 깔끔하고 고생하지 않은 사람이 또 와 주면 좋을 텐데" 하고 생각했다.
(개정판에서 삭제)

　敷島といふ女が、どことなく、他のよりは可愛い様なところがあつた。(2-299)
　시키시마라고 하는 여자가 왠지 모르게 다른 사람보다 귀여운 곳이 있었다.
　敷島といふ女が、どことなく、他のよりは可愛い様なところがあるのだ。(3-112)
　시키시마라고 하는 여자가 왠지 모르게 다른 사람보다 귀여운 곳이 있다.

『はい、いらツしやい。』 渠もわざと固苦しくあたまをさげたが、微笑
してゐた。(2−299)
　“예. 어서 오세요.” 그도 일부러 거북하게 머리를 숙였지만 미소하고 있었다.
　『はい、いらツしやい』と、渠もわざと固苦しくあたまをさげたが、に
こにこ顔だ。(3−113)
　“예. 어서 오세요.” 그도 일부러 거북하게 머리를 숙였지만 싱글벙글하는 얼
굴이다.

　如何にも憎らしさうだ。(2−300)
　너무나도 밉살스러운 것 같다.
　と、かう憎らしさうに答へる。(3−113)
　하고 이렇게 밉살스럽게 대답한다.

　そとから声をかけた。(2−300)
　바깥에서 불렀다.
　そとから声をかける。(3−114)
　바깥에서 부른다.

　が、然し、そんな浅薄な心得で女等に思はれるのは、男の最も恥辱と
するところだ。(3−114)
　그러나 그런 천박한 이해로 여자들에게 생각되는 것은 남자의 가장 치욕스
러운 일이다.

　女も亦、…… 場面が現じた。(削除) (3−115)
　여자도 또 …… 장면이 나타났다. (삭제)

　その間だけ真実の生活がある。(2−304)
　그 때만 진실한 생활이 있다.
　その間だけ多少の安心が出来るのだ。(3−117)
　그 때만은 다소 안심이 되는 것이다.

最も遊戯分子の少い愛であらう。(2-304)

가장 유희분자가 적은 사랑일 것이다.

最も遊戯分子の少い愛である。(3-117)

가장 유희분자가 적은 사랑이다.

自分に対する敷島が、…… 義雄にはそれと取れないこともない。(2-304)

자신에 대한 시키시마가…… 요시오는 그렇다고 생각되지 않은 것은 아니다.

義雄に対する敷島が、…… それと取れないこともない。(3-118)

요시오에 대해 시키시마가…… 그렇다고 생각되지 않은 것은 아니다.

自分を今遠く離れてゐてよく理解して呉れないお鳥などよりは、ずツと親しみがある様だ。

この苦界に辛抱しているほどだから、こちらと一緒になつてこちらの悲哀と苦痛とを共にすることもできないことはなからう。いツそのこと、この小づくりな女を引かせることができるなら引かせて、義雄は自分のまだ飽かない焼けツ腹のこの放浪を―無理に東京などへは帰らないで―かの女と一緒につづけてもかまはないと思つた。(2-304)

자신을 지금 멀리 떨어져 있어 잘 이해해 주지 않는 오토리보다는 훨씬 친밀함이 있는 것 같다.

이 화류계에서 인내하고 있을 정도니까 나와 함께 나의 비애와 고통을 함께해도 될 것이다. 차라리 이 자그마한 여자를 오게 할 수 있다면 오게 해 요시오는 자신이 아직 질리지 않았지만 포기한 방랑을―무리하게 도쿄에는 돌아가지 않고―이 여자와 같이 계속해도 좋다고 생각했다.

自分をよく解して呉れないお鳥などよりは、ずツと親しみがある様だ。

このそれと取れないこともないに辛抱しているほどだから、いツそのこと、この小づくりな女を引かして、

義雄は自分の悲表と苦痛とを共にしたいといふ様な気にもなつた。(3-118)

자신을 잘 이해해 주지 않는 오토리보다는 훨씬 친밀함이 있는 것 같다.

이 화류계에서 인내하고 있을 정도니까 차라리 이 자그마한 여자를 오게 할 수 있다면 오게 해 요시오는 자신의 비애와 고통을 같이 하고 싶은 기분도 들었다.

『끊어진 다리』(『断橋』)

…… 自慢であつた。(2−311)
자랑이었다.
…… 自慢なのだ。(3−123)
자랑인 것이다.

義雄は不平を明らかに発表する。(削除) (3−124)
요시오는 불평을 명확하게 발표한다. (개정판에서 삭제)

『……』こちらをえぐるやうにあまへた様子だが、とぼけてゐるのだらうと見たので、(追加) (2−312)
『……』이쪽을 꿰뚫는 듯이 어리광부리는 모습이지만 시치미를 떼고 있는 것이라고 보고 있기 때문에 …… (추가)

こちらはかの女のふるへ声を感じただけ、反対に一層恨みがましい不平を以つて猛烈に見つめたので、女は目ではそれを見返しつつからだをかはした。…… 義雄の跡に従いて来る。(2−312)
이쪽은 그녀의 떠는 목소리를 느꼈으나 반대로 한층 원망하는 듯 불평을 가지고 맹렬히 보고 있으니까 여자는 눈으로는 이쪽을 계속 뒤돌아보면서 몸을 피한다. …… 요시오의 뒤를 따라 온다.
して、女は男の猛烈な目つきと威厳ある無言とに恐れ、思はず身を引いて、男を通す。…… 義雄の跡に従ふ。(3−124)
그리고 여자는 남자의 맹렬한 눈매와 위엄 있는 무언에 두려워하고 엉겁결에 몸을 뒤로 피해 남자를 지나가게 한다. …… 요시오의 뒤를 따른다.

敷島の心(削除) (3−124〜5)
시키시마의 마음 (개정판에서 삭제)

かの女は実際恋しくつて溜らなくなつたのだ。…… 女は男の胸に泣き

つきたいのを我慢する。して、これで心が解けなければ、もう、それま
でだと思ふ。(削除) (3−126)

　그녀는 실제 그리워서 견딜 수가 없었다. …… 여자는 남자 가슴에 울며 매달
리고 싶은 것을 견딘다. 그리고 이것으로 마음이 풀리지 않으면 그만이라고 생
각한다. (개정판에서 삭제)

女の声は恨めしさうにも聴えた。……侮蔑の口真似とも受け取れた。(2−313)
　그녀의 음성은 원망스러운 듯이 들렸다. …… 경멸하는 소리로도 받아들여졌다.
女は恨めしさうに念を押す。…… 侮蔑の口真似とも思はれた。(3−126)
　그녀는 원망스러운 듯이 확인한다. …… 경멸하는 소리로도 생각된다.

女は正直に語つた。(2−315)
　그녀는 솔직하게 말했다.
女は男の案外に冷酷なのを感ずる余地が出来たらしい。
…… と、どうしても聴いてみなければ気がすまないのだ。
女は、それを正直に語れば、男の心が多少やわらぐだらうと思つた。
(3−129〜130)
　여자는 남자가 예상 외로 냉혹함을 느낄 여유가 생긴 것 같다.
　…… 라고 아무리 생각해도 듣지 않고는 직성이 풀리지 않는다.
　여자는 그것을 솔직하게 말하면 남자의 마음이 다소 누그러질 것이라고 생
각했다.

女の心 (削除) (3−129)
여자의 마음 (개정판에서 삭제)

義雄は自分で自分のからだを引き起したが、言葉だけの意気込みは実
際にはなかつたのだ。
『無駄だから、およしなさい。』かの女は向ふで不時の割り前を沢山取
れるから、あなたにはさう使はせたくないと云つたが、それが却つて、
義雄には、気に入らないのだ。(2−316)

요시오는 자신의 몸을 일으켰으나 말뿐이고 실제로 열의는 없었던 것이다.

"소용없으니까 그만두세요." 그녀는 상대편에게서 불시의 배당금을 많이 받을 수 있으니까 당신에게 사용하게 하고 싶지 않다고 말했지만 그일이 오히려 오시오에게는 마음에 들지 않는 것이다.

と、義雄がからだを起すと、

『無駄だから、およしなさい』と、敷島はとめる。かの女は向ふで不時の割り前を沢山取れるから、こちらでさう使はせたくない本心であるのだが、それが却つて、義雄には、気に入らないのだ。(3−130)

하고 요시오가 몸을 일으키자,

"소용없으니까 그만두세요"라고 시키시마는 말린다. 그녀는 상대편에게서 불시의 배당금을 많이 받을 수 있으니까 이쪽에게 사용하게 하고 싶지 않는 것이 본심이지만 그것이 오히려 요시오에게는 마음에 들지 않는 것이다.

女の心 (削除) (3〜130)

여자의 마음 (개정판에서 삭제)

部屋へ移つて来たやうに (2−318)

방을 옮겨 온 것 같이

部屋へ移つて来たのだ。(3−132)

방에 옮겨 온 것이다.

自分にはほろほろと自分の世界に於ける寂しさをしぼる涙がこぼれた。そして女のことなどは寧ろ忘れられた。(2−319)

자신에게는 자기 세계의 적막함을 짜내는 눈물이 소리 없이 넘쳐흘렀다. 그리고 오히려 여자의 일은 잊어버렸다.

と、自分に叫んで、自分はぼろぼろと涙がこぼれた。(3−133)

라고 자신이 외치고 자신은 주르륵 눈물이 넘쳐흘렀다.

…… 座わらせる。

『……』こちらは女のするままになつてゐながらも、黙つてゐた。

『だだツ児だ、ねえ、あなたは。』 かの女はこちらが苦しさうな息づか
ひの無言で目をうるませてゐるのを見て、男の膝につツ伏した。そして
また直ぐ気を取り直したかして、

『もう、泣くのはよしましよう、ね』と云ふ。

渠は、まだ何とも云はず、兎に角、怒りは直つたといふしるしに横に
なると、女はその上へ夜着をかける。そして、なほ、そのそばに座わつ
たまま、如何にも疲れて、たわいがないといふ様なあくびだ。(2−320)

…… 앉게 한다.

"……" 이쪽은 여자가 하는 대로 하면서도 입을 다물고 있었다.

"응석받이군요. 당신은." 그녀는 이쪽이 괴로운 숨결로 무언으로 우는 것을
보고 남자의 무릎에 푹 엎드렸다. 그리고 또 바로 마음을 가다듬고

"이제 우는 것은 그만둡시다"라고 말한다.

그는 아직 아무 말도 하지 않고 어쨌든 분노는 없어졌다고 하는 표시로 눕자,
여자는 그 위에 이불을 덮는다. 그리고 더욱 그 옆에 앉은 채 너무 피곤해서 정
신없이 하품을 한다.

…… 座わらす。

『だだツ児だ、ねえ、あなたは?』

然し男が苦しさうな息づかひの無言で涙をぽろぽろ落すのを見て、女
も男の膝につツ伏して泣いた。

然しまた直ぐ気を取り直し、やわらかい袖の端で、男の涙をふき取り
ながら、

『もう、泣くのはよしましよう、ね』と云ふ。

渠は、優しくさうされ、さう云はれたに拘らず、女の泣きの余り短いのを
物足らず思ふ。して、何とも云はず、兎に角、怒りは直つたといふしるし
に、横になる。と、女はその上へ夜着をかける。して、なほ、そのそばに座
わつたまま、知何にも疲れて、たわいがないといふ様なあくびをする。

男もそれにつられて大きなあくびをする。して、(3−134)

…… 앉게 한다.

"응석받이군요. 당신은."

그러나 남자는 괴로운 숨결로 무언으로 눈물을 뚝뚝 흘리는 것을 보고 남자

의 무릎에 푹 엎드리고 울었다.

그러나 또 바로 마음을 가다듬고 부드러운 소매 끝으로 남자의 눈물을 닦으면서

"이제 우는 것은 그만둡시다"라고 한다.

그는 부드럽게 대해주자 돌아간다고 말한 것임에도 불구하고 여자의 울음이 너무 짧은 것이 아쉽다고 생각한다. 그리고 아무 말도 하지 않고 어쨌든 분노는 없어졌다고 하는 표시로 옆으로 눕는다. 그러자 여자는 그 위에 이불을 덮는다. 그리고 더욱 그 옆에 앉은 채 너무나도 피곤해서 정신없이 하품을 한다.

남자도 따라서 큰 하품을 한다. 그리고

氷峰の話し、敷島の話し (削除) (3−135〜141)
효보의 이야기 시키시마의 이야기 (개정판에서 삭제)

こちらは北海道を巡歴して帰つて来たら、
…… その別々なにほひを別々に嗅ぎわけることが出来る間は、まだ自分の本性があると思つた。(2−321)

이쪽은 홋카이도를 순례하고 돌아오면,
…… 그 각각의 냄새를 구별할 수 있는 동안은 아직 제정신이라고 생각했다.

男は北海道を巡歴して帰つて来たら、
…… その別々なにほひを女にさう夢中であるに拘らず、よく嗅ぎ分けることが出来た。(3−141〜142)

남자는 홋카이도를 순례하고 돌아오면
…… 그 각각의 냄새를 여자에게 그렇게 빠져있음에도 불구하고 잘 구분할 수가 있었다.

『放浪』終わり・『断橋』始まり
『방랑』끝・『끊어진 다리』시작

札幌に来てから早や一ケ月と十日あまりになつた。義雄の放浪的諸計劃も今や残つてゐるのはただ北海道巡歴といふ問題で、それもその依頼者

なる北海メール社の意向がまだ実際には分つてゐない。元気の沮喪した義
雄には、薄野遊郭の井桁楼の青くさい一室で、自分も好きだし向ふもさう
だと思はれる敷島と、毎日相会ふのが唯一の生命であるかのやうになつてゐ
る。(2-324)

삿포로에 와서부터 1개월 10일정도 되었다. 요시오의 방랑적인 여러 가지 계
획도 이제 남아있는 것은 단지 홋카이도 순례라고 하는 문제로 그것도 그 의뢰자
인 홋카이메일사의 의향을 실제로 아직 잘 모른다. 기운을 잃은 요시오에게는
스스키노유곽의 이케타루의 풋내나는 방에서 자신도 좋아하고 상대방도 좋아
한다고 생각되는 시키시마와 매일 서로 만나는 것이 유일한 생명처럼 되었다.

樺太に於ける蟹の罐詰事業の殆ど全く失敗に帰したのを跡始末するつ
もりで、この札幌に来てから、田村義雄の放浪も早や一ケ月と十日あま
りになる。

その間に、失敗回復に為めにこちらから申し込んだ事業協同の相談も、
相手方からことわられた。未墾地完買の周旋も駄目になつた。木材事業の
計画も、出金者の当てがないので、断念するよりほかはなくなつた。

残つてゐるのはたゞ北海道巡歴といふ問題で、それも其依頼者なる北
海道メール社の意向がまだ実際には分つてゐない。(3-149)

사할린에서 시작한 게의 통조림 사업이 실패한 것을 뒤처리 할 작정으로 이
삿포로에 와서부터 다무라 요시오의 방랑도 벌써 1개월 10일정도 된다.

그 사이에 실패를 회복하기 위해서 이쪽에서 신청한 사업협조의 상담도 상
대편에서 거절했다. 목재사업의 계획도 돈을 낼 사람의 전망도 없기 때문에 단
념할 수밖에 없었다.

남아있는 것은 단지 홋카이도 순례라고 하는 문제로 그것도 그 의뢰자인 홋
카이메일사의 의향을 실제로 아직 잘 모른다.

…… 思ひ出すと、利益の勘定しかたまでが矢ツ張り同じやうであつた。
あの女はその後どうしてゐるか知らないが、(2-326)

…… 생각하자 이익의 계산방법까지가 거의 같은 것 같았다. 그 여자는 그 후
어떻게 되었는지 모르지만

…… 思ひ出す。これは、氷峰の友人として、義雄も氷峰の口から聴いてゐた。

然し氷峰は余り淡泊過ぎた。三号雑誌で終つてしまうかも知れない雑誌－大仕掛の雑誌ではあるが－にまだ多大の意気込みを持つてゐるため、若い女のまだ純潔(であつたらしい)の血をたツた一回実際に沸くらかしただけで、かの女をおツ放してしまつた。(3－151)

…… 생각한다. 이것은 효보의 친구로서 요시오도 효보한테 들었다.

그러나 효보는 너무 담백했다. 3호 잡지로 끝나버릴지도 모를 잡지－대규모의 잡지이지만－에 아직 대단한 기세를 가지고 있기 때문에 젊은 여자의 아직 순결(했던 것 같다)한 피를 단 한번 실제로 끓어오르게만 하고 그녀를 내쫓아 버렸다.

『実は、妊娠したんぢや』と、氷峰はあとで云つた。(追加) (2－333)
"실은 임신한 것이 아닌가" 하고 효보는 나중에 갔다.

かの女は自分の男がそんな者ではないとの考へが勝つてるらしい。(2－335)
그녀는 자신의 남자가 그런 사람이 아니라는 생각이 이긴 것 같다.
かの女は自分の好いた男がそんな者ではないと信じてゐる。(3－160)
그녀는 자신이 좋아한 남자가 그런 사람이 아니라고 믿고 있다.

本年の末までには引かせて貰へるといふ心頼みを持つてゐたのだろう。(2－336)
올해 연말까지는 끌어올 수 있다는 기대를 가지고 있었을 것이다.
本年の末までには引かせて貰へるといふ心頼みを持つてゐる。(3－160)
올해 연말까지는 끌어올 수 있다는 기대를 가지고 있다.

お綱はちよツと頬を赤らめてゐた。
『なアに』と、義雄はそれを見なかつたふりで云つた、『他の男にまた棄てられたので止むを得ずやつて来るのかも知れません。』(2－338)

오쓰나는 조금 볼을 붉히고 있었다.

"뭐" 하고 요시오는 그것을 못 본척하고 말했다. "다른 남자에게 또 버림을 받았기 때문에 할 수 없이 온 것일 지도 모릅니다."

お綱は自分のそばに自分の所夫のゐないのに気づき、鳥渡頬を赤らめた。この年をして、朝ツばらから、余り慎みがなさ過ぎると身づから思つたのだが、いつもくすみ返つてゐる自分の所夫とは違ひ、あツちからも、こツちからも、若い女に引ツ張られてゐる男が何となくねたましく、また惜らしいような気がして、自分も一昔以前の若い血を心の奥に湧かしかけたのである。

『なアに。他の男にまた棄てられたので止むを得ずやつて来るのかも知れません。』かう義雄が云ふのを聴くと、然し、また色も恋もあつたものではない。みんな浮気の沙汰だと云ふ平生の生真面目に返り、その顔色も直ぐ元の通りに納まる。(3-163)

오쓰나는 자기 옆에 남편이 없다는 것을 알고 조금 얼굴을 붉혔다. 이 나이를 먹고 아침 일찍부터 너무 조심성이 없다고 스스로 생각했지만 언제나 불친절한 자기 남편과는 다르게 젊은 여자에게 여기저기에서 발목을 잡히고 있는 남자가 왠지 모르게 질투가 나고 또 밉살스러운 생각도 들어 자신도 10년 전의 젊은 피를 마음속에 데우기 시작했던 것이다.

"뭐. 다른 남자에게 또 버림을 받았기 때문에 할 수 없이 온 것일 지도 모릅니다." 이렇게 요시오가 말하는 것을 듣자 사랑도 연애도 있었던 것은 아니다. "모두 바람기에 불과하다"라고 생각하고 원래대로 착실하게 되고 얼굴색도 바로 원래로 돌아온다.

…… 当時の事情を語つて聴かせた。

『は、はア!』 遠藤は感心して、『さういふ悲惨なことが原因になつて、かう云ふ美しい村落が出来たのです、なア。』

『面白い理由があるでしょう』と、義雄は得意になつた。そして自分もまた、(2-345)

…… 당시의 사정을 이야기하고 들려주었다.

　“뭐” 엔도는 감동해서 “그런 비참한 일이 원인이 되어 이렇게 아름다운 촌락이 된 것입니다.”
　“재미있는 이유가 있죠” 하고 요시오는 득의양양해졌다. 그리고 자신도 또
　…… 当時の事情を語つて聴かせる。
　『は、はア』と、遠藤は感心して、『さういふ悲惨なことが原因になつて、かう云ふ美しい村落が出来たのです、なア。』
　面白い理由があるでしょう』と、義雄はつけ加へて、渠はまた、(3-170)
　…… 당시의 사정을 이야기하고 들려준다.
　“뭐” 엔도는 감동해서 “그런 비참한 일이 원인이 되어 이렇게 아름다운 촌락이 된 것입니다.”
　“재미있는 이유가 있죠” 하고 요시오는 덧붙이고 그는 또

　…… と書き附けた掲示が出てゐるのを読んで見て、義雄はこの釣り橋のたもとで橋を渡るに躊躇しないではゐられなかつた。この制限を越えると切れる恐れがあるに思ひ及んだからである。それにまた、かかる制限が初めから附いてたものとすれば、もう、これまで何年かの間に渡つた重みがその重みだけ今の針がねを弱めてゐるに相違なかつたからである。
　たとへば、百ポンドの重みに堪へるだけの綱に百ポンド以上をかければ、その場にぷツつりと切れてしまうのは明らかに分つてるが、その百ポンド以下をでもたびたびかけてゐれば、しまひにはその綱は矢ツ張り切れるものだ。そしてその最後の切れ時には、たツた一ポンドだけを以つても結着がついてしまうだらう。斯う思つて、渠は自分の今わたらうとする橋の針がねの緊張力がまだどこまで確かで、もう、どれだけゆるんでるのかと云ふことが、自分の人生そのものに対する緊張不緊張の反省となつてゐた。そして自分の脚下にうづ巻く底も知れない深淵に臨んでると云ふ意識が、この反省と一緒になつて、自分を―まだ渡らぬさきから―ぐらぐらさせた。
　尤も、向ふから渡つて来る一人の人夫のゆらぎがこちらがはの銅線全体につたはつてもゐたので、それがこちらへ渡り切るのを待つて、
　『あぶなくはないでしょうか』と聴いて見た。そしてこの言葉を口に出してしまつてから、自分ながら下らぬことを聴いたものだと思へた。現

に、渡つて来たものがあるではないか?

『……』あざけるやうにこちらを見た人夫は、その脊に何本かのまくら木をしよつてゐたが、『わたしのやうなものが四五名一緒に渡つても大丈夫ですよ』と云つた。

『……』不断にもさう最初の制限以上に弱らせてあるのなら、こちらには一層危険だと見えた。

かの十勝高原を馬の脊で眠りながら駆けたほど大胆な自分がこんな絶景とは云へ小さな景色の中にふるえをののくのをちよツと不思議に思へるが、それには、自分の内部生活に於ける立派な理由があつた。自分はあす帰れる札幌を放浪者の故郷の知く、そして到着してゐるに相違ないお鳥やすすき野の女を家族の如く思ひ出してゐたので、この思ひ出に従ふ自分の恋や事業や放浪そのものがすべて自分の生活をその場に実現する虹であつたことが分る。ところで、ここにかかつてる羅曼的な釣り橋はその附近の山々の盛んな紅葉の光りに照りはえて、矢張り朱や青に色取られたかけ橋である。それを自分が今や実際に空中高く踏みしめて渡りながら、また中絶え乃ち断絶しやしないかと恐れるのは、寧ろ自分の失敗や弱みをそのまま又自分の悲痛な緊張に転じさせる力ではないか?

斯う考へて来ると、自分の足場が深い淵の上にぐらぐらしながら、ちよツと瞑目のうちに、この絶壁や周囲の山々までが根そこから崩れる音も上流の水おとと共に聴えて、すべてが自分の内部生活なる幻影上の風景となつてしまう。そして自分の再び明けた目の中には、かの札幌郊外の豊平川に渡した鉄橋が昨年の洪水によつて中央の土台を堀り起され、そこから傾斜中断してゐるのが見える。そしてその断橋がやがてまた自分の鉄の知く堅固な姿であつた。

義雄は一本立ちのをののきはそのまま斯う自分の内部の覚悟となり、緊張になつて釣り橋を渡れたが、その橋を渡つて後ろを振り向くと、景色はまた全く新たらしくなる。……

自分の札幌以来外部的にもますます育ちあがつた姿と仰いで見た。(2−357)

…… 라고 써 둔 게시판이 나와 있는 것을 읽어 보고 요시오는 이 매단 다리의 중심부에서 다리를 건너는 것을 주저하지 않을 수 없었다. 이 제한을 넘으

면 끊어질 염려가 있다는 생각이 들었기 때문이다. 게다가 또 걸린 제한이 처음부터 붙어있었다면 벌써 지금까지 몇 년간에 걸쳐서 건넌 중량이 그 중량만큼 지금의 철사를 약하게 하고 있음에 틀림없었기 때문이다.

예를 들면 백 폰트의 무게에 견딜 만큼의 밧줄에 백 폰트 이상을 걸면 그 자리에서 툭하고 끊어져 버리는 것은 확실하게 알고 있지만 그 백 폰트이하라도 여러 번 걸려 있으면 결국에는 그 밧줄도 역시 끊어진다. 그리고 그 최후에 끊어질 때는 단 일 폰트만이라도 가지고 있어도 결말이 나 버릴 것이다. 이렇게 생각하고 그는 자신이 지금 건너려고 하는 다리 철사의 긴장력이 아직 어디까지가 확실하고 벌써 얼마만큼 느슨해진 것인지를 말하는 것이 자신의 인생 그 자체에 대한 긴장과 긴장하지 않는 것의 반성이 되었다. 그리고 자신의 발밑에 소용돌이치는 끝을 알 수 없는 심연에 임해 있다는 의식이 이 반성과 함께 자신을−아직 건너지 않는 곳에서−흔들었다.

더욱 건너편에서 건너오는 한 사람의 인부의 움직임이 이쪽 편의 동선전체에 전해 왔기 때문에 그쪽이 이쪽에 건너올 때까지 기다려서

"위험하지 않습니까?" 하고 물어 봤다. 그리고 이 말을 해 버렸기 때문에 스스로 쓸데없는 것을 물어 봤다고 생각했다. 지금 건너오고 있지 않은가?

『……』비웃는 듯이 이쪽을 본 인부는 그 등에 몇 개의 침목을 지고 있었지만 "나 같은 사람이 4, 5명 같이 건너도 괜찮아요"라고 했다.

『……』보통 때도 그렇게 최초의 제한 이상으로 약해져 있는 것이라면 이쪽은 한층 더 위험하게 보였다.

이 도카치고원을 말의 등에서 자면서 전속력으로 달릴 만큼 대담한 자신이 이런 절경이라 할 수 있는 작은 경치에서 부들부들 떨고 있는 것이 조금 이상하게 생각되지만 그에게는 자신의 내부생활에 그만한 이유가 있었다. 자신은 내일 돌아갈 삿포로가 방랑자의 고향과 같고 그리고 틀림없이 도착해 있을 오토리며 스스키노의 여자들을 가족과 같이 생각하고 있었기 때문에 그 추억이 따르는 자신의 연애며 사업이며 방랑 그자체가 모두 자신의 생활을 그 장소에서 실현하는 무지개였다는 것을 안다. 그런데 여기에 걸려있는 낭만적인 다리는 그 부근의 산들의 단풍 빛을 받아 아름답게 빛나고 역시 주황이나 초록으로 색칠되어 있는 매단 다리이다. 그 다리를 자신이 지금 실제로 공중에서 높게 힘껏 밟아 건너면서 또 중간에서 끊어져 단절되는 것은 아닌가하고 무서워하는 것은 오히려 자신

의 실패며 약함을 그대로 자신의 비통한 긴장으로 전환시키는 힘은 아닌가?

이렇게 생각하자 자신의 발판이 깊은 못 위에서 흔들흔들하면서 잠시 눈을 감은 사이에 그 절벽과 주위의 산들까지가 뿌리에서 무너지는 소리가 상류의 물소리와 함께 들려와서 모두가 자신의 내부생활의 환영의 풍경이 되어 버린다. 그리고 자신의 다시 떠진 눈에는 이 삿포로 교외의 토요히라강에서 건넌 철교가 작년 홍수로 중앙의 토대가 파여져 거기에서 경사가 중단되어 있는 것이 보인다. 그리고 그 끊어진 다리가 이윽고 또 자신의 철과 같이 견고한 모습이었다.

요시오는 외따로 서 있는 나무의 전율이 그대로 자신의 내부의 각오가 되고 긴장이 되어 매단 다리를 건넜지만 그 다리를 건너 뒤를 돌아보자 경치는 또 전혀 새롭게 된다.

자신의 삿포로 이래 외부적으로도 점점 성장한 모습이라고 우러러봤다.

と書きつけてあつても、枕木を何本を背負つた人夫が四五名一緒に渡つても大丈夫だ。然しまた義雄独りでも空中に高くぐらつくので、足傷に甚だゝわいがない。

『このロマンチク!』と、こう、一言喝破（いちごんかつぱ）して見た。が、答へるものは小魂（こだま）ばかりで－自分がいつも空虚な物だと排斥する禅の妙機と称せられるものよりも、一層手ごたへがない様だ。若し自分の自覚にして、東京に於いて活動した通り緊縮してゐたなら、周囲の山や絶壁が根底から崩れる音と共に、自分の瞑目中（めいもくちう）に、自分の幻影的内容の風景と変じてしまはなければならないのに－

『ああ! 自分の唯一、最後の生命なる刹那主義も、近頃の様な非常な失敗とぐれ違ひの為に、その力がゆるんでしまつたか』と、義雄はしばし首を垂れてがツかりする。

然し、その橋を渡つて後ろを振り向くと、景色はまた全く新らしくなる。…… 自分の札幌以来一層外部的に育ちあがつた姿と仰いで見た。(3－182)

…… 라고 쓰여 있어도 침목을 몇 개나 진 인부가 4, 5명 같이 건너도 괜찮다. 그러나 또 요시오 혼자서도 공중에서 높게 흔들리고 있기 때문에 발판이 매우 위태롭다.

“이 낭만주의자” 하고 이렇게 큰소리로 꾸짖었다. 그렇지만 대답하는 것은 메아리뿐이고－자신이 언제나 공허한 것이라고 배척하는 좌선의 묘기(훌륭한 능력)라고 칭찬하는 것보다도 한층 반응이 없는 것 같다. 만약 자신이 미리 자각해서 도쿄에서 활동한대로 긴축했다면 주의의 산과 절벽이 밑바닥에서 부서지는 소리와 함께 자신이 잠시 눈을 감은 사이에 자신의 생각한 환영의 풍경으로 변하지 않으면 안 되는 것인데.

"아아 자신의 유일한 최후의 생명인 찰나주의도 최근과 같은 대단한 실패와 어긋남으로 인해 그 힘이 빠져버렸지만"이라고 요시오는 가끔 목을 늘어뜨리고 실망한다.

그러나 그 다리를 건너 뒤돌아보자 경치는 또 전혀 새롭다. …… 자신의 삿포로에 온 뒤에 한층 외부적으로 성장한 모습이라고 우러러봤다.

お鳥の考え (削除) (3-183~197)
오토리의 생각 (개정판에서 삭제)

胸一杯の恨みがさきに立つて、いざと云はば、覚悟の柔術の手を出しもしかねなささうだ。
　義雄はかの女が …… (2-358)
가슴 가득하게 원망이 앞서 만일의 경우 각오한 유도의 기술을 쓰기 어렵지도 않을 듯하다.

して、義雄のインバネスに洋服の姿を心に浮べて、その方が ……
胸一杯の恨みがさきに立つて、いざと云はば、覚悟の柔術の手を出し、男の横ツ面を張り飛ばしてもやりたい心構へだ。
　義雄も …… (3-197)
그리고 요시오의 인버네스와 양복의 모습을 떠올리고 그쪽이 ……

가슴 가득하게 원망이 앞서 만일의 경우 각오한 유도의 기술을 써서 남자의 옆얼굴을 때리고 싶은 마음이다.

『そして、それが出来たと云ふのか、ね?』勇のこの間ひには少なからぬ冷笑が含まれて
　ゐると義雄は見たが、悪びれずに、(2-359)
"그러면 그 일이 되었다고 하는 것인가? 응" 이사무의 이 물음에 적지 않은 냉소가 포함되어 있다고 요시오는 생각했지만 조금도 주눅 들지 않고

『して、それが出来たと云ふのか、ね』と、勇は冷笑を隠して穏やかに問ひ、そんなことなら、極安値な哲学だらう。道会議員の補助があつたら出来ると、心の中であざ笑ふ。然し義雄は真面白に返答して、(3−198)

"그러면 그 일이 되었다고 하는 것인가? 응" 이사무는 냉소를 숨기고 부드럽게 묻고 그렇다면 아주 싼 철학이겠지. 도의원의 보조가 있어야 될 것이라고 마음속으로 비웃는다. 그러나 요시오는 성실하게 대답하고.

『……』どう出るかと、息を殺して待ち受けてゐたらしいお鳥は、何、くそツと云つたやうにこちらを睨み、顔が赤くなるどころではない。血の気が下つて両手を膝の上で力ぶるひさせ、こちらを見つめる三角眼には青い底びかりがしてゐる。暫らくかの女の呼吸を計つてから、『そんなことはどうでもよろしい、早く病気を直せ！ 病気さへ直れば、もう、お前の世話などにならん。』

『まだ直らないのか?』義雄は止むを得ず笑ひにまぎらして、自分の方は疾くに直つたのを気の毒にも思はれる。

『ふん』と、例の通り冷やかさうに鼻で受けて、『医者にも行けなければ、直る筈はない、あんなに何度も手紙で云うてやるのに、手紙の意味が分らない人でもなからう?』

『そりやア、少くとも、お前よりは読めるよ。』勇夫婦は思はずらしく吹き出した。(2−359)

"……" 어떻게 나올까 숨을 죽이고 기다리고 있던 오토리는 뭣이 어째? 라는 듯이 이쪽을 째려보고 얼굴이 벌겋게 된 것만이 아니다. 피의 기운이 내려가서 양손을 무릎 위에 부르르 떨고 이쪽을 보는 삼각형의 눈에는 퍼런 불빛이 나고 있다. 잠시 그녀는 호흡을 가다듬고 "그런 것은 어떻게 되어도 좋다. 빨리 병을 고쳐줘. 병만 고쳐준다면 이제 당신의 도움은 필요 없다."

"아직 낳지 않았어?" 요시오는 어쩔 수 없이 웃음으로 얼버무리고 자신이 빨리 나은 것을 딱하게 생각한다.

"흥" 하고 예와 같이 냉소하는 듯이 코웃음을 치고 "의사한테 가지 않으면 나을 리가 없다. 그렇게 몇 번이나 편지로 말했는데 편지의 의미를 모르는 사람도 아닐 것이다?"

「そりやア、少くとも、お前よりは読めるよ。」

勇夫婦は、すまないと思つたが、吹き出した。(3−199〜200)

"그야 적어도 너보다는 잘 읽을 수 있다." 이사무 부부는 엉겁결에 웃었다.

『何、くそツ』と腹を固めると、顔が赤くなるどころではない。血の気が下つて、両手を膝の上で力ぶるひを為し、渠を見つめる三角眼には青い底びかりがしてゐる。暫く自分の呼吸を計つてから、『そんなことはどうでもよろしい、早く病気を直せ!病気さへ直れば、もう、あなたのお世話などにはなりません。』

『まだ直らないのか』と、義雄は止むを得ず笑ひにまぎらす。して、自分の方は疾くに直つたのを気の毒にも思ふ。

『ふん、医者にも行けなければ、直る筈はない。あんなに幾度も手紙で云つてやるのに、手紙の意味が分らない人でもなからう?』

『そりやア、少くとも、お前よりは読めるよ。』

勇夫婦は、すまないと思つたが、吹き出した。(3−199〜200)

"뭣이 어째" 하고 마음을 단단히 정하고 얼굴이 벌겋게 된 것만이 아니다. 피의 기운이 내려가서 양손을 무릎 위에 부르르 떨고 그를 보는 삼각형의 눈에는 퍼런 불빛이 나고 있다. 잠시 자신의 호흡을 가다듬고 "그런 것은 어떻게 되어도 좋다. 빨리 병을 고쳐줘. 병만 고쳐준다면 이제 당신의 도움을 받지는 않을 것입니다."

"아직 낳지 않았나?" 요시오는 어쩔 수 없이 웃음으로 얼버무리고 자신이 빨리 나은 것을 딱하게 생각한다.

"흥. 의사한테 가지 않으면 나을 리가 없다. 그렇게 몇 번이나 편지로 말했는데 편지의 의미를 모르는 사람도 아닐 것이다."

"그야 적어도 너보다는 잘 읽을 수 있다." 이사무 부부는 미안하다고 생각했으나 웃었다.

『ふん』と、こちらも鼻で受け、『有馬君から聞いたのだらうが、……』

『助平だから』と、お鳥は云つたが、あまり云ひ過ぎたと思つたやうに不自然にほほえむと、勇夫婦も亦きまり悪さうに笑つた。……

『会ふもんか』と、お鳥は横を向いた。が、その様子が義雄にはそらそらしく見えた。(2−360)

"흥" 하고 이쪽도 콧방귀를 뀌었으나 "아리시마군에게 들은 것이지만……"

　“호색가니까” 하고 말하고 오토리는 너무 심했다고 생각한 것처럼 부자연스럽게 미소하자 이사무부부도 또 멋쩍은 듯이 웃었다.……

　“만나지 않을 것이다” 하고 오토리는 고개를 돌렸다. 그러나 그 모양이 요시오에게는 시치미를 떼는 것 같이 보였다.

　『助平だから』と、お鳥は思はず云つて、取り返しがつかないのをまぎすつもりでほゝえむと、勇夫婦も亦きまり悪さうに笑つた。

　『会ふもんか』と、お鳥は横を向いて、あいつにも金を工面ささうとした関係は残つてゐたが、ここで弁解するまでもないと思ふ。(3−200)

　“호색가니까”라고 오토리는 엉겁결에 말하고 돌이킬 수 없는 것을 얼버무릴 작정으로 미소하자 이사무 부부는 또 멋쩍은 듯이 웃었다. ……

　“만나지 않을 것이다”라고 오토리는 고개를 돌리고 그 녀석에게도 돈을 변통할 관계는 남아 있었지만 여기서 변명할 필요까지 없다고 생각한다.

　『さうしましよう』と、も義雄もおとなしく受けたが、自分の留守に何かお鳥に入れ智慧をしたものと感づかないでゐられなかつた。『奥さん、もう遅いから休みましよう－僕等は一緒でいいです。』(2−361)

　“그렇게 하자” 하고 요시오는 얌전하게 받아들였지만 자신이 부재중 일 때 뭔가가 오토리에게 지혜를 알려 준 것이라고 생각하지 않을 수 없었다. “사모님, 이제 늦었으니까 쉽시다. －그들은－ 함께 있으니까 괜찮아요.”

　『さうしましよう』と、義雄もおとなしく受けて、『奥さん、もう、遅いから休みましよう－彼等は一緒でよろしい。』(3−201)

　“그렇게 하자” 하고 요시오는 얌전하게 받아들였지만 “사모님, 이제 늦었으니까 쉽시다. －그들은－ 함께 있으니까 괜찮아요.”

　……義雄の服を脱ぐきぬ摺れの音を背に受けながら、心の中で、あすは、渠とお鳥との世話をことわらうと考へてゐる。(お綱の考え・削除) (3−202)

　…… 요시오가 옷을 벗는 소리를 등 뒤로 들으면서 마음속으로 내일은 그와 오토리를 도와주는 것을 거절하려고 생각하고 있다. (오쓰나의 생각・개정판에서 삭제)

遠藤の指定した人を訪問する。

…… などを語つた。(2−370)

엔도가 지정한 사람을 방문한다.

…… 등을 이야기했다.

遠藤の指定した人を訪問した。

…… などだ。(3−210)

엔도가 지정한 사람을 방문했다.

…… 등이다.

この話がある間、お綱さんは用にかこつけてか、(2−373)

이 이야기를 하고 있는 동안 오쓰나는 일을 핑계 댄 것인지

かういふ義雄の強い言葉を聴いて、兎角遠藤勝ちであつた勇も、心で、ますます義雄を排斥する様になつた。このことが起るのは、予め分つてゐたから、お綱は用にかこつけて …… (3−214)

이러한 요시오의 심한 말을 듣고 모처럼 엔도가 이겼다고 생각한 이사무도 마음속으로 점점 요시오를 배척하는 것처럼 보였다. 이런 일이 일어나는 것은 이미 알고 오쓰나는 일을 핑계대고 ……

義雄や社員も亦面白がつて、われがちにそれを真似した。(2−377)

요시오며 사원도 또 재미있어하고 서로 앞을 다투어 그것을 흉내 냈다.

義雄や社員も亦面白がつて、われがちにそれを真似する。(3−218)

요시오며 사원도 또 재미있어하고 서로 앞을 다투어 그것을 흉내 낸다.

第一回のは加集のところで自分が見附かつた。(2−378)

제1회의 것은 가슈가 있는 곳에서 자신이 발견했다.

第一回のはTKのところで自分が見附つた。(3−218)

제1회의 것은 TK가 있는 곳에서 자신이 발견했다.

…… そこへ渡る掛け橋が絶えてゐる。(2−378)

…… 그곳을 건너는 잔교가 끊어져 있다.

…… そこへ渡る掛け橋がない。(3−219)
…… 그곳을 건너는 잔교가 없다.

胆振日高観 (2−378)
이부리히다카관
『胆振日高観』(3−219)
『이부리히다카관』

心よくその猪口を受けた。(2−379)
기분좋게 그 술잔을 받았다.
心よくその猪口を受ける。(3−220)
기분좋게 그 술잔을 받는다.

そして女が顔をあげて、じツとこちらを見てゐるところで義雄はただ
無言で、にこにこしながら考へた−今夜切りで、この後は来られるか、
どうか分らない。が、女がこれまでに見せた通り、実際に自分を思つて
ゐるか、どうか、最後の試しをしてやらうと。(2−380)
　그리고 여자가 얼굴을 들고 가만이 이쪽을 보고 있을 때 요시오는 단지 무언
으로 웃으면서 생각했다. −오늘 밤만으로 이후는 올 수 있을지 없을지 모른다.
그러나 여자가 지금까지 보인대로 실제로는 자신을 생각하고 있는지 최후의
시험을 해 보려고.
　よく来て呉れた。矢ツ張り、思つてゐて呉れるのか?さうして見ると、自
分の方が半ば忘れてゐたのか−よしんば、自分は忘れてゐないにせよ、も
う、忘れられてもいいと覚悟してゐたのが、何だか済まない様な気になる。
　顔をあげて、女がじツと男の方を見ると、男はただ無言で、にこにこ
してゐる。女はそれが非常に可愛くなつた。あの執念深い而も冷酷な男
も、かう情愛があるのかと思ふと、女は新しい所帯持ちの様なあツたか
い心持ちになつて、遠方に行つてゐた所天が今婦つて来た様だ。
　男はまた今夜切りで、この後は来られるか、どうか分らないと考へてゐる
のだから、女が実際に自分を思つてゐるか、どうか、最後の試しをするつ

もりだ。ただにこにこしてゐるのは、どう切出さうと考へて、其場合を持つ
てゐるに過ぎない。……かう云つて、男の心は思つてゐた通り、矢ツ張り移
つてゐるのだ。移つてゐるのに、こちらばかりがまだ熱い様に思はれるのは
いやだと云ふ警戒心を起す。(3-221)

잘 와 주었다. 역시 생각해 주었던 것인가? 그러고 보니 자신이 거의 잊고 있
었던 것인가—설령 자신은 잊고 있지 않았다고 해도 이제 잊어도 좋다고 각오
하고 있었던 것이 왠지 미안한 기분이 든다.

얼굴을 들고 여자가 가만히 남자 쪽을 보자 남자는 무언으로 웃고 있다. 여자
는 그 모습이 매우 귀여웠다. 그 집념이 강하고 게다가 냉혹한 남자도 이렇게 애
정이 있다고 생각하자 여자는 새로운 가정을 가지고 멀리 가 있는 남편이 지금
되돌아 온 것 같다.

남자는 또 오늘 밤만으로 이후는 올 수 있을지 없을지 모른다고 생각하고 있었
기 때문에 여자가 실제로는 자신을 생각하고 있는지 최후의 시험을 해 볼 생각이
다. 단지 웃고 있는 것은 어떻게 말을 꺼낼까를 생각하고 그 경우를 생각하는 것
에 지나지 않는다. …… 이렇게 말하자 남자의 마음은 생각한 대로 역시 변해있는
것이다. 변해있는데 이쪽만 뜨겁게 생각하는 것은 싫다는 경계심이 일어난다.

女が持つて来た新しい楊枝としやぽんと手拭ひと—これには香水をつ
けであつた。—を持つて、独りで、下廊下のいつもの洗面場に行く。廊下を
内庭から仕切るがらす戸を通して、庭の池の金魚や緋鯉を見ながら、楊枝
をつかふのもけふ限りだらうと思ふ。(2-383)

여자가 가지고 온 새로운 이쑤시개와 비누와 수건—수건에는 향수가 뿌려
져 있었다.—을 가지고 언제나처럼 혼자서 아래에 있는 복도의 세면장에 간다.
건물 안에 있는 정원에서 복도를 칸막이한 유리문을 통해서 정원 연못의 금붕
어며 관상용 잉어를 보면서 이쑤시개를 사용하는 것도 오늘로 끝이라고 생각
한다.

まだ恋の心を抱くだけ、恥かしい様な気がして、廊下で出会ふ朋輩にぼ
んやりした顔を見られるのを避けた。して、ぷりぷりおこつて帰る客を送り
出してから、再び本部屋に行き義雄が曾てだだを捏た時、仰向けに寝そべつて
両足をかけたことが思ひ出される黒塗の箪笥の引き出しから、新しい楊枝とし

やぽんと手拭ひを取り出し、手拭ひに香水をつけて、それらを義雄の部屋へ持つて行つて渡す。

　義雄はあの黒塗の簞笥の前に立つて、女とふたりの姿がそのおもてに睦まじさうに写つた時のことを思ひ出しながら、独りで、下廊下のいつもの洗面所場に行く。廊下を内庭から仕切るがらす戸を通て、庭の池の金魚や緋鯉を見ながら、楊枝をつかふのもけふ限りだらうと思ふ。(3−224)

　또 연애의 감정을 가진 것만으로 부끄러운 생각이 들어 복도에서 만난 친구에게 멍청이같은 얼굴을 보이는 것이 싫어서 피했다. 그리고 몹시 화나서 돌아간 손님을 배웅하고 다시 본부에 가서 요시오가 예전에 떼를 쓸 때, 천정을 향해 누워 좋아하는 모습이 생각나는 검은색 옷장의 서랍에서 새로운 이쑤시개와 비누와 수건을 꺼내어 수건에 향수를 뿌리고 그것들을 요시오의 방에 가지고 가서 건네준다.

　요시오는 그 검은색 옷장 앞에 서서 여자와 함께 있는 두 사람의 모습이 겉으로는 정답게 보일 때의 일을 생각하면서 언제나처럼 혼자서 아래에 있는 복도의 세면소에 간다. 건물 안에 있는 정원에서 복도를 칸막이 한 유리문을 통해서 정원 연못의 금붕어며 관상용 잉어를 보면서 이쑤시개를 사용하는 것도 오늘로 끝이라고 생각한다.

　『かう浮か浮かしてはゐられない。』渠は顔を拭きながら、手拭ひについた香水のにほひを嗅いだ時にかう考へた。

　敷島は男を自分の本部屋へ改めて通した。蒲団を方づけ、障子を明け放つてよく風を入れ、火鉢の火と鉄瓶の湯とを持つて来てあつた。そしてさし向ひになると、女は、

　『もう、これツ切り来ないつもり、ね』と、少し考へ込んだやうに云ふ。

　『……』義雄は曾てここでだだを捏ねた時、仰向けに寝そべつて満足をかけたことがあるのを思ひ出される黒塗りの簞笥が、相変らずよくてかてかと光つてることを考へてゐた。

　『あなたのやうに正直な人に会つたことがない。』女はなほ男を見つめてゐた。

　『さうか、ね』と、こちらも向ふを見つめて寂しい微笑をする。思ひ起す

と、二人が床に這入つてから、洗ひ凌ひ云つてしまつたのである。……

　『さう、はツきりと、おなかを立ち割つた様に云ふて呉れる人もないものだ－その心をわたし－』

　『へい』と渠は皆まで云はせずに茶化した顔つきを見せたが、あの時、かの女に対する一種の熱い同情が自分の目か顔かに現はれようとするのを隠したのであつた。

　『……』女も暫らく無言でゐるので、

　『もう』と、渠の方から愛想を云ふのだが、声が二つに割れて而もおもおもしい、『あの角の湯屋へも一緒に行くことが出来ない、ね。』

　『さうでしょうか?』女が素直に、まだ未練が残つてるらしい様子に見えるに附けても、思ひ出はそれからそれへと渡つて、こちらの胸には一杯に溢れて来るものがある。然し、過ぎ去つた夏や秋の如く、……呉れたのはありがたかつた。(2－383～384)

　"이렇게 멍청하게 있으면 안 된다." 그는 얼굴을 닦으면서 수건에 뿌린 향수의 향기를 맡으면서 이렇게 생각했다.

　시키시마는 남자를 본부에 다시 안내했다. 이불을 정리하고 쇼지를 열어서 바람이 들어오게 하고 화로의 불과 화분의 물을 가지고 왔다. 그리고 두 사람이 마주보자 여자는

　"이제 다시는 오지 않을 생각이네요" 하고 조금 생각에 잠긴 듯이 말한다.

　"……" 요시오는 옛날에 여기에서 떼를 썼을 때 천정을 보고 누워서 만족한 것을 생각하자 검은색을 칠한 옷장이 변함없이 번질번질 빛나는 것을 생각하고 있었다.

　"당신처럼 솔직한 사람은 만난 적이 없어." 여자는 더욱 남자를 바라보고 있었다.

　"그래" 하고 이쪽도 상대편을 바라보고 슬픈 미소를 짓는다. 회상하면 두 사람이 마루에 들어와서부터 모두 말해 버렸던 것이다. ……

　"그렇게 확실하게 마음을 열고 말해 준 사람도 없었던 것이다. －그 마음을 나－"

　"헤이" 하고 그는 모두에게 말하지 않고 얼버무린 얼굴을 보였지만 그 때 그

녀에 대한 일종의 뜨거운 동정이 자신의 눈인가 얼굴에서 나타나려는 것을 숨긴 것이었다.

"……" 여자는 잠시 동안 무언으로 있었기에

"이제" 하고 그가 붙임성 있게 말하지만 목소리가 두 개로 갈라지고 게다가 위엄이 있다. "저 길모퉁이에 있는 목욕탕에도 같이 갈수 없겠지."

"그런가요?" 여자가 솔직하게 아직 미련이 남아있는 것 같은 모습으로 추억은 그 후부터 그 후까지 계속해서 이쪽의 가슴에 가득 넘쳐 오는 것이다. 그러나 지나간 여름과 가을과 같이 …… 주었던 것은 고마웠다.

『かう浮々してはゐられない』と、渠は顔を拭きながら考へた。

敷島はまた自分の本部屋の蒲団を方づけ、障子を明け放つてよく風を入れ、ざツと掃除をして、火鉢の火と鉄瓶の湯とを持つて来た。そこに義雄を招じ、さて、さし向ひになると。

『これツ切りだらう』という考へが胸に迫つて来て、男に対する言葉が出ない。して、目を内部に向けて、ゆうべ男が正直に語つたことを思ひ出す。……

『さう、はツきりと、お腹を立ち割つた様に云ふて呉れる人もないものだ―その心根が却つてなつかしい』と思ふ。

義雄も亦、ゆるんだ神経のちらつく間から、確かにそんなことを語つたといふ記憶が浮んで来ると、去つた夏や秋の知く、…… ありがたかつたと思ふ。(3－224～225)

"이렇게 멍청하게 있으면 안 된다." 그는 얼굴을 닦으면서 생각했다.

시키시마는 또 본부의 이불을 정리하고 쇼지를 열어서 바람이 들어오게 하여 대충 청소하고 화로의 불과 쇠 주전자의 물을 가지고 왔다. 그 곳에 요시오를 초대하여 두 사람이 마주보자

"이제 다시는 오지 않을 생각이네요" 하는 생각이 가슴에 밀려 와 남자에 대한 말이 나오지 않는다. 그리고 눈은 내부로 향해 어제 저녁에 남자가 솔직하게 말한 것을 생각한다. ……

"그렇게 확실하게 마음을 열어 보인 사람은 없었던 것이다. ―그 마음씨가 오히려 그립다"라고 생각한다.

요시오도 또 느슨해진 신경이 가물가물하는 사이에 확실히 그런 것을 이야

기했다고 하는 기억이 떠올라 오자 오히려 여름과 가을과 같은 …… 고마웠다
고 생각한다.

『……』何と云ふ頓智だらう？ 女のさう云う俐発な点はなかなかこちら
も思ひ切れなかつたのだが、ここでは、もう、あと戻りする場合ではな
かつた。一層思ひ切つて、『その時ア、また、おれがお前を認めることが
出来まいよ。』(2−384〜385)
　"……" 어쩌면 그렇게도 재치가 있을까? 여자의 그런 영리한 점은 좀처럼 이
쪽도 단념할 수 없었지만 여기서는 이제 되돌아갈 수 없었다. 더욱 단념해서
"그 때 또 내가 너를 인정할 수는 없어."

それツ切り、二人は共に二階をおり、裏玄関へ来た。
　義雄は下を向いて靴の組を結んでゐながら、自分の後ろまでふところ手
をして送つて来た女の耳ぶたの下にあるニキビのかたまりがいつも自分が
気にしていぢくつて見ると、やわらかであつたことを考へてゐた。(2−385)
　그것을 마지막으로 두 사람은 같이 2층을 내려와서 현관으로 왔다.
　요시오는 아래를 내려다보고 구두끈을 매면서 자신의 뒤에서 주머니에 손을
넣고 배웅하러 온 여자의 귀 아래에 있는 여드름 덩어리가 언제나 자신이 신경
쓰여 주물러 보자 부드러웠던 것을 생각하고 있었다.
　『その時ア、また、おれがお前を認めることが出来まいよ。』
　それツ切り、二人は共に二階をおり、裏玄関に来た。
　女は、男が下を向いて靴の組を結んでゐる上から、ふところ手をし
て、男の五分刈りあたまを見つめてゐる。(3−225)
　"그때는, 또 내가 너를 인정할 수는 없어."
　그것을 마지막으로 두 사람은 같이 2층을 내려와서 현관으로 왔다.
　여자는 남자가 아래를 향해 구두끈을 매고 있는 위에서 주머니에 손을 넣고
남자의 짧은 머리를 바라보고 있다.

『**악령**』(『憑き物』)

不断は、或程度まで虚栄心を許すべしと主張しながら (追加) (2－391)
보통 때는 어느 정도 허영심을 허락해야 한다고 주장하면서 (추가)

且、義雄の口には毒蛇のやうな毒があると云つて、お鳥は渠を避けてゐる。渠
には、それが却つて意外の疑念を挿さむ余地を与へたので、ひそかに女の方の容
態を確かめる為、或日、自づから病院の婦人科へ出かけた。(2－393)
또 요시오의 입에는 독사와 같은 독이 있다고 하고 오토리는 그를 피하고 있
다. 그에게는 그런 일이 오히려 의외의 의심을 품을 여지를 주었기 때문에 몰래
여자 쪽의 모습을 확인하기 위해 어느 날 스스로 병원의 부인과에 외출했다.
義雄は或日身づから病院の婦人科に出かけた。(3－231)
요시오는 어느 날 스스로 병원의 부인과에 외출했다.

雨の降つてゐる日で、室内も周囲から圧迫したやうに欝陶しくかげつて
ゐる。
『西蔵密教の奥の院!』何だか、こんな感想が突然怒つたが、それ以上は門
漢に神秘のやうだ。(2－393)
비가 내리고 있는 날인데 실내도 주위에서 압박한 것같이 음울하게 흐려있다.
“깊숙한 곳에 있는 티벳밀교의 별장” 왠지 이런 감상이 돌연이 일어났지만
그것 이상은 문외한에게 신비와 같다.
雨が降つてゐる日で、室内も欝陶しくかげつてゐる様であつた。
『西蔵密教の奥の院!』何だか、こんな感想が突然起つたが、それ以上は門
外漢に神秘だ。(3－232)
비가 내리고 있는 날인데 실내도 음울하게 흐려있는 것 같다.
“깊숙한 곳에 있는 티벳밀교의 별장” 왠지 이런 감상이 돌연이 일어났지만
그것 이상은 문외한에게 신비다.

義雄は自分以外の関係者が自分の東京出発後、もしやあつたかとも思
はれたその証拠を実際に発見することが出来なかつたのである。

で、何げなく、お鳥を安心させる為、この回答を見せても、(追加) (2−393)

요시오는 자신 이외의 관계자가 도쿄출발 후에 혹시 있었을까하고 생각된 그 증거를 실제로 발견할 수 없었던 것이다.

그리고 무심하게 오토리를 안심시키기 위해 이 회답을 보여도 (추가)

なほ、かの女は最初と最後との証明を信じないほど、自分の病気を苦にしてゐるのでゐる。(2−394)

더욱 그녀는 처음과 마지막의 증명을 믿지 않을 만큼 자신의 병을 걱정하고 있는 것이다.

なほ、お鳥は最初と最後との証明を信じないほど、自分の病気を苦にしてゐるのである。(3−232)

더욱 오토리는 처음과 마지막의 증명을 믿지 않을 만큼 자신의 병을 걱정하고 있는 것이다.

『……僕は、もう、事業と計画とに疲れてしまつたのだ』と、義雄は答へるほかは無かつた。(2−397)

"…… 나는 이제 사업과 계획으로 피곤해 버린 것이다"라고 요시오는 대답할 수밖에 없었다.

『……僕は、もう、事業と計画とに疲れてしまつた様だ』と、義雄は答へる。(3−235)

"…… 나는 이제 사업과 계획으로 피곤해 버린 것 같다"라고 요시오는 대답한다.

実際にまわり難さうな自分の首を退屈さうに−これは渠の癖だが、−傾けたままおほきな口を明く。(2−401)

실제로는 돌리기 힘든 듯한 자신의 머리를 지겨운 듯이−이것은 그의 버릇이지만−기울인 채로 큰 입을 벌린다.

実際にまわり難さうな自分の小首を傾けたまま、おほきな口を明く。(3−443)

실제로는 돌리기 힘든 듯 자신의 작은 머리를 기울인 채 큰 입을 벌린다.

…… 弁護するでもないようだ。…… 笑ひにまぎらした。(2−400)

…… 변명하는 것도 아닌 것 같다. …… 웃음으로 얼버무렸다.

…… 弁護するでもない。然し、…… 笑ひにまぎらす。(3−443)

…… 변명하는 것도 아니다. 그러나 …… 웃음으로 얼버무린다.

渠は自分の主義から帰着する独存自我の考へを以つて、神は勿論、偉人
豪傑なるものをも−自分と関係なしには−認めない。若し神なり、偉人な
りがありとすれば、それは乃ち自分その物の範囲内であるのを信じてゐ
る。自分に関係なきものは、すべて空想であるからであると。(2−401)

그는 자신의 주의에 귀착하는 독존자아의 생각을 가지고 신은 물론 위인 호
걸도−자신과 관계없는 것은−인정할 수 없다. 만약 신이나 위인이 있다고 한
다면 그것은 곧 자신주위에 있다는 것을 믿고 있다. 자신에게 관계없는 것은 모
두 공상이기 때문에.

渠は自分の主義から帰着する独存自我の考へを以つて、神は勿論、偉
人豪傑なるものをも認めない。若し神なり、偉人なりがありとすれば、
それは乃ち自分その物であるのを信じてゐる。自分に関係なきものは、
すべて空想であるからである。(3−444)

그는 자신의 주의에 귀착하는 독존자아의 생각을 가지고 신은 물론 위인호
걸을 인정하지 않는다. 만약 신이고 위인이 있다고 한다면 그것은 바로 자신이
라고 믿고 있다. 자신에게 관계없는 것은 전부 공상이기 때문이다.

浅井の雪の屋は、話が少しでも …… 思ひ出したのだらう、…… こちら
に耳打ちした。

義雄は非常に怒つた。そして人々があやまりを云つてとどめるのも聴か
ず、鳥打帽子を忘れたまま、どツとと駆け出して帰つて来た。(2−402〜403)

아시이의 유키노야는 이야기가 조금이라도 …… 생각한 것일 것이다. ……
이쪽에 귓속말을 했다.

요시오는 매우 화를 내었다. 그리고 사람들이 사과하고 말리는 것도 듣지 않
고 사냥모자를 잊은 채 갑자기 뛰어 돌아왔다.

渠は、話が少しでも …… 思ひ出して、…… こちらに耳打ちする。

義雄は非常に怒つた。して、人々があやまりを云つてとどめるのもかまはず、鳥打ち帽子を忘れたまま、どツとと駆け出して帰つた。(3−445〜447)

그는 이야기가 조금이라도 …… 생각하고 …… 이쪽에 귓속말을 한다.

…… 요시오는 매우 화를 내었다. 그리고 사람들이 사과하고 말리는 것도 듣지 않고 사냥 모자를 잊은 채 갑자기 뛰어서 돌아왔다.

義雄は自分の演説に自分が激動してゐた上に、満堂の笑ひを受けた為一層その激動の余勢が残つてゐた。

『中学生なんて分らないものだ。おれがまじめに話を進めてゐるのをどツと笑やアがつたのだ。おれは演説を中止して帰つて来たのだ』と、自分の帰りを来て待つてゐたお鳥に語る。……

義雄のあたまの脳天をゆびの先ではじいた。……

『けふは、余ツぽどどうかしてる!』(2−405)

요시오는 자신의 연설에 자신이 격노하고 있는데다가 강당의 학생들이 모두 웃었기 때문에 한층 그 격노의 여세가 남아 있었다.

"중학생 따위는 모른다. 내가 진지하게 말을 하는데 갑자기 웃었다. 나는 강연을 중지하고 돌아왔다" 하고 자신이 돌아오는 것을 기다리고 있던 오토리에게 말한다. ……

요시오는 머리 정수리를 손가락으로 튕겼다. ……

"오늘은 상당히 이상해져 있다."

『田村が気違ひになつた』と云ふ評判が直ぐその学校の生徒から広まつた。

聖人と称するほど人のいゝ雪の屋が、心配して、義雄の演説のあつたゆふ方、渠の忘れた帽子を届けがてら、……

義雄のあたまを自分の人さし指で弾く。……

『あなたは、けふ、余ツぽどどゝうかしてゐる!』(3−447)

"다무라가 머리가 이상해졌다"라는 평판이 바로 그 학교의 생도에게 퍼졌다. 성인이라고 칭할 만큼 사람이 좋은 유키노야가 걱정하고 요시오의 연설이 있었던 저녁에 그가 잊었던 모자를 전해주고. ……

요시오의 머리를 자신의 엄지손가락으로 튕긴다. ……

"당신은 오늘 상당히 이상해져 있다."

『お前も …… 男だらう?』

『……』義雄はこれを見て、さきにかの女を見限つて姿を隠したが加集の宿でかの女に見限つた時のかの女の様子も－立つてゐたのを違ふだけで－欺うであつたことを思ひ出した。こんな時にかの女の癪がさし込むのだがと気が付いたが、ただ瞰みつけながら、…… その燃える目は雪の屋のゐるのも見えなくなつたかのやうに、『畜生!』かう叫んで、固めた両手を以つて義雄の胸を突いた。(2－405)

"당신도 …… 남자잖아요?"

요시오는 이런 모습을 보고 먼저 그녀와 관계를 끊고 모습을 감추었으나 가슈의 집에서 그녀와 관계를 끊었을 때 그녀의 모습도－서 있던 것만 다르고－이러했다는 것을 생각했다. 이럴 때 그녀는 울화가 치밀었지만 단지 노려보면서 …… 그 불타는 눈은 유키노야가 있는 것도 보이지 않는 것처럼 "빌어먹을" 이렇게 외치고 주먹을 쥔 양손으로 요시오의 가슴을 때렸다.

『あなたも …… 男だらう?』……

して、お鳥は暫く無言で呼吸を整へてゐたが、その燃える様な目がさきへ出たかと雪の屋が思つたとたん、

『畜生!』かう叫んで、固めた両手を以つて義雄の胸を突いた。(3－447)

"당신도 …… 남자잖아요?" ……

그리고 오토리는 잠시 동안 무언으로 호흡을 정돈하고 있었지만 그 불타는 눈이 앞으로 튀어 나왔다고 유키노야가 생각한 순간,

"빌어먹을" 이렇게 외치고 주먹을 쥔 양손으로 요시오의 가슴을 때렸다.

その口調をお鳥は不断の知く強くないと思ふと同時に、自分のつかみ合ひをしてもいゝとばかり張りつめた意義込－こんな時には必らず癪を起すので、それを介抱さすのがかの女の跡での誇りだ－がとこへやら行つてしまつた。して、(削除) (3～448)

오토리는 그 어조를 보통과 같이 강하지 않다고 생각함과 동시에 자신이 맞붙잡고 싸워도 좋다고만 생각하는 자신 있는 기세－이럴 때에 반드시 화를 내기 때문에 이를 방지하는 일이 그녀가 한 행적의 자랑이다－이지만 어딘가에 가버렸다. 그리고 (개정판에서 삭제)

『末梢とはなんのこと、さ?』

『写真屋や肺病患者、さ。』

雪の屋は、これを聞いて変な顔をしたのが義雄にはまた変に思はれた
が、暫らく無言でゐてから、帰つてしまつた。

義雄はランプを消し、寝床に這入つてゐた。(2－406)

"말초라는 것이 뭐야."

"사진관과 폐병환자지."

유키노야는 이말을 듣고 이상한 얼굴을 하자 요시오는 또 이상하게 생각되
었지만 잠시 아무말도 하지 않고 있다가 돌아와 버렸다.

요시오는 램프를 끄고 잠자리에 들었다.

『末梢とはなんのこと、さ?』と、何か心理学上の神経作用でも説き出す
のかと思ふ。ところが

『写真屋や肺病患者、さ』との答だ。

これが雪の屋には最も分らないので、矢ツ張り、義雄が気違ひになつたの
だと推定する。して、学校を駆け出した時の非常に激動した状態と、今気が
付いた義雄の濁つた様な、きよときよとと目つきとを思ひ合はして見た。

…… (雪の屋と氷峰の話し)

義雄はランプを消し、寝床に這入つてゐた。(3－448～450)

"말초라는 것이 뭐야." 뭔가 심리학상의 신경작용을 설명하는 것이라고 생각
한다. 그러나

"사진관과 폐병환자지"라는 대답이다.

이 대답을 유키노야에게는 잘 이해할 수 없었기 때문에 역시 요시오가 정신이
이상해졌다고 추정한다. 그리고 학교를 뛰어나왔을 때 매우 격노한 상태와 지금
알게 된 요시오의 흐릿하고 두리번거리는 눈의 표정을 비교해서 생각해봤다.

…… (유키노야와 효보의 이야기)

요시오는 램프를 끄고 잠자리에 들어가 있었다.

見ると、この二人も亦先刻の雪の屋のと同じやうに常とは違つた、変
な顔をしてゐる。来るものも、来るものも、けふに限りどうしたんだら
うと、義雄は考へた。(追加) (2－406)

이 두 사람도 또 조금 전의 유키노야와 같이 보통 때와 다른 이상한 얼굴을 하고 있다. 오는 사람마다 모두 오늘에 한해서 어떻게 된 일인가하고 요시오는 생각했다. (추가)

『何だい?』

『国家の主権者と君とはどちらがえらいと思ふ?』斯う云つた氷峰を見ると、両手を膝にかけて肩を怒らしている。そして呑牛はまた目をぱちくりさせてたが、刑事のやうな注意を向けてゐる。(2-406~407)

"뭐라고"

"국가의 주권자와 당신 중 어느 쪽이 훌륭하다고 생각해?" 이렇게 말한 효보를 보자, 양손을 무릎에 얹고 어깨를 으쓱하고 있다. 그리고 돈큐는 깜짝 놀라서 눈을 깜빡이고 있었지만 형사와 같이 주의를 기울이고 있다.

『何だい』と、義雄は彼等の思つたよりも案外平気だ。然し呑牛は目をぱちくりさせて、わざと無言で、注意を怠らない様にしてゐる。氷峰は何から云ひ出して見ればいいか迷つてゐたが、突然、両手を膝にかけて肩を怒らし、

『国家の主権者と君とはどちらがえらいと思ふ?』(3-450)

"뭐라고" 하고 요시오는 의외로 그들이 생각한 것보다 아무렇지도 않다. 그러나 돈큐는 깜짝 놀라서 눈을 깜빡이며 일부러 무언으로 주의를 게을리 하지 않고 있다.

효보는 어떤 말을 먼저 꺼내 보면 좋을까하고 망설이고 있었지만 갑자기 양손을 무릎에 얹고 어깨를 으쓱하면서

"국가의 주권자와 당신 중 어느 쪽이 훌륭하다고 생각해?"

義雄は二人がわざわざ何かからかひに来たのだと感づいたが、そんなそぶりはみせないで、(2-407)

요시오는 두 사람이 일부러 뭔가를 비웃으러 왔다고 생각했지만 그런 몸짓은 보이지 않고

その目を二人は成程濁つてゐるのを見た。(3-451)

두 사람의 눈은 과연 흐려져 있었다.

義雄は障子をぴしやりと内から締めた。

義雄は力抜けがして、いやアな気になり、ランプを－いつも火を消して寝る
習慣であるのに－机の上につけ放したまま、再び褥の中にもぐつてゐると、つ
かつかと這入つて来る足音が聴えて、(2－408)

요시오는 쇼지를 쾅하고 안에서 닫았다.

요시오는 힘이 빠지고 기분이 나빠져 램프를－언제나 불을 끄고 자는 습관
이 있다－책상 위에 켜둔 채 다시 요 안으로 기어들어가 있자 성큼성큼 들어오
는 발소리가 들려서.

義雄は障子をぴしやりと内から締める。

二人は、向ひの病院に立ち寄り、女ばかりごろごろしてゐる病室の扉そ
とへお鳥を呼び出し、ひそかに以上の報告並びにそれに関する注意を与へると、

『御注意ばありがたう御座ります』と、一礼した切り、下を向いてぼろ
ぼろ涙をこぼした。今のさき喧嘩をして来たのではあるが、その義雄が本
当の気違ひになつてゐた為め、あんなにひどく自分にも当つたのかと思ふ
と、一時に東京以来の関係が思ひ出されて、心から可愛さうになつた。

涙をふきふき、行つて見ると、義雄は、ランプを－いつも火を消して寝る
習慣であるのに－机の上につけ放したまま、褥の中にいびきをかいてゐる。

つかつかと走り寄り、かの女が、(3－451)

요시오는 쇼지를 쾅하고 안에서 닫았다.

두 사람은 맞은편의 병원에 들러서 여자들만 빈둥거리고 있는 병실의 문밖
에서 오토리를 살짝 불러내어 이상의 보고 및 그에 관한 주의를 주자

"주의는 고맙습니다" 하고 가볍게 인사한 채 고개를 숙이고 주룩주룩 눈물을
흘렸다. 이제 막 싸움을 하고 왔으나 그 요시오가 정말 정신이 이상해졌기 때문
에 그렇게 심하게 자신을 대했다고 생각하자 한꺼번에 도쿄에서부터의 관계가
생각나 진심으로 불쌍해졌다.

눈물을 닦고 또 닦고 요시오에게 가 보자 요시오는 램프를－언제나 불을 끄
고 자는 습관이 있다－책상 위에 켜둔 채 요안에서 코를 골고 있다.

서슴지 않고 달려가 그녀는

理解を以つてこちらを信じないものらに対したとしては云ひ過ぎたと

も。……

　『氷峰と呑牛とがここからの帰りにお前のところへ往つたのだらう。
(追加) (2-408)

　이해를 하고 이쪽을 믿지 못하는 사람들에 대해서는 심하게 말했다고도.
……

　"효보와 돈큐가 여기에서 돌아가는 길에 너의 집에 갔을 것이다. (추가)

　『田村が気違ひになつた』と云ふ評判を却つてこちらからあざ笑つて返
却した義雄ではあるが、激動後の反動の為めか、段々に気抜けが増し
て、自分ながらぼんやりしてしまつた。そして、お鳥に対する冷淡の度
も増しただけ、あたまにも亦取りとめがなくなつた。

　『ああ、僕は疲れ切つたのだ!』義雄が炉ばたに倒れて斯う叫んだ時、渠
は自分の元気をも精神をもあの敷島のからだに吸ひ取られてゐたのでは
ないかと思つた。

　『兎に角』と、お鳥はただ心配さうに、『医者に見てもろたらえいぢやな
いか?』……

　すると義雄はそれに感づいて、直ぐさま追ひ帰した。

　気の毒さうにして送つて出たお鳥は、宿の玄関のところで。

　『大丈夫でしようか』と云つた。

　『大丈夫でしよう－さう心配するにやア及ぶまい。』

　『さうでしようか?』

　『おれをまだ気遣いだと思つてる、ね－馬鹿!』

　『でも、目の色までこの頃は変な色だ。』

　『これは、ね、実は、あの女郎の根みかも知れない。』

　『へん』と、馬鹿にしたやうに横を向く。

　『然し、あいつとも別れた。お前とも亦別れるのだらうが、心配するな
－お前の病気だけは直してやる。』

　『早う直して貰はんでは困るぢやないか、－この雪が降り出さうとする
時期にもなつて－若しこの旅で二人とも病気にでもなつたら?』

　『二人が病気になれば、どうせ、その結果はどツちからも無理心中、さ』

『では、一緒に死のうか?』お鳥は斯う云つて、微笑しながら、座わつて
る義雄のからだに自分のからだを押し付けた。

『死なう』と、渠も冗談に答へて、かの女を優しく見つめながら、『お前
の白い肌を人に渡すのは惜しい。』

お鳥は自分の病気に就いてその当初のやうにはやきやき訴へないが、
自分で思ひ出すたんびに痛さうな顔をする。そして、もう、診察時間だ
からと云つて、病院へ帰つた。(2-409〜411)

"다무라가 정신이 이상해졌다"라는 평판을 오히려 이쪽에서 비웃고 반환한
요시오이기는 하지만 격노 후의 반동 때문인지 점점 맥이 빠져 스스로 멍해져버
렸다. 그리고 오토리에 대한 냉담함도 더한 만큼 머리도 또 종잡을 수 없어졌다.

"아아. 나는 피로가 극에 달했다." 요시오가 화로에 쓰러져 이렇게 외쳤을 때
그는 자신의 건강도 정신도 저 시키시마의 몸 속에 빨려가 버린 것은 아닌가하
고 생각했다. "어쨌든" 하고 오토리는 단지 걱정스러운 듯 "의사에게 가보면 좋
지 않은가?"

그러자 요시오는 정신과 의사가 온 것을 알고 바로 냉담하게 돌려보냈다.

미안한 듯이 배웅한 오토리는 숙소 현관에서

"괜찮아요?"라고 말했다.

"괜찮겠지. 그렇게 걱정하지 않아도 돼."

"그런가요?"

"나를 아직도 정신병자라고 생각하고 있지. 바보."

"하지만, 최근에는 눈빛까지 이상해."

"이것은 실은 그 유녀의 원한일지도 모른다."

"으응"이라고 어이없다는 듯이 고개를 돌린다.

"그러나 그 여자와는 헤어졌다. 너와도 헤어지겠지만 걱정하지 마ー너의 병
은 고쳐줄 테니까."

"빨리 고치지 않으면 곤란해. ー이 눈이 내리는 시기가 되어도ー만약 이 여행
에서 두 사람 다 병이라도 난다면?"

"두 사람이 병이 난다면 어차피 그 결과는 어느 쪽이라도 억지 동반자살이지."

"그러면 같이 죽을까?" 오토리는 이렇게 말하고 웃으면서 앉아있는 요시오
의 몸에 자신의 몸을 밀어붙였다.

“죽자” 하고 그도 농담으로 대답하고 그녀를 부드럽게 바라보면서 “너의 하얀 피부를 다른 사람에게 주는 것은 아깝다.”

오토리는 자신의 병에 대해 당초와 같이 안달복달하지 않지만 자신이 회상할 때마다 아픈 얼굴을 한다. 그리고 벌써 진료시간이라고 병원에 갔다.

義雄は激動後の反動の為め、全く気抜けがして、ぼんやりしてしまつた。して、お鳥に対する冷淡の度が増しただけ、あたまにも亦取りとめがなくなつた。

『ああ、僕は疲れ切つたのだ!』義雄が炉ばたに倒れてゐるのを見て、お鳥は、

『兎に角、医者に見て貰つたらええぢやないか』と、勧めると。……

すると義雄はそれを感づいて、追ひ帰した。

気の毒さうに宿の玄関まで送つて出たお鳥に向ひ、その医者は、

『大丈夫でしょう－さう心配するにやア及ぶまい』

『さうでしようか』と、かの女は半信半疑であつた。

朝早くからそばにつき添つてゐても、義雄がお鳥を急に見ず知らずの女として取り扱ふ様に思はれるのを、かの女は自づから不思議にも思ひ、またつらくも思つた。

『この雪が降り出さうとする時節になつて、若しこの旅でおもい病気にでもなられては』と、かの女にはそれが非常になさけなくも、気の毒にもなつた。同時に、また、自分は矢ツ張りこの人を最も多く愛してゐるといふ自覚が出る。して、冷気と共に、あはれみと情愛とが身に泌み渡つて、かの女の頬には涙ばかりが流れるが、それを抜くだけの勇気もない。さりとて、義雄がまたいつもの様に抜き取つて呉れることもしない。

『いつもなら、それをも恨んで更らに－すねすねるところだが、渠の気が変になつてゐると思はれる時だから、ただ心細く、ただなさけなくなるばかりだ。義雄の様子を見ると、目の色も変だし、またその云ふ言葉もをかしい。

『帝王』、『自我』、『演説』、『いい死に場所』、『のこのこ生きてゐて、恥さらしはいやだ』なと、いふことを繰り返してゐる。して、時々、をかしな高笑ひをするので、家のものも心配して、お鳥に、

『旦那さんはどうかなさいまして』と聴いた。

『いえ、どうもしません』と、かの女は答へて置いたが、また義雄が『死

に場所』を繰り返したので、試みに、

　　『では、一緒に死にましようか』と尋ねて見る。

　　『死なう』と、義雄はお鳥をおそろしい目つきをしてじツと見つめて、『お前の白い肌を人に渡すのは惜しい。』

　　かの女はこの答へを聴いて、自分の寒さを分けて貰ひたいほど嬉しく思つたが、それと同時に、自分に痛みをおぼえて来た。して、例の診療時間中だといふことを思ひ出し、病院へ帰つた。(3-453~454)

　　"요시오는 격노 후의 반동 때문인지 점점 맥이 빠져 스스로 멍해져버렸다. 그리고 오토리에 대한 냉담함도 더한 만큼 머리도 또 종잡을 수 없어졌다.

　　"아아. 나는 피로가 극에 달했다." 요시오가 화로에 쓰러져 있는 것을 보고 오토리는 "어쨌든 의사에게 가는 것이 좋지 않은가"라고 권하자 ……

　　그러자 요시오는 정신과 의사가 온 것을 알고 바로 냉담하게 돌려보냈다.

　　미안한 듯이 숙소의 현관까지 배웅한 오토리를 향해 의사는

　　"괜찮아요. 그렇게 걱정하지 않아도 돼요."

　　"그런가요?" 하고 그녀는 반신반의했다.

　　아침 일찍부터 옆에 있어도 요시오가 오토리를 갑자기 전혀 모르는 여자로 취급하는 것처럼 생각되자 그녀는 스스로 이상하게 생각되고 또 괴롭다고도 생각했다.

　　"이 눈이 내리려고 하는 시기가 되어―만약 이 여행에서 무거운 병이라도 난다면?" 하고 그녀는 그런 일이 매우 한심하고 불쌍하기도 했다. 동시에 또 자신은 역시 이 사람을 가장 많이 사랑하고 있다고 하는 자각이 든다. 그리고 냉기과 함께 연민과 애정이 몸에 스며들어 그녀의 볼에는 눈물만 흐르지만 그것을 닦을 용기도 없다. 그렇다고 해서 요시오가 또 언제나와 같이 닦아주지도 않는다.

　　보통 때라면 그것을 원망하고 더욱―토라져 있을 터이지만 그의 정신이 이상해졌다고 생각하니까 그냥 불안하고 한심할 뿐이다. 요시오의 모습을 보자 얼굴빛도 이상하고 또 그 말투도 이상하다.

　　"제왕", "자아", "연설", "죽기 좋은 장소", "뻔뻔스럽게 살아서 부끄러움을 당하는 것은 싫다" 등 말한 것을 반복하고 있다. 그리고 때때로 이상하게 큰소리로 웃기 때문에 집주인도 걱정이 되어 오토리에게.

　　"남편 분이 어떻게 된 겁니까?"라고 물었다.

“아니에요. 괜찮습니다”라고 그녀는 대답했지만 또 요시오가 “죽을 장소”라고 반복했기 때문에 시험으로

“그러면 같이 죽을까요?”라고 물어본다.

“죽자”라고 요시오는 오토리를 무서운 눈빛으로 꼼짝 않고 바라보고 “너의 하얀 피부를 다른 사람에게 건네는 것은 아깝다.”

그녀는 그 답을 듣고 자신의 추위를 나눌 만큼 기쁘게 생각했지만 그와 동시에 자신의 아픔이 기억났다. 그리고 예의 진료시간중이라는 것을 생각하고 병원에 갔다.

と、自答した。(2-410)

라고 스스로 답했다.

と、妙に聯絡がなささうな判定を下した。(3-454)

라고 이상하게 연락이 없다는 판정을 내렸다.

お鳥はまた義雄の下宿へ来て、留守居のつもりでか、ほどき物をしてゐた。義雄が東京で買つてやつたセルの衣物を被布に仕立て直して呉れいと云つてゐたのだが、それの半ばほどいであつたのは全くほどいてしまつて、今や洗ひ古して色の褪めたぼろ衣物を解いてゐるところであつた。その少しづつほどけたのを奇麗に延ばし重ねてゐたところへ義雄が帰つて来たのだ。

『どこへ行てたの』と、かの女が出向へた時、義雄はインバネスの雪を払ひながら、

『愉快ぢやアないか、このおほ雪は?』

『愉快どころか、かう寒うなつて!』かの女は自分の衣物の用意を足りないのを暗に訴へたやうだ。……

『……』別に答へはしないで、渠が室に這入ると、糸屑や解き物で殆ど一杯にちらかつてゐるのを見つけた。かの女がそれをかたづけるのを暫らく立つて見てゐた。そして、破れたり、色が褪めたりして、余り見ツともよくないぼろ切れにかの女が手をつけた時、義雄は何だかぷんと寝小便のにほひを思ひ出して、殆ど忘れてゐた妻とその度々産んだ子供といふ物を聯想した。そして、お鳥も何だか所帯じみて来たやうなのをあざけるつもりで、冗談ににツこり笑

て、妊娠を仮定して、

『お若いのに、もう、おしめの用意が出来ます、ね。』

『ふン』と、お鳥はあまえた鼻声を出し、額に皺を寄せ、立ちあがつて、義雄を見つめながら、渠を捉へて二三度力づよくゆり動かした。『そんなこと云ふと、聴かん!』(2-411〜412)

오토리는 또 요시오의 하숙에 와서 부재중에 집을 지키고 있을 작정이었던지 옷 솔기를 뜯고 있었다. 요시오가 도쿄에서 받았던 세루(모직물의 한 가지) 옷을 두루마기 같은 겉옷으로 만들어 달라고 말했지만 그 반쯤 뜯어진 것을 모두 뜯고 이제는 너무 씻어서 색이 바랜 낡은 옷을 뜯고 있을 때였다. 그 조금씩 뜯어낸 것을 깨끗하게 펴서 접고 있을 때 요시오가 돌아 온 것이다.

"어디에 갔었어?" 그녀가 마중 나갔을 때 요시오는 인버네스의 눈을 털면서 "유쾌하지 않은가? 이 많은 눈은"

"유쾌하기는커녕 이렇게 추워서" 그녀는 자신의 옷을 부족하게 준비한 것을 어둠에 호소하는 것 같다.

"……" 특별히 대답은 하지 않고 그가 방에 들어가자 실보무라지와 옷 솔기를 뜯는 것으로 거의 가득 어지르고 있는 것을 발견했다. 그녀가 그것을 치우는 것을 잠시 서서보고 있었다. 그리고 찢어지고 색깔이 바래서 보기 흉한 누더기에 그녀가 손을 대었을 때 요시오는 갑자기 자면서 무심코 누는 오줌 냄새가 물씬 나 거의 잊고 있었던 아내와 여러 번 낳은 아이들을 연상했다. 그리고 오토리도 왠지 살림꾼 티가 배어 온 것을 비웃을 작정으로 농담으로 빙긋 웃고 임신을 가정하고

"젊었는데 벌써 기저귀를 갈 준비기 되어있네."

"흥" 하고 오토리는 어리광부리는 콧소리를 내고 볼에 주름을 모으고 일어서서 요시오를 바라보면서 그를 잡고 2, 3번 힘 있게 흔들었다. "그런 것을 말해도 듣지 않을 거야."

お鳥は寒いのとうす寂しいのとで、また義雄の下宿へ来て、留守居のつもりで、ほどき物をしてゐた。先づ、義雄に東京で買つて貰つたセルの衣物の半ばほどいてあつたのをほどいた。これは早く被布にして貰ふつもりでゐ。それから、綿入れの胴着を拵へる為め、洗ひ古して色の褪めたぼろ衣物を解き出した。その少しづつほどけたのを奇麗に延ばし重ねてゐた時、義雄が帰つて来て、宿の主人とあがり口で話をしてゐる声が聞えた。

それが強い、はツきりした元の通りの声なので、気分が少しは直つた
のだらうと思ひ、喜んで出迎へて見ると、義雄はインバネスに積んだ雪
を頻りに払つてゐる。

『愉快ぢやアないか、このおほ雪は』と、渠はお鳥を返り見て云ふ。

『愉快ですか、かう寒くなつて』と、かの女は自分の衣物の用意を足り
ないのを暗に訴へてゐる。

義雄はインバネスをかの女に渡し、また洋服の雪を払ひ、靴の編みあ
げを解いて、あがつて来た。

『気分は、もう、直つたのか知らん』と、お鳥は渠の跡について行きな
がら、直ぐセルを被布にすることを云つて置かうと思ふ。

渠が室に這入ると、糸屑や解き物で殆ど一杯にちらかつてゐるので、か
の女がそれをかたづけるのを暫く立つて見てゐた。して、破れたり、色が褪
めたりして、余り見ツともよくないぼろ切れにかの女が手をつけた時、義雄は殆ど
忘れてゐた妻とその度々産んだ子供といふ物を連想し。して、にツこり笑つて、

『お若いのに、もう、おしめの用意が出来ます、ね。』

『ふン』と、お鳥はあまへた鼻声を出し、額に皺を寄せ、立ちあがつて、義雄
を見つめながら、『そんなこと云ふと、聴かん』と、渠を二三度力づよくゆり動か
した。(3－456)

オトリ는 춥고 외로워 또 요시오의 하숙집에 와서 부재중에 집을 지키고 있
을 작정으로 옷 솔기를 뜯고 있었다. 먼저 요시오가 도쿄에서 사 준 반쯤 뜯어진
세루 옷 솔기를 모두 뜯었다. 이것은 빨리 두루마기 비슷한 겉옷으로 할 작정이
다. 그리고 솜이 들어간 방한용 속옷을 만들기 위해 많이 씻어 낡고 색이 바래어
버린 누더기 옷을 뜯고 있었다. 그 조금씩 뜯어낸 것을 깨끗하게 펴서 접고 있을
때 요시오가 돌아 와서 숙박소의 주인과 올라오는 입구에서 이야기를 하고 있
는 소리가 들렸다.

그것이 강하고 정확한 원래대로의 소리이기 때문에 기분이 조금은 나아졌다
고 생각하고 기뻐하며 마중 나가자 요시오는 인버네스[9]에 쌓인 눈을 자꾸만 털
고 있다.

---

9 케이프가 달린 남자용 외투.

"유쾌하지 않은가? 이 많은 눈은" 하고 그는 오토리를 되돌아보고 말한다.

"유쾌합니까? 이렇게 추운데" 하고 그녀는 자신이 옷을 부족하게 준비한 것을 어둠에 호소하고 있다.

요시오는 인버네스를 그녀에게 건네주고 또 양복의 눈을 털고 구두의 끈을 풀고 올라왔다.

"이제 기분이 나아졌을지도 몰라" 하고 오토리는 그의 뒤를 따라가면서 바로세루를 외출복으로 하는 것을 물어볼까하고 생각한다.

그가 방으로 들어오자 실보무라지와 옷 솔기를 뜯은 것으로 가득 어지러져 있었기 때문에 그녀가 치우는 것을 잠시 서서보고 있었다. 그리고 찢어지고 색깔이 바래어 보기 흉한 누더기에 그녀가 손을 대었을 때 요시오는 거의 잊고 있었던 아내와 그때마다 낳은 아이들을 연상했다. 그리고 빙긋 웃고

"젊었는데 벌써 기저귀를 갈 준비기 되어있네."

"홍" 하고 오토리는 어리광부리는 콧소리를 내고 볼에 주름을 모으고 일어서서 요시오를 바라보면서 "그렇게 말해도 듣지 않을 거야" 하고 그를 잡고 2, 3번 힘 있게 흔들었다.

まだ昇に会つてゐなかつた。……

相手を見つめる目が燃えて来た。昇は然し左ほど熱しない。兎に角、おほやうに折れて出て―毬栗坊主の一文学者の云ふことなど、どうでもいいと思つたやうだ。(2－412～413)

아직 노보리는 만나지 않았다. ……

상대를 바라보는 눈이 불탔다. 노보리는 그러나 왼쪽만큼 뜨겁지 않다. 어쨌든 까까중머리 문학자가 말하는 것은 아무래도 좋다고 생각했던 것 같다.

まだ昇に会つてゐない。

相手を見つめる目が燃えてゐる。昇は然し左ほど熱しない。自分は代議士でもあり、北海メールの社長でもあるといふ貫目は崩さないで、兎に角、おほやうに折れて出て―毬栗坊主の一文学者の云ふことなど、どうでもいゝと思つた。(3－456～458)

아직 노보리는 만나지 않고 있다.

상대를 바라보는 눈이 불탔다. 노보리는 그러나 왼쪽만큼 뜨겁지 않다. 자신

은 변호사이기도 하고 홋카이메일의 사장이기도 하기 때문에 관록을 무너뜨리지 않고 어쨌든 의젓하게 타협하고 – 까까중머리 문학자가 말하는 것은 아무래도 좋다고 생각했다.

　　反省させたので …… 充ちたのか …… 逃げ出したのだらう。また自分 (2-414~415)
　　반성하게 했기 때문에 …… 가득 찼는지 …… 도망갔을 것이다. 또 자신
　　反省さしたので …… 充ちたらしく …… 逃げ出したのだらうと思ふと、自分 (3-458~459)
　　반성하게 했기 때문에 …… 그득 찬 것 같이 …… 도망갔을 것이라고 생각하자 자신

　　勇とお鳥の考えと対話 (削除) (3-465~467)
　　이사무와 오토리의 생각과의 대화 (개정판에서 삭제)

　　かの女は然し室に返つてから、寝台のうへにつツ伏してしまひ、十人も十五人もゐる病人に感づかれない様に、声を忍んで泣いた。けふこの頃の冷る為めに、病気がまだひどくなつたらしいのをつらく思つてゐるところへ、今の様ないやなことを云はれたので、独りで心細くなつて来たのである。(削除) (3-465~467)
　　그러나 그녀는 방에 돌아가서 침대 위에 푹 엎드려 10명인지 15명인가가 있는 병자에게는 눈치 채지 못하게 소리를 죽이고 울었다. 최근에 추워졌기 때문에 오늘은 병이 심하게 되자 괴롭다고 생각하고 있을 때 지금과 같은 듣기 싫은 소리를 들었기 때문에 혼자서 불안해져 왔다. (개정판에서 삭제)

　　『寝雪』終わり『続編寝雪』始まり
　　『굳어진 눈』끝『속편 굳어진 눈』시작

　　『……。』義雄はちツとあツけに取られた。(追加) (2-422)
　　요시오는 조금 어이가 없었다. (추가)

かの女は斯う云ひ放つた。(追加) (2－423)

그녀는 이렇게 함부로 말했다. (추가)

『何を云つたのだ?』

『お前の悪くち、さ。』(2－425)

"무엇을 말했어?"

"너 욕이야"

『何を云つたのだ』と聴く。

『あなたの悪口、さ。』(3－471)

"무엇을 말했어?"라고 묻는다.

"너 욕이야"

実際、勇は義雄にそんなことを云はなくなつたのである。云つても、糠に釘だと思つてゐるからである。(削除) (3－472)

실제로 이사무는 요시오에게 그런 것을 말하지 않게 되었다. 말해도 아무 소용이 없다고 생각했기 때문이다. (개정판에서 삭제)

かの女も俄かにちょツと気をかへたやうだ。(追加) (2－425)

그녀도 갑자기 조금 마음이 변한 것 같다. (추가)

つまり、さう思つて、(追加) (2－426)

결국 그렇게 생각하고 (추가)

酒のにほひをぷんぷんさせる。義雄は投げ出してゐる自分のからだを起さうともしなかつた。

『起き給へ、君、女郎買ひに行かう。』

『この雪に僕はいやだ。』

『返りやしやんすか、この雪に』と歌ひながら、鶴次郎もそこに横たはり、病人の様子を聴いたり、田村義雄はあの歓迎会で直ぐ帰つたら花であつたが、今ぢやア、帰る時期を失したのだと皆が云つてゐることなど

を語つたりした。(2-428)

술 냄새를 물씬 풍긴다.

"……" 요시오는 내던진 자신의 몸을 일으키려고도 하지 않았다.

"일어나, 유녀를 사러 가자."

"이렇게 눈이 오는데 나는 싫다."

"돌아올 수 있겠습니까? 이렇게 눈이 오는데"라고 노래하면서 쓰루지로도 거기에 눕고 병자의 모습을 듣거나 다무라 요시오는 그 환영회에서 바로 돌아갔으면 꽃이었지만 지금은 돌아갈 시기를 놓쳐버렸다고 모두 말하고 있는 것 등을 이야기하거나 했다.

酒のにほひをぷんぷんさす。義雄は起きあがらうともしない。

『起き給へ、君、女郎買ひに行かう。』

『この雪に僕はいやだ』と、煮え切らない調子の返事だ。

『返りやしやんすか、この雪に』と歌ひながら、鶴次郎もそこに横たはり、病人の様子を聴いたり、義雄は帰る時期を失したと皆が云つてゐることなどを語つた。(3-475)

술 냄새를 물씬 풍긴다.

"……" 요시오는 일어나려고 하지 않는다.

"일어나, 유녀를 사러 가자."

"이렇게 눈이 오는데 나는 싫어" 하고 미적지근한 태도의 대답이다.

"돌아올 수 있겠습니까? 이렇게 눈이 오는데"라고 노래하면서 쓰루지로도 거기에 가로 누워 병자의 모습을 묻거나 요시오가 돌아갈 시기를 놓쳤다고 모두가 말하는 것 등을 이야기했다.

そしていつも最も近く自分のからだにつき添つてゐた時計のちやきちやき云ふ音がしないのに気が附いた時、自分の身をそがられたやうな寂しみをおぼえた。(2-429)

그리고 언제나 자신의 몸에서 가장 가깝게 있던 시계의 째깍째깍하는 소리가 나지 않는 것을 알았을 때 자신의 몸이 떨어져 나간 것 같은 적막을 느꼈다.

して、鳥渡特別な寂しみを加たのは、ただ時計のちやきちやきと云ふ音が聴けなくなつたばかりではない。(3-475)

그리고 조금 특별한 적막을 느낀 것은 단지 시계의 째깍째깍하는 소리가 들리지 않게 된 것만이 아니다.

『行こ、行こ』と、お鳥も勇み出した。(2－429)
"가자. 가자"라고 오토리도 용기를 내었다.
渠はおととひからの沈滯した氣分を晴したいのである。
『行きましよう』と、お鳥も答へた。かの女は、新しい櫛が出來たのを。少しは、病院以外の人々にも見せびらかしたいのである。(3－476)
그는 그저께부터 침체한 기분을 맑게 하고 싶은 것이다.
"갑시다" 하고 오토리도 대답했다. 그녀는 새로운 빗을 가지게 된 것을 조금은 병원 이외의 사람들에게도 자랑하고 싶은 것이다.

義雄はそんなことをかの女のさした櫛に附けても思ひ出した。(2－429)
요시오는 그런 일을 그녀가 꽂은 빗에 대해서도 생각했다.
だから、いい櫛でもさしてゐれば、人は一層うらやましがつて見るだらうとは、かの女の今思ひついた自惚れである。(3－476)
그러니까 좋은 빗을 꽂고 있으면 사람들은 한층 부러워하겠지 하고 그녀는 지금 생각이 떠오른 듯 자만하고 있다.

『あの時は僕らは突然の話でびツくるしたんだ。』(追加) (2－431)
"그 때, 우리들은 갑작스런 이야기로 깜짝 놀랐다." (추가)

『聴かせられてはゐながら』と、少し恥辱を感じながら、(2－431)
"억지로 들으면서" 하고 조금 부끄럽게 느끼면서
『聴かされてはゐながら』(3－477)
"억지로 들으면서"

義雄はそれから少し間を置いて、『が、斯う弱つちやア、僕も万事が過去のやうで－僕自身は既にしやりかうべか何かのやうな氣もする。』(追加) (2－431)
그리고 요시오는 조금 사이를 두고 "그렇지만 이렇게 약해지면 나도 만사가

과거와 같이─나 자신은 이미 백골이 된 두개골 같은 기분이 든다." (추가)

　『さう失望し給ふな。』氷峰はこちらを慰める様に云ふ。

　『あのセルがでけてたら、よかつたのに、なア。』 斯う、突然お鳥はこちらを見て云つた。

　『……』渠はそれに答へもしなかつたが、お鳥がさツきからお鈴の様子並びに衣服を意地悪さうに見てゐたのには気が附かないでもなかつた。お鈴は小豆[あづき]縮緬の羽織に横八丈の小袖を着てゐる上に、からだも元のお鳥の様に肉づいて、無病息災らしいのを見ると、葡萄色の唐縮緬羽織りのお鳥は、見すぼらしくもあり、また病人らしくもある。そして、蒔絵の櫛が出来たくらゐでは満足しない慾心を起して、せめて、あのセルが仕立てあがつてゐればよかつたのにと、あせつてるのだらうと、思へた。

　氷峰はそんなことに無頓着で言葉をつぎ、(2−431〜432)

　"그렇게 실망하지 마." 효보는 이쪽을 위로하는 듯이 말한다.

　"그 세루가 되었으면 좋았을 텐데." 이렇게 갑자기 오토리는 이쪽을 보고 말했다.

　"……" 그는 그녀의 말에 대답하지 않았지만 오토리가 아까부터 오쓰즈의 모습과 의복을 심술궂게 보고 있었던 것을 눈치 채지 않은 것은 아니었다. 오쓰즈는 아즈끼지리멘[10]의 하오리[11]에 가로 줄무늬의 고소데[12]를 입고 있고 몸도 원래의 오토리와 같이 살이 있어서 병이 없고 건강한 모습을 보자 포도색의 가라지리멘하오리[13]의 오토리는 초라하기도 하고 또 병자 같기도 하다. 그리고 마키에[14]의 빗을 꽂은 것만으로 만족하지 못하는 욕심이 생기고 하다못해 그 세루가 완성되었더라면 좋았다고 안달하고 있다고 생각되었다.

　효보는 그런 것에는 관심 없다는 듯이 말을 잇고

　『さう失望し給ふな』と、氷峰が義雄を慰める様に云ふのを聴いて、お鳥は却つて氷峰が憎くなると共に、その相手のお鈴が得意らしい色を顔に見

10　팥모양의 오글쪼글한 견직물의 옷.

11　일본옷의 위에 입는 짧은 겉옷.

12　통소매의 평상복.

13　중국풍의 윗옷.

14　금, 은가루를 칠기표면에 무늬를 놓은 일본 특유의 공예.

せて来たのをも憎くなる。且、お鈴が小豆縮緬<ruby>小豆縮緬<rt>あづきちりめん</rt></ruby>の羽織に黄八丈の小袖を着
てゐる上に、からだも元の自分の様に肉づいて、無病患災らしいのを見る
と、葡萄色の唐縮緬羽織<ruby>唐縮緬羽織<rt>たうちりめんばをり</rt></ruby>のお鳥は、自分の見すぼらしいのをも病気と共に
痛く感じて来て、蒔絵の櫛が出来たぐらゐでは満足せず、せめて、あのセル
が仕立てあがつてゐればよかつたのにと、あせる気が出る。
　年の若い氷峰は、この女同志の無言の敵対には気がつく筈がない。直
ぐ言葉をついて、……
　『然し、東京も、もう、いやになりました。』……
　お鈴も、それに気がついて、変な人だと見て取り、もツと話して見た
いと思つてゐたのをさし控へてしまう。
　……相談をゆづり合ふ様だと思ひつき、(3－479～481)

　"그렇게 실망하지 마" 하고 효보가 요시오를 위로하는 말을 듣고 오토리는
오히려 효보가 밉고 동시에 그 상대인 오쓰즈가 자랑스러운 얼굴을 하고 있는
것도 밉다. 단 오쓰즈가 아즈끼지리멘의 하오리에 가로 줄무늬의 고소데를 입
고 있고 몸도 원래의 오토리와 같이 살이 있어서 병이 없고 건강한 모습을 보자
포도색의 가라지리멘하오리의 오토리는 자신이 초라한 모습이 병과 함께 아프
게 생각되어 마키에의 빗을 꽂은 것만으로 만족하지 못하고 하다못해 그 세루
가 완성되었더라면 좋았을 텐 데하고 초조한 기분이 든다.
　나이가 어린 효보는 이 여자 동지의 적대에 대해서는 눈치 챌 리가 없다. 바
로 말을 잇고 ……
　"그러나 도쿄도 이제 싫어졌습니다." ……
　오쓰즈도 이를 눈치채고 이상한 사람이라고 생각하고 더 이야기하고 싶다고
생각하고 있었지만 삼간다.
　…… 상담을 서로 양보하는 모양이라고 생각했고.

　両方の女はいづれも無言で、おのおの自分の関係ある男の話を、分か
らないながら、注意してゐた。
　お鈴は …… (お鈴の考え)
　お鳥の考へでは、…… お鳥の考え (削除) (3－478～479)

양쪽의 여자는 어느 쪽도 무언이고 서로 자신이 관계한 남자의 이야기를 모르면서 주의하고 있었다.

오쓰즈는 …… (오쓰즈의 생각)

오토리의 생각으로는 …… 오토리의 생각 (개정판에서 삭제)

義雄は亦これによつてお鳥が曾て語つたことを思ひ出してゐた。かの女が旭川に父と共にゐた時のことだ－今、由仁にゐる兄の勧めか、(2－433)

요시오는 또 이 이야기로 오토리가 옛날에 이야기한 것을 생각하고 있었다. 그녀가 아사히가와에서 아버지와 함께 있을 때의 일이다. ─지금 유니에 있는 오빠의 권유인지……

お鳥は、氷峰の話によつて、自分の旭川に父と共にゐた時のことを思い出した。今、由仁にゐる兄の勧めか、……(お鳥の考え)

『然し、東京も、もう、いやになりました。』……

お鈴も、それに気がついて、変な人だと見て取り、もツと話して見たいと思つてゐたのをさし控へてしまう。

…… 相談をゆづり合ふ様だと思ひつき、(3－480～481)

오토리는 효보의 이야기로 자신이 아사히가와에 아버지와 함께 있었을 때의 일이 생각났다. 지금 유니에 있는 오빠의 권유인지 …… (오토리의 생각)

"그러나 도쿄도 이제 싫어졌어요." ……

오쓰즈도 그것을 알아차리고 이상한 사람이라고 생각하고 더욱 이야기하고 싶다고 생각했으나 삼가고 있었다.

…… 상담을 서로 양보하는 것 같다는 생각이 떠오르고

例の痛みに耐へられなくなつた様子である。

…… きのふも、けさも、実は心待ちに待つてゐたのに－

…… 今更らおろかであつた。

…… 散漫無気力な死の影がおほふで来たのだと思ふ。(2－434～435)

예와 같은 아픔에는 견딜 수 없어진 모양이다.

…… 어제도 오늘 아침도 실은 마음속으로 많이 기다리고 있었는데

…… 이제 와서 생각하니 바보 같았다.

…… 산만하고 무기력한 죽음의 그늘이 덮쳐 온 것이라고 생각한다.

痛みに耐えられなくなつたからである。

…… きのふも、けさも、実は心待ちに待つてゐたのが無駄であつたのは、もツともなことだ。

…… 今更らおろかなことをしたと思ふ。

散漫無気力な死の影がおほふて来たのである。(3－481〜482)

아픔에는 견딜 수 없어졌기 때문이다.

…… 어제도 오늘아침도 실은 마음속으로 많이 기다리고 있었는데 쓸데없었다는 것을 알았다.

…… 이제 와서 생각하니 바보 같은 짓을 했다는 생각이 든다.

…… 산만하고 무기력한 죽음의 그늘이 덮쳐 온 것이다.

おほ粒の涙をはらはらとこぼしてゐる－渠がかの女に隠して、さういふ計画をしてゐたのが残念で、残念で溜らないと云ふやうに。(2－435)

큰 눈물방울을 뚝뚝 흘리고 있다. －그가 그녀에게 숨어서 이러한 계획을 한 것이 유감이고 유감이라 견딜 수 없다고 말하는 것과 같이

おほ粒の涙をはらはらとこぼす。渠がかの女に隠して、さういふ計画をしてゐたのが残念で、残念で溜らない。自分に対する渠の情愛が全くなくなつた。今回こそつツ放されたらそれツ切りのものだらう。

そんなことをすれば、本当に取り殺すぞ、と考へてゐる。(3－482)

큰 눈물방울을 뚝뚝 흘린다. －그가 그녀에게 숨어서 이러한 계획을 한 것이 유감이고 유감이라 견딜 수 없다. 자신에 대한 그의 애정이 전혀 없어져 버렸다. 이번에 관계가 끝난다면 그뿐인 것이다.

그렇게 된다면 정말로 죽여 버릴 거라고 생각하고 있다.

『そんな皮肉を云ふなよ。』渠は笑つて何気なく見せかけた。自分の逃げるのが－今夜でないとしても－多少事実に近いといふ顔つきをかの女の鋭い目から隠すやうにした。

お鳥は一層しぶとく横たはつてゐる。

義雄は毎晩の通り見づから寝褥^{ねどこ}を敷いてから、無言でお鳥を抱き起こ

してやると、かの女は半ば自分の力ですツくとつツ立つた。無論、ふくれツ面を
して、これも無言だ。

『おほきながらくり人形だ』と云つて見たが、かの女は目を横に向けたま
ま、なほ口を固く結んでゐる。義雄はそれを自分のかすりの単衣<ひとえ>に着かへ
させ、重い雛人形の様に横抱きにして褥に入れる。

渠も亦、どうせ仕事は出来ないと思つたから、一緒に這入<はい>る。自分ひとり
では感じないあまいやうな、臭いやうな人間の肌のにほひがぷんとしたが、
僅かの間に自分の鼻に慣れてしまつた。(2-435〜436)

"그렇게 빈정거리며 말 하지 마." 그는 웃으면서 아무렇지도 않은 것처럼 가
장했다. 자신이 피하는 것이－오늘 밤은 아니라고 해도－다소 사실에 가깝다
고 하는 얼굴을 그녀의 날카로운 눈으로부터 숨기려고 했다. 오토리는 한층 더
완고하게 누워있다.

요시오는 매일 밤처럼 스스로 이부자리를 깔고 무언으로 오토리를 안아 일
으키자 그녀는 반은 자신의 힘으로 벌떡 일어섰다. 물론 뿌로통한 얼굴을 하고
아무말도 하지 않고 있다.

"다 큰 꼭두각시 인형이다"라고 말해 봤지만 그녀는 눈을 옆으로 돌린 채 더
욱 입을 굳게 다물고 있다. 요시오는 그녀에게 자신의 가쓰리(붓으로 살짝 스친
것 같은 잔무늬)의 외겹을 입혀주고 무거운 히나인형[15]과 같이 옆으로 안아서
요에 넣는다.

그는 또 어차피 일은 할 수 없다고 생각했기 때문에 같이 들어간다. 혼자서는
느낄 수 없는 달콤하고도 악취가 나는 것 같은 피부의 냄새가 물컥 났지만 얼마
되지 않아 자신의 코에 익숙해져 버렸다.

『そんな皮肉を云ふな』と、渠は笑つて何気なく見せかけたが、その逃
げるのが－今夜でないとしても－多少事実に近いといふ顔つきをかの女
の鋭い目から隠すことは出来なかつた。

お鳥は一層しぶとく横たはつてゐる。

義雄は毎晩の通り見づから寝褥を敷いてから、お鳥を抱き起す。かの
女はからくりの様につツ立つた。無論、ふくれツ面をして、無言だ。

15　옷을 입힌 종이인형.

『おほきなつ〻立ち人形だ』と云つて見たが、かの女は目を横に向けたま
ま、なほ口をも動かさない。義雄はそれを自分のかすりの単衣に着かへさ
せ、重い雛人形の様に横抱きにして褥に入れる。

義雄も亦、どうせ仕事は出来ないと思つたから、一緒に這入る。(3−483)

"그렇게 빈정거리며 말하지 마." 그는 웃으면서 아무렇지도 않은 것처럼 가
장했지만−오늘 밤이 아니라고 해도−다소 사실에 가깝다고 하는 얼굴을 그녀
의 날카로운 눈으로부터 숨길 수가 없었다.

오토리는 한층 더 완고하게 누워있다.

요시오는 매일 밤처럼 스스로 이부자리를 깔고 오토리를 안아 일으킨다. 그
녀는 꼭두각시처럼 벌떡 일어섰다. 물론 뽀로통한 얼굴을 하고 아무말도 하지
않고 있다.

"다 큰 꼭두각시 인형이다"라고 말해 봤지만 그녀는 눈을 옆으로 돌린 채 더
욱 입을 굳게 다물고 있다. 요시오는 그녀를 자신의 가쓰리[16]의 외겹을 입혀주
고 무거운 히나인형과 같이 옆으로 안아서 요에 넣는다.

요시오도 또 어차피 일은 할 수 없다고 생각했기 때문에 같이 들어간다.

デカダンの生粋を以つて標榜してゐた自分だが、今では、その元気ある
道程を終つて、ただその最後の遺物をばかり握つてゐるらしくも自分自身で
見える。(2−436)

데카당의 순수를 표방하고 있었던 자신이지만 지금은 그 건강한 도정을
끝내고 단지 그 최후의 유물만을 잡고 있는 것 같이 보인다.

義雄はデカダンの生粋を以つて標榜してゐた男だが、今では、その元気
ある道程を終つて、ただその最後の遺物をばかり握つてゐるらしくも見える。(3
−483)

요시오는 데카당의 순수를 표방하고 있었던 남자이지만 지금은 그 건강한
도정을 끝내고 단지 그 최후의 유물만을 잡고 있는 것 같이 보인다.

けふ、雪の中を歩いたせゐで、お鳥の痛みは非常な痙攣を伴つて来たの

であらう。独りでじれツたさうに苦しんでる様子だ。そしてその苦しみがこち
らにも伝はる度毎に、渠も亦—経験ある思ひやりから—同じ苦しみをしてゐた。
　『あ、あツ』と最後に叫んで、かの女はつツ立ちあがつた。
　『どうした?』義雄ははね起きる。
　『死の! 一緒に死の!』
　全く血の気がなくなつて、消し忘れたうす暗いランプの光にかの女の額
の真ツ青な色が見える。こちらには、それが、実際、死の命令者たる権威で
もあるやうだ。(2—436)

　오늘 눈 속에서 걸었던 탓에 오토리의 아픔에 심한 경련이 따라온 것 같다.
혼자서 애타고 괴로운 모양이다. 그리고 그 괴로움은 이쪽에 전해올 때마다 그
도 또—경험의 배려에서—같이 고통스러워하고 있었다.
　“아” 하고 마지막으로 소리치고 그녀는 우뚝 일어섰다.
　“왜 그래” 요시오는 벌떡 일어난다.
　“죽자. 같이 죽자.”
　피의 기운이 전혀 없어 끄는 것을 잊은 어두운 램프의 빛에 그녀의 볼이 푸른
색으로 보인다. 이쪽은 그것이 실제 죽음의 명령자인 위엄인 것 같다.

　けふ、雪の中を歩いたせいで、お鳥の痛みは非常に痙攣を伴つて来たの
である。お鈴を見てからの嫉妬と悪憎の念とになやまされる上に、からだの
あツたまつて来るに従ひ、むづがゆい感じと痛みとが自分のあたまのさきま
でも筋肉を引きつらす。
　それが、かの女から見ると無神経らしく義雄の眠りかけるのに対照さ
れて、ますます眠られない寂しみともなり、忿怒ともなる。して、痛みがそ
れに手つだつて、もう、身の置きどころがない。ちくちく、ぷりぷり—、ぷ
りぷり—、ちくちく—堪りかねて、かの女は義雄を烈しくゆすり起し、
　『あ、あツ』と叫んで、自分はつツ立ちあがつた。
　『どうした』と、義雄もはね起きる。
　『死なう! 一緒に死なう!』
　顔は全く血の気がなくなつて、うす暗いランプの光に真ツ青な色が映
る。義雄には、それが、実際死の命令者たる威厳があつた。(3—483)

오늘 눈 속에서 걸었던 탓에 오토리의 아픔에 심한 경련이 따라온 것 같다. 오
쓰즈를 보고 나서 질투와 증오의 마음으로 고민하고 있는데 몸이 따뜻해짐에 따
라 근질근질 가려운 느낌과 아픔이 자신의 머리 끝까지 옥죄인다.

그것이 그녀가 보면 무신경하게 요시오가 잠드는 것과 대비되어 점점 잠들
지 못하는 외로움으로 변하고 분노가 된다. 그리고 아픔이 점점 심해져 이제 몸
을 일으킬 수가 없다.

콕콕콕─참을 수가 없어서 그녀는 요시오를 심하게 흔들어 깨우고

"아" 하고 고함치고 자신은 벌떡 일어섰다.

"왜 그래" 요시오는 벌떡 일어난다.

"죽자. 같이 죽자."

얼굴에 핏기가 전혀 없어져 약간 어두운 램프의 빛에 푸른색으로 비친다. 요
시오는 그것이 실제 죽음의 명령자인 위엄인 것 같다.

『中編寝雪』終わり『終編寝雪』始まり
『중편 굳어진 눈』 끝 『마지막 편 굳어진 눈』 시작

…… 宿とさし向つてる (追加) (2−436)
숙소하고 마주보고 있다. (추가)

お鳥はからだを縮めて、人通りのない積雪の中で立ちどまり、自分の
両手を、胸のところで、衣物のうちに握り合はせてゐるやうだ。

『一緒に死なう』と云つてから初めての声を出して

『どこにしよう?』

『豊平川の鉄橋がよからう。』義雄は斯う咄嗟の間に答へたが、自分の足
は既にその方へ向いてゐた。そこは神居古潭の釣り橋のうへででも思ひ出
したところだし、また最近には、自分が雪の屋のゐる中学校へ演説しに行つた
時、そのそばを通つて知つてゐるところだ。

『……』お鳥は素直について来る。

『鉄橋』と出た強い発音が渠に、今一度、人生の充実した響きを聴かせ
て呉れた。

渠は、今は、突然招集の命令を受けて、死の寝床から置き出でた青鬼の
様に身づから思へた。生きてゐて面倒な女が渠から無関係に遠ざかつて
行くのを、これ幸ひと、その死に場所まで案内するつもりである。途々 考へ
て見ると、自分がかの女を棄てて逃げようとしたのも、自分の思想的生活に
無関係になつて来たからである。それがおのれから逃げてくれるのだ。これ
ほど都合のいいことはない。それだけにまたこちらの顔も、雲間を漏れる月
の光に照らされると、真ツ青になつてるのだらうと思はれる。

　…… 知り人のない二人が誰れにも認められないのは、渠が思ふに、丁
度、もう、形のない死神と亡霊との並んで通つてゐるのが人間界のもの
に見えないやうなものだ。

　渠は女と互ひに少しも口を利かない。(2−436〜437)

오토리는 몸을 움츠리고 눈이 쌓여 사람이 잘 다니지 않는 곳에 멈추어 서서
자신의 양손을 가슴 속 옷 안에서 서로 잡고 있는 것 같다.

"함께 죽자"라고 말하고 나서 처음으로 소리를 내어서

"어디로 할까?"

"토요히라 강의 철교가 좋겠지." 요시오는 이렇게 눈 깜짝할 사이에 말했지
만 자신의 발은 이미 그 쪽을 향하고 있었다. 그곳은 가모이고탄의 철교 위에서
도 생각한 곳이고 또 최근에는 자신이 유키노야가 있는 중학교에 연설하러 갔
을 때 그 옆을 지나가면서 안 곳이다.

"……" 오토리는 고분고분하게 따라온다.

"철교"라고 나온 강한 발음이 그에게는 지금 한번 인생의 충실한 메아리를
들려주었다.

그는, 지금 돌연 소집 명령을 받아서 죽음의 침실에서 일어난 도깨비 같다고
스스로 생각했다. 살아서 귀찮은 여자가 그로부터 멀어지는 것을 행복이라고
생각하고 그 죽는 장소까지 안내할 생각이다. 걸으면서 생각해보니 자신이 그
여자를 버리고 도망가려고 한 것도 자신의 사상적 생활에 관계가 없어졌기 때
문이다. 그런데 그 자신이 도망쳐 준 것이다. 이것만큼 좋은 것은 없다. 그것만
으로 또 이쪽의 얼굴도 구름사이로 보이는 달빛에 비춰지면 파랗게 되어있을
것이라고 생각된다.

　…… 아는 사람이 없는 두 사람을 누구에게도 인정되지 못하는 것은 그가 생

각하기에는 바로 이제 형태도 없는 죽음의 신과 유령이 나란히 다니는 것이 인간계의 사람에게는 보이지 않는 것이다.

그는 여자와 같이 조금도 말을 하지 않는다.

お鳥はからだを縮めて、自分の両手を、胸のところで、袖口の中に握り合はした。して、

『どこにしよう?』

『豊平川の鉄橋がよからう。』

義雄は答へて咄嗟の間に出た。そこは、渠が雪の屋のゐる中学校へ演説しに行つた時、そのそばを通つて知つてゐるところだ。

『鉄橋』と出た強い発音が渠に、今一度、人生の充実した響きを聴かせて呉れた。が、然し、それもその場に消えてしまつた。

渠は、今や、突然招集の命令を受けて、死の寝床から起き出でた、青鬼の様だ。生きてゐて面倒なお鳥が、渠から無関係に遠ざかつて行くのを、これ幸ひと、その死に場所にまで案内するのである。

渠がかの女を棄てゝ逃げようとするのも、自分の思想に無関係になつて来たからである。それがおのれから逃げてくれるのだ。これほど都合のいゝことはない。途々、考へて見ると、渠はかの女をただ面倒だと思ふばかりに、一緒に出て来たのである。

然し渠の顔も亦、雲間を漏れる月光に照らされると、真ツ青に見える。

……知り人のない二人が誰にも認められないのは、丁度、もう、形のない死神が並んで通つてゐる様だ、

二人は互ひに少しも口を聴かない。(3-484)

오토리는 몸을 움츠리고 자신의 양손을 가슴 쪽 소맷부리 속에서 서로 잡았다. 그리고

"어디로 할까?"

"토요히라 강의 철교가 좋겠지" 요시오는 순식간에 대답하고 나왔다. 그곳은 그가

유키노야가 있는 중학교에 연설하러 갔을 때 그 옆을 지나가면서 봤기 때문에 알고 있는 곳이다.

"철교"라고 나온 강한 발음이 그에게는 지금 한번 인생의 충실한 메아리를

들려주었다. 그러나 그 소리도 그 장소에서 사라져버렸다.

그는, 지금 돌연 소집 명령을 받아서 죽음의 침실에서 일어난 도깨비 같다. 살아서 귀찮은 오토리가 그와 관계없이 멀어지는 것을 행복이라고 생각하고 그 죽는 장소에까지 안내하는 것이다.

그가 그 여자를 버리고 도망가려고 하는 것도 자신의 사상과 관계가 없어 졌기 때문이다. 그런데 그 자신이 도망쳐 준 것이다. 이것만큼 좋은 것은 없다. 걸어가면서 생각해 보니 그는 그녀를 단지 귀찮다고 생각하는 것만으로 같이 나온 것이다.

그러나 그의 얼굴도 구름 사이로 새어나오는 달빛에 비쳐 푸르게 보인다.

…… 아는 사람이 없는 두 사람을 누구에게도 인정되지 못하는 것은 바로 이제 형태도 없는 죽음의 신이 나란히 다니는 것이다.

두 사람은 서로 말을 하지 않는다.

義雄の目あては仮り橋の方ではなかつた。

渠はこの時、過去の忙しかつたあらゆる直接経験を旅行として思ひ出した。

…… すべて一度期<ruby>期<rt>とき</rt></ruby>に映つて来る。

まるで、あツと云つて自分が高いところから落ちて行くその瞬間に、ぱツと火ばなと咲く一生の思ひ出のやうだ。

『これでは自分が死ぬのだ!』斯う思ふと、然し渠は自分の死を案内してゐるのではなかつた。丁度幸ひに死なうと云ふ者を案内して、それにおつき合ひをしなければならぬなら、その時自分も死なうと云ふ覚悟なのである。矢ツ張り、さう云ふ風にして来たる死は決してゐたのだが一。(2-437)

요시오의 목적은 가교 쪽은 아니었다.

그는 이때 과거의 바빴던 모든 직접 경험을 여행이라고 생각했다.

…… 모두 한꺼번에 비쳐져 온다.

"아" 하고 자신이 높은 곳에서 떨어지는 그 순간에 마치 확 불꽃이 타오르는 일생의 추억과 같다.

"이제 자신은 죽는 것이다." 이렇게 생각하자 그가 자신의 죽음을 안내하고 있는 것은 아니었다. 정확하게 행복하게 죽으려고 하는 사람을 안내하고 그 사람과 행동을 같이 하지 않으면 안 된다. 그때 자신도 죽으려는 각오이다. 역시 그런 식으로 오는 죽음은 결심하고 있었던 것이지만.

義雄が目あては仮り橋の方ではない、矢ツ張り、鉄橋だ。

渠はそれによつて、過去の忙しかつた直接経験を旅行として思ひ出した。

…… すべて一様に映つてゐる。

かういふ幻影が観念となつて消えて行けば、没我の死である。渠はまだ死の境には入らないと思ふと、跡からのそのそついて来るお鳥が邪魔になつてたまらない。

『自分の汽車は早く通り過ぎてしまへ。』かう身づから命令して、目あての鉄橋ばかりに注意する。(3－484～485)

요시오의 목적은 가교가 아니다. 역시 철교이다.

그는 이로 인해 과거의 바빴던 직접 경험을 여행이라고 생각했다.

…… 모두 똑같이 비치고 있다.

이러한 환영이 관념이 되어 없어져 버리면 몰아의 죽음이다. 그는 아직 죽음의 경계에는 들어가지 않는다고 생각하자 뒤에서 느릿느릿 따라오는 오토리가 방해가 되어 견딜 수가 없다.

"자신의 기차는 빨리 지나가 버려." 이렇게 스스로 명령하고 목적의 철교만을 주의한다.

すると、ふと、渠は肝心のお鳥をさし置いて、曾て本当の吾妻橋の上で－自分の敬意を恋愛に転じて思つてたをんなと別れたことがあるのを思ひだす。

…… おのおの一言づつしか口に出し得なかつた。

…… それはもう現世のことのやうで－

土台石につき当つてゐるのだ。これは、こないだも、演説に行つた時、車の上からよく見て置いた。

義雄は、この中断した橋の食ひ違ひに於いて、その土台石を囲んで、深い水が渦巻いてゐるのをさき頃見たと想像してゐる。(2－438)

그러자 문득 그는 가장 중요한 오토리를 내버려두고 옛날에 정말로 아즈마바시 위에서 자신에게 경의를 표하다가 연애의 감정으로 바뀐 여자와 헤어진 일을 기억한다.

…… 각각 한마디 밖에 할 수 없었다.

······ 그것은 이제 현세의 일인 것처럼−

토대석에 부딪친 것이다. 이 토대석은 며칠 전에도 연설에 갔을 때 차 위에서 잘 봐 두었다.

요시오는 이 중단된 다리가 어긋나 있는 곳에서 그 토대석을 둘러싸고 깊은 물이 소용돌이치는 것을 일전에 봤던 것을 상상하고 있다.

ふと、渠は肝心のお鳥をさし置いて、曾て本当の吾妻橋の上で、自分の心で愛してゐた女と別れたことがあるのを思ひだす。

······ おのおの一言づつしか出なかつた。

······ それはもう現世のことであつで−。

お鳥は、また、さして来たところはここだと思つたが、義雄の説明はない。して、自分からここかと聴き糾すには、余りに反感的な状態になつてゐる。

······ 土台石につき当つてゐる。

お鳥は、さう云ふ遠近の景色をうす暗い月光の間に認めて、和歌山県で見た紀の川の鉄橋附近によく似てゐると思ふ。すると和歌山県の小学校教場で知り合になつたもとの所天のことも浮ぶ。自分に棄てられてから−あの最後の日は夜ツぴで泣いてゐたが−今はどうしてゐるだらう?······

あの人は一夜を泣き通した。

洪水があつた時など、新しく持つた家が急に水につかつてしまひ、紀の川の鉄橋を、二人して夜、渡つて逃げた。危険なところであつたから、手を取り合ふことも出来ず、あとになり、先になつて、急流の上を、汽車の細い線路に伝つて渡つた。

お鳥のあたまは、歩き疲れた身の痛みと寒さとに追はれて、段々ぼんやりとなつて来て、心はもとの所天のところへ帰つて行くのである。

義雄は、また、この中断した橋の喰ひ違ひに於て、土台石を囲んで、深い水が渦巻いてゐるのを見たと想像してゐる。(3−486)

문득 그는 가장 중요한 오토리를 내버려두고 옛날에 아즈마바시 위에서 진심으로 사랑한 여자와 헤어진 일을 기억한다.

······ 각각 한마디씩 밖에 나오지 않았다.

······ 그런 일은 이제 현세의 일이고−

오토리는 또 목표로 한 곳이 이곳이라고 생각했지만 요시오의 설명은 없다.

그리고 자신이 여긴가라고 물어 밝혀내기에는 너무 반감적인 상태가 되어 있다.

…… 토대석에 부딪히고 있다.

오토리는 이러한 원근의 경치가 약간 어두운 월광 사이에 비치고 있어 와카야마현에서 본 기노카와이 철교 부근과 비슷하다고 생각한다. 그러자 와카야마현의 초등학교 교정에서 알게 된 원래 남편의 일도 떠오른다. 자신에게 버려지고 나서 ─그 마지막 날은 밤새도록 울고 있었지만─지금은 어떻게 하고 있을까? ……

그 사람은 밤새도록 울었다.

홍수가 있었을 때에는 새로 장만한 집이 갑자기 물에 잠겨 버리고 기노카와의 철교를 밤에 두 사람이 건너 도망쳤다. 위험한 곳도 있었지만 손을 붙잡지도 못하고 앞서거나 뒤서거나 하면서 급류 위를, 기차의 가는 선로를 따라 건넜다.

오토리의 머리는 걸어서 피곤한 몸의 아픔과 추위 때문에 점점 멍해지고 마음은 원래 남편 쪽으로 돌아간다.

요시오는 또 이 중단된 다리가 어긋나 토대석을 둘러싸고 깊은 물의 소용돌이를 본 것을 상상하고 있다.

お鳥は一間ばかり離れてついて来る。

いづれも無言だ。そして、その無言の影二つは、歩一歩、川なかのうへへ近づくのである。……

その上に義雄は達してゐて初めて自分の心のおそろしさを分つた。同時に、下を見て目がくらつくと同時に、吹き飛ばされさうな風に自分の足をしツかり踏みこたへた。そして、再び下をのぞいて見ると、水があると思つたのは大したこともなく、別に深くもなかつたかして、その上を平均してゐる雪の色が見える。

오토리는 한 칸 정도 떨어져서 따라 온다.

어느 쪽도 아무 말도 없다. 그리고 그 아무 말도 없는 두 개의 그림자는 한 발짝 한 발짝 강위에 가까이 온 것이다. ……

요시오는 그 강위에 도달하고 처음으로 자신이 두려워하고 있다는 것을 알았다. 동시에 밑을 보자 눈에 현기증이 일어남과 동시에 날려갈 것 같은 바람에 자신의 발을 단단하게 밟았다. 그리고 다시 밑을 엿보자 물이 있다고 생각했지만 특별한 것도 없고 별로 깊지도 않아서 그 위를 고르게 덮은 눈이 보인다.

『ここぢやア, とても死ねまい。』独り言のやうに云つて、渠はかの女があとから進んで来るのを返り見た。

『……』お鳥にはそれが聴えなかつたらしい。而もをかしなことには、水に濡れることをでもよけてゐるかのやうに、両手で以つて衣物の裾の両端をはしよつてゐる。

『……』義雄はただじツとのぞき込むやうにしてかの女を避けて通した。

かの女は遮断された薄暗の鼻へおづおづと進んで、『待つて下さい』と云ふ風で、あぶなツかしさうに少し腰をかがめて、向ふの下の方を見て、その鼻の幅だけを、右へ行つたり左りへ行つたりしてゐる。

『おれはコツちにゐるぢやアないか』と、義雄は云はうとした。が、ふと、気が附いたその一瞬間に自分の胸が煮えくり返つた。

…… (お鳥と夫との過去の思い出)

二人は抱き合つて薄やみの中を落ちた。

義雄はこの場に、自分の一生涯にあつたことをすべて今一度、一度期に、一閃光と輝やかせて見た。然しそれは下に落ちるまでの間のことで、一落ちて見ると、溺れる水もなかつた。怪我する岩石もなかつた。この冬中の寝雪として川床に積み重なつた雪のうへだ。(2-439〜440)

"여기서는 죽을 수 없다." 혼잣말처럼 말하고 그는 그녀가 뒤에서 따라오는 것을 되돌아봤다.

"……" 오토리에게는 그 말이 들리지 않았던 것 같다. 더구나 이상한 일은 물에 빠지는 것조차 피하는 듯이 양손으로 양쪽의 옷자락을 걷어 올리고 있다.

"……" 요시오는 단지 가만히 살펴보면서 그녀를 피해 건넜다.

그녀는 오로지 후각만으로 조심스럽게 어스레한 곳으로 나아가고 "기다려주세요" 하는 식으로 위태로운 듯이 조금 허리를 구부리고 맞은 편 아래쪽을 보고 그 후각의 범위 안에서 오른쪽에 가거나 왼쪽으로 가거나 하고 있다.

"나는 이쪽에 있지 않은가" 하고 요시오는 말하려고 했다. 그러나 문득 정신이 든 그 순간에 몹시 화가 났다.

…… (오토리와 남편의 과거의 추억)

두 사람은 서로 안고 약간 어두운 곳에서 빠졌다.

요시오는 그 장소에서 자신의 생애에 있었던 일을 지금 한번, 한꺼번에 어둠 속의 한줄기 빛을 발하게 했다. 그러나 그것은 아래에 떨어질 때까지의 일이고 한번 떨어져 보자 빠질 물도 없었다. 부상당할 바위 돌도 없었다. 이 겨울 중에 굳어진 눈으로 강바닥에 쌓인 눈 위다.

　お鳥は一間ばかり離れてついて行く。して、かの女の耳には、劫風の声ではなく、急流の音が聴えてゐる。渡つてゐる橋は、札幌のはづれにあるのでなく、紀の川の鉄橋である。

　かの女は、今、水につかつた家から、洪水を避けてゐるのである。……

　さきのものは然し後のものを助けるつもりではない。却つて死なせるつもりで来たのである。して、自分自身は既に死んだものゝ様に、死ぬと云ふことを考へてはゐない。

　無言だ。して、その無言の影二つは、歩一歩、鼻の方に近づくのである。……

　そこに達した時、義雄は初めて現在の人間に返つた。下を見て目がくらつくと同時に、吹き飛ばされさうな風に自分の足をしツかり踏み堪へた。

　『自分は精神的に殺人犯だ』と自づから思ひ返すと、こんなことはするに及ばない。独存自己から離れて行くものは、たとえば、あの敷島の如く、ひとり手にわが思想から無くなつてしまうのだと考へる。して、再び下をのぞいて見ると、水があると思つたのは狭い範囲で、それも別に探さうではない。

　然し、後から来たお鳥を見ると、直接に話をしかける気にはなれない。

　『ここぢやア、とても死ねまい』と、たゞ独り言の様に云つて、渠はかの女を避ける。

　お鳥にはそれが聴えなかつた。かの女は、壟断された薄暗の鼻で、義雄のゐるにも気が付かず、手に衣物の裾の端折つて、『待つて下さい』と云ふ風―あぶなツかしさうに、右へ行つたり、左りへ行つたりする。

　水を見て居るのでもない。石を見てゐるのでもない。まして、降つて来た雪を見てゐるのでもない。

　かの女が追つてゐるのは、二間も下に喰ひ違つた部分の方へ飛び渡つたもとの所天である。

　義雄はかの女をたゞじツと見つめてゐたが、かの女がまた精神錯乱を起したのだと気がついた。

　『要吉さん、渡して』と、お鳥はあせつて、とツ鼻から手とからだとを延ばす。『あぶない!』かう叫んで、義雄はかの女に抱きつく。

　二人は、抱き合つた、暗の中を落ちた。

＊　　＊　　＊　　＊　　＊

『しまつた!』

『死ぬ!』

　別々にこう思つて、二人とも、一生涯にあつたことが、すべて一度期に、暗に見開いた肉眼に浮んだ。

　然しそれは下に落ちるまでの間のことで、落ちて見ると、溺れる水もなかつた。怪我する岩石もなかつた。この冬中の寝雪として川床に積み重なる雪の中だ。(3－487～488)

　오토리는 한 칸 정도 떨어져서 따라간다. 그리고 그녀의 귀에는 겁풍도 아니고 급류의 소리가 들려온다. 건너고 있는 다리는 삿포로 변두리에 있는 것이 아닌 기노카와의 철교이다.

　그녀는 지금 물에 잠긴 집에서 홍수를 피하고 있는 것이다.

　그러나 앞에 가는 사람이 뒤에 가는 사람을 도울 생각은 없다. 오히려 죽게 할 생각으로 온 것이다. 그리고 자신이 이미 죽은 것과 같이 죽는다는 것을 생각하고 있지 않다.

　무언이다. 그리고 그 무언의 그림자 두 개는 한 발짝 한 발짝 후각을 따라 다가오는 것이다.

　그곳에 도달했을 때 요시오는 비로소 현재의 인간으로 돌아왔다. 아래를 보고 눈이 동요함과 동시에 날려 갈까봐 자신의 발을 단단히 밟았다.

　"자신은 정신적인 살인범이다"라고 스스로 회상하자 이런 짓은 할 수가 없다. 독존적인 자신에게서 떨어져 가는 것은 예를 들면 시키시마와 같이 저절로 나의 사상에서 없어져 버리는 것이라고 생각한다. 그리고 다시 아래를 엿보자 물이 있다고 생각한 것은 좁은 범위이고 그것도 별로 깊어보이지는 않는다.

　그러나 나중에 온 오토리를 보자 직접 말을 걸 생각은 없다.

　"여기서는 죽을 수 없다." 혼잣말처럼 말하고 그는 그녀를 피한다.

　오토리에게는 그것이 들리지 않았다. 그녀는 어둠 속을 후각만으로 요시오가 있는 것도 신경 쓰지 않고 손에 옷의 양쪽 끝자락을 걸어 올리고 "기다려주세요"라고 말하는 식으로—위태로운 듯이 오른쪽에 가거나 왼쪽으로 가거나 한다.

물을 보고 있는 것이 아니다. 돌을 보고 있는 것도 아니다. 더구나 내리는 눈을 보는 것도 아니다. 그녀가 따라 오는 것은 두 칸이나 아래에 어긋나 있는 부분에 뛰어 건넌 원래 남편이다.

요시오는 그녀를 가만히 바라보고 있자 그녀가 또 정신착란을 일으킨 것이라는 생각이 들었다.

"위험해" 이렇게 소리치고 요시오는 그녀를 안는다.

두 사람은 안고 어둠 속에 빠졌다.

* * * * *

"해 버렸다."

"죽는다."

각각 이렇게 생각하고 두 사람은 일생에 있었던 모든 일이 어둠속에서 한꺼번에 크게 뜬 육안에 떠올랐다. 그러나 그것은 아래에 떨어질 때까지의 일이고 한번 떨어져 보자 빠질 물도 없었다. 부상당할 바위 돌도 없었다. 이 겨울 중에 굳어진 눈으로 강바닥에 쌓인 눈 안이다.

それを拾ひあげる。

…… 烈しくなつたのをおぼえるらしい。(2-440)

그것을 주워 올린다.

…… 열렬하게 된 것을 기억하는 것 같다.

それを拾ひあげた。

…… 烈しくなつたのをおぼえるからである。(3-488)

그것을 주워 올렸다.

…… 열렬하게 된 것을 기억하기 때문이다.

お鳥はやツと八時頃に目をさました。そして、義雄のゐないのを見て、飛び起きて、『逃げたのだらう』と考へたさうだ。

…… 病院に帰つたと、かの女が再びやつて来た時にこちらへ笑ひながら打ち明けた。そしてなほ続けて、相談らしく語るによると、かの女の留守に一つ手紙が来てゐた。

…… これをしほに、お鳥も帰京することに決心したらしい。

『まことに結構でしょう。』

『またそんな冷かしを!』かの女はこちらを例の知く攫んでゆすぶつた。(2−443)

오토리는 겨우 8시 경에 눈을 떴다. 그리고, 요시오가 없는 것을 보고 다시 일어나 "도망 갔을 것이다"라고 생각했던 것 같다.

…… 병원에 돌아갔다가 그녀가 다시 왔을 때 나한테 웃으면서 고백했다. 그리고 계속해서 상담같이 말하는 것에 의하면 그녀가 없을 때에 한통의 편지가 와 있었다.

…… 이것을 계기로 오토리도 귀경하기로 결심한 것 같다.

"정말로 괜찮은 거지."

"또 그렇게 놀리네." 그녀는 이쪽을 예와 같이 잡고 흔들었다.

お鳥は漸く八時頃に自をさました。して、義雄のゐないのを見て、飛び起きた。

『逃げたのだらう。』かう考へたので、胸がどぎまぎする。

…… 病院に帰つた。

ゆうべ以来、どうせまたひどくなつたに違ひないと思つてゐたのが、まだけふの診察と治療とを受けないのに、多少いい気持ちになつた。

と云ふのは自分の留守に一つの手紙が来てゐた。……

これをしほに、お鳥も帰京することに決心した。義雄に手頼つてゐても、どうなることか分らないからである。

お鳥は義雄とも相談した。渠はかの女の事情を大抵はその話で想像することが出来た。(3−491)

오토리는 겨우 8시 경에 눈을 떴다. 그리고, 요시오가 없는 것을 보고 벌떡 일어났다. "도망갔을 것이다"라고 생각했기 때문에 가슴이 두근거린다.

…… 병원에 되돌아갔다.

어제 저녁 이후, 어차피 또 나빠진 것이 틀림없다고 생각했지만, 오늘은 아직 진찰과 치료를 받지 않았기 때문에 조금 좋은 기분이 되었다.

그리고 자신이 없을 때에 한통의 편지가 와 있었다. ……

이것을 계기로 오토리도 귀경하기로 결심했다. 요시오에게 의지한다고 해도 어떻게 될지 모르기 때문이다.

円満な家庭で子供も五六名できてゐた。
…… 直接に会つて話したのはこちらが石川県の金沢へ尋ねて行つた時
ばかりであつた。
その時, かの女はこちらに,
…… 今, 道庁古株の高等官であつた。(2－445)
원만한 가정으로 아이도 5, 6명이나 있었다.
…… 직접 만나 이야기한 것은 이쪽이 이시카와현의 가나자와에 방문했을
때였다.
그때 그녀는 이쪽에
…… 지금은 오래된 도청 고참사원의 고등관이었다.
円満な家庭で子供も五六名ある。
…… 直接に会つて話したのは義雄が石川県の金沢へ尋ねて行つた時ば
かりであつた。その時、かの女は義雄に、
…… 今、都庁古株の高等官だ。(3－493)
원만한 가정으로 아이도 5, 6명 있다.
…… 직접 만나 이야기한 것은 요시오가 이시카와현의 가나자와에 방문했
을 때였다.
그때 그녀는 요시오에
…… 지금은 오래된 고참사원의 고등관이다.

かの女は血の循環のよささうな頬に両ゑくぽを見せながら、
…… それが最も皮肉に取れたのだ。
…… 一々その名と小学校に於ける年級とをこちらへ云つて聴かせた。
(2－446～447)
그녀는 혈액 순환이 좋은 양 볼의 보조개를 보이면서
…… 그것이 매우 빈정거리는 것으로 받아들여졌던 것이다.
…… 하나하나 그 이름과 초등학교의 학년 등을 이쪽에 말하고 들려주었다.
お宮は血の循環のよさゝうな頬に両ゑくぼを見せながら、

…… それが最も皮肉に取れたのは最もだ。
一々 その名と小学校に於ける年級とを説明した。(3－494～495)
오미야는 혈액 순환이 좋은 양 볼의 보조개를 보이면서
…… 그것이 매우 빈정거리는 것으로 받아들여졌던 것은 당연하다.
…… 하나하나 그 이름과 초등학교의 학년 등을 설명했다.

『さうでもなかつた様ですよ。』 かう云つてこちらはこのお宮さんとも
学長でありながらいろんな評判のあつたことを思ひ出してゐた。(2－447)
"그렇지도 않은 것 같아요." 이렇게 말하고 이쪽은 이 오미야씨도 학장이면
서 여러 가지 평판이 있었던 것을 기억하고 있었다.
『さうでもなかつた様ですよ。』(3－495)
"그렇지도 않은 것 같아요."

義雄はそれを受け取る。
『どうせ、あすは受け取れるのだから』と、呑牛は余り気にもかけては
ゐなかつた。
…… ながめてゐる。(2－448)
요시오는 돈을 받는다.
"어차피 내일은 받을 수 있으니까" 하고 돈큐는 그다지 신경 쓰지 않았다.
…… 바라보고 있다.
義雄はそれを受け取つた。
『どうせ、あすは僕も受け取れるのだから』と、呑牛は余り気にかけて
はゐない。
…… ながめる。(3－496)
요시오는 돈을 받았다.
"어차피 내일은 나도 받을 수 있으니까" 하고 돈큐는 그다지 신경 쓰지 않는다.
…… 바라본다.

『見送ります、わ。』(2－448)

“배웅하겠어요.”

義雄の顔つきまでか寂しさうなのを気の毒に思ひ、『見送ります、わ』3－496)

요시오의 얼굴표정이 외로워 보이는 것을 불쌍하게 생각하고 “배웅하겠어요.”

『……』お宮さんは、こちらが行きかけても、矢ツ張り、こちらを向いて立つてゐる。そして突然のやうに最後の言葉を云つた、『あなたはいつも出し抜けに来て、出し抜けに帰るの、ねえ－今度もゆツくりお話も出来ないで!』

『さうです、ねえ』と、こちらは寂しい微笑になつて、『放浪者ですから。』斯う答へて別れたあとまでも、何となくかの女の昔からの親しみある言葉に心は引きつけられてゐた。(2－449)

“……” 오미야씨는 이쪽이 가려고 해도 역시 이쪽을 향해 서 있다. 그리고 갑자기 최후의 말을 했다. “당신은 언제나 불쑥 와서 불쑥 돌아가네요. 이번에도 천천히 이야기도 하지 못하고.”

“그렇군요.” 이쪽도 외롭게 미소하면서 “방랑자이니까.” 이렇게 대답하고 헤어진 뒤까지도 왠지 여자가 옛날에 친밀하게 한 말에 마음이 끌리고 있었다.

義雄が行きかけても、お宮は矢ツ張りこちらを向いて立てゐる。

『あなたはいつも出し抜けに来て、出し抜けに帰るの、ねえ－今度もゆツくりお話も出来ないで!』

『さうです、ねえ－放浪者ですから。』(3－496)

요시오가 가려고 해도 오미야는 역시 이쪽을 향해 서 있다.

“당신은 언제나 불쑥 와서 불쑥 돌아가네요. 이번에도 천천히 이야기도 하지 못하고.”

“그렇군요. 방랑자이니까.”

渠はそれが自分のこの地に於ける最後のなさけない姿を隠して呉れるやうに思へた。(2－449)

그는 그 눈이 자신이 이 지역에서 최후로 한심한 모습을 숨겨줄 거라고 생각했다.

渠はそれが自分のなさけない姿を隠して通るのに都合がいいとも思ふ。(3－497)

그는 그 눈이 자신의 한심한 모습을 숨기는 것에 안성맞춤이라고 생각한다.

『終編寝雪』終わり『川本氏』始まり
『종편 굳어진 눈』끝『가와모토씨』시작

お鳥と一緒に長い旅をすると云ふことは、義雄に取つて、あとにもさき
にもこれが初めてである。そしてこれが若し東京に於いてかの女との関係
のつき始める時に於けるかの鎌倉行きのやうなものであつたら、若いも
のに対する好奇心やら可愛みやらでまた自分の胸も若返りの楽しみに一
杯になつただらう。……
　それまでは、まだしもよかつたが、函館から青森へ海上を渡る時、か
の女は非常に船に酔つたので、青森で上野行き列車の出発を待つ間に、
少しも食事はせず、ただ牛乳を一杯すすつただけである。こちらには、
こんなことでよくも女の独り旅ができたものだと思へた。

　青森からまた汽車に乗るとき、腰をかける場所もないほど多数の乗客
で－ (2－450)
　오토리와 같이 긴 여행을 한다는 것은 요시오에게는 전에도 후에도 이 여행
이 처음이다. 그리고 이 여행이 만약 도쿄에서 그녀와의 관계가 시작되었을 때
의 그 가마쿠라행과 같은 것이었다면 젊은 여자에 대한 호기심과 귀여움으로
또한 자신의 가슴도 회춘의 즐거움에 가득했을 것이다. ……
　그때까지는 그래도 괜찮았지만 하코다테에서 아오모리로 향하는 해상을 건
널 때 그녀는 매우 배멀미가 심했기 때문에 아오모리에서 우에노행 열차의 출
발을 기다리는 사이에 조금도 먹지 못하고 단지 우유를 한 모금 마셨을 뿐이다.
이쪽에는 이런 일로 잘도 여자 혼자 여행할 수 있었다고 생각했다.

아오모리에서 또 기차에 탔을 때 앉을 자리도 없을 만큼 많은 승객으로－
　札幌を出発しいたのは十一月六日の夜だが、なほ雪が降つてゐた。
　僕は、東京へ向つて出発したのであるが、一人の病人をつれてゐた。お
鳥といふ若い婦人だ。僕はここに婦人と云ふ。ふたりは、合議の上、これま

での関係をやがて絶つことになつてゐたからである。このお鳥は、婦人にありがちの病気で、出発の時刻まで、札幌の或病院に這入つてゐたのだ。

　まだ全快してゐるのではないので、夜を通して函館まで来るあひだ、かの女は僕の膝にもたれてからだを休めたり、眠つたりしてゐた。

　それまでは、まだしもよかつたが、函館から青森へ海上を渡る時、非常に船に酔つたので、青森で上野行き列車の出発を待つ間に、少しも食事はせず, ただ牛乳を一杯すすつただけである。

　いよいよ午後六時、乗り込みの時刻が来ると、僕等は腰かける傷所もないほど多数の乗客であつた。

　ー僕等は病院やその他に多くの払ひをした為め、三等切符を買ふのを止むを得ざる状態であつたのだ。(3−501)

　삿포로를 출발한 것은 11월 6일 밤이지만 더 많은 눈이 내리고 있었다.

　나는 도쿄를 향해 출발했지만 한 사람의 병인을 데리고 있다. 오토리라고 하는 젊은 부인이다. 두 사람은 합의 하에 결국은 지금까지의 관계를 끊기로 하였기 때문이다. 이 오토리는 부인에게 흔히 있는 병으로 출발 시각까지 삿포로의 어느 병원에 들어가 있었던 것이다.

　아직 완전하게 낫지 않았기 때문에 하코다테까지 밤새 오는 동안 그녀는 나의 무릎에 기대어 쉬거나 자거나 했다.

　그때까지는 그래도 괜찮았지만 하코다테에서 아오모리로 향하는 해상을 건널 때 그녀는 매우 배멀미가 심했기 때문에 아오모리에서 우에노행 열차의 출발을 기다리는 사이에 조금도 먹지 못하고 단지 우유를 한 모금 마셨을 뿐이다.

　드디어 오후 6시 탈시간이 되자 우리들이 앉을 자리도 없을 만큼 많은 승객이 있었다. ㅡ 우리들은 병원과 그 외에 많은 지출을 했기 때문에 3등석 표를 사지 않을 수 없는 상태였던 것이다.

　『あたい、そんな窮屈なところ厭だ、わ』とすねて見せた。

　渠はか女の……

　こちらも三等に一ケ所空席を発見したので

　……　云ひ聴かせた。胸が悪いとも云ふので、仰向けに寝られるやうにしてやり、胸から足の方へ毛布をかけてやつた。

……　膝を折らせ、乗り合ひの人々にも申しわけを述べて置いて、自分の席へ引ツ返した。昨夜の寒さで風を引いたのであらうと思ひながらだ。青森を離れてからこちらへは雪は見えないし、さう寒くもないが－。

……

『気分はどうだい?』

『吐きたいのよ。』かの女は肩をゆすつて眉をしがめる。……

青森で飲んだ牛乳らしい。他の乗客に見えない様に ……

『余り悪いやうなら、盛岡か、どこかで降りてもいいからね』と、お鳥に注意を与へる。

……　お鳥の車中の様子が変つてゐるのに驚かれた。(2－451～452)

"나는 그런 답답한 곳은 싫어" 하고 토라졌다.

그는 그녀의 ……

이쪽도 3등석에 빈자리를 한 군데 발견했다.

……　들려주었다. 가슴이 아프다고 말하기 때문에 위를 향해 눕게 하고 가슴에서 발쪽까지 이불을 덮어 주었다.

……　무릎을 꿇어 탄 사람들에게 이유를 말해 두고 자신의 자리로 되돌아갔다. 어젯밤의 추위로 감기가 들었을 것이라고 생각하면서다. 아오모리를 벗어나서부터 이곳에는 눈은 보이지 않고 그렇게 춥지도 않지만 ……

"기분은 어때?"

"토하고 싶어요." 그녀는 어깨를 떨면서 눈썹을 찡그린다. ……

아오모리에서 마신 우유 같다. 다른 승객들에게는 보이지 않게 ……

"너무 심하면 모리오카나 어딘가에서 내려도 좋으니까" 하고 오토리에게 주의를 준다.

……　오토리의 차 내에서의 모습이 변해 있는 것에 놀랐다.

『あたい、そんな窮屈なところ厭だ、わ』とすね出した。

僕はかの女の ……

僕の連中にも一ケ所空席を発見した。

……　云ひ聴かせ、胸が悪いとも云ふので、仰向けに寝かし、胸から足の方に毛布をかけてやつたが

……　膝を折らして置き、乗り合の人々にも申しわけを述べて、僕は僕

の席に引ツ返した。青森から雪はないから、昨夜の寒さで風を引いたく
らゐであらうと思つてゐた。……
　『気分はどうだい?』かう聴くと、
　『吐きたいのよ』と、肩をゆすつて眉をしかめた。……
　宵に飲んだ牛乳らしい。僕は他の乗客に見えない様に……
　『余り悪いやうなら、盛岡か、どこかで降りてもいいから、ね』と、お
鳥に注意すると、
　…… お鳥の車中の様子が変つてゐるのに驚いた。(3−501〜502)
　"나는 그런 답답한 곳은 싫어" 하고 토라졌다.
　나는 그녀의 ……
　우리 동료들 중에도 빈자리를 한 군데 발견했다.
　…… 들려주고 가슴이 아프다고 말하기 때문에 위를 향해 누이고 가슴에서
발쪽까지 이불을 덮어 주었지만
　…… 무릎을 꿇어 탄 사람들에게 이유를 말해 두고 나는 내 자리로 되돌아왔
다. 아오모리부터는 눈이 없기 때문에 어젯밤의 추위로 감기가 들었을 것이라
고 생각하고 있었다. ……
　"기분은 어때?" 이렇게 묻자,
　"토하고 싶어요." 그녀는 어깨를 떨면서 눈썹을 찡그린다. ……
　저녁에 마신 우유 같다. 나는 다른 승객들에게는 보이지 않게 ……
　"너무 심하면 모리오카나 어딘가에서 내려도 좋으니까" 하고 오토리에게 주
의를 주자,
　…… 오토리의 차 내에서의 모습이 변해 있는 것에 놀랐다.

　然し自分は渠を嫌ひであつた。自分ばかりではない。(2−452)
　그러나 자신은 그를 싫어했다. 자신뿐만이 아니다.
　然し僕は渠を嫌ひであつた。僕ばかりではない。(3−502)
　그러나 나는 그를 싫어했다. 나뿐만이 아니다.

　自分は英語を主にして ……
　非常に熱心らしい信者であつた。が、然し、さツぱり人好きのしない

男であつた。
　……　またさうしておのれの熱心を得意がつてるらしかつた。はたのも
のらは、しかし、渠一個の都合の為めに自分等の行為を左右されるのを
好まなかつたから、　……

　伝道師になつてると、こちらも聴いてゐた。(2－453)

　자신은 영어를 주로 하고 ……

　매우 열성인 신자였다. 그러나 조금도 남에게 호감을 주지 않는 남자였다.

　…… 또 그러한 자신의 열성을 자랑스러워하고 있는 것 같았다. 그러나 주위
사람들은 자신의 기분에 따라 그의 행동이 좌우되는 것을 좋아하지 않았기 때
문에 ……

　전도사가 되었다는 것을 이쪽도 듣고 있었다.

　僕は英語を目的に　……

　非常に熱心な信者になつた。その熱心は人を許し、われも許してゐた
と云つてもいゝ。然し、さつばり人好きのしない男であつた。

　……　さうして自分の熱心を得意がつてるたのだ。

　然し渠一個の都合の為めに人々は自分等の行為を左右されるのを好ま
なかつたから、　……

　伝道師になつた。(3－502)

　나는 영어를 목적으로 ……

　매우 열성인 신자가 되었다. 그 열성은 사람을 용서하고 나도 용서하고 있었
다고 말해도 좋다. 그러나 조금도 남에게 호감을 주지 않는 남자였다.

　…… 그러한 자신의 열성을 자랑스러워하고 있다.

　그러나 주위 사람들은 자신의 기분에 따라 그의 행동이 좌우되는 것을 좋아
하지 않았기 때문에 ……

　전도사가 되었다.

　そこまではこちらも話に聴いてよく知つてゐるが、それから渠がどこ
へ行つたのか分らなかつた。　……

　こちらは　……

　その人が今、こちらの目前で、こちらの携帯者のことに就いて相変ら

ず例の調子でボーイと押し問答をしてゐるのであつた。今更ら名のるの
は好ましくなかつたから、知らない振りで通すつもりで、

　……少し勢ひがゆるみかけた。

　『いや、わたくしはあツちの室にゐます。』

　『苟しくも』と、渠は再び威だけ高になつて、『二等室に乗るくらゐのも
のなら、それくらゐの礼儀ア知つてをる筈だ。』

　『御婦人ですから』と、ボーイは詫びるやうに受ける。(2−453)

　거기까지는 이쪽도 이야기를 듣고 잘 알고 있지만 그 후에 그가 어디에 갔는
지 몰랐다. ……

　이쪽은 ……

　그 사람이 지금 이쪽의 눈앞에서 이쪽의 동행인에 대해 변함없이 예의 태도
로 보이와 입씨름을 하고 있는 것이었다. 이제 와서 이름을 대는 것은 바람직하
지 않았기 때문에 모르는 척 지나갈 작정으로

　…… 조금 기세가 느슨해지기 시작했다.

　"싫어. 나는 저쪽 방에 있습니다."

　"만약" 하고 그는 다시 위엄을 갖추고 "이등실에 탈 정도의 사람이라면 그 정
도의 예의는 알고 있을 터이다."

　"부인이니까" 하고 보이는 사과하는 듯이 응한다.

　それまでは僕もよく知つてゐるが、それからとこへ行つたのか分らな
かつた。……

　僕は……

　その人が今、僕の目前で、僕の携帯者のことで、また例の調子でボーイ
と押し問答をしてゐるのであつた。僕は名のるのがいやであつたから、知ら
ない振りで通すつもりで、…… 少し勢ひがゆるみかけたが、

　『いや、わたくしはあツちの室にゐます』と僕が答へるのを聴いて、渠
は再び威だけ高になり、

　『苟しくも二等室に乗るくらゐのものなら、それくらゐの礼儀ア知つて
る筈だ。』

　『御婦人ですから』と、ボーイ。(3−503)

　거기까지는 나도 잘 알고 있지만 그 후에 그가 어디에 갔는지 몰랐다. ……

나는 ……

그 사람이 지금 나의 눈앞에서 나의 동행인의 일로 예의 태도로 보이와 입씨름을 하고 있는 것이었다. 나는 이름을 대는 것은 바람직하지 않았기 때문에 모르는 척 지나갈 작정으로

…… 조금 기세가 느슨해지기 시작했으나.

"싫어 나는 저쪽 방에 있습니다"라고 나는 대답하는 것을 듣고 그는 다시 위엄을 갖추고

"만약 이등실에 탈 정도의 사람이라면 그 정도의 예의는 알고 있을 터이다."

"부인이니까" 하고 보이.

4. 「약한 자의 슬픔」의 일원묘사[17]

그는 찜찜하고 갑갑한 자기 방에 돌아와서는 무한한 적막을 깨달았다.

그는 갑자기 갑갑하던 것이 더 심하여지고 아무래도 혜숙이한테 가 보아야 될 것같이 생각된다.

그는 생각이 정키 전에 문밖에 나섰다. (11)

그는 이유 없는 질투가 마음에서 끓어 나오는 것을 깨달았다.

…… 엘리자베트는 이렇게 생각하였다.

…… 엘리자베트는 더 듣고 싶었다. 그는 차차 노기를 외면에 나타내게 되었다. (12)

…… 엘리자베트는 혜숙에게 이 말을 다 고백하였다.

…… 그는 성이 났다.

…… 그에게는 부끄러웠다.

…… 그는 모욕을 당했다 생각하였다.

…… 엘리자베트는 자기에게 대하여서도 성을 안 낼 수가 없었다.

…… 그도, 부모에게 대하여 지금은 유일의 믿을 만한 사람이고 유일의 의뢰

할 만한 사람이라는 생각이 났다.

그는 한 바람을 품고 있었다.

…… 그는 무서워하고 피하려 하면서도 그것이 화제가 되기를 열심으로 바라고 있다. (13)

…… 엘리자베트의 머리에는 …… 생각만 나게 되었다.

이 말을 들은 엘리자베트는 갑자기 마음이 무거워지는 것을 깨달았다―. (14)

그는 아까 집에서, 혜숙의 집에 가야겠다 생각할 때에, 참지 못하게 가고 싶던 그와 동(同) 정도로 집으로 돌아가고 싶었다. (16)

그는 자리를 펴고 자고 싶은 생각이 났다.

엘리자베트는 갑자기 잠이 수천리 밖에 퇴산(退散)하는 것을 깨달았다. 그는 남작의 자기를 들여다보는 눈으로 남작의 요구를 깨달았다.

일순간에 그의 머리에 이와같은 생각이 전광과 같이 지나갔다. (17)

이제야 엘리자베트는 아까 남작이 광고하듯이 지껄이던 소리를 해석하였다.

몇 번 거절에 실패를 한 엘리자베트는 마지막에는 자기에게 대하여서도 정이 떨어지게 되었다.

엘리자베트는 갑자기 방 안이 어두워지는 것을 알았다.

엘리자베트는 정신이 아득하여지고 말았다.

그의 머리에는 남작이 생각났다. (18)

그의 머리에는 남작을 잡으려는 생각은 없어지고 엊저녁 기억이 차차 부활키 시작하였다.

그는 자기가 남작에 대하여서도 애정을 가지게 된 것을 깨달을 때에, 차라리 놀랐다.

그는 무한 울고 싶었다.

세수를 한 후에 그는 거기서 잠깐 주저치 않을 수가 없었다.

정문 밖에 나선 그는, 또 한번 주저치 않을 수가 없었다. (19)

그의 마음속에는 쟁투가 일어났다. 그는 상상하여 보았다.

그렇지만 그는 이환이를 사랑하였다.

엘리자베트는 그것으로 남작이 와 있을 동안은 너무 갑갑하여 빨리 돌아가기를 기다렸다. 치만 일단 남작이 돌아가고 보면 엘리자베트는 남작이 좀더 있지 않는 것을 원망하고 무한한 적막을 깨달았다. 만약 엘리자베트가 예기한 날

남작이 오지를 않으면 그는 어찌할 줄 모르게 속이 타고 질투를 하였다. (20)

그는 부인에게 대하여서도 미안을 감(感)하였다. (21)

그에게는, 두 달 동안 몸이 안 난 것이 생각이 났다.

그는 잉태가 무섭지는 않았다.

그의 눈에는 보통보다 곱 이상이나 크게 보였다.

…… 엘리자베트는 남작과 이환 두 사람을 비교하기 시작하였다. 그는, 마음 속에 두 사람 을 그린 후에 어느 편이 자기에게 더 가깝고 더 사랑스러운고 생각하여 보았다.

그는, 사랑스러운 편이 더 가깝고, 가까운 편이 더 사랑스럽기를 원하였다. (22)

여기 실패한 엘리자베트는 다시 다른 생각으로 그것을 보충하리라 생각하였다.

…… 그는 생각하여 보았다.

그렇지만, 엘리자베트는 여기서도 만족한 결론을 얻지 못하였다.

그는 생각하여 보았지만, 머리가 어지러운 것이, 완전한 해결을 얻지 못하게 되었다. 엘리자베트는 속이 답답하여졌다.

…… 엘리자베트는, 어느 편이 자기게 더 정다울지를 알지 못하게 되었다―.

두번이나 실패를 한 엘리자베트는 이번은 직접 당인(当人)으로 어느편이 자기에게 더 정답게 생각되는가 자문하여 보았다.

그는, 억지로 생각의 끝을 또 다른 데로 옮겼다.

엘리자베트는 맨처음 생각을 다시 하여보았다. (23)

그는생각하여 보았다.

칼렌더는 다른 사건을 엘리자베트의 머리에 생각나게 하였다.

이 생각이 엘리자베트에게 잉태를 생각나게 하였다.

…… 엘리자베트는 생각하였다.

말은 짧지마는 이 말을 남작에게 하는 것은 엘리자베트에게 큰 부끄러움에 다름없었다.

그는, 자기에게 부끄럽지 않고 남작이 알아들어야 된다는 조건 아래서 할 말을 복안하여 보았다.

엘리자베트의 복안은 남작을 보는 동시에 쪽쪽이 헤어지고 말았다. 그는 다만, 남작에게 매어달려 통쾌히 울고, 남작이 아프도록 한 번 꼬집어 주고 싶었다.

엘리자베트는, 자기가 어디 있는지도 똑똑히 의식치 못할이만큼 마음이 뒤

숭숭하였다. (24)

남작이 대답한 것을 엘리자베트는 속으로 원망하였다.

엘리자베트는 울면서 생각하였다.

…… 엘리자베트는 자기를 민하다 생각하지 않을 수가 없었다.

…… 엘리자베트는 생각하고 기회를 다시 기다리기 시작하였다. 엘리자베트는 울면서 생각하여 보았다.

대답을 한 후에 엘리자베트는 자기의 용기에도 크게 놀랐다. (25)

엘리자베트는, 갑자기 용기가 몇 배가 많아지는 것을 깨달았다.

남작이 대답을 안하는 것을 본 엘리자베트는 마음속에 갑자기 한 무서움이 떠올라왔다.

이것이 엘리자베트에게 제일 무서움에 다름없었다.

엘리자베트는 '그러리라' 생각하였다. 그는 갑자기 설움이 더 나왔다.

이 말을 들은 엘리자베트는 일변 기쁘고도 일변은 더 섧고 억지도 쓰고 싶었다. (26)

그는 정신이 없어졌다―.

그의 머리에는, 한 생각이 번갯불과 같이 번쩍 지나갔다.

그는 아까 혜숙의 말의 의미와 나온 곳을 이제야 겨우 온전히 깨달았다.

그는 S에게 고백하였다.

그의 차차 혼돈되어 가는 머리에도, 한 가지 생각은 꼭 들어붙어서 떠나지를 않았다.

―그는 이환이를 사랑하였다. …… 그들은, 각각 자기가 사랑을 짝사랑[片戀]이라 생각하였다. (27)

대답하고 엘리자베트는 마음이 뜨끔하였다.

그는 이와 같은 허황한 생각을 하였다.

엘리자베트는 거짓말을 하면서도 안심을 하였다.

엘리자베트는 이와 같은 거짓 대답을 하면서도, 그의 마음속에는 한 바람[希望]이 있었다. 그는 달반이나 못 간 혜숙이의 집에 가 보고 싶었다.

혜숙이는 엘리자베트의 바람을 이루어 주지를 않았다. (28)

그렇지만 혜숙을 원망하는 것은 부끄러운 일이라 엘리자베트는 생각하였다.

엘리자베트는 이렇게 자기를 위로하여 보았지만, 부끄러운 일이든 무엇이

든 원망은 원망대로 있었다.

그는 혜숙의 집에 못 간 것이 다행이라 생각하였다. 그러는 가운데도 가고 싶은 생각이 온전히 없어지지 않았다. 그의 마음속에는, '가고 싶은 생각'과 '갔다는 안 된다는 생각'이 다투기 시작하였다.

역시 전과 같이 엘리자베트에게 큰 적막을 주었다. 방이 이렇게 멀끔할 때마다 짐짓 여기저기 널어 놓던 엘리자베트도 오늘은 혜숙의 집에 갈까말까 하는 번민으로 인하여 그렇게 할 생각도 없었다.

그는 종이를 들고 한참 주저하다가 눈을 종이 편으로 빨리 떨어쳤다.

남작의 글씨로다 엘리자베트는 생각하였다. (29)

그는 어젯밤 일을 생각하고 속으로 중얼거렸다―.

…… 엘리자베트는 못 가겠다 생각하였다.

―그는 자기가 어디로 가는지 똑똑히 알지 못하였다―.

이 모든 눈은 엘리자베트에게 한 쾌감을 주었다. ―그는 노파의 미워하는 것이 당연하다 생각하였다 …… 남자들의 애모의 눈이 자기를 볼 때에는 엘리자베트는 약한 전류가 염통을 지나가는 것같이 묘한 맛이 나는 것이 어째 하늘로라도 뛰어 올라가고 싶었다. 그는 갑자기 배가 생각난고로 할 수 있는 대로 배를 작게 보이려고 움추러뜨렸다.

그들은 몰래 보느라고 곁눈길하는 것도, 엘리자베트는 다 알고 있었다. 남자들이 자기 를 볼 때마다 엘리자베트는 자기도 그편을 보아 주고 싶었다.

엘리자베트는 섭섭한 생각을 품고 전차를 내렸다―. 어떤 시선이 자기를 따라온다 그는 헤아렸다.

수레에서 내린 그는 마음의 무거워지는 것을 깨달았다. 그는 집으로 돌아가고 싶었다. 병원에는 차마 못 들어갈 것같이 생각되었다. (30)

엘리자베트는 다른 곳에서 고향 사람이나 만난 것같이 별로 정다와 보이는고로 곧 남작 의 곁으로 갔다.

엘리자베트는 갑자기 부끄러움도 의식치를 못할이만큼 머리가 어지러워지기 시작하였다. 그의 눈은 보지를 못하였다. 그의 귀는 듣지를 못하였다―그의 설렁거리는 마음은 다만 '어찌할꼬 어찌할꼬' 하는, 엘리자베트 자기도 똑똑히 의미를 알지 못할 구(句)만 번갈아하고 있었다.

그러면서도 엘리자베트는 의사의 손에서 얼마의 온미(溫味)를 깨달았다─. 이성의 손이 살에 와 닿은 것은, 엘리자베트와 같은 여성에게 대하여서는 한 쾌락에 다름없었다. (31)

엘리자베트는 이제껏 연속하고 있던 '어찌할꼬' 뒤로 무한 큰 부끄러움이 떠올라오는 것을 깨달았다. 그러는 가운데도 그는 희미하니 한 가지 일을 생각하였다.

모두 내 일은 아누나 엘리자베트는 생각하였다.

이 모든 눈 가운데서, 큰 고통과 부끄러움만 받은 그는 한편 구석에 구겨앉아서 치마 앞자락을 들여다보기 시작하였다.

그는 이 구멍이 공연히 미워서 손으로 빡빡 비비다가, 갑자기 별한 생각이 나는고로 그것을 뚝 그쳤다.

그는 생각하였다. (32)

엘리자베트는 소름이 쭉 끼쳤다. ─자기가 지금 어디를 무엇하러 와 있는지 그는 생각났다.

그는 갑갑증이 일어났다.

이 나쁜 손금도 엘리자베트의 마음을 괴롭게 하지 못하였다. 그의 심리는 복잡하였다─. 그는 슬퍼하여야 할지 기뻐하여야할지 알지 못하였다. (33)

이 복잡한 심리는 엘리자베트로서 아무 편으로도 치우치지 않게 마음이 텡텡 빈것같이 되게 하였다.

그는 기쁘지 않을 수가 없었다.

─자기의 경우를 생각할 때에 그는 슬퍼하지 않을 수가 없었다.

약을 받은 뒤에 엘리자베트는 마음이 두근거리기 시작하였다. 그는 약을 병째로 씹어먹고 싶도록 애착의 생각이 나는 또 한편에는 약에게 이 위에 더 없는 저주를 하고 태평양 복판 가운데 가라앉히고 싶었다. 그러는 가운데도 그에게는 집으로 돌아가고 싶은 생각이 났다.

저녁 먹은 뒤에 처음으로 약을 마실 때에 엘리자베트에게는 한 바라는 바가 있었다.

그는 생각하여 보았다.

엘리자베트는 눈을 번뜩거리며 생각한다. (34)

그는 자기의 비열을 책망하는 동시에 아까 그런 공상에 대한 부끄러움과 증오

놀람 절망들의 생각이 마음에 떠올랐다. 그 가운데도, 가느나마 그에게는 희망이 있다—. 약의 효험은 얼마 후에야 나타난다더라 엘리자베트는 생각하고 좔좔 오는 장마비 소리에 귀를 기울이고 자기 바람의 나타남을 기다리고 있었다.

엘리자베트는 자기 건강상의 변화를 발견하였다.

마지막번 약을 먹은 뒤에 전등을 켜고 엘리자베트는 생각하여 보았다.

엘리자베트는 '그것이 당연한 일이라' 생각하였다.

그는 생각하였다.

이와 같은 생각이 나는고로 그는 곧 생각의 끝을 다른 데로 옮겼다.

대답하고 엘리자베트는 자기가 무슨 병이나 앓던 것같이 알고 있는 부인이 불쌍하게 생각났다. (35)

엘리자베트는 마음이 뜨끔하였다.

엘리자베트는 우덕덕 정신을 차렸다.

엘리자베트는 웃는 뒤에 울음이 떠받쳐 올라왔다. (36)

그래도 반생 이상을 서울서 지낸 엘리자베트는 자기 둘째 고향을 떠날 때에 마음에 떠나기 설운 생각이 없지 못하였다.

이렇게 서울에게 섭섭한 생각을 가진 엘리자베트는 몸은 차차 서울을 떠나지만 마음은 서울 하늘에서만 떠돈다.

…… 그도 …… 생각치 않을 수가 없었다. 치만 그에게는 그리 할 용기가 없었다. (37)

그는 말을 하고 싶었지만, 마음속의 어떤 물건이 그것을 막았다—.

그는 입술을 악물었다.

엘리자베트의 머리에는, 갑자기 '생각날 듯 생각날 듯 하면서 채 생각나지 않는 어떤 물건'이 떠올랐다. 그는 생각하여 보았다. …… 그는 가렵고도 가려운 자리를 찾지 못한 때와 같이 안타깝고 속이 타는고로 살눈섭을 부들부들 떨었다.

그는 한참이나 남작을 두고 이리저리 생각하다가 탁 눈을 치뜨면서 주먹을 꼭 쥐었다—. 엘리자베트는 가만 있지 못할 것같이 생각된다.

그는 다시 중얼거렸다. 그러면서도 그는 자기로도 재판을 하여야 할지 안하여야 할지 똑똑히 해결치를 못하였다.

이 생각에서 떠난 그의 머리는 걷잡을 새 없이 빨리 동작하였다.

한참 이리 생각한 후에 그의 흥분하였던 머리는 좀 내려앉고, 몸이 차차 맥이 나면서 그 것이 전신에 퍼진 뒤에 머리와 가슴이 무한 상쾌하게 되면서 눈이 자연히 감겼다. 수레의 흔들리는 것이 그에게는 양상스러웠다.

엘리자베트에게 큰 무서움을 주었다.

그는 온몸을 부들부들 떨었다.

엘리자베트의 떨림은 더 심하여졌다.

그는 갑자기 생각난 듯이 눈을 비비고 반만큼 일어서서 뚫어지게 내어다보았다. (39)

어렴풋이 보이는 그 방성에 엘리자베트는 상상을 가하여 보기 시작하였다.

엘리자베트는 흥분한 눈으로 가슴을 뛰놀리면서 그 방성을 보았다.

대문 안에 들어선 엘리자베트는 어찌할지를 몰라서 담장에 몸을 기대고 우두커니 서 있었다. (40)

엘리자베트는 생각하는 동시에 입은 거짓말을 했다. (41)

머구리에게 무서움을 가지는 동시에 엘리자베트의 머리에는 아깟 걱정이 떠올랐다. 그는 낯을 찡그리고 한숨을 후 내어쉬었다.

엘리자베트는 마음이 뜨끔하였다. (42)

그는 아즈머니의 말을 우쩍 반대하고 싶었다―.

양반상놈 문제에 얼토당토 않은 주먹을 내어놓은 아즈머니의 무식이 그에게는 경멸스럽기도 하고 성도 났다. (43)

엘리자베트는 몇 가지 일로 느끼고 있었다―.

그는 만날 이 일이 생각날 때마다 혀를 차며 중얼거렸다 ……

그것만으로 그는 만족치를 못하였다. 그는 …… 서울사람이 낫다 …… 엘리자베트는, 자기에게도 부끄럽도록 그 기림자가 예뻐 보였다. (44)

…… 엘리자베트에게는 위에 없는 유쾌한 일이 되었다―.

하나도 엘리자베트에게 정답게 생각 안 나는 것이 없고, 느낌 안 주는 것이 없었다. 이 절벽을 내려다볼 때마다 그의 마음속에는 한 기쁨이 움직였다. (45)

그는 반가움과 무서움과 바람으로 머리를 푹 숙이고 곁눈질을 하면서 아즈머니와 함께 거리들을지나갔다―.

…… 엘리자베트는, 자기도 어찌 되는지를 모르도록 마음이 뒤숭숭하였다―.

세 분(分)쯤 뒤에 그는 마을을 좀 진정하여 장내를 둘러보았다.

남작을 볼 때에 그는 갑자기 죄송스러운 생각이 났다.

그는 이제라도 할 수만 있으면 재판을 그만두고 싶었다.

─그는 머리를 좀더 돌이켰다.

…… 그의 머리에는 똑똑히 이 생각이 떠올랐다.

남작에 대한 미움이 마음속에 솟아 나왔다 …… 그는 외면한 남작을 흘겨보았다 ……

엘리자베트는 말이 하기 싫은고로 겨우 중얼거리고 앉았다.

엘리자베트는 앉으면서 괴로운 숨을 내어쉬면서 생각하였다.

엘리자베트는 변호사가 '원고의 말은 허황하다' 할 때에 마음이 뜨끔하였다. …… 병원 이야기가 나올 때에 머리가 어지러워지는 것을 깨달았다. (47)

이 말을 겨우 알아들은 엘리자베트는 가슴에서 두번째 '툭' 하는 소리를 들었다.

그는 생각하였다.

그렇지만 이와 같은 한가한 생각이 그의 머리에 오랫동안 머물지를 못하였다 …… 엘리자베트는 펄떡 정신을 차렸다. 그때야 그는 자기 있는 곳은 보고 [步轉] 안이고, 벌써 아즈머니의 집에 다 이르렀고, 아까 판결 받은 것이 생각났다. (48)

그는 울음도 안 나오고 웃음도 안 나왔다.

그렇지만 어디가 야단 나고 어떻게 야단 났는지는 그는 몰랐다.

그의 눈에는 여러가지 환상이 보인다 …… 이것이 모두 합하여 그에게는 야단으로 보였다.

부엌에서 덜컹거리는고로 거기 있나 보다 그는 생각하였다. (49)

엘리자베트는 승천(昇天)하는 것 같은 쾌미를 누리고 있었다.

엘리자베트는 괴로운 낯을 하고 팔과 다리를 꼬면서 앓는 소리를 내고 있다가 참다 못하여 억지로 말했다─.

…… 그에게 큰 아픔을 주었다.

엘리자베트의 마음은 무한 설렁거렸다─.

엘리자베트는 대답을 하려다가 말이 하기 싫은고로 그만두었다.

그는 병적으로 날카롭게 된 머리로 생각하여 보았다. (51)

아주머니가 나간 뒤에, 그는 또 생각하여 보았다─.

(그는 입술을 부들부들 떨었다)

(그는 괴로운 웃음을 씩 웃었다) (52)

엘리자베트는 무서워서 부들부들 떨기 시작하였다.

생각할 때에 한 마리는 그의 배 위에 떨어졌다.

그는 생각하였다－.

조금 있다가 그는 생각난 듯이 수군거렸다－.

흔히 무의식히 그의 머리에 떠올랐다－. (54)

그렇지만 그에게는 아프리라 생각하는 데서 나온 아픔밖에는 아픔이 없었다.

　　오늘은 그의 머리는 똑똑하여졌다. (55)

엘리자베트는 생각난 듯이－무의식히 소리를 내었다.

소름 돋을 때와 부채의 시원한 바람의 쾌미는 그에게 졸음이 오게 하였다. 그는, 구름 타고 하늘에 올라가는 맛으로 잠과 깸의 가운데서 떠돌고 있었다.

그의 머리에 번갯불과 같이 이 생각이 지나갔다.

그의 머리에는 모순된 두 가지 생각이 일어났다. (56)

그는 그 핏덩이에 대하여 무한한 미움이 일어났다.

그는 그 핏덩이를 씹어먹고 싶었다－.

드러누운 그에게는 얼토당토 않은 딴 생각이 두어 가지 머리에 났다.

이삼 푼의 잠이 그를 슬치고 지나간 뒤에 그는 눈을 번쩍 뜨면서 무의식히 중얼거렸다－.

그에게는 별한 생각이 머리에 떠올랐다.

그는생각하였다.

그는 이 문제를 두고 논문 비슷이, 소설 비슷이 하나 지어보고 싶은 생각이 났다.

그는 생각하여 보았다－.

자기의 설움은 약한 자의 슬픔에 다름없었다.

그는 생각하였다. (57)

그는 자기 짓던 글을 생각하고 중얼거렸다.

그는 생각하였다. 그리고 글을 속으로 생각하기 시작하였다 ……

그런 다음에는, 그의 머리에 한 공허가 생겼다. (58)

어머니가 자식에게 가지는 육친의 정다움이 엘리자베트의 마음에 일어났다.

엘리자베트는 다스한 맛이 올라오는 것을 깨달았다.

그는 생각하였다 ……

‘서울’ 소리를 듣고 그는 갑자기 가슴이 뛰놀기 시작하였다.

그의 목소리는 홍분으로 떨렸다.

오촌모의 ‘응’이란 대답뿐은 그를 만족시키지를 못하였다. …… 오촌모가 그
에게는 밉게까지 보였다.

그렇지만 그의 정조(情調)는 그의 비쭉한 것을 뚫고 위에 올라오기에 넉넉하
였다. (59)

엘리자베트는 자기 생각만 연속하여 하였다—. …… 그는 산후(産後)의 날
카로운 머리를 써서 꽤 똑똑한 해결을 얻을 수가 있었다—.

(그의 입에는 이김의 웃음이 떠올랐다)

(그는 생각난 듯이 중얼거렸다)

(그는 생각난 듯이 웃으면서 중얼거렸다)

그는 생각하여 보았다.

(그는 기쁨으로 눈에 빛을 내었다) (61)

그의 입에는, 온 우주를 쳐누른 기쁨의 웃음이 떠올랐다. (創造, 1919. 2.3)

5. 「마음이 옅은 자여」 「배따라기」 「감자」—주어와 종결어미[18]

「마음이 옅은 者여」

편지

<u>나는</u> 집에 들어가기 전에 나의 안해에게 많은 <u>바람을 품고 있었다</u>. 오년이나
내가 떠나 있는 사이에 그는 갑갑하여 심심거리라도 공부를 많이 하였으려니—.
지금은 훌륭한 부인이 되었으려니—. 그 새 내가 없으므로 대단히 파리하였으려
니—. 이제 내가 들어서면 너무 기뻐서 말도 못하고 늙은 어머니와 함께 물끄러
미 나를 들여다보고만 섰으려니—내 아들도 꽤 컸으려니—. (64)

---

18 『김동인 전집』 제1권(서울, 조선문화사, 1987)에서 발췌. 밑줄은 필자. 이하 ( ) 안에 페이
지를 적는다.

나도 그런 이유로인지는 모르지만 오 년 전에는 나의 안해를 서로 마주 있을 때에는 사랑하였다. 혹은 그 사랑이 육(肉)의 사랑일지도 모르거니와, 어쨌든 나는 그를 사랑하였다. (64)

나는안해의 문제를 초월하였다. 나는 다만 꽃다운 새 부부와 여학생들과 아름다운 기생 들 보는 것 만으로, 무한히 속을 태우면서도 만족히 여겼다. 나도 넉넉히 그만껏은 할 수가 있는데 하는 때에 시기가 생기고 자기 경우보다 좀더 높은데 있는 것에 대하여 부러움이 생기고 자기는 생각 치도 못한 데는 다만 보는 것뿐으로 넉넉히 여겼다. (65)

'나는 살았다'고 갑자기 기뻐졌다. (72)
길에서 나는 사람을 보는 이마다 그들을 불쌍하게 여겼다. (73
성이 상투 끝 아니 머리칼 끝까지 났을 때에 나는 다시 아까 그 기쁨을 맛보고 싶은 생각이 났다. (73)

일기

그렇지만 나는 갑갑하다 쓸쓸하다. 이 활인화가 내게 무슨 관계가 있는고, 그들은 그들 나는 나. 그들이, 그 노래를 내게 들으라고 부른 바도 아니고
아! 나는 그만 고독으로 나의 삶을 끝내어야는가! (74)

나는 다른 사람에게 이런 말을 들으면 좀 농담으로라도 대답하겠지만, C를 보면 알지 못하는 가운데 존경의 생각이 나서 별로 미안하여진다. (81)
이래서 나는 C를 무서워한다. (81)
그의 힘찬 호흡, 그의 약하게 떨리는 몸, 이를 나는 내 팔로써 감(感)하였다. (82)
이제 만약 Y로서 나를 떠난다 하면, 나는 뒷일을 상상할 수도 없다. (85)

웬일인지 모르지만 나는 이즈음 자꾸 Y가 나를 버릴 것같이 생각된다. 아니 벌써 나를 버린 것같이도 생각되고, 어떤 때는 나는 처음부터 Y를 사랑할 권

리가 없고 나의 그 새 행동은 남의 것을 횡탈(橫奪)한 것같이 생각된다. Y의 두 큰 눈이 내 눈 아래서 기쁨과 부끄러움으로 빛을 내면서 나를 바로 볼 때에도, 나는 그를 내려다 보면서 이것을 감(感)하였다. 그의 붉은 심장이 내 가슴 아래서 뛰놀 때도 나는 이것을 감하였다. 그의 조(粗)하고 아름다운 노래가 내 귀를 즐겁게 할 때도. 그의 숨찬 숨이 내 입으로 날아 들어올 때도, 그의 살진 어깨와 허리가 내 품 속에서 떨릴 때도, 그가 없을 때도, 그가 있을 때도, 그가 보일 때도 안 보일 때도, 이 생각은 약하나마 내 마음속에 깊이 잠겨서 떠나지를 않고 나를 괴롭게 한다. (88)

맹목적이라야 할 사랑에, 육적이니 영적이니 구별할 필요는 없다. 하물며 — '영적이라야 할 것인데 육적이 되어서 마음 아프다' 고?!
또, 육의 사랑이면 어떻단 말이냐! C가 이런 말을 한 적이 있다. —

남녀의 사랑이란 그 근원은 육의 환락에서 비롯하였다. 원시적 사람을 보라, 짐승들을 보라, 다정한 시인을 보라, 정에 날카로운 여자를 보라, 그들이 이 이성에서 다른 이성으로 또 다른 이성으로 사랑을 옮기는 것은 그 무엇을 의미함이냐. 정에 날카로운 사람은, 참 환락의 삶을 맛보는 사람은, 참세정(世情)을 아는 사람은 사랑에 영적 육적의 구별을 하지 않고, 영적보다 오히려 수적(默的) 육적(肉的)으로 그들의 참 '순(純)'을 발휘함이 아닌가라고 — . 나도 이렇게 생각한다. (89)

그렇지만 이상한 것은 Y이다 이 생각이 아무리 내 머리에 깊이 인상되어도 한 번 Y의 생각을 하거나 그를 볼 때에는 이런 생각을 한 내가 오히려 부끄러워진다. (94)

나는 농담으로 이렇게 말하였지만, 말이 끝나기도 전에 어떤 보이지 않는 철퇴가 내 머리를 내리친다. (95)

Y가 오늘 별로 쾌활하던 것도, 그 실은 서어서어한 쾌활, 거짓 지은 쾌활이던 것을 이제야 알았다. Y에게는 무슨 번민이 있다! 어제 성난 것 같은 것도, 그제

무슨 말을 할듯 할듯 하던 것도 그 번민을 내게 고백 하렴이댔으리라, 그럼 그 번민은?'나와 Y의 새'에 무슨 번민이 생겼다! <u>나는</u>직감으로 <u>이를 안다</u>. 그리고, 직감으로 이를 시인한다. 그럼 그 번민은 그 번민의 이유는 어떤 것이냐?

여기는 '그렇다!' 이상으로는 해석할 수가 없다. 나는 Y를 위로할 생각도 안 나서 그대로 두었다 ……

전에 Y와 만나기 전에 안해를 곁에 놓고 이런 공상을 하여 본 적이 있다. ─ 안해를 함종으로 보낸 뒤에 어떤 애인을 얻게 된다. 그러는 동안에 어떻게 큰 재산을 얻고 큰 부자가 된다. 그 때에는 애인과 함께 세계일주를 하면서 에집트 넓은 벌에서 별을 보며 이탈리아 바닷가에서 조개 껍질을 주으며 세계의 누구 부럽지 않게 즐기리라고 …… (96)

나는 피할 만한 근거가 있는 <u>생각을 여러가지로 하여두었댔다</u>. (97)
오늘도 생각난 일은 좀 써 두렸지만 아무 생각도 못하였다.

다만, Y가 밉고 사랑스럽고 불쌍하고, 내가 밉고 사랑스럽고 불쌍하고, 둘이 합하여 함께 밉고 사랑스럽고 함께 <u>불쌍할 뿐이다.</u> (100)

어둡고 큰, 악마의 입에서 나오는 그 찬 서리!
이는 나를 둘러싼다. 둘러쌀 뿐 아니라 각각(刺刺)이 내 몸을 뚫고 심장 복판 가운데로 새어 들어온다. 피하려면, 그는 속력을 더하여 따라 온다. 이것을 너무 무섭게 생각할 때는, …… 그는 좀 멈칫 선 것같이도 생각되고, 이런일은 당초에 없는 것같이도 생각되지만, 이 생각과 함께, 그는 더 맹렬히 내 심장으로 들어오는 것같이 <u>생각된다</u>.
흔히 이것이 다 거짓말이로다 <u>의심하여 보았다</u>. 그리하면, 일변 무섭기도 하고, 더 무섭기도 하되, 또 한편으로는 좀 <u>안심도 된다</u>. 이런 때는 언제든, 이제 Y가 낯에 기쁨을 넘쳐 가지고 오면서, K씨, 며칠 전에 그 말은 거짓말이얘요, 정말룬요, 아버지한테 K씨와 혼인할 허락을 맡았다오. 자 남산재 예배당으로 식을 들러 갑시다요!라면서 들어올 것 같다.

나는 그 새 열흘 동안 Y오기를 <u>기다렸다</u>. 그가 오면 물론 더 성도 날 것이다, 자미도 없을 것이다. 그렇지만 안 기다릴 수가 없다. 잠깐이라도 <u>만나 보고 싶</u><u>다</u>. 이제 영구히 Y가 못 오리라 생각하면 어떻달지 내 마음을 <u>형용할 수가 없다</u>. 다만 한 번이라도 더 <u>만나 보고 싶다</u>. 그렇지만, Y가 오면 좋겠다는 생각 가운데는 또 한가지 이유가 있다. 시기, 이것이다. Y가 집에서 지금 무엇을 하고 있는지 할 때에 일어나는 시기로 말미암아 Y를 다만 몇 시간이라도 자기 집에 못 있게 하고 싶은 <u>생각으로 나옴이다.</u> (103)

그가 와 있을 때는 너무 자미 없어서 나는 그가 안 오기를 바란다. 치만, 그가 안 올때 는 —아— 생각키도 <u>무섭다</u>. 심장을 태우는 시기. 나는 시기가 일어날 때는 이를 삭이려지 않고 오히려 여러가지 공상으로 더 심하게 하여 가지고 혼자 성이 나서 팔을 두르며 눈물을 뿌렸다. 이 심장을 태우다 못하여 내 온몸까지 태우는 단장(斷陽)의 시기가 이때의 나의 다만 하나의 양식이다. 주먹을 쥐고 눈을 감은 뒤에 Y의 앞일을 내게 불리하게만 생각을 돌려하여 시기에 시기를 승하여 가뜩이나 성이 나는 것을 더 맹렬히 돋구는 것은, 참, 죽게 속상하고도 또 끝없이 <u>통쾌하였다</u>. Y가 왔다가 갓 돌아간 다음에는 그 시기가 어떻다 형용할 수 없도록 맹렬하였다. 이 때의 시기가 제일 <u>통쾌하였다</u>.
　때때로 공상을 바꾸어서, Y가 이제 시집을 갔다가, 몇 달이 못 되어서 대단히 불행하게 되어 돌아오라란 <u>생각을 여러가지로 하여보았다</u>. 이 때는 참 <u>통쾌하</u><u>였다</u>. 그 통쾌보다 더 맹렬히 이상하거니와 얼토당토 않은 <u>시기가 일어난다</u>. 이런 때마다 내 소유물이 하나씩 파손된다. 나는 참지 못하여 무엇이든 파괴하고야 만다. 이 순간 내 <u>양심은</u> 끝없이 <u>가책된다</u>.
　너는 Y의 불행을 바란다!
　Y를 시기하다 못하여, 너는 Y의 불행까지 공상으로 그려놓고 공상엣 Y까지 책망을 하며 '네 보아라!' 하며 <u>시기를 한다</u>.

그렇다 나는 Y의 불행을 바란다. Y의 불행이 내게 행복을 줄 것은 없으되 <u>나</u><u>는 이를 바란다.</u> 이것도 나의 좁으러운 시기에서 나온 바다, 뿐만아나라, 나는 여기대한 <u>변해(弁解)까지 가지고 있다.</u>
　'악마의 어두운 입, <u>나는</u> 그것이 <u>무섭다!</u>' 이전 거기서 길러날 때는 그 무서움

자료집　421

을 몰랐지만 한 번 온대(溫帶)의 맛을 본 나는 거기 다시 돌아갈 수가 없다. 가면 나는 파멸된다!

　나를 파멸에 이르게 한 자는 Y, Y없었더면, 나는 그 악마의 입에서라도 만족히 살았을 터이다. Y없었더면, 나는 이런 비경(悲境)에 이르지 않았으리라. 나는 파멸(그렇다!나의 장래는 파멸 밖에는 없다!)의 원인은 하나에서 열까지 다 Y게 있다. 앞에 보이는 깜깜한 차다찬 삶, 소름이 끼치는 삶, 그의 원인은 Y게 있다. 내가 어찌 Y의 불행을 바라지 않을까!'라고 ……
　나는 늘 어지로운 머리로 이 생각을 하여보았다. (107)

일원묘사

　C라 하는 굳센 후원자를 본 K는 무한 큰 슬픔이 가슴을 터치고 방 안에 차는 것을 깨달았다. (112)
　K는 한숨을 내어쉬었다. K는 몸은 안 떨려도 심장이 약하게 보르륵 떨리는 것을 깨달았다. K는 자기 마음이 슬픔으로 찼는지 무서움으로 찼는지 몰랐다. 그는 그런 것을 의식할이만큼 마음이 한가치 못하였다. 그는 Y의 문제를 온전히 잊은것 같은 적적함을 깨달았다. 이때에 K는 이유는 모르지만, 자기 온 목숨까지라도 미칠만한 C에 대한 극도의 연애에 가까운 사랑이 생김을 깨달았다. (1−12)

　K가 공경하는 C가, K 자기를 위해서 부러 평양까지 서울서 내려왔다 할 때에 K는 기쁘지 않을 수 없었다. (112)

　C는 K의 일기를 볼 동안에, K는 괴로움과 다투다가 곤하여 잠이 들었다. 검은 것과 흰 것이 범벅된 광야 같기도 하고 바다 같기도 하고, 또는 하늘 같기도 한 것을 걸핏 보고 K는 펄떡 깨었다. 어느덧 밤이 되어서 C는 불을 켜고 그냥 K의 일기를 보다가 후덕덕 뛰어온다. (113)

　K는 무엇인지 모르지만 무서웠다. 심심 산곡에서 범을 만난 유(類)의 무서움은 아니다. 세상에게 저주를 받은 뒤에 달에 정배를 간다 하여도 이 무서움의 백

분의 일도 못 된다. 넓으나 넓은 집을, 부모가 어디 나간 틈에 혼자서 집을 보는 어린아이에게서야 처음으로 볼 그 무서움을 K는 맛보았다. K는 훌쩍훌쩍 느끼기 시작하였다. (113)

K는 무슨 말인지 똑똑히 못 알아들었다. 금강산이란 무엇을 의미함인가 K는 의심하였다. (113)

C의 말과 같이 날은 참 좋다. C는 열두시가 되었다 하였어도 아직 여섯시 반쯤으로 하늘에는 멀건 운하(雲河)가 하나 걸려 있을 뿐이요, 가을 높은 하늘은 더 높고 푸르고 맑고 동편 하늘에는 새빨간 새벽놀이 다리를 뻗치고 괴상히 웃고 있다. 가을 맑고 찬 공기는 더운 기운과 합하여, 한 불쾌와 상쾌를 준다. (114)

오늘에야 K는 그것을 깨달았다. 어제 Y의 잔치 구경 갔다가 보지도 않고 돌아온 K의 심리는 탁 치받치는 시기와 Y와 영구히 떠나는 순간엣 한낱 신비적 깨달음으로 말미암아 난 실신에 지나지 못하였다. 그리하여 갑자기 그가 숭배하는 그의 지식의 근원인. 그의 유일의 이해자인 C를 보는 순간에 안심과 '내게는 걱정이 있거니' 하는 생각의 작용으로 열도 났댔다. 그렇지만 순간적 열은 곧 내리고 그는 C의 감화로 이전과 같은 쾌활한 K를 회복하였다 …… (115)
K는 문틈으로 들어오는 바람에 담뱃내를 퍼치면서, 번하니 서북편 하늘로 보이는, 차차 멀어져 가는 평양 하늘을 보면서, 마음에는, 슬픔 외로움과 갑갑함을 깨달았다. (118)
K는 슬펐다. 별로 슬펐다. Y를 잃은 것보다, 앞의 외로운 삶을 내어다 볼 때엣 신비적 예감으로 말미암아 나온 슬픔 그것을, 그는 깨달았다. 넓으나 넓은 세계의 억만 인구가 한순간에 모두 소멸하고, 물로 씻은 듯한 세계에 다만 혼자 외로이 남은 슬픔 그것을, 그는 깨달았다. 십오륙세기식 굉장한 건축 안에 혼자 앉아서, 로만틱한 옛적 기사(騎士)이야기라도 읽는 때의 슬픔, 그것을 그는 깨달았다. (118)

K는, 무엇인지도 모르지만 어떤 삶에 철저한 철리(哲理)를 안 것같이 생각되었다. 무엇인지는 모른다. 어떻든 이후에 탁 만날 때에는, 아 이것이댔다! 쯤은 자기에게 알게 된 것같이 생각되었다. (119)

K의 기쁨은 맨끝에 달하였다. K는, 이와같이 지나는 한 시간을 위하여서는 십 년의 목숨을 바쳐도 아깝지 않게 생각하였다. 이것을 못 맛보고 사는 일혼의 목숨이 이것을 맛 본 스물의 목숨보다도 얼마 더 불쌍한지, K는 헤아리지를 못하였다. 이 시간이 K에게는 제일 값있는 시간의 하나이다. (121)

K는 내리고 싶기도 하고 싫기도 하였다. 그의 머리에는, 문득, Y에게 대한 한 신비적 슬픔이 떠올랐다. Y와는 인젠 영구히 만날 수 없다. 자기는 멀리 속세를 떠난 금강뫼에 있고, Y는 속세 가운뎃 속세 평양에 있다. 이와같이 자기와 Y의 새는 거리의 새 뿐 아니라 경우의 거리의 새까지 있다. 어찌 Y와 만날 수 있으랴! 이유 당치않은 이 결론도, 그에게는, 제일 당연하고 제일 옳은 결론으로 생각되었다. (121)

배가 닿은 다음에 잔교에 내려서 C는 바다를 향하여 돌아선다. K도 같이 돌아서서 그 밝은 바다빛과 그 넓은 바다 기운을, 가슴껏 들이마시며, 구부러지고 또 구부러져서 저 넓은 조선해(朝鮮海)와 접한 장전항을 바라볼 때에, K는, 일종의 외로움과, 무한 큰 상쾌를 깨달았다. 그것은 며칠 전 경의선 열차 안에서 기름자의 세계를 떠다닐 때엣 그것과 비슷   한 것이다. 그는 C를 보았다. C도 눈에 난란한 빛을 내고, 아침 빛에 반짝거리는 반사광에 낯을 쪼이면서, 퍼졌다 줄어졌다 하는 바다의 해와, 만년의 비밀을 감추고 있노라는 새파란 바다의 속삭임을 듣고 있다.

“아”

K는 돌아섰다. (122)

장전을 떠나서 한 오십 분이나 왔을 때도, K는 구역을 안 하였을 뿐더러, 아까 구역까지 어디로 가 없어지고, 왼편으로 오른편으로 건드리는 양생뿐 남았다. 그는 안심하였다. 이 안심과 함께 그에게는 다른 불안이 떠올랐다. 그새 며칠 동안은 눈 앞에 걸핏걸핏 바꾸이는 경치로 말미암아, 또는, 생각하렬 때마다 C의 방해로 말미암아 못한, 끝없는 시기와 함께, 또 끝없이 통쾌한, Y에 대한 생각이 구역의 안심과 함께 일어났다. (123)

K는, 이번 나올 그 무서운 기름자를 생각하였다. (123)

언제든 그렇거니와 K는 C와 대하면 모든 번민이 스러져 없어지는 것을 깨달았다. (125)

K는 주의를 벗어 들고, 절을 둘러 보았다. K는, 절에 대하여 한 불만을 깨달았다. 그래도 역사도 길―고 금강산 가운데 제이류의 절 가운데 든다는 것이, 이렇게까지 더럽고 낮고 조그말 줄은 그는 뜻도 안 하였다. 그렇지만, 그 가운데도, 그는 한 영기(靈気)가 차 있는 것을 안 감(感)할 수가 없었다. 어떻게 L지 어디인지는 모르되, 그 근처의 공기에는, 산소, 탄소 밖에 한 영기라고 부를 만한 기운이 포함되어 있다. 그는, 장전 가는 큰 길에서 이 신계사로 오는 곁길로 들어서서 한참 들어서서, 길 바로 밑에 기집이 두어 개 있는 것을 볼 때 그 순간부터, 이 영기를 깨달았다. 세계가 넓다 하여도 금강산이 아니면 못 감할 영기이다. (127)

K는, 이것을 두고, 한단 공상을 맛보고 싶었다. (131)
K는 추위까지 좀 적어지는 것을 깨달았다. (134)
무슨 이야기를 하려는고 K는 생각하였다. (134)

아랫동이 모두 근질근질한 것이 그는 육감에 가까운 한 자극적 감각을 깨달았다. 이때에는 K는, 보지도 못한 알지도 못하는, 존재의 여부도 모르는 어떤 이성에 대한 참 뜨거운 사랑이 마음에 일어나는 것을 깨달았다. K는 이때만큼 이성에 대한 뜨거운 집착을 경험한 적이 없었다 …… (135)

K는 갑자기 슬퍼졌다. ― 그는 추억의 달고 슬픈 그 세계에 들어섰다. K가 일여덟에 났을 때, 때때로 새벽 대여섯시에 깨면, 새벽 빛은 흐리게 문의 한지(漢紙)를 꿰고, 어두움 가운데, 줄기줄기 빛의 선(線)이 되어서 K의 낯과 이불을 던질 때, 아버지는 농사하러 밤에 나가서 빈 자리만 남아 있고 어머니는 부엌에서 동자할 때, 참새 처마 끝에서 쩍쩍거릴 때, 회색빛 가운데 때때로 둥둥 울리어 오는 부엌에서 나는 그의 어머니와 친척 노파의 말소리를 들을 때에, 그의 어린 마음에도 이소리가 회색빛 가운데 둥둥 때때로 울리어 오는 이 소리가 슬프게 로맨틱하게 잊지 못할 인상을 주었다. 여기 이렇게 깊이 인상된 K는, 다 성년되었을 때도 저녁 어실어실한 때에 마루에 우그리고 앉아 있으면. 보얀 안개로 말미암아 어디서 나는지는 모르지만, 나는 곳 모를 말소리가 둥둥 안개 틈으로 울리어 올 때는, 이것이 마음속에 푹푹 들이박히며, 로맨틱한 슬픔은 그의 마음에 가득 차고 하였다. (138)

한참 뒤에, K는, 아까 났던 땀이 식느라고 등과 어깨에 싸르륵 도는 추위를 깨달았다.

'고뿔 또 들렸단 안 되겠다. 내려갈까?'

생각하였다. 그렇지만 그는 움직이지 않고 그냥 앉아 있었다. 이 '평화' 를 버리고 내려가기가 싫었다. (142)

K는 무서워졌다. 무엇인지는 모르지만, K늘 극도로 무섭고 슬펐다. K는 너무 무서워서, 중병 앓은 사람같이 맥이 푹 난 몸을, 겨우 가만이 일어서서 힘껏 달음박질하며 뛰어 내려와서 자기도 모르는 틈에, 어느덧, 여관 자기 방에 들어와서 블랭켓을 뒤집어쓰고 엎디었다. 이때에, K는, 자기가 서울 공부가기 전에, 어떤 때 한 번 고뿔로 대단히 앓을 때에 자기 곁에서 친절히 심지어 자기 침식까지도 잊고 간호하던 안해의 얼굴이 생각났다…… (142)

K는, 어머니도 보고 싶고, 아직껏 존재도 잊고 있던 안해에게도 미안하여, C에게 빨리 함종으로 데려다 달라고 원하였다. (142)

K는 아무것도 의식치 못하였다. 불교의 소위 '무념무상(無念無想)의 무아(無我)의 경(境)'에서, 눈을 가늘게 뜨고 몸을 흔들거리며 춥다 춥다 하였다. (143)

K는 내려서 걷기가 싫었다. 생각하다 못하여 K는 인력거꾼에게 업히고 인력거 한 채는 C가 끄을고 가기로 하였다. 여행장(旅行裝)을 한 신사가 인력거를 끄으는 것을 보고, K는 우습다 생각하였다. (143)

내려서 걸어 보니 그리 춥지도 않다. (143)

K는 한시라도 빨리 뜨뜻한 아랫묵에 들어가고 싶었다.

사흘뒤에, K는, 함종, K 그가 처음 보는 자기 집으로 돌아왔다. …… 그가 함종까지 올 동안은 자기 의식이랄지 남의 의식이랄지 똑똑히 모를 의식을 가졌다, 그는, 그동안, 추웠는지 더웠는지 똑똑히 의식치는 못하였으되, 춥다 생각은 하였다. 장전서 칠팔십 톤 되는 조그만 증기선에 올랐을 때, 작은 배루 생각하였다. 밤 열시에 떠나다던 배가 이튿날 새벽 두시에야 떠났다. 그들의 탄 이등실 머리편에는 기관사실이 있고, 모터[発動機] 도느라고 그들의 이등실은 턱턱턱턱 울리어서 K는 한잠도 못 잤다. 경원선(京元線) 열차에 올랐을 때는 채찍 같은 비가 내리쏘기 시작하였다. 가뜩이나 뫼로 둘러싸여서 어두운 데는, 비로 말미암아 해금강 그 객주집보다도 더 어두웠다. 이때에 K는, C의 존재까지

잊었다. 때때로 C가 걸핏걸핏 보이기는 하지만 모두 순서 없이 된 것이 무엇이 무엇인지를 모를 범벅 천지였다. 램프불은 어두운 가운데 벌겋게 반득인다. 때때로 터널도 있고, 왼편으로 보이는 시내에 비 오는 것도 보이고, 유리창을 때리는 빗소리도 들리되, 이것 역시 무엇인지 모를 범벅천지다 ……

K의 맞은편 쏘파에는 여행가인 듯한 서양사람 하나이 턱을 팔에 고이고, 정기(精気) 없는 멀건 눈을 어두운 일기로 말미암아 더 멀겋게 뜨고, 그 큰 동자(瞳子)의 창(窓)으로 K를 들여다본다. K는 이것이 별로 무서웠다. 이 동자를 피하려 머리를 돌리면, 그 자는 뺨에 와 닿는지 뺨이 근질근질하다. 같이 보면 서양 사람은 머리를 돌리리라 생각하여 마주 보면, 그는 멀건 눈을 더 크게 뜨고 경쟁을 하자 한다 …… (145)

깰 때에 그의 머리에는, 풀어도 풀지 못할 어떤 수수께끼(riddle)같은 것이 머리에 떠 올랐다. (146)

『배짜락이』[19]

일긔이다. 하눌이다. 나는 …… 이섯다. 날이다. 나라온다. 두지안는다. 봄이다. 봄이왓다. 음악이다. 아름다움이여. 나는 …… 밧지안을수가업다. 니르럿다. 생각할수가잇다. 모양이다. 피저나간다. 춤을춘다. 더한다. 나는 …… 담배를부처무럿다. 올라간다. 봄이왓다. 나잣다. 하늘은낫다. 나라단닌다. 나는 …… 생각지아늘수업다. 생각지안을수업다. 그는 …… 할수가잇다. …… 할수 잇다. 나는 머리를드럿다. 나는 귀를기우럿다. 영유배짜락이다. 사람이엇섯다. 배짜락이는 …… 안들리게되엿다. 나는 …… 잇다. 깨다를터이다. 니즐수가엇스리라. 눈물을흘렷다. 말이랄수가업다. 그「배짜락이」는 …… 써나지를 안엇다. 기생의모래는 …… 슬프게나라온다. 여기이다- 나는 …… 올라섯다. 잘들린다. 그는 …… 부른다- 나는 …… 그 자리에섯다. 나는 …… 업섯다. 나섯다. 쫙퍼진다. 나는 …… 무러보앗다. 그는 …… 부른다. 차저내엇다. 얼골이다. 시컴은눈섭은 …… 나타내인다. 그는 …… 니러나안는다. 나는 …… 가안젓다. 그는 …… 처다본다. 눈이엇섯다. 나타나잇다. 나는짐작하엿다. 그의소

리에는 …… 석겨잇다. 나는 …… 처다본쑌이다. 나는 다시말하엿다— 쓰내인다— 그가 …… 이와가튼것이다.

* * * * *

마을은 조그만동리이다. 그는 쌔 유명한사람이엇섯다. 그의父母는 …… 부처쑌이엇섯다. 그들 형뎨가 …… 잘하엿다. 그형뎨가 …… 사람이엇섯다. 추석명절이다. 그는 …… 댱으로향하엿다. 그의안해는 …… 부탁하엿다. 그는 …… 나섯다. 그는 …… 고와햇다. 그의안해는 …… 엡부게생겻다. 그는 …… 말하엿다. 조앗다. 그는 …… 싀귀를만히하엿다. 그의안해는 …… 만히하엿다. 그의안해는 …… 잘부럿다. 하엿다. 그의안해는 …… 흘리고이섯다. 그는 …… 거두어올린다. 그는 …… 째럿다. 그가 …… 리유가이섯다. 그의아우는 …… 얼골이희엿다. 그는 …… 못견듸엿다. 그의생일일이엇다. 그의게는 …… 례사로하엿다. 그의안해도 …… 주려하엿다. 그는 …… 주어버럿다. 그는 …… 편치못하엿다. 그는 마음먹엇다. 그의안해는 …… 조금밟엇다 그는 …… 냅더찻다. 그의안해는 …… 니러난다. 안해는 …… 고함친다. 그는 …… 휘여잡엇다. 아우가 …… 부처잡엇다. 그는 …… 내려 찌엇다. 그는 …… 푹듸리백혓다. 실혓다 마조안젓다. 그는 …… 도라왓다. …… 니르럿다. 업섯다. 쩌개져나갓다. 그의아우는 …… 만헛다. 소문이퍼젓다. 일이이섯다. 그의아우는 …… 묵어온일이이섯다. 그의안해는 …… 해보자한다. 그는 …… 고함을첫다— 그의안해는 고함첫다. 그는 …… 너러섯다. 그의안해는 …… 썩구러젓다. 그의 안해는 …… 부러지젓다. 그는 …… 부러지젓다. 밀첫다 그의안해는 …… 쮜여나갓다. 그는 …… 주저안젓다. 그의안해는 …… 도라오지를 아넛다 그는 …… 기다리고이섯다. 그는 …… 기다렷다. 울리웟다. 그는 …… 벌걱 여럿다. 그는 …… 마러스리다.

딩구럿다—. 삼각관게는 …… 이와가탓다 ……

거울은 …… 이섯다 귀물이엇섯다 그는 …… 도라왓다 그의눈아페버리어이섯다 그의안해와 아우는 …… 서이섯다 그의아우가 겨우말햇다— 그는 …… 그러쥐엿다 그는 …… 집어 던젓다 달려드럿다 그는 …… 내리 찌엇다 그의 팔다리는 …… 오르내럿다 그는 …… 내여 쏘앗다 토하엿다 편치못하엿다 그는 …… 듸리다보고이섯다 어두웟다 그는 …… 차지려도라갓다 성냥은 …… 잇지아넛다 쮜여나온다 도망한다 그는 …… 주저안젓다 광경이 …… 지나갓다 집에를왓다 안해는 …… 내여놋는다 쥐가 …… 쮜여나온다 도라간다 쥐는 …… 숨어버린다

그들은······ 두룩거린다 그가······ 드러선것이다 그는······ 드러누엇다 그의안
해는······ 도라오지를아넛다. 그는······ 차저보려나섯다. 업섯다. 업다 한다. 그
의안해는······ 죽은안해이다. 그는······ 경신이업섯다. 하엿다. 원망이 이섯다.
아우는······ 업서젓다. 아우는 도라오지아넛다. 사람이······ 가더라 한다. 아우
의안해는······ 보내게되엿다. 그도······ 업섯다. 그도······ 물길을나섯다. 그는
······ 알수가업섯다. 그는······ 써돌고이섯다. 그가······ 밤이엇섯다. 그는······
보앗다. 그는······ 텬연히무럿다− 아우는······ 대답하엿다−그는······ 쏘말하
엿다−그는······ 잠이드럿다. 아우는······ 업서젓다. 아우는······ 스러젓다 한
다. 그는······ 나섯다. 그는······ 업서젓다. 그는······ 써낫다. 아우는······ 볼수가
업섯다. 드럿다. 그것도······ 그배짜락이다. 그는······ 건너갓다. 갓다한다. 그는
······ 차즐바이업섯다. 그는······ 알수가업섯다.

　　　* * * * *

그의눈에는······ 반득인다. 나는······ 겨우무럿다−그는······ 불럿다. 그는
······ 거러간다. 나는······ 안저이섯다. 그를차저보앗다. 그는······ 보이지아넛
다. 배짜락이는······ 나라온다. 나는······ 쮜여갓다. 사람이 하나도업다. 업다.
나는······ 갓다. 그는······ 잇지안타. 그는······ 업섯다. 그의배는······ 써낫다
한다. 그는······ 나타나지안는다. 그는······ 다시볼수가업섯다. 이슬다름이다.

「감자」[20]

■

복녀의 부처는 ······ 농민이었었다. 복녀는 ······ 처녀었었다. 남어있었다.
복녀는 ······ 가지고 있었다. 그는 ······ 갔다. 그의 새서방이라는 사람은 ······
재산이었었다. 그는 ······ 사람이었었다. 먹어버리고 하였다. 그는 ······ 없었
다. 그는 ······ 잃고 말었다. 장인은 ······ 시작하였다. 그들은 ······ 잃게되었다.
그들부처는 ······ 들어왔다. 겨을은 ······ 되지 않았다. 그들은 ······ 들어가게
되었다. 쫓겨나왔다. 복녀는 ······ 어찌할수가 없었다. 버릇은 ······ 없었다. 쫓
겨나왔다. 그들은 ······ 나오게 되었다. 정업은 ······ 죄악이었었다. 복녀도
······ 나섰다.

20　　『감자』(경성, 한성도서, 1924)에서 발췌.

■

누가…… 잘 줄가. 그는…… 살 수가 없었다. 그들은…… 편이었었다. 사람은 …… 있었다. 사람은…… 있었다. 복녀는 열아홉살이었었다. 얼굴도 …… 빤빤하였다. 그는 …… 할 수가 없었다. 그들 부처는 …… 지났다. 있었다.

■

끄렸다. 평양「부」에서는 …… 쓰게 되었다. 녀인들은 …… 하였다. 뽑힌것은 …… 五十명쯤이었었다. 복녀도 …… 한사람이었었다. 복녀는 …… 송충이를 잡었다. 그의 통은 …… 차고 하였다. 들어왔다. 그는 …… 발견하였다. 한 열아믄사람은 …… 있는것이었었다. 공전은 …… 주는것이었었다. 감독도 …… 놀고았었다. 감독이 …… 찾었다- 그는 돌아섰다. 그는 …… 갔다. 그는 …… 고함젔다- 복녀도 …… 되었다.

■

인생관은 …… 변하였다. 그는 …… 생각하여 본일도 없었다. 그것은 …… 알었다. 이상한 일이 …… 있을가. 그것은 …… 아니었었다. 좋은일은 이것뿐이었었다. 그는 …… 얻었다. 그의 얼굴에는 …… 바르게 되었다.

■

一년이 지났다. 그의 처세의 비결은 …… 진섭되였다. 그의 부처는 …… 않게되었다. 그의 남편은 …… 웃고 있었다. 복녀의 얼굴은 …… 이뻐 젔다. 복녀는 …… 찾는다. 복녀는 …… 느러진다- 그의 성격은 …… 진보되었다.

■

가을이 되었다. 녀인들은 …… 하여왔다. 그는 …… 붓들었다. 그것은 …… 왕서방이었었다. 복녀는 …… 나려다보고 있었다. 왕서방은 …… 말하였다. 복녀는 …… 따라갔다.

ＸＸＸＸ

그는 …… 나왔다. 누가 그를 찾었다- 복녀는 …… 보았다. 거기는 …… 나오고 있었다. 복녀는 …… 대답하였다. 그는 …… 웃고 있었다.

■

왕서방은 …… 찾어왔다. 남편은 …… 나간다. 그들부처는 …… 기뻐하고 하였다. 복녀는 …… 중지하였다. 복녀는 …… 있었다. 복녀의 부처는 …… 부자였었다.

■

봄이 이르렀다. 왕서방은 …… 사오게 되었다. 복녀는 …… 코웃음만 쳤다. 복녀는 …… 웃고 하였다. 그는 …… 부인하고 하였다. 검은그림자는 …… 없었다. 가까웠다. 왕서방은 …… 깎었다. 그것은 …… 퍼졌다. 복녀는 쳤다. 이르렀다. 색시가 …… 이르렀다. 왕서방의 집에는 …… 야단하였다. 복녀는 …… 듣고 있었다. 중국인들은 …… 돌아갔다. 복녀는 …… 들어갔다. 얼굴에는 …… 발리워 있었다. 신랑 신부는 …… 쳐다보았다. 그는 …… 느러졌다. 그의 입에서는 …… 흘렀다— 왕서방은 …… 못하였다. 두룩두룩하였다. 복녀는 …… 흔들었다—웃음은 …… 없어졌다. 그는 …… 머리를 챴다. 왕서방은 …… 떨었다. 왕서방은 …… 뿌르쳤다. 복녀는 쓰러졌다. 일어섰다. 그가 다시 일어설 때는 …… 들리워 있었다. 그는 …… 휘둘렀다. 집에서는 …… 일어났다. 되었다. 복녀는 …… 꼬꾸러저 있었다.

■

복녀의 송장은 …… 못갔다. 왕서방은 …… 찾어갔다. 남편도 …… 찾어갔다. 둘의 새에는 …… 있었다. 사흘이 지났다. 복녀의 시체는 …… 옮겼다. 그 시체에는 …… 앉었다. 왕서방은 …… 주었다. 갔다. 복녀는 …… 가져갔다.